ammann

93145 МАНДЕЛЬШТАМ О.Э

Ossip Mandelstam

Du bist mein Moskau und mein Rom und mein kleiner David

Gesammelte Briefe 1907–1938

Aus dem Russischen übertragen
und herausgegeben von
Ralph Dutli

Ammann Verlag

Der Herausgeber/Übersetzer dankt dem
Deutschen Literaturfonds e.V. für die Förderung
seiner Arbeit an diesem Band.

Erste Auflage 1999

Frontispiz: Die letzten Photos von Ossip Mandelstam
im Moskauer Butyrki-Gefängnis, Mai 1938
Satz: Dörlemann Satz, Lemförde
Druck + Bindung: Franz Spiegel Buch GmbH, Ulm
ISBN 3-250-10410-8

I

ZEIT DER ERWARTUNGEN: PARIS, HEIDELBERG, PETERSBURG 1907–1916

1. AN FLORA UND EMIL MANDELSTAM

<Wilna, 3. (16.) Oktober 1907>

Liebe Mama und Papa!

Ich fühle mich auf der Reise ausgezeichnet. Ich lese, gehe Julij Matwejitsch besuchen – wenn mir langweilig wird, schaue ich zum Fenster hinaus. Meine Nachbarn sind Finnen. Dank ihrer Zurückhaltung stören sie mich nicht im geringsten. Das Wetter hat sich aufgehellt, und auch mein Kopf ist fast frei von Gedanken.

Ich werde auch morgen schreiben.

Euer Ossja.

2. AN JEWGENIJ MANDELSTAM

<Paris, vor dem 19. November (2. Dezember) 1907>

Mein lieber Schenitschka,

über mich kannst Du alles von Mama erfahren, über Dich schreib mir selber noch mal. Je mehr man sich eingewöhnt, desto stärker sehnt man sich.

Ich gehe nirgendwohin – außer Musik hören –, lese immerzu, und schreibe, und träume – was ich niemandem wünschen möchte.

Küsse von mir alle, die Du liebhast. Und sag, daß ich im allgemeinen zufrieden bin.

Dein Ossja.

3. AN FLORA MANDELSTAM

<Paris, 7. (20.) April 1908>

Liebes Mamachen!

Ja, ich habe Deinen Brief bekommen. Was wird bloß aus unserem Briefwechsel werden, wenn wir wochenlang schweigen …

So wird jeder lebendige Inhalt aus ihm verschwinden, und es werden notgedrungen nur Allgemeinplätze übrigbleiben.

Du warst also bei Wladimir Wassiljewitsch. Das ist gut … Ich bedaure, daß ich keinen Brief an ihn mitgeschickt habe …

Bin neugierig, was er sagen wird. Hoffe es bald zu erfahren.

Bei mir herrscht nun ein richtiger Frühling, im vollsten Wortsinn …

Eine Zeit der Erwartungen und des Gedichtfiebers …

So verbringe ich meine Zeit:

Morgens gehe ich im Jardin du Luxembourg spazieren. Nach dem Frühstück schaffe ich bei mir Abend – d.h. ich verhänge das Fenster, heize den Kamin und verbringe in dieser Lage zwei bis drei Stunden …

Dann ein Andrang von Energie, ein Spaziergang, manchmal das Café, um Briefe zu schreiben, und dann auch schon das Mittagessen … Nachmittags ist bei uns allgemeine Plauderei, die sich manchmal bis zum späten Abend hinzieht.

Eine liebenswerte Komödie.

In letzter Zeit hat sich bei uns eine kleine internationale Gesellschaft von Leuten eingefunden, die es leidenschaftlich danach drängt, die Sprache zu erlernen …

Und unter dem Vorsitz der unglücklichen Wirtin geht ein unvorstellbares Bacchanal von Worten, Gesten und Intonationen über die Bühne …

Gestern zum Beispiel habe ich bis zum Abend mit

einem jungen *ungarischen* Schriftsteller über sehr hochfliegende Dinge gesprochen und mit ihm um die Wette die Sprache verhunzt. Dieser talentvolle Dichter verwendet beharrlich den seltsamen Ausdruck »Mustar« zur Bezeichnung des Senfs (winziges Beispiel, aber bezeichnend).

Ist es nicht zu früh, sich schon jetzt um einen Studienplatz an der Universität zu bemühen?

Man kann das doch unmöglich vor dem Herbst anpacken?

Und wenn sie mich nicht nehmen, gehe ich an eine der deutschen Universitäten ... und verbinde ein Literaturstudium mit dem Studium der Philosophie.

Kleine Anomalie: »Heimweh« empfinde ich nicht nach Rußland, sondern nach Finnland.

Hier noch ein Gedicht über Finnland, und jetzt, Mamachen, leb wohl.

Dein Ossja.

<1 Gedicht>

Paris, 20. IV. 1908. Ossip Mandelstam.

4. AN WLADIMIR GIPPIUS

<Paris, 14. (27.) April 1908>

Paris, 27. IV. 1908

Verehrter Wladimir Wassiljewitsch!

Wenn Sie sich erinnern, versprach ich, Ihnen zu schreiben, »sobald ich mich eingerichtet habe«.

Doch ich habe mich bis in die allerletzte Zeit hinein nicht eingerichtet, d.h. ich hatte nicht das Gefühl, das »Nötige« zu tun, weshalb ich mein Versprechen nicht gebrochen habe.

Mit Ihnen zu sprechen war für mich immer ein Bedürfnis, obwohl es mir kein einziges Mal gelang, Ihnen das zu sagen, was mir wichtig schien.

Die Geschichte unserer Beziehung, oder vielleicht meiner Beziehung zu Ihnen, erscheint mir überhaupt ziemlich bemerkenswert.

Seit langem fühlte ich eine besondere Anziehungskraft, die mich zu Ihnen hinzog, und gleichzeitig eine besondere Distanz, die mich von Ihnen trennte.

Jede Annäherung war unmöglich, aber gewisse Wutausbrüche bereiteten mir ein besonderes Vergnügen, das Gefühl eines Triumphs: »also doch ...«

Sie werden mir meine Kühnheit verzeihen, wenn ich Ihnen sage, daß Sie für mich das waren, was gewisse Leute einen »Freund-Feind« nennen ...

Dieses Gefühl zu begreifen hat mich viel Mühe und Zeit gekostet ...

Aber ich habe in Ihnen immer den Vertreter eines mir teuren und zugleich feindlichen Prinzips gesehen, wobei die Zwiespältigkeit dieses Prinzips gerade seinen Reiz ausmachte.

Jetzt ist mir klar, daß dieses Prinzip nichts anderes ist als religiöse Kultur, ob christlich oder nicht, weiß ich nicht, doch jedenfalls religiös.

In einem nicht-religiösen Milieu erzogen (Familie und Schule), strebte ich schon lange nach der Religion – hoffnungslos und platonisch, aber immer bewußter.

Meine ersten religiösen Erlebnisse stammen aus der Zeit meiner kindlichen Begeisterung für das marxistische Dogma und sind von dieser Begeisterung nicht zu trennen.

Doch die Verbindung von Religion und Gesellschaft ist für mich schon in der Kindheit abgerissen.

Mit fünfzehn ging ich durch das reinigende Feuer Ibsens – und auch wenn ich mich nicht bei der »Religion des Willens« aufhalten wollte, fand ich doch endgültig zu einem religiösen Individualismus und einer Anti-Gesellschaftlichkeit.

Tolstoj und Hauptmann – die beiden größten Apostel

der Menschenliebe – nahm ich glühend auf, aber abstrakt, genau wie die »Philosophie der Norm«.

Mein religiöses Bewußtsein ist nie über Knut Hamsun hinausgewachsen, und die Anbetung »Pans«, d.h. eines unbewußten Gottes, ist noch heute meine »Religion«.

(Oh, seien Sie beruhigt, das ist kein »Mäonismus«, überhaupt habe ich mit Minskij nichts gemein.)

In Paris las ich Rosanow und liebte *ihn* sehr, aber nicht *jenen* konkreten kulturellen Inhalt, dem er mit seiner reinen, biblischen Treue verhaftet ist.

Ich habe keinerlei bestimmte Gefühle der Gesellschaft, Gott und dem Menschen gegenüber – doch um so stärker liebe ich das Leben, den Glauben und die Liebe. Von daher wird Ihnen meine Begeisterung für die Musik des Lebens verständlich sein, die ich bei einigen französischen Dichtern und, von den russischen, bei Brjussow fand. Beim letzteren fesselte mich die geniale Kühnheit der Verneinung, der reinen Verneinung.

Ich lebe hier sehr einsam und beschäftige mich mit fast nichts anderem als mit Poesie und Musik.

Außer über Verlaine habe ich auch über Rodenbach und Sologub geschrieben und habe vor, über Hamsun zu schreiben.

Dann auch ein wenig Prosa und Gedichte.

Ich habe vor, den Sommer in Italien zu verbringen und nach meiner Rückkehr auf die Universität zu gehen und systematisch Literatur und Philosophie zu studieren.

Verzeihen Sie mir, daß ich über nichts anderes schreiben kann als über mich selbst. Aber sonst wäre dieser Brief ein bloßer »Korrespondentenbericht aus Paris«.

Wenn Sie mir antworten, erzählen Sie mir vielleicht einiges, was mich interessieren könnte?

Ihr Schüler
Ossip Mandelstam.

Meine Adresse: Rue Sorbonne, 12

5. AN EMIL MANDELSTAM

<Saint-Maurice, vor dem 6. August 1908>

Lieber Papa!

Siehst Du, ich bin ganz nah. In Bern werde ich vielleicht übermorgen sein. Dort gibt es ein russisches Konsulat. Auch Berins ist dort. Eile und Aufregung bringen nichts. In Interlaken haben mich die Hoteliers gewissenlos ausgeraubt. Ich küsse Dich fest. Schicke die Post nicht mehr ins Gala.

Dein Ossja.

6. AN ALEXANDER MANDELSTAM

<Im Zug nach Genua, 24. Juli (6. August) 1908>

Schurinka!

Ich fahre nach Italien! Das hat sich von selbst ergeben. Ich habe 20 Franken bei mir – aber das macht nichts. Einen Tag in Genua, ein paar Stunden am Meer und dann zurück nach Bern. Mir gefällt diese Eile sogar. Der Zug windet sich durch das enge Rhonetal. Steile Wände – Felsen und Wald sind von Wolken verhangen.

»Sie« wissen nichts davon – vorläufig natürlich.

Addio!
Ossja.

7. AN WJATSCHESLAW IWANOW

<Pawlowsk, 20. Juni (3. Juli) 1909>

Sehr verehrter und lieber Wjatscheslaw Iwanowitsch!

Wo immer Sie mein Brief erreichen mag, ich bitte Sie um eines: teilen Sie mir Ihre Adresse mit und auch, ob

Sie in der Schweiz sein werden und wann? Ich wohne einstweilen, bis zur Abreise ins Ausland, mit meiner Familie ständig in Zarskoje. Ihre Saatkörner sind tief in meine Seele eingedrungen, und ich erschrecke, wenn ich die gewaltigen Keime sehe.

Ich gebe mich der freudigen Hoffnung hin, Sie im Sommer irgendwo zu treffen.

Der von Ihnen fast verdorbene, doch auch … gebesserte

Ossip Mandelstam.

Petersburg, Kolomenskaja 5.

8. AN ALEXANDER MANDELSTAM

<Berlin, 28. Juli (10. August) 1909>

Lieber Schurotschka!

Ich sitze hier und warte auf den Zug. Habe an Dich gedacht und beschlossen, Dir dieses Beweisstück für meine verhängnisvollen Neigungen zu schicken. Gleichzeitig schreibe ich an Mama.

Dein Ossja.

9. AN WJATSCHESLAW IWANOW

<Montreux, 13. (26.) August 1909>

Lieber Wjatscheslaw Iwanowitsch!

Erlauben Sie mir zunächst ein paar Überlegungen zu Ihrem Buch. Mir scheint, es ist unanfechtbar – fesselnd ist es und dazu bestimmt, die Herzen zu erobern.

Denkt etwa ein Mensch, der unter die Gewölbe von Notre-Dame tritt, über die Wahrheit des Katholizismus nach, wird er nicht einfach zum Katholiken kraft seines Befindens unter diesen Gewölben?

Ihr Buch hat die Schönheit großer architektonischer Schöpfungen und astronomischer Systeme. Jeder wahrhaftige Dichter, der den präzisen und unverbrüchlichen Gesetzen seines Schöpfertums folgend Bücher zu schreiben vermöchte, müßte schreiben wie Sie.

Sie sind der unverständlichste, im verbreiteten Wortgebrauch dunkelste Dichter unserer Zeit, gerade weil Sie wie kein anderer Ihrem Element treu bleiben, sich ihm bewußt anvertrauen.

Mir schien nur, daß das Buch – wie soll man sagen – zu rund ist, ohne Ecken.

Man kann sich ihm von keiner Seite nähern, um es zu brechen oder sich an ihm zu brechen.

Selbst die Tragödie in ihm ist keine Ecke – weil Sie mit ihr einverstanden sind.

Selbst die Ekstase ist nicht gefährlich – weil Sie ihren Ausgang voraussehen. Und nur der Atem des Kosmos umweht Ihr Buch, verleiht ihm einen Reiz, den es mit dem »Zarathustra« gemein hat – und entschädigt für die astronomische Rundheit Ihres Systems, das Sie selber an den besten Stellen des Buches erschüttern, sogar unablässig erschüttern. Ihr Buch hat noch etwas mit dem »Zarathustra« gemein – daß jedes Wort in ihm mit flammendem Haß seine Bestimmung erfüllt und aufrichtig seinen eigenen Ort wie auch seine Nachbarn haßt.

Verzeihen Sie mir diesen Erguß …

Zwei Wochen wohnte ich in Beatenberg, dann beschloß ich, ein paar Wochen in einem Sanatorium zu verbringen, und reiste nach Montreux weiter.

Nun beobachte ich einen seltsamen Kontrast: die heilige Stille des Sanatoriums, die nur vom Gong zum Mittagessen unterbrochen wird, und das abendliche Roulette im Kasino: *faites vos jeux, messieurs! – remarquez, messieurs! rien ne va plus!* – die Ausrufe der *croupiers* sind voll symbolischen Schreckens.

Ich habe einen seltsamen Geschmack: ich liebe die

elektrischen Lichtblitze auf der Oberfläche des Léman, die ehrerbietigen Lakaien, den lautlosen Flug des Lifts, das marmorne Vestibül des Hotels und die Engländerinnen, die Mozart spielen für zwei, drei offizielle Zuhörer in einem halbdunklen Salon.

Ich liebe den bürgerlichen, europäischen Komfort und bin ihm nicht nur physisch, sondern auch sentimental zugetan.

Vielleicht ist meine schwache Gesundheit daran schuld? Doch ich frage mich nie, ob das auch gut sei.

Noch etwas möchte ich Ihnen sagen.

In Ihrem Buch gibt es eine Stelle, wo zwei große Perspektiven sich auftun, wie beim Postulat zweier paralleler Geometrien - Euklids und Lobatschewskijs. Und zwar dort, wo - ein Bild von staunenmachender Eindringlichkeit - der mit dem Reigen nicht Einverstandene den Kreis verläßt und mit den Händen sein Gesicht bedeckt.

Haben sich in Petersburg unsere Freunde bereits versammelt? Was macht »Apollon«, die »Insel«?

Wie gern sähe ich jetzt irgendeinen von den bekannten oder selbst unbekannten von unseren Dichtern. Wissen Sie was, Wjatscheslaw Iwanowitsch? Schreiben Sie mir doch (ich weiß, daß Sie mir antworten werden - oder nicht?), wenn irgend jemand ins Ausland fährt. Vielleicht werde ich irgendwie irgendwen sehen, um aber Sie sehen zu können, wäre ich bereit, eine überaus große Distanz zurückzulegen, wenn es nötig sein sollte. Noch eine Bitte. Falls Sie noch ein Exemplar der »Leitsterne« übrig hätten, wirklich übrig hätten, könnte es nicht auf irgendeine Weise in meine achtsamen Hände gelangen?

Schreiben Sie mir auch, lieber Wjatscheslaw Iwanowitsch, welche Lyriker es jetzt in Deutschland gibt. Außer Dehmel kenne ich keinen einzigen. Die Deutschen wissen es auch nicht - aber Lyriker muß es doch geben.

Ich küsse Sie fest, lieber Wjatscheslaw Iwanowitsch, und danke Ihnen, ich weiß selber nicht wofür – eine bessere Dankbarkeit kann es gar nicht geben.

Ossip Mandelstam.

PS Ich schicke Ihnen Gedichte. Machen Sie damit, was Sie wollen – was ich will – was möglich ist.

<3 Gedichte>

10. AN MAXIMILIAN WOLOSCHIN

<Heidelberg, Ende September/Oktober 1909>

Sehr verehrter Max Alexandrowitsch!

Dem Element der russischen Sprache mehr denn je entrissen, muß ich über mich selbst zu einem klaren Urteil kommen. Jene, die mir ihre Aufmerksamkeit verwehren, helfen mir nur dabei. So half mir Mereschkowskij, der dieser Tage, auf Durchreise in Heidelberg, nicht eine Zeile meiner Gedichte zu hören wünschte; so half mir auch der liebe Wjatscheslaw Iwanowitsch, der bei allem aufrichtigen Wohlwollen mir gegenüber nicht auf den Brief geantwortet hat, um den er mich einst bat.

Ihnen bin ich nur begegnet.

Aber aus irgendeinem Grunde hoffe ich, daß Ihre Anteilnahme an meiner schwierigen Arbeit ein wenig anders ausfallen wird. Falls Sie wünschen, mich mit Ihrem Urteil und Ratschlag zu erfreuen – meine Adresse: Heidelberg, Anlage 30. Stud. phil. Mandelstam.

<5 Gedichte>

11. AN MAXIMILIAN WOLOSCHIN

<Heidelberg, Oktober 1909>

Sehr verehrter Max Alexandrowitsch!

Verzeihen Sie mir meine Kleinkrämerei – die fünfte Zeile des Gedichtes:

»In der Windstille meiner Gärten«

muß lauten:

»Im Jammertal irdischen Daseins«

anstelle der entsetzlichen »Ausweglosigkeit«, die hervorsticht wie eine Wagendeichsel.

In tiefer Verehrung
Ossip Mandelstam.

12. AN WJATSCHESLAW IWANOW

<Heidelberg, 13. (26.) Oktober 1909>

Lieber Wjatscheslaw Iwanowitsch!

Falls Sie mir schreiben möchten, aber aus irgendeinem äußeren Grund nicht antworten können, so schreiben Sie mir trotzdem.

Ich möchte Ihnen so vieles sagen, aber ich kann nicht, fühle mich außerstande.

Der Sie liebende
Ossip Mandelstam.

Heidelberg, Anlage 30.

13. AN WJATSCHESLAW IWANOW

<Heidelberg, 22. Oktober (4. November) 1909>

Wie vordem lieber Wjatscheslaw Iwanowitsch!

Ich kann nicht umhin, Ihnen meine lyrischen Versuche und Ergebnisse mitzuteilen. Wie sehr ich Ihnen die ersteren verdanke, so sehr gehören Ihnen die letzteren laut einem Recht, von dem Sie vielleicht nicht einmal etwas ahnen.

Ihr Ossip Mandelstam.

<6 Gedichte>

14. AN WJATSCHESLAW IWANOW

<Im Zug Frankfurt-Karlsruhe-Basel,
11. (24.) November 1909>

Lieber Wjatscheslaw Iwanowitsch!

Hier noch einmal Gedichte. Der unwandelbar Sie liebende

Ossip Mandelstam.

<4 Gedichte>

Ossip Mandelstam. Heidelberg 1909, 12/25 XI

15. AN WJATSCHESLAW IWANOW

<Heidelberg, 13. (26.) Dezember 1909>

Lieber Wjatscheslaw Iwanowitsch!

Vielleicht werden Sie diese Gedichte lesen?

In tiefer Verehrung
Ossip Mandelstam.

PS Verzeihen Sie all das Schlechte, was Sie von mir bekommen haben.

<2 Gedichte>

16. AN WJATSCHESLAW IWANOW

<Heidelberg, 17. (30.) Dezember 1909>

Lieber Wjatscheslaw Iwanowitsch!

Dieses Gedicht möchte eine »romance sans paroles« sein (Dans l'interminable ennui ...). Die »Paroles« – d.h. das Intim-Lyrische, Persönliche – habe ich versucht zurückzuhalten, zu bändigen mit dem Zügel des Rhythmus.

Mich beschäftigt, ob dieses Gedicht genügend gebändigt ist?

Unwillkürlich erinnere ich mich an Ihre Bemerkung über den anti-lyrischen Charakter des Jambus. Vielleicht anti-intimer Charakter? Der Jambus ist der Zügel der »Stimmung«.

In tiefer Verehrung
O. Mandelstam.

<1 Gedicht>

17. AN WJATSCHESLAW IWANOW

<Hangö, vor dem 24. Juli (6. August) 1910>

Lieber Wjatscheslaw Iwanowitsch!

S. P. Kablukow ist eine Person, die keinerlei Vertrauen verdient, alle seine Verleumdungen sind Lügen. Und jene Zeile aus meinem Gedicht, die er in seinem Brief an Sie zitierte, lautet ohne »in«:

Unaufhaltsam falle
Geheimnisvoller Springbrunnen,

und nicht »in den geheimnisvollen«, wie er behauptet; und wenn ich während meines Aufenthaltes in Paris beim Lesen von Maeterlinck in den Springbrunnen des Jardin du Luxembourg gefallen bin, so ist das meine Sache.

I. Mandelstam.

18. AN WJATSCHESLAW IWANOW

<Huvinkää, 2. (15.) März 1911>

Lieber Wjatscheslaw Iwanowitsch!

Ich bin für ein paar Wochen nach Finnland gefahren, weil ich kränklich war. Nehmen Sie diese tiefe Verbeugung, und seien Sie sehr streng, wenn Sie mich in der »Akademie« lesen werden.

In aufrichtiger Verehrung
Ossip Mandelstam.

19. AN WJATSCHESLAW IWANOW

<Konkkala, 21. August (3. September) 1911>

21. VIII. 1911

Lieber Wjatscheslaw Iwanowitsch!

Ich beeile mich, Ihnen die freudige Nachricht mitzuteilen, daß vielleicht neue Gedichte von Tjutschew auftauchen werden.

Der Senator A. F. Koni erzählte mir nämlich, daß sich in seinem Archiv eine Anzahl Briefe überaus intimen Inhalts von Tjutschew an die Pletnjowa befinde.

Diese Briefe habe Koni direkt von der Pletnjowa bekommen. In ihnen gebe es einzelne Gedichtzeilen (zum Teil aus bekannten Gedichten) und ganze Gedichte, die den Text erhellen sollen.

Es gebe unter anderem ein Gedicht folgenden Inhalts: ein Dichter möchte bei Gluthitze einen mühevollen Weg gehen, um durch völlige Erschöpfung sein Liebesleid zu betäuben. Einmal habe Koni der Akademie über diese Schätze Bericht erstattet, doch sei er auf tiefe Gleichgültigkeit gestoßen. In wenigen Tagen werden die kostbaren Papiere in meinen Händen sein, und dann werden wir wissen, welches Fest uns erwartet.

In Erwartung eines baldigen Treffens,
in tiefer Verehrung
Iossif Mandelstam.

20. AN FJODOR SOLOGUB

<Petrograd, 27. April (10. Mai) 1915>

Sehr geehrter Fjodor Kusmitsch!

Mit äußerstem Erstaunen habe ich Ihren Brief gelesen. Sie sprechen darin von Ihrer Absicht, sich von den Futuristen, Akmeisten und deren Anhängern fernzuhalten. Ich wage nicht, über Ihre Beziehungen zu den Futuristen und deren »Anhängern« zu urteilen, aber als Akmeist halte ich es für meine Pflicht, Sie an folgendes zu erinnern: die Initiative für Ihre Entfremdung von den Akmeisten ging ganz und gar von den letzteren aus. Zu einer Teilnahme an der »Dichterzeche« sind Sie (unabhängig von Ihrem Wunsch) nicht eingeladen worden, ebensowenig zur Mitarbeit an der Zeitschrift »Hyperboreer« wie zur Veröffentlichung Ihrer Bücher in den Verlagen »Dichterzeche«, »Hyperboreer« und »Akme«. Dasselbe gilt auch für die öffentlichen Auftritte der Akmeisten als solcher.

Was nun meinen Vorschlag an Sie betrifft, an einem von der Tenischew-Schule zu Gunsten eines der Lazarette veranstalteten Abend teilzunehmen, so handelte ich im gegebenen Falle als ehemaliger Schüler dieser Schule und nicht als Vertreter einer bestimmten literarischen Gruppe.

Tatsächlich sind einige Akmeisten, darunter auch ich, Ihrer und A.N. Tschebotarewskajas Einladung gefolgt und haben Ihr Haus besucht.

Nach Ihrem Brief aber habe ich allen Grund zur Schlußfolgerung, daß dies ein Fehler von ihnen war.

Der Sie aufrichtig verehrende
Ossip Mandelstam.

21. AN SERGEJ MAKOWSKIJ

<Petrograd, 8. (21.) Mai 1915>

8. Mai 1915

Sehr geehrter Sergej Konstantinowitsch!

Im November vorigen Jahres habe ich »Apollon« einen Aufsatz über Tschaadajew angeboten, der zum Druck angenommen wurde. Im Verlaufe eines halben Jahres ist der Aufsatz nicht erschienen. Mir ist nicht bekannt, welches die Gründe waren, die Monat für Monat das Einrücken dieses Aufsatzes in die Zeitschriftennummer verhinderten; da ich jedoch nicht warten möchte, bis sich diese Gründe verflüchtigt haben, betrachte ich meinen Aufsatz als frei und bitte darum, ihn mir in Form eines Abzugs zurückzusenden, da ich mich zur Zeit nicht erinnern kann, wo sich das Manuskript dieses Aufsatzes befindet.

Mit aufrichtiger Hochachtung
Ossip Mandelstam.

B. Monetnaja 15, Wohng. 38

22. AN FLORA MANDELSTAM

<Koktebel, 20. Juli (2. August) 1915>

20. Juli 1915

Liebe Mama!

Gestern erhielt ich das Telegramm über Schuras Fahrt hierher, das sich mit meinem gekreuzt hat. Ich erwarte Schura morgen. Ich finde sein Kommen sehr gut. August und September sind hier wunderbar.

Wohnen wird er in Woloschins Datscha.

Ich küsse Papa, Schenja, Großmama.

Dein Ossja.

23. AN SOFJA WERBLOWSKAJA

<Petrograd, Herbst 1915>

Liebe Großmama!

Ich schicke Dir meine wärmsten Glückwünsche zu Deinem Geburtstag.

Ich wünsche Dir, daß Du munter und fröhlich bist, Mazurka tanzt, Klavier spielst und wenig an saure Dinge denkst.

Bei uns nimmt alles den normalen Gang, übrigens auch meine Studien an der Universität. Ich küsse Dich und Julij Matwejewitsch.

Dein Enkel Ossja.

24. AN FLORA MANDELSTAM

<Koktebel, 20. Juli (2. August) 1916>

20. Juli 1916

Liebes Mamachen!

Bei uns läuft alles erfreulich. Schura hat sich erholt und ein friedliches Leben angefangen. Er grämt sich nicht mehr und schaut jetzt alles ganz anders an. Vorgestern fuhr man uns mit großem Pomp nach Feodossija: Automobile, Abendessen mit dem Gouverneur; ich las, leuchtend in Tennisweiß, auf der Bühne des Sommertheaters, frühmorgens kamen wir zurück und haben uns gestern ausgeruht. Im Herbst lege ich unbedingt meine Prüfungen ab; bringe bitte die Termine in Erfahrung und schicke mir die antike Philosophie von Windelband oder Wwedenskij. Wir haben ein zweites Zimmer gekriegt. Liebe Mama, schreib mir, wie Du zu meiner Rückkehr stehst – ob ich in Petrograd nützlich sein kann. Ich gratuliere zum Polytechniker! Bravo, Schenja! Küsse Papachen!

Ossja.

II

NACH DER REVOLUTION: LÄRM UND NACHTIGALLENFIEBER 1919–1924

25. AN NADESCHDA CHASINA

<Feodossija, 5. Dezember 1919>

5. Dezember. Feodossija

Mein liebes Kind!

Es gibt fast keinerlei Hoffnung, daß dieser Brief ankommt. Morgen fährt Kolatschewskij »nach Kiew«, über Odessa. Ich bete zu Gott, daß Du hören könntest, was ich sage: mein Kindchen, ohne Dich kann ich und will ich nicht leben, Du bist meine ganze Freude, Du bist meine Liebste, das ist für mich so klar wie Gottes heller Tag. Du bist mir so vertraut geworden, daß ich die ganze Zeit mit Dir spreche, Dich rufe, Dir meinen Kummer klage. Nur mit Dir kann ich über alles, alles reden. Meine arme Freude! Für Deine Mama bist Du »Kinetschka« und für mich genauso ein liebes kleines Töchterchen. Ich bin froh und danke Gott, daß er Dich mir gegeben hat. Mit Dir werde ich vor nichts Angst haben, nichts wird zu schwer sein …

Dein kohleverschmiertes Kinderpfötchen, Dein blaues Kittelchen – an alles erinnere ich mich, nichts habe ich vergessen …

Verzeih mir meine Schwäche und daß ich Dir nicht immer habe zeigen können, wie sehr ich Dich liebe.

Nadjuscha! Wenn Du jetzt hier erscheinen würdest – ich würde losweinen vor Freude. Mein wildes Tierchen, verzeih mir! Laß mich Dein Stirnchen küssen – Dein gewölbtes Kinderstirnchen! Mein Töchterchen, meine Schwester, ich lächle mit Deinem Lächeln und höre Deine Stimme in der Stille.

Gestern habe ich in Gedanken unwillkürlich »für Dich« gesprochen: »ich *muß* (weibliche Form) ihn finden«, d.h. Du sagtest es *durch* mich *hindurch* …

Du und ich, wir sind wie Kinder – wir machen keine großen Worte, sondern reden, wie es gerade kommt.

Nadjuscha, wir werden unter allen Umständen zusammensein, ich werde Dich finden und für Dich leben, weil Du mir das Leben gibst, ohne es zu ahnen – mein Täubchen –, »mit Deiner unsterblichen Zärtlichkeit« …

Nadjenka! Ich habe vier Briefe aufs Mal bekommen, am selben Tag, erst heute … Ich habe viele Male telegraphiert: Dich gerufen.

Jetzt ist von hier aus nur ein Weg offen: Odessa; schon näher bei Kiew. Ich fahre in wenigen Tagen. Meine Adresse: Odesskij Listok, bei Motschulskij. Von Odessa aus kann ich mich vielleicht durchschlagen: irgendwie, irgendwie werde ich es schaffen …

Ich bin schon 5 Wochen in Feodossija. Schura ist die ganze Zeit bei mir. Panja war hier. Er ist nach Jewpatorija gefahren. Im »Astoria« wohnt Katjuscha Ginsburg. In der Stadt gibt es ein einziges Exemplar des »Krokodil«!! Mordkin und Froman sind auch hier. (Es ist kalt. Es ist dunkel. Die »Fontäne«. All die Spekulanten.) Ich kann mir nicht verzeihen, daß ich ohne Dich weggefahren bin. Auf Wiedersehen, mein Freund! Gott behüte Dich! Mein Kindchen! Auf Wiedersehen!

Dein O. M.: »Scheusal«.

Kolatschewskij fährt auch wieder zurück. Ich flehe ihn an, Dich bis Odessa mitzunehmen. Benutze die Gelegenheit!!

26. AN MAXIMILIAN WOLOSCHIN

<Feodossija, 7. August 1920>

25. Juli

Kopie an Ehrenburg.

Sehr geehrter Herr!

Ich habe mich mit Vergnügen davon überzeugen können, daß Sie unter einer dicken Schicht geistigen Fettes, das von manchen treuherzig für raffinierte ästhetische Kultur gehalten wird, den hoffnungslosen Kretinismus und die Flegelhaftigkeit eines Koktebeler Bulgaren verbergen. Sie erlauben sich, in Briefen an gemeinsame Bekannte zu behaupten, daß ich »schon lange Ihre Bibliothek plündere«, unter anderem Ihren Dante »geklaut« habe, was ich »selber zugegeben« haben soll, und bei Ihnen auch »über meinen Bruder mein eigenes Buch abgestaubt« habe.

Ich bedauere überaus, daß Sie sich nicht in meiner Reichweite befinden und ich somit keine Gelegenheit habe, Sie persönlich einen Schurken und Verleumder zu nennen.

Man muß schon ein Idiot sein, um anzunehmen, mich interessiere die Frage, ob mein Buch sich in Ihrem Besitz befinde. Erst heute habe ich mich daran erinnert, daß Sie es tatsächlich hatten.

Von Ihrem ganzen widerwärtigen Gefasel eines Irren trifft nur etwas zu, nämlich daß Ihnen meinetwegen Dante abhanden kam: ich hatte vor 3 Jahren das Unglück, eines Ihrer Bücher zu verlieren.

Doch ein noch größeres Unglück ist es wohl, mit Ihnen überhaupt bekannt zu sein.

O. Mandelstam

27. AN NADESCHDA CHASINA

<Petrograd, 9. März 1921>

9. März 1921.

Liebe Nadjuscha!

Ich habe Euern kurzen Brief bekommen. In einigen Tagen werde ich in Kiew sein. Verliert nicht den Mut, lieber Freund. Wir werden darüber nachdenken, wie wir es einrichten könnten, damit es Euch nicht so schlecht geht. Auf sehr baldiges Wiedersehen, mein Freundchen! Bei mir ist alles für die Abreise bereit.

Nur nirgends hinfahren und ruhig meine Ankunft abwarten!

Euer O. Mandelstam

28. AN WERA CHASINA

<Petrograd, Mai/Juni 1921>

Liebe Wera Jakowlewna!

Ich bin froh, Ihnen mitteilen zu können, daß bei uns alles bestens ist. Nadja und ich werden wahrscheinlich Samstag nach Tiflis fahren, unter erfreulichen Bedingungen und bei sichergestellter Versorgung.

Ich traf hier einen Freund, der Sonderbeauftragter für die Evakuierung im Kaukasusgebiet ist, und er nimmt uns mit zum Dienst nach Georgien. Es ist ein sehr guter Mensch, der Maler Lopatinskij, der einmal mit mir zusammen im Narkompros gearbeitet hat. Jetzt steht er an der Spitze eines riesigen Amtes im Kaukasus. Unsere Beziehungen sind solid-freundschaftlich, er wird alles für mich tun, was er kann.

Ich bin ohne Nadja nach Petersburg gefahren. Zu hungern brauchen wir nicht. Wir wohnen bei Schenja. Den Teppich werden wir für die Reise verkaufen müssen, für geringes Geld, denn Teppiche stehen jetzt nicht hoch im

Kurs und verkaufen sich sehr schlecht, wir denken, daß wir tausendzweihundert dafür bekommen. Nadja ist gesund, sie trinkt kein unabgekochtes Wasser und wird auf der Reise nichts Rohes essen. Die Stimmung ist gut.

Unsere Adresse: Rostow, Administration des Sonderbeauftragten der Zentralen Evakuierungsbehörde im Kaukasus, für Mandelstam. Das ist das Zentrum. Von dort fahren wir weiter. Man wird uns Ihren Brief nachschicken.

Wenn wir über Charkow fahren, telegraphieren wir nach Kiew.

Vor der Abreise stellen wir bei der litauischen Gesandtschaft einen Antrag. Die Unterlagen (meine Papiere) sind als *ausreichend* anerkannt worden. Das wird einen Monat dauern und während unserer Abwesenheit automatisch erledigt werden.

Herzlichen Gruß an Jakow Arkadjewitsch und Anna Jakowlewna.

In aufrichtiger Ergebenheit
O. Mandelstam

29. AN JEWGENIJ MANDELSTAM

<Moskau, 11. Dezember 1922>

11. Dez. 1922.

Lieber Schenitschka!

Schura trägt immer noch einen Brief an Dich mit sich herum, weil er nicht weiß, wo er eine Briefmarke herkriegen soll. Ich ziehe Bilanz für diesen Monat.

Schura wohnt bei uns im Haus, in einem Zimmerchen mit unbestimmter Funktion, halb »Verwalterbüro«, halb Raum »für Zugereiste«.

Versteht sich, daß er keinerlei Zimmer bekommen kann, er soll ja auch gar nicht allein wohnen, sonst verliert er den Kopf, und außerdem lebt er bei mir sozusagen »in Vollpension«. Er wohnt »heimlich« hier. Ich denke, das kann so lange dauern, wie wir es brauchen, da der »Verwalter« selber das Haus mit Schwagern und Verwandten bevölkert und ein schlechtes Gewissen hat. Ich habe aber vor, ihn anzumelden: als Familienmitglied hat er das Recht, bei mir zu wohnen, wenn er keinem den Platz wegnimmt, und schlafen tut er ja auf dem Tisch oder auf einer Kiste, auf die wir die Matratze legen. Seine Energielosigkeit und Niedergeschlagenheit gehen allmählich vorüber. Ich habe ihm beim Staatsverlag eine Arbeit verschafft. Jetzt ist er nicht zu Hause: schon seit ein paar Tagen geht er arbeiten und ist damit sehr zufrieden. Seine alte Gewissenhaftigkeit ist in ihm erwacht. Im Staatsverlag haben sie eine Reklameabteilung aufgezogen, die die Leute über Neuerscheinungen des Verlags informieren soll. Drei Leute wurden gesucht. Einer von ihnen ist Schura, und er zeigt sogar Initiative. Bisher hat er natürlich noch keine Kopeke verdient, kriegen soll er aber um die 400 Millionen. Doch sein ganzes Gehalt wird erst einmal für Kleidung draufgehen: er ist völlig abgerissen, hat buchstäblich nur noch Lumpen, und auch ich werde wohl noch dazulegen müssen.

Wir leben einträchtig zusammen, wie eine Familie. Ich habe mich an ihn gewöhnt, daß ich ihn unterstütze, merke ich fast gar nicht, und um keinen Preis lasse ich ihn weg. Vielleicht wird er jetzt ausgeglichener. Er spricht nicht mehr dauernd in entschuldigendem Tonfall und lernt, mit Bestimmtheit ins Zimmer zu treten, er hat darin schon Fortschritte gemacht.

Meine Dinge stehen nicht schlecht. Zwar habe ich bisher noch keine einzige größere Einnahme gehabt, aber an Kleinigkeiten ist einiges zusammengekommen. Bisher haben wir auf dem scheußlichen engen Küchentisch geschlafen. Bei unserer Ankunft haben wir eine gute Federmatratze gekauft, die auf einen Rahmen gelegt wird, ähnlich wie ein türkischer Diwan. Wintermütze, Schneestiefel, Handschuhe, Schuhwerk haben eine Menge Geld aufgefressen. Im Zimmer ist es warm und gemütlich, doch läuft ein ständiger Kampf gegen den Lärm (gleich nebenan ist die Küche). Ich lasse fast keinen reinkommen, und bevor einer zu mir kommt, überlegt er sich, ob er mich nicht störe. Das erstaunt Schura und gefällt ihm nicht. Er würde ein fröhliches Bohème-Leben vorziehen, daß im Zimmer ständig 5 Leute schwatzen und daß man ihn selber nicht hinausjagt. Nun will ich Schura bei der Abschrift der »Anthologie« einsetzen, zusammen mit Nadeschda Jakowlewna. Diese Arbeit ist spät, aber doch noch herausgekommen. Am 20. ist Auszahlung: ich werde noch 1 1/2 Milliarden dazukriegen (500 habe ich erhalten). Dann habe ich für »Weltliteratur« die Übersetzung eines Theaterstücks für 3 Milliarden übernommen (Arbeit für einen Monat) und werde noch einen Vertrag mit dem Staatsverlag abschließen. Bei den beiden letzteren bekomme ich ein Viertel der Summe als Vorschuß.

Schreib mir sofort, wie Deine Dinge stehen; wie Du siehst, werde ich in einigen Tagen (alles hat sehr lange gebraucht) tatsächlich in der Lage sein, Dir etwas zu borgen. Ach, ich fürchte, ich werde auch von Dir irgendwann etwas nehmen müssen!!!

Schick uns ein Bildchen von Tatitschka. Sag ihr, daß ihre Onkel sie heiß lieben und an sie denken, und Tantchen auch.

An Marija Nikolajewna herzlichen Gruß und an Anna Dmitrijewna.

Noch was. An Papa schreibe ich separat. Aber schreib Du mir auch etwas über ihn. Aus ihm selber ist ja nichts herauszukriegen. Was soll ich über mich sagen? Ich möchte in einer richtigen Wohnung leben. Ich bin nicht mehr jung. Mich ermüdet dieses Leben in Zimmern. Auch für mich selber arbeiten ist schwierig: es bleibt wenig Zeit neben den Scherereien und dem Gerenne um Geld.

Ich küsse Dich, Lieber.

Dein Ossja.

30. AN DEN VORSTAND DES ALLRUSSISCHEN SCHRIFTSTELLERVERBANDES

<Moskau, 13. Dezember 1922>

Gesuch:

Mein zu mir gereister leiblicher Bruder Alexander Mandelstam lebt vollumfänglich von meiner Unterstützung und hat weder Unterkunft noch Geldmittel, die von den meinigen unabhängig wären.

Er schläft vorübergehend in einem Durchgangszimmer, in dem außer ihm nur W. Ja. Parnach auf einem Tisch schläft, den er absolut nicht stört, da er sich auf einer *aus meinem Zimmer geholten Kiste* eingerichtet hat. Er stört auch den Gehilfen des Verwalters nicht bei dessen leicht zu erledigender Arbeit, da er um 9 Uhr morgens aufsteht und sich um 12 Uhr nachts zum Schlafen einrichtet.

Da mein Bruder *faktisch* niemanden stört und ich, der ich mit meiner Frau in einem einzigen Zimmer wohne und mit Arbeit überhäuft bin, ihn nicht bei mir haben kann, bitte ich für ihn um die Erlaubnis, vorübergehend am bisherigen Ort übernachten zu dürfen, dies um so mehr, als ich persönlich und meine Frau nur einen sehr kleinen Raum belegen, während alle Angehörigen der Verbandsmitglieder die Möglichkeit bekommen haben, bei ihren Nächsten zu wohnen. Mir ist unverständlich, weshalb man meinen Bruder zu mir ins Zimmer vertreiben will, wo er meine literarische Arbeit ernsthaft behindert, das laute Diktieren, das Verfassen von Gedichten usw., eine Arbeit also, die jede Anwesenheit einer außenstehenden Person undenkbar macht und volle Konzentration erfordert, während *niemand* von den in den beiden anliegenden Zimmern des »Gästehauses« Wohnenden gegen sein provisorisches Nachtlager protestiert.

Ossip Emiljewitsch Mandelstam.

13/XII/22.

Hiermit bestätige ich, daß Alexander Emiljewitsch Mandelstam in keiner Weise mich oder andere Verbandsmitglieder einengt:

Walentin Jakowlewitsch Parnach

Als im Gemeinschaftszimmer Wohnende bestätigen dies:

D. Schepelenko, Pimen Karpow, Prof. Subakin

31. AN EMIL MANDELSTAM

<Moskau, Ende Dezember 1922>

Lieber Papa!

Ich schicke Dir und Schenja Nachrichten über Schura und mich.

Bei uns ist alles in Ordnung. Wir arbeiten, leben einträchtig zusammen, leiden keine Not. Schenja wird Dir ausführlich über unsern Alltag berichten.

Ich sage nur, daß uns zu einem normalen Leben eine Wohnung mit 2–3 Zimmern fehlt.

Aber gerade das ist unmöglich ...

Falls Du demnächst hierherkommst, würden wir uns sehr freuen. Wir wünschen Dir ein gutes neues Jahr und alles erdenklich Gute.

Dein Ossja und

Lieber Emil Wenjaminowitsch! Ein gutes neues Jahr! Ich würde mich freuen, wenn Sie nach Moskau kommen.

Gruß

Nadja.

32. AN EMIL MANDELSTAM

<Moskau, Frühjahr 1923>

Lieber Papa!

Heute fährt Schura für 2–3 Tage zu Euch. Für mich ist es sinnlos, jetzt zu fahren, weil ich auf Bucharins Antwort warten muß. Ich war gestern bei ihm. Er war sehr aufmerksam und telephoniert heute mit Sinowjew wegen Schenja. Er versprach, alles zu tun, was möglich ist, und schlug mir vor, systematisch mit ihm in Verbindung zu bleiben.

Er sagte unter anderem: »Ich kann keine Bürgschaft übernehmen. Vor wenigen Tagen hat das ZK seinen Mitgliedern verboten, das zu tun. Es bleibt nur der Umweg.«

Dann sagte er: »Übernehmen Sie (d.h. ich?) die Bürgschaft für ihn, Sie sind eine bekannte Persönlichkeit (?).« Morgen erfahre ich von Bucharin, wie Sinowjew sich über seine Bitte geäußert hat und wie die »auspicii« sind: die Zukunftsaussichten (Bucharins Ausdruck). Er fragte noch, *wer von den (prominenten) Kommunisten Schenja kenne,* offenbar hat er die Absicht, *deren Auftreten indirekt zu unterstützen.* Falls möglich, *besorgt Euch von der Parteizelle des Instituts eine Erklärung über Schenja. Eine Beurteilung seines Verhaltens und seiner Einstellung während des letzten Jahres.* Ich werde sie Bucharin übergeben, das wird sein Handeln erleichtern. Ich wiederhole: er hat mich ausgesprochen gut empfangen. Es war ein längeres Gespräch: an die 20 Minuten. Er sagte, Sinowjew *werde noch einmal nach Moskau kommen.* Er bedauerte, nicht gestern morgen davon erfahren zu haben, als Sinowjew hier war. *Ihr selber sollt nicht an Sinowjew gelangen.*

Bei uns ist alles in Ordnung. Nur eins ist schlecht. *Auch wenn es für das Notwendigste reicht, ist das Geld in letzter Zeit knapp.* Ich kann *im Moment* keinen Groschen schicken. Haltet Schura nicht auf, er muß rechtzeitig zurück sein, sonst verliert er die Arbeit, die für ihn alles ist.

Papas Besuch für etwa drei Tage (um Marija Nikolajewna nicht allein zu lassen) wäre sehr willkommen.

Ich selber kann fahren, sobald es einen Sinn hat. Nichts hält mich zurück.

33. AN DEN »PETROPOLIS«-VERLAG

<Moskau, 18. Mai 1923>

An den Buchverlag »Petropolis«.

Zum letzten Mal ersuche ich Sie, den mir von Ja. N. Bloch versprochenen Nominalbetrag für »Tristia« auszubezahlen, die mir im Jahr 1920 für ein paar Groschen abgekauft und 1922 in 3000 Exemplaren ediert wurden.

Sie haben nicht nur Ihr Wort gebrochen, nicht nur die Ethik, sondern Sie haben in ungeheuerlicher Weise einen *normalen* Vertrag verletzt. Die Gesetze der RSFSR sind auf meiner Seite. Eine Weigerung, das Geschuldete unverzüglich auszuzahlen, werde ich als Kampfansage auffassen. Gegen räuberische Buchgeschäfte werden wir mit allen Rechtsmitteln kämpfen. Ich fordere 5000 Rubel (im Geldwert des Jahres 1923), zu deren Entgegennahme ich meinen Bruder Jewgenij Emiljewitsch Mandelstam bevollmächtige.

O. E. Mandelstam

18. Mai 23.

34. AN LEW GORNUNG

<Moskau, Juli/August 1923>

Sehr geehrter Lew Wladimirowitsch!

Danke für die Gedichte. Ich habe sie aufmerksam gelesen. Verzeihen Sie, wenn ich in dieser kurzen Notiz nur sage: in ihnen kämpft ein lebendiger Wille mit der Last toter, vermeintlich »akmeistischer« Worte. Sie lieben das Pathos. Sie wollen die Zeit wahrnehmen. Doch die Wahrnehmung der Zeit verändert sich.

Der Akmeismus des Jahres 1923 ist nicht jener des Jahres 1913.

Genauer gesagt gibt es gar keinen Akmeismus. Er wollte nur das »Gewissen« der Poesie sein. Er ist ein Gericht über die Poesie, und nicht die Poesie selber. Verachten Sie die zeitgenössischen Dichter nicht. Auf ihnen liegt der Segen des Vergangenen.

Mit Gruß O. Mandelstam.

35. AN DIE WIRTSCHAFTSKOMMISSION DES ALLRUSSISCHEN SCHRIFTSTELLERVERBANDES

<Moskau, 5. August 1923>

Da ich aus Gründen der Krankheit meiner Ehefrau und meiner eigenen äußersten Erschöpfung mit meiner Frau für 6 Wochen in ein Kubu-Sanatorium nach Gaspra fahre, bitte ich darum, mir mein Zimmer während meiner Abwesenheit zu erhalten sowie auch meinem bei mir lebenden Bruder Alexander zu erlauben, in ihm zu wohnen.

Ossip Emiljewitsch Mandelstam

5/VIII/23.

36. AN DEN VORSTAND DES ALLRUSSISCHEN SCHRIFTSTELLERVERBANDES

<Gaspra, 23. August 1923>

Erklärung.
Von Ossip Emiljewitsch Mandelstam.

Hiermit bitte ich darum, mich aus der Liste der Mitglieder des Allrussischen Schriftstellerverbandes zu streichen.

Ein Begründungsschreiben liegt diesem Brief bei.

O. E. Mandelstam

23/VIII/23
Adresse: Krim, Korejis, Gaspra, Zekubu-Sanatorium.

37. AN DEN VORSTAND DES ALLRUSSISCHEN SCHRIFTSTELLERVERBANDES

<Gaspra, 23. August 1923>

Erklärung.
Von Ossip Emiljewitsch Mandelstam.

Hiermit begründe ich meinen Austritt aus dem Allrussischen Schriftstellerverband. Ich verlasse den Verband aufgrund der äußerst nachlässigen Haltung des Verbandsvorstandes gegenüber dem Schriftstellerwohnheim, einer Nachlässigkeit, die nur ein Teilaspekt der generell schwachen kulturellen Anstrengungen des Verbandes ist.

Die vorzüglichen Räumlichkeiten im linken Flügel des Wohnheims am Twerskoj-Boulevard, der gute Zimmer und ein Korridorsystem aufweist, entfallen aufgrund der Nachlässigkeit des Vorstandes als Arbeitshaus für Schriftsteller fast gänzlich. Die Wirtschaftskommission hat offensichtlich keinerlei Vorstellung von der Disziplin kulturellen Gemeinschaftslebens, wie sie in jeder anständigen Privatwohnung üblich ist, und bietet voller Herablassung schon das zweite Jahr den Leuten an, sich dort »einzunisten«, wo sie eben wohnen und arbeiten können.

Erstens: ein kolossaler Anteil des Wohnraums im Schriftstellerhaus, der beste und für ernsthaftes Arbeiten geeignetste Teil, ist dem Bürger Swirskij überlassen, der völlig unfähig ist, mit Arbeitern des Schreibfachs zusammenzuleben, und den ganzen Tag mit seinem lärmigen und lästigen persönlichen Haushalt verbringt.

Zweitens: dank der Fahrlässigkeit des Vorstandes trägt der Bürger Swirskij den offiziellen Titel eines »Verwalters« (?), was ihm erlaubt, sich im Hause außerordentlich dreist und hausherrenhaft aufzuführen.

Von morgens bis spätabends herrscht in der Küche lauter Lärm vom hauswirtschaftlichen Hin und Her der Swirskijs und dem lautstarken Gezänk mit den Hausangestellten (übrigens hat Swirskij die Putzfrau des Wohnheims zu seinem privaten Dienstmädchen gemacht und ihr keinerlei Respekt für Ruhe und Bedürfnisse der andern Bewohner eingeschärft).

Den ganzen Winter über flanierten immer wieder mit Gesinge und Musik, Gepfeife und lautem Gelächter an die zehn junge Leute, die nicht im geringsten mit Literatur zu tun haben, durch das ganze Haus, betrachteten sich als Gäste von Swirskijs Sohn und das Schriftstellerhaus als ihren Klub.

Des weitern ist aufgrund der Nachlässigkeit Swirskijs, der es nicht geschafft hat, einen Hausmeister zu finden, der Hof des Herzen-Hauses abende- und nächtelang eine Filiale des Twerskoj-Boulevards.

Im Winter begingen der Verbandsbevollmächtigte Bürger Swirskij und dessen Gehilfe im Gebäude des Verbandes eine ungeheuerliche Schandtat – sie verprügelten eine im Hof lebende Frau und fügten ihr schwere Verkrüppelungen zu.

Mit Swirskijs Einverständnis und mit Wissen der Wirtschaftskommission lebte noch vor kurzem während mehrerer Wochen die verrückte Bürgerin Dikson, die Wahnanfälle und Weinkrämpfe hatte, in der Küche, gerade vor meiner Tür, und verpestete die Luft mit ihren stinkenden Lumpen.

Auf dem Flur sind ständig die unflätigen Flüche der Swirskijs und der Hausangestellten bezüglich der verschmutzten Toilette zu hören.

Zur Zeit der Renovierung benutzte der Bürger Swirskij alle Arbeitskräfte und -mittel zur Renovierung seiner eigenen Wohnung: er teilte sein Zimmer in zwei Hälften ab, baute bei sich einen Wandschrank, grenzte sich durch eine separate Tür mit einem bis zur Decke reichenden hölzernen Aufbau im Korridor ab und verzichtete, Gerüchten zufolge, zugunsten dieser Ausbesserungen auf die Installierung einer vorhandenen Badewanne. In den übrigen Zimmern sind die Wände schlecht geweißt und verschmiert, der Fußboden ist kaputt und voller Risse.

Swirskij hat sich bis heute nicht darum gekümmert, die Außentüren des Hauses rund um die Uhr, wie das überall gehandhabt wird, zur Straße hin verschlossen zu halten, wozu die Installierung elektrischer Klingeln in den Zimmern erforderlich wäre; er ließ sich nur in seine »Wohnung« vom Flur aus eine Klingel installieren. Ins Haus verlaufen sich ständig irgendwelche Subjekte von der Straße, und ständig kommen Diebstähle vor.

Jede Mahnung zur Ordnung und Bitten um Ruhe betrachten der Bürger Swirskij und seine Familie als persönliche Beleidigung und antworten beim ersten Wort mit Grobheiten.

Im Winter wie im Frühling kam es am Bett des schwerkranken Schepelenko, im »Verwalterraum«, zu unaufhörlichen lärmigen Aufläufen von Gästen der Swirskijs *(ich spreche nicht vom »Jubiläum«)*.

Der Bürger Swirskij ist, das kann dem Vorstand nicht unbekannt sein, unfähig nicht nur als Verbandsbevollmächtigter, sondern eignet sich aufgrund seiner Taktlosigkeit und Unzivilisiertheit nicht einmal als einfacher verantwortlicher Wohnungsmieter.

Zu meinem größten Bedauern war ich der einzige Mensch im Wohnheim, der eine vollumfängliche, der Bestimmung des Hauses entsprechende Verwirklichung von Ruhe und Ordnung wünschte (der Bürger Potapenko ist glücklich isoliert und aufgrund seines hohen Alters teilnahmslos, der Bürger Klytschkow ist systematisch abwesend, die Bürger Schirjajewez und Schepelenko beklagen sich bitter, wagen aber nicht zu protestieren, der Bürger Blagoj zieht es vor, wenn ich Ruhe schaffe, da ja nicht seine Frau lärme).

Die erwähnten Zustände im Haus der russischen Schriftsteller, das kein Durchgangshof sein kann noch darf, sondern ein Arbeitshaus zu sein hat, wo jedes Zimmer der Arbeitsraum eines Schriftstellers ist, sind unvereinbar sowohl mit dem Namen Herzens als auch mit den Verpflichtungen des Verbandes der Gesellschaft gegenüber. Bei der Zuteilung des in Moskau so kostbaren Wohnraumes hätte der Verbandsvorstand vermehrt den Wunsch der Schriftsteller berücksichtigen müssen, zum Nutzen der russischen Kultur zu arbeiten, sowie auch den realen Wert und die Produktivität ihrer Arbeit.

Ausschließlich aus Taktgefühl und zum Teil auch aus Widerwillen habe ich meine Klagen bis jetzt nicht in ihrem ganzen Umfang dem Vorstand zur Kenntnis gebracht. Jetzt allerdings betrachte ich die Situation als hoffnungslos, ich verlasse den Verband, der bei der Verwendung des ihm anvertrauten kolossalen Reichtums an Wohnraum eine völlige Hilflosigkeit gezeigt hat, und gebe dem Verband ein Zimmer zurück, das in der gegenwärtigen Situation nur von einem unbedarften und sprachlosen »Bewohner« genutzt werden könnte.

Zum Schluß weise ich dem Vorstand gegenüber die »Rüge« zurück, die mir Gerüchten zufolge erteilt wurde, und halte ihm vor Augen, daß es völlig ungesetzlich und sinnlos ist, eine gesellschaftliche Rüge auszusprechen, ohne der betroffenen Person vorgängig alle Anschuldigungen darzulegen und deren Erklärungen anzuhören, noch dazu während deren Abwesenheit. Es war völlig unzulässig, die Hausbewohner nicht über meinen Konflikt mit Swirskij, sondern über meinen »Charakter« und meine Beziehungen zu den übrigen Nachbarn zu befragen.

Was die Drohungen des Bürgers Swirskij betrifft, mich »umzubringen«, »zum Krüppel zu schlagen«, mit mir »abzurechnen«, aus mir Pulver zu machen, die bei der Untersuchung wohl kaum zur Sprache kamen - so messe ich ihnen keinerlei Bedeutung zu. Gleichzeitig mit dieser Erklärung sende ich der Wirtschaftskommission eine Erklärung über das Freiwerden meines Zimmers infolge meines Austrittes aus dem Verband.

Ossip Emiljewitsch Mandelstam

23/VIII/23.
Adresse: Krim, Korejis, Gaspra, Zekubu-Sanatorium.

38. AN EMIL MANDELSTAM

<Gaspra, um den 21. September 1923>

Lieber Papa!

Schon seit einem *Monat* kein Wort von Schura, er antwortet nicht auf Briefe, Telegramme usw. Ich habe ihn als Hüter all meiner Habe zurückgelassen; in unserer Abwesenheit sind wichtige Veränderungen vorgefallen: ich habe auf das Zimmer verzichtet (durch einen Brief an den Schriftstellerverband). Über nichts unterrichtet er uns. Er ist wirklich ein bißchen anormal!

Unser Aufenthalt hier geht zu Ende, um den 6.-8. Oktober müssen wir abreisen, d.h. in 15-17 Tagen.

Wenn nicht diese unsinnige Aufregung wegen Schuras schändlichem Schweigen wäre (unter anderm hat er die

Pfandhausquittungen für unsere Winterpelze, die Frist endet am 22. September, ich habe telegraphiert, doch er antwortet nicht - ist der verrückt geworden?!?) - also, wenn das nicht wäre, könnte ich sehr zufrieden sein mit den Resultaten unseres zweimonatigen Urlaubs, vor allem für Nadja. Schlimm ist, daß wir kein Geld für die Rückreise haben. Uns fehlen 2 Tscherwonzen. Borgen ist unmöglich. Nach dem 6. noch hierzubleiben geht auch nicht, sie geben kein Essen mehr aus. Ich habe Dir per Eilpost geschrieben und telegraphiert.

Wenn wir dieses Geld nicht rechtzeitig von Dir bekommen, und möglich ist das nur über Telegraph nach Jalta oder noch einfacher nach »Krim, Korejis-Gaspra«, sind wir in einer ausweglosen Lage. Diesen Brief schickt Dr. Belokonskij an Dich weiter, der heute morgen nach Petersburg fährt. Noch eine Bitte: wenn Du weißt, was mit Schura los ist und wo er sich aufhält, telegraphiere ihm bitte bezüglich unserer Winterpelze, denn nach dem 22. September gibt es noch zwei Wochen Fristverlängerung. Er versprach uns, all das zu erledigen, aber schon seit einem Monat kein Ton von ihm! Unfaßbar!!!

Ich mache mir Sorgen um die Möbel, die ich ihm zum Transport an einen andern Ort anvertraut habe.

Was ist los mit Schura?

Ich küsse Dich, Schenitschka und Tatja.

Bis zum baldigen Wiedersehen.

Ossja.

Lieber Emil Wenjaminytsch!

Ich habe zugenommen, sehe gesünder aus - Sie wären zufrieden mit mir, nicht wie in Moskau. Den ganzen Tag spiele ich Schach. Ossja hat nichts vom Urlaub wegen Schura - ich verstehe nicht, was mit ihm passiert ist. Zuerst hat er sich erholt, war fröhlich (es ist ja der erste Urlaub seit 5 Jahren), und jetzt ist alles zunichte wegen der Aufregung.

Ich küsse Sie. Nadja.

Gruß an Jewgenij Emiljewitsch und Marija Nikolajewna. Ist Tatitschka größer geworden? Erinnert sie sich an Ossja und mich?

39. AN DEN ALLRUSSISCHEN SCHRIFTSTELLERVERBAND

<Moskau, 27. Oktober 1923>

Nachdem ich indirekt und zufällig erfahren habe, daß im Verbandsvorstand eine Erörterung meiner Angelegenheit stattgefunden hat (worüber ich nicht unterrichtet worden bin, was mir unbekannt war) und ein Beschluß in dieser mir unbekannten Sache gefaßt wurde, bitte ich darum, mir einen Auszug aus dem entsprechenden Protokoll zu schicken.

Ossip Emiljewitsch Mandelstam

27/x/23
Adresse: Ostoschenka, Sawjolowskij Pereulok 9
Jewgenij Jakowlewitsch Chasin, für O. E. Mandelstam.

40. AN EMIL MANDELSTAM

<Moskau, Ende November 1923>

Liebes Papachen!

Wir haben Dein letztes Brief-Feuilleton erhalten. Und es hat uns große Freude gemacht. Du gehst den Dingen auf den Grund und beweist großen Scharfblick. Wir haben Dir sofort ein Telegramm geschickt. Aber jetzt, in Erwartung Deines Besuchs, will ich Dir ausführlicher auf alles antworten.

Nach der Rückkehr nach Moskau wohnten wir drei Wochen bei Jewgenij Jakowlewitsch an der Ostoschenka.

Das war recht gemütlich und vergnüglich dank seines lieben Charakters und weil er sich kurz zuvor von seiner Frau hatte scheiden lassen – aber es war nicht sehr bequem.

Ich habe ein bißchen den Kopf verloren. Habe die Zügel gehenlassen. Keine Arbeit, kein Geld, keine Wohnung. Nadjuscha fuhr viermal aus der Stadt raus (an die Stadt selber haben wir gar nicht zu denken gewagt). Alles vergeblich. Dort gab's nur Hütten, völliger Schwachsinn, teuer, nur Dreck. In der Stadt kostet ein Zimmer um die 40 Tscherwonzen. Wir machten uns schon aufs Wegfahren gefaßt – aber wohin? Wollten schon den ganzen *Laden* abmelden, um leben zu können.

Und plötzlich kommt ein Mensch und sagt: fahrt sofort an die Bolschaja Jakimanka. In 20 Minuten sind wir auf der andern Seite der Moskwa. Ruhige Straße. Ein Häuschen vom Typ »Privathaus mit Säulchen«. Die Wohnung eines Professors, der das ganze Jahr über auf seiner Datscha lebt. Ein riesiges Zimmer: 8 × 8 Arschin, 2 Fenster, hell ... ruhig ... Nebenan wohnt so ein Kauz, eine Art Musikkritiker oder Gedichtästhet ... Eine Armut im Haus wie im zwanziger Jahr.

Sie wollen 15 Tscherwonzen für das Zimmer und vermieten es bis zum Herbst. Wir haben es genommen, versteht sich. Dann werden wir weitersehen. Es sieht so aus, als ob wir es kaufen könnten. Jetzt ist schon ein Monat vergangen, seit wir umgezogen sind, uns angemeldet, die Möbel hergeschafft haben. Es ist warm bei uns, unwahrscheinlich ruhig. Ins Zentrum sind es 20 Minuten mit der Straßenbahn. Keine Seele schaut bei uns vorbei. Eigene Küche ... Brennholz ... Stille ... Mit einem Wort – das Paradies ... Der Geburtshelfer unseres Umzugs war Jewgenij Jakowlewitsch. Er borgte bei irgendwem für uns 5 Tscherwonzen im richtigen Augenblick. Auf %?! Den Rest habe ich zusammengekratzt. Alle Sachen sind heil geblieben.

Was ich tue? Ich arbeite für Geld. Eine schwere Krise. Viel schlimmer als letztes Jahr. Aber ich bin schon etwas ausgeglichener. Wieder Übersetzungen, Artikel und anderes mehr. Die »Literatur« ist mir zuwider. Ich träume davon, diesen Dreck hinzuschmeißen. Die letzte Arbeit für mich habe ich im Sommer gemacht. Voriges Jahr habe ich noch viel für mich gearbeitet. Dieses Jahr – gar nichts ...

Papachen, wir haben alles Nötige für den Winter: Schuhe, Galoschen, Mäntel, Wintermützen, Handschuhe. Nadjuscha habe ich ganz neu eingekleidet (zwei Kleider). Ich trage den alten Anzug, aber er hält noch. Nur unsere Brüder kommen uns besuchen: Schura und Jewgenij Jakowlewitsch.

Schura wohnt bei meinem Freund Parnok. Zu dritt in einem Zimmer. Unordnung. Schmutz. Kälte. Das Zimmer liegt in der Nähe des »Verbandes« am Twerskoj-Boulevard. Er ist sehr müde. Fast jeden Tag ißt er bei uns zu Mittag (ein zweites Mal, nach dem Essen im Staatsverlag). Heute war er gut angezogen, im neuen schwarzen Anzug. Ich habe ihm auf Borg Schnelläufer-Schnürstiefel gekauft. Er ist sauber rasiert. Neue Krawatte. Er braucht ein Bett. Wir träumen davon, ihn wenigstens zum Übernachten bei uns nebenan unterzubringen. Doch dann hätte er weit zur Arbeit. Er arbeitet viel, und auch wenn er ständig jammert und vom »Abbau« faselt, hat er den Abbau gut überstanden, und sie schätzen ihn als gewissenhaften Arbeiter natürlich sehr.

Die Krim hat Nadja sehr geholfen. Die Temperatur springt manchmal noch in die Höhe – aber sie ist ein lebendiger Mensch, sorgt sich um den Haushalt, liegt nicht den ganzen Tag herum, geht in die Stadt – lauter Wunder!

Liebes Papachen! Sag die Wahrheit – kommst Du uns besuchen, und wann? Wir werden Dich so empfangen, wie es besser gar nicht geht. Es muß Dir gefallen. Was ist mit Deiner Wunde? Brauchst Du nicht eine Klinik in Moskau? Ich kann das einfädeln.

Paß auf Dich auf. Hüte Dich vor zuviel Arbeit. Was hast Du da ausgeheckt mit diesem Trust?

Du kannst uns auch mit Schenja zusammen besuchen kommen. Falls Schenja will, hilf ihm nur für die Fahrt hierher. *Ist er erst einmal hier, werde ich schon wieder Geld auftreiben* und es Marija Nikolajewna schicken. Er soll sich ausruhen, in Moskau eine Arbeit suchen oder über Moskau ...

Lieber Emil Wenjaminytsch! Wir haben Ihren wunderbaren, witzigen Brief bekommen und uns furchtbar darüber gefreut – wir hatten schon lange nichts mehr gehört. Wir möchten sehr, daß Sie uns besuchen kommen. Sie werden es in unserem Zimmer viel bequemer haben als voriges Jahr, jetzt können wir Sie endlich richtig gut empfangen. Ich bitte Sie sehr, sehr darum zu kommen. Ossja rennt jetzt weniger herum, und Sie werden nicht den ganzen Tag mit mir sein müssen, worüber Sie sich beklagten, obwohl wir doch die Zeit prima zusammen verbracht haben. Ich sage noch jetzt zu Ossja und Schura, es wäre sehr gut, wenn sie mir gegenüber so lieb und aufmerksam wären wie Sie. Ich küsse Sie. Erwarte Sie. Werde mich sehr freuen, Sie zu sehen. Kommen Sie.

Nadja.

41. AN EMIL UND JEWGENIJ MANDELSTAM

<Moskau, um den 21. Dezember 1923>

Lieber Papa!

Bei uns fügt sich alles erfreulich. Natürlich habe ich Arbeit angenommen. Geld bekomme ich in zwei Raten, die eine Hälfte jetzt, die andere in zehn Tagen (Krise der Verlagskasse vor den Feiertagen). Deshalb sende ich Dir jetzt 3 Tscherwonzen – einen halben für ein Geschenk für Tatitschka –, und in 10 Tagen sende ich noch mal 4. (Ich garantiere für Ossja, sobald sie zahlen, schicke ich es ab, ein reiner Zufall, daß es vor Weihnachten keine Auszahlungen gab. Nadja.) Außerdem kam ein Brief von German. Verzeih, daß ich ihn aufgemacht habe: ich dachte an Aufträge, konnte die Handschrift nicht erkennen. Ich war bei Golz. Er sagte, er hoffe am Montag Antwort zu bekommen. Er ist wirklich ein Dir treu ergebener Mensch und tut sehr gerne, was er versprochen hat: er *will,* daß Du arbeitest.

Ich fahre mit Nadja am Dienstag für eine Woche nach Kiew: das kostet uns nur die Fahrkarten. Wir kriegen dort zu essen, nehmen von dort Geschirr mit, verschiedene notwendige Haushaltssachen. Es wird unser Urlaub sein – für insgesamt 4 Tscherwonzen. Außerdem erwarten uns bei der Rückkehr 6 Tscherwonzen »Versorgegeld« von der »Kubu«, für 4 Monate. Am 10. Januar zahlen sie. Insgesamt werde ich also 13 Tscherwonzen bekommen, so um den 8. bis 10. Sei beruhigt, ich werde nicht die Gemeinheit begehen, Dir buchstäblich 4 Tscherwonzen zu **stehlen**!!! Jetzt aber genug vom Geld, Papachen. Man hat mir eine Arbeit in der Redaktionsabteilung des Staatsverlags versprochen. Der Leiter des Staatsverlags war es, der sie mir versprochen hat. Überhaupt sind wir bedeutend ruhiger geworden. Wir fürchten uns nicht vor der Zukunft. Ich schäme mich nur, daß ich Schenja nichts schicke. Aber das werde ich sofort wiedergutmachen mit dem Vorschuß für die neue Arbeit, die ich nach den Feiertagen bekomme. Für die Feiertage zieht Schura zu uns.

Lieber Papa, wie schlecht haben wir Dich empfangen! Du hattest keine Ruhe bei uns. Wir haben uns gar nicht zusammengenommen. Du bist in eine unserer »Krisen« geraten. Doch bei einer solchen Sträflingsarbeit wie der unsern kann es gar keine dauerhaften Krisen geben: es kommt auch wieder Erleichterung. Den nächsten Brief schreiben wir Dir am Montag. Und Dienstag fahren wir nach Kiew. Schreib Schura an unsere Adresse. Unsere Adresse in Kiew für die Woche vom 26. Dezember bis

6. Januar: Nowaja Uliza, Ecke Meringowskaja, Haus 1/3, Wohnung Chasin.

Lieber Schenitschka! Dein Bruder war die ganze Zeit über völlig hilflos. Aber immerhin habe ich mich aus dem Loch hochgerappelt. Nach den Feiertagen erwarte ich Dich. Ich bin überzeugt, daß wir für Dich in Moskau eine Arbeit finden können und einen Platz an der Universität. Schreib uns sofort nach Kiew. Ich möchte Dir schrecklich gerne helfen. Aber alles ist so knapp. 4 Tscherwonzen in der Hand, für zwei Wochen. Nach den Feiertagen wird es viel besser gehen. Du kennst mich ja: wenn ich Dich nur sehen kann – gleich beginne ich nur an Dich zu denken (das ist nun mal meine Eigenart). Komm in zwei Wochen zu uns. Ich werde überall bei Dir sein. Es ist furchtbar, daß wir nicht beieinander wohnen. Meine Nadja hat 2 *Jahre* auf die Reise zu ihren Eltern gewartet. Ich kann ihr das nicht wegnehmen. Wie müde sie ist! Wie sie gearbeitet hat! Papa wird es Dir sagen.

Papachen! Ich schicke noch einen halben Tscherwonzen. Der ist für Tatitschkas Geschenk von uns. Kauf ihr Spielsachen und Süßigkeiten. Du kannst das!!!!

Ich küße Euch. Nadja.

Ein schönes Tannenbäumchen wünsche ich Tatitschka! Ich küsse das liebe Kindchen. Papa wird ihr meine Geschenke kaufen.

Auf Wiedersehen, Papachen, in einem Monat in Petersburg.

Ossja.

Paß auf Deine Gesundheit auf! Pflege Deine Wunde!!!

42. AN ALEXANDER SCHIRJAJEWEZ

<Moskau, 21. Januar 1924>

Sehr geehrter Alexander Wassiljewitsch,

ich wäre Ihnen sehr dankbar, wenn Sie mir die folgenden drei Fragen beantworten könnten: 1) Ist Ihnen bekannt, daß der Vorstand des Schriftstellerverbandes aufgrund Ihrer Aussagen beschloß, mir einen Brief zu senden, der eine Rüge enthielt und die Drohung, mir das Zimmer wegzunehmen? 2) Sind Sie einverstanden mit einem solchen Gebrauch Ihrer Aussagen? 3) Was genau haben Sie den Vertretern des Verbandsvorstandes über mich gesagt?

Ich hoffe, daß Sie mir die unverzügliche Beantwortung dieser Fragen nicht abschlagen werden, da das Fehlen genauer Kenntnisse bezüglich aller drei Fragen unsere persönlichen Beziehungen zueinander höchst unklar erscheinen läßt.

Mit vorzüglicher Hochachtung
O. Mandelstam

21/1/24.
Moskau, Bolschaja Jakimanka 45, Wohng. 8.

43. AN DIE PRESSEABTEILUNG DES ZK DER RKP (B)

<Kollektives Schreiben>

<Moskau, 9. Mai 1924>

Wir Schriftsteller, die wir erfahren haben, daß die Presseabteilung des ZK der RKP eine Konferenz zu Fragen der Literaturpolitik organisiert, halten es für notwendig, der Konferenz das Folgende zur Kenntnis zu bringen:

Wir meinen, daß die Wege der gegenwärtigen russischen Literatur – also auch die unseren – mit den Wegen Sowjetrußlands nach der Oktoberrevolution verbunden sind. Wir meinen, daß die Literatur die Widerspiegelung jenes neuen Lebens sein muß, das uns umgibt, in welchem wir leben und arbeiten, andererseits aber auch die Schöpfung einer individuellen Schriftstellerpersönlichkeit, welche die Welt auf ihre Weise wahrnimmt und sie auf ihre Weise widerspiegelt. Wir halten dafür, daß das Talent eines Schriftstellers und sein Verbundensein mit der Epoche zwei grundlegende Werte des Schriftstellers sind: in einem solchen Verständnis des Schriftstellertums gehen eine ganze Reihe von Kommunisten - Schriftsteller und Kritiker - mit uns einig. Wir begrüßen die neuen Schriftsteller, die Arbeiter und Bauern, die jetzt in die Literatur eintreten. Wir stellen uns ihnen in keiner Weise entgegen und betrachten sie nicht als uns feindlich oder fremd. Ihre Arbeit und unsere Arbeit ist die eine Arbeit der gegenwärtigen russischen Literatur, die den gleichen Weg und zum gleichen Ziel geht.

Die neuen Wege der neuen, sowjetischen Literatur sind schwierige Wege, auf denen Fehler unvermeidlich sind. Und unsere eigenen Fehler wiegen für uns selber am schwersten. Doch wir protestieren gegen wahllose Angriffe auf uns. Der Ton solcher Zeitschriften wie »Na Postu« und ihre Kritik, die außerdem noch als Meinung der RKP insgesamt ausgegeben wird, begegnen unserer literarischen Arbeit bewußt voreingenommen und unangemessen. Wir halten es für notwendig zu erklären, daß eine solche Haltung gegenüber der Literatur weder der Literatur noch der Revolution würdig ist und die Massen der Schriftsteller und der Leser demoralisiert. Als Schriftsteller Sowjetrußlands sind wir überzeugt, daß unsere schriftstellerische Arbeit für Sowjetrußland sowohl notwendig als auch nützlich ist.

P. Sakulin, N. Nikandrow, Walentin Katajew, Alexander Jakowlew, Michail Kosyrjow, Boris Pilnjak, Sergej Klytschkow, Andrej Sobol, Sergej Jessenin, Michail Gerassimow, W. Kirillow, Abram Efros, Jurij Sobolew,

Wladimir Lidin, O. MANDELSTAM, W. Lwow-Rogatschewskij, S. Poljakow, I. Babel, A. Tolstoj, Jefim Sosulja, Michail Prischwin, Maximilian Woloschin, S. Fjodortschenko, Pjotr Oreschin, Wera Inber, N. Tichonow, M. Sostschenko, E. Polonskaja, M. Slonimskij, W. Kawerin, Wsewolod Iwanow, N. Nikitin, Wjatscheslaw Schischkow, A. Tschapygin, M. Schaginjan, O. Forsch.
Moskau, 9. Mai 1924.

44. AN SOFJA FJODORTSCHENKO

<Moskau, 9. Juli 1924>
9/VII/24

Sehr geehrte Sofja Sacharowna!

Gestern waren Sie so gütig, sich gleich bei meinem ersten Besuch über meinen Charakter auszulassen, und griffen bei Ihrer kurzen Skizze zu dem Ausdruck: »macht nichts, daß er – d.h. ich – ein kleiner Gauner ist ...« Offenbar nahmen Sie, als Sie das sagten, an, Sie würden mir etwas für mich Natürliches mitteilen, woran ich gewöhnt sein müßte wie an eine gesellschaftliche Stellung und eine Art »Titel«. Anders kann ich mir die Leichtigkeit nicht erklären, mit der das ungeheuerliche Epitheton von Ihrer Zunge flog ...

Sie haben sich sehr geirrt: ich bin eine solche Charakterisierung *nicht gewohnt*, selbst wenn sie scherzhaft und freundschaftlich gemeint wäre. Gestern wollte ich dieses »Thema« meiner Frau wegen nicht vertiefen – nun bitte ich Sie mit Nachdruck darum, mir die *Quelle dieses widerwärtigen Klatsches* zu nennen, dem Sie offensichtlich Glauben schenkten und dies mir gegenüber nicht einmal verbargen (in der Meinung, es könne unserer Bekanntschaft nicht schaden).

Meine Frau und ich bitten Sie darum, wenn Sie auf unsere Hochachtung Wert legen, *deutlich und präzise* darzulegen, *wer* Ihnen gegenüber *was* an **Anstößigem** über mich gesagt hat. Falls aber Ihre Worte *Ihrem persönlichen Eindruck von mir* entsprungen sein sollten – ist die Situation *durch nichts wiedergutzumachen*.

Mit vorzüglicher Hochachtung
O. Mandelstam

Adresse: Bolschaja Jakimanka 45, Wohng. 8.

45. AN ALEXANDER WORONSKIJ

<Leningrad, August/September 1924>

Sehr geehrter Alexander Konstantinowitsch!

Ich schicke Ihnen den verbesserten Text meiner »Aufzeichnungen«. Verzeihen Sie die ungeheure Verschleppung: sie erklärt sich keineswegs mit meiner Vergeßlichkeit, sondern damit, daß ich in Ruhe an der Sache arbeiten wollte. Ich wäre Ihnen sehr dankbar, wenn Sie mir mitteilen könnten, wann und wo Sie sie zu drucken gedenken, da ich vorhabe, sie *nach Ablauf einer angemessenen Frist* nach ihrem Erscheinen in »Rotes Neuland« oder »Der Kreis« mit einigen Ergänzungen als Büchlein herauszubringen, worüber ich bereits mit »Leningrad« verhandelt habe.

Es versteht sich, daß ich nach meiner eigenen Säumigkeit nicht wage, Sie zur Eile zu drängen, und mit meinen weiteren Plänen für das Buch *genau so lange zuwarten werde, wie es Ihnen erforderlich erscheint*.

Mit aufrichtigem Gruß
O. Mandelstam.

Leningrad. Uliza Gerzena 49, Wohng. 4.

PS Bei den mir vorschwebenden Titeln möchte ich mich für »Das Rauschen der Zeit« entscheiden, mit dem Untertitel: »Aufzeichnungen«. Ich bitte Sie sehr um Zusendung von Druckfahnen, die ich *nicht lange behalten werde*.

III

NADESCHDA AM SCHWARZEN MEER: 1925–1926

46. AN NADESCHDA MANDELSTAM

<Leningrad, 14. Oktober 1925>

Naditschka, meine Liebste! Seelchen liebes!

Du fährst jetzt gerade aus Moskau ab, und ich schreibe Dir auf der Post um 6 Uhr abends. Gestern ging ich auf dem Rückweg zu Wygodskij. Er hatte gerade Sitzung mit der Hausverwaltung, nachher sprachen wir über »Priboj«, und ich habe mir Edgar Poe (?) einfallen lassen. Und bei Liwschiz öffnete mir ein rothaariger Mann, der wie ein Koch aussah, und sagte: »Keiner da.« Abends habe ich sogar noch 3 Seiten übersetzt. Anja war lieb. Und heute sind wir um 8 aufgestanden, haben bis 12 gearbeitet, und ich bin überall herumgelaufen: zur Zeitung, zu »Priboj«, zum Staatsverlag. Bei der Zeitung haben sie mir versprochen, mir für morgen 60 Rubel anzuweisen. Gorlin hat mir irgendeinen »Billy« gegeben: 100 Zeilen – 50 R., und »Priboj« wollte Edgar Poe (?).

Meine Liebste, ich schreibe Dir das alles deshalb, weil ich dadurch wegfahre, ich fahre zu Dir und Du bist schon ganz nah – mein liebster Vogel, mein Spätzchen mit Handschuhchen! Ich küsse Deine Handschuhchen, die Fädelchen und Dein Mützchen.

Und jetzt hör zu: ich kann tatsächlich am Dienstag fahren und werde das morgen *klären*. Morgen werde ich eine Erklärung an den Steuerinspektor schreiben und nach Luga schicken.

Und Sascha weint noch immer.

Nadjuschka! Ich bin *sehr fröhlich* und völlig gesund. Ich hetze nicht, sondern mache alles ganz ruhig – und die ganze, ganze, ganze Zeit denke ich an Dich, an Nadja, meine Liebste.

Naditschka! Huhu? Kindelchen, paß auf Dich auf.

Warte auf mich. Ich telegraphiere Dir den Abreisetag. Gott sei mit Dir, Nadinka. Und die Ringlein werde ich mitbringen.

Ossja.

Ich küsse Dich, Donja, schreib jeden Tag wenigstens eine Postkarte. O. E. ist in guter Stimmung. Ich bin ganz nervös ohne Dich. Briefe habe ich keine erhalten, nichts zu machen. Wie ist Deine Gesundheit?

Anja.

Meine Nadka! Nadjuschok! Nanuscha! Morgen werd ich zweimal schreiben.

Mein Kindchen, wir sind wieder nach Hause gegangen – es fehlten uns 20 Kopeken. Ich habe dumm über Gorlin geschrieben: der Vertrag ist heute unterschrieben worden, und *außerdem* noch 100 Zeilen »Billy«.

Kindchen, sei beruhigt. Bei uns ist es warm, und heute schien die Sonne. Ich will zu Dir, werde bei Dir sein.

Also vielleicht nur noch ein paar Tage. Ich liebe Dich, Naditschka, ich küsse Dein Stirnchen und die Lippen.

47. AN NADESCHDA MANDELSTAM

<Leningrad, 15. Oktober 1925>

15/x/25

6 Uhr abends

Nanuscha meine Liebste!

Um vier Uhr bin ich nach Hause gekommen, habe die traditionellen Fleischklößchen gegessen, und wir haben den Kamin und die Badewanne geheizt. Anja hat einen Brief bekommen, aber von ihrer Schenitschka. Und ich, Naditschka, bezahle morgen die Versicherung und einen Teil an Sascha. Ich war heute an der Moskowskaja bei der Versicherung, die haben mir gesagt, daß man alles von hier aus machen und ausfertigen könne. Heute morgen haben wir *die Zinsen für die Uhr bezahlt*. Die »Rote« gibt mir morgen 60 R., und Gorlin am Mittwoch, dem 21., für die Gedichte 50 extra. Das heißt – 110 von 200 haben wir schon. Das Problem mit »Priboj« ist schon fast gelöst: ich suche Edgar Poe in Balmonts Übersetzung, um sie *ihnen zu zeigen*. So kann ich, Naditschka, nächste Woche zu Dir fahren, ohne den Dienstag abzuwarten. Von Moskau fahren doch Züge? Von der »1002ten Nacht« sind noch 20 Seiten übrig. Aber morgen gibt mir der Staatsverlag nur 100 R., und am 20. – noch 125.

Soweit die Geschäfte, Liebste! Das Büchlein bringe ich Dir ganz bestimmt mit: ich werd mir schon was einfallen lassen.

Nanotschka, warum hast Du aus Moskau nicht geschrieben? Tun Kindermädchen so was? Nadik, morgen wird doch ein Telegramm von Dir kommen?

Marietta ist zurück, ich will morgen bei ihr vorbeigehen. Mein Kindelchen, telegraphiere bitte die T°!!!

Und wie war die Bahnfahrt?

Naditschka, mir schwindelt der Kopf – so sehr möchte ich Dich sehen.

Hast Du in Melitopol eine Zuckermelone gekauft? Mein Kindchen, freu Dich am Leben, wir sind glücklich, freu Dich wie ich auf unser Wiedersehen. Gott sei mit Dir, Naditschka. Schlaf ruhig. Denk an meine Ratschläge, Kindchen: 1) geh zum Doktor, 2) nimm die beste Pension, 3) Arsen und Kompressen.

Gestern habe ich auf der Straße Fogel getroffen (er suchte eine Wohnung in unserer Gegend). Er sagt, für Dich sei *wenig Bewegung* besonders wichtig. Nicht umhergehen! Geh nicht spazieren! Zur Post nimm einen Kutscher oder schick jemand hin.

Kindchen, ich küsse Deine Härchen. Bis bald, mein liebstes Vögelchen.

Ossja.

Ich küsse Deine Äugelchen und die Lippen und die Fäustlinge.
Mein liebes Kindelchen, lieber Nadik, ich bitte Dich: **rauche nicht.**

48. AN NADESCHDA MANDELSTAM

<Leningrad, 16. Oktober 1925>

16/x Freitag

Liebe Nadinka!

Heute morgen ging ich mit Sascha einiges erledigen. Ich habe ihr 15 R. gegeben und das mit der Versicherung in Ordnung gebracht. Heute hat »Priboj« zweimal angerufen und gebeten, 4 Bogen Rabelais zu machen. Morgen kommt die Antwort auf meine Bedingungen: 160 R. (die Hälfte im voraus). Ich habe Galoschen gekauft. Jetzt liege ich der Annehmlichkeit halber im Bett und diktiere die letzten Seiten des »Teppichs«. Ich fühle mich vollkommen gesund. Anfang nächster Woche hoffe ich alles endgültig zu erledigen. Deine kleine Karte habe ich bekommen.

Naditschka, wo ist das Telegramm aus Jalta? Mein Kindelchen, sei fröhlich und laß mich nicht im ungewissen.

Ich küsse meine Liebste.

Ossja. Njanja.

Anja grüßt Dich.

49. AN NADESCHDA MANDELSTAM

<Leningrad, 30. Oktober 1925>

Nadik, mein liebes neugeborenes Freundchen!

Ich küsse Dich heiß. Ich möchte Dich ganz unglaublich gern sehen.

Bald, bald werden wir zusammensein. Ich habe mich noch nie so nach Dir gesehnt und nach Dir gebrannt. Hörst Du? Nadik?

Auf Wiedersehen.
Dein Njanja.

Ich werde Dich noch oft, oft *verhätscheln,* wie vorher, so richtig Dich einhüllen, Dich froh machen.

Kleiner Nadik, komm zu mir.

50. AN NADESCHDA MANDELSTAM

<Leningrad, Anfang November 1925>

Meine Geliebte! Nadik Liebster! Ich schreibe Dir 5 Minuten bevor die Post zumacht. Liebste, danke für Deine zärtlichen Wörtchen. Wie geht es Dir dort? *Laß Dich nicht beleidigen*. Bei mir ist alles gut. *Am 15. fahre ich zu Dir*. Das ist fast sicher. Ich kann nicht ohne Dich, mein Schwälbchen. Aber sei beruhigt – **ich lebe ordentlich, bin gesund**. In den Geschäften gibt's Erfolg. Morgen schreibe ich ausführlich. Ich küsse Dich, Herzliebste. Gott behüte Dich, meine kleine Sonne.

Dein Njan.

Ich küsse die lieben Händchen. Ich liebe Dich. Wie konfus ich bin! Sei mir nicht böse!

Großpapa küßt Dich und Anja. Die Uhr ist heil. Ich kaufe sie zurück.

51. AN NADESCHDA MANDELSTAM

<Leningrad, 11. November 1925>

Liebstes Vögelchen!

Hier mein heutiger Tag: am Morgen spazierte ich 3 Stunden im Staatsverlag herum. Die Kasse war geschlossen. Man wartete auf einen Genossenschaftler von der Bank. Dann um 2 Uhr zum Telegraphenamt. Dann zurück zum Staatsverlag. Frühstück im »Gourmet«. Gorlin sagte heute, daß wir den Vertrag machen werden, sobald Angert den genehmigten Plan aus Moskau mitbringt. Dann fuhr ich zu »Sejatel«, zeigte ihnen Gorlins neue Bücher: sie nehmen sie. Wenn ich ihn bitte, gibt Gorlin sie bestimmt her.

Nun, Kindchen, genug von den Geschäften. Ich weiß, wie Dich das aufregt – deshalb schreibe ich es zuerst. Nicht darüber, mein Schwälbchen, will ich mit Dir reden! Ich liebe Dich, mein wildes Tierchen – wie noch nie – kann nicht ohne Dich – will zu Dir ... und werde bei Dir sein ...

Herzliebste mein, Du bist Tausende von Wersten weit weg in einem großen leeren Zimmer mit Deinem Fieberthermometerchen! Mein Leben: versteh doch, daß Du mein Leben bist! Wie ist Dein Tempratürchen? Bist Du auch fröhlich? Lachst Du? Ob Du's verstehst oder nicht, ich bin **nur** für Februar einverstanden, ohne Dich zu sein, und **keinen Tag** länger!

Anja, mein Kindchen, habe ich Schwein noch nicht gesehen. Ich war zu beschäftigt. Und sie *auch*. Wir telephonieren nur miteinander. Bei Wygodskijs und Bens war ich. David und Emma sind unerschütterliche Spanier. Die Bens klagen über das Kindlein: es heißt Kirill (?). Hat böse gelbe Professorenäuglein. Lächelt nicht und kann sehr böse werden. Sie fühlen sich jetzt *beengt*. Und im Haus der Wygodskijs wird vielleicht eine kleine Wohnung für uns frei.

Vorläufig schlafe ich im Eßzimmer, Kindchen. Sie legen für mich *unsere* Roßhaarmatratze aufs Sofa. Ich schlafe um 1 Uhr ein, und bis 10 herrscht tiefe Stille. Es ist warm und schön.

Eben war ich bei Punins. *Dort wohnt das alte Frauchen;* sie lag auf dem Sofa, fröhlich, aber erkältet. Erzählte mir »Klatsch«: 1) Georgij Iwanow schreibe in den Pariser Zeitungen »schreckliche Schmähschriften« über sie und über mich; 2) »Das Rauschen der Zeit« habe in der ausländischen Presse einen **Sturm** der Begeisterung und des Enthusiasmus hervorgerufen, wozu man uns nur beglückwünschen kann. Noch eine Kuriosität: heute las ich in der Abendzeitung, daß ich »gestern zum Steueramt« gegangen sei, »um mich über die Steuern zu beklagen«. Ich hab nicht mal daran gedacht hinzugehen! Das Blättchen lügt – aber das ist ganz hübsch: ich schicke Dir den Ausschnitt und hebe das Blättchen für den Steuerinspektor auf!

Meine Allerzärtlichste! Ich habe noch keine Briefe von Dir bekommen. Weißt Du, wo ich schreibe? Auf dem Nikolajewskij-Bahnhof um 10 Uhr abends, nach den Punins …

Bis morgen, Kindelchen! Gott sei mit Dir, Liebste! Ich küsse Dich zärtlich, lange, viel … Deine Pfötchen und Härchen und Äugelchen …

Ich stelle mich in die Schlange mit dem Brief. Schreib mir jeden Tag, Liebste.

Dein Njan.

Nadja! Verheimliche mir **nichts**. Hörst Du, Liebste!

52. AN JEWGENIJ MANDELSTAM

<Jalta, um den 17. November 1925>

Lieber Schenja!

Ich bin bis Moskau gefahren, auf den Bahnsteig getreten – und wieder … Mußte mich gleich auf die Bretter setzen. Leute brachten mich zum Bahnhofsvorsteher. Schura kam hergefahren und holte mich ab. Ich denke, das kam wohl von der Schwüle und der schlechten Luft im Waggon. Nach Moskau wurde es vollends unerträglich, und ich mußte ins Polsterabteil wechseln. Jetzt geht es mir jeden Tag besser, nur ein (leichtes) Schwindelgefühl beim Gehen ist geblieben. Das Rauchen haben wir **völlig** aufgegeben. Ich steige sogar steile Sträßchen und Treppen hoch – und nichts passiert.

Nadja hat Dir schon über sich selbst geschrieben. Schwierig ist es mit ihrer Ernährung, weil der Darm zeitweilig *nichts* verdauen will.

Danke, daß Du Dich meinetwegen bemüht hast. Nimm Dir eine Minute Zeit und geh zum Steuerinspektor. Du weißt selber, wie wichtig das ist.

Ich kann schon wieder arbeiten, aber sehr gemäßigt, mit halber Belastung. Wenn der Leningrader Staatsverlag (Wygodskij) Geld schickt, haben wir einen Dezember, andernfalls *nur November*. (**Nicht umsonst** wollte ich nicht hierherfahren, ohne den November bezahlt zu haben!) Von der verrückten Plackerei wie vorher kann keine Rede mehr sein.

Lieber Schenja, leider begegnen wir uns einzig »in Tagen der Festlichkeiten und der Not«! Aber offenbar ist uns das so bestimmt. Ich denke viel an Papa. Sei aufmerksam zu ihm. Er hat keine Galoschen, keine Unterjacke. Kümmere Dich um ihn, bis ich ganz genesen bin. Ich aber treibe über Wygodskij ein bißchen Geld für ihn auf. Hat er von »Swesda« etwas bekommen?

Schreib mir, Schenja! Vergiß Deinen alten verdienten Bruder nicht.

Ich küsse Tatinka! Ich küsse Dich! Und besonders Papa-Großpapa!

O.

In Moskau war es sehr schlimm, geradezu beängstigend – alles *Neurose*, sagte ein Professor (noch einer).

53. AN EMIL MANDELSTAM

<Jalta, um den 27. November 1925>

Lieber Papa!

Ich bin sehr betrübt, daß Du Dich beunruhigst. Nadja und ich leben hier sehr gemütlich. Den letzten Vorfall im Stil der Petersburger hatte ich in Moskau. Nun weiß ich schon seit zwei Wochen nichts mehr von Doktoren und Medikamenten, arbeite und bewege mich maßvoll.

Wir wohnen in einem riesigen Zimmer mit drei Fenstern und Balkon. Die Straße steigt bergan, es gibt keinen einzigen ebenen Ort: nur rauf oder runter! Ich sitze jetzt im Hemd mit hochgekrempelten Ärmeln da, auf den Balkon traue ich mich nicht, weil es zu heiß ist. So ist es den halben Tag lang. Manchmal sind auch die Nächte fast schwül, aber manchmal wird es augenblicklich kühler, und wir haben einen solchen Nebel, daß wir die Tür fest zumachen und nichts mehr sehen, weder das Meer noch die Stadt. Nadja geht es ganz ernsthaft besser, sie hat 5 Pfund zugelegt. Schon seit 10 Tagen hat sie normale Temperatur, doch davor gab es schlimme Tage, und die Schmerzen im Darm sind trotzdem noch da, auch wenn sie nicht mehr so heftig sind.

Ein paarmal sind wir in die Stadt hinuntergegangen, die Uferstraße entlangspaziert und zu Fuß wieder hinauf nach Hause. Nadja hat gerade das Fieberthermometer zerbrochen (schon das zweite!), und die kosten hier 4 Rubel! Liebes Papachen, sei nicht beunruhigt über meine Gesundheit: ich bin arbeitsfähig und überhaupt noch kein Invalide. Ich habe nur Erholung gebraucht, und einen besseren Urlaub als hier kann man sich gar nicht vorstellen. Schura war in Moskau äußerst lieb und aufmerksam. Wenn es nötig gewesen wäre, hätte er mich noch auf die Krim begleitet! In Jalta gibt es jetzt sehr wenig Leute, nur Kranke, größtenteils Sanatoriumsgäste. Unserm Haus gegenüber ist ein Sanatorium, und auch nebenan, hinter der Wand, wohnen Kranke. Tuberkulosekranke sehen sehr gesund aus und sind lebensfrohe Menschen, wir haben uns an sie gewöhnt und fürchten sie nicht.

Naditschka hilft mir bei der Arbeit, etwa 2–3 Stunden am Tag. Zum Diktieren gab es hier niemanden, und ich selber schreibe ja nicht, wie Du weißt. Heute und gestern waren für Nadja kränkliche Tage. Die Temperatur ist jetzt bei 37°, sie liegt im Bett, ist aber fröhlich. Ich habe Nadja Dominosteine, ein Schachspiel und Karten gekauft. Wir spielen oft zusammen Domino, außerdem näht sie sich irgendein Kleidungsstück, legt Patiencen und spielt überhaupt allerhand Spielchen, was sehr zu ihr paßt. Sie lernt sogar Englisch, und zwar sehr eifrig.

Die Pension haben wir bis zum 1. Dezember bezahlt, dann müssen wir 250 R. im voraus geben. Vom Staatsverlag erwarte ich diesen Monat 320 R.: das müßte reichen. Doch jetzt sitzen wir mit 8 Rubel da, aber wir brauchen ja kein Geld: nur gerade für Früchte und die Zeitung.

Papa, küß Schenja und Tatinka! Und wenn wir plötzlich zur Butterwoche zurück wären? Nein, daran ist für Nadja nicht zu denken! Aber ich komme natürlich zurück. Schreib ausführlich über Dich, Papachen, schick mir Deine Manuskripte, laß uns korrespondieren, wie es sich gehört! Ich küsse Dich fest.

Dein Ossja.

Lieber Großpapa! Ich küsse Sie vielmals. Ossja erholt sich und nimmt zu.

Nadja.

54. AN EMIL MANDELSTAM

<Jalta, 16. Dezember 1925>

Lieber Papa!

Ich habe Deinen guten und schönen Brief bekommen; na ja, auf deutsch – aber ich habe alles entziffern können. Zwei Worte zum Salz der Situation: wir durchleben im Moment den völligen finanziellen und vielleicht auch existentiellen Ruin. *Der Staatsverlag ist vorläufig oder für immer bankrott.* Nicht nur zum Leben, auch für die Rückreise haben wir kein Geld mehr. Schon die zweite Woche fliegen Telegramme hin und her ... Der Winter ist in Jalta schwer. Viel Regen. Die Pension ist schlecht. Nadja kränkelt *die ganze Zeit.* Sie hat *erhöhte Temperatur. Starke Schmerzen.* Eine allgemeine Besserung steht dennoch außer Zweifel. Bei mir – na ja. Arbeiten kann ich.

Ich küsse Schenja und Tatinka.

Dein Ossja.

Schenja, Du könntest ein bißchen Interesse aufbringen!

Ich küsse Großpapa. Möchte bald zurückkommen. Sehne mich.

Nadja.

Daß Nadja zurückkehrt – daran ist nicht zu denken.

55. AN EMIL MANDELSTAM

<Jalta, 18. Dezember 1925>

Lieber Papa!

Vorgestern habe ich Dir eine panische Karte geschickt. Tatsächlich gab es guten Grund, Alarm zu schlagen ... Einen ganzen Monat saßen wir vom Staatsverlag vergessen da – ohne jede Geldanweisung, ohne feste Arbeit und mit der Warnung, uns nicht auf die Zukunft zu verlassen.

Gestern haben wir ein Telegramm von Gorlin gekriegt: der nächste Monat ist doch wieder sichergestellt. Dank Wygodskij, einem erstaunlich aufmerksamen Menschen, der meine Interessen wahrt …

Sobald ich Geld bekomme, schicke ich Dir sofort etwas. Aber künftig kannst Du es direkt bei Wygodskij abholen, wenn er für mich etwas angewiesen bekommt (5-97-33).

In Deinem Brief ist das winterliche Jalta als Paradies dargestellt. Das ist ein grausamer Irrtum: es ist eher eine gemäßigte Hölle. Kälte. Herbst. Langeweile. Solche Regengüsse habe ich noch nie gesehen. Unter Hausarrest, ohne ein menschliches Gesicht zu sehen, sitzen wir wochenlang da … Wir arbeiten wie die Städter, sind aber nicht übermüdet.

Ich habe eine große Bitte an Dich: schreib nicht mehr auf deutsch: die Hälfte kann ich nicht entziffern, auch wenn ich den Brief zehnmal lese.

Ich werde vermutlich im Februar kommen, dann sprechen wir über Dich.

Viel besser noch, Du nimmst (zu unserer großen Freude) das Angebot an, mit uns ab April – bis Oktober – in einem Palasthäuschen im Park von Zarskoje Selo zu wohnen? Ich übergebe die Feder erst mal Nadja:

Lieber Großpapa!

Wir würden sehr gerne eine Datscha mieten, aber nicht in Luga, sondern in Zarskoje, im »Chinesendörfchen« (das sind ein paar Häuser mitten im Park), und mit Ihnen zusammen den Sommer verbringen. Schreiben Sie, lieber Großpapa, was Sie davon halten. Ich küsse Sie.

Nadja.

Dein Brief, so schwer er auch zu lesen ist, ist trotz allem klar und verständlich. Du denkst zu gut von mir, ich aber bin ein schreckliches Schwein. Behalt im Auge, daß ich kräftig und gesund bin. Ich hatte nur eine *akute* Erkrankung. Ich warte nicht nur auf Deine Briefe, sondern auch auf *Deine Arbeiten*. Ich aber habe keine eigenen Arbeiten. Vorerst – will ich nicht.

Ich küsse Dich fest, auch Tatinka und Schenja.

Dein Ossja.

Schäm Dich, Schenja! Ei, ei!

56. AN NADESCHDA MANDELSTAM

<Sewastopol, 29. Januar 1926>

Sewastopol. Buffet.

Meine herzliebste Freude!

Ich will Dir keine Postkarte schreiben, weil ich Dir sagen will, daß Du meine Allerzärtlichste bist – meine Liebe in zerrissenen Pantöffelchen – wie Du am Ufer gestanden bist wie ein vertrauter Engel …

Ich küsse, küsse, küsse Dich und freue mich, daß Du bei mir bist, daß Du bei mir bist! Ich bin gut angekommen. Die Reise war anregend. Die Telegramme sind abgeschickt. Die Fahrkarte habe ich in der Tasche. Ich war sehr schläfrig und habe gefroren. Jetzt habe ich mich aufgewärmt und ausgeruht.

Naditschka, gute Nacht … Schlaf, mein helles Freundchen, und wach als kluges Kind auf.

Njanja ist bei Dir.

Ich werde die ganze Zeit von unterwegs schreiben.
Jetzt ist es 10 vor *neun*.

57. AN NADESCHDA MANDELSTAM

<Charkow, 30. Januar 1926>

Liebste Nadinka!

Jetzt bin ich in Charkow. Morgen in Moskau wird der Zug den *ganzen Tag* stehen. Die Reise war sehr langweilig, aber ich stand erst um 12 Uhr auf. Das Wetter ist ziemlich warm: – 5° (?). Morgen tausche ich mit Schura die Mütze und gehe ein bißchen spazieren. Ich bin ruhig, fröhlich und gesund. Ich küsse Dich, meine Freude – morgen schreibe ich ausführlich.

Dein Njan.

58. AN NADESCHDA MANDELSTAM

<Leningrad, 2. Februar 1926>

2. Febr.

Meine liebste Allerzärtlichste!

Grüß Dich! Deine Njanja spricht mit Dir und küßt Dich auf Dein Stirnchen! Mir geht es gut, mein Kindchen. Und Dir? Sei nicht geizig mit Deinen Briefen.

In Moskau holte mich der donquijotehafte und furchtbar liebe Schura ab. Dann fuhr ich zu den Pasternaks und sah ihren kleinen Jungen. Er sagte: »Ich bin noch klein.« Er ist 2 1/2 Jahre alt. Will unbedingt an der allgemeinen Unterhaltung teilnehmen. Schura hatte es nicht geschafft, Deinem Schenja Bescheid zu geben. Mit Anja habe ich telephoniert. Sie sagte: »Ich habe eine private Arbeit.« Erklären wollte sie es nicht. Die Einzelheiten werde ich morgen erfahren. So stehen die Dinge: (Ach ja, übrigens: in Moskau hat Pasternak so lange mit mir gesprochen, daß ich den Zug verpaßte. Meine Sachen fuhren um 9 Uhr 30 los, und ich, nachdem ich ein Telegramm nach Klin abgeschickt hatte, mit dem nächsten

Zug um 11 (?), zu dem mich Schura begleitete. Als ich angekommen war, gab man mir bei der GPU im Bahnhof das Gepäck. Das war ein Abenteuer!) So also stehen die Dinge, Nadik: der Leningrader Staatsverlag ist ein aufgewühlter Ameisenhaufen. Die Tendenz – mal verkleinern, mal auflösen. Keiner weiß und versteht etwas. Gorlin hebt die Hände und lächelt schuldbewußt. Um ihn herum sind nur die nächsten Mitarbeiter. Das Publikum und die Damen gehen schon gar nicht mehr hin. Rezensionen gibt es noch, aber die Bücher werden zur Genehmigung nach Moskau geschickt. Die erste Partie ist schon abgeschickt worden. Sobald sie zurückkommt, gibt es einen neuen Vertrag. Die Losung lautet: auf alles gefaßt sein und die letzten Wochen dazu nutzen, sich mit Arbeit einzudecken. Mir hat man im Staatsverlag für morgen 125 R. als **Schlußabrechnung** für die laufenden Bücher angewiesen. Heute habe ich bei »Swesda« 100 R. für »nichts« bekommen: Belizkij hat das veranlaßt. Ionow geht weg. Belizkij bleibt – vorläufig. Ich habe 3 Bücher zum Rezensieren bekommen. Für Samstag bin ich in Gorlins Geldanforderung »vorgemerkt«. Bei »Priboj« ist alles **absolut** ruhig. Sie schreiben ab, ich verbessere. Sie versprechen, nicht zu säumen. Ich habe eine Maschinenschreiberin gefunden. Heute fange ich mit dem Diktieren an.

Großpapa habe ich als armes Häufchen hinter dem Ofen gefunden, mit Kopfschmerzen. Habe ihn aufgemuntert. Aber mein Schenja ist *tadellos*. Marija Nikolajewna ist höflich wie ein leerer Platz. Gestern hat man für mich die Badewanne geheizt. Schenja schlägt mir vor: 1) das Eßzimmer, 2) das helle Bedientenzimmer, 3) ein Zimmer in der Nähe. Zimmer lehne ich kategorisch ab. Wir werden es so machen: ich entschädige Nadeschda mit 10–15 R., und sie wird für einen Monat ins *dunkle* Bedientenzimmer ziehen. Schenja meint, das sei das beste, weil ich eine »Behausung« brauche.

Das Wetter ist sehr mild: 3–4°. Der Übergang war ganz

leicht. Also, Liebstchen, der Februar ist schon voll bezahlt (»Priboj« + 225 R. vom Staatsverlag). Ich werde noch den einen oder andern Vertrag abschließen, und wir sind wieder frei und können ab März zusammensein. *Heute* **telephoniere ich Fogel** wegen des Quarzes und teile **Dir** seine Meinung **telegraphisch** mit.

Nadinka! Wenn Du Dich grämst – denk dran: zum 1. März kann ich bei Dir sein!

Nein, mein Kindchen: ich kann *jeden Augenblick* bei Dir sein: **sag es nur!**

Armes Vögelchen! Wie geht es Dir dort? Telegraphiere ausführlich.

Gott sei mit Dir, Liebste! Mein Engel, ich liebe Dich, Herzliebste mein.

Dein Freund, Bruder, Mann.

Njanja.

59. AN NADESCHDA MANDELSTAM

<Leningrad, 5. Februar 1926>

Meine Liebste!

Jeden Tag ein Brief von Dir ... Ich danke Dir, Allerzärtlichste! Du bist mein Leben, und Du fragst noch ... Weißt Du, Kindchen, schnell-schnell werden diese Wochen vorübergehen. Man hat uns voneinander fortgerissen. Das ist ein barbarischer Blödsinn: *wir müssen zusammensein.*

Schon seit zwei Tagen gehe ich nicht mehr raus. Über 20° Frost mit starkem Wind. Ich sitze im Lederkabinett. Die Fenster sind gefroren. Hier ist es warm. Und still. Tatka ist da. Ich arbeite still vor mich hin. Man hat für mich schon das ganze Buch abgeschrieben. Ohne zu heucheln, sage ich: Du bist ein kluges Mädchen, hast gut übersetzt: wirklich, wirklich nicht schlecht. Hast mir sehr geholfen. Laß Dich abküssen. Schenja hat für mich ab morgen eine Maschinenschreiberin gefunden – gearbeitet wird bei mir.

Großpapa ist ein Engel. Er geht für mich zu »Priboj« und zur Post. Rezensionen gibt es, aber Geld dafür gibt es nicht gleich: es wird angefordert und *tröpfelt sich zusammen*. Morgen kommt Brojdo. Der Leiter des Staatsverlags. Wir erwarten volle Klarheit.

Anja habe ich noch immer nicht gesehen, aber ich spreche jeden Tag mit ihr. Es hat sich herausgestellt (ich mußte es ihr aus der Nase ziehen), daß sie als Gouvernante von zwei Kindern arbeitet – ein siebenjähriger Junge und ein neunjähriges Mädchen, in einer »mittelbürgerlichen« Familie. Sie nennt das »privaten Dienst«. Ihre Stimme klang fröhlich, und durchs Telephon hörte ich, wie die Kinder an ihr herumzerrten: »Sie rufen mich, ich soll mir ihre *Vorstellung* ansehen.«

Nadjuschok, wie bist Du mit dem Geld zurechtgekommen? Gib für Zimmer 8 nicht mehr als 30. Behalte 50 R. für Deine Auslagen. In den nächsten Tagen schicke ich Dir nochmal 100 R. Mein liebstes, vertrautes Kindchen, wenn ich doch nur ein kleines Photo von Dir hätte! Ich habe mir Dein rohseidenes Halstüchlein umgebunden und trage es wie einen Hemdkragen. Unser Plaid – das bist auch Du …

Schreib mir die Wahrheit, nur die Wahrheit über *Deine liebe Gesundheit. Schreib mir jede Kleinigkeit.* Punins Frau rät nicht zu Quarz, Du sollst *lieber die Sonne abwarten.* Eben habe ich am Telephon mit Schklowskij gesprochen. Er ist hier. Kommt morgen zu mir. »Ich hab was für Sie!« sagte er. Nadinka, ich denke, wenn ich für »Priboj« fertig bin, fahre ich nach Moskau, und von da ist es so nahe zu Dir, daß ich es nicht aushalten werde … Was sagst Du? Im übrigen werde ich vernünftig sein, solange es nötig ist, solange ich vernünftig sein kann.

Gott sei mit Dir, Herzliebste mein, meine Freude –

meine Frau noch ohne Ringlein. Ich liebe Dich, wie man nur lieben kann, d.h. ich werde närrisch und kann mit niemandem darüber sprechen. Mein Leben: ich küsse Dich unendlich.

Njan.

Morgen abonniere ich die »Abendzeitung« für mein Kindchen und schicke die »Tram«.

Du wirst es nicht glauben, aber ich fühle mich bei Schenja *sehr wohl*. Tatka geht in den Kindergarten. Die »Dame« ist von ihr abgefallen. Sie ist ein mageres und sehr ausgelassenes Mädelchen. Sie *liest* alles, vor kurzem hat sie sogar »Abort« gelesen - Großmama, was ist das? - und »regierender Senat«. Großpapa küßt Dich!

Anna Andrejewna schickt Dir Grüße. Jekaterina Konstantinowna ebenso.

Nanuscha: rauche nicht (ich auch nicht), iß Eier, Butter, trink Kakao. **Laß nicht die Ohren hängen**. Sporn die Alte ein bißchen an. Necke sie mit einem Zehnrubelscheinchen!

60. AN NADESCHDA MANDELSTAM

<Leningrad, 7. Februar 1926>

Telegraphiere Gesundheit Temperatur nur Wahrheit immer mit Dir Njanja alles bestens habe geschrieben gestern heute

61. AN NADESCHDA MANDELSTAM

<Leningrad, 7./8. Februar 1926>

6 Uhr abends, 7. Februar

Meine Liebste! Heute habe ich Deinen traurigen Brief bekommen und erwarte zum Abend die Antwort auf mein Telegramm. Kindelchen-Tierchen, geht es Dir so schlecht dort? Verlange, daß Dein Zimmer gut geheizt wird! Was für Pantöffelchen hast Du gekauft? Gehst Du in die Stadt? Wie ist Dein Gewicht? Ich, meine Liebste, gehe schon den vierten Tag nicht raus; hatte eine leichte »Grippe« – so 37, 3° – ist schon wieder vorbei ... Auch die Fröste sind übrigens nicht mehr so schlimm. Morgen werde ich schon wieder hinausgehen. Großpapa versucht nicht einmal, mir Philosophie vorzulesen: er sieht ja, daß mir nicht danach zumute ist ... Schenja brummelt über meinem Ohr am Telephon ... »Modpik« blüht! Tatka hat Dir auf meinen Knien einen Brief geschrieben: eigenhändig ... Heute, mein Kleiner, bin ich bei den Blättchen mit *Deiner Arbeit* angelangt, und es macht mir Freude, sie durchzugehen.

Mein Vögelchen, mein zärtlicher weißer Schmetterling – jeden Abend sage ich beim Einschlafen: Gott, beschütze meine Nadinka! Die Liebe behütet uns, Nadja. Wir brauchen vor nichts Angst zu haben. Meine Freude! Für uns gibt es keine Distanz. Aber ich möchte wahnsinnig gern bei Dir sein.

In 10 Tagen etwa werde ich meine Petersburger Angelegenheiten abschließen und über Moskau zu Dir fahren. Kindelchen! Tierchen! Untersteh Dich, Dir meinetwegen Sorgen zu machen! Ich bin ein Mensch mit Vorkriegskräften geworden. Mir gibt sich jetzt alles ganz leicht. Hier bei Schenja herrscht Familienfrieden und Langeweile. Marija Nikolajewna leidet unter ihren Anfällen. Sie ist sehr still geworden. Papa-Großpapa ist die ganze Zeit beleidigt: alle weichen ihm aus, übergehen ihn angeblich usw. Ja, er hat recht, meine Liebe, aber bei ihnen ist überhaupt ein wenig Hungerzeit ...

Ich, Nanuscha, träume, wie ich morgen in die Stadt gehe, bei Gorlin vorbeischaue, Leute sehe, mich um einen neuen Vertrag bemühe, Dir die Zeitungsblättchen und einen Eilbrief schicken werde.

Jetzt aber, Liebste, nimmt mir Papa diesen Brief weg – um ihn einzuwerfen. Ich küsse Dich, Herzliebste, Tag und Nacht bin ich bei Dir, keine Minute gehe ich von Dir fort.

Dein Njan.

Liebste herzliebste Nadinka:

Gestern kam Papa zu spät, um den Eilbrief abzuschikken, und so schreibe ich heute noch etwas dazu.

Gestern habe ich mit Schklowskij gesprochen. Er schlägt mir vor, nach Moskau zu fahren. Seinem Kino-Verlag ist angeblich selber eingefallen, daß er etwas für meine Ernährung tun müße. Ich werde *nur* fahren, wenn ich für »Priboj« fertig bin. Jetzt warte ich auf die Maschinenschreiberin, die angerufen hat, sie sei schon unterwegs mit ihrer Maschine. Gestern habe ich spätabends mit Gorlin gesprochen. Wir werden nicht aufgelöst. Die Arbeit wird weitergehen. Angert ist aus Moskau zurück. Und noch etwas, meine Allerzärtlichste, will ich Dir sagen: ich kann nicht ohne Dich, ich kann schlicht nicht atmen ohne Dich. Ich zähle die Tage, bin aber gesund und was man munter nennt. Mein Vögelchen, telegraphiere mir öfter. Leidest Du keinen Mangel? Unterdrückt man Dich nicht? Ich küsse Deine Händchen.

Dein Njan.

62. AN NADESCHDA MANDELSTAM

<Leningrad, 9./10. Februar 1926>

Mein liebstes Täubchen, ich höre Deine klagende Stimme! Weine nicht, mein Kindchen, weine nicht, Töchterlein, wisch Dir die Äugelchen trocken. Hör auf Deine Njanja. In etwa einem Monat können wir an Kiew denken. Ich werde alles tun, um Dich von der Alten zu befreien. Diese Woche habe ich von Gorlin 80 R. Am 19. gibt mir »Priboj« die ersten 100 R. Dieser ganze Monat und sogar noch der nächste ist bestens abgesichert. Ich werde mich bemühen, etwas zu borgen und es Dir rechtzeitig zu schicken, damit Du umziehen kannst, an die 200–250 *auf einmal*. Kindchen, tut Dein Bauch wirklich nicht weh? *Ich flehe Dich an, verheimliche mir nichts*. Und die Tempratur? Und Dein Gewicht? Wenn ich wider Erwarten *weniger* Geld schicke – behalt es für Dich: für Leckereien, kleine Einkäufe: Mandarinen, Kaviar, gute Butter, Gebäck, Schinken. Verschönere Dein trauriges Leben. Geh in die Stadt. Finde etwas »Zartes«. Hörst Du, Liebste! Fogel ist sehr zufrieden mit meinem Bericht. Quarz befürwortet er: »Warum nicht?«, sagt er. Er rät, den hiesigen Frühling zu meiden, besonders den März.

Liebste, Du mußt wissen, daß ich Geld für Dich auftreiben kann. Die Rybakows sind hier: Punin wird versuchen, mir über »Priboj« etwas zu borgen. Ich habe noch nicht darum gebeten. Ich wußte nicht, daß es dort so schlimm ist für Dich. Noch halte ich mich unabhängig. Aber nach Deinem heutigen Brief werde ich sofort mit Schenja und Punin sprechen, und sie werden mir *selbstverständlich* helfen. Deine krummen Beinchen und die zarten Schulterchen und das große Mündchen – küsse ich, küsse ich …

Gestern war Anja da. Nicht wiederzuerkennen. Sie ist lebhaft, sieht gesünder aus. Sie arbeitet als Gouvernante bei einem Trustbonzen. Sie trägt Deine alten Sachen, den grauen Kittel, den Fuchspelz und die Jacke aus Tiflis. Sie hüpft nur so über die Türschwellen … Mama hat ihr ein rosa Halstuch gestrickt.

Und ich, Kindchen, trage fröhlich Papas Hebräerpelz und Schuras Ohrenmütze … Meine Schirmmütze habe ich unterwegs verloren. An den Winter hab ich mich gewöhnt. In der Straßenbahn lese ich Gorlins französische Büchlein.

Nadik, paß auf, daß Du genug schläfst! *Verlange, daß jeden Tag geheizt wird, wie es sich gehört*. So um 11 Uhr abends legen sie mir unsere »Roßhaarige« aufs Sofa im Eßzimmer. Ich mache mir mein Bett. Schenja ist nie zu Hause. Stille herrscht. Großpapa wandert umher. Ich schaffe es gerade noch zu sagen: Gott, beschütze Nadinka, und schon schlafe ich ein.

Mein Vögelchen, hier noch einmal mein Rat: falls ich *genug Geld auf einmal* schicken kann – zieh **vorsichtig** um. Falls ich wenig schicke – *kauf Dir* im Städtchen klug ein paar Sachen *dazu*. *Beginne mit dem Quarz*. Die ersten 100 R. (nach den 210 R.) sind für Dich bestimmt für die Freuden des Lebens und für den »Kutschi«. – Ich bin jetzt, Liebste, so gesund wie noch nie, ich danke Dir, mein Engel, für das Leben, für die Freude, für Deine Wörtchen. Morgen schicke ich Dir die kleinen Geschenke zum Lesen.

Gorlin hat mich beauftragt, Rezensionen *für Moskau* (zur Genehmigung) zu schreiben. Was durchkommt – ist für mich. *Gleich das erste genehmigte* Buch. Wenn Daudistel fertig ist (gestern habe ich *unsere* ganze Arbeit abgegeben), fahre ich nach Moskau, wo *Schklowskij den Boden für mich vorbereitet hat*.

Njanja ist bei Dir! Zeichne mir was Kleines – ein ungeschicktes kleines Etwas von Dir, mein Töchterchen! Töchterlein, ich liebe Dich – und bin dadurch glücklich, sogar hier … Dein Mann, Allerzärtlichste. Dein Njan.

63. AN NADESCHDA MANDELSTAM

<Leningrad, 12. Februar 1926>

Mein liebstes, herzliebstes Töchterlein!

Was ist mit Dir? Meine Freude, sei nicht beunruhigt, mach Dir keine Sorgen! Heute erwarte ich Dein Telegramm über Deine Gesundheit. Abends werde ich Fogel konsultieren (zum zweiten Mal). Vorläufig findet er, daß es für Dich besser wäre, *vor Kiew* noch einen Monat zu warten. Ich werde ihm von diesen »Brechanfällen« berichten. Von der Tarchowa nehme ich Dich auf jeden Fall weg. *Geld ist vorhanden.* »Priboj« ist noch nicht angerührt. Einstweilen alles gegeben (300 R.) hat der *Staatsverlag*. Das ist gut. »Priboj« wird mir Vorschuß geben. Auch Moskau wird etwas geben. Einen neuen Vertrag werde ich bekommen. Ich kann – *ganz im Ernst* – entweder zu Dir fahren oder Dir nach Kiew entgegenfahren (wenn Fogel es erlaubt). Mein Vögelchen, geh sofort zu Diät über – Huhn – Eier – Grütze – Mehlbrei. (Das bin **ich**, nicht der Doktor!!) Jetzt sitzt gerade die Stenographin bei mir (ich beende »Priboj«). Ich werde viel, viel schreiben ... und heute noch einen **zweiten**. Ich bin gesund wie ein Stier. Das Wetter ist milder geworden. Laß den Kopf nicht hängen, meine Liebste! Gott behüte Dich! Bald, bald wird Deine Njanja bei Dir sein.

Ich küsse meine Geliebte unzählige Male.

Njan

64. AN NADESCHDA MANDELSTAM

<Leningrad, 12. Februar 1926>

12. Febr.

Liebstes Töchterchen, ich bin zufällig bei Wygodskijs vorbeigekommen und schreibe diesen Brief bei ihnen. Ich habe unsern Glasschrank angeschaut und sitze im roten Ohrensessel. Mit Fogel habe ich gesprochen, habe ihm all Deine lieben Klagen überbracht. Er meint, die Übelkeit sei bei Dir *magenbedingt,* eine kolossale Rolle spiele *Kochbutter und Fett* usw. *Du mußt unbedingt in Jalta eine gute Kost finden*. Nimm Jemeljan als Führer und mach Dich auf die Suche. Geld für den Umzug wirst Du zum 15. haben (ich weiß: Du brauchst 190 + 100 – fürs erste, nicht eingerechnet die 75, die ich heute abgeschickt habe). Nach Kiew zu fahren, **erlaubt** er erst jetzt, doch *empfiehlt* er Dir den Frühling in Jalta – natürlich bei *guter Kost* – und **untersagt** Dir den Frühling im Norden, bei uns. Das letzte Wort habe natürlich der dortige Arzt – sagen wir Zanow. War er bei Dir, Kindchen?

Ich, Kindelchen, lebe ruhig und arbeite, was das Zeug hält: ich hab mich ans Stenographieren gewöhnt. In 2 Stunden schaffe ich 20 Seiten. Die Stenographin kommt tagsüber zu mir, und abends arbeite ich noch ein Stündchen mit der Maschinenschreiberin an der 5. Linie.

Im Leningrader Staatsverlag kommen sie mir sehr entgegen. Übrigens ist zur Kontrolle der Redaktionsabteilung von Moskau aus Wolfson bestimmt worden, ein alter »Onkel aus Odessa«, mit dem ich gut bekannt bin. Er ist ein hohes Tier. Ich habe ihn zu Gorlin geschleppt, und er hat einiges für mich organisiert.

Heute habe ich bei Punins zu Mittag gegessen. Sie haben ein kleines Mädchen, Irina – bemerkenswert ehrlich und gutmütig. Sie liest die »Tram«, wandelt sie zu Prosa um. Sie zeichnet ganz ungeheuer. Die Rybakows bieten mir 200 *Rubel* an. Wenn »Priboj« das Geld zurückhält, nehme ich an, aber vielleicht komme ich auch so aus. Da sieh mal einer an! Bis jetzt bin ich noch keinem eine Kopeke schuldig.

Liebstes Schwesterchen, Du schreibst mir wenig und unklar von Dir: Wie vergehen Deine Tage? Bist Du eine »Liegende« oder eine »Gehende«? Gehst Du in die Stadt hinunter? Wie ist Dein Gewicht? Geh zu den Parfümeuren – laß Dich wiegen für Deine Njanja und telegraphiere es mir: es wird wie ein Geschäftstelegramm aussehen. Nadik, was bedeutet »die gewöhnlichen Schmerzen«? Ich will wissen wie oft, wie lange, wann? Gehst Du mit der Wärmeflasche zu Bett? Wer ist bei Dir, Liebste, wenn es Dir nicht gutgeht? Ringsum, Nanuscha, hört man jetzt von den mesenterialen Drüsen – das ist furchtbar in Mode. In Zarskoje, sagt man, gibt es ein gutes Sanatorium, wo man in einem Einzelzimmer wohnen kann und wo sie mich reinlassen würden. Dort behandelt man übrigens die Drüsen durch Einspritzen von Kalzium in die Adern. Ich habe es durch Zufall erfahren. Werde es nachprüfen. Für den Sommer.

Aber vorläufig, Allerzärtlichste, hast Du die volle Freiheit der Wahl: Jalta oder Kiew? Überleg es Dir gut und *berate Dich mit Zanow.*

Wenn Du in Jalta bleibst, werde ich wahrscheinlich für den März hinkommen, nachdem ich in Moskau war, und nach Kiew fahre ich ohnehin. Unsern Großpapa hat gestern und heute so ein Kauz von »Ingenieur« angerufen – und ihm angeboten, »in Leder zu arbeiten«. Der arme Großpapa hat heute die Filzschlappen mit Stiefeln vertauscht und ist zu einer »Besprechung« gegangen. Und Anja ist wirklich ein Kindermädchen geworden. (Ich bin an Njanja mit Großbuchstaben gewöhnt.) Nadka! Du mußt wissen, meine Wunderschöne, mein Großmündchen, daß ich durch und durch Du und um Dich herum bin! Was macht Dein goldenes Barthärchen? Laß es mich küssen. Ich liebe Dich wie ein Wahnsinniger, so sehr, daß ich die Distanz nicht spüre. Und ich hab nicht mal ein kleines Photo von Dir! Du hast die »Kassje« – laß Dich photographieren. Mein Vögelchen, die schwerste Trennung ist vorüber: wir gehen schon aufeinander zu. Ich zähle die Tage. Gott behüte Dich – meine Allerzärtlichste. Ich küsse Dich, ich liebe Dich, ich liebe Dich.

Njan

65. AN NADESCHDA MANDELSTAM

<Leningrad, 14. Februar 1926>

Herzliebste, Liebste, Geliebte, wenn Du diesen Brief bekommst, wirst Du schon viele Gelderchen – die »Kassje« – haben, und keiner wird Dich mehr beleidigen können, meine Wunderbare.

200 R. hat Punin für mich von den Rybakows geborgt. »Priboj« ist noch nicht angerührt – in den **nächsten Tagen** wirst Du es **ganz** erhalten. Von Rybakow könnte ich auch mehr bekommen. An keine Frist gebunden. Es war ganz leicht. Eine Komplizierung ergibt sich dadurch, daß auch das »alte Frauchen« ihm etwas schuldet ...

Liebste, ich werde wahnsinnig: auf Distanz ist alles so schrecklich, auch wenn ich weiß, daß Du die Wahrheit schreibst. Ich flehe Dich an – nimm einen ständigen Arzt und höre auf ihn. Das *verlangt* Fogel. Das ist einfach notwendig. Schick mir die ganze Aufzeichnung Deiner Temperatur und Dein **Gewicht**, wenn Du in die Stadt hinuntergehst. Wie viele Tage liegst Du schon? Wie steht es mit der Übelkeit? Was ißt Du? Normalkost oder Diät? Ich flehe Dich an, schreib mir ausführlich, bis zur Blödheit, bis zur Lächerlichkeit ausführlich. *Ich kann nicht anders.* Wann tut es weh? Wie viele Minuten? Liebste, schreib mir!

Mein Kommen, Vögelchen, ist keine so wilde Dummheit und Unmöglichkeit. Große Chancen für einen Vertrag im Staatsverlag! Es scheint, daß ich für den März *samt Arbeit* und einem Zwischenhalt in Moskau zu Dir fahren kann. Wir werden wieder zusammen aufblühen! Und für April nach Kiew mit meinem Kindchen! Und ab Mai mit Deiner Njanja in Zarskoje Selo!

Bei Schenja herrscht der »Alltagskram« seiner Beziehung zu Natascha: eher Marija Nikolajewnas und Großpapas Kram. Die beiden verbindet strenger Protest. Marija Nikolajewna ist eine kluge und gütige Frau (Schenka wälzt alles auf sie ab!). Soll er doch heiraten, sagt sie, so schwer es für mich wäre! Nächtelang macht sie bei mir ihrem Herzen Luft, und ich höre gern ihre treffende, sehr bilderreiche Sprache. Schenja schaut fassungslos und schuldbewußt drein, Natascha einfach blöd. Tatka ist mir zu erwachsen. Sie hat zu Natascha gesagt: »Was guckst Du meinen Papa an, als ob er Dein Kind wäre!«

Kindchen, ich schreibe wieder auf dem Bahnhof: das ist mir zur Gewohnheit geworden, es ist, als ob ich Dich besuchen ginge. Und morgens sitze ich bei Nadeschda in der Küche und warte auf einen Brief ... Liebes, werde ich heute von Dir ein Telegramm bekommen? In diesen Tagen stenographiere und diktiere ich eifrig. 17 Seiten sind noch übrig: Brr! Brr! Morgen ist Schluß. Dann mit voller Energie auf Gorlin und Wolfson, damit sie mich möglichst schnell zu Dir lassen ... Ich küsse Dein großes Mündchen und Deine lieben Härchen. Nachts höre ich Deine Stimme.

Njakuschka! Vögelchen! Ich komme zu Dir. Schon bald. Gott behüte Dich! Sei fröhlich. Ich liebe Dich. Ich kann nicht und werde nicht ohne Dich sein.

Ich liebe Dich. Njan.

66. AN NADESCHDA MANDELSTAM

<Leningrad, 17. Februar 1926>

17/II

Nadik, wo bist Du? Zwei Tage lang habe ich nichts von Dir gehört, und zwei Tage lang habe ich nicht geschrieben. Vorgestern war ich völlig außer mir. Ich wartete auf ein Telegramm. Jede Minute rief ich zu Hause an, und da kam Dein gutes Telegrämmchen. Ich hatte gerade Schilejko auf dem Litejnyj getroffen, und er begleitete mich zum »Sejatel«, zum Telephonieren – ob nicht ein Telegramm gekommen sei. Er hatte seine Ohrenwärmer auf und Bücher aus dem 16. Jahrhundert gekauft. Als mir irgendeine Tante am Telephon Deine Wörtchen vorlas, wurde ich mit einemmal so fröhlich, daß ich Schilejkos Einladung zur einem *Porter* in einer Bierstube annahm und eine halbe Stunde dort mit ihm gesessen habe: ich trank ein dunkles Porter, aß Schinken und hörte seinen weisen Reden zu ... Ich bin lebendig, sagte ich, und er sagte: ja, zu Ihrem Unglück ... Und ich sagte ihm, daß ich nur Dich liebe – d. h. so habe ich es natürlich *nicht gesagt* – und die **Juden**. Er versteht, daß ich ein völlig anderer Mensch bin und daß man mit mir nicht daherreden kann wie die andern mondänen Lackaffen ...

Nadik, wo bist Du? Ich bin wieder in den Bahnhof Dich besuchen gegangen. Ich würge noch an der Daudistel-Übersetzung, korrigiere den letzten Teil. Arbeit für zwei Tage. Naditschka, *ich muß Deine Stimme jeden Tag hören*. Liebste, was war mit Dir? Hat sich Deine Gesundheit gebessert? Wie verläuft das letzte Drittel des Monats? Ich schicke Dir in den nächsten Tagen Geld für den ganzen März. Willst Du wissen, was es bei mir Besonderes gibt: Gorlin setzt für mich mit Wolfsons Unterstützung ein ausgeschiedenes Buch durch. Marschak schließt mit mir einen Vertrag ab über eine Biographie Chalturins, des Zimmermanns und Narodowolzen: 1–1 1/2 Bogen, 150–200 R. Das ist sehr einfach. Ich schreibe das in 5 Tagen. Dann hat Fedin einen Gedichtband in den »Plan« aufgenommen – sie werden ihn nach Moskau schicken (nur die Titelliste und »Annotation«), und die werden ihn ... rausstreichen ... Die Rezensionen laufen ... In einer Woche werden sich alle diese Knoten entwirrt haben. In den geschäftlichen Dingen bin ich vollkommen ruhig. Wenn ich nur schneller bei Dir sein könnte. Ich möchte Dich so ungern in diesen verfluchten Schneeschmelz-Städten haben ...

Nadik, gehst Du zu den Hunden auf Deinem Spaziergang? Auf meinem kleinen Pfad über den armenischen

Zypressen! Tatinka hat heute Fieber. Ich klage ihr immer, daß ich zu Tante Nadja möchte, und sie sagt: »Na gut, dann fahr schon, ich lasse Dich gehen.« Großpapa ist »geschäftlich« nach Luga gefahren und hat einen Schnupfen mitgebracht. Sascha ist vorbeigekommen: ohne Arbeit, sie hatte Kringel verkauft und träumt noch immer von einem »Bund«.

Nadik! Mein Zärtlichster! Ich war bei den Bens: sie haben mich ins Kino mitgenommen. Sie gehen immer montags hin, wie ins Badehäuschen …

Verzeih mir, Täubchen, daß ich zwei Tage nicht geschrieben habe … Mein Vögelchen, wie sieht Dein Gesichtchen jetzt aus? Bist Du auch nicht blaß, nicht traurig?

Kindchen, die klopfen mit ihren Stempeln auf der Post … Zehn vor elf. Ich gebe den Brief ab. Bis morgen, meine Geliebte, Herzliebste.

Ich küsse Dich. Ich höre Dich jeden Augenblick.

Dein Njan.

Gott behüte Dich! Ich liebe Dich. Njan. Nadik! Das bin ich.

67. AN NADESCHDA MANDELSTAM

<Leningrad, 18. Februar 1926>

Nadik, Töchterlein, grüß Dich, mein Kleinstes! Deine Njanja spricht mit Dir. Du schreibst mir in Deinen Briefen *nicht Deine Temperatur und alles Übrige*. So geht das nicht, mein Zärtlicher. Schreib es jeden Tag.

Tatka hat Windpocken. Sie liegt mit Fieber im Bett und ist ganz fröhlich: »Schreib Tante Nadja, daß ich ein bißchen erkältet bin. Etwas anderes werde ich mir nicht ausdenken.« Über der Lippe hat sie schon eine kleine Pustel. Harmlose Krankheit. Heute, Nadik, gab es für mich im Staatsverlag eine erfreuliche Wendung. Wolfson ist gekommen. Zuerst setzte er eine Vertragsresolution auf, unter Umgehung Moskaus. Dann hat er mit Gorlin zusammen beschlossen, den Vertrag doch in Moskau ausfertigen zu lassen (das wird 10 Tage brauchen), und ich kriege bis dahin ein kleines, leichtes französisches Buch über Gerichte und Richter – 6 Bogen zu 35 R. Ich sitze den ganzen Tag seelenruhig zu Hause. Morgen beende ich »Priboj«. Heute abend zog es mich zum Bahnhof – zu Dir – mit der »Tram« und den Zeitungsblättchen. Für mich sind diese Fahrten eine Erholung – direkte Verbindung mit der Nr. 4. Großpapa geht noch immer zu seinen jüdischen Kapaunen. Marija Nikolajewna – sie ist *wirklich nicht schlecht,* eine richtig kluge Frau – läßt ihm eine Zahnprothese machen. Dieses Großmütterchen sorgt wunderbar für Großpapa und Tatka, versteht alles und hat mich ganz zwanglos aufgenommen – das ist prima. (Schreckliches Papier: ich kaufe ein neues Blatt!)

Also, Nadik, auf einem neuen Blatt: Marija Nikolajewna ist eine kluge Frau. Schenja gibt ihr die Schuld an allem. In der Geschichte mit dem Zimmer (jetzt ist es klar) war sie völlig schuldlos. Schenja hatte das Zimmer irgendeiner alten Schauspielerin und deren Tochter *vermietet.* Er ist fast nie zu Hause. Tatka hat er vernachlässigt. Tatuska ist gekränkt und eifersüchtig. Manchmal gehe ich zum Arbeiten in das helle Bedientenzimmer – weil ich Küche und Dienstmädchen mag. Und auch deshalb, weil ich »ein klein wenig« rauche – in den sauberen Zimmern darf man das nicht, wegen des Asthmas. Aber nur »ein klein wenig«, Nadik! Du wirst es nicht glauben: *keine Spur* von Neurose. In den fünften Stock steige ich hoch, ohne es zu merken – und trällere noch etwas dabei. Schon 3 Tage Tauwetter. Der Schnee ist schwarz. Pfützen. 2° Wärme. Heute hat Fedin gefragt, wieviel ich für meinen Gedichtband haben wolle. Ich sagte: 600 R. Wir werden sehen. Das ist dummes Zeug. »Priboj« wird wahrscheinlich Dienstag mit dem Auszahlen beginnen. Weißt Du was,

Nadik? Unsere Lage wird Anfang März kein bißchen schlechter sein als im Oktober.

Wenn es Dir gutgeht, fahr nicht weg aus Jalta. Wir werden noch zusammen spazierengehen, Liebste.

Nadik Liebster, ich küsse Dich: es wird Zeit, den Brief aufzugeben.

Njanja.

Ich erinnere mich die ganze Zeit.

68. AN NADESCHDA MANDELSTAM

<Leningrad, 19. Februar 1926>

Freitag

Meine Liebste! Ich sitze im kleinen Bedientenzimmer – weil es hier »gemütlicher« ist – und beende buchstäblich die letzten 5 Seiten des verfluchten Deutschen. Wie hat sie mich und Dich, mein Kleiner, bedrückt, diese Arbeit! Morgen werde ich sie vergessen. Heute morgen bin ich wieder an die Ligowka zur Maschinenschreiberin gefahren. Gegen drei Uhr dann zum Staatsverlag. Ich ging zu Fedin und Grusdjow ins Zimmerchen. Sie füllten gerade Formulare mit Vorschlägen für Bücher aus. Ich las ganz kurz: »einer der besten zeitgenössischen Dichter.« Die bemühen sich aber! Unter anderm versuchen sie Ehrenburgs »Raffer« durchzubringen. Nadik! Mich ödet dieses Durchboxen und Durchschmuggeln an! Diese Kindermädchen, Retter und Bewahrer! Ich bin traurig, mein Kindchen.

Das rote Lämpchen brennt, und Nadeschda singt die »Ziegelchen«. Es stört mich nicht. Großpapa kam rein und entwickelte einen Plan in Sachen Wildleder: er muß einen »Rapport« schreiben. Tatussja ist voller Windpöckchen. Sie quält ihre Großmutter und verlangt: *Spiel mit mir.* Und von mir verlangt sie die »Tram«, warum ich sie ihr bloß weggenommen habe – für Dich, Nadik.

Heute kam kein Brief von Dir. Was ist mit Dir, Nadik? Antworte mit Deinem Stimmchen! Wie ist das Tempraturchen? Tut es nicht weh oder tut es? Du hast ja schon »zehn Tage«. Nadik, ich kann mir überhaupt nicht vorstellen, wie Du lebst! Kümmert sich ein Arzt um Dich? *Das ist notwendig*.

Heute abend, wenn ich diesen Brief abgeschickt habe, gehe ich zu Ben. Alle haben schreckliche Angst, daß ich zu Dir abhauen könnte: es wäre unvernünftig. Beunruhige Dich nicht, Liebste: ich werde es erst dann tun, wenn es *möglich* ist. Wie ein Erwachsener! Die erste Woche war ich krank, Nadik – ganz leicht, nur eine Erkältung. Keine Spur mehr davon. Da rede ich nun mit Dir und weiß nicht, wie es Dir geht? Täubchen, mein Kleinstes, liebstes kleines Töchterchen – Du magst nicht mehr in Jalta sein? Nein? Und sag, ist bei Dir Frühling? »Wärmezeit«? Dich zieht es in die Nässe, in den Schnee ... Laß es, Nadik ... Kiew ist schön im April. In einer Woche wird Deine Njanja ihre Verträge abschließen und fragen: darf er kommen? Nadik, hast Du dort niemanden? Mein Zärtlicher, Zahmer, woran denkst Du? Lehrt Mitja Dich Weisheit? Quälen sie Dich mit Kartenspielen? Liebste, in Jalta sind die Tage wahrscheinlich lang und hell. Nadik, ich möchte unser Straßenlaternen-Zimmer sehen, mit dem Spiegelchen einen Strahl auf die Bolschewiken loslassen, auf dem engen und harten Bett liegen. Ich schlafe jetzt, Liebste, ganz einfach: ich denke nicht an den Schlaf. Um eins schlafe ich ein. Um sieben wache ich auf. Und Du, Nadik, schläfst Du gut? Mein mageres wildes Tierchen! Was wird nur aus Dir werden. Telegramme werden kommen von mir. Wieviel Geld brauchst Du? Ich werde »ordentlich« welches haben. Ich werde Dich damit geradezu überschütten. Alle Deine Briefe, Liebste, trage ich *immer* bei mir. Zur Nacht sage ich: Gott, beschütze meine Nadinka! Noch etwas: schick mir den letzten Brief von Deiner Mama. Ich lese sie doch immer. Ich küsse Deine Härchen und Pfötchen und das Stirnchen und die Äugelchen. Ich bin traurig ohne Dich. Mein heller Nadik, antworte mir.

Ich liebe Nadja. Zu Dir. Zu Dir.

Njan.

69. AN NADESCHDA MANDELSTAM

<Leningrad, 22. Februar 1926>

Küsse meine Nadinka bin vollkommen gesund schreibe mit Arbeit versorgt plane Kommen bleib vorläufig Jalta Kiew kalt

Njanja

70. AN NADESCHDA MANDELSTAM

<Leningrad, 22. Februar 1926>

Nadinka, meine Freude, eben habe ich Dir ein Telegramm geschickt – ein sehr konfuses, aber Du verstehst ja alles. Fahr nicht aus Jalta weg, mein Täubchen. Vielleicht komme ich zu Dir. Du weißt nicht – hast es wohl vergessen –, wie kalt es auf der Welt ist und wie feucht! Du hast dort Dein Treibhauseckchen. In ganz Rußland und in der Ukraine herrschen entweder Frost oder Matsch und Tauwetter. Von einem solchen Wetterwechsel, Nadik, kann niemand gesund werden ... Sogar ich war die erste Zeit über krank. Laß uns ein bißchen abwarten – na, wenigstens bis zur Aprilwärme, damit *Du mit Deinen kleinen Absätzen über trockene Gehsteige gehen kannst?* Ja, Nadik? Hör zu, mein Bleichschnäbelchen – Du bist doch ein wirklicher Held? Wo bleibt Deine Temperatur? Mein Kindchen, ich möchte bei Dir ein bißchen klagen und beginne damit, daß es bei Schenja morgens einen scheußlichen Kaffee gibt, so ekelhaft, daß man ihn mit keinerlei Zucker übertönen kann. Und mehr zu klagen gibt's wohl nicht. Großpapa verlangt, daß ich mich mit ihm »beschäftige«, und Schenja – ist nie zu Hause. Ganze Tage bin ich in der »leeren« Wohnung mit Tatka und Marija Nikolajewna. Mit ihr fühlt man sich ganz leicht: eine prächtige Großmama. Ich gehe, Liebste, immer nur zum Maschinenschreiber – ich hab jetzt ein »Onkelchen« – und zu Gorlin. Dem »Priboj« hat unsere kleine Übersetzung sehr gefallen. Sie bemühen sich ein bißchen um mich, die kleinen Idioten. Bitten mich, für sie zu arbeiten.

Nadik, wie Vögel schreien wir uns zu – ich kann nicht – kann nicht – ohne Dich! Mein ganzes Leben erkaltet ohne Dich, ich bin mir selber fremd und nutzlos. Vorgestern hab ich mir Dein Telegrämmchen unters Kopfkissen gelegt und bin abends erschöpft so eingeschlafen ... Tatkas »Pocken« gehen vorüber. Ich hatte sie vor 20 Jahren – ich werd mich schon nicht anstecken! Statt bei Dir, Liebste, klage ich bei Tatka. Sie macht ein ernstes Gesichtchen und sagt: »Onkel Ossja, so fahr doch zu Tante Nadja, ich kann Dir hier nicht helfen!«

Willst Du was von den Geschäften hören, mein Kleiner? Ich habe mit Gorlin ein Verträglein über 4–4 1/2 Bogen abgeschlossen: **210** R. Furchtbar leicht. »Priboj« weist mir 200 an – den Rest im März. Die Rezensionen bringen 30 R. die Woche. Mein Gedichtband ist abgemurkst worden. Der Kinderbuch*vertrag* ist annulliert worden. *Ich mag Marschak nicht!* Das große Buch im Staatsverlag wird Anfang März kommen. Wie Du siehst – nicht schlecht. Noch etwas habe ich vergessen: ich habe eine kuriose Redigierarbeit bei »Priboj« angenommen: 15 R. pro Bogen – 6 Bogen.

Nadik, mein Täubchen, nimm mich zu Dir. Ich bin hier ganz verloren ohne Dich. Ich gehe schon ohne Papas Pelz hinaus. Es gefriert. Es ist trocken. Draußen ist es sogar ganz vergnüglich. Mein Kindchen, wenn ich unsere Kaufläden anschaue – die Jelissejews –, werde ich traurig, so traurig. Auf dem Newskij brüllen die Lautsprecher die ganze Straße lang. Schenja fährt heute nach Moskau. Die Moskauer Schlitzohren wollen ihn rausekeln. Er hat sich gestern die halbe Nacht lang mit mir beraten, der Arme. Er hat Angst, seine Stelle zu verlieren, ist schrecklich beunruhigt. Nadik – Mamas liebes kleines Töchterchen! Anja hat angerufen. Sie ist gesund. Was denkst Du, Kleiner – soll ich zu Dir fahren mit einem großen Brocken Arbeit? Liegst Du an der Sonne, Nadik, auf der Matte? Mein Liebster, erinnerst Du Dich, wie Du mich begleitet hast in den geflickten Pantöffelchen? Nadik, hol mich ab, armes Vögelchen! Warte auf mich!

Ich kann kaum noch warten.

Gott, beschütze meine Nadinka.

Der Herr sei mit Dir.

Ich liebe Dich. Njan.

71. AN NADESCHDA MANDELSTAM

<Leningrad, 23. Februar 1926>

Danke, Nadik, für Dein Brieflein. Mein Guter, Zärtlicher, niemand schreibt so wie Du. So viele Blättchen. Danke für das kleine Bild: das bist Du. Ich habe Dir zugelächelt, Liebster, ich habe Dir zugelacht beim Lesen. Heute gab es ein Ereignis: »Priboj« hat mir 200 gegeben. Ich habe sie Dir gleich überwiesen. In allen Apotheken und Magazinen habe ich Antithyroidin gesucht. Es ist nirgendwo zu haben. Der Vorrat ist dieser Tage ausgegangen. Sie raten mir, telephonisch in allen Apotheken des Stadtrandes anzufragen – dort ist am ehesten noch etwas vorhanden. Heute abend werde ich mich darum kümmern. Am 1. März bekomme ich 200 R. für das neue Buch im Staatsverlag.

Dann noch 170 bei »Priboj«. »Sejatel« hat heute geantwortet: sie möchten das Buch von Gorlin sehr gerne nehmen, schwanken aber noch; sie bitten darum, es ihnen *zurückzuschicken, falls der Staatsverlag es nicht haben will* (es ist ein großes Buch). Ich habe beschlossen, meine Liebste, 3 Tage auszuruhen. Ein bißchen bei Tatka zu sitzen, vielleicht mal mit Bens ins Kino zu gehen oder einfach durch die Straßen zu schlendern. 10°. Ich trage Großpapas Pelz, ihn selber habe ich zu Hause eingesperrt. Er ist beleidigt, aber für ihn, den alten Großpapa, ist es doch besser, am Ofen zu sitzen. Schenja ist gestern für 5 Tage nach Moskau gefahren. Gestern hat Anja angerufen. Ich gehe sie morgen besuchen; sie hatte eine völlig gesunde und selbstsichere, nicht schleppende, sondern feste Stimme.

Eins ihrer Kinderlein haben sie nach Moskau gebracht, d.h. ihren Zögling. Nadka, fühlst Du, daß ich Dein kniffliges »Thyroidin« finden werde? Heute habe ich mit Gorlin im »Gourmet« einen Kaffee getrunken. Das wäre in Jalta der Gipfel der Träume, nicht wahr? Schau zu, daß Du mit den Geldscheinchen nicht nach Kiew abhaust: sonst *sage ich mich von Dir los!* Bleib friedlich sitzen.

Mein kleiner Nadik! Ben und ich haben beschlossen, ein Szenario über die »Affäre Dschorygow« zu schreiben. Lies in der Abendzeitung nach. Das ist pure Phantastik, aber Jekaterina Konstantinowna bittet darum. Ich habe ihr Dein Briefchen gegeben.

Nadjuschok, am 1. Mai werden wir wieder in Kiew zusammensein und auf unsern damaligen Berg am Dnjepr gehen. Ich bin so froh darüber, so froh! *Anfang März* wird sich herausstellen, ob ich zu Dir fahren kann (ich denke – ja). Vergiß nicht Moskau auf dem Weg. Das wird einfach lustig werden. Was schreibt Mama? Gib mir ihr Brieflein. Liebster, wie verläuft Dein Monatsende? Erzähl es Deiner Njanja. Stehst Du spät auf, wenn die Briefe Dich nicht aufwecken? Wo hast Du das Photo machen lassen – im Park oder bei einem Richtigen? Für Zanow schicke ich Dir morgen eine zweite »Tram«, und außerdem kaufe ich die »Luftballons« für Irinka Punin: Anna Andrejewna und Punin haben das Büchlein heute auf dem Newskij gesucht. *Den Rybakows gebe ich am 1. März 100 R. zurück*. Den Rest wie vereinbart Ende Monat. Sei nicht beunruhigt, Lieber. Dein Njan ist klug. Nadik, man sagt, *Klytschkow* sei in Jalta! Auch wenn das nicht Gott weiß wer ist, such ihn auf, es wird Dir Freude machen. Ist es bei der Tarchowa nicht noch viel schlimmer geworden? Dann **mach Schluß** – aber zieh vorsichtig um, sehr, sehr vorsichtig. Ich küsse mein Vögelchen morgens und abends, besonders das goldene Barthärchen. Nadik, kauf Dir verschiedene Spielsachen als Geschenk von der Njanja, hörst Du? Schreib, Liebster! Ich liebe Dich und sage: Gott, beschütze mein Töchterchen.

Dein Njan. Deiner, Nadik. Deiner.

72. AN NADESCHDA MANDELSTAM

<Leningrad, 27. Februar 1926>

Meine Liebste, Herzliebste – Du hast für mich ein Schneeglöckchen gefunden ... Ich bin ein Ungeheuer, Nadik: drei Tage lang habe ich nicht geschrieben. Ich will es nicht verbergen: ich habe in diesen Tagen *zuviel gearbeitet* – habe aus der Arbeit einen *Sport* gemacht. 2 Bücher parallel für den Staatsverlag und für »Priboj« ... Ich habe alles auf den Abend verschoben, alles »Dringende«, und abends war ich dann *erschöpft*. Nadik, verzeih mir: es wird nie wieder vorkommen. Das ist schlicht *nicht nötig*. *Wir sind prima versorgt*. Dieser kuriose »Priboj« ist für mich ein zweiter Staatsverlag geworden, und jetzt habe ich 2 Gorlins (der eine heißt Grünberg). Liebste, Du telegraphierst am 26., daß Du *gesund* bist, aber am 22. hattest Du 37,6 (?). Was bedeutet das? Nur einen Tag lang? Oder hält es an? Liebste, *ausführlicher, ausführlicher,* und ärgere Dich nicht über meine Telegramme: das ist meine Natur! Ich bin gesund, mein Kindchen. Das ist die Wahrheit. Sehr arbeitsfähig. Sehr munter. Physisch munter. Ich war sehr beunruhigt über Dein Telegramm. Wir haben uns hier den Kopf zerbrochen, besonders Großpapa ist darin ein Meister geworden. Also wieder die Tarchowa? Ist ja gut. Behalte unser Zimmerchen bis zu meiner Ankunft. Ich liebe unsere Bettchen und das Waschbecken. Tropft es gerade? Nadik, hier die Gründe für meine Pläne, zu Dir zu fahren:

1) Vom 15. März bis 15. Mai ist es wunderbar auf der Krim. Das sind die wirklich heilkräftigen und genesungsfördernden Monate. Wir haben schon *eine Unterkunft* auf der Krim, und es wäre schade, das nicht auszunutzen. Es wird schließlich ganz einfach *lustig* werden.

2) Außer den 200, die ich Dir geschickt habe, verfüge ich bereits über die im Staatsverlag und im »Priboj« verdienten 400. (Der Rest von Daudistel, 130 R., zählt nicht, der geht an Rybakow.)

3) Zum 15. März schließe ich zwei neue Verträge ab – mit dem Staatsverlag (ein großer) und mit »Priboj«. Das Übersenden des Geldes werden wir schon regeln.

4) Zwei-drei Tage werde ich in Moskau bleiben und dort *neben allem andern* noch irgend etwas schnappen.

Also, wir werden für einen Monat samt »Reserve« versorgt sein, und für den zweiten wird man uns etwas schicken. Vielleicht wird er noch besser sein.

Du würdest mich jetzt in Jalta nicht wiedererkennen. Ich war ein Dummkopf, saß immer nur wie ein verrückter Stubenhocker herum. Jetzt würde ich sofort auf die Berge klettern, in die Stadt laufen, jeden Tag am Meer spazierengehen. Ich hatte ja schon »Angst«, zum Abschreiber zu gehen! War ich nicht ein Dummkopf? Naditschka, gibt es den Lew Platonytsch noch? Haben sie ihn nicht geschnappt? Erkundige Dich nach ihm: ich brauche ihn sehr. Heute kam Schenja aus Moskau zurück. Ihre Gesellschaft ist irgendwie in einen grandiosen Skandal verwikkelt. Kugel und Stschegoljow sind ihre Feinde. Swirskij hat im Keller am Twerskoj-Boulevard, wo unsere alte Wächterin damals Chlebnikow bewirtet hat, ein grandioses Restaurant aufgezogen. Tatka hat alles überstanden. Gestern wurde sie in der großen Wanne gebadet. Ich lese zur Erholung »Die Toten Seelen« mit Bildern. Deine kleine Übersetzung habe ich nicht weggeworfen, sondern geküßt und korrigiert: *sie ist prächtig*.

Naditschka, bist Du die Seele der Gesellschaft und Klubvorsitzende geworden? Ja? Marija Nikolajewna hat mir Bettlaken gegeben. Auf dem Sofa habe ich es mit unserm Maträtzchen ganz gemütlich. Ich schlafe gut. Ich gehe nirgendwo hin, Naditschka. 2–3 Mal war ich bei Ben und Wygodskij. Der Dichter Komarowskij ist »eben der«. Er ist sehr gut. Besorg Dir seine Gedichte. Erkläre es der Besobrasowa. Naditschka, was ist jetzt mit Dir? Geht es Dir auch nicht schlecht? Ich gebe jetzt gleich ein Telegramm auf. Ich laß den Tag nicht ohne Brief vorübergehen. All Deine lieben Sorgen werde ich Dir abnehmen. Das Medikament habe ich beinah auf dem Prospekt der Jungen Proletarier (?) bekommen.

Nadik mein geliebter! Gott behüte Dich!

Ich liebe Dich. Dein Njan. Ich bin bei Dir, Liebste. Liebe mich, Nadik.

Ich küsse Dein Köpfchen und Deine Augen und die Fältchen!

Eben hat Grünberg angerufen: er hat in irgendeinem englischen *Magazine* etwas über mich gelesen. Er verehrt mich.

Anna Andrejewna hat etwas im »Mercure de France« gelesen.

73. AN NADESCHDA MANDELSTAM

<Leningrad, 28. Februar 1926>

Liebste, ich habe Dich wahrscheinlich in Unruhe versetzt! Ich habe aus Dummheit, aus Wirrköpfigkeit nicht geschrieben. Ich wollte es mit einem Telegramm wiedergutmachen, aber dadurch ist es noch schlimmer geworden. Kindchen, glaub mir, es geht mir gut, d.h. soweit es mir gutgehen kann ohne Dich, d.h. schrecklich. Ich lebe ruhig, gemütlich. Alles ist in Ordnung bei mir. Ich bin gesund. Niemand ärgert mich, aber ich halte das nicht länger aus und werde bei der erstbesten Gelegenheit wie ein Verrückter ausreißen zu Dir. Kleine Nadinka, liebstes Krummchen, ich sehe immerzu Deine kleine Gestalt in der Sonne, mit blinzelnden Augen. Du bist so lustig, so wunderschön, wenn Du allein gehst ... Mein Kindchen, Du darfst nicht traurig sein, wir müssen noch ein, zwei Wochen Geduld haben – dann werden wir wieder zusammensein. Wie habe ich es ohne Dich, Naditschka, einen ganzen Monat ausgehalten? Ich verstehe es selber nicht. Und Du, Töchterlein? Also, was ich jetzt tue:

Ich gehe jetzt sogar zu Gorlin nur noch selten. Zweimal am Tag, um *10* und um 7, krieche ich langsam hervor und gehe im Spaziergängertempo – tags zum Maschinenschreiber mit seiner großen Familie in der spießigen kleinen Wohnung an der 1. Linie, und abends in den riesigen Saal mit der guten Luft bei der Maschinenschreiberin an der *5. Linie*. Morgen werde ich Ben zu »Priboj« mitnehmen, um ihn dort vorzustellen, und abends werden wir ins Kino gehen. Geh auch Du einmal, Nadik, Deiner Njanja zuliebe, wann Du willst, ja? Die kleinen Arbeiten, die ich gerade an der Hand habe, werde ich in 10 Tagen abschließen. Dann bin ich frei. Ich werde nichts Eiliges mehr annehmen. Nur zu Dir. Zu Dir. Wo bleibt Dein kleines Photo?

Meine Liebste Du, Liebste! Hör zu, mein Sanfter, mein

Schäfchen, mein Stotterchen: Du glaubst es mir nicht, ich weiß, aber ich sag Dir: ich bin nicht krank gewesen, und Übermüdung samt Folgen gab es auch nicht. Ich lebe rhythmisch, arbeite gern. Glaub mir. Es ist so. Aber was soll ich mit Dir machen!!

Bist Du weit nach dem Schneeglöckchen gelaufen?

Und das Bäuchlein tut nicht weh? Bist Du müde? Und die Tempratur?

Niemand ist zu Hause. Schenja ist weg. Großmama ist zu den Radlows gegangen. Tatka ist zu mir aufs Sofa geklettert, und ich habe ihr die »Luftballons« und anderes vorgelesen. Sie aber hat die »Küche« gesungen. Und auch diverse Sentenzen gesprochen: »Die Erwachsenen haben von ihren Streichen nur Unannehmlichkeiten« usw. Großpapa geht umher und sucht Zigaretten, die es im Moment überhaupt nicht gibt. Heute kam ein Abgesandter aus Riga zu ihm, von »German«, irgendein Provisor – ein Freund aus seiner Kindheit, auch ein Mandelstam. Sie fordern Papa ernsthaft auf, nach Riga zu kommen. Visum und Fahrkarte sind jetzt ungewöhnlich leicht und billig zu haben. Wir haben beschlossen, ihn im Frühling unbedingt hinzuschicken ... Im Frühling! Ach, mein Nadik, mein Fremdling unter den vielverzweigten Moosbeeren Jaltas! 10° Frost hältst Du für 10° Wärme. Hier bei uns ist am 1. März noch ganz und gar Winter: 5–6° minus! und nicht +. Überall Winter, mein Kindchen. Bis zum Frühling dauert es noch einen Monat. Freundchen, sag mir, warum berichtest Du nicht in jedem Brief von Deiner Tempratur? Nadik, warum tust Du so was?

Naditschka, wenn ich Deinen lieben Namen sage, werde ich fröhlich. Du bist meine. Ich liebe Dich wie am ersten – noch erster als am ersten – Tag. Ich atme leicht, wenn ich an Dich denke. Ich weiß es, Du hast mich atmen gelehrt. Wie werde ich den Berg hinauf zu Dir laufen! (Ich kann doch jetzt auch bergauf laufen.)

Am Dienstag werde ich die Sache mit dem Antithyroidin klären. Morgen schicke ich Dir die Übersetzung der 1002. Nacht. Die ist gut geworden. Angenehm zu lesen. Habe ich mit Anka gemacht. Eben ist Großpapa gekommen: er läßt Dich grüßen.

Nadjuschok, sag bitte, sollen wir das Häuschen in Zarskoje mieten oder nicht? Ben sagt, daß man das im März machen muß. *Ich bin einverstanden für Zarskoje ab 15./20. Mai. Nicht früher.* Bekommst Du meine Zeitungsblättchen? Ich klebe sie komisch zu, nicht wahr?

Nadik, mein Täubchen, meine Liebe – auf Wiedersehen. Ich küsse Dich zur Nacht auf Dein Stirnchen und sage: Gott behüte meine Nadinka.

Dein Njan.

Nadik! Liebe mich. Nadik! Ich bin Deiner.

Njan.

74. AN NADESCHDA MANDELSTAM

<Leningrad, 1. März 1926>

Mein liebstes wunderbares Dummerchen! Was ist nur los mit Dir? Heute morgen um 10 Uhr telegraphiere ich: bin absolut gesund usw. Und Du hast um 6 Uhr noch kein Telegramm bekommen! Was für ein Wunder! Nanuscha, was habe ich nur angestellt mit meiner Schlamperei: Du quälst Dich schon 3–4 Tage lang, während Deine Njanja gesund und munter ist und aufblüht zwischen Gorlin und Grünberg usw. Mein Kindchen, beruhige Dein liebes Seelchen: zur Beunruhigung gibt es *keinen, gar keinen* Grund. Ich bin nicht einmal übermüdet. Fühle mich unvergleichlich besser als in Jalta. Mir ist es einfach peinlich, von mir zu schreiben. Nun aber genug davon, Nadik, laß mich Dein Köpfchen küssen und hör Dir die verschiedenen Verschiedenheiten an:

Erstens: der Zyklus meiner Arbeiten wird in etwa 10 Tagen abgeschlossen sein. Ich werde dann einen neuen, großen Vertrag von Gorlin haben (morgen kommen aus Moskau die Bücher und Antworten) und werde natürlich zu Dir fahren. Sag, Liebste, ist der Frühling schön in Jalta? Du wirst Dich doch freuen, dort mit Deiner Njanja ein wenig bei den Hunden und am Meerlein zu leben? Ist es für Kiew zum 1. Mai zu spät? Ich will unbedingt zum 1. Mai dorthin! Gestern gab's bei Großpapa eine Tragikomödie: er war zu »Purim« bei einem jüdischen Uhrmacher eingeladen und ist dabei in einen »Hinterhalt« geraten. Saß von 9 Uhr abends bis halb 3 nachmittags in einem Haufen zufällig zusammengewürfelter Leute. Er war schrecklich aufgeregt, der Arme, und berief sich ständig darauf, daß er »der Vater des Schriftstellers Mandelstam« sei. Man ist behutsam mit ihm umgegangen und hat ihn nicht beleidigt. Aber wie schade für Großpapa: stell Dir vor, er geht einmal im Jahr zu Besuch. Er hat es sogar fertiggebracht anzurufen (ohne Gründe zu nennen), daß er »zum Übernachten bleibe«. Das ist bei uns hier das Ereignis.

Im Leningrader Staatsverlag ist alles unverändert. Ich nenne das »Stabilisierung«. Belizkij und der neue Leiter der Redaktionsabteilung haben mir alles Geld für die laufende Arbeit angewiesen (die letzten 200 R.). Sehr aufmerksam, nicht wahr? Ich stenographiere jetzt wieder zu Hause: das ist sehr bequem: 2 Stunden – 20 Seiten, danach korrigiere ich, und dann kann ich den ganzen Tag spazierengehen. Heute ist der erste Frühlingstag. Alles ist weggeschmolzen. Die Sonne brennt sogar, besonders in Gorlins Arbeitszimmer war es heiß, so heiß ... Der Schneider hat mir für 2 Rubel 50 Kopeken die Hose geflickt, aber das Schönste abgeschnitten: die Aufschläge unten ... Ich habe vor, mir Schuhe zu kaufen. Und Du, Nadik, brauchst Du nicht irgendwas? Schreib Deiner Njanja: sie wird es Dir mitbringen. Das ist die Wahrheit, Njakuschka, ich bringe Dir die Uhr mit, die Ringlein und ein kleines Geschenk, sag mir, was für eins. Nanuscha, sag, geht es besser mit der Tarchowa? Können wir nicht zum Frühjahr einen andern Ort finden (wenn es dort so schlecht ist)? Nur vorsichtig, mein Lieber. Geh kein Risiko ein. *Zieh nur um, wenn es ganz sicher ist.* Ich bin im Grunde konservativ, Du weißt ja ... *Bestelle Dir ein Menü. Kauf Dir in der Stadt gute Sachen dazu.*

Sei nicht zu sparsam mit dem Geld. Es wird welches geben.

Mein zärtliches Freundchen! Ich bitte Dich, schick mir Deine Temperaturkurve, *rekonstruiere sie aus dem Gedächtnis* und berichte mir in jedem Brief Dein Tempratürchen. Ich brauche das unbedingt. Einverstanden, Njakuschka?

Liebste, mein Engel, ich höre Dein Atmen, wie Du schläfst und im Traum sprichst. Ich bin immer bei Dir. Ich liebe Dich, Nadinka, ich liebe Dich, mein Leben. Gott sei mit Dir, mein Freundchen. Sei fröhlich, mein Ehefrauchen. Dein Mann. Dein Njan. Dein dummer Okuschka. Jetzt aber auf Wiedersehen, Allerzärtlichste. Ich liebe Dich.

75. AN NADESCHDA MANDELSTAM

<Leningrad, 5. März 1926>

5. März

Naditschka, mein Leben, danke für Dein kleines Photo. Mein Kindchen: was für ein liebes Gesichtchen, kränklich-traurig, verloren. Woran dachtest Du, Nadik? Was ist mit Dir, meine sanfte kleine Freundin? Ich werde Dein Photo keinem zeigen. Niemand weiß, daß ich es habe. Als ich Dein trauriges Gesichtchen sah, bin ich zur Tür gestürzt – sofort zu Dir ... Ich weiß, daß Du mir zulächeln würdest, aber das Photo kann das nicht. Danke, zärtlicher Nadik, ich küsse Dein hohes Stirnchen. Wie wunderschön Du bist, Liebste! Es gibt nicht noch einmal ein Gesichtchen wie Deins. »Eine Begegnung«? Du bist meine Begegnung, mein ganzes Leben. Ich warte auf die Begegnung mit Dir, ich lebe durch Dich. Versteh mich, mein trauriger Engel. Es ist lächerlich zu sagen, aber mich trennen von Dir 1 1/2 Bogen Übersetzung für »Priboj«. Danach bin ich in Moskau und bei Dir. Ich schleppe mich in der Stadt herum, Deine Briefchen in der Mappe an mich drückend. Hab keine Angst: ich gebe sie nicht aus den Händen, werde sie nicht verlieren, gehe keinen Schritt weg von ihnen.

Meine Freude, Allerzärtlichste, ich liebe Dich. Um so zu lieben, lohnt sich das Leben, Nadik-Nadik!

Also, mein Freundchen, hör mir zu: in den letzten Tagen konnte ich Deinem Gesundheitszustand nicht folgen: weiß Dein Gewicht nicht, nicht die T°, nichts. Nur Allgemeinplätze. Ich flehe Dich an: Einzelheiten. Vielleicht ein Telegrämmchen.

Ich Dummkopf hab Dein Telegramm nicht verstanden. Das über die drei Tage ohne Brief. *Ich habe viel gearbeitet in der Zeit, war aber gesund.* Abends war ich schlicht erschöpft. Physisch war ich kräftig. *Die Herzbeschwerden sind spurlos vorübergegangen.* Keinerlei Anfälle. Ich laufe großartig. Also, was soll's! Wozu noch davon reden!

Die geschäftlichen Einzelheiten: im Staatsverlag zerbrechen sie sich den Kopf, wie sie mir Arbeit verschaffen können. Wolfson (der Politredakteur aus Moskau) schlägt mir vor, nächste Woche mit ihm nach Moskau zu fahren, und entschuldigt sich noch, daß er dritter Klasse fährt: »Wir werden uns für Sie etwas einfallen lassen.« Bei *»Priboj«* und *bei »Sejatel« habe ich sehr viele Chancen.* Auf jeden Fall sind wir bis zum 20. April bereits versorgt, meine Liebe und ich, zu zweit.

Großpapa ist völlig gesund. Er hat sich photographieren lassen. Hat sich den »Fragebogen« besorgt. Er macht sich daran, nach Riga zu fahren. Marija Nikolajewna gefällt mir immer besser. Sie versteht alles. Eine richtige Großmama! Mein Nadik! Heute ist kein Brief von Dir gekommen. Bist Du böse auf mich? Nein? Liebste, schreib mir. Bald werden wir zusammensein – also schreib, meine Zärtliche, solange ich weit weg bin, Deine Njanja.

Nanuscha, ein Buch von Waginow ist erschienen. Irgendwie hilflos. Ich werde es Dir schicken. Gedruckt ist es schlechter. Vieles ist komisch. Anna Andrejewna ist mit Punin nach Moskau gefahren. Ich werde die Gelegenheit nutzen und zu Schilejko gehen.

Meine Naditschka! Jetzt bin ich ein bißchen bei Dir gewesen. Das hat mich froh gemacht. Ja, mein Engel: wir werden zusammensein, immer zusammensein, und Gott wird uns nicht verlassen. Ich küsse Dich, mein Glück. Dein Stirnchen schaut mich an. Du hast Deine Härchen so zurückgeworfen – sie halten nicht bei Dir. Ich küsse Dich. Deiner, Liebste, Dein Njan.

Naditschka, wie ist es jetzt bei der Tarchowa? Wann wird es teurer? Gibt es einen Ort, wohin Du umziehen könntest? *Dein Gewicht? Deine T °?*

Nadik, wenn es Fröste gibt – heize *stark, stark*. Es soll Dir nicht leid tun ums Geld. *Heize jeden Tag*. Schreib mir Dein Tempraturchen für alle Tage auf. Telegraphiere das Allerwichtigste.

76. AN NADESCHDA MANDELSTAM

<Leningrad, 7. März 1926>

Meine Liebste, wenn Du wüßtest, in welcher Unruhe ich bin! Schon 24 Stunden keine Antwort auf mein Antwort-Telegramm. Meine kleine Sonne, ich habe wahnsinnige Angst um Dich, ich weiß vor allem nicht, was mit Dir los ist. Im Telegramm haben sie ein Wort verdreht: »falls« bedeutet offensichtlich »Schmerzen«. »Wieder Schmerzen«? Ja, Nadik? Wie kann ich Dir raten, wenn ich nicht alles weiß? Dann habe ich Dir Eilbriefe geschrieben: am 28., am 1., am 3., am 5. und heute, am 7. Hast Du die denn nicht bekommen? Ich werde jeden Tag schreiben, Liebste. Ich *fürchte immer, daß ein gewöhnlicher Brief zu lange braucht,* und *für einen Eilbrief komme ich immer zu spät:* das ist der Schlüssel für das Stocken der Briefe …

Nadinka, in den Städten *herrscht jetzt eine entsetzliche Grippe-Epidemie*. Schlackerwetter. Schädlich. Wo reißt es Dich hin? Du würdest hier wie jeder andere an Deiner Stelle in 3 Tagen krank werden. Warte doch wenigstens bis zum April, wenn Du den Frühling nicht in Jalta verbringen willst. Sei nicht meine kleine Verrückte. Ich habe Dir geschrieben, daß Du mit dem Geld nicht zu sparsam sein sollst. Das sind keine leeren Worte: ich habe jetzt *ausreichend*. Du kannst im März an die 400 R. ausgeben. Der April wird trotzdem gesichert sein. Ich weiß nicht wie, aber *für Geld läßt sich alles einrichten. Du wirst besser sehen wie.* Geh nur nicht aus Jalta weg. Wenn Du noch länger bleibst (den April), komme ich zu Dir. In diesen Tagen schaffe ich die Kurve. Ich übernehme neue Aufträge und fahre nach Moskau. Und von dort zu Dir. Ich flehe Dich an, schreib mir ausführlich über Deine Gesundheit. Du weißt schon, mein Täubchen, wie Du schreiben mußt. Dir meinetwegen Sorgen zu machen ist unsinnig. Ich bin sehr viel gesünder geworden. Da ist nichts zu machen! Wenn Du wüßtest, wie ich arbeite wie ein Prachtskerl und alles tue, was nötig ist. Jetzt hat sich Njanja aber selber gelobt … *Nadik – ich bin einverstanden mit Deinem Umzug nach Zimmer 8*. Alles unwichtig, wenn man nur meine Njakuschka nicht mit schlechtem Zeug füttert. Vielleicht kannst Du *die Pension abbestellen* und Dich für das Essen mit den Tjuflins zusammentun? Nadik Liebster, vielleicht rate ich Dir Dummheiten – Du siehst das besser, aber gib Jalta nicht auf in dieser gefährlichen Jahreszeit.

Meine Allerzärtlichste, hör auf Deine Njanja. Kauf Dir *in der Stadt gute Sachen zum Frühstück*. Pfeif auf die Launen der Tarchowa. Zahl denen doch das Geld umsonst. *Die dortige Frühlingskälte ist unschädlich,* bei uns aber oder in Kiew – reines Gift ... Hör auf Deine Njanja und Zanow, Liebste. Meine Liebe, ich bin heute den ganzen Tag verrückt. Ich warte auf ein Telegramm.

Ich küsse meine Liebste. Gott, beschütze meine Nadinka.

Njanja Deine. Deine Njanja.

77. AN NADESCHDA MANDELSTAM

<Leningrad, 9. März 1926>

Liebste, ich küsse Deine Granatäpfelchen. Nadik, was war das? Drei Tage lang bin ich fast wahnsinnig geworden. Von Samstag bis Dienstag habe ich auf ein Telegramm gewartet – nichts ... Was ist mit Dir, mein Leben? Die Erkältung ist also vorüber. Und die Schmerzen? Und die Übelkeit? Mein Nadik, das ist mir alles zuwenig, alles zuwenig ausführlich. Ich warte auf einen Brief, einen Brief. Was bist Du für ein kluges Mädchen, daß Du in Jalta geblieben bist! *Du wartest nun auf mich – Deine Njanja!* Du weißt, daß ich morgen die Arbeit abschließe. »Priboj« schuldet mir 300 R. Ich werde es schon richtig anstellen, um alles auf einmal zu kriegen. Liebste, schon ist März. Wie leicht ist es jetzt für uns ... Wenn Du wüßtest, wie ich mich in diesen Tagen gequält habe. Gestern habe ich nicht geschrieben – vor lauter Unruhe hatte ich keine Kraft dazu. Du verstehst das ja. Heute habe ich Mitja telegraphiert, dann wollte ich dringend die Tarchowa erreichen und telephonierte: man hat mir Dein Morgentelegrämmchen vorgelesen. Hab ich Dich mit dem meinen nicht aufgeweckt? Alle im Haus schauen mich mit zärtlichem Mitleid an wie einen Irren ... Großpapa hat mich erfolglos zu trösten versucht, Marija Nikolajewna hat auf mich eingewirkt usw. Mein Vögelchen, wenn ich nur wüßte, was mit Dir ist! Sicher, jetzt bin ich ja schon bald bei Dir ... Aber Deine Briefe meiden das Thema Gesundheit. Wo ist Deine Temperatur*kurve*? Wie steht's mit der Verdauung? Du verschweigst mir aber auch alles. Das darfst Du nicht. Nur Bruchstückchen! Was sagt Zanow? Warum *kaufst* Du kein Brennholz und heizt tüchtig ein? Wer könnte es wagen, Dir das zu verbieten? Kauf Dir sofort einen guten Wollpullover! Falls Du nicht rausgehst, beauftrage Marja Michajlowna. Willst Du wissen, wie es um meine Abreise steht? Bis jetzt habe ich noch keine neue Arbeit. Aber Gorlin ist wie ein Verwandter: er wird sie mir schicken, und dann wird mir vielleicht Moskau etwas geben oder hier sogar Angert und Wolfson. »Priboj« schlägt mir eine *ständige* Arbeit vor, aber bei denen widerstrebt mir das trotzdem sehr – die sind zwar zahm und respektvoll, aber irgendwie chaotisch. Wenn ich mit 400–500 R. komme, kann ich mit Dir vom 15./20. März bis zum 25. April leben und eine kleine Arbeit machen, ohne mich zu beeilen. Und wenn ich in Jalta überhaupt nicht arbeiten würde? Was wäre schlecht daran? Aber Njanja wird doch mit einer kleinen Arbeit kommen.

Gestern haben sie mich zu einer Sitzung ins Subow-Institut geschleppt. Tichonow las. Man behandelte mich wie Sologub, junge Leute überließen mir ihre Stühle, als ob ich Gott weiß wer wäre, dabei war ich nur ein orakelnder Säugling – ein Verrückter war ich und dachte an Dich, nur an Dich. Nadik, Allerzärtlichste! Trink ein Gläschen Portwein auf Deine Njanja. Ich küsse Deine Granatäpfelchen, die lieben, meinen, und Deinen neuen, schlechten, aber trotz allem Njanjas **Pullover**. Keine Macht kann mich jetzt davon abhalten, zu Dir zu fahren. Allerhöchstens bringe ich hier noch eine Woche klein (und dann ab nach Moskau!). Du bist meine Liebe, meine Wunderschöne mit dem hohen Stirnchen, mein Freund, mein Engel. Warte auf mich.

Gott, beschütze meine Nadinka! Deine Njanja ist bei Dir.

PS Ich bin *vollkommen* gesund und *war* die ganze Zeit gesund.

78. AN NADESCHDA MANDELSTAM

<Leningrad, 10. März 1926>

Unsere liebste Nadinka, ich schreibe Dir mit Anja zusammen: ich bin bei ihr zu Besuch (o weh – zum ersten Mal). Sie hat ein weißes anständiges Zimmerchen neben dem Schlafzimmer ihrer Arbeitgeber. Ihre Kinder schlafen schon. Der Hausherr mag Anja nicht mehr. Im Haus gibt es ein Radio.

Heute habe ich Dein wütendes Briefchen bekommen: was ist mit Dir, Nadik? Kommen die 37,6 von der Erkältung oder nicht? Das Telegrämmchen mit Mitjas Visum habe ich erhalten. Danke, mein Engel. Deine Stimme ist sogar im Telegrämmchen. Du hast also auf mich gehört, Du kluges Mädchen, aber paß auf, sei nicht zu sparsam mit dem Geld. Zwinge Dich, Dich gut zu ernähren. Kauf Dir auf Deine Rechnung jeden Tag Deine Kur. Hauptsache, daß sie es nicht wagen, Dich bis zu meiner Ankunft zu beleidigen. Ich weiß, was Aufregungen für Dich bedeuten: daher kommen Deine Übelkeit und sogar die Schmerzen. Sei ganz ruhig, meine zärtliche kleine Sonne. Und kauf Brennholz und einen Pullover.

»Priboj« habe ich terrorisiert: sie bezahlen alles, weil sie fürchten, ich könnte sie in Verruf bringen. So haben sie es gesagt. Ich denke (ganz ernsthaft), daß ich in einer Woche, d.h. am 17., nach Moskau fahre und dann weiter zu Dir, Liebste. Heute habe ich für Großpapa den Fragebogen für Riga ausgefüllt. Ich hatte auch 2–3 Stunden starke Kopfschmerzen, aber *nicht 24 Stunden* wie früher.

Großmama Marija Nikolajewna hat mich mit einem Pülverchen und einem guten kleinen Mittagessen kuriert.

Nadik Liebster, schlaf ruhig. Njanja befiehlt es Dir. Das Wichtigste ist, beim Einschlafen nicht an den Schlaf zu denken: dann schläfst Du ein. Denk an den kleinen Berg in Kiew und an das Häuschen im Park von Zarskoje. Jetzt aber, mein Kindchen, auf Wiedersehen. Ich übergebe Anja die Feder:

Nadjuscha, ich bin unzufrieden. O. E. läuft ohne Manschettenknöpfe herum, die Manschetten sind einfach an den Armen hochgewickelt und ganz zerfranst.

Ich küsse Donja.

Anja.

Nadik meine Allerzärtlichste! Ich schreibe auf dem Bahnhof noch etwas dazu (Anka wohnt ganz in der Nähe). Das Papier ist von ihren Kindern.
Du mein Liebster, schlaf fest, schlaf süß, denk an nichts Trauriges. Kindchen, Deine Luft - ich atme sie ein - sie ist meine - sie ist - unsre!
Ich liebe Dich, Nadik.

79. AN NADESCHDA MANDELSTAM

<Leningrad, 11./12. März 1926>

Nadik, mein zärtliches Freundchen!

Wie schnell wir uns mit unsern Telegrämmchen verständigt haben! Ich fahre tatsächlich am Dienstag nach Moskau, weiß aber noch nicht, *wie viele Tage ich dort bleiben werde*. Ich habe Angst, Dir wegen Lolanow einen Rat zu geben. Wie wird es Dir dort ergehen so ganz allein, sogar ohne Mitja und die andern? Wenn dort wenigstens irgend ein paar Leute herumschwirren, dann zieh unbedingt um. Gib dieses elende Loch auf. Wie angenehm und offen ist es bei Lolanow! Aber nur nicht *ganz* allein. Wir beide sind, wenn ich am 20. komme, für den ganzen April versorgt. Ich will aber unbedingt kommen – besser später, aber mit Arbeit, damit es im Mai keine Unterbrechung gibt. Das wird mir zweifellos gelingen. »Priboj« garantiert mir *ab Ende April* eine ständige Arbeit, wie früher beim Staatsverlag. Und Gorlin rät mir, mit Wolfson nach Moskau zu fahren, um eines der Bücher durchzukriegen. Das ist eine *sehr sichere Sache*. Auf jeden Fall werde ich, wenn ich 500 R. in bar habe, und ich habe sie schon fast beisammen, von Moskau aus sofort zu Dir fahren. Und sowohl Gorlin als auch Grünberg werden mir Bücher schicken und Verträge ohne mich unterschreiben. Im Mai lasse ich Dich für eine kurze Woche allein – ich werde vorausfahren und Deinen Umzug nach Kiew vorbereiten. Dann noch etwas: die Kinderbuchabteilung von »Priboj« bittet mich um ein kleines Büchlein. Mit ihnen kommt man ganz leicht zurecht. Die sind unkompliziert. Wenn ich das morgen mit ihnen vereinbare, schreibe ich es an einem Tag. Versteh, meine Liebste, daß es schon schwierig ist, kurz vor dem Sommer für einen Monat zu Dir zu fahren. Aber ich wäre ja längst zu Dir gekommen, wenn ich mich nicht um die Bequemlichkeit Deiner Rückkehr und ein angenehmes Leben in Kiew und Zarskoje bekümmert hätte ... Jetzt aber genug von den Geschäften, mein Vögelchen. Wie Du siehst, rechne ich nicht mit Überraschungen, obwohl es in Moskau welche geben könnte.

Ich schicke Dir Großpapa. Sieht er nicht lieb aus? Und das Buch von Waginow. Weißt Du, da gibt es diese Zeile: »O Meer – zärtlicher Bruder des Menschen.« Ich schicke Dir ein Telegramm am Tag meiner Abreise nach Moskau, und aus Moskau über alles weitere. Schreib vorläufig, *bis zum ersten Telegramm,* an die Petersburger Adresse, danach an die Adresse Deines Schenja. Ich werde, wenn es für 2–3 Tage ist, bei Pasternak wohnen, wenn es für eine Woche ist – bei Schura. Nadik, mir hat ein Schneider auf dem Srednij hervorragend die Hosen geflickt, und ich sehe »anständig« aus. Schuhe werde ich noch kaufen. Muß ich wohl. Nadik, hast Du wirklich in Jalta auf der Uferpromenade für Deine Njanja nach Wollsachen Ausschau gehalten? Ach Du mein fürsorgliches Freundelchen, woran denkst Du nicht alles. Und einen Pullover hast Du für Dich? Bei uns ist wieder Winter. Es ist trocken. Schnee. Karnevalskutschen. Heute morgen haben wir Bliny gegessen mit nichts als saurer Sahne.

Deine Njanja ruht sich ab heute aus: sie hat zwei Büchlein für den Staatsverlag und »Priboj« abgeschlossen. Ich sitze oft hinter der Küche im warmen Zimmerchen, obwohl die ganze Wohnung leer ist. Aber dort bin ich irgendwie zu Hause, und dort fühle ich mich Dir näher. Dein Gesichtchen scheint mir schon nicht mehr so kränklich. Es hellt sich auf dem kleinen Photo auf. Ich schaue es zwei Sekündchen an – morgens und abends. Verstehst Du, warum? Um nicht vorzeitig zu Dir abzuhauen. Morgen früh gehe ich zu Gorlin, um mich für Moskau instruieren zu lassen und mich mit meinem Mitreisenden abzusprechen.

Mein Liebster, Zärtlicher, Bleichschnäbelchen, paß auf Dich auf. Geh weniger herum. Nimm ein Wägelchen. Laß mich Deine gelben Härchen küssen. Wahrscheinlich hast Du die Zeit ohne mich genutzt und sie gefärbt? Mein Nadik, ich komme zu Dir ... Mein Ton ist so *unentschlossen,* weil ich *sehr vorsichtig* bin. Nur deshalb.

Meine Liebste, weine nur nicht. Schlaf gut. Ich bin bei Dir. Lächle mir zu und sage: ich bin Deine Njakuschka, komm zu mir, Njanja – und ich werde kommen. Dein Njan.

80. AN NADESCHDA MANDELSTAM

<Moskau, 16. März 1926>

16/III Moskau

Meine liebste Nadinka! Ich schreibe Dir in Schklowskijs Wohnung. Heute morgen bin ich in Moskau angekommen. Sofort zum Staatsverlag. Man hat mich sehr gut empfangen, gar nicht schlechter als bei Gorlin und Belizkij. Meine Angelegenheit, d.h. die Genehmigung des Buches, ist schon fast geregelt. Es bleiben noch diverse Moskauer Kleinigkeiten: Woronskij und »Das Rauschen der Zeit«, dessen Erfolg wächst. All diesen Sächelchen bewillige ich ein paar Tage und fahre dann nach Jalta. Vielleicht muß ich für 2 Tage nach Petersburg fahren, um mit dem Leningrader Staatsverlag den Vertrag auszufertigen. Das wäre wohl vernünftiger.

Naditschka, Allerzärtlichste, mein kleines Bräutchen – ich werde jetzt gleich zu Deinem Schenja fahren (ich habe Dir aus Versehen eine falsche Nr. angegeben: nicht 8, sondern Strastnoj **6**), um nachzusehen, ob ich nicht ein Telegrämmchen von Dir bekommen habe.

Deine Njanja ist tadellos gesund. Sie ist in der 3. Klasse gefahren, und es reißt sie zu Dir. Ich übernachte heute (die Auswahl ist groß) bei Pasternak.

Im Gehetze vor der Abreise habe ich nicht geschrieben. »Priboj« wird Dir 300 R. in zwei Raten nach Jalta schicken.

Mein Liebster, verzeih, daß ich nur wenig schreibe. Es reißt mich zu Dir, und ich möchte *alles auf einmal machen*. Nicht einen Tag kann ich länger warten. Ich bin fröhlich und unruhig zugleich. Ich bin schon näher bei Dir! Mein Nadik, meine Liebe! Gott schütze Dich, Liebste.

Deine Njanja fährt schon zu Dir. Ich küsse Dein armes kleines Photo. Huhu? Nadik!

Ich fahre nicht nach Petersburg. Liwschiz wird den Vertrag abschließen. So schnell wie möglich zu meiner Geliebten. Zu meinem Nadik. Und jetzt zu Schenja. Morgen schreib ich ausführlich.

81. AN NADESCHDA MANDELSTAM

<Moskau, 16. März 1926>

Fahre Mittwoch Geschäfte Gerenne abgeschlossen küsse Dich Freundchen

Njanja

82. AN NADESCHDA MANDELSTAM

<Moskau, 17. März 1926>

17/III Moskau

Liebste Nadik! Warum antwortest Du mir nicht? Zwei Tage bin ich schon in Moskau, und kein Telegramm von Dir? Gestern kam ich zu spät zur Post. Hier ein zweites Briefchen - vom Mittwoch. Mein Kindchen, mir ist alles sehr leicht gegangen. Ich habe vom Staatsverlag die Genehmigung für den Vertrag bereits bekommen. In der Kino-Presse zahlen sie auch phantastische Gelder: 150-200 R. - für nichts. Morgen muß ich noch mit Narbut und Woronskij sprechen. Das ist für mich schon nicht mehr unbedingt notwendig. Wir sind bis zum Sommer versorgt. Samstag fahre ich nach Petersburg, um mich zu verabschieden. Für alle Geschäfte brauche ich dort nur den Montag. Und Dienstag, denke ich, werde ich direkt nach Jalta fahren. Gestern habe ich bei Pasternak in einem Zimmer mit seinem Bruder auf einem schrecklichen Totenbett-Sofa übernachtet, aber heute werde ich bei Deinem Schenitschka sein. Was ist er für ein netter Kerl! Er hat sich tatsächlich mit den Alten zerstritten. Sie rufen

Schenja nicht ans Telephon und öffnen seinem Besuch nicht die Tür. Lena war dieser Tage in Kiew. Und wir beide werden im Mai nach Kiew fahren. Deine Njanja ist *vollkommen gesund* und wahnsinnig beunruhigt, weil kein Telegramm von Dir da ist. Liebste, ich gehe durch die Moskauer Straßen und erinnere mich an unser ganzes liebes, schwieriges, vertrautes Leben. Mein Engel, bei Schenja hängt Dein Porträt, das Sonja gemalt hat. Als ich zum ersten Mal zu Dir fuhr – wie habe ich mich darüber gefreut. Meine Sonne, ich liebe Dich. Schura ist mit mir auf der Post. Nadik, mein Leben, ich komme zu Dir.

Njan.

83. AN EMIL MANDELSTAM

<Jalta, Ende April 1926>

Liebes Papachen!

Diese ganze Zeit habe ich weder Dir noch irgendwem geschrieben, weil ich in einen Zustand so tiefer Erholung gefallen bin, daß man ihn nur noch mit Schlaf vergleichen kann. Mechanisch habe ich gewiß gearbeitet, aber seit vielen Jahren war es der erste Monat, wo Nadja und ich uns wirklich erholt und alles vergessen haben – sowohl das, was man vergessen sollte, als auch das, was man nicht vergessen darf. Nadja ist bei weitem noch nicht völlig genesen. Sie hat zwar schon seit etwa sechs Wochen keine Schmerzen mehr im Darm und solcherlei Phänomene, ihr Gewicht ist hervorragend, das Befinden ausgezeichnet, die Kräfte derart, daß sie (manchmal) ganze Wersten zu Fuß geht, aber die Temperatur hält hartnäckig an, normalerweise 37,3–4, öfter bis 37,5–6, und selten auch bis 38°. Das zeigt, daß der tuberkulöse Prozeß aktiv ist (wahrscheinlich in den Drüsen), doch der Darm widersetzt sich ihm, und die Lunge (obwohl auch Bronchialdrüsen befallen sein können) ist gesund. Nadja muß in den nächsten *Jahren* in außerordentlich günstigen und milden Lebensbedingungen leben können, unter Vermeidung akuter Ausbrüche und heftiger Verschlechterungen.

Den Sommer kann sie in Zarskoje verbringen, aber den kommenden Winter nur tief im Süden, besser noch in Suchumi als in Jalta ... In zwei Wochen werde ich wohl nach Petersburg fahren. Was das Geld anlangt, sind wir bis zum heutigen Tag knapp über die Runden gekommen, jetzt warte ich auf Geld für die letzten zwei-drei Wochen und die Abreise. Selbstverständlich fahre ich allein und schicke Nadja aus Moskau oder Petersburg Geld für die Reise und den Lebensunterhalt in *Kiew,* wo sie etwa 10 Tage bleiben wird, da in der dortigen Situation bei ihren Eltern - und überhaupt im Zentrum einer großen, staubigen, südlichen Stadt - länger zu bleiben keinen Sinn hat. Zarskoje ist weit besser und für mich bequemer. Tatsache ist, daß das Geld bei mir knapp, d.h. *im Moment* überhaupt *keines da* ist und ich *erst nach meiner Rückkehr - am 10. Mai, in Petersburg,* wegen Nadja nicht mehr beunruhigt, ohne Hetze und mit der Aussicht auf einen billigen Sommer, alle meine Anstrengungen in erster Linie Dir werde widmen können. Jetzt wegzufahren hätte keinen Sinn: erstens würde das die Arbeit unterbrechen, zweitens wäre es schade um die wunderbaren Tage, die gerade erst angefangen haben ... Wenigstens ein Zipfelchen davon packen möchte ich nach dem finstern Winter ... Alles blüht, Himmel und Meer sind blau, die Luft riecht wunderbar usw.

Liebes Papachen, Du verstehst alles und wirst nicht böse sein. Ich habe jetzt einen kurzen Halt: eine Oase, danach wird es erneut schwierig werden. *Nach meiner Rückkehr werde ich für Dich alles Mögliche tun.* Dank an Schenja, daß er uns ermöglicht hat, bis zum Sommer durchzuhalten. *Ab Mai werden Nadja und ich sich um Dich kümmern.* Ich küsse Schenja, die liebe Tatinka, und einen warmen Gruß an Marija Nikolajewna. Ich nahm mir immer vor, ihr zu schreiben, zu danken ... Für Tatka hat Nadja einen riesigen Dampfer in Menschengröße gekauft. Wohin sollen wir ihn schicken?

Schreib mir, Papa, solange ich noch hier bin. Solche Freunde wie Dich habe ich nicht und hatte ich nie, und Deine Briefe sind für mich eine große, große Freude (die deutsche Handschrift kann ich entziffern!). Ich küsse Dich fest. Bis zum Wiedersehen.

Dein Ossja.

Papa, ich antworte Dir nicht »in allen Punkten«, aber glaub mir: jede Wendung Deines Briefes, jeder Satz ist mir nah und verständlich.

Was die »Erinnerungen« an Dich betrifft, hast Du ganz und gar unrecht: ich habe sie bei weitem nicht ausgeschöpft, nicht ausgeschüttet. Du und ich sind stärker verbunden, als Du denkst!

84. AN NADESCHDA MANDELSTAM

<Detskoje Selo, 23. September 1926>

Liebste, liebe Nadinka!

Gestern bin ich zu Anja hierher nach Detskoje gefahren. Jetzt verschrecke ich unser Katerchen schon nicht mehr. Kika hat mich nicht wiedererkannt. Wie ist Deine Reise verlaufen, mein Täubchen? Schreib mir *die ganze Wahrheit*. Eben habe ich mich mit Lawrentjew geeinigt. Er vermietet mir eine Wohnung *im Halbbogen*. Wir haben eine Möbelliste erstellt. 50 R., doch mit der Verpflichtung, in 3 Monaten eine Renovierung für 70 R. durchzuführen. Ich bin schrecklich froh, meine Liebste. Du wirst eine fröhliche, freundliche Behausung haben. Ich war bei Sresnewskij wegen Anja: nichts Schlimmes ist mit ihr: sie ist eine *Neurotikerin*, mit 50 *Jahren* wird alles vorbeigehen!

Anja ist gesund und engelhaft sanft. Über alles übrige, Kindchen, schreibe ich Dir heute abend, aber es kommt alles in Ordnung. Kugel wird mir Geld geben. Ich werde nichts verkaufen müssen. Er wird 300 geben. Der Staatsverlag hat für Oktober den »Tartarin« bestätigt: 200 R.

Ich küsse Dich, mein Herzliebster. Sei nicht zu sparsam mit dem Geld für Dein Futternäpfchen.

85. AN NADESCHDA MANDELSTAM

<Leningrad, 25. September 1926>

Meine liebste Nadinka,

bei mir läuft alles gut. Gleich fahre ich nach Detskoje. Mein Kindchen, *spare an nichts für Dich* – ich habe genug für meine Liebste.

Weißt Du, ich habe die kleine Wohnung der Strachowskaja gemietet. Ich bin sie mit Anja besichtigen gegangen. Am 1. Oktober ziehen wir um. Vorläufig muß ich keine Sachen verkaufen.

Nadjuschok, mein Nadik, wie geht es Dir dort am verlassenen Ufer?

Schreib mir ganz ausführlich. Deine Njanja ist immer bei Dir.

Njanja.

86. AN NADESCHDA MANDELSTAM

<Detskoje Selo, 26. September 1926>

Meine liebste Nadinka,

wie ist mir und unserm Katerchen traurig zumute! Ich bin mit Anja zum Basar gegangen. Bisher hatten wir Krimwetter, aber heute – brr, brr! Ich war zwei Tage in der

Stadt. Habe mich mit der Zeitung abgeplagt (die Buchhaltung hat meine Abrechnung durcheinandergebracht) – ich habe 50 R. herausgeschlagen. Und ich werde noch etwas kriegen. Ich war bei Dreharbeiten von Sowkino, im Hof eines Hauses am Kamennoostrowskij. Meine Liebste, ich habe noch kein Sterbenswörtchen von Dir bekommen. Die Strachowskijs ziehen in den ersten Oktobertagen aus. Sobald ich in die Wohnung eingezogen bin – ab nach Moskau. Dort bin ich näher bei Dir. Nadik! Du bist mein kleines Söhnchen auf der Krim! Also: hör mir zu: kauf Dir Butter, Eier und *viele-viele Früchte. Geh immer wieder auf die Waage*. Wenn es kalt ist, telegraphiere: ich schicke Dir sofort Geld nach Jalta.

Mein Kindchen, bis zum baldigen Wiedersehen. Njanja küßt Dich, ohne Dich kann Njanja nicht.

87. AN NADESCHDA MANDELSTAM

<Leningrad, 1. Oktober 1926>

Freitag

Mein liebstes Kindelchen, mein heller Nadik! Warum bloß habe ich Dich ans Meer verbannt wie irgendeinen Ovid? Du willst also nach Hause zu Njanja und zum Katerchen und zu Anja? Ich verstehe. Nun hab doch noch etwas Geduld: wir werden bald weitersehen ... Ich habe Dein Telegrämmchen bekommen. Bist Du ein ganz Gesunder? Ja? Und der Zyklon ist vorüber? Und die Bäderchen nimmst Du auch? Und machst Spaziergänge zu Junge? – Das ist weit! Geh nicht hin! Spazier lieber am Ufer auf die andere Seite, wo früher die türkischen Fischer waren. Vor allem sei nicht zu sparsam mit dem Geld.

Bei mir gibt es verschiedene Ereignisse. Erstens fuhr ich gestern abend zu Anja ins Chinesendörfchen: sie hat dort 2 Tage lang *allein* Wache gehalten, und ich habe ganz kämpferisch in der Dunkelheit veranlaßt, alle Sachen zusammenzupacken, und habe sie in den Halbbogen hinübergebracht (der Verwalter hatte mir vorgeschlagen, schon jetzt einzuziehen, ohne den Auszug der Mieter abzuwarten). Die Megäre von Dame war beleidigt: »Sie haben Jakobson – ich habe Lunatscharskij«, aber ich habe sie mit Zuvorkommenheit gezähmt, und sie hat uns hereingelassen, d.h. die Sachen, uns aber *gebeten, am Sonntag umzuziehen, d.h. morgen* ... (Ihre Renovierung ist noch immer nicht fertig.) Morgen werden wir uns mit Anja häuslich niederlassen. Es gibt dort Strom, es ist warm und gemütlich. Das Mobiliar geben sie uns nach Freigabe der Wohnung. Wir werden *vorläufig* in 2 Zimmern wohnen. Noch eine Neuigkeit: Leonow hat mein Geld vom Staatsverlag »verhaftet«. Da *ging ich zu »Priboj«, erhielt dort alles Geld und lache jetzt darüber,* aber im Staatsverlag habe ich nur 30 R. bekommen. In einer Woche aber werde ich beim Staatsverlag abgearbeitet haben. Anja ist gestern mit mir in die Stadt gefahren und übernachtet 2 Tage bei ihrem Onkel. Im Chinesendörfchen ist alles leer – keiner da. Die Schlüssel habe ich abgeben. Das Katerchen ist beim Wächter. Ein Posten schiebt Wache, hat ein Auge auf unser Geschirr, das wir morgen in Körben hinübertragen werden. Die dritte Neuigkeit: ich habe mich plötzlich, ohne jeden Anlaß, mit den Steuern befaßt. Einfach drauflos – und geschafft. 400 + 66 + ? (dritte Einnahme). Mir hängt das alles zum Hals heraus. Fedin und Wojtolowskij haben mir geraten, in den Smolnyj zu gehen, zum Vertreter des Presse-ZK beim Gouvernementskomitee. Ich komme gerade von dort: ein sehr liebenswürdiger Gentleman. Er hat mir *versprochen,* einen Mann vom Steueramt zu sich zu rufen und einen *einstweiligen* Aufschub für ein, zwei Jahre zu erwirken. Er scheint es sehr ernst gemeint zu haben. Und ich habe ihm noch eine Notiz über das Autorenrecht versprochen. Jetzt brodelt das alles und reift heran, überhaupt ist hier »Frühling«. Mischa Slonimskij ist Leiter im »Priboj«-Verlag! Ab dem 15. Oktober! Nur schon dieser eine genügt uns! Wir sind gerettet! Davidchen ist Redakteur der Zeitschrift für Ausländische Literatur bei der »Roten Zeitung«! Meine Mappe ist vollgestopft mit Büchern von »Priboj« zu äußerst vorteilhaften Bedingungen. Ich habe zugesagt, für sie Zeitungsrezensionen zu schreiben – zu 30 R. pro Buch, 10–20 Zeilen. In Detskoje ist mein ehemaliger reicher Onkel Abram Kopeljanskij aufgetaucht – aus dem Ausland, alt und kahl geworden, sie wohnen neben dem Belizkij-Pensionat in einer wunderbaren kleinen Wohnung. Seine Tochter arbeitet bei der »Roten Zeitung«. Ist mit Jewgenij Emiljewitsch befreundet. Vor ein paar Tagen kam Anna Andrejewna für eine Minute im Chinesendörfchen vorbei. Sie hat mir Deinen rosa Schal zurückgegeben und ist, erschrocken über das Tête-à-tête, aufgesprungen und davongelaufen.

Nadik, ich habe kein Kieselsteinchen bekommen: es ist wohl aus dem Umschlag gefallen. Das Wetter ist bei uns paradiesisch: in der Sonne 18°. Ich aber habe einen schlimmen Schnupfen von der kalten Nacht in Zarskoje.

Die Bens habe ich seit dem Umzug nicht gesehen. Sie gefallen mir nicht, d.h. er, und ist sie vielleicht ein Mensch ohne ihn? D. h. gerade ohne ihn ... Ich möchte gern unsere Sächelchen behalten, Nadik, und ich denke, es wird mir gelingen. Zärtlicher Nadik, Du hast ja Namenstag! Gib mir also Dein Stirnchen her und Dein billiges Flanellkleidchen und die Pfötchen. Ich küsse Dich. Zu Nadiks Geburtstag werden wir zusammensein. Ich habe das so beschlossen. Und Du? Ja, Nadik? Gott sei mit Dir, Liebste! Sei fröhlich, mein Katerchen. Njanja will zu Dir. Das bin ich, Deine Njanja – ist Dir nicht kalt, Liebster? Soll ich das Strickjäckchen schicken? Schreib mir! Nicht zu sparsam sein mit dem »Zaster«!

88. AN NADESCHDA MANDELSTAM

<Leningrad, 3. Oktober 1926>

Mein liebstes Ehefrauchen, ich kann nicht mehr ohne Dich, mein heller Nadik. Warum bloß habe ich Dich fortgelassen? Ich weiß, es war notwendig, aber ich bin so traurig, so traurig. Gestern habe ich Dein Ührchen nach Hause gebracht. Ich bin zum Sekretär des Pfandleihhauses gegangen, und sie haben mir einen teilweisen Loskauf zugebilligt. Das Ührchen bleibt jetzt bei uns und wird nie wieder fortgehen, und bald wird auch das Kettchen zurückkehren. Nach Zarskoje fahre ich erst morgen, Montag. Anja ist in diesen Tagen bei ihrem Onkel. Gestern hat er ihr Schuhe gekauft. Bei mir gibt es eine große Veränderung in der Arbeit: bei »Priboj« ist Slonimskij ernannt worden, *er bietet mir ein Fixum an*, wie Gorlin es Ben angeboten hat. Morgen werde ich es mit ihm besprechen. Ich aber, mein Liebster, will es anders machen: eine Arbeit von »Priboj« annehmen und eine von Marschak und zu Dir fahren. Ich weiß nicht, ob das ohne den Verkauf irgendeines Möbelchens abgehen wird? Doch das ist es wert, mein Lieber. Wozu brauchen wir die Sachen, wenn wir nicht zusammen sind? Können wir es lange ohne einander aushalten? *Ich denke, daß sich in den nächsten 10 Tagen alle Dinge entwirren werden – die Wohnung wird durch einen Vertrag gesichert sein (unsere Koffer stehen schon dort),* und es wird Arbeit (eine große) geben. Dann komme ich zu Dir, mein Kleiner! Oder möchtest Du nach Hause? Lieber, Lieber, wie geht es Dir? Du bist doch nicht etwa ganz allein? Wen siehst Du? Mit wem sprichst Du? Beschreib mir wenigstens Deinen Tagesablauf ein bißchen. Ich bin gerade bei Schenja. Gestern nacht war bei Warwara Kirillowna eine Tanzerei mit Gitarre, und ich konnte nicht schlafen. Das Wetterchen ist bei uns die ganze Zeit klar, auch in Zarskoje müßte es gut sein. Ich werde viel Brennholz kaufen, damit Du es schön warm hast, wenn Du kommst, und viele Blumen werde ich für Nadik aufstellen. Hast Du Max gesehen oder nicht? Ich kann es nicht glauben, daß Du ohne mich in Koktebel bist, diesmal kann ich überhaupt nicht glauben, daß Du weggefahren bist. Nadik, Nadik, meine abgerissene Allerzärtlichste (die armen Ärmelchen von Deinem Mantel)! Ist Dir kalt? Sag mir, daß Du auf Njanja wartest. Gott sei mit Dir, mein Kindchen. Ich bin Dein Mann. Ich liebe Dich.

Njanja.

Ich hab nicht mal Dein kleines Photo mit in der Stadt.

89. AN NADESCHDA MANDELSTAM

<Leningrad, 5./6. Oktober 1926>

Liebster Nadik, mehr als alles andere quält mich die Ungewißheit – was ist mit Dir? Alles, was Du mir schreibst, ist mir zuwenig. Ich habe nicht ein einziges Mal Dein Stimmchen gehört. Naditschka, laß mich Deine Stimme hören. Gib Antwort und sag mir, ob es Dir gutgeht. Mir geht es, mein Liebster, nicht schlecht – nur unglaublich traurig bin ich, wie nie zuvor. Ich lebe wie eine Maschine, tue alles, was nötig ist, und fühle mich selber überhaupt nicht. Von der Minute an, wie Du weggefahren bist, ist in mir alles stehengeblieben, und so ist es jetzt noch. Weißt Du, Naditschka, ich war noch nicht in Zarskoje. Gestern habe ich mit Lawrentjew telephoniert. Morgen gehe ich den Vertrag abschließen und zahlen. Wir sind uns einig geworden. Ich habe ja nur eine einzige Sorge – Dich richtig zu empfangen, meinem armen hellen Bettlermädchen eine Unterkunft zu bieten. Ich lese immerzu Bücher: viel, viel – für »Priboj« und Gorlin. Bei Leonow habe ich schon fast 90 R. abgearbeitet. Ich wohne in dem Zimmerchen, in dem wir beide übernachtet haben. Dort wird geheizt, und es ist nicht feucht. Anja ist bei ihrem Onkel. Ben ist in der Klemme: der Steuerinspektor hat ihn gepfändet, er lief zu Geft, sagte, daß er 20 R. die Woche bekomme. Kika war krank. Liebst Du ihn noch, Nadik? Nadik, bedaure mich ein bißchen mit meinen französischen Büchlein und Deinem Ührchen ohne Kette (sie wurde von der Uhr getrennt - wiederverpfändet). Naditschka, ich erwarte von Dir die wirkliche Wahrheit: bist Du gesund? Antworte mir, mein Kindchen, verheimliche nichts. Vielleicht fahre ich in etwa zwei Tagen nach Moskau. Weißt Du, Konar hat Karriere gemacht: er ist jetzt beim Staatsverlag, wird aber als Vorsitzender des Volkswirtschaftsrates in die Ukraine gehen. Mein heller Nadik, mein armes Krummbeinchen, lächle mir zu, küß mich, sag mir: ich bin bei Dir, Njanja. Gott sei mit Dir, Liebste.

Aber wir werden uns ja bald, bald treffen, mein Leben. Ja?

Deine Njanja.

Gewicht? T°? Gewicht? T°? Gewicht? T°?

90. AN NADESCHDA MANDELSTAM

<Leningrad, 9./10. Oktober 1926>

Nadik! Großpapa und ich sind gerade auf dem Nikolajewskij-Bahnhof. Ich habe ihn ins Café begleitet, und jetzt fahren wir nach Zarskoje und schauen uns unsere kleine Wohnung an, in der Anja gerade wirtschaftet. Anja tut mir schrecklich leid, weil sie in Deinem grauen dantesken Mantel herumläuft. Ich habe gelernt, mit ihr umzugehen: schlicht, kurz und sanft - aber entschieden. Wir haben uns gestritten und wieder versöhnt. Das war gestern.

Liebster Nadjonysch, ich fürchte, daß Du Deine Verbannung nicht aushältst? Wie geht es Dir? Ich flehe Dich an, schreib die Wahrheit. Bei mir ist alles in Ordnung. Eine Menge Arbeit habe ich. Diese Woche schicke ich Dir 100 R. Reicht es Dir mit Deiner Rückkehr am 30.? Mein Kindchen, ich habe Dich mit meinem idiotischen Telegramm erschreckt: was soll ich tun, damit Du mir glaubst? *Es gibt nicht eine einzige ernsthafte Unannehmlichkeit!* Du weißt ja, daß ich mich wie ein Kreisel drehen kann, argwöhnisch, ungeduldig, dumm. Diese drei Tage, als ich nicht geschrieben habe, sind ganz mit Wohnungsscherereien und Staatsverlag draufgegangen! Wie dumm, mein Kindchen! Aber ich »brodelte« in diesen Tagen. Sei absolut beruhigt, was mich betrifft: die Lage hat sich seit Deiner Wegfahrt stark gebessert. Gorlin ist solider und lebhafter, Marschak ist aufgeblüht, Angert ist erobert, und »Priboj« ist ein irdisches Paradies geworden. Nanuschka, schreib mir, ob ich Dir zu Deiner Rückkehr das Pelzchen kaufen soll, das wir gesehen haben, für 150 R.? Ich will mit ihm zum Bahnhof kommen, um Dich abzuholen. Liebes, liebes fernes Katerchen! Was macht Dein billiges Flanellkleidchen? Ist es ganz zerknittert? Und die armen Pantöffelchen?

Bei uns ist es warm und feucht. Ist es bei Dir nicht kalt? Nadik, bald nimmt Dich Njanja zu sich. Du wirst Dich wie ein armes Tierchen zu mir herkratzen, ja?

Warte ein bißchen, mein Zärtlicher, mein liebstes Ehefrauchen. Gott sei mit Dir. Liebe Deine Njanja.

Ich schicke einen herzlichen Gruß. Die Kälte fürchte ich nicht, und der Wind macht mir keine Angst. Ich küsse Sie fest.

»Großpap«

Großpapa hat *sinnbildlich* von der Kälte und vom Wind geschrieben. Nadik-Sönnchen, schreib mir ein kleines Feuilleton. Du hast so wunderbar über »rechts« und »links« erzählt!

91. AN NADESCHDA MANDELSTAM

<Leningrad, 9./10. Oktober 1926>

Mein Liebster, gerade bin ich aus Zarskoje gekommen und habe Dein wütendes Briefchen gefunden; das andere trägt Großpapa bei sich. Mein Kleiner, sei nicht böse auf mich, ich habe Dir deshalb drei Tage lang nicht geschrieben, weil ich es sehr, sehr schwer hatte. Immerzu kam eins zum andern. Im Staatsverlag *schien* es mir, daß der Redakteur meine Arbeit sabotiert, d.h. mich schlicht und einfach rausekelt. Diese Idioten von Beamtenseelen sprachen irgendwie in Andeutungen mit mir: »Der Charakter unserer Beziehungen muß sich überhaupt ändern« usw., und beim Nachhaken ergab sich, daß sie *alles in allem darum bitten, sie nicht zu drängen, »nicht nervös zu machen« mit Geldfragen*. Du weißt ja, daß ich bis zur Blödheit argwöhnisch bin. Ich habe sogar Gorlin angesteckt, der mir riet, nach Moskau zu fahren. Marschak, der meine Beunruhigung bemerkte, hat diesen ganzen Quatsch aufgeklärt. *Die Arbeit läuft auf Hochtouren*. Doch das ist noch nicht alles. Die Wohnung im Halbbogen hat sich als untauglich erwiesen – sie ist kalt! Alles ist in die Erde eingesunken. Die Angestellten haben mich gewarnt. Und so war ich jeden Tag zwischen der Stadt und Zarskoje hin- und hergerissen.

In der Verwaltung war eine grandiose Revision im Gange. Keiner wollte etwas sagen. Zwei Tage lang suchte ich mit Anja eine Wohnung in der Stadt, in Zarskoje – immer auf Deinen Spuren, Nadik – nur war bei der alten Frau schon vermietet ... Ich war schon am Verzweifeln, aber dann hat mir derselbe Maximytsch aus der Klemme geholfen: er zeigte mir heimlich die Wohnung Nr. 7 (wir beide haben sie nicht gesehen) – im ersten Stock.

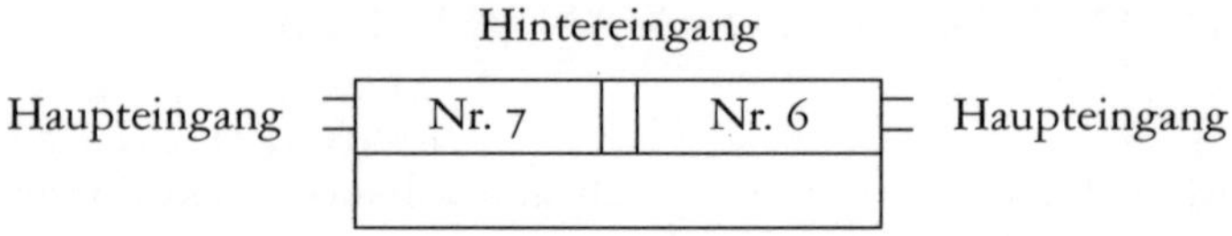

Hier ist der Plan:

Eingang	großes Zimmer	Schlaf- zimmer	Eß- zimmer	Bad	Küche
	ohne Ofen	Ofen	Ofen		Ofen

Es ist genau wie bei der Wohnung Nr. 6, nur die Reihenfolge der Zimmer ist umgekehrt, und es gibt Türen und einen zusätzlichen Ofen. Im Halbbogen haben Anja und ich gefroren, in der neuen Wohnung ist es warm und trocken wie bei Jewgenij Emiljewitsch, obwohl wir dort nicht ein einziges Mal geheizt haben. Im Bad ist noch ein separater Ofen und steht ein kleines Bett für Anja. Reinlich, weiße Wände.

Als ich das erfuhr, ging ich zu Lawrentjew, und ganz unerwartet gab er mir die Wohnung, überließ mir die Schlüssel und beauftragte Maximytsch, sie zu möblieren. Die Betten sind dort besser als im Chinesendörfchen, und das übrige *wird er mir besorgen, nachdem er drei Rubel bekommen hat.* Heute abend kommt er wegen der Möbelliste.

Anja und ich haben sofort alle unsere Habe herübergeschleppt, haben eine Tagelöhnerin angestellt, ich habe ein Bad genommen (wir haben Brennholz gekauft), und Du glaubst nicht, wie ich mich in einer Nacht erholt habe neben Deinem Bettchen. Mein Kindchen, wir wohnen gegenüber Kikas Glockenturm. Er bimmelt um 9 Uhr morgens, und an den Hauptfeiertagen (es sind nicht so viele) um 6 Uhr. Aber das macht ja nichts. Wir beide werden *früh zu Bett gehen.* Ja, Nadik? Das wird uns disziplinieren … Und dieses Bimm-Bimm dauert 15 Minuten.

Vorgestern ging ich einen Eilbrief für Dich abschikken: und was ist passiert? Ich gehe in einen kleinen Laden, um Socken zu kaufen – und schnapp! – die GPU sucht dort nach Schmuggelware. Sie haben mich 3 Stunden lang festgehalten und sogar meine Hosentaschen umgedreht, in denen wie üblich allerlei Plunder war. Ich war beunruhigt, störte die Agenten bei der Arbeit und verlangte, freigelassen zu werden, zitierte meinen Stand und zeigte, da ich keinen Ausweis hatte, Bücher aus dem Staatsverlag (?) vor. Ja, und dann ging ich nach Hause, nachdem ich solche Aufregungen erlebt hatte, und habe das Briefchen an Dich nicht abgeschickt. Siehst Du, Nadinka, wie viele Abenteuer Deiner Njanja zustoßen.

Ich denke, mein Vögelchen, Du kannst, wenn Du keine T° mehr hast, zu Deinem *Festtag zurückkommen, d.h. am 30.?* Ja? *Verheimliche mir nur nicht Dein Tempratürchen. Dich erwartet ein Empfang bei Deiner Njanja!*

Mein Nadik, wie konntest Du nur böse auf mich sein! Dein Telegramm hat sich an die 3. Linie (?) verirrt. Noch eine Verschleppung der Antwort ... Und unser Katerchen hat kranke Augen bekommen. Morgen bringen wir es zum Doktor.

Jewgenij Emiljewitsch wollte mich (auch in diesen Tagen) nach Moskau mitschleppen: ich sollte bei irgendeiner Versammlung des »Modpik« aushelfen (Neuwahlen). Ich hätte beinahe zugesagt, Großpapa schleuderte Blitz und Donner, damit ich nach Moskau fahre. Völlige Idiotie! Verstehst Du, wie mir das gelegen kommt? Noch einmal eine Geschichte wie mit Granowskij ...

Mein heller Nadik, mein kleines Tierchen am Meer, die Kieselsteinchen am Ufer sollen Dir sagen, daß Deine Njanja bei Dir ist. Mir kommt es absonderlich, seltsam vor, daß Du allein in Koktebel bist. Sei nicht böse auf mich, liebe mich. Du bist meine Frau. Du bist mein Leben.

Gott sei mit Dir, Liebste. Das sage ich, wenn ich mich schlafen lege.

Deine Njanja.

In den nächsten Tagen schicke ich finanzielle Verstärkung. Recht so?

92. AN NADESCHDA MANDELSTAM

<Leningrad, 10./11. Oktober 1926>

Nadik, meine ferne kleine Sonne! Ziehst Du nicht den Mantel aus? Ist Dir kalt, Kindchen? Mein Zärtlicher, ich werde Dich wärmen. Du kommst ja bald zurück. Wie soll ich leben ohne Dich? Ich fühle mich leer und unwohl. *Ich habe ein bißchen Angst, Dich zu früh herzuholen!* Einstweilen herrscht hier ein wunderbarer Herbst. Ob mein Briefchen ankommen wird bei Dir? Liebste, bist Du gesund? Entscheide richtig, mein kluges Mädchen. Ich werde Dein großes Stirnchen küssen. Wenn Du kommst, werde ich Dich in Moskau abholen: willst Du?

Meine Nanuschka! Deine Anja wohnt im Lyzeum wie eine Fliege. Sie hat Brennholz, und ich bin gestern und heute bei Tatka. Ich habe viel Arbeit bekommen. Bin gesund. Nadik mein Herzliebster! Gestern habe ich Kika gesehen. Er hat ein wunderbares Lächeln, ein sehr gutmütiges. Lieber Nadik! Weißt Du, woran ich gerade gedacht habe? ... Ich erinnere mich an alles. Nadik, wie froh wir waren! Meine Freude! Kleine Sonne! Antworte mir! Wo bist Du?

Gott sei mit Dir, Nadik. Ich liebe Dich.

Njanja.

Dein Ührchen lebt. Die kleine Wohnung auch. Das Katerchen ist krank (die Augen). Anja ist gut und sanft.

93. AN NADESCHDA MANDELSTAM

<Leningrad, 12. Oktober 1926>

Komm zurück unbedingte Voraussetzung normale Temperatur andernfalls fahre nach Jalta telegraphiere ich werde Geld schicken küsse Liebste

94. AN NADESCHDA MANDELSTAM

<Leningrad, 13. Oktober 1926>

Guten Morgen Nadik Njanja rät Dir mit Fogel vermeide Leningrader Herbst überlege Jalta gut telegraphiere bewußte Entscheidung Temperatur Befinden falls nötig schicke ich telegraphisch 250 bin gesund alles Ordnung küsse Ehefrauchen

95. AN NADESCHDA MANDELSTAM

<Leningrad, Ende Oktober 1926>

Grüß Dich, Nanuscha! Njanja sehnt sich. Sie grämt sich nicht, sondern sehnt sich nach ihrer Liebsten, nach ihrem Leben. Lieber, haben Deine Gröschchen auch gereicht für Dich? Hast Du auch nicht gefroren? Du bist doch so verlassen, so nackt mit Deinem Körbchen, wie ein junger Rekrut. Und Wasser kaufst Du für zehn Kopeken ... Naditschka, ich habe mich gerade daran erinnert, daß Du ja unsere fröhliche Moskauer Decke hast. Sie wird zu mir zurückkehren. Wie gern möchte ich nach Feodossija für den Winter! Nein, eigentlich doch nicht. Das Lyzeum mit Nadik ist besser! Wenn aber im Süden der November besonders schön ist ... Nicht ausgeschlossen, daß ich doch noch komme ... Aber das sage ich *nur so,* Nadinka. Denn Du hast Dich ja auf die Rückkehr eingestellt, und ich will Dich nicht vergrämen. Mein Kindelchen, bevor

Du wegfährst, teile mir unbedingt *Deine Temperatur und Dein Gewicht* mit. Gibt es in Koktebel keine großen Waagen in den Läden? Wie ist Deine Tempratur gegen Ende des Monats? Ich kann nicht glauben, daß sie den *ganzen Monat* normal war ... Wenn es wieder ein *Hochschnellen der Temperatur wie beim letzten Mal* gegeben hat, wäre es ziemlich leichtsinnig, im November hierherzufahren. Ich flehe Dich an, Nadik, verheimliche mir nichts. *Wenn es für Dich notwendig sein sollte, bis zum ersten Schnee auf der Krim zu bleiben, werde ich zu Dir kommen.* Ich meine das sehr ernst. Überhaupt sind wir im Moment nicht schlecht versorgt. Die Lage hat sich stark gebessert, obwohl die Bens, die von Gorlin vernachlässigt werden, klagen und stöhnen. Das Dienstmädchen Schura füttert sie durch. Erkennst Du Deine schadenfrohe Njanja wieder? Pfui! Das ist nicht schön! *Unsere Sachen sind heil (außer den Mahagonisesseln).* Ich werde sie für Dein Häuschen aufbewahren. Morgen fahre ich zu Anja. Um von Lawrentjew die Möbel zu kriegen. Ich habe Druck ausgeübt über die »Glawnauka«, und dieser Kretin gibt nach. *Wir werden es sehr gemütlich haben, aber es ist noch nicht zu spät, eine Wohnung im 2. Stock zu nehmen:* die Zimmer sind kleiner, zwei liegen auf der Sonnenseite, die Ausstattung ist eleganter, es gibt Furnierholzverkleidungen, hohe Decken, gute Öfen und ... Wasser im Winter eher fraglich, bei uns aber wahrscheinlich. Ich liebe die Wintersonne in den Zimmern, und auch Du, Nanuscha, magst sie. Aber ich bin klug. Ich weiß, daß Du nicht tauschen willst, und bleibe dort, wo wir wohnen.

All das, Nadik, tu' ich für Dich und mit Dir zusammen. Du würdest es auch so machen. Weißt Du noch, wie Du es in Jalta getan hast?

Nun, Liebster, laß mich Dich zur Nacht küssen und in Deine fröhlichen Heul-Äugelchen schauen. Ich liebe Dich. Gott sei mit Dir, mein Ehefrauchen und mein Leben.

Njanja.

Heute habe ich Tatka gefragt, ob sie *Betrunkene* mag, doch sie *brach* unser Gespräch *ab:* »Sprechen wir lieber nicht von ihnen: sie sind es nicht wert!«

Großpapas Ingenieure haben 1000 Häute verdorben! Eine Tragödie!

96. AN NADESCHDA MANDELSTAM

<Leningrad, Ende Oktober 1926>

Nadik, meine ferne Allerzärtlichste, ist das wohl mein letzter Brief? Du bist schon im Abflug. Also hör, Kindchen, den Rat Deiner Njanja: *wenn das Monatsende ein »stürmisches« Hochschnellen der Temperatur gebracht hat,* dann komm nicht zurück, aber teile es mir mit, und ich werde Dich für den November nach Jalta hinüberbringen. Noch größere Bedeutung hat Dein Gewicht. Ich habe Angst, daß Du am Hungertuch genagt hast und abgemagert bist. Wenn aber alles in Ordnung ist, d.h. *2–3° im Laufe von 2–3 Tagen* – dann fahr, mit Gott! Wir haben gutes Wetter, auch wenn es kalt ist. Sogar ein unpraktischer Schnee ist schon gefallen. Die Tage sind sonnig. Versuche, Dir für die Reise *warme, häßliche Unterwäsche und Strümpfe in Feodossija* zu kaufen. Das befiehlt Dir Deine Njanja unbedingt. Und ich werde Dich mit dem Material für ein Pelzchen erwarten: wir werden es gleichentags zum Nähen geben. Die fertigen gefallen mir nicht. Verstell Dich nicht, mein Kleiner, sei kein schlaues Füchslein. Ich werde sehr gekränkt sein, *wenn Du aufgrund einer Schwindelei zurückkommst.* Meine Angelegenheiten stehen gut. Heute hätte »Priboj« meine neuen Verträge bestätigen sollen, aber die Sitzung hat nicht stattgefunden.

Gott sei mit Dir, Liebste! Nicht eine Minute kann ich mich von Dir losreißen! Dein Mann. Deine Njanja.

Nach Zarskoje habe ich es heute nicht geschafft. Ich

fahre morgen abend. Ich bin entschieden für den ersten Stock im Lyzeum. Dort ist schon alles saubergemacht worden, und das wird unsere kleine Wohnung sein. Ich warte auf Dich, Liebster, ich küsse Dich, mein kluges Freundchen!

97. AN NADESCHDA MANDELSTAM

<Leningrad, Anfang November 1926>

Nadik, ich mache mir Sorgen, ob Dir das Geld reicht. Ich denke, daß ich Dir, bis Du diesen Brief erhältst, so etwa 50 Rubel schicken werde. Auf jeden Fall telegraphiere bei der geringsten Beengung. Ich werde keine Sachen verkaufen müssen, und die Einnahmen setzen nächste Woche wieder ein. Ob es gut für Dich ist, mein Freundchen, im November zurückzukommen? Bei uns ist es jetzt sehr trüb und kalt. Überleg es Dir, Liebste! Vielleicht machst Du einen Schwenker über Dschankoj (man muß nicht übers Meer) nach dem guten alten Jalta? Kindchen, ich will Dich nicht überreden. Du siehst das besser. Und wenn Du zurückkommst, fahren wir direkt vom Bahnhof zu »Kleider-Leningrad« und kaufen das Pelzchen für 150 R.!

Unsere Wohnung im Lyzeum ist noch nicht eingerichtet. Lawrentjew knausert mit den Möbeln. Das sind Lappalien: ich werde diesen Kretin schon rumkriegen. Die Betten sind sehr gut. Sonst ist noch nichts da. Da stand nur so ein Plunder. Ich habe ihn rausgestellt.

In den Zimmern ist es recht warm und sehr trocken. Wenn man das große Vorzimmer schließt, kommen auf die beiden Wohnräume ein Halbkamin und ein Kachelofen. In der Küche ist außer dem Herd ein schöner runder Ofen. Alles sehr sauber, hell und gemütlich. Nanuscha, ich denke, Du wirst in Feodossija bei Deiner Koktebeler Wirtin wohnen? Richtig geraten? Ja? Und was sagst Du zu meinem Plan, uns in Moskau zu treffen? Ich möchte es so wahnsinnig gern! Hier meine Geschäfte:

1) das Buch bei »Priboj«, 3 Bogen

2) eine Menge Rezensionen ebendort

3) Marschak schlägt eine *Nacherzählung* des »Tartarin« für 80 R. pro Bogen vor (das ist Quatsch: das Blaue vom Himmel)

4) Slonimskij nimmt für »Priboj« eine *einfache* Übersetzung des »Tartarin« (das ist besser)

5) Redigierarbeit bei Marschak für 50 R.

6) 220 R. beim Staatsverlag und bei »Priboj« bereits verdient (davon 80 an Leonow), werden dieser Tage ausbezahlt,

7) ein zweites Buch (Vildrac) wird es in einigen Tagen bei »Priboj« geben (3 Bogen).

Jetzt weißt Du, Liebster, wovon Deine Njanja lebt. Ich habe einen großen Freund – Großpapa. Er ist wunderbar und gut. Ich sitze die ganze Zeit bei ihm auf dem grünen Sofa. Dort geht es mir besser. Vögelchen, Sönnchen! Unsere Trennung ist unwirklich, diese ist die absonderlichste. Ich glaube nicht an sie. Du bist bei mir, Freundchen.

Gott sei mit Dir, Nadinka! Ich liebe Dich. Ich bin Dein Mann, Njanja.

Nanuscha, mit einem schmerzenden Hühnerauge kann man nicht reisen! Laß es vorübergehen! Hörst Du!

Mein Schwälbchen, Krummbeinchen! Sei vorsichtig mit der Abreise! Überleg es Dir noch einmal!

98. AN NADESCHDA MANDELSTAM

<Leningrad, 5. November 1926>

Liebste nicht traurig sein wenn Koktebel schlecht fahre Monat Jalta bin gesund erwarte Antwort richte Wohnung für Nadinka

Njanja

99. AN NADESCHDA MANDELSTAM

<Leningrad, 5. November 1926>

Nadik, danke für Dein zärtliches Briefchen! Ich schreibe am Abend auf der Post nach dem Telegramm. Ich höre, wie es weggeklopft wird. Liebster, sei vorsichtig. Der wirkliche Herbst hat begonnen. Schlackerwetter, Dreck, auch in Zarskoje ... Heute war ich dort bei Anja. Zu meinem Erstaunen hat sie sich ein Dienstmädchen zugelegt. Die geschrubbten Fußböden glänzten. Auf dem Primuskocher zischte etwas. Weißt Du was, sie hat das Katerchen verloren!!! Mir tut das schrecklich weh. Es war ja Deins. Bis du kommst, werde ich das Hundchen besorgen, das Du haben wolltest. Damit Du nicht weinst, Nadik. Sei nicht böse auf mich, meine kleine Freundin, daß ich Dir das Reisen ausreden will. Ich weiß ja nicht, wie Du Dich in Feodossija einrichten kannst! Ganz im Ernst, ich bin imstande, Dich nach Jalta zu schicken. Denn von der lieben Krim ist Dir doch besser geworden! Du bist doch dort den halben Tag an der Luft, sogar wenn es kalt ist! Oder nicht? Das ist doch notwendig für Dich, Nadik. Nimm Dir noch ein Stückchen, verkürz Dir unsern Winter: er ist lang, lang ... *Wenn in Feodossija kein schlimmes, in die Knochen gehendes Wetter herrscht, dann bleib dort bei guter Pension, solang es Dir nicht langweilig wird!*

Und ich liebe Dich und warte auf Dich, aber geduldig. Denn Du kommst ja immer näher und näher. Dein Stimmchen ist bei mir. Nanotschka! Mein Schlauköpfchen! Du willst, daß Njanja für Dich entscheidet. Aber Njanja will, daß Du es tust!

Bald, Liebster! Bald! Mein helles Vögelchen! Du wirst bald zurückkommen.

Gott sei mit Dir, mein Ehefrauchen, mein Freund, mein Töchterchen, meine Frau. Ich bin Deine Njanja.

IV

DIE EULENSPIEGEL-AFFÄRE: DER BRUCH 1927–1930

100. AN ALEXANDER MANDELSTAM

<Moskau, Anfang Mai 1927>

Lieber Schura (Ossja diktiert das).

Nadja und ich sind schon eine Woche in Moskau und fahren heute nach Hause zurück, nachdem die Verlagsgeschäfte erledigt sind. Die Möglichkeit scheint sich abzuzeichnen, in einem Monat in den Süden abzuschwirren, und wir möchten Kurs über Armawir nehmen und uns irgendwo in der Nähe niederlassen (besser nicht am Meer; zum Beispiel in Naltschik). Du mußt unter allen Umständen im Herbst nach Moskau zurück. Ich verstehe, wie sehr Du Armawir brauchst, wieviel sauberer und besser es dort ist, aber auf die Länge bringt das nichts. Schick Papa keinerlei Geld. Das ist jetzt nicht nötig (Ossja wird wahrscheinlich welches bekommen). Ich sehe Dich vor mir, wie Du in einem armenischen Café sitzt und den Billardtisch vollschmierst. Wir haben Armawir auf der Karte gefunden und sind entzückt, wie südlich es liegt. Du bist wie Petschorin in den Kaukasus gefahren. Ich habe gar nichts, womit ich mich hervortun könnte – außer, daß Nadja ganz gesund (und gutmütig) ist. Eben haben wir die guten alten Moskauer Tage aufleben lassen, als ob wir nie weggefahren wären. Wir haben alle unsere kauzigen Bekannten gesehen. Sind begeistert Autobus und Taxi gefahren. Haben vom Papier weg Kaviar in einer Mietskutsche gegessen und die »Hochstapler« nachgeahmt. Wir bitten Dich inständig, antworte unverzüglich. Falls Du Dich nicht hast einleben können oder gesundheitliche Probleme hast, schick alles zum Teufel und komm zu uns nach Detskoje. Wir haben dort ein solides Haus mit Badewanne, Dienstmädchen und Telephon. (Schurik, ich küsse Sie.) Wir führen eben auch ein »kiefernes Gespräch mit der tannenen Generation«. Beskin ist ein sehr lieber Mensch. Narbut macht Karriere. Der Moskauer Staatsverlag ist wild und sonderbar wie eine persische Gesandtschaft.

Lena verlangt, daß wir auch von ihr etwas schreiben.

Ich küsse Dich fest. Warte auf Briefe von Dir. Ich werde ganz bestimmt zu Dir fahren.

Ossja

101. AN ARTEMIJ CHALATOW

<Detskoje Selo, Juli/August 1927>

Sehr geehrter Genosse Chalatow,

ich teile Ihnen auf Anraten von W. I. Narbut ein paar kurze Auskünfte zum Vorankommen meines Buches im Staatsverlag mit.

Im Januar dieses Jahres wurde mein Buch von der Leningrader Abteilung des Staatsverlages in den Jahresplan aufgenommen, der von Moskau die formelle Genehmigung erhielt. Benötigt wurde noch eine Genehmigung für den Quartalsplan. Im ersten Quartal erließ das Moskauer Redaktionsplankomitee folgende Verfügung: »In Anbetracht der Einwände seitens des Handelssektors ist das Problem, laut Vorschlag der Leningrader Abteilung, an das Präsidium weiterzuleiten.« Diese Verfügung, die unter Teilnahme von Genosse Beskin zustande kam, wurde im Protokoll Nr. 69 festgehalten.

Die Leningrader Abteilung des Staatsverlags bestand auf dem Druck meines Buches. Der Chefredakteur der Leningrader Abteilung Genosse Gorochow schrieb zweimal nach Moskau – an die Genossen Beskin und Janson – und führte zugunsten des Buches Argumente prinzipiell-literarischer Art an, empfahl auch mit Nachdruck, die Frage im Präsidium möglichst schnell zu prüfen.

Schließlich wurde das Problem erst im Juni auf die Tagesordnung des Redaktionsplan-Präsidiums gesetzt und erhielt einen negativen Bescheid im Sinne des Handelssektors.

Genosse Gorochow sagte mir vor wenigen Tagen – und er wird es Ihnen gewiß bestätigen können –, daß die Leningrader Abteilung des Staatsverlages ihre positive Einstellung meinem Buch gegenüber nicht geändert habe und die Befürchtungen des Handelssektors in Moskau nicht teile.

Ergänzende Auskünfte kann ich Ihnen gerne in einem persönlichen Gespräch geben.

102. AN JEWGENIJ MANDELSTAM

<Detskoje Selo, 1927>

Lieber Schenja!

Ich habe Marija Nikolajewna um Mamas Gogol gebeten, den Nadja und ich vor 2 Jahren aus Papas Siebensachen gefischt und ihr zum Aufbewahren gegeben haben.

Falls Du diese Bücher bei Dir behalten willst, werde ich sie Dir zurückgeben, aber mir scheint, daß ich sie sozusagen »verdient« habe: 1) als *»Schriftsteller«* und 2) weil ich bereits Puschkin und andere von Mamas Büchern vor dem Untergang gerettet habe, und wenn ich nicht irgendwann diesen Gogol hervorgekramt hätte, läge er jetzt noch in Großpapas Korb. Einstweilen auf Wiedersehen!

Wenn Du auf den Gogol Wert legst – gebe ich ihn Dir unverzüglich zurück.

Dein O.

103. AN MICHAIL SENKEWITSCH

<Moskau, zweite Hälfte 1927>

Lieber Mischa!

Du hast nicht auf uns gewartet. Sehr schade, daß wir uns nicht verabschieden konnten. Gruß an Alexandra Nikolajewna!

Ich nehme den Eulenspiegel mit. Am **Mittwoch** schicke ich ihn **per Eilpost** auf Deinen Namen an »Land und Fabrik« zurück.

Ich küsse Dich.

Bei der Rückfahrt über Moskau werden wir uns ohne Gehetze, Kränklichkeiten und Konstruktivisten-Lena sehen.

Auf Wiedersehen.

Mit dem Eulenspiegel werde ich Dich **nicht im Stich lassen**. *Ich verstehe es selber.*

Dein Ossip

Nochmals:
Sei nicht beunruhigt wegen Eulenspiegel!
Donnerstag wird er dasein.

104. AN JEWGENIJ SAMJATIN

<Detskoje Selo, 2. März 1928>

Lieber Jewgenij Iwanowitsch,

Ihren Brief habe ich *heute* morgen erhalten. Mein Einverständnis habe ich bereits Ljudmila Nikolajewna mitgeteilt. Ich werde zwei, drei Stücke aus dem »Flammenkreis« vortragen. Es wäre sehr wünschenswert, daß sich nicht **alle** eingeladenen Dichter auf das Repertoire der unveröffentlichten Gedichte beschränken, sondern auch etwas von den älteren beifügen. In dieser Lesung von allen bekannten, älteren Gedichten, im Wiedererklingenlassen des allen seit langem Vertrauten liegt die einzige *Rechtfertigung* einer Teilnahme von Dichtern an dem vorgesehenen Abend. Außerdem scheint es mir völlig unabdingbar, auch W. A. Pjast einzuladen – einen dem Geist und der Generation Fjodor Kusmitschs am nächsten stehenden, *blutsverwandten* Dichter. Das kurze Gedächtnis in bezug auf Pjast ist unser aller Versagen.

Ich drücke Ihnen die Hand.
O. Mandelstam

2/III/28

105. AN P. KOROBOWA

<Jalta, 25. Juni 1928>

Jalta, 25. 6. 28.

Sehr geehrte Genossin Korobowa!

Ich habe durch einen Überbringer Ihren Brief und die Korrekturfahnen der »Ägyptischen Briefmarke« erhalten. Wie schade, daß Lidija Mojssejewna meine Adresse nicht weitergeleitet hat! Vor zwei Monaten schrieb ich an die Abteilung Künstlerische Literatur und bat darum, *unter allen Umständen* aus der »Ägyptischen Briefmarke« den *Schlußteil* auszuscheiden: alles, außer der »Ägyptischen Briefmarke« selber und »Das Rauschen der Zeit«, das mit den Worten endet »von der Ziegenmilch eines Feodossija-Mondes überspült« – ich **bitte inständig**, von diesen Worten an und bis zum Ende alles rauszuwerfen. Keinerlei »Rückkehr« u.ä. Als ich diese Lappalien in das Buch einfügte, habe ich einen sehr ernsthaften *Fehltritt* begangen. Wenn wir diese Lappalien beibehalten, *töten* wir das Büchlein. Es verdient zu leben: **retten** Sie es! Wenden Sie sich an Grusdjow, an Slonimskij, bringen Sie die Sache technisch in Ordnung: falls das mit einem materiellen Schaden verbunden ist, werde ich alles *ersetzen*, das **Geld zurückerstatten**. (Eine schriftliche Verpflichtung lege ich bei.)

Geben Sie mir unverzüglich Nachricht, daß alles in Ordnung ist. Ich werde bis dahin nicht mehr ruhig schlafen und werde mich von dem Büchlein lossagen, falls es in anderer Gestalt erscheinen sollte. Denn ich habe **schon im April** darum gebeten (in einem Brief an die Abteilung Künstlerische Literatur, auf den Namen Warkowizkaja). Jetzt ist es noch nicht zu spät.

Ich habe versucht, in diesen Kapiteln Kürzungen vorzunehmen. Es hat *nichts geholfen*. In den von Ihnen übersandten Korrekturfahnen werde ich sie einfach durchstreichen - und *nur* in dieser Gestalt kann ich meine Unterschrift zum Druck des Buches geben. Es darf *nichts* von dem Durchgestrichenen gedruckt werden, wenn aber »Begegnung auf der Redaktion« und »Absalom« gedruckt werden sollten, bleibt mir nur übrig, mich aufzuhängen. Ich bin aber überzeugt, daß ich mich umsonst aufrege. Alles wird dadurch seine Lösung finden, daß ich meine Schuld anerkenne und mich bereit erkläre, dem Staatsverlag *unverzüglich die Satzkosten für diesen halben Bogen und das entsprechende Honorar zurückzuerstatten* (siehe »Verpflichtung«). Außerdem mache ich Sie darauf aufmerksam, daß im Buch der Titel *»Das Rauschen der Zeit« verlorengegangen* ist. Nach der »Ägyptischen Briefmarke« und *vor dem Kapitelchen »Musik in Pawlowsk«* muß ein Zwischenblatt - eine weiße Seite - eingeschoben werden und darauf: **»Das Rauschen der Zeit«** - als innerer Titel.

In der »Ägyptischen Briefmarke«, die aus Fragmenten besteht, ist eine ganze Reihe von »Abständen« weggelassen worden. Sie sind aber sehr wichtig. Ich werde sie kennzeichnen. Die Umschlaggestaltung bitte ich Mitrochin zu übertragen.

Bitte bestellen Sie meinen Gruß Grusdjow, Slonimskij und Lidija Mojssejewna, falls sie zurück ist, und ebenso meine Dankbarkeit für die ausgezeichnete »Gestaltung« des Bandes »Gedichte«. Ich lege einen Brief an D. N. Angert bei. Dies für den äußersten Notfall. Aber ich kann mir kaum vorstellen, daß es nötig ist, ihn zu übergeben. Ich denke, Sie werden auch so alles in Ordnung bringen. In diesem Brief lege ich noch einmal die Notwendigkeit einer *Kürzung* der »Ägyptischen Briefmarke« dar und spreche außerdem von meiner Abrechnung. Zeigen Sie diesen Brief Grusdjow oder Slonimskij.

Lesen Sie ihn selber und geben Sie den Inhalt meiner finanziellen Fragen an Genossen Lichnizkij weiter. Zeigen Sie ihm diesen Brief. Sagen Sie, daß ich in meiner Abrechnung mit dem Staatsverlag *maximale Klarheit* anstrebe. *Ich will nach und nach alles* **begleichen**, falls ich etwas schulde. Ich bitte darum, die *Bilanz nach dem Erscheinen meiner Bücher* zu ziehen. Sagen Sie das Lichnizkij und Angert. Dann noch etwas: vor ein paar Wochen legte mir der Rechtsberater des Staatsverlags nahe, Geld zurückzuerstatten oder die Konventionalstrafe laut einem bestimmten Vertrag zu zahlen – wo wir doch mit Lichnizkij alle Rechnungen zum *Ausgleich* gebracht und dies auch protokolliert hatten. Das Papier des Rechtsberaters hat mich *nicht erreicht:* es ist in dritte Hände gelangt, war nicht auf meinen Namen adressiert – so daß ich nicht weiß, worum es geht. Ich bitte Ismail Michajlowitsch sehr darum, Ermittlungen anzustellen und das zu bestätigen, was ich in meinem Brief an Angert die »Unverrückbarkeit unserer Vereinbarung« nenne. Falls ich bei Einhaltung dieser Vereinbarung (deren Punkte, es sind insgesamt *vier,* ich in meinem Brief an Angert aufzähle) dem Staatsverlag trotzdem noch etwas schulde, bitte ich um Mitteilung, wieviel und aus welcher Abrechnung. »Swesda« bitte ich zu bestellen, daß ich für sie **arbeite**, von ihr keinerlei Geld erwarte; ich bedauere sehr, daß ich in Verzug geraten bin. *Eine zweite Erzählung in »Swesda«* **wird kommen.**

Ich warte mit Ungeduld auf Ihre Antwort.
Mit kollegialem Gruß
O. Mandelstam

Adresse: Jalta. »Adlernest«.
Für O. E. Mandelstam.

106. AN A. WENEDIKTOW

<Jalta, 29. Juni 1928>

Sehr geehrter Genosse Wenediktow!

Am 21. dieses Monats erhielt »Land und Fabrik« meinen an Genossen Schojchet adressierten Brief mit der Bitte, zu bestimmten Terminen – innerhalb der *in den Verträgen anberaumten Fristen* – Zahlungen zu leisten für einen Band Walter Scott, »Der Antiquar«, und für den ersten Band von Mayne Reid, »Im Schiffsraum«.

Bezüglich des »Antiquars« hat es »Land und Fabrik« offenbar nicht für möglich erachtet, meiner Bitte nachzukommen, denn laut Auskünften einer Person, die Erkundigungen anstellte, wird das Honorar dafür erst am 5. Juli ausbezahlt werden, d.h. auf den laut Vertrag äußersten Termin (drei Wochen nach Erhalt des Manuskripts).

Bleibt die Frage nach Mayne Reid. Ich werfe sie im voraus auf, denn sie hat für mich lebenswichtige Bedeutung. Das betreffende Manuskript wird der Verlag in den ersten Julitagen bekommen. Laut Vertrag hat er das Recht, es sofort nach Erhalt der sogenannten »Gutheißung« zu bezahlen.

Ich bitte mit Nachdruck darum, mir diesmal entgegenzukommen, die Prozedur nicht hinauszuzögern und das Geld etwa zum 15. Juli auszuzahlen. Wenn ich für »Land und Fabrik« umfangreiche Arbeiten ausführe, beschränke ich mich keineswegs auf die formellen Anforderungen der Verträge und mache mir, nicht selten zu meinem eigenen Nachteil, die literarische Aufgabe bedeutend schwerer. Alle meine Verspätungen und formalen Unzulänglichkeiten, die bei der Massenarbeit unvermeidlich sind, erklären sich durch diese Bemühung um die Qualität der Arbeit. Ich habe ausreichend Grund zur Erwartung, daß Sie im gegebenen Fall meiner Bitte stattgeben werden, die ja den Vertrag nicht im geringsten verletzt. Glauben Sie mir, daß ich das Recht der Buchhaltung nicht bestreite, innerhalb der Grenzen eines Sondertermins zu manövrieren. Ich habe ganz und gar nicht vor, Sie bei jeder Abgabe eines Bandes mit meinen Spezialwünschen zu behelligen. Die wiederholten und vorausgeschickten Bitten bezüglich des ersten Bandes von Mayne Reid bitte ich als Ausnahme zu betrachten, auch wenn ich annehme, daß es nicht im Interesse des Verlages liegen kann, unsere ohnehin nicht einfache Arbeit zu behindern, indem er systematisch die Zahlungen auf den letzten Termin verschiebt.

Ich möchte noch die Frage der Abschrift aufwerfen: mir wurde berichtet, daß die Bezahlung dafür verzögert wird, bis die Vorlage in Satz geht. Dadurch wird aber der entsprechende Punkt des Vertrages annulliert und das Honorar vermindert. Mehr noch, dadurch wird eine sonderbare »Geldstrafe« für die Qualität der Redigierarbeit festgesetzt: je sorgfältiger das mit der Maschine abgeschriebene Manuskript redigiert ist, desto mehr besteht Grund zur Erwartung, daß die Abschrift ausgeschieden wird. Im Laufe der fast ein Jahr dauernden Arbeit an Walter Scott hatten wir keine solchen Präzedenzfälle; wir haben es mit einer Neuerung zu tun, und wohl kaum mit einer geglückten. Überdies sollte, laut dem grundlegenden Vertrag über Walter Scott und einer speziell protokollierten, von Genossen Narbut unterzeichneten Vereinbarung, die Abschrift gleichzeitig mit der Redigierarbeit bezahlt werden. Ich wäre Ihnen äußerst dankbar, wenn Sie eine entsprechende Anordnung treffen wollten.

Da die mündlichen Mitteilungen über eine Drittperson, die meinen Kontakt zu »Land und Fabrik« gewährleistet, ungenau und ungenügend sind, möchte ich Sie sehr bitten, Ihre Antwort an die beiliegende Adresse zu schicken.

Mit vorzüglicher Hochachtung
O. Mandelstam

29. Juni 1928.
Jalta, Straße der Kommunarden, Pension Lolanow.

107. AN BENEDIKT LIWSCHIZ

<Jalta, 14. August 1928>

Wirt betrügerisch Geld erhalten verweigert unverzüglich Pension stehen buchstäblich Straße ohne Groschen (mit hundert können durchhalten) brauchen hundert für Monat eigener Wirtschaft verkauf Teppiche leg möglichst dazu benachrichtige Bruder Vater Umschlag abgeschickt Adresse Jalta postlagernd Rückkehr Leningrad teurer hilf uns solche Situation noch nie verkaufen Sachen beide krank

108. AN ANNA ACHMATOWA

<Jalta, 25. August 1928>

Liebe Anna Andrejewna,

wir schreiben Ihnen mit P. N. Luknizkij aus Jalta, wo wir alle drei ein strenges arbeitsames Leben führen.

Wir möchten nach Hause; möchten Sie sehen. Wissen

Sie, nur mit zwei Menschen bin ich imstande, ein imaginäres Gespräch zu führen: mit Nikolaj Stepanowitsch und mit Ihnen. Das Gespräch mit Kolja ist nie abgerissen und wird auch nie abreißen.

Nach Petersburg kehren wir im Oktober für kurze Zeit zurück. Dort den Winter zu verbringen, ist Nadja untersagt.

Wir haben Pawel Nikolajewitsch aus egoistischen Erwägungen überredet, in Jalta zu bleiben. Schreiben Sie uns.

Ihr O. Mandelstam.

109. AN DIE REDAKTION DER »MOSKAUER ABENDZEITUNG«

<Moskau, 12. Dezember 1928>

Brief an die Redaktion

»Wenn ich auf den Flohmarkt gehe und – wenn auch in umgeänderter Form – einen Mantel sehe, der gestern aus meinem Vorzimmer entwendet wurde, habe ich das Recht zu sagen: ›Aber der Mantel ist doch gestohlen.‹«

A. Gornfeld

Ich habe in einer für mich ungewohnten Rolle aufzutreten – ich muß mich rechtfertigen gegen die Anschuldigung, fremdes literarisches Material verwendet zu haben. Die Rede ist von dem Brief des Kritikers Gornfeld in der Nr. 328 der »Roten Abendzeitung« anläßlich meiner Bearbeitung älterer Übersetzungen des »Eulenspiegel«, mit der mich der Verlag »Land und Fabrik« beauftragt hatte.

Den Konflikt mit Gornfeld hat mir die häßliche Praxis der Verlage eingetragen, nach eigenem Ermessen und anonym Dutzende von redaktionell überarbeiteten Übersetzungen erscheinen zu lassen, wobei das Einverständnis des Übersetzers vom Verlag stets im nachhinein eingeholt wird.

Dessenungeachtet benachrichtigte ich, da ich mich dem Übersetzerkollegen gegenüber moralisch verantwortlich fühlte, als erster gleich bei Erscheinen des Buches den nichtsahnenden Gornfeld und erklärte ihm, daß ich für sein Honorar mit meinem ganzen literarischen Arbeitslohn hafte.

Gornfeld verschweigt dies aus irgendeinem Grunde.

Seine Antwort war der Brief an die Redaktion der »Roten Abendzeitung«.

Ton und Ausfälligkeiten seines Briefes mitsamt den Versuchen, die Sache unter strafrechtlichem Gesichtspunkt anzugehen und irgendwelche »Flohmärkte« und »Pelze« ins Spiel zu bringen, muß ich Gornfelds Gewissen überlassen, ich anworte dem angesehenen Kritiker und Rezensenten nur zum Wesentlichen.

Ich erlaube mir, in einer für ihn etwas unerwarteten Produktionssprache mit Gornfeld zu reden, meine berufliche Erfahrung als Übersetzer – über 30 Bände in 10 Jahren – gibt mir das Recht dazu. Wir haben bei uns einen sehr armseligen Kostenplan für die Umschöpfung jener kolossalen kulturellen Werte, die wir unter die Lesermassen bringen müssen. Der Übersetzung ausländischer Klassiker sind nur die bedeutenden Wortkünstler wirklich gewachsen. Die Verlage sind aber bisher nicht imstande, sie zu mobilisieren. Wir sind also genötigt, an einer primitiven Werkbank zu arbeiten, und schaffen es dennoch, Texte herauszubringen, die besser sind als ihre Vorgänger. Die pedantische Überprüfung anhand des Originals tritt hier zurück hinter die unvergleichlich wichtigere kulturelle Aufgabe, den Text so zu gestalten, daß jeder Satz russisch klingt und mit dem Geist des Originals übereinstimmt. Für uns ist wichtig, daß die Jugend nicht Till Eulenspiegel mit Wilhelm Tell verwechselt, für die pharisäerhaften Buchgelehrten aber – ein »makelloses Buch« auf dem Regal zu haben und eine leere Stelle in den Köpfen und Herzen der Leser. Deshalb rege ich mich nicht auf, wenn bei der Aufzählung der Teile eines typischen Kostüms statt der Strümpfe und Röcke die Hauben in den Text schlüpfen, die für Coster nicht im geringsten beleidigend sind und passend die Köpfe der Fläminnen zieren.

»... Doch König Philipp verharrte in unwandelbarem Gram und Zorn. In ohnmächtiger Ehrsucht betete er zum Herrn ...« (Gornfelds Übersetzung). Spricht Coster wirklich so? Ich glaube es nicht: dieses kanzleihafte »verharrte in unwandelbarem Gram«, die typisch slawische Form für »Herr«, die auf einer einzigen Präposition beruhende Doppelkonstruktion mitsamt dem geisttötenden Parallelismus der Adjektive. Hören Sie sich diese Lösung an: »... unterdessen trauerte und zürnte König Philipp. Der ehrsüchtige Zauderer betete zu Gott ...« Zwei in verschiedene Richtungen drängende Verben (»trauerte« und »zürnte«), ein schlagendes Epitheton (»ehrsüchtig«) und eine beiläufig eingestreute Charakterisierung Philipps (»Zauderer«). Der Satzbau wird vom Gedankengang bestimmt (mein Beispiel). Meine Korrektur, oder besser: Umgestaltung Karjakins, aus welcher die überwiegende Textmasse (18 Druckbogen) hervorging, bestand nicht in mechanischem Lavieren zwischen seinem Text und dem Text Gornfelds, sondern in einer bewußten Belebung fast eines jeden Satzes.

Ich habe viel und lange gegen eine schablonenhafte Übersetzersprache gekämpft. Sie ist furchtbar, gefräßig, mißgestaltet, und verdunkelt den Autor immerzu. Breiartige Syntax, fehlender Rhythmus der Prosa, Gummisprache – all das gilt bei uns nicht als ungehörige eigene Zutat. Wenn nur Makarows Wörterbuch nicht beleidigt wird! »Zottige Füße mit gespaltenen Hufen« – vom Teufel gesprochen – geht nicht, doch »gespaltene Füße« ist möglich, wie mich sogar Gornfeld selber korrigiert, der die Mehrzahl der Übersetzer um einen ganzen Kopf überragt, doch in seinem »Eulenspiegel« einen zu schwerfälligen Text geliefert hat.

Es ist aber gar nicht so wichtig, ob ich die älteren Übersetzungen gut oder schlecht korrigiert oder einen neuen Text auf ihrer Grundlage geschaffen habe. Ist denn Gornfeld die Unbescholtenheit und moralische Integrität eines Schriftstellers gar nichts wert, der über 2000 Werst zurückgelegt hat, um ihm die Sache zu erklären, um eine alberne, ärgerliche Fahrlässigkeit (seine eigene und die des Verlags) auszubügeln? Er wollte doch wohl nicht, daß wir zur Freude der Spießbürger einander wie zwei Krämer in die Haare geraten? Wie nur kann man die »broterwerbliche« Alltagsarbeit eines Schriftstellers von seiner Lebensaufgabe abtrennen? Wie kann man aus einer zufälligen Schlamperei einen finsteren »literarischen Skandal« machen im Geiste der miserablen »Montagszeitungen« der guten alten Zeit?

Gornfeld hat mich doch wohl nicht als Beispiel für literarisches Räubertum gebraucht?

Und jetzt, da die Entschuldigungen längst ausgesprochen sind und alle Gefühlsduselei abgelegt ist, frage ich als russischer Dichter und Literat, der in 20 Jahren einen ganzen Berg an eigenständiger Arbeit geschaffen hat, den Literaturkritiker Gornfeld, wie er sich zu dem Satz mit dem »Pelz« hat herabwürdigen können. Mein Fehltritt – ich hätte darauf bestehen müssen, daß sich der Verlag rechtzeitig mit den Übersetzern abspricht – und Gornfelds Schuld, in der Presse mein ganzes schriftstellerisches Antlitz entstellt zu haben, sind inkommensurabel. Der von ihm gewählte Weg ist unzweckmäßig und kleinlich. Er zeigt eine solche Gleichgültigkeit dem Literaten und jüngeren Zeitgenossen gegenüber, eine solche Geringschätzung seiner Arbeit, eine solche Verkümmerung der sozialen und kollegialen Bindungen, auf der die Literatur doch beruht, daß es einem angst wird um den Schriftsteller und um den Menschen.

Unfug und Mißbräuchen gehört der Hals umgedreht, aber das kann doch nicht heißen, daß die Schriftsteller sich gegenseitig den Hals umdrehen sollen.

O. Mandelstam

110. AN MICHAIL SENKEWITSCH

<Kiew, nach dem 20. Januar 1929>

Lieber Michail Alexandrowitsch!

Gerade hat mir Liwschiz Deinen Brief übersandt, wo von der Unterbrechung der Mayne-Reid-Ausgabe mit allen ihren Folgen die Rede ist. Außerdem teilt mir derselbe Liwschiz mit, daß er von den zehn im Plan verbliebenen Titeln nur deren fünf habe. Er hat sich nicht bemüht zu erklären, ob es englische oder französische sind, und welche Bogenzahl sie umfassen, aber Mayne Reids Sachen schwanken zwischen 6 und 18, wobei eine intelligente Übersetzung nicht selten aus 14 deren 7 macht; im Plan aber heißt das alles wahllos »Bände« und geht mit aus dem Kopf überschlagenen Zahlen einher – 14–15–16 Bogen.

Also, statt mit der Hälfte der ganzen Ausgabe, die alles in allem gemäß Planvoranschlag 160 Bogen umfassen sollte und soll, riskieren Liwschiz und ich, zu zweit mit 40–50 Bogen sitzenzubleiben, wenn die fehlenden Bücher nicht gefunden werden können. Jedes englische Buch bedeutet für uns eine Kürzung des Verdienstes auf 2/3 oder sogar noch weniger. Allerdings ist eine gute Übersetzung aus dem Französischen besser als eine schlechte – woher eine gute nehmen? – aus dem Englischen.

Um bis zum Herbst durchzukommen, müssen wir unbedingt das eigentliche Arbeitsvolumen wiedererlangen.

Zu diesem Zweck schlage ich folgende Mittel vor: 1) alles nur mögliche aufzutreiben, was es von Mayne Reid auf französisch gibt (ich mache mich selber daran – teils in Kiew, teils über Ehrenburg), 2) im Grunde ist das nicht zweitens, sondern erstens, weil ohne das nichts daraus wird: den Plan mit einer Reihe neuer Titel zu ergänzen, indem man sich auf Erfordernisse der Komposition beruft, auf den Materialverlust usw.

Ich komme dafür persönlich nach Moskau. Mit andern Worten schlage ich vor, unverzüglich einen erweiterten und bezüglich der Titel abgeänderten Ausgabeplan zusammenzustellen, aber mit derselben Bogenzahl wie im Vertrag vorgesehen. Davon hängt fast ein Jahr unserer materiellen Versorgung ab, und wie die Lage ist, weißt Du ja selber.

All das hat nicht im geringsten mit Wladimir Iwanowitsch zu tun. Meine Entscheidung, die Arbeit mit ihm zu teilen, steht *fest,* aber eben mit ihm und nicht mit irgendwelchen zufälligen Übersetzern. Ich schlage folgendes vor: ich übersetze für Wladimir Iwanowitsch einen beliebigen Band, und wenn nötig auch 2 oder 3 – ohne Redigieren und ohne Anmerkungen –, für 35 Rubel pro Bogen, wie jeder andere Übersetzer, und schicke ihm über Dich die Bogen zu, so schnell wie die Arbeit eben vorankommt. Das erspart mir die mühselige Kleinarbeit mit dem endgültigen Text, ist für mich eine echte Entlastung und wird gleichzeitig Wladimir Iwanowitsch die Arbeit erleichtern, weil ich immer noch besser bin als andere Übersetzer. Außer der normalen stilistischen Redigierarbeit obliegen Wladimir Iwanowitsch auch die Anmerkungen – und es ließe sich vielleicht einrichten, daß wir ein zweites Abschreiben vermeiden, wenn alle Korrekturen mit der Maschine eingetragen würden, was immer möglich sein sollte, wenn der zugrundeliegende Satz nicht gebrochen wird.

Bei alledem entfällt natürlich der englische Band »Mexikanische Pfeile«, den Nadja und ich nicht übersetzen können.

In drei Tagen schließe ich die Arbeit am jetzigen Band ab, und in zwei Wochen können wir die 15 Bogen aus dem Französischen übersetzen, die Liwschiz uns zuschikken wird.

Falls die »Mexikanischen Pfeile« schon übersetzt sind, ist selbstverständlich nichts zu machen. Falls nicht – schiebe sie noch etwas hinaus. Da all diese Umstellungen Wladimir Iwanowitsch nicht betreffen und sich nicht auf ihn auswirken sollten, erzähle ihm besser nichts davon – ihm kann schließlich und endlich egal sein, wer für ihn den Entwurf der Übersetzung besorgt.

Lieber Michail Alexandrowitsch,
diesen Brief hatte ich Nadja diktiert. Sie kam hierhergefahren und mußte sich gleich ins Bett legen. Wahrscheinlich wird sie in Kiew operiert werden müssen. Der behandelnde Arzt ist *W. Gedroiz*, die hier »Chirurgieprofessor« geworden ist. Es ist eine Blinddarmentzündung. Welcher Art, ist noch unbekannt, und auch, ob außer Blinddarmentzündung noch etwas anderes vorliegt. Aber operiert werden muß sie.

Ich bitte Dich **verzweifelt** und *flehentlich,* bestelle Lichow, daß noch im Januar die Bezahlung des Bandes »Pflanzenjäger / Gaspar Gaucho« erfolgen muß – das ist **ein** Band, nicht zwei – 14–15 Druckbogen.

Wir stehen ohne einen Groschen da. Die Alten haben keinen Kredit. Sie haben schon Mühe, 3 Rubel für den Lebensunterhalt aufzutreiben. Das Schlimmste ist, daß wir **nichts für die Behandlung** haben. Gut wenigstens, daß die Gedroiz hier ist.

Gruß an Alexandra Nikolajewna.

Antworte möglichst schnell.

Dein Ossip

Kiew, Nowaja Uliza 1,
Wohnung 18, bei Chasin
für mich

111. AN NADESCHDA MANDELSTAM

<Kiew, Ende Januar 1929>

Guten Morgen, Liebste!

Ich bin hier. Heute lassen sie mich ein bißchen später rein – nach 10 Uhr. Bei uns ist alles in Ordnung.

Schreib nicht, sag mir die T°.

Bald sehen wir uns, meine Nadinka.

Dein Njanja.

Ich habe mit Schenja gesprochen. Bei »Land und Fabrik« ist alles gut. *Das Manuskript ist angekommen*. Sie schlagen jetzt Walter Scott vor, und Mayne Reid Anfang Februar. Wir sollen 300 für Walter Scott bekommen.

112. AN ILJA IONOW

<Kiew, Ende Januar/Anfang Februar 1929>

Sehr geehrter Genosse Ionow!

Soeben habe ich die Mitteilung erhalten, daß Sie, erstens, den Vertrag für Mayne Reid mit mir und Liwschiz für nichtig erklärt haben und, zweitens, Liwschiz gegenüber erklärt haben sollen, daß Sie künftig überhaupt nicht mehr mit uns zusammenarbeiten wollen. Ich habe Liwschiz in keiner Weise ermächtigt, Sie um irgend etwas zu bitten, und glaube durchaus nicht, daß die Frage dieses oder jenes Vertrages nach Gutdünken von Verlagsseite durch Annullierung gelöst werden kann. Ganz unabhängig davon, wie sehr damit meine und Liwschiz' Interessen geschädigt werden, ist Ihr Vorgehen in der Form, wie Liwschiz sie mir geschildert hat, ein grober literarisch-gesellschaftlicher Fehltritt. Ich schreibe Ihnen genau aus diesem Grunde.

Ich möchte Sie daran erinnern, daß der Übersetzer auch ein Schriftsteller ist und daß Sie, wenn Sie dem

Übersetzer erklären, nicht mehr mit ihm zusammenarbeiten zu wollen, ihm die Tür zum größten, geradezu über ein Monopol verfügenden sowjetischen Verlag verschließen; daß Sie damit eine sehr schwere Verantwortung auf sich laden, genau wie wenn Sie »Land und Fabrik« oder den Staatsverlag für den oder jenen Originalautor prinzipiell verschließen würden. Dafür müßten doch sehr ernsthafte Gründe vorliegen. Die haben Sie aber nicht und können Sie nicht haben.

Die Organisation des Übersetzungswesens bei »Land und Fabrik« und andern Verlagen kann man nur als himmelschreienden, chronischen Unfug bezeichnen. Eine Übersetzung wird von vornherein und ganz bewußt als Pfusch betrachtet. Die Verlage tun alles, was in ihrer Macht steht, um die Qualität der Produktion herabzusetzen. Anstatt sich um eine Kaderauswahl qualifizierter Übersetzer zu kümmern, sie gemäß ihrer Spezialisierung einzusetzen und für ihre Arbeit eine minimale günstige Atmosphäre zu schaffen, stellen die Verlage – und in erster Linie »Land und Fabrik« – wahllos Übersetzer an und verkehren einen riesigen Produktionszweig einmal zur »Sozialfürsorge«, ein andermal zu chaotischer Stümperei je nach Bedarf des Marktes.

Der spezifische Unterschied zwischen der beruflichen Situation eines Übersetzers und der eines Originalautors besteht darin, daß der Übersetzer passiv ist, d.h. zu warten genötigt ist, bis man ihm die eine oder andere Arbeit anbietet. Er handelt nicht mit Balzac oder Mayne Reid, sondern bietet seine Arbeitskraft allgemein an. Jede Rede davon, daß der Übersetzer in unseren Produktionsverhältnissen sich die Arbeit auswähle, ist Süßholzgeraspel und Heuchelei. Sogar die fünf, sechs (doch so viele lassen sich wohl nicht finden) verdienten und qualifizierten Übersetzer-Schriftsteller, die sich zufällig hierher verirrt haben <…> Ungeachtet der schändlich schlechten Bezahlung und der völligen Gleichgültigkeit des Verlages bezüglich der Qualität der Arbeit, ungeachtet der nach jedem abgeschlossenen Buch von neuem drohenden Arbeitslosigkeit (verbunden mit dem Widerwillen, Makler zu spielen und selber »kleine Neuheiten« aus dem Westen aufzutreiben), hat meine Übersetzertätigkeit die Merkmale literarischer Arbeit während vieler Jahre nur dank der besonderen Kultiviertheit A.N. Gorlins bewahrt, des in unserm Lande bedeutendsten Spezialisten in Übersetzungsdingen, der es verstanden hat, die Übersetzungsabteilung des Leningrader Staatsverlages auf das nötige Niveau zu heben.

Selbst im Leningrader Staatsverlag hatten die Pfuschtendenzen der Verlage angefangen, parallel zur wirklichen Arbeit wurden auch dort schon von einigen Genossen, die auf sonderbare Weise ein paar Kopeken einsparen wollten, Angebote gemacht, für fünf oder zehn Rubel absolut unbedarfte Klassikerübersetzungen, etwa Alphonse Daudet, für den Druck zu »adaptieren«, und es haben sich Leute gefunden, die solcherlei Aufträge ausgeführt haben.

Nach dem Leningrader Verlag und dem Staatsverlag verkümmerte der beste Übersetzungsapparat im Lande und wurde faktisch zerschlagen. Für die alten, erfahrenen Mitarbeiter brach die Arbeitslosigkeit an. Der Schwerpunkt des Übersetzungswesens verlagerte sich einstweilen zu »Priboj«.

Der Pfusch von »Priboj« in Sachen ausländischer Literatur war beispiellos. Kein Wort ist scharf genug, um die Haltung von Genossen Schunjawskij und seinen Mitarbeitern gegenüber den Übersetzer-Literaten und der Produktion selber zu brandmarken. Wettbewerbe um den Rekord beim Übersetzen von fünfzehnbogigen Büchern in zehn Tagen wurden ausgeschrieben, das Honorar wurde zynisch hinausgezögert, bis eine Reihe von Übersetzern gezwungen war, ihre ganze Habe bis zum letzten Stuhl zu veräußern; mit qualifizierten Übersetzern wurde krämerisch um jede Kopeke gefeilscht – im Bestreben, die Bezahlung für eine »keine Redaktion erfordernde« Übersetzung herunterzudrücken auf fünfundzwanzig Rubel pro Bogen. In den Verlag schwappte schließlich eine ganze Masse von Pseudo-Übersetzern, von niemandem bekannten, unbedarften Dilettanten, die zu allen Bedingungen bereit waren.

Ungeachtet der schändlichen Situation bei »Priboj« hielt ich meine Arbeit auf demselben Niveau wie beim Leningrader Staatsverlag. Ich erwähne nur »Das Opfer« von Daudistel oder Daudets »Tartarin« – in vielerlei Hinsicht exemplarische Arbeiten. Zwischen dem geschlossenen »Priboj«, dem serbelnden Leningrader Staatsverlag und »Land und Fabrik« erstreckten sich Perioden absoluter Arbeitslosigkeit. So gestaltete sich für einen Spezialisten das Recht auf Arbeit.

Bei »Land und Fabrik« stieß ich zum erstenmal auf sogenannte »Massen«-Arbeit, d.h. auf den mechanisierten Ausstoß von Gesamtausgaben ausländischer Autoren innerhalb geradezu lächerlich kurzer, »militärischer« Fristen mittels Bearbeitung oder Korrektur alter Übersetzungen, die größtenteils aus den Verfallsjahrzehnten des vorigen Jahrhunderts datierten. Das war der Produktionsmodus. Man kann sich nur wundern, wieso »Land und Fabrik« nicht eine Übersetzung und Bearbeitung von Dantes »Göttlicher Komödie« in Auftrag gegeben hat, abzuliefern innert Monatsfrist, zu vierzig Rubel pro Bogen, Zahlung einen Monat nach Vorlage des Manuskripts und unter Abzug der Kosten für das Abschreiben. Übrigens wurde tatsächlich Rabelais bei irgendwem zu ähnlichen Bedingungen bestellt. Zu meiner und Liwschiz' Ehre muß man sagen, daß wir uns nicht von Rabelais und Dante haben verlocken lassen, sondern uns an eine unvergleichlich bescheidenere und zu den Bedingungen von »Land und Fabrik« einzig mögliche »gesunde« Sache gemacht haben – die für das jugendliche Lesepublikum bestimmte Bearbeitung formal veralteter Autoren, die aber eine große historische Bedeutung bewahrt haben, wie etwa Walter Scott, oder dann eine wissenschaftlich-erzieherische, wie Mayne Reid <…> Die Verträge mit »Land und Fabrik« erwiesen sich als ausgeklügelte juristische Fallen, wo zur Vermeidung jeglicher Verantwortlichkeit des Verlages gegenüber den Arbeitstieren der 90er Jahre des vorigen und des ersten Jahrzehnts unseres Jahrhunderts in den Vertragsformulierungen sorgsam der Name des Übersetzers getilgt und durch den kasuistischen Terminus »der Übersetzer-Redakteur« ersetzt wurde. Der Verlag selber verkam zu einer seelenlosen, häßlichen Kanzlei, worauf ich Genossen Narbut mehrfach hingewiesen habe. Einen Redaktionssektor gab es im Grunde gar nicht. Möglichst früh das Manuskript bekommen und möglichst spät bezahlen – darauf lief alles hinaus. Das Prinzip war für den Verlag nützlich und bequem, die literarische Produktion aber wurde als Hundefleisch betrachtet, aus dem ohnehin irgendeine Wurst hervorgehen würde. Die Qualität der Arbeit sank katastrophal. Auf der einen Seite der Terror der Quartalspläne, auf der andern Seite der Widerstand des völlig untauglichen Rohmaterials. Selbst die schüchterne Andeutung der Möglichkeit einer grundsätzlichen Vertragsänderung, d.h. vom Verlag in Auftrag gegebener neuer Übersetzungen, oder auch der Ausdehnung der einen Jahresfrist auf drei Jahre für die Ausgabe, war völlig undenkbar. Mit uns sprach man überhaupt nur über den Ladentisch hinweg: »Macht schneller, Burschen, beeilt euch ein bißchen!« Für jeden Bogen bearbeiteten Walter Scott wurden 36 Rubel in bar bezahlt; ich behaupte, für dieses Geld hätte man, wenn man bei den »Liebhabern« neue Übersetzungen in Auftrag gegeben hätte, nur Mist und Kauderwelsch bekommen können, noch schlimmeren als von Sojkin oder Sytin, den man nicht einmal mehr hätte korrigieren können. Der Verlag wußte das und mußte es doch wissen, aber er drückte bewußt beide Augen zu, spekulierte auf das literarische Können und die Erfahrung von Mandelstam und Liwschiz und bekam immerhin zufriedenstellende Texte, die aus alten Sachen umgearbeitet worden waren.

Sie haben den Vertrag gelöst, genauer: den Wunsch geäußert, unseren Vertrag für Mayne Reid zu lösen, weil wir ihn angeblich gebrochen haben, indem wir aus dem Französischen übersetzten. Es könnte nichts schaden, wenn Sie noch vor der Expertise, die entscheiden wird, ob unsere Arbeit Pfusch und Mayne Reids unwürdig ist oder nicht, in den betreffenden Vertrag schauten und sich überlegen würden, ob nicht dieser Vertrag selber ein leuchtendes Beispiel für den Pfusch von Verlagsseite ist.

Die Ausgabe Mayne Reids, eines Autors von keinerlei literarischer Bedeutung, dem jeder Hauch eines eigenständigen Stils oder einer Form abgeht und der auf Schritt und Tritt in Süßlichkeit und banaler Schönschreibe versinkt, wurde ausschließlich wegen seiner genrehaften, abenteuerreichen Qualitäten geplant, deren ganze Ausgestaltung den Bearbeitern oblag. Sie war einzig durch den Reichtum an naturkundlichem und ethnographischem Material und den energischen Lebensschwung gerechtfertigt, den unsere Jugend eben braucht, solange wir keinen eigenen Mayne Reid haben. Für eine Umgestaltung Edgar Allan Poes kann einer ohne Urteil hingerichtet werden, aber einen Text von Mayne Reid mit Pietät angehen kann nur ein altväterischer Schönschreiblehrer. Ich erlaube mir zu bemerken, daß meine und ganz allgemein die heutigen Vorstellungen von Prosa, selbst von Jugendbuchprosa, sich ein bißchen von denen Mayne Reids unterscheiden.

Haben tatsächlich die glänzend präzisen, autorisierten französischen Übersetzungen in den Händen von Mandelstam und Liwschiz ein schlechteres Resultat ergeben als irgendein zufälliger, aus dem Englischen übersetzter

Mist? Wer soll das glauben? Zur Klärung habe ich Übersetzungen aus dem Englischen von Übersetzern eingeholt, die von »Land und Fabrik« empfohlen wurden. Was sie mir vorgelegt haben und was ich darauf mit riesigem Arbeits- und Zeitaufwand ummodeln mußte, war ein jämmerliches Gestammel, eine analphabetische Plackerei, die von Ungereimtheiten wimmelte und die auch nach meiner Korrekturarbeit unzweifelhaft blasser und ärmer war als meine Übersetzung aus dem Französischen. Doch genau das ist eben jenes über alle Zweifel erhabene »Rohmaterial«, aus dem bei uns übersetzte Bücher angefertigt werden: zuerst verdreht ein hungriger, deprimierter Übersetzer (genauer: ein deklassierter arbeitsloser Intelligenzler, keinesfalls ein Literat) unbedarft das Original, dann brütet ein »Redakteur« über seinem Mist und bringt ihn in eine einigermaßen menschliche Form, wobei er natürlich nicht ins Original schaut und bestenfalls der Grammatik und dem gesunden Menschenverstand Rechnung trägt. Ich behaupte, daß bei uns Hunderte von Büchern so entstehen, fast alle; das wird als »Übersetzung aus dem Französischen« oder »Übersetzung aus dem Englischen« unter der Redaktion von Dingsbums bezeichnet. Im übrigen wird der Name des Redakteurs meist weggelassen.

Ich komme auf die läppische Gestalt des Mayne-Reid-Vertrags zurück. Der Verlag zahlte fünfundfünfzig Rubel in bar pro Druckbogen aus. Und damit sind seine Verbindlichkeiten erledigt. Die Auflage der Ausgabe ist unbegrenzt, astronomisch. Und hier die Liste unserer Pflichten: die »Bearbeiter-Redakteure«, im Sinne des Vertrages zu Lieferanten herabgewürdigt, verpflichten sich, erstens, … zu bestellen und zu bezahlen <…>

113. AN EMIL MANDELSTAM

<Kiew, Mitte Februar 1929>

Lieber Papa,

in letzter Zeit gab es so viele Ereignisse, daß ich gar nicht weiß, worüber ich schreiben soll. Erstens sehne ich mich schrecklich nach Dir und werde mich bei nächster Gelegenheit losreißen und nach Petersburg kommen. Im übrigen wäre es auch möglich, wie Du im weiteren sehen wirst, daß wir Dich einladen, ein wenig bei uns in Kiew zu wohnen … Die Geschichte mit Nadjas Operation ist Dir wahrscheinlich durch Liwschiz bekannt. Es sieht so aus, als ob hier in Kiew ein verschleppter medizinischer Fehler behoben werden könnte. Gleich bei unserer Ankunft, ja sogar schon unterwegs, begannen die üblichen Schmerzen und die Temperatur. Ich wandte mich an eine Chirurgin, Professor Gedroiz. Sie ist eine alte Bekannte von mir, eine Frau aus Zarskoje Selo, die es zufällig nach Kiew verschlagen hat. Sie war in fernen Zeiten Mitglied der »Dichterzeche«. Sie war auch Hofchirurgin, hat einmal die Wyrubowa operiert. Jetzt haben sie ihr die Vergangenheit verziehen und sie hier zum Professor gemacht. Etwa einen Monat hielt sie Nadja im Krankenbett und bereitete die Operation vor. Sie sagte sofort: Blinddarmentzündung, war aber sicher, *daß auch Tuberkulose vorliege*. Sie war sich so sicher, daß sie mich vor der Operation gewarnt hat: falls es schon weit fortgeschritten ist, werden wir den Fortsatz nicht entfernen, sondern nur aufmachen und wieder zunähen. Ich will nicht wiederholen, was Du schon weißt. Ich sage nur, daß Nadja eine so außerordentliche Willenskraft gezeigt hat, eine solche Ruhe und Selbstbeherrschung, daß es eine Freude war, sie so zu sehen. Alle in der Klinik liebten sie. Eine ganz außergewöhnliche Kranke. Nur vor solchen haben sie Hochachtung. Anfangs ging alles gut. Dann aber, am 7. Tag, bekam sie plötzlich hohes Fieber. Man befürchtete

Komplikationen, doch nach drei, vier Tagen war es vorüber. Offenbar hatte man sie mit Grippe angesteckt. Vor neun Tagen kam Nadja nach Hause, 17 Tage hatte sie in der Klinik verbracht. Insgesamt war sie 6 Wochen bettlägerig, die Zeit zu Hause inbegriffen. Das Ganze war sehr hart für mich. Geld hatten wir fast keins. Nadjas Eltern sind völlig hilflos und bettelarm. Ihre Wohnung ist kalt und ungepflegt. Verbindungen haben sie gar keine. Die Mutter ist eine sehr schlechte Hausfrau. Jede Tasse Fleischbrühe, die ich ins Krankenhaus schleppte, mußte ich erkämpfen. Ich hatte eine ständige Einlaßgenehmigung für die Klinik, und da ich ein abgetrenntes Kämmerchen bekam, verbrachte ich ganze Tage dort, übernachtete sogar und löste die Schwester und den Krankenwärter ab. Das Schwierigste war, Nadjas Rückkehr nach Hause vorzubereiten, die Öfen zu heizen, die Zimmer zu wärmen, Geld aufzutreiben für den Haushalt, für eine Hilfskraft. Bei stärkstem Frost brachte ich Nadja nach Hause. Sie war so schwach, konnte kaum gehen. Aber jetzt ist sie nicht wiederzuerkennen. Die Kräfte nehmen zu. Der Lebenswille schwingt obenauf. Sie hat einen gesunden Appetit. Nur die Naht tut noch weh. Wir gehen ein wenig miteinander spazieren, zu Fuß natürlich. Wir haben es recht gemütlich. Für etwa drei Wochen sind wir noch versorgt, d.h. für die ganze Genesungszeit. Die Temperatur ist normal. In Kiew hatten wir vor der Operation an Mayne Reid gearbeitet, und noch eine Minute vor der Wegfahrt in die Klinik hat Nadja selber das Manuskript geordnet und eingepackt. Als sie im Bett lag, half sie mir: stellte Anmerkungen zusammen, wühlte in wissenschaftlichen Werken, übersetzte. Das ist eine Helferin! Ein wirklicher Mensch!

»Land und Fabrik« wollte, wie damals im Sommer in Jalta, das Geld nicht schicken. Aber diese Gauner haben es schließlich doch noch geschickt. Es war das letzte Honorar. Wie Du weißt, ist der Vertrag gelöst worden.

Ionow hat ihn vielmehr für gelöst erklärt. Bitte Liwschiz, Dir die Kopie des Briefes zu zeigen, den ich diesem Dickschädel geschickt habe. Du wirst verstehen, daß ich einen ernsthaften Kampf angezettelt habe. Es geht nicht um Mayne Reid, den wir wohl aufgeben müssen, doch ich bin jetzt der Ankläger. Ich fordere eine Reorganisation der ganzen Angelegenheit und eine würdigere Verwendung meiner Kenntnisse und Fähigkeiten. Vielleicht strengen Liwschiz und ich einen Gerichtsprozeß an. Oder dann wird sich die Angelegenheit in gesellschaftlichen und professionellen Bahnen lösen lassen. Ich sage nur, daß ich ganz ruhig bin, daß ich meiner Sache sicher bin wie noch nie. Die Unterstützung des besten Teils der sowjetischen Literatur und der Presse ist mir gewiß. Ich weiß das. Ich werfe als erster die Frage der Mißstände im Übersetzungswesen auf – eine Frage von kolossaler gesellschaftlicher Bedeutung –, und glaube mir, ich bin gut gewappnet.

Aber all das, lieber Papa, hat für mich bereits seine vitale Bedeutung verloren. Es zeichnet sich ab, daß ich diese Sträflingsarbeit vielleicht aufgeben und zu einer lebendigen menschlichen Arbeit übergehen kann. Ich glaube es noch selber nicht – aber es ist so. Ich kam nach Kiew wie in eine fremde Stadt. Ein kleines russisches Zeitungsblättchen, das ist alles. Für 5 Tscherwonzen mußte ich einen Leseabend veranstalten. Und jetzt stell Dir vor: es gibt Freunde hier, es gibt gewisse Wurzeln, einen Rückhalt, Leute, die mir zugetan sind. Der hier lebende Schriftsteller Babel brachte mich mit der riesigen ukrainischen Kinofabrik WUFKU in Kontakt. Er bat mich inständig, die Übersetzungen aufzugeben und meine Gedanken und meine lebendige Arbeit nicht länger zu unterdrücken. Unter Ausnutzung des Interesses, das meine Ankunft hier hervorgerufen hat, und wohlwollender Meldungen in den lokalen Zeitungen hat sich der in der Kinowelt sehr einflußreiche Babel anerboten, mir dort die Stelle eines Redakteurs und Beraters zu verschaffen. Heute kam eine Notiz von ihm: der Direktor der Kinofabrik hat sein prinzipielles Einverständnis gegeben. Er ist für 2 Tage nach Charkow gefahren. Nach seiner Rückkehr wird er die Formalitäten erledigen. Es wird eine sehr leichte und saubere Arbeit sein: für 2–3 Stunden täglich mit der Vorortstrambahn zur Kinofabrik an der Schuljawka fahren und dort etwas schreiben (anscheinend Gutachten über Filmszenarios) – im eigenen Arbeitszimmer. Das Gehalt beträgt um die 300 Rubel. Nadja und ich haben Angst, an ein solches Glück zu glauben. Wir bleiben natürlich in Kiew. Hier gibt es einen wundervollen Frühling und Sommer. Im Mai fahren wir auf eine Datscha in der Nähe der Kinofabrik, etwa nach Swjatoschino. Im Urlaub fahren wir an die Salzseen, wohin die neuen Mitarbeiter für einen sagenhaft niedrigen Preis fahren können. Außerdem haben die Kiewer sowjetliterarischen Organisationen auf meine Idee hin die in der Ukraine bisher einzige russische Zeitschrift geplant. Die Zentralgewalt in Charkow muß darüber noch einen Beschluß fassen. Da ich nicht als Macher gelten will, lenke ich die Sache nur aus der Ferne; heute habe ich für sie ein Memorandum zusammengestellt, das ich selber *nicht unterschreibe*. Das Kiewer Parteizentrum unterstützt die Sache. Sie rechnen sehr mit mir für den Posten eines literarischen Redakteurs; veranschlagt sind um die 200 Rubel im Monat. Das also, Papachen, sind die Geschäfte. Wie Du siehst, fürchte ich mich nicht vor den Unbilden des Lebens. Nach Moskau fahre ich aber dennoch für ein paar Tage in der Angelegenheit »Land und Fabrik«: für die Gerichtsklage, die Bauern-und-Arbeiter-Inspektion und um eine Zeitungskampagne zu entfachen.

114. AN DIE FÖDERATION DER SOWJETISCHEN SCHRIFTSTELLER-VEREINIGUNGEN (FOSP)

<Kiew, Februar/März 1929>

An die Schriftstellerföderation
Sehr geehrte Genossen!

Was Liwschiz und mir mit Ilja Ionowitsch Ionow passiert ist, kann ich nicht anders als eine Katastrophe nennen. Ionows Ausfall wirft alle unsere Vorstellungen von Respekt gegenüber der schriftstellerischen Arbeit über den Haufen: ein grober Rüffel, ein Hagel von schweren, unverantwortlichen Anschuldigungen, absolute Geringschätzung der Persönlichkeit und der Verdienste zweier Mitarbeiter, die dem sowjetischen Buch Jahre ihrer Arbeit geschenkt haben. Es war ein brutaler Gewaltakt – in vier Wänden, ohne Zeugen, aber mit solchen Ergebnissen wie dem Bruch einer Lebensbahn, dem Ende der Berufstätigkeit, der augenblicklichen Vernichtung einer schriftstellerischen Reputation. Ionow gab Liwschiz und mich zum Abschuß frei. Nach seiner Deklaration bleibt mir und Liwschiz nur noch übrig, uns beim Arbeitsamt in die Schlange zu stellen. Im übrigen hat Ionow es Liwschiz freigestellt, gerichtlich oder sonstwie gegen ihn vorzugehen, ohne Rücksicht auf seine Situation. Die Erlaubnis ist überflüssig. Ionow denkt ganz zu Unrecht, wir bräuchten solche Sanktionen <...>

115. AN DIE FÖDERATION DER SOWJETISCHEN SCHRIFTSTELLER-VEREINIGUNGEN (FOSP)

<Kiew, Februar/März 1929>

An die Föderation Sowjetischer Schriftsteller.

<...> Glauben Sie nur nicht, Genossen, ich werde mich auf die Frage von Honorarerhöhungen für Übersetzer-Redakteure beschränken. Wie wichtig diese Frage auch ist, sie ist bei weitem nicht alles. Aber die Bezahlung gibt bei der ganzen Arbeit den Ton an. Die Bezahlung drückt schändlich auf die Qualität. Das ganze Bezahlungsverfahren veranlaßt zu wahnsinniger Eile. Die Bezahlung raubt der Sache alles Talentvolle, Lebendige und Notwendige. Letztlich kommt es so heraus, daß eine kolossale kulturelle Funktion in der Regel von Krüppeln, Tölpeln, unbedarften und zufälligen Verdienstsuchenden erfüllt wird.

Obwohl die sogenannten Übersetzer in den Schriftstellerverbänden registriert sind und dort sogar spezielle Sektionen bilden, darf man in einer derart wichtigen Angelegenheit nicht an diese zufälligen Gruppen zufälliger Leute appellieren. Mit Takt und Umsicht sollte eine Umschulung der auf diesem Gebiet Tätigen durchgeführt werden, indem man ihren Ehrgeiz schont und mit möglichen persönlichen Tragödien im Schicksal dieser Leute rechnet; sie sind von Verlagen verführt worden, die sich auf der Suche nach billigem Gehirn und billiger Arbeitskraft nicht scheuten, sie zu übertölpeln und vor der Gesellschaft und den Lesern der Blamage auszusetzen.

Um nachher nicht mehr auf die Honorarfrage zurückkommen zu müssen, will ich Ihnen klar und anschaulich darlegen, worauf die Bezahlung der Übersetzerarbeit hinausläuft. Nehmen wir einen durchschnittlichen Tarifsatz von 35 Rubel. Nehmen wir einmal an, der Übersetzer bekomme 20 davon in bar. Er arbeitet nicht am Fließband, Band um Band. Immer wieder gibt es Unterbrechungen, Arbeitslosigkeit, Suche nach einem Buch, Schereien, Plackereien. Die nicht ausbezahlten 15 Rubel sind für ihn Himmelsmanna. Aus dem Budget fallen sie heraus. An sie glaubt der Übersetzer nicht. Aber er hat noch weitere ins Gewicht fallende Produktionskosten, die mitzutragen die Verlage, vom Staatsverlag bis zum letzten Privaten, mit zynischer Beharrlichkeit sich weigern. Von seinem Bettlerhonorar, das eher einem Almosen gleicht, muß der Übersetzer nach Vertragswortlaut auch noch das Abschreiben mit der Schreibmaschine bezahlen (im Minimum 3 Rubel pro Bogen). Das bedeutet, daß ihm nach Abzug der Kosten für Papier und Farbband, das die Maschinenschreiberinnen von ihm verlangen, noch 16 Rubel bleiben. Aber das ist noch nicht alles. Eine Abschrift gibt es eigentlich nicht: in Wirklichkeit ist es ein Diktat, doch das kommt viel teurer zu stehen – nicht 3, sondern 5–6 Rubel pro Bogen. So daß das »Almosen« in bar <…>

Mit der eigentlichen Übersetzung verfahren sie wie beim Umschütten des Korns von einem Sack in den andern. Damit der Übersetzer beim Umschütten kein Korn unterschlägt oder stibitzt, wird der Text nach Mehlhändlermethode auf der Basis des Russischen, nicht des Originals bezahlt, und nun schwellen die Bücher bei uns aus diesem nichtigen Grund schon seit Jahren an und leiden an der Wassersucht. Die weißen Neger treiben die Bogenzahl in die Höhe, um irgendwie ihr kärgliches Auskommen zu finden. Die ganze Arbeitsatmosphäre in diesem Bereich ist durch und durch krank. Es herrscht verzweifelte Demoralisiertheit. Wie schändlich, wie schmerzlich ist es, einen erwachsenen Mann und Familienvater mit angegrautem Haar zu sehen, der im Vorzimmer einer Redaktion erniedrigend liebedienern muß in der Bemühung um eine »kleine Arbeit«. Wenn nicht der, dann halt ein anderer. Ersatzleute gibt es, soviel man will. Ein

Übersetzer ist schlichtweg ein Erwerbsloser. Denken Sie einmal darüber nach, was der Ausdruck »Übersetzungsdame« bedeutet. Bei uns sagt man doch nur noch auf dem Markt »Madame«. Aber im Umkreis des ausländischen Buches füttern sich Hunderte von niemandem bekannten, halbgebildeten Frauen durch, die Beziehungen in den Verlagen haben, Kontakte, Protektion. »Damen« übersetzen, Hausfrauen, die in ihrer Kindheit eine französische Gouvernante hatten, Spekulantinnen und Sklavenhalterinnen, Ehefrauen schließlich, Verwandte, Protegierte einflußreicher Macher.

Das Übersetzen ist eine der schwierigsten und verantwortungsschwersten Arten literarischer Arbeit. Es ist im wesentlichen die Schaffung einer selbständigen sprachlichen Struktur auf der Grundlage eines fremden Materials. Die Umschaltung dieses Materials auf eine russische Struktur erfordert eine ungeheure Konzentration, Aufmerksamkeit und Willensanstrengung, reiche Erfindungsgabe, geistige Frische, philologisches Gespür, eine große Wortschatzklaviatur, die Fähigkeit, sich in einen Prosarhythmus einzufühlen, die Zeichnung eines Satzes zu erfassen, seinen Rhythmus wiederzugeben, seine Bewegung, seine Gangart – und all dies bei strengster Zügelung des eigenen Selbst. Andernfalls kommt es zu unerwünschten eigenen Zutaten. Im Akt des Übersetzens verbirgt sich eine an der Gesundheit zehrende nervliche Zerrüttung. Diese Arbeit ermüdet das Gehirn und trocknet es mehr aus als jede andere. Wenn man für einen guten Übersetzer nicht Sorge trägt, nutzt er sich sehr schnell ab. Das Übersetzen ist im genauen Wortsinn eine gesundheitsschädigende Zeche. Professionelle, die gezwungen sind, aufgrund der jämmerlichen Bezahlung ohne Urlaub und Verschnaufpausen Jahr um Jahr ein Buch nach dem andern zu backen wie Blinys, erkranken nervlich ... Ihnen droht Sprachverlust, Verunsicherung des Sprachzentrums, Zerrüttung der Sprache, akute Neurasthenie. Hier ist eine arbeitsspezifische Prophylaxe notwendig. Man müßte die Berufskrankheiten der Übersetzer erforschen und ihnen vorbeugen <…>

116. AN DAS REDAKTIONSKOLLEGIUM DES STAATSVERLAGES

<Moskau, 26. April 1929>

An das Redaktionskollegium des GIZ

Der mir von Genossin Ussijewitsch gemachte Vorschlag, eine Textprobe oder das detaillierte Inhaltskonzept einer geplanten Prosaarbeit vorzulegen (als Bedingung für einen Vertragsabschluß), ist für mich *unannehmbar*.

Diejenigen, die sich dafür interessieren, was ich kann, verweise ich auf das von mir im Bereich der Prosa bereits Geleistete (»Das Rauschen der Zeit«, »Die ägyptische Briefmarke«, Leningrader Staatsverlag).

Ich meine, daß die Frage des *Vertrauens* einem längst gestandenen Schriftsteller gegenüber nicht bei jeder neuen Kontaktaufnahme von neuem erhoben werden kann.

Die Antwort, die ich erhalten habe, muß ich als eine durch nichts motivierte Ablehnung gemeinsamer Arbeit betrachten.

O. Mandelstam

26. Apr. 1929
Adresse: Moskau, Strastnoj 6, Wohng. 14
Chasin, für Mandelstam.
Tel. 3-12-31

117. AN DIE REDAKTION DER »LITERATURNAJA GASETA«

<Moskau, 10. Mai 1929>

Sehr geehrter Genosse Redakteur!

Bitte rücken Sie in die nächste Nummer der »Literaturnaja Gaseta« folgendes ein:

Die Aneignung einer Urheberschaft wird als Plagiat bezeichnet.

Die Aneignung von materiellen Gütern heißt Diebstahl.

Die Veröffentlichung bewußt falscher, unvollständiger, ungenauer oder verdrehter Angaben sowie auch einen Menschen in Verruf bringender unmotivierter Vergleiche wird als Verleumdung in der Presse bezeichnet.

Eine solche ist das Vorgehen des Bürgers Saslawskij gegen mich (vgl. seinen Artikel »Ein simples Plagiat und dreister Pfusch« in der Nr. 3 der »Literaturnaja Gaseta«).

Mit Gruß O. Mandelstam.

10. Mai 1929

118. AN DAS EXEKUTIVBÜRO DER FÖDERATION SOWJETISCHER SCHRIFTSTELLERVEREINIGUNGEN (FOSP)

<Moskau, 14. Mai 1929>

An das Exekutivbüro der Schriftstellerföderation.

In einer redaktionellen Bemerkung zu den Briefen an die Redaktion, die in Nr. 4 der »Literaturnaja Gaseta« abgedruckt waren, heißt es, daß »auf Bitten der Redaktion eine Konfliktkommission der FOSP sich mit der Untersuchung der Angelegenheit befassen wird, deren Entscheidung in einer der nächsten Nummern unserer Zeitung veröffentlicht werden wird«.

Ich bestreite das Recht der Redaktion der »Literaturnaja Gaseta«, die weitere Entwicklung jener »Angelegenheit« zu bestimmen, die Saslawskij unter ihrer Mitwirkung aufgeworfen hat. Von allem Anfang an verhielt sich die Redaktion der »Literaturnaja Gaseta« als interessierte Partei. Das *in Ton und Ausdruck äußerst scharfe* Feuilleton Saslawskijs wurde ohne jede Nachprüfung und ohne irgendwelche redaktionellen Bemerkungen abgedruckt. Hingegen hielt es die Redaktion für angebracht, meinen Brief und den Brief einer Gruppe von Schriftstellern mit einem Vorbehalt zu versehen: »Die Redaktion überläßt den Autoren der Briefe die Verantwortung für die darin enthaltenen *Schroffheiten in Ton und Ausdruck.*« Indem sie eine solche Ungleichheit zuläßt, solidarisiert sich die Zeitung faktisch mit Saslawskij und greift der Schlußfolgerung der Konfliktkommission vor.

Außerdem beantrage ich, daß der Fall »Eulenspiegel« im Verlag »Land und Fabrik« nicht Gegenstand einer *einzelnen Untersuchung* in der Konfliktkommission werden darf. Dieser Fall ist Teil einer *weitverbreiteten* Praxis der Verlage, die ältere Übersetzungen in bearbeiteter Gestalt ohne Nennung der Übersetzer herausbringen – mit genau einem solchen Titelblatt, mit dem (laut Berichtigung von »Land und Fabrik«) der »Eulenspiegel« erschienen ist. In diese anormale Praxis wurde eine ganze *Reihe bedeutender Redakteure und Literaturkenner* hineingezerrt. Die Frage der Verwendung älterer Übersetzungen muß vom Exekutivbüro der Föderation unter Berücksichtigung des ganzen umfangreichen Materials erörtert werden, das vorhanden ist. Erst nachdem das Exekutivbüro ein allgemeines Urteil über diese Frage gesprochen hat, kann die Angelegenheit, deren Konfliktparteien einerseits der von der Redaktion der »Literaturnaja Gaseta« unterstützte Saslawskij, andererseits die Autoren der Briefe an die Redaktion sind, einem kompetenten Organ der Föderation zur Prüfung übertragen werden.

O. Mandelstam

14. Mai 1929.

119. AN NADESCHDA MANDELSTAM

<Moskau, 27. Mai 1929>

Gebe heutige Gespräche genau wieder Selinskij Doppelpunkt Schriftsteller wollen keinen Bruch mit Kanatschikow weiter als Resolution Exekutivbüro gehen ihre Forderungen nicht Fadejew Doppelpunkt Kanatschikow als Vorsitzender Redakteur der Zeitung beleidigt über meinen Antrag Punkt Fadejew versprach er in Kommission nicht zu beharren auf Abdruck Resolution nach Sekretariat wann ungewiß Punkt Laut Fadejew neues Auftreten Schriftsteller verschärft Situation Föderation Punkt Einmischung Komsomolskaja findet er erwünscht Punkt Auszug befindet sich bei Redakteur Komsomolskaja der wünschte anfragen Kollegen Föderation Art der Einflußnahme Punkt Artikel unabhängig allem wahrscheinlich Mittwoch Punkt Auszug geben sie zurück ich telegraphiere morgen genau ausführlich informiere Schriftsteller akzeptiere keine Ratschläge in solcher Angelegenheit wichtig absolut freie Initiative telegraphiere Strastnoj 6 Küsse

Ossja

120. AN DAS MOSKAUER GOUVERNEMENTSGERICHT

<Moskau, 8. Juni 1929>

An das Moskauer Gouvernementsgericht
(zivilgerichtliche Abteilung)
Antrag
des Mitbeklagten Mandelstam
Ossip Emiljewitsch.

Außerordentliche Bedeutung für die Angelegenheit in bezug auf den Antrag des Rechtsberaters von »Land und Fabrik« haben die Zeugenaussagen von Genossen

Schojchet Abram Mojssejewitsch, wohnhaft Bolschaja Grusinskaja Nr. 19, Wohng. 14, und Kolesnikow Leonid Iossifowitsch von der Redaktion der »Moskauer Abendzeitung«, der erstere ehemals stellvertretender Leiter des Redaktionsrates von »Land und Fabrik«, der zweite ehemals hauptamtlicher Redakteur bei »Land und Fabrik«. Diese Zeugen können bestätigen, daß dem Verlag »Land und Fabrik« bekannt war, daß ich bei meiner Bearbeitung des »Eulenspiegel« die Übersetzung Karjakins verwendete, während »Land und Fabrik« dies jetzt verneint. Deshalb bitte ich darum, die genannten Zeugen gleichzeitig vor Gericht zu laden, wenn eine Vorladung an mich ergeht.
8. Juni 1929.

O. E. Mandelstam.

121. AN ANNA ACHMATOWA

<Brief Nadeschda und Ossip Mandelstams>
<Moskau, 11. Juni 1929>

Liebe Anna Andrejewna!

Ungeachtet der Resolution des Exekutivbüros, das die Angelegenheit für abgeschlossen erklärte, haben Kanatschikow und Saslawskij eigenmächtig die bereits abgesagte Konfliktkommission einberufen, um über O. E. ein Urteil zu sprechen. O. E. war bei der Kommissionssitzung nicht zugegen. Schriftsteller wurden vorgeladen. O. E. riefen sie am Tag der Kommissionssitzung an und teilten der Hauswartsfrau der »Zekubu« mit, daß »heute um 2 Uhr nachmittags die Konfliktkommission zusammentrete«. Von den Schriftstellern, die den Brief der 15 mitunterzeichnet hatten, waren Olescha, Pasternak und Selinskij zugegen. Auch Vertreter von »Land und Fabrik« waren da – Jakowlew, Mitglied der neuen Verlagsleitung bei »Land und Fabrik«, und andere. Sie erklärten, daß der Verlag *nicht gewußt habe, daß eine Bearbeitung älterer Übersetzungen in Auftrag gegeben worden sei, und wiederholten die Anschuldigung wegen Betrugs* im Falle Mayne Reid. Die Geschichte mit Mayne Reid – der erste Versuch, O. E. von jeglicher Arbeitsmöglichkeit auszuschließen – ist Fedin bekannt, Slonimskij, Kosakow und anderen. Die Erklärung der 3 Schriftsteller, daß O. E. die Verträge vorweisen könne, sowie die Aussagen des *gesamten alten Redaktionsstabes von »Land und Fabrik«* (Schojchet, Sonin und Kolesnikow) darüber, daß der »Eulenspiegel« *als Bearbeitung älterer Übersetzungen* in Auftrag gegeben worden sei, wurden nicht in Betracht gezogen. Auf dieser Grundlage wurde den 15 Schriftstellern, die den Protestbrief unterschrieben hatten, *eine Rüge erteilt.* Keinem der 3 bei der Sitzung anwesenden Schriftsteller kam es in den Sinn, einen *Mißtrauensantrag* gegen die Konfliktkommission zu stellen. Unterrichten Sie bitte *Fedin und Kosakow und Sostschenko* von diesem Mißbrauch. Weisen Sie darauf hin, daß der Vorsitzende der Konfliktkommission eine interessierte Partei darstellt (er ist Redakteur der Zeitung). Außerdem wurde eine Rüge erteilt: 1) den Verlagen; 2) O. E.; 3) den 15 Schriftstellern; und 4) Saslawskij (für die Schärfe des Tons!!!). Wofür O. E. die Rüge bekam – weiß ich nicht. Heute oder morgen wird der Beschluß formuliert werden. Am Montag wird er in der *»Litgaseta«* erscheinen. Dringliche Maßnahmen sind erforderlich, gut wäre, wenn jemand nach Moskau fahren könnte, Leningrad soll eine *Untersuchungskommission* fordern.

Die ganze Angelegenheit befindet sich beim Ermittlungsbüro der »Komsomolskaja Prawda« als von »Land und Fabrik« angezettelte Hetzkampagne gegen einen Mitarbeiter. Es ist die Rede davon, daß einige Mitglieder der Verlagsleitung von »Land und Fabrik« wegen Hetze strafrechtlich zur Verantwortung gezogen werden sollen.

Im Dossier der »Komsomolskaja« liegt ein ungeheuerlicher Brief Saslawskijs. *Es wäre möglich, daß sie gezwungen sein werden, ihn abzudrucken* samt einem Aufruf des Verlages, O. E. strafrechtlich zur Verantwortung zu ziehen. Dringliche Maßnahmen sind erforderlich, es ist notwendig, die Föderation einzuschalten.

Wann all dies ein Ende nehmen wird, weiß ich nicht. Heute war die Gerichtsverhandlung in der Angelegenheit Karjakin gegen »Land und Fabrik«. O. E. *wurde als Mitbeklagter vorgeladen.*

Weil er dem Rechtsberater nicht traute, erschien auch Jakowlew, ein Mitglied der neuen Verlagsleitung. Er wiederholte all seine gemeinen Ausfälle, gab vor, der Verlag habe von allem nichts gewußt usw. Doch das ist ein wirklicher Prozeß – auch unsere Zeugen waren da (Schojchet). Vorgelesen wurden auch die schriftlichen Aussagen der andern. Als er abtrat, erklärte Jakowlew, *er sei mit Saslawskij in allem einig.* Vor O. E. trat der Vertreter des Ermittlungsbüros der »Komsomolskaja« auf. Die Entscheidung fällt am Freitag. Nach dem ganzen Prozeßverlauf kann man annehmen (dies ist die allgemeine Meinung), *daß »Land und Fabrik« verloren hat.* Noch etwas. Die Schriftsteller stellten keinen Mißtrauensantrag gegen die Konfliktkommission, aber die Übersetzer haben das getan. Nejschtadt (einer der besten Übersetzer, der zufällig von der Konfliktkommission gehört hatte und zur Sitzung erschien) hatte einen Zusammenstoß mit Saslawskij.

Die 15 Schriftsteller werden beschuldigt, sie hätten das Material nicht gekannt. Das ist eine freche Lüge: Gornfelds Brief – also Saslawskijs einziges Material – wurde als ganzer auf der Versammlung bei Wsewolod Iwanow vorgelesen. Ebendort wurden auch alle existierenden Dokumente verlesen, doch den Schurken von der Föderation sind sie bislang noch immer unbekannt.

Jener nannte Nejschtadt einen Ideologen des Pfusches. Das Büro der Übersetzer stellte einen *Mißtrauensantrag* und einen Antrag auf *Inkompetenz* der Kommission in 14 Punkten. Ich habe ihn nicht gesehen. Bitte unterrichten Sie unverzüglich die Leningrader Föderation über all das, Slonimskij, Fedin und die andern.

Wir erwarten unverzügliche Einmischung.

N. Mandelstam

Ich bestätige jedes Wort dieses Briefes. Alles, was hier vorgeht, ist schändlich und entsetzlich. Das ist die letzte Verkommenheit. Feigheit, Lüge, Kriecherei. Sollen sie mir doch die Kehle durchbeißen, aber ich rufe die Kollegen dazu auf, *ihre Ehre* zu retten, die Ehre der Literatur – der finsteren Bande die Waffe zu entreißen, *machtvoll* aufzutreten, und zwar sofort.

O. Mandelstam.

122. AN DIE LENINGRADER SCHRIFTSTELLER

<Moskau, 11. Juni 1929>

Liebe Genossen!

Wenn jetzt sofort das Exekutivbüro einberufen wird, so bitte ich die Leningrader darum, die *Absetzung* der »Litgaseta«-Redaktion zu fordern, die mich *hingerichtet* hat für 20 Jahre Arbeit, für die Sträflingsarbeit eines Übersetzers zum Nutzen der *Kultur*, für den *Artikel in »Iswestija«*, für den Versuch, die Gesundung einer verbrecherisch entstellten Angelegenheit zu erreichen – sie hat mich hingerichtet mit der Feder eines *notorischen Verleumders, eines Falschspielers und Erpressers,* aus dem Leben geworfen, aus der Literatur, sie hat mich abstrafen lassen durch ein barbarisches, gekauftes Gericht.

Ich fordere –

die »Litgaseta« den Händen der Usurpatoren zu *entreißen,* die sich hinter

IHREN

NAMEN

verbergen. Die Föderation mitsamt ihren Kommissionen ist zur bürokratischen Folterkammer verkehrt worden, wo die Ehre eines Schriftstellers, seine Arbeit und die *sowjetische,* ja, die sowjetische Sache verhöhnt wird, die mir teuer ist.

Ich rufe Sie dazu auf, unverzüglich *telegraphisch* einen Mißtrauensantrag zu stellen und eine scharfe Verurteilung der »Litgaseta«-Redaktion und der Exekutivorgane der Moskauer Föderation auszusprechen. Nach dem, was mir angetan wurde, kann man nicht mehr leben. Nehmen Sie diese Hundeplakette von mir. Ich fordere eine Untersuchung. Sie haben mich gehetzt wie ein Tier. Worte sind hier machtlos. Es muß gehandelt werden. Notwendig ist ein Prozeß gegen die *Anstifter der Hetze,* gegen jene, die sie geduldet haben aus Feigheit, aus falschem Ehrgeiz. Sie gehören zur Verantwortung gezogen für ihre mit Lügen bekräftigte Henkersarbeit. Ich drücke Ihnen allen die Hand.

Ich warte.

O. Mandelstam

123. AN WISSARION SAJANOW

<Moskau, 24. August 1929>

24. August 1929.

Lieber Genosse Sajanow!

Ich schreibe Ihnen zur Bestätigung meines Anrufs. Der »Moskauer Komsomolze« möchte seinen literarischen Teil stark erweitern. Wir brauchen unbedingt eine engere Zusammenarbeit mit der Leningrader Jugend. Sie kennen sie besser als irgendeiner. Darum bitte ich Sie nachdrücklich: wählen Sie passendes Material aus und schicken Sie es an die Adresse der Redaktion. Ich verlasse mich vollumfänglich auf Ihre Wahl, und alles, was Sie von den Autoren auswählen, dürfen diese als angenommen betrachten.

Wenn das die Sache für Sie nicht kompliziert, sprechen

Sie sich mit Tichonow ab. Ihre und seine Gedichte brauchen wir unbedingt, außerdem auch Prosa von Tichonow. Wir führen einen Kampf gegen jede Art von Engstirnigkeit und das Kochen im eigenen Saft und setzen uns einen kulturellen Aufschwung zum Ziel. Der literarische Nachwuchs unter den Komsomolzen braucht ältere Verbündete. Man darf ihn nicht einfach sich selber überlassen. Ich kann mir nicht vorstellen, daß Sie nicht unverzüglich auf unsern Aufruf reagieren.

Noch eine Bitte: Sie haben es am Telephon abgelehnt, die undankbare Aufgabe der Verteilung des Geldes zu übernehmen. Das Honorar könnte auch direkt aus Moskau geschickt werden. Wenn Sie uns aber in Leningrad einen Mann angeben könnten, der fähig wäre, den materiellen Teil zu übernehmen, würden wir eine Summe zu seiner Verfügung an die Leningrader Abteilung des Verlages »Werktätiges Moskau« überweisen.

Ich werde Ihnen noch einen privaten Brief schreiben.

Mit Gruß O. Mandelstam.

124. AN DIE ZENTRALE KONTROLL-KOMMISSION DER KPdSU (B)

<Moskau, Ende 1929/Anfang 1930>

Ich beschuldige die Föderation

1) das Recht zur öffentlichen Gerichtsverhandlung über einen Schriftsteller *mißbraucht* und einen *skandalösen Strafprozeß* inszeniert zu haben, den die Organe der FOSP in Gestalt einer Konfliktkommission führten /unter Verletzung elementarster Rechtsgarantien, als da sind:

   1) vorgängige Überprüfung und genaue Formulierung der Anschuldigungen
   2) Vorladung von Zeugen (Gegenüberstellung, Befragung)

3) Sammlung und Bekanntmachung der Materialien
4) Entsprechung der Beschlußpunkte und der Anklagepunkte usw.

2) im Laufe des Prozesses die eine Anschuldigung durch eine andere vertauscht zu haben – vom Plagiat zum Pfusch, vom Pfusch zur »Sklavenhalterei«, von der »Sklavenhalterei« zur »moralischen Verantwortung« für eine Praxis der Verlage usw./

3) in einem Augenblick verschärfter Umgruppierung der schriftstellerischen Kräfte mich durch eine verleumderische Kampagne aus dem Literaturbetrieb ausgestoßen zu haben, die von mir vorbereiteten politischen Initiativen von vornherein entwertet und mich genötigt zu haben, einstweilen Abstand davon zu nehmen. (Ich bitte darum, daß L. Awerbach über unsere Verhandlungen im April 1929 befragt wird.)

125. AN DIE ZENTRALE KONTROLLKOMMISSION DER KPdSU (B)

<Moskau, Ende 1929/Anfang 1930>

Die Unterdrückung von Selbstkritik durch die »Litgaseta« sehe ich in Folgendem:

I. Als Antwort auf den Auftritt Mandelstams in »Iswestija«, der die sowjetische Öffentlichkeit zweifellos aufgerüttelt hat, druckt Kanatschikow in der ersten Spalte der »Literaturnaja Gaseta« einen Artikel ab, in dem es heißt:

1) *»Im Grunde wird in Mandelstams Artikel in »Iswestija« nichts* Neues *gesagt*« (Saslawskij);

2) der eigentliche Gedanke des Artikels wird entstellt und seine ganze Zielsetzung herabgesetzt;

3) der Autor wird in den Schmutz gezogen.

II. In der Tatsache, daß die Seiten der »Litgaseta« für einen Brief von 22 Leningrader Schriftstellern und den

Brief Romms und Wenediktows verschlossen blieben, der schließlich in der »Komsomolskaja Prawda« abgedruckt wurde.

III. Im Verschweigen eines Auftritts des Schriftstellers Aksjonow auf der letzten Vollversammlung des Allrussischen Schriftstellerverbandes durch die »Literaturnaja Gaseta«. Aksjonows überaus scharfe Rede »über eine Angelegenheit, welche die FOSP in Verruf bringt«, wurde im Bericht der »Literaturnaja Gaseta« über die besagte Versammlung nicht resümiert, während alle übrigen Reden in ihren wesentlichen Punkten wiedergegeben wurden.

Eine Hetzkampagne seitens des Exekutivbüros und der Konfliktkommission sehe ich darin, daß <...> konstatierend <...>

126. AN DIE SOWJETISCHEN SCHRIFTSTELLER

<Moskau, Ende 1929/Anfang 1930>

<...> über eine solche Niedertracht hinwegzusehen. Haben Sie denn wirklich denken können, ich würde mit diesem Schandfleck weiterhin unter Ihnen herumspazieren, nur weil die Anstifter der Hetze mich in Ruhe gelassen haben?

Wenn Sie sich die Mühe gemacht hätten, mich zu befragen, hätten Sie einiges über die schmutzigen Machenschaften des Verlages »Land und Fabrik« erfahren können, über beamtete falsche Zeugen, die den Willen ihrer Vorgesetzten erfüllt haben, auch darüber, wie die Schriftstellerföderation, also Sie selbst, beharrlich und halsstarrig einen Strafprozeß gegen mich vorbereitet, einen Lumpen wie Saslawskij gedeckt und sowohl vom Gouvernementsgericht als auch vom Obersten Gericht der Republik eine Ohrfeige bekommen hat; Sie hätten etwas über die klägliche Rolle von 15 Schriftstellern erfahren können, die ganz sachte und »für alle Fälle« von dieser monströsen Angelegenheit Abstand genommen haben.

Ich bin erstaunt, daß Sie mich so viele Jahre in Ihrer Mitte geduldet haben. Offenbar war das ein Mißverständnis. Ich frage Sie ohne Umschweife: Für wen haben Sie mich gehalten? Welchen Wert hat Ihr Händedruck?

Nun schaue ich mit Bitterkeit auf meinen ganzen Lebensweg zurück. Ein Hundejubiläum war meine Belohnung. Was für ein Beispiel der Achtung von Arbeit und Persönlichkeit eines Kollegen geben Sie, die Schriftsteller, unserem Land? Nicht darin liegt das Elend, daß Sie mein Leben entzweigebrochen, barbarisch meine Arbeit zerstört, meine Luft und mein Brot vergiftet haben, sondern daß Sie es fertigbringen, es nicht einmal zu bemerken.

Ich spreche es an Ihrer Stelle aus: ich tue das, was zu tun Sie zu träge oder zu feige waren. Sie werden nicht mehr »die Würde der sowjetischen Literatur vor Mandelstam schützen« müssen (authentischer Ausdruck aus dem Allunionsreglement der Schriftsteller, ausgefertigt im Herzen-Haus) <...>

127. OFFENER BRIEF AN DIE SOWJETISCHEN SCHRIFTSTELLER

<Moskau, Ende 1929/Anfang 1930>

Ich erkläre der Föderation Sowjetischer Schriftsteller ins Gesicht, daß sie sich mit der infamsten Verfolgung eines Schriftstellers beschmutzt hat, sich zu diesem Zweck unerhörter Mittel bedient, zu Betrug und Verdrehungen Zuflucht genommen, Fakten verheimlicht, bewußt unechte Dokumente fabriziert, sich falscher Zeugen bedient, mit schändlicher Feigheit ihre Apparatschiks gedeckt hat und immer noch deckt; daß sie mit ihrer

Autorität Mißbräuche im Verlagswesen verheimlicht und gedeckt und auf den in der UdSSR ersten Versuch eines Schriftstellers, sich in Verlagsdinge einzuschalten, mit der Inszenierung eines skandalösen Strafprozesses geantwortet hat.

Eine Schriftstellergemeinschaft, die die Verkehrung ihrer Organe in einen Folterkeller zuläßt, wo man straflos die Arbeit und die Ehre eines Schriftstellers schändet, wird dadurch zur realen Bedrohung für jeden Schriftsteller.

Ich gehöre keiner der literarischen Vereinigungen an und bin formell nicht Mitglied der FOSP. Ich bin nie mit der Bitte an die Organe der Föderation gelangt, in irgendeiner Streitsache zu entscheiden, und habe keinerlei Einverständnis gegeben, meine zivilrechtlichen Angelegenheiten in den Konfliktkommissionen der FOSP klären zu lassen. Nun sehe ich, daß es zumindest unbedachtsam wäre, meine Ehre den Rechtsprechungs- und Schlichtungsorganen der FOSP anzuvertrauen. Nachdem ich zum unfreiwilligen Klienten dieser Tribunale geworden bin, habe ich mich davon überzeugen können, daß sie von einem solchen Halbanalphabetentum, von einer solchen juristischen und gesellschaftlichen Unbedarftheit, von einer solch verdächtigen Biegsamkeit und Empfänglichkeit gegenüber jederlei Druckausübung sind, daß jedes beliebige Gewerkschaftsgericht, jede beliebige gerichtliche Instanz unseres unvollkommenen und im Aufbau begriffenen Landes einem Schriftstellertribunal vorzuziehen ist.

Mir kommt gar nicht in den Sinn, den Schriftsteller als ein höheres Wesen zu betrachten und in ihm ein Vorbild an Bürgertugenden zu sehen, doch niemand hat dem Schriftsteller das Recht gegeben, sich unter das durchschnittliche Niveau seiner Kultur und seiner Epoche zu begeben, niemand hat ihm erlaubt, das Rechtsempfinden seines Zeitgenossen zu beleidigen und den gesunden Menschenverstand zu verhöhnen.

Indessen ist man mit mir wie etwa mit einer Prostituierten verfahren, die jahrelang mit dem gelben Ausweis auf den Strich gegangen ist und schließlich wegen Ruhestörung geschnappt wird. Die Prostitution bestand in langjähriger Plackerei, die Ruhestörung aber in guter und dem Gesetz gemäß verrichteter Arbeit. Ein banditenhafter Angriff am hellichten Tag auf den Seiten der »Litgaseta« ist die Anklageschrift, ein Falschspieler-Feuilletonist spielt die Rolle des Staatsanwalts, der Redakteur der verschmierten Zeitung ist der Gerichtsvorsitzende, die Krämerburschen aus dem Verlagsladen »Land und Fabrik« sind die dienstfertigen Zeugen, die käuflichen Sachwalter und Rechtsverdreher aus den Kanzleien derselben FOSP sind die juristischen Zuschneider des primitiven Prozesses.

Wenn ein Schriftsteller fordert, daß man den Gesetzen seines Landes, den üblichen Normen seiner Branche entsprechend und unter jenen Voraussetzungen über ihn urteilt, die für die Arbeit seiner Berufskollegen gelten; wenn ein Schriftsteller Antwort fordert, warum gerade er und genau diese und keine andere Arbeit angeschwärzt wird, murmelt die Föderation: »Der gegebene Vorfall ist die Folge nicht eines speziellen, sondern eines allgemeinen Phänomens, das charakteristisch ist für die Situation in der UdSSR ...«

Wenn ein Verlag plötzlich seinen Standpunkt bezüglich seines eigenen Vertrages ändert und auf das Signal der »Litgaseta« hin sachte beginnt, seinen Mitarbeiter auf die Anklagebank zu schubsen, hilft ihm die Föderation delikat dabei.

Des weiteren greift die Föderation zum unehrlichsten Trick und vertauscht die strafrechtlichen Beschuldigungen mit einer Literaturkritik in der Art Gornfelds. Die Sache beginnt einem Laternchen mit verschiedenfarbigen Scheiben zu gleichen: je nach Bedarf heißt es einmal »Plagiat«, ein andermal »Pfusch«.

Wenn die Föderation gefragt wird, warum sie nicht für schlechte Erzählungen, die nie anhand der Wirklichkeit überprüft wurden, noch für schlechte Gedichte, die den Geschmack verderben, ihre Mitglieder verurteilt, sondern es für angebracht hält, über eine schlechte, vielleicht sogar scheußliche Bearbeitung des »Eulenspiegel« durch ein »Ehrengericht« urteilen zu lassen, lallt die Föderation etwas Unverständliches von »Überprüfung anhand des Originals«.

Mir ist bekannt, daß in der Konfliktkommission vom 21. Juni von einem »Schandfleckchen auf meinen Prachtgewändern« gesprochen wurde und auch davon, daß man meines »lyrischen Süßklangs« wegen strenger mit mir verfahren sollte. Ich finde keine Worte, um die ganze heuchlerische Niedertracht dieser scheinheiligen Reden angemessen zu brandmarken. Nein, werte Genossen, ich bin kein Engel in Prachtgewändern voller Stärkemehl eines Lwow-Rogatschewskij, sondern ein rastlos Arbeitender, ein Schmutzarbeiter des Wortes, ein Übersetzer. Ich bin ein Schmutzarbeiter und habe mit meinen eigenen Händen die Bücherklumpen gewälzt. Wo zum Teufel sind da Prachtgewänder! Ich bin ein Schmutzarbeiter, ein Verlagsneger, aber nicht Ihnen steht es zu, mich mit dem platten Namen eines Pfuschers abzustempeln, den Sie mit solcher Leichtigkeit aussprechen und der nicht einfach einen schlechten Arbeiter bezeichnet, nicht einfach einen Schummler und Faulenzer, sondern einen Leibeigenen, einen Tagelöhner, einen Mietling, der im Akkord für einen verhaßten Herrn arbeitet und zufällig gestolpert ist, der es ihm nie recht machen kann, der sich in seiner Sträflingsarbeit vertan hat. Meine Arbeit war nie Sklavenarbeit, und ich bestehe mit Schaum vor dem Mund auf meinem Recht zu schlechter Arbeit, dem Recht zu scheitern, dem Recht, alles hinzuschmeißen.

Obszönster Unflat ist ein Kinderlallen im Vergleich zu dem, was die Wände des Herzen-Hauses und das ergraute Pastorenhaupt Kanatschikows geduldet haben. Die Kerle von »Land und Fabrik« wurden nicht hochkant hinausgeschmissen, als der Name der Ehefrau eines Schriftstellers im Zusammenhang mit einer Fehlgeburt von ihren schmutzigen Zungen flog. Die der Lüge überführten Kerle versuchten sich herauszuwinden unter der Anleitung des Stammesältesten Kanatschikow:

»... Pfuscharbeit ... versteckt sich vor der Miliz ... hat keine Wohnerlaubnis ...«

Eine Stenographin gab es nicht, es wurde nicht ins Protokoll aufgenommen, aber Zeugen gab es, die gab es ... Mir scheint, es wäre zweckmäßiger, die Angelegenheiten der Föderation einem Pappkönig aus einem frischen Kartenspiel anzuvertrauen als dem Bürger Kanatschikow.

In wenigen Monaten hat Saslawskijs Feuilleton kleine Sprößlinge bekommen. Freut Euch, Ihr Sowjetschriftsteller, Mandelstam ist nicht nur ein literarischer Dieb und Plagiator, sondern auch ein Makler, Gauner, Zwischenhändler, gerissener Kerl, der Gornfeld und Karjakin in seine Räuberhöhle geschleppt hat. Kaum hat sie die gerissenen Aufkäufer von Diebesgut unbehelligt in ihr Verlagsschlupfloch mit Namen »Land und Fabrik« sich verkriechen lassen, stellt mir die Föderation eine Bescheinigung aus, daß ich kein Pfuscher sei. Ich werde diese Bescheinigung aufbewahren. Ich werde sie sorgsam bei mir tragen. Ich werde jedesmal einen Blick darauf werfen, wenn ich nach den Brechreiz verursachenden Giftdämpfen, in denen wie im Delirium das Gewissen, die Arbeit, die Briefe an die Redaktion, die Gerichtsverhandlungen, die Bürokratenfratzen der Abteilungsvorsteher aus dem schrecklichen und letzten Literaturdepartement – die Saslawskijs, Kanatschikows, Rogatschewskijs mitsamt ihrem Bastwisch – aufblitzen, wieder zur Besinnung kommen werde und in mir die Kraft finde, die abgebrochene Lebensarbeit wieder aufzunehmen. Dann wird vor mir unabänderlich das eine Bild auftauchen: Saslawskij, Gornfeld und Kanatschikow, über ein rotes Klümpchen gebeugt – über das Herz Eulenspiegels – und meines, Ihr Schriftsteller, mein Herz.

Ein Gerichtsverfahren in den Händen der FOSP kann ich nur als ein sozial gefährliches Instrument bezeichnen. Ihre Organisation, die sich die Funktionen eines wirklichen Gerichtes mit strafrechtlichem Anspruch anmaßt, mißachtet sämtliche Normen und Rechtsgarantien eines normalen Prozesses.

1) Gravierendste Anschuldigungen werden einem Menschen öffentlich kundgetan, in der Presse, ohne jede vorgängige Ermittlung – in Form eines Schimpffeuilletons von einem Falschspieler.

2) Auf der Grundlage dieses Feuilletons wird ein Mensch mittels Bekanntmachung in der Presse einer öffentlichen Gerichtsverhandlung ohne Anklageformulierung, ohne Anklageschrift ausgeliefert, nachdem der Verleumder bereits entlarvt wurde.

3) Eine absurde Anschuldigung des Exekutivbüros hebt die »Angelegenheit« unter völliger Ignorierung des Feuilletons und des Charakters der gegen mich vorgebrachten Anschuldigungen auf.

4) Ungeachtet der Aufhebung der Sache durch das Exekutivbüro wird mit irgendeinem kasuistischen Vorwand eine Gerichtskommission unter dem Vorsitz einer der interessierten Parteien gebildet, zu deren Aufgaben es gehört, Mandelstam irgendeines beliebigen Vergehens zu beschuldigen, um das Prestige der »Litgaseta« zu retten.

5) Das Tribunal, das sich als »Konfliktkommission« bezeichnet, ist nach der Methode »Alle, außer dem Angeklagten, sind vollwertige Staatsanwälte« konstruiert, fixiert rowdyhafte Verleumdungen von speziell vorgeladenen Arbeitgebern, bemerkt nicht einmal die gröbsten Widersprüche in ihren Aussagen, weigert sich, Zeugen aufzurufen, fordert keine Fakten, formuliert keine Anklagen und spricht ein juristisch unbedarftes, insinuierendes Urteil.

6) Das höchste Organ der FOSP – das Exekutivbüro – hört sich diesen Beschluß an, nimmt ihn zur Kenntnis, bestätigt ihn und verbietet dessen Publikation.

7) Aus dem Urteil zieht man keinerlei gesellschaftliche Konsequenzen bezüglich des Verurteilten, schließt ihn nicht aus der Organisation aus und berichtet über seine Taten nicht dem Staatsanwalt.

(Zur Charakterisierung der »gesellschaftlichen« Einstellung der Föderation: Als in der »Prawda« Saslawskijs Feuilleton »Gauner und Neger« erschien, das den Beschluß der Konfliktkommission der FOSP vom 21. Juni kommentiert, wobei in dem Feuilleton wörtlich behauptet wird, das ganze Übersetzungswesen in der UdSSR beruhe auf der Ausbeutung halbanalphabetischer Neger, die von Schriftstellern mit bedeutendem Namen angemietet würden, überging die Föderation dieses Feuilleton mit völligem Stillschweigen und zog keinerlei gesellschaftliche Konsequenzen daraus.)

8) Im August kündigt die Föderation in der Presse eine Revision der Angelegenheit aus »formalen« Gründen an, aber weicht fünf Monate lang dieser Revision aus.

9) Im Dezember bildet die Föderation plötzlich eine Kommission, die schon nicht mehr »Konfliktkommission« heißt, sondern »Kommission zur Klärung der von der ›Litgaseta‹ gegen Mandelstam vorgebrachten Anschuldigungen«. Diese Kommission weigert sich, genau wie die erste, irgendeine Untersuchungsprozedur einzuhalten, Anklagen zu formulieren, die Materialien publik zu machen und Zeugen vorzuladen. Beiläufig erwähnt die Kommission die Hetzkampagne und »gravierendste Anschuldigungen, die jeder Grundlage entbehren« (Formulierung der Kommission), und bezeichnet die Plazierung des Feuilletons in der »Litgaseta« als Fehler, doch bürdet sie Mandelstam die moralische Verantwortung für die Produktionspraktiken der sowjetischen Verlage auf, die im Feuilleton mit keinem Wort erwähnt wurden.

Alle Ihre Beschlüsse sind mit faulen Fäden genäht, bringen die Enden nicht zusammen, widersprechen sich selber. Es gibt in ihnen keine wirkliche Stimme von Genossen, keine wirklich ehrliche, direkte Verurteilung, keinen Händedruck, keinen offenen Hieb, keine Rechtfertigung – nichts von alledem. Ihre Beschlüsse sind reinste Unzucht, angerichtet mit der säuerlichen Schmiere einer verlogenen Moral. Ich schäme mich für Sie. Ich schäme mich, gestandene Leute der Unbedarftheit und Gesinnungslosigkeit überführen zu müssen, ich schäme mich für die Jugend, die den Mut nicht aufbringt, im entscheidenden Moment die Stimme zu erheben und zu sagen, was sie denkt.

Welch perversen Jesuitismus, welche nicht einmal bürokratenhafte, sondern popenhafte Grausamkeit brauchte es, um nach einem Jahr ungezügelter, nach Blut riechender Hetze, nachdem man einem Menschen ein Lebensjahr samt Fleisch und Nerven herausgeschnitten hat, ihn für »moralisch verantwortlich« zu erklären und kein einziges Wort zum Wesen der Sache zu äußern.

Sie sprechen in Ihrem Beschluß das schreckliche Wort »Hetzkampagne« einfach so aus, ganz beiläufig, als sei es eine Lappalie. Wo wurde gehetzt, wer hat gehetzt, mit welchen Mitteln? ... Bezeichnen Sie die Urheber oder schweigen Sie, oder Sie haben kein Recht, von Hetze zu sprechen ...

Ich schäme mich dafür, Sie wie ein Bettler monatelang um eine Untersuchung angebettelt zu haben. Wenn das Ihre Gesellschaftsform ist, werde ich sie fliehen wie die Pest. Sie verstehen es, nicht zuzuhören, Sie verstehen es, auf direkte Fragen nicht zu antworten, Sie verstehen es, Eingaben abzulenken. Wenn ich alles sammeln würde, was ich Ihnen in diesen Monaten geschrieben habe, ergäbe sich ein ganzes Buch – ein mörderisches, für uns alle schändliches Buch. In die Geschichte der sowjetischen Literatur haben Sie ein Kapitel gesetzt, das Leichengeruch verbreitet.

Ich verlasse die Föderation Sowjetischer Schriftsteller, ich verbiete mir von nun an, Schriftsteller zu sein, weil ich moralisch verantwortlich bin für das, was Sie tun.

Danke, Genossen, für diesen Affenprozeß. Und jetzt setzen wir die Frage auf die Traktandenliste, wer von uns ein Dieb ist ... Raus mit dir, wer ist der nächste! ... Ich aber werde bei diesem Rabenfest nicht dabeisein.

Werte Genossen, in dieser Sache gibt es keinerlei Rosenwässerchen, keinerlei Geist der Literatur, keinerlei Empfindlichkeiten, keine feinen Blümchen einer Schriftstellerethik. Dies ist eine schwerwiegende und schwierige, kapitale und schreckliche gesellschaftliche Angelegenheit, also das, was wir täglich in den Zeitungen lesen – dies ist ein bösartiger Hieb gegen einen Arbeiter, der Versuch, ihm den Hals umzudrehen, auf Leben und Tod, wo alle Mittel recht sind, wo alles erlaubt ist: Verleumdung, falsche Zeugenschaft, Rechtsverdrehung, feuilletonistische Mogelei, wo um der Straflosigkeit willen alles gebilligt wird mit dem Gerede von der »Schriftstellerethik«; es ist eine jener zahllosen Affären, wo man einen unbotmäßigen Arbeiter durch schändliche Machenschaften von seinem Tätigkeitsbereich entfernt.

Der Vollständigkeit des Bildes halber muß ich Sie darüber informieren, daß die »kameradschaftliche« Untersuchung innerhalb der Föderation lediglich eine Handreichung war für die strafrechtliche Verfolgung eines Schriftstellers, worüber die FOSP bestens Bescheid wußte. Der Verlag »Land und Fabrik« belangte mich zivilgerichtlich auf das Signal der »Litgaseta« hin als Mitverantwortlichen, wobei er selber die Klage provoziert hatte. Vor den Zivilgerichtskammern des Gouvernementsgerichts und des Obersten Gerichtes versuchte der Verlag mit allen Mitteln zu erreichen, daß ich nach Art. 177 des Strafgesetzbuches zur Verantwortung gezogen werde, wobei er sich als Hauptargument auf den Artikel in der »Litgaseta« und den Beschluß der FOSP vom 21. Juni berief. Die Sache scheiterte vor diesen Gerichten, und das Verhalten der »Litgaseta« wurde durch einen besonderen Passus im Beschluß des Obersten Gerichtes getadelt.

Und so also, Genossen, hat sich die Sache, die Sie als »Anspruch des Verlages ›Land und Fabrik‹ und Gornfelds gegenüber Mandelstam« bezeichnen und die Sie auf Saslawskijs Feuilleton reduzieren, als Hetzkampagne größeren Maßstabes herausgestellt, die von Anfang bis Ende von der FOSP selber angezettelt wurde.

Zum jetzigen Zeitpunkt ist die Föderation bereit anzuerkennen, daß die Hetze gegen den Schriftsteller Mandelstam der Verlagsreform objektiven Schaden zugefügt hat, die Mandelstam hatte erreichen wollen. Doch die Föderation verschweigt schamhaft, daß sie selber, und nicht irgendwer, gegen Mandelstam gehetzt hat und daß die Verfolgungen eine direkte Antwort auf Mandelstams öffentliches Auftreten gewesen sind. Eine solche »Verknüpfung« der Hetze mit dem, was bei uns Selbstkritik genannt wird, ist vom sowjetischen Standpunkt aus ein sehr schweres Verbrechen, doch für die Föderation Sowjetischer Schriftsteller ist das sowjetische Gesetz offenbar nicht geschrieben worden, sie fühlt keinerlei Verantwortung für ihre Schandtaten und wird wohl, so muß man annehmen, auch keine Verantwortung dafür zu tragen haben.

Der Mißbrauch der sogenannten Rechtsprechung, d.h. des Rechts einer Organisation, über ihre Mitglieder zu urteilen, grenzt im gegebenen Fall an moralischen Mord und gesellschaftliche Sabotage. Daß ich von der Schriftstellerföderation einem Gericht ausgeliefert wurde, ist tausendmal gravierender als das Feuilleton selber. Gerade in dieser Auslieferung sehe ich das Verbrechen der Föderation an meiner Person. Das Verhalten all meiner Kollegen – sowjetischer Schriftsteller –, die mit gekreuzten Armen auf das interessante Schauspiel gespannt waren, wie sich Mandelstam vor der Föderation aus der Beschuldigung des Diebstahls und der Betrügerei herauszuwinden versuchen würde, und keinen Finger rührten, um diese infame Komödie abzuwenden – dieses Verhalten ist für mich Grund genug, mit Ihnen allen zu brechen.

Für Mandelstam hat sich die Föderation Sowjetischer Schriftsteller als ein Polizeirevier erwiesen, wohin man ihn gezerrt hat wie einen <…> keinerlei Erklärungen, beharrlich wiederholend <…> Mandelstam hat man im Herzen-Haus in aller Öffentlichkeit einer Durchsuchung unterzogen, und die Hände aller sowjetischen Schriftsteller, darunter auch Ihre Hände, da Sie Mitglied der Föderation sind, haben seine Taschen durchwühlt.

20 Jahre Arbeit haben mich nicht abgesichert gegen die Angriffe des organisierten Schreibertums. Ich nehme an, daß <…> <Immunität?> für mich persönlich ab 40 Arbeitsjahren beginnt. Doch das sowjetische Schreibertum bleibt wie eh und je organisiert, und ich, der ich nur Mandelstam bin, verfüge über keinen Apparat zum Selbstschutz für die nächsten zwanzig Jahre – bis zum Eintritt der mutmaßlichen <Immunität?>, und so halte ich es für vernünftig, mich selber auszuschließen <…> von jeder organisierten Schriftstellergemeinschaft <…>

128. AN EINEN UNBEKANNTEN ADRESSATEN

<Moskau, Anfang 1930?>

<…>

Eine beständige materielle Lebensgrundlage hatte ich nie und habe ich auch jetzt nicht. Ich bin es gewohnt, unter dauerndem Druck und absonderlichsten Bedingungen zu arbeiten … An meine Unversorgtheit und fast schon Obdachlosigkeit hat man sich in der Literatur längst gewöhnt, und ich selber wundere mich nicht mehr darüber.

Ich habe nie, und dies wurde von der Kritik jeglicher Ausrichtung eingeräumt, das Niveau meiner Arbeit gesenkt, selbst dann nicht, wenn ich gezwungen war, mich mit einer für einen Dichter so abzehrenden Sache wie Übersetzungen zu beschäftigen. Mein Leben war schwierig, mühsam, ich brauchte <…>

V

IM BUDDHAHAFTEN MOSKAU: NOMADENLEBEN 1930–1934

129. AN NADESCHDA MANDELSTAM

<Moskau, Mitte Februar 1930>

<...> alles wie es war. Und es ist leichter geworden. Laß mich Deinen Kummer tragen, Kindchen. Meine Furchtlose, meine Helle.

Deine neue Stimme, Nadinka, höre ich, ich erkenne Dich von neuem. Weine nicht, meine bittere Nadinka, weine nicht, Schwälbchen, weine nicht, mein kleiner gelber Nestling.

Paß auf Mama auf, bleib zu Hause, so lange es nötig ist, und bringe Mama zu uns. Wir lassen sie nicht mehr fort, nirgendwohin. Sag ihr, daß sie nirgendwohin mehr weg muß.

Schreib sofort: wann Ihr kommt, wieviel Geld Ihr braucht. Ich werde alles besorgen. Christus sei mit Dir, mein Leben. Es gibt keinen Tod, meine Freude. Einen geliebten Menschen kann Dir keiner wegnehmen. Deiner. Deiner.

Ich komme gerade nach Hause, Liebste - ich werde alles ausführlicher schreiben.

130. AN NADESCHDA MANDELSTAM

<Moskau, 24. Februar 1930>

24/II/30

Mein liebster Nestling, kleiner Nadik! Schwer ist mir ohne Dich, aber ich schäme mich zu klagen. Macht nichts, Liebste. Hier die wichtigsten Neuigkeiten. Mein Schenja hat bisher keinen Prozeß am Hals. Es gibt keinerlei Mißbräuche. Aber eine grandiose Hetze und Ehrabschneiderei. Vorläufig nur – Zänkereien im Hause. Aus Moskau ist eine zweite Kommission gekommen, für eine gründliche Revision. Hier in etwa die Anschuldigungen: er habe die Leitung über die tatsächliche Lage der Dinge irregeführt (Lüge), er habe mit der Rechnungsführung manövriert (Lüge), er habe eine Anleihe im Umfang eines halben Gehalts unterzeichnet (Wahrheit) – und schließlich die »Schummelei mit der Kasse«: die Grigorjewa und er sollen ihr Gehalt 2 Tage vor dem Zahltermin genommen haben. Es gab eine Revision, und die Grigorjewa soll lausbübisch versucht haben, es zu verheimlichen, er aber hat darüber berichtet und die Verantwortung auf sich genommen. Weiter: er habe das Büro usurpiert, die Mitarbeiter unterdrückt, Moskau und Leningrad gegeneinander aufgehetzt, die Agentur ungenügend kontrolliert (Mißbräuche habe es nicht gegeben, aber, wie es heißt, es *hätte* welche geben können) – und das ist alles. Das Ergebnis der ersten Revision: »außerordentliche Mißwirtschaft«, die »unausweichlich zur finanziellen Katastrophe geführt *hätte*«. Den Ausgang der vertieften Revision kenne ich nicht. Vor kurzem sagte Natascha am Telephon – *nichts Neues,* nichts Aggressives. Er wurde aus dem »Modpik« *ausgeschlossen*. Und steht ohne alle Mittel da. Er will im ärztlichen Bereich weiterarbeiten, wenn sich alles aufgeklärt hat. Fast wäre er zu »Sowjetfilm« gegangen (sie haben ihn *nach* Beginn der Hetze eingeladen – freundschaftlich – demonstrativ) – aber auf irgendwessen Druckausübung wurde die Einladung zurückgezogen.

Tanja ist zur Arbeit in ihrem Beruf nach Rostow gefahren. Natascha arbeitet (???) beim »Modpik« (??). Das ist typisch für die Verzwicktheit der Angelegenheit … Die ganze Schriftstellerbande hat Schenja verraten, ist davongelaufen … Die LAPP-Leute unterstützen ihn nur schwach. Die Parteizelle zittert um sich selbst, verhält sich passiv …

Großpapa ist gesund. Ich habe ihm bisher mit nichts

helfen können. Buchstäblich *mit nichts*. Das Zimmer verschlingt meinen ganzen Verdienst. Was tun, Nadik? Was tun? ...

Die nächste Einnahme: 15 verrechnungspflichtige – ein Abzug (Rest von Älterem) – 30 (Schulden und Kantine) – Literaturfonds (?). Was mache ich mit 90 Rubel minus 60 für das Zimmer (die nichtausbezahlten 25 R. nicht gerechnet, ein »Rattenschwanz« hat sich gebildet). Belehr mich, Nadik, rate mir, was ich tun soll.

Bei der Zeitung hat sich die Lage gebessert. Der »Respekt« nimmt zu. Sie fangen an zu begreifen, daß man mir eine unrealistische, unerfüllbare Aufgabe übertragen hat. Jetzt wollen sie, daß ich den Apparat belehren und heben soll. Ich leite den Arbeiterkorrespondenten-Zirkel bei der »Moskauer Abendzeitung«. Und freunde mich mit der Arbeiterjugend an. Gerade gestern *nach* dem Telegramm hat mir der verantwortliche Sekretär Komplimente gemacht – sie erwarten von mir, daß ich in die verschiedenen Ressorts eindringe und ihnen organisch helfe. Aber Kollegen habe ich bei der Zeitung keine. Bürokratismus und Unbedarftheit sind zum Verzweifeln. Ich habe eine riesige Montage über die Rote Armee gemacht (am 23. Februar). Das hat meine Position gestärkt, sehr sogar. Ich habe gezeigt, was ich *kann*.

Jurassow fährt zum 1. weg. Er fordert uns beharrlich auf mitzukommen, d.h. Einladung samt Reisegeld in einem Monat. Das ist absolut ernsthaft gemeint. Dort gibt es große Möglichkeiten. Der »Komsomolze des Orients« steht im Zentrum der gesamten politischen Arbeit im Verwaltungsgebiet. Baumwolle, die Turkestanisch-Sibirische Eisenbahn usw. Sehr verlockend. Aber *können* wir uns dazu entschließen? Auch Dir wäre dort eine Arbeit sicher. Unterkunft ebenso. Aber wir können doch die alten Leutchen nicht allein lassen! Das können wir doch nicht, Nadik? Rate mir, was zu tun ist ...

Jetzt zur »Dreyfus«-Affäre. Gleich bei meiner Ankunft

– eine Vorladung vor das Kommissionsplenum. Ein 4stündiges Verhör, eher: mein unaufhörliches Reden. Ich war schrecklich unzufrieden mit mir. Am nächsten Morgen: »Sie haben uns viele wertvolle Hinweise gegeben, seien Sie unbesorgt, verlangen Sie nichts Unmögliches von sich. Wir haben nicht vor, diese Angelegenheit in die Länge zu ziehen.« Weiter: die Sache ist in Abschnitte aufgeteilt worden. Jeder Untersuchungsrichter arbeitet einzeln mit mir. Ich bekam eine Vorladung in der Sache FOSP. Das Verhör dauerte 3 Stunden. Untersuchungsrichter ist eine Frau, altes Parteimitglied, Redakteurin bei der »Jungen Garde«. Sie hat formelle Anklagepunkte aus mir herausgezogen. Wie ein Zahnarzt zog sie sie mir – 17 Stück. Und war noch immer nicht zufrieden. Befahl mir, zu Hause alles aufzuschreiben und mit der Post zu schicken. Das habe ich getan. (Bei Beresner in der Kommission brach es dann durch: »Beachten Sie, daß das Zeitungsfeuilleton *bestellt* war.«) Vorgestern ein 4stündiges Verhör in der Sache »Land und Fabrik«. Methode: schriftliche Antworten auf der Stelle, im strengen Rahmen der Frage. Es brauchte kolossale Geduld. Wie wenig habe ich es bisher geschafft, das Wesentliche zu sagen! Merkwürdig: ich hatte die Papiere nicht mitgenommen, sie schickten mich nach Hause und warteten solange (ich flog mit dem Taxi hin). Zweimal habe ich Deine Kopie des Protokolls der Konfliktkommission abgeschrieben. Ein sehr wichtiges Dokument. Den dritten Untersuchungsrichter haben sie wieder weggeschickt: »immer der Reihe nach«, »man reißt sich um Sie« – sagte Beresner.

Soweit also, meine Liebste, das Allerwesentlichste. Ich gehe nirgendwohin (war bei den Schifrins). Er hat im »Oset« gesprochen. *Dort ist man bereit nachzudenken.* Aber worüber? Ob es gut wäre, auf die Nord-Krim zu gehen? Na, mein Nadik? Ich werde wieder zu Nisson gehen. Morgulis ist hier.

Noch was habe ich vergessen: den Schriftstellern gebe

ich nicht mehr die Hand: Assejew, Adujew, Lidin usw. Assejew war *nicht beleidigt*. Er war verwirrt. Fragte mich lange aus: »Dann werden wir uns also vorläufig nicht mehr die Hand geben.« Adujlein war unnachahmlich. Er traf bei Schenja auf Liwschiz – und drehte ihm den Rücken zu.

In Leningrad habe ich *niemanden getroffen*. Ich kann diesen Brief nicht sofort abschicken.

Gleich kommt die Schaschkowa (ich schreibe auf der Redaktion), dann bringe ich für Dich das Mandat für die Reportage-Recherchen in Ordnung.

Wenn Du am Telephon mit mir sprechen willst, telegraphiere mir (erkundige Dich nach den Sprechzeiten), wann Du in Iwanizkijs Wohnung sein wirst (bei Dligatschs Frau). Das ist am bequemsten.

Soll ich nicht mal beim »Pionier« vorbeigehen und in Deiner Sache vorsprechen?

Mein Nadik! Wenn wir nur bald wieder zusammen sind ... Überleg Dir, was wir tun können. Dein Bruder wird für sehr lange Zeit nicht nach Kiew zurückkehren können. Das mußt Du verstehen. Wir müssen eine Entscheidung treffen. Sonst kommt es zur Katastrophe: entweder muß ich das Zimmer aufgeben, und Du mußt für länger in Kiew bleiben – oder wir müssen in der Nähe von Moskau 2 Zimmer finden, und Du kommst mit Mama hierher. Das muß bis zum 15. März geschehen – nicht später. Schreib mir, mein Liebster. Ich küsse Deine Mama. Gott behüte Euch.

Ossja.

131. AN NADESCHDA MANDELSTAM

<Moskau, 13. März 1930>

Liebste Nadinka! Ich bin ganz verloren. Mir ist so schwer. Nadik, ich müßte die ganze Zeit mit Dir zusammensein.

Du bist meine Starke, mein armes Mädchen, mein Vögelchen. Ich küsse Dich auf Dein Stirnchen, mein altes, mein junges Mädchen, meine Herzliebste. Du arbeitest, Du tust etwas, Du bist wunderbar. Kleiner Nadik! Ich will zu Dir nach Kiew. Ich kann mir nicht verzeihen, daß ich Dich im Februar allein gelassen habe. Daß ich nicht zu Dir gestürzt bin, auf Deine Stimme am Telephon nicht sofort zu Dir gefahren bin – und nicht geschrieben habe, die ganze Zeit fast nichts geschrieben habe. Wie Du in unserm Zimmer umhergehst, Liebster, alles Vertraute und Ewige ist bei Dir. Man muß sich an diesem Lieben, am Unsterblichen festhalten, festhalten bis zum letzten Atemzug. Es niemandem abtreten, um nichts auf der Welt. Liebste, mir ist so schwer, mir ist immer schwer, und jetzt finde ich keine Worte, es Dir zu erzählen. Sie haben mich irregemacht, halten mich wie im Gefängnis, Licht gibt es nicht. Immerzu möchte ich diese Lüge abschütteln – und kann nicht, möchte den Schmutz abwaschen – und es geht nicht.

Soll ich Dir sagen, was für ein Wahnsinn, was für ein abstruser trüber Traum alles, alles, alles ist.

Sie haben mich gequält mit der Affäre, 5 Mal haben sie mich vorgeladen. Drei verschiedene Leute. Lange hat es gedauert: 3–4 Stunden. Ich glaube ihnen nicht, auch wenn sie freundlich sind. Nur der Ruser in der FOSP-Sache glaube ich voll und ganz: sie ist offen, ernsthaft und von großer menschlicher Wärme. Wozu brauchen sie mich? Wieder bin ich ein Spielzeug. Wieder habe ich nichts damit zu tun. Die letzte Vorladung zu irgendeinem Dozenten: meine ganze Biographie sollte ich erzählen. Frage: ob ich nicht vielleicht für weiße Zeitungen gearbeitet hätte? Was ich in Feodossija gemacht habe? Ob es nicht vielleicht Kontakte zur weißen Propaganda-Agentur gegeben habe? Das ist doch Wahnsinn. Ich wies auf die Kommunisten in Feodossija hin. Trug ihm meine Verse über Kerenskij und andere vor, wies ihn selber auf alle heiklen Stellen in den Gedichten hin. »Das Rauschen der Zeit« hatte er studiert. Maschinengeschriebene Zitate hatte er mitgebracht – zeigt sie mir, bittet um Erklärungen. Der Ton war freundlich. Er sagt, wir wissen alles über Ionow und die andern. Wir müssen auch über Sie alles wissen. Spätestens in 10 Tagen wird eine Sitzung zur Bekanntgabe der Kommissionsergebnisse einberufen werden. Sie werden alle dazu einladen – »Land und Fabrik«, die FOSP usw. Man wird ihnen Gelegenheit geben, sich zu äußern: »Sollen sie ihren Platz vor dem allgemeinen Hintergrund zur Kenntnis nehmen und ihre Bemerkungen machen; wir sind nicht die Föderation; Polemik zwischen ihnen werden wir nicht zulassen.« Den Beschluß aber wird ein anderes Gremium fassen – das höchste –, und dann soll er gedruckt werden. Er verlangte, daß ich ihm alle meine Bücher schicke und einen chronologischen Abriß meiner Biographie. Zum Schluß – »wir verfügen über genügend Autorität, Ihre Vergangenheit (die schriftstellerische?) (oder etwas in der Art) wird Ihnen niemand vorwerfen. Pfeifen Sie auf die Fürstin Marja Alexejewna.« Über die Affäre selber – kein Wort. Senkewitsch haben sie vorgeladen: über die Affäre kein Wort (»es ist auch so alles klar«). Nur eine allgemeine Charakterisierung und besonders die Periode bei den Weißen (geradezu ein Witz). Es sieht so aus, als wollten sie mit mir ins reine kommen: wer ich bin, was ich will usw. Wenn es so wäre, dann wäre es gut. Aber eins weiß ich: ich bin kein Arbeiter. Ich verwildere mit jedem Tag mehr. Ich habe Angst vor meiner Zeitung. Das sind keine Menschen, sondern schreckliche Fische. Für mich ist es dort unausstehlich skandalös, ich passe da nicht hin. Ich müßte weg, aber es ist längst zu spät. Ich möchte mich ausruhen. Morgen gehe ich ins Ambulatorium. Soll ich es mit einem Urlaub versuchen? Aber auch das ist es nicht. Ich müßte weg. Und zwar sofort. Aber wo soll ich hin? Ringsum – Leere. Schade um das unterbrochene Buch.

Schade. Nur Apel geht mit mir. Für das Zimmer konnte ich am 1. nichts bezahlen. Was tun am 15.? Kantine – 20 R. Bleiben 100 R. Marija <?> Romanowna nimmt 10 R. = 90 R.

Nadik Liebster! Ich muß mich entscheiden. In diesem Augenblick! (Heute bei der FOSP die Befragung Assejews. Sutyrin »schreibt« eine Resolution. Kanatschikow ist abgesetzt, warum?)

Ich bin allein. *Ich bin arm.* Nichts ist wiedergutzumachen. Der Bruch ist – Reichtum. Ich muß ihn bewahren. Darf ihn nicht vergeuden. Dein Schenja wird für länger festgehalten sein. Ich glaube es zumindest.

Du aber, mein lieber Freund, beeil Dich nicht mit Deinem Kommen, es *wird nichts ändern.* Paß auf Deine Mama auf. Schreib mir nur, was ich tun soll, hilf mir, eine feste Linie zu finden, hilf mir, von all der Lüge und dem Schmutz loszukommen. Ich brauche Menschen, Kameraden wie beim »Moskauer Komsomolzen«. Wir werden noch Freunde finden, wir werden Halt finden. Taschkent muß überhaupt nicht sein. Wir werden es in Moskau versuchen. Nehmen wir Mama zu uns. Entscheide Du – paßt die Zeitungsarbeit zu mir? Wird sie nicht am Ende mein altes Gehirn austrocknen? Aber eine Arbeit ist nötig. Und – eine einfache. Ich will nicht »Mandelstam spielen«. Ich darf nicht! Ich muß nicht!

Liebste, Gott sei mit Dir! Die Liebe wird Dich nicht verlassen! Liebstchen! Erkennst Du mich? Hörst Du mich?

Dein Ossja.

Gruß von Apel!

132. AN NADESCHDA MANDELSTAM

<Moskau, 14. März 1930>

Betreffend Einweisung Sanatorium wurde im Ambulatorium an Neuropathologen Psychiater überwiesen Meinung akuter psychasthenischer Zustand erfordert Veränderung Lebensumstände Befinden zufriedenstellend fahre los nicht Bruder abwarten Geld telegraphisch

Ossja

133. AN NADESCHDA MANDELSTAM

<Moskau, 14. März 1930>

Nadik, ich bin ins Ambulatorium gegangen. Der Internist hat eine gewisse Schwächung des Herzmuskels gefunden – im wesentlichen, sagte er, eine »Myokarditis«.

Nichtkompensierte Defekte hat er nicht gefunden. Er hat einen Sanatoriumsaufenthalt verordnet – mit Einverständnis des Neuropathologen. Hat mich gleich an den Nervenarzt überwiesen. Der hat die Sache sehr ernst genommen. Er weiß, wer ich bin (?). »6 Wochen Minimum in einem Spezialsanatorium«, und schickte mich zu einem Professor der Neuropathologie zur Konsultation (nachdem er mich untersucht hatte) wegen Behandlungsmöglichkeiten. Morgen werde ich zu dem Professor gehen. »Danach«, sagte der Arzt, »werden wir *die ganze wuchtige Maschine in Bewegung setzen,* damit Sie dringend ins Sanatorium kommen.« Ich erzählte es dem Sekretär der Zeitung. Er sagte: »Macht nichts, wir werden alles erledigen.« Ich klage über nichts. *Mir tut nichts weh*. Ich bin gesund. Ehrenwort, Nadik – ich bin gesund wie immer.

Vielleicht, Liebste, ist es wirklich nötig, daß ich mich ausruhe?

Meine Liebste! Bleib in Kiew! Dort ist es besser für Dich!

Ich küsse Dich.

Dein Njanja

134. AN EMIL MANDELSTAM

<Leningrad, nach dem 7. Januar 1931>

Lieber Papa!

Ich fahre bis übermorgen weg. Verzeih mir meinen groben und dummen Ausfall. Ich hätte nicht so mit Dir sprechen dürfen ... Was geht Dich diese Sache an? Aber mit Schenja stehe ich schlecht. Sehr, sehr schlecht. Er ist an allem schuld. Er sollte sich schämen.

Dein Ossja.

135. AN JEWGENIJ MANDELSTAM

<Leningrad, nach dem 7. Januar 1931>

Ich bitte inständig darum, Nadeschda Jakowlewna nicht zu beunruhigen, *die jetzt wie schon in den vergangenen Tagen Fieber hat* und die ich in einem ruhigen und trockenen Zimmer habe unterbringen müssen. Im kleinen Zimmer herrscht eine *bestialische* Feuchtigkeit, *im Eßzimmer aber weckst Du sie auf* und läßt die Kranke nicht zur Ruhe kommen.

Da wir *morgen wegfahren,* bleiben wir die letzte Nacht am alten Ort, damit wir nicht das Bett hinübertragen müssen.

Ossja.

136. AN JEWGENIJ MANDELSTAM

<Moskau, 11. Mai 1931>

Lieber Schenja!

Wenn Du mir einen ernsthaften Gefallen tun willst, erfüll mir rasch meine folgende Bitte: besorge mir bei Eurem Leningrader Staatsverlag eine Bescheinigung über den Stand meines persönlichen Autorenkontos (mit Bilanz) – und wenn Du sie *sofort* ausgehändigt bekommst, schicke sie per *Eilbrief* an Schuras Adresse in Moskau. Ohne diese Bescheinigung können sie mir hier nicht die 40% für die Gesammelten Werke auszahlen – d.h. etwa anderthalb tausend ... Das Geld ist bei uns am Ausgehen. Einkünfte – keinerlei ... Eine glatte, platte Ebbe. Meine Literatur ist eine überaus verlustbringende und teure Beschäftigung ...

Die 40% (ohne die erwähnte Bescheinigung rücken sie die nicht heraus, und auf die Anfrage aus Moskau nach dem Stand meines Kontos hat Leningrad natürlich nicht geantwortet) sind alles, was uns bleibt – für Unterkunft, Umzug, zum Leben ...

Natürlich lege ich damit nicht die Hände in den Schoß (aber ob sich eine andere Kombination ergeben wird?) – doch mir einen Weg zu bahnen ist so *unerhört schwierig,* daß wir auch dieses Geld zum Leben verbrauchen werden, bis sich eine (literarische) Verdienstmöglichkeit auftut. Und irgendeinen Dienst anzutreten wäre eine Sünde, weil ich gerade jetzt tüchtig arbeite. So hilf uns also bitte schnell. Jag uns die Bescheinigung her: sie bedeutet »Valuta«. Plaudere es nicht sonderlich aus, daß sie mir eine solche Gunst erweisen wollen. In andern Dingen verweigern sie sie mir delikat ...

Ich schreibe über nichts anderes mehr. Bericht über mein Leben im Brief an Papa.

Ich küsse Euch alle.

Dein Ossja

137. AN EMIL MANDELSTAM

<Moskau, Mitte Mai 1931>

Lieber Papa!

Ich beantworte alle Deine Briefe an mich und Schura auf einmal, als ob sie erst heute morgen angekommen wären. Eben habe ich sie alle noch einmal aufmerksam gelesen und schiebe jetzt den ganzen Berg von Nichtigkeiten und falschen Behelligungen, alle rüden Scherereien, zu denen wir verdammt sind, beiseite, um ein wenig mit Dir zu plaudern. Du sprichst von der abstoßenden Selbstsucht und vom Egoismus Deiner Söhne. Das ist wohl die Wahrheit, aber wir sind eben nicht besser als unsere ganze Generation. Du bist jünger als wir: schreibst Verse über den Fünfjahrplan, und ich kann das nicht. Es ist für mich eine große Freude, daß wenigstens für meinen Vater Wörter wie Kollektivismus, Revolution u.a. nicht bloß leerer Schall sind. Du schaffst es, einen menschlichen Sinn aus Deiner Abendzeitung herauszulesen, und ich und meine Altersgenossen erhaschen ihn kaum noch in den besten Büchern der Weltliteratur.

Hätte ich mir je denken können, daß ich von Dir einmal eine bolschewistische Predigt hören würde? Dabei klingt sie aus Deinem Mund für mich stärker als von irgendwem. Du hast das Allerwichtigste angesprochen: wer nicht im Einklang mit seiner Zeit lebt, wer sich vor ihr versteckt, wird auch den Menschen nichts geben können und keinen Frieden mit sich selber finden. Das Alte gibt es nicht mehr, und Du hast das so spät und so gut begriffen. Ein Gestern gibt es nicht mehr, es gibt nur das Uralte und die Zukunft.

Aber den Teetisch unserer Familie werden wir vielleicht doch noch aufstellen, so altmodisch er ist. Die 99%ige Chance, eine Wohnung zu bekommen, verwandelt sich allmählich in den periodischen Dezimalbruch 99,999(9). Die Geschichte mit der Wohnung ist folgende: Bekannte von uns ziehen in ein neues Haus um, und in einem kleinen hölzernen Seitengebäude nicht weit vom Zentrum wird eine kleine Wohnung mit 3 Zimmern und Küche frei. Im Erdgeschoß. Die Fenster gehen auf einen Vorgarten hinaus (ein Baum). Schon vor einem Jahr haben sich einige leitende Funktionäre vorgenommen, mir eine Wohnung zu besorgen. Aber woher sie die nehmen sollten, wußten sie selber nicht. Und so haben wir selber sie auf diese winzigkleine Wohnung hingewiesen, die mehr nach Provinzidyll als nach Moskau aussieht. Drei Monate haben wir gewartet, bis die alten Mieter kündigten und den Wohnraum an die Bezirksverwaltung für Volkseigentum zurückgaben. Die Verwaltung unternahm die entsprechenden Schritte, man versprach uns alles unter Vorbehalt, machte uns liebenswürdig blauen Dunst vor, und erst vorgestern, als wir mit Bescheinigungen und Papierchen ausgerüstet die alte Hausherrin, die den Wohnraum zurückgeben wollte, zur Verwaltung führten ... sozusagen mit dem Wohnraum in Händen, weigerte sich ein bescheidener, aber halsstarriger Amtsleiter ganz unerwartet, die Zuweisung auszustellen, und verwies auf die 2000 Rotarmisten, die auf Wohnraum warteten. Ohne uns auf irgendeinen Streit mit den Wohnbeamten einzulassen, berichteten wir diese Wendung der Dinge den maßgeblichen Genossen, die meinten, auch ich sei auf meine Art ein Mobilisierter und stehe ebenfalls in irgendeiner Warteschlange. Dort wollten sie keinesfalls klein beigeben. Sie drängen also weiter, üben Druck aus, telephonieren herum. Mit der Übergabe des Wohnraums können unsere Bekannten glücklicherweise noch zuwarten, da sie noch nicht fertig sind für den Umzug. In den nächsten 2–3 Tagen wird sich das Mißverständnis klären, denn hier liegt bestimmt ein Mißverständnis vor.

Nadinka und ich wohnten die ganze Zeit über getrennt: ich bei Schura, sie bei ihrem Bruder – Jewgenij

Jakowlewitsch. Seltsamerweise habe ich Schura und Lelja fast nicht gesehen. Um neun verschwanden sie zur Arbeit, und ich bin immer erst nachts nach Hause gekommen, als sie schon schliefen. Ich habe mich bemüht, sie so wenig wie möglich zu stören. Lelja ist nervös, übermüdet. Ein Dauergast ist für sie eine echte Qual ... Kürzlich bin ich an den Strastnoj-Boulevard zu Jewgenij Jakowlewitsch umgezogen (seine Frau, Lena, ist für zwei Wochen weggefahren). Schura und Lelja aber fahren bald für einen Monat in Urlaub. Gerade sind sie nach Hause gekommen (ich schreibe bei Schura). Sie haben bereits Fahrkarten nach Rostow (dann irgendwo ans Meer oder aufs Land in den Nordkaukasus). Schuras Fahrkarten sind für den 23.

Aus unserm Besuch zum 1. Mai wurde nichts, wegen der Wohnung, weil die Auflösung für Mai vorgesehen war, aber auch wegen akuten Geldmangels. An dieser Front, ich sage es offen, sieht es schlecht aus. Wir haben nur Geld bis zum *morgigen* Mittagessen. Ob es Pläne gibt? Aussichten? Natürlich gibt es die ... Ich mache Dich mit meinen literarischen Plackereien bekannt. Ein großer Lyrikzyklus, den ich vor kurzem abgeschlossen habe, nach Armenien, hat mir keine Kopeke eingebracht. *Nichts* kann ich drucken. Die Zeitschriften ächzen und können sich nicht entschließen. Loben tun sie viel und wärmstens. Ich habe mich wieder an die Prosa gemacht, eine langwierige und mühselige Beschäftigung – aber Verträge schließen sie mit mir aus demselben Grund keine ab, und Vorschüsse zahlen sie auch nicht. All das ist mir bei der ersten Andeutung klargeworden. Ich finde mich vollkommen ab mit einer solchen Situation, lege nirgendwo etwas vor, bitte um nichts ... Das Wichtigste ist, Papachen, literarische Sachen zu schaffen, aber wo man sie unterbringt – ist gleichgültig ... Die Feder lege ich solcher Alltagslappalien wegen nicht weg, arbeite fröhlich und gut ...

Meine Freunde, kühnere Leute mit weiterem Blick als die Verlagsleiter, werden mir schon eine Arbeit zuhalten. Wenn nur die Sache mit der Wohnung klappt. Nicht ausgeschlossen ist auch die Möglichkeit von Verlagsverträgen, monatlichen Auszahlungen vom Staatsverlag usw. Danke für die Bescheinigung vom Staatsverlag (nicht die richtige übrigens: ich bat um den Stand des *allgemeinen* Kontos, nicht für den laufenden Vertrag, aber das eilt jetzt nicht mehr). Das mit den 40% klappt wohl nicht. Sie weigern sich ... Nadja war bis auf die letzten Tage gesund. Nun haben die Darmkrämpfe wieder angefangen, Übelkeit, Schwäche, Gewichtsverlust ... Ihre Mama, Wera Jakowlewna, lebt mutterseelenallein in Kiew, hungert, ist völlig hilflos ... Wenn wir die kleine Wohnung bekommen, nehmen wir sie zu uns. Und die ganzen Möbel und Küchensachen bringen wir hierher. Das Überflüssige werden wir verkaufen. Dort sind noch Überbleibsel der Wohnungseinrichtung der Chasins: Betten, Tische, Geschirrschrank, Pfannen, Vorhänge, Stühle ... Für den Transport und damit Nadja ihre Mama abholen kann, bräuchten wir um die 500 Rubel ... Woher nehmen? Ich hoffe auf Freunde und wohlwollende Menschen. Wir sind hier nicht so einsam wie in Leningrad. Wir verkehren mit Leuten, lassen die zu uns, die uns lieb oder interessant sind, und werden auch eingeladen ...

Also, in unsrer kleinen Wohnung (ich glaube an sie) gibt es drei Zimmer: Deins, Wera Jakowlewnas, und eins für Nadja und mich. Auch im Sommer ist es da angenehm. Gleich nebenan ist der große Park der Armee und Flotte ... Im übrigen habe ich Idiot wohl zu früh von alledem geträumt ... Ich fürchte, ich habe mich von der verfluchten 99%igen Sicherheit narren lassen ...

Sobald ich die Zuweisung und das nächste Geld habe, komme ich sofort nach Leningrad gestürzt – um ein wenig bei Dir und Schenja zu sein. Gruß an Tanjuscha.

Ich küsse Tatinka. Ein tolles Gedichtchen hast Du ihr geschenkt ... Das vom Fünfjahrplan ist schlicht und tief und kraftvoll bei allem Altmodischen, das ich liebe ... Meinen kleinen Neffen möchte ich sehen ... Schreib uns, wie Jurik größer wird ... Liebes Papachen, damit wir bald zusammenleben können, tu das folgende: beschwör Schenja, für mich bei Startschakow die 40% herauszuschlagen ... In ihnen schlummert all unser und Dein bescheidener Reichtum ... Schreib mir, lieber Papa, gräm Dich nicht ...

Schweigend schließe ich.
Dein Ossja.

138. AN WJATSCHESLAW POLONSKIJ

<Moskau, 3. Juli 1931>
3. Juli 31.

Sehr geehrter Wjatscheslaw Pawlowitsch!

Vorgestern übergab ich M. A. Senkewitsch 10 (zehn) Gedichte zur Kenntnisnahme im Redaktionskollegium von »Nowyj Mir«. Es wurden jedoch nur 2 (zwei) davon verlesen, und angenommen wurde – eines. Dieses Gedicht würde dem Leser, dem ich ohnehin genug entfremdet bin, einen äußerst unvollkommenen Begriff von den letzten Etappen meiner Lyrik geben, weshalb ich es nicht gesondert zum Druck geben kann.

Ihr O. Mandelstam.

139. AN JEWGENIJ MANDELSTAM

<Moskau, Juli/August 1931>

Lieber Schenja,

das von Papa gezeichnete Bild meines Lebens ist ziemlich phantastisch.

Ich war gezwungen, eine schwierige und mir fremde Verpflichtung zu übernehmen (3 Reportagen für 1500 R.). Mehr als die Hälfte des Geldes ist bereits ausgegeben. Wir haben kein Geld, um wegzufahren.

Von »Nowyj Mir« hatte ich nach den 2500 für die Wohnung noch einen Verdienst von 70 R. Real betrachtet: ich werde in großen Zeitschriften noch 5-6 Sachen drucken, vielleicht auch meine Prosa (die laut Vertrag 750 R. wert ist: die Hälfte wird den Wohnungsvorschuß bei »Nowyj Mir« tilgen). Ich werde wohl noch 800-1500 R. kriegen, und dann eine lange Pause - vielleicht ein Jahr oder mehr, da ich, versteht sich, kein gängiger Autor bin, ich schreibe sehr wenig und langsam, und 90% davon wird selbst unter günstigsten Umständen nicht gedruckt. Der grundlegende Arbeiter ist wie vordem Nadja. Sie arbeitet sich furchtbar ab. Nimmt noch eine zusätzliche Arbeit bei »Iswestija« an. Ich weiß nicht, ob sie das durchhalten kann.

Papa und Wera Jakowlewna wohnen nicht »in einem Zimmer«, sondern *in der ganzen Wohnung,* und zwar einer schönen - bis zum 1. Oktober. Keiner behelligt sie.

Schreib mir, mein Lieber, über Dein Leben, über die Kinder.

Ich küsse Dich. Dein Ossja

Eine Wohnung werden wir wahrscheinlich im November-Dezember bekommen. Wir hoffen auf 2 Zimmer. Bis September oder Oktober haben wir einstweilen ein Zimmer für Mama und Großpapa. Gruß an Tanja und Tatja. Den kleinen Jurik küsse ich. Ich bitte um ein Bildchen von ihm. Ich möchte ihn wenigstens auf einem Bildchen sehen.

Nadja.

140. AN NADESCHDA MANDELSTAM

<Moskau, 17./18. November 1931>

Nadinka, ich habe eine kleine Grippe. Mir tut nichts weh. Ich fühle mich gut, T° = 37,7. Ich habe beschlossen, mich für einen Tag ins Bett zu legen, damit ich schneller zu Dir kommen kann. Laß Dir bitte nicht einfallen, Dir meinetwegen Sorgen zu machen.

Gestern ging ich zur Buchhaltung von Z.K.P. Das Geld liegt für Dich bereit: wir können es jederzeit auf Vorlage des Krankenscheins bekommen. Dr. Rabinowitsch ist krank, wir müssen es ohne sie bewerkstelligen. Über die Wohnung wird Dir Jewgenij Jakowlewitsch berichten (die Kolesnikowa hat Ljaschkewitsch noch nicht erwischt).

Gestern, nachdem ich mich von Dir verabschiedet hatte, sprach ich mit Deligenskij. Er gab eine *glänzende Beurteilung* Deines Zustandes ab.

Schreib mir, meine Liebste, wie die heutigen Untersuchungen verlaufen sind. Was macht das Temperatürchen? Schreib alles, alles. Tut nicht irgendwas weh? Langweilst Du Dich auch nicht?

Wenn ich dem gestrigen Gespräch glauben darf, werden sie Dich in 3–4 Tagen hinauskomplimentieren mit einem Attest über Deinen raffinierten Organismus. Was ich Dir schicke: Sahne, Kompott – ist Dir gestern von Deligenskij erlaubt worden. Frag heute noch einmal nach.

Auf baldiges Wiedersehen, mein Freundchen.

Njanja küßt Dich.

141. AN NADESCHDA MANDELSTAM

<Moskau, 19. November 1931>

Liebste Nadinka, meine kleine Sonne, ich lasse Mama zu Dir gehen.

Ich bin schon gesund, die T° ist normal. Gerade hat Schura angerufen: Lelja wird entbunden. Er hat sie nachts zum Arbat gefahren. Alles verläuft gut.

Mein Freund, schreibe mir und Mama ausführlichst die Ergebnisse *jeder Untersuchung einzeln* auf, *welche* Untersuchungen bereits gemacht wurden, welche wiederholt werden, welche bevorstehen und wann.

Schreib absolut alles, ohne etwas zu verheimlichen, über die T°, über Dein Befinden. Wie ist Dein Gewicht? Hast Du Deine Krankengeschichte vorliegen? Liest Du sie, mein kluges Mädchen? Erzähl mir alles, alles. Heute um 3 Uhr möchte Schengeli Dich besuchen kommen.

Meine Liebste! Jedes Wort von Dir ist für mich kostbar.

Schreib die Wahrheit, ich warte, ich küsse Dich.

142. AN IWAN GRONSKIJ

<Moskau, Frühjahr 1932>

An Genossen Gronskij.

Im Laufe der letzten Jahre haben sich die literarischen Organisationen hartnäckig dagegen gewehrt, daß ich eine feste Wohnung bekomme.

1) Von Januar 31 bis Januar 32, d.h. während eines ganzen Jahres, haben sie dafür gesorgt, daß ich, ein obdachloser Mensch, der nirgendwo Wohnraum hat, auf der Straße bleibe. In dieser Zeit wurden Hunderte von Wohnungen und Zimmern vergeben und die Wohnbedingungen anderer Schriftsteller verbessert.

2) Ungeachtet der schweren Erkrankung meiner Ehefrau, die in jener Zeit eine lebensbedrohende Wendung genommen hatte, wurde im Januar 31 die Entscheidung der Wohnkommission des Schriftsteller-Stadtkomitees aufgehoben, mir wenigstens ein Zimmer zur Verfügung zu stellen.

3) Als diese Entscheidung auf äußeren Druck hin wieder Gültigkeit erlangt hatte, sabotierte man beharrlich den Wohnungsbezug, so daß der materielle Einzug nur dank der energischen Einmischung des Stadtkomitee-Vorsitzenden, Genossen Ljaschkewitsch, überhaupt zustande kam.

4) Man wies mir einen Raum in einem feuchten, zum Wohnen ungeeigneten Seitengebäude ohne Küche zu, der Trinkwasserhahn befindet sich in einem verfaulenden Abort, an den Wänden Schimmelpilz, die Trennwände sind nur aus Brettern, eiskalter Fußboden usw. …

5) Das mir zugewiesene Zimmer in diesem Seitengebäude habe ich nicht sofort bekommen, sondern ich wurde provisorisch in eine 10 Quadratmeter kleine Kammer abgeschoben, wo ich den ganzen Winter verbrachte. Als das für mich bestimmte Zimmer frei wurde, wurde es auf irgendwessen Initiative versiegelt, man stellte den Hausmeister als Wachposten davor und erklärte mir, daß ich dieses Zimmer nicht bekommen würde. Nur dank Einmischung der maßgeblichen Organisationen gelang es mir, die erstere Kammer gegen die daneben liegende zu tauschen, ein etwas trockeneres und größeres Zimmer.

6) Als Antwort auf meine wiederholten Erklärungen, daß das Wohnen in einem einzigen Zimmer jegliche Möglichkeit zum Arbeiten ausschließe, wurde ich schließlich vor einigen Tagen zu einer Sitzung der Wohnwirtschaftstrojka geladen, die aus Rossowskij, Pawlenko und Utkin bestand, wobei diese Kommission in meiner Anwesenheit den Beschluß faßte, mir das zweite, daneben

liegende Zimmerchen mit 10 Quadratmetern anzuweisen. Dieser Beschluß wurde jedoch sofort wieder zurückgenommen unter Verweis auf »objektive Gründe« <…>

143. AN DAS SCHRIFTSTELLER-STADTKOMITEE

<Moskau, um den 13. September 1932>

Nachdem ich das der Sowjetgesellschaft zur Schande gereichende Urteil des Schiedsgerichtes vom 13/IX/32 über Sargidschan mir angehört und zur Kenntnis genommen habe, daß dieses Gericht vom Stadtkomitee organisiert war, halte ich es für meine Pflicht, unverzüglich aus dem Stadtkomitee auszutreten, aus der Organisation, die einen derart beispiellosen Unfug zugelassen hat.

144. AN EINEN UNBEKANNTEN ADRESSATEN

<Moskau, nach dem 13. September 1932>

Ein Gewaltakt, der eines Zuhälters oder Polizeischergen würdig ist, wird als Ehrensache dargestellt. Ein Mann, der eine Frau mißhandelt hat, wurde zum Verteidiger der Frau erklärt. Alle Anstrengungen liefen darauf hinaus, das Gerichtsurteil als einen gesetzeskonformen Akt darzustellen.

Wenn man das Vorgefallene richtig verstehen will, so haben die Inszenatoren der Sache Sargidschan im Herzen-Haus aus Sargidschan einen rechtmäßigen Henker gemacht, der nach einem *ungeschriebenen,* aber respektierten Gesetzbuch handelte.

/Dabei wurde das Verprügeln meiner Frau als <unleserlich> zur Verprügelung meiner Person betrachtet, und die zweifache Aufgabe des kriminellen Gerichtes war es, *den zweiten Teil des Gewaltaktes zum Prinzip zu erheben, den ersten Teil aber auszuklammern.*/

<...>

145. AN EMIL MANDELSTAM

<Peredelkino, Ende Dezember 1932>

Lieber Papa!

Allem voran danke ich Dir für Deinen wunderbaren Brief oder Dein Sendschreiben, das Schura mir gegeben hat. Vor kurzem war ich in Uskoje mit dem Dichter Selwinskij zusammen und sagte zu ihm: ich habe von meinem Vater einen bemerkenswerten Brief bekommen, in dem er mich zum sozialistischen Umbau auffordert – und darin gebe es Stellen von großer Kraft. Und Selwinskij antwortete: wenn das irgendwann gedruckt werden sollte, könnte es zu einer allzu starken Waffe gegen Sie selber werden. Ich bin immer mehr davon überzeugt, daß es zwischen uns beiden sehr viel Gemeinsames gerade in intellektueller Hinsicht gibt, was ich nicht verstanden habe, als ich ein Junge war. Das ist manchmal geradezu komisch: ich beschäftige mich jetzt zum Beispiel viel mit Naturwissenschaften – Biologie, Lebenstheorie, d.h. ich wiederhole in gewissem Sinne die Entwicklungsetappen meines Vaters. Wer hätte sich so etwas denken können!

Diesen Brief schreibe ich aus dem Ort Peredelkino in der Nähe von Moskau, in einem Erholungsheim der Vereinigten Staatsverlage, wo Schura im Herbst war. Vorher verbrachten wir einen Monat in Uskoje und dazwischen nur eine Woche am Twerskoj-Boulevard. Gern würden wir nicht mehr ins Herzen-Haus zurückkehren. Wir haben unsere Bücher in den großen Koffer getan und lassen Klytschkow bei uns wohnen. Das Regal aus Backsteinen, das Nadja gebaut hat, mußten wir abtragen, was ich sehr bedaure.

Der Bau des neuen Wohnhauses ist unerwartet gestoppt worden. Von außen gesehen ist alles fertig: Backsteinwände, Fenster, aber drinnen ist ein Chaos: weder Zimmerdecken noch Trennwände – nichts. Jetzt sagen sie, daß wir im April oder Mai einziehen können. Man hat uns eine Wohnung nicht im Überbau zugewiesen, sondern in einem völlig neuen, besseren Gebäude, aber im vierten Stock. Allgemeine Wohnfläche – 48 Quadratmeter: 2 Zimmer (33 Quadratmeter), Küche, Bad usw. Wobei sie uns noch einen zusätzlichen Tausender abgepreßt haben, den wir aus den GICHL-Honoraren hinzugeben mußten.

Am 9. Januar endet unsere Zeit in Peredelkino. Nadjas Gesundheit war in Moskau stark angegriffen gewesen: extreme Magerkeit, Fieber, Schwäche – nun ist sie wiederhergestellt. Sie hat 15 Pfund zugelegt, läuft gerne Ski und Schlittschuh. All das war schwierig zu erreichen – es hat Hilfe von oben gebraucht – sonst hätten wir gar nichts gekriegt – weder Uskoje noch Peredelkino. Jeder meiner Schritte ist wie eh und je erschwert, und die künstliche Isolierung dauert fort. Im Dezember hatte ich zwei öffentliche Auftritte, die die Organisation mir gewähren mußte, um unerwünschte Gerüchte zu stoppen. Die Auftritte wurden sorgsam vom breiten Publikum abgeschirmt, verliefen aber glanz- und kraftvoll, was die Organisatoren nicht vorausgesehen hatten. Resultat: kein Wort darüber in der Presse. Alle Berichte wurden ausgesetzt, die Stenogramme verheimlicht, nur ein paar Sachen wurden in der »Litgaseta« ohne jeden Kommentar abgedruckt. Jetzt ist es schon ein halbes Jahr her, daß ich meine Bücher dem GICHL-Verlag verkauft habe, ich bekomme auch Geld dafür, doch an die Druckerpresse gehen sie nicht. Ja, noch etwas: unmittelbar nach meiner Lesung wandte sich irgend so ein Impresario an mich, der monopolmäßig literarische Abende veranstaltet, und schlug mir einen Abend im Polytechnischen Museum und eine Wiederholung in Leningrad vor. Dieses Subjekt sollte am nächsten Tag wiederkommen, hat sich aber aus dem Staub gemacht und bleibt spurlos verschwunden. Nichtsdestoweniger bin ich fest entschlossen, im Januar mit Nadja nach Leningrad zu kommen, um Euch alle zu sehen und überhaupt auf einen Sprung in die alte Heimat, ohne jeden geschäftlichen Anlaß. Ich kann Dir sagen, daß wir Schura die ganze Zeit über recht ernsthaft geholfen haben. Über größere Pläne, wenn es mir erlaubt ist, sie zu haben, werde ich Dir persönlich berichten, wenn ich nach Leningrad komme. Noch etwas – könnten wir nicht für einen Monat ein Zimmer in Leningrad mieten, wenn möglich im Zentrum? Ich bitte sehr, Euch umzusehen und zu suchen, wenn Ihr könnt. Geld schicke ich telegraphisch, sobald ein Zimmer gefunden ist (ich bekomme etwas Anfang Januar). Von dieser Einnahme schicke ich Dir etwas zu.

Ich küsse meinen lieben Papa und alle Lieben.

Ossja.

Wie geht es Tatja und Jurik? Schreibt uns.

Lieber Großpapa! Ich werde dicker und habe plötzlich festgestellt, daß ich Deutsch lesen kann. Wenn ich nach Leningrad komme, werde ich Ihre Vorleserin sein. Ich sehne mich sehr. Ich möchte Euch sehen.

Küsse. Nadja. Gruß an Tanja, die Kinder und alle!

146. AN MARIETTA SCHAGINJAN

<Moskau, 5. April 1933>

Liebe Marietta Sergejewna!

Der Text, den ich Ihnen sende und den zu lesen ich Sie bitten möchte, ist noch ungedruckt (er wird in »Swesda« und im Leningrader Verlag erscheinen), doch es hat sich gezeigt, daß dieser Text, dieses Manuskript bereits arbeitet und atmet wie ein lebendiger Mensch, antwortet als Lebendes unter Lebenden und vereint mit ihnen kämpft. Erinnern Sie sich, in Eriwan nahm ich bei Ihnen einen Band Goethe, und haben Sie den Artikel in der Z.K.P. gelesen, in welchem ich mich auch in Ihrem Namen vor der »lebendigen Natur« verneigte? Das Thema meiner kurzen Begegnungen mit Ihnen wie auch mit Jakow Samsonowitsch, der es liebt und versteht, auch für Sie zuzuhören – war immer die Verteidigung der Wirklichkeit gegen ihre toten Determinanten. Sie haben mich immer gescholten, daß ich die Musik des Materialismus oder der Dialektik – oder ganz egal, wie man es nennt – nicht höre.

Diese Gespräche finden in meiner »Reise« ihre Fortsetzung. Die materielle Welt – die Wirklichkeit – ist nicht etwas Gegebenes, sondern wird mit uns geboren. Damit eine Gegebenheit Wirklichkeit werde, muß man sie im buchstäblichen Sinne auferwecken. Genau das tut die Wissenschaft, das tut die Kunst.

Die Freundschaft mit dem Helden meines Halbromans – gerade sie hat mir geholfen, diese Auferweckungsarbeit zu leisten. Die allerpersönlichste unserer Eigenschaften half mir, einen solchen Sprung in die Objektivität zu tun, wie ich ihn mir nie hätte träumen lassen. Wer bin ich? Ein angeblicher Feind der Wirklichkeit, ein angeblich Abtrünniger. Man kann auf die Milch pusten, doch auf das Dasein zu pusten ist ein bißchen lächerlich. Um aber zu wirken, braucht es ein Dasein, das dicht und schwer ist wie gute Sahne – das Dasein des Aristoteles und Lamarcks, das Dasein Hegels, das Dasein Lenins.

Was aber ist, wenn ein Mensch, der mit einer widerlichen, milchig-kreidigen Halbrealität auf Kriegsfuß steht, zum Feind der Wirklichkeit als solcher erklärt wird? Genau das ist mit meinem Freund Boris Sergejewitsch Kusin passiert, einem Moskauer Zoologen und eifrigen Verfechter der Biologie. Von seiner Persönlichkeit ist meine neueste Prosa durchdrungen wie auch die ganze letzte Periode meines Schaffens. Ihm und nur ihm verdanke ich, die Periode des »reifen Mandelstam« in die Literatur eingebracht zu haben.

Aus dem beiliegenden Manuskript werden Sie besser als aus den Gesprächen mit mir verstehen, warum dieser Mann unausbleiblich seine äußere Freiheit verlieren mußte, doch ebenso, warum ihm diese Freiheit unausbleiblich zurückgegeben werden muß. Am Rande, als etwas Selbstverständliches, vermerke ich, daß mir jeder Schritt im Leben Boris Sergejewitschs bekannt ist, daß der Kreis seiner Tätigkeiten und Interessen sich nur bezüglich der häuslichen Gewohnheiten und seiner wissenschaftlichen Spezialisierung von dem meinigen unterscheidet. Ich hatte, was ihn anbelangt, immer ein ungutes Vorgefühl, doch wo ein anderer sagen würde, er habe »schlimm geendet«, möchte ich sagen: Was immer ihm zustoßen mag – er fängt jetzt erst an, und er fängt gut an. Man hat mir meinen Gesprächspartner genommen, mein zweites Ich, einen Menschen, den ich überzeugen konnte, daß in der Revolution sowohl <Entelechie?> als auch vitalistisches Ungestüm ist, und auch der Überfluß der lebendigen Natur.

Ich habe mein Schach vom Literarischen auf das Biologische verlegt, damit das Spiel ehrlicher vonstatten gehe. Er hat mich im eigentlichen Sinne aufgerührt, revolutioniert, ich habe mit ihm verstehen gelernt, welche Unmengen lebendiger Natur, auferweckter Materie alle großen kämpferischen Systeme der Wissenschaft, der Poesie, der Musik in sich aufgenommen haben. Wir haben die idealistischen Systeme in ihre feinsten materiellen Fäserchen zerlegt und zusammen gelacht über die naiven, grob-idealistischen Luftblasen eines vulgären Materialismus. Die Mehrzahl unserer Schriftsteller meint, die Ideologie sei ein abgepacktes Würfelchen Backhefe, ohne die es eben nicht geht. Die bräuchten nur ein Hundertstel der Engelsschen Unbändigkeit und der Erkenntnislust des jungen Marxismus. Bei uns herrscht zwischen der Wissenschaft und der Poesie banalste Arbeitsteilung. (Gelungen war das Zusammengehen in Leonows »Skutarewskij«.) Völliger Mangel an gegenseitigem Interesse und an Leidenschaft, nur irgendwelche Fachidioten, die von Etage zu Etage korrespondieren.

Marietta Sergejewna! Ich möchte, daß Sie glauben, daß ich den Händen, die Boris Sergejewitsch festhalten, nicht feindlich gesinnt bin, denn diese Hände tun etwas Unerbittliches und Lebendiges.

Doch Boris Sergejewitsch ist kein Fachidiot, und darum wird die äußere Freiheit, falls unsere Machthaber es für möglich halten, sie ihm zurückzugeben, nur eine winzige Zugabe zu jener ungeheuren inneren Freiheit sein, die ihm unsere Epoche und unser Land bereits gegeben haben.

Ihr O. Mandelstam

Verzeihen Sie, daß das nicht eigenhändig geschrieben ist: ich kann nicht; habe es meiner Frau diktiert.

5. Apr. 33.

147. AN EINEN UNBEKANNTEN ADRESSATEN

<Moskau, 1933?>

<...>

Mein Buch spricht davon, daß das Auge ein Instrument des Denkens ist, daß das Licht eine Kraft und daß das Ornament Gedanke ist. Es handelt von Freundschaft, von Wissenschaft, von intellektueller Leidenschaft, und nicht von »Dingen«.

Man muß immer reisen, und nicht nur nach Armenien und Tadschikistan. Die größte Auszeichnung eines Künstlers ist es, jene zur Tätigkeit zu veranlassen, die anders denken und fühlen als er.

<...>

148. AN EINEN UNBEKANNTEN ADRESSATEN

<Moskau, Anfang der 30er Jahre?>

<...> in dem kleinen Buch, das leidenschaftlich zum Inhaltlichen drängt, zur Weltanschauung, das kämpft und polemisiert, haben Sie begonnen, *nur von den Dingen* zu sprechen, d.h. von dem, was in der Kunst nicht existiert. Das Recht, die Sonne zu sehen und ein Bild zu betrachten, ist von gleicher Ordnung; der Künstler bezahlt es, wie jedermann, mit seiner Geburt und seinem Tod. Das, was Sie das *Ding* nennen – schreckliche Terminologie, die längst ins Archiv gehört –, ist nur für die serienmäßige Produktion von Ausschuß verwendbar <...>

149. AN JEWGENIJ MANDELSTAM UND TATJANA GRIGORJEWA

<Moskau, Mitte April 1933>

Liebe Schenja und Tanja!

Jemanden für ein paar Tage in einem Erholungsheim unterzubringen - selbst im schlechtesten - ist undenkbar. Schenja müßte das als Arzt doch verstehen. Außerdem sind die Schriftstellerhäuser, die mir unmittelbar zugänglich wären, so schlampig geführt und schlecht versorgt, daß von ihnen im vorliegenden Fall keine Rede sein kann. Nadja und ich warteten drei Monate auf Uskoje und kamen dort nur dank außergewöhnlichen Umständen rein, wobei das Organisationskomitee sich faktisch weigerte zu helfen. Eher noch könnte das Leningrader Orgkomitee in Peterhof helfen. Sprich in meinem Namen mit Swirin und telegraphiere, falls das hinreicht. Ich werde alle Maßnahmen ergreifen, um Papa in einem passenderen Haus unterzubringen, und das hiesige Stadtkomitee verspricht mir zu helfen. Dazu brauchen sie ein ärztliches Zeugnis (auch ein privates reicht) und eine genaue Angabe, was wir wollen. Ich zweifle stark am Erfolg dieser Bemühungen, weil alles auf eins der Massenhäuser des Volkskommissariates für Gesundheit hinausläuft, die in ihrer ganzen Anlage nichts für Papa wären.

Was also ist mein realer Plan? Wenn das Erholungsheim der Staatsverlage in Peredelkino nicht zu haben ist, das sehr gut und passend wäre, so immerhin vielleicht Golizyno, und zwar aus folgendem Grund. Es ist ein Heim für 20 Leute, 1 1/2 Stunden von Moskau. Nicht weit von der Bahnstation. Es sind winzige Zimmerchen, und es gibt keinerlei Gemeinschaftsräume, wo man sitzen könnte. Kerosinlampen, eine kalte Toilette, eine abscheuliche und karge, unordentliche Verpflegung. Warum also trotzdem Golizyno? Erstens, weil es klein ist, eine häusliche Atmosphäre hat und verhältnismäßig ruhig ist.

Zweitens werden die Mängel im *Sommer* durch Sonne und Luft kompensiert. Aber in Golizyno kann Papa nicht allein leben, wir müssen mit ihm hinfahren oder der Reihe nach bei ihm wohnen. Und die ganze Verpflegung aus eigenen Mitteln regeln: Milch, Eier, Butter, Grieß, Grütze kochen usw. (dort ist das möglich). All das hat nur *ab Anfang Juni* Sinn, *wenn es ausreichend warm ist*. Außerdem nehme ich Vater ab 1. Juni bis zum Spätherbst zu mir in die Wohnung. Ich bitte Euch, meine Lieben, noch 6 Wochen für Vater zu sorgen. So schwer es für Euch ist, Ihr werdet das tun können, da ich das Geld dafür gebe und auch fernerhin geben werde. Geht behutsam mit ihm um wie mit einem Kind. Hauptsache ist, daß alles Geld, das ich geben kann, nur für ihn verwendet wird, trotz der Krise usw. Laßt uns jetzt nur an ihn denken. Mir scheint, daß 10 R. täglich seine Milchdiät sicherstellen, Zucker usw. Nur daß er mir nicht selber auf den Markt geht und selber wirtschaftet. *Ich flehe Euch an, für seine Ruhe zu sorgen und sein Leben zu verlängern*. Zwingt ihn nicht, herumzustreunen und sich **aufzuregen**. (Das wäre doch **gefährlich**!)

Antwortet sofort. Schreibt, *was wir tun sollen, schicken sollen* usw. Bei uns ist alles in Ordnung.

Euer Ossja

Ich küsse die Kinder.
Gruß an Natascha!

150. AN EMIL MANDELSTAM

<Moskau, Mitte April 1933>

Lieber Papa!

Grusdjow schreibt, daß Du zu früh aufgestanden seist und Dich erkältet hast. Ich bitte Dich und flehe Dich an: paß auf Dich auf, geh nicht hinaus bei diesem wechselhaften Frühlingswetter. Steh irgendwie die Langeweile noch zwei Wochen im Zimmer durch und geh dann nur zum Spaziergang hinaus, und laß Dir keinerlei Geschäfte einfallen. Die nächste Zahlung von meinen Wechseln auf Deinen Namen ist Anfang Mai fällig. Die von Grusdjow Dir übergebenen 350 R. hatten ganze 13 Tage Verspätung. Man muß damit rechnen, daß sich auch die folgenden Geldsendungen um ein paar Tage verspäten können. Leg deshalb Deine Mittel in keinerlei Unternehmungen an außer in Deine persönliche Ernährung und *Deine eigenen* Bedürfnisse. Auch wenn Du von Hausärzten umgeben bist und ich mich lächerlich mache, wenn ich Dir ärztliche Ratschläge erteile, ist, soviel ich gehört habe, eine Milchdiät für Dich gut, und Fleisch ist schädlich. Du brauchst jeden Tag 1–2 Krüge Milch (Literkrüge), Milchgrütze, ein wenig Quark oder saure Sahne, und alle sechs Tage sollst Du Dir 1 Pfund Butter kaufen. Morgens wären regelmäßig 2 Eier gut. Handelszucker zu 15 R. gibt es jetzt soviel man will in den Läden. Dafür müssen täglich 10–12 R. aufgewendet werden, und sie sollten auch genau dafür ausgegeben werden. Wenigstens einmal im Leben solltest Du lernen, für Dich selber ebenso beharrlich Geld auszugeben, wie das für Kinder getan wird. Diese 12 R. am Tag garantiere ich Dir bis zu Deinem Umzug zu uns nach Moskau in die Wohnung, aber ich kann nicht extra zu Euch ziehen, um Deine Ernährung zu überwachen. Ich bin sicher, daß Tanja und Schenja das besser können als ich. Schura und ich sind entschieden gegen ein Erholungsheim für Dich im Frühling. Zu diesem Thema habe ich Schenja ausführlich geschrieben. Im Sommer wirst Du im Schriftstellerhaus in Golizyno wohnen, und zwar nicht allein, denn die ganze Zeit wird einer von uns für einen Monat bei Dir bleiben. Unsere Wohnung ist fast bereit. Das Haus ist gebaut. Die Innenausstattung wird noch fertiggestellt. Der Einzug ist für etwa 1. Juni angesagt. Es ist eine entzückende, zierliche, sonnige kleine Zweizimmerwohnung im 4. Stock mit Gasherd und Bad. Wir werden Dir maximalen Komfort bieten. Nadja wird Dir ihr Zimmer überlassen. Wenn ich erst von den lästigen Besuchern befreit bin, die am Twerskoj-Boulevard dauernd zu mir schleichen, werde ich Dir weit mehr Zeit widmen können als letzten Sommer. Wenn Du nur bis dahin Deine Kräfte wiederhergestellt hast. Du bist zu verwöhnt von Deiner Gesundheit. Du hast einen bemerkenswert starken Organismus, eine in unserer Zeit sehr selten gewordene Gesundheit – die Gesundheit eines Lew Tolstoj, aber in Deinem Alter darf man mit solchen Gaben der Natur keinen Mißbrauch treiben. Du mußt lernen, um Deine Gesundheit besorgt zu sein und bewußt auf Dich achtzugeben.

Nun zu uns selber. Heute fahren wir für einige Wochen – bis zum Einzug in die Wohnung – in das Städtchen Staryj Krym in der Nähe von Feodossija, zu Besuch bei Freunden, die dort ein Haus haben, aber selbstverständlich auf eigene Wirtschaft (alles, sogar das Brot, nehmen wir aus Moskau mit). Für uns ist das die letzte Möglichkeit eines Urlaubs. In 6 Wochen wird es aus mehreren Gründen bereits nicht mehr möglich sein, und zwar für sehr lange Zeit. Für mich hat diese Reise auch einen arbeitsbezogenen Sinn: die Vorräte sind aufgebraucht, und untätig herumhängen ist mir zuwider. Ein großes Arbeitsjahr steht mir bevor. Sich auf seinen Lorbeeren auszuruhen ist langweilig und nicht immer vorteilhaft.

Mein liebes Papachen, zeig diesen Brief Schenja und Tanja, sag ihnen, *daß ich an sie denke, daß ich mitfühle und bei ihnen sein möchte*. Von der Krim aus fahre ich wohl *direkt nach Leningrad und hole Dich ab*. Die Adresse: Feodossija, Staryj Krym, Liebknecht-Straße 40, Nina Nikolajewna Grin, für Mandelstams. Ich verspreche, wenigstens jeden zweiten Tag ein paar Worte zu schreiben. Ich bitte um umgehende Antwort.

151. AN EMIL MANDELSTAM

<Staryj Krym, um den 20. Mai 1933>

Lieber Papa! Ich habe von Schura ein Telegramm erhalten, daß Du nach Moskau kommen möchtest. Ich bin darüber sehr beunruhigt. Die Wohnung wird, wie sie jetzt sagen, im Juli fertig sein. Wir kehren am 17. Juni nach Moskau an den Twerskoj-Boulevard zurück. In Sachen Geld werden wir diesen Sommer sehr, sehr eingeengt sein. Ein Erholungsheim werde ich Dir gleich nach meiner Ankunft besorgen – persönlich und auf Kredit. Aber mir scheint, daß Du selber vorziehen wirst, die erste Zeit bei uns in der Wohnung zu wohnen. Nächsten Monat werde ich Dir nicht mehr als 150 R. geben können. Deshalb bitte ich Dich, das Geld nur für Dein Essen und für nichts anderes auszugeben. Alle für Dich notwendigen Sachen werde ich, unabhängig von diesen 150 R., in Moskau bei unserer Verteilungsstelle für Dich besorgen. Auf gar keinen Fall sollst Du irgend etwas an Kleidung kaufen. Falls Du, sagen wir, gegen Ende Mai nach Moskau kommst, und wir kommen am 17. Juni zurück, werden wir uns zu dritt in einem Zimmer wiederfinden, und das bedeutet, daß ich nicht werde arbeiten können, aber genau davon hängt ja unser aller Wohlergehen ab. Verlange von Schura genaue Auskünfte, wann die Wohnung fertig sein wird. Denn er ist näher dran als ich. Wenn Du es Dir mit der Fahrt nach Moskau jetzt anders überlegst, bitte die *Warkowizkaja* (ihre Nummer steht im Telephonbuch; sie wohnt gegenüber der Kasaner Kathedrale, und sie heißt Lidija Mojssejewna), mit Dir zusammen zu *Laganskij* ins Leningrader Schriftsteller-Stadtkomitee zu gehen mit den beiliegenden Papieren. Genau die gleichen Papiere schicke ich für jeden Fall nach Moskau, damit Du Mittagessen beziehen kannst. Fahr auf gar keinen Fall nach Moskau, bevor Schura Dich mit einem Telegramm dazu aufgefordert und Dir mitgeteilt hat, daß die Mittagessen gesichert sind.

152. AN DEN VERLAG DER SCHRIFTSTELLER IN LENINGRAD

<Leningrad, 3. September 1933>

An den Verlag der Schriftsteller in Leningrad.

Ich bitte darum, L.M. Warkowizkaja das Manuskript von »Gespräch über Dante« zurückzugeben, das vom Verlag abgelehnt wurde.

3/IX/33

O. Mandelstam

153. AN EMIL MANDELSTAM

<Moskau, Mitte November 1933>

Liebes Papachen!

Anfang Dezember ziehen wir in unsere Zweizimmerwohnung um. Wir laden Dich ein, für lange unser Gast zu sein, und wenn es Dir gefällt, sogar für immer. Schlimm ist nur, daß Nadja wieder krank ist. Schenja wird es Dir erzählen. Aus Kiew ist Wera Jakowlewna zu uns gekommen, sie wird bei uns wohnen und sich um ihre Tochter kümmern. Die letzten Tage leben wir so einigermaßen ... Die Verpflegungsration rettet uns. Nadja ist Ruhe verordnet, spezielle Ernährung, arbeiten darf sie nicht, aber gearbeitet hat sie, ohne ihre Kräfte zu schonen, und hat sich überanstrengt. Ich habe jetzt nur einen Gedanken: ihr zu helfen – mit allem, was ich tun kann.

Ich hatte vor, nach Leningrad zu kommen – jetzt aber kann ich wegen Nadja nicht fahren. Dich aber erwarten wir fest. Verzeih mein Schweigen. Mein Herz zieht sich zusammen, wenn ich daran denke, daß Du nur auf ein Wort von mir wartest, krank bist und nichts bekommst. Jetzt werde ich mich zwingen, Dir wenigstens jeden zweiten Tag eine Karte zu schreiben, ich ändere meinen Charakter ... Ich selber bin gesund, will arbeiten wie früher, habe wieder zu schreiben begonnen ... Ich habe mir eine große Atempause von allem Gehetze und den Schereien erlaubt (dank Nadja). Jetzt ist es meine Pflicht, mich wieder an die Alltagsarbeit zu machen – für Dich und für Nadja.

Dein Ossja.

Lieber Großpapa! Ich warte mit Ungeduld auf unser Treffen. Die Wohnung ist – glaube ich – bereits eine Realität, und wir werden das alte Leben wie in Detskoje Selo wieder aufnehmen. Ich küsse Sie, lieber Großpapa.

Ihre Nadja.

154. AN WLADIMIR BONTSCH-BRUJEWITSCH

<Moskau, 21. März 1934>

1934, 21. März.

Sehr geehrter Wladimir Dmitrijewitsch!

Da unser Telephongespräch die üblichen sachlichen Grenzen überschritten hat, halte ich es für notwendig zu erklären, daß ausschließlich Sie daran schuld sind. Für meine Manuskripte einen beliebigen Preis anzusetzen, ist Ihr gutes Recht. Meine Sache ist es, mein Einverständnis zu geben oder abzulehnen. Indessen haben Sie es aus irgendeinem Grunde für nötig erachtet, mir eine ausführliche Motivierung für Ihre Geringschätzung meiner Arbeiten darzulegen. Sie haben auf diese Weise den Ankauf eines Schriftstellerarchivs zu einer Karikatur auf die postume Wertschätzung gemacht. Ohne jede Veranlassung meinerseits haben Sie so mit mir gesprochen, wie wenn ich einen völlig unnützen Plunder zur Altstoff-Sammelstelle gebracht hätte, der zu unbekannten Zwecken aufgekauft werden sollte. All das klang um so absonderlicher, als gerade das Literaturmuseum im gegebenen Fall schlichteste und naivste Uninformiertheit bewies.

Mir als Schriftsteller ist es natürlich unangenehm, wenn Irrtümer wie diese die Autorität des Literaturmuseums des Volkskommissariates für Bildungswesen untergraben, aber Ihr Vorgehen, eine doch von Ihnen selber eingeladene Person zu zwingen, sich völlig unnötige Mutmaßungen und Offenherzigkeiten anzuhören, provoziert meine gerechte Empörung.

O. Mandelstam.

155. AN JEWGENIJ CHASIN

<Perm, 16. Juni 1934>

Fahren mit Dampfer Kasan Aufenthaltsort Woronesch Befinden gut

VI

VOM »WORONESCHER WUNDER« ZUR HÖLLE: 1935–1938

156. AN NADESCHDA MANDELSTAM

<Woronesch, vor dem 18. April 1935>

Liebste Nadinka

Hier ist die Vollmacht. Ich sehne mich. Ich warte. Komm schnell, schnell, schnell zurück. Nun ja, ich arbeite sehr stark an Maupassant. Wie Du, mein Freundchen. Wenn ich arbeite, bist Du irgendwie hier.

Komm also schnell zurück.

Das wird eine große Freude!

Bin gesund. Küsse Dich.

157. AN NADESCHDA MANDELSTAM

<Woronesch, Mai 1935>

Liebste Nadinka,

heute bin ich gesund. Nur die Schwäche ist geblieben. Ich war bei Stojtschew und habe ihm alles gesagt, was ich über meine Situation denke. Er hat sich anerboten, an Martschenko, den Verbandsvorsitzenden, zu schreiben, und hat zum ersten Mal echte Teilnahme und Interesse gezeigt.

Ich schicke Dir die Bescheinigung von Doktor Glauberman (dem bedeutendsten Laryngologen hier). Er sagte: »Wenn das bei Ihnen in 3–4 Tagen nicht vorüber ist, legen Sie sich bei mir hin, wenn Sie nichts dagegen haben, und ich werde Sie ausschaben.« Erst da habe ich um die Bescheinigung gebeten. Niemand kann sagen, wann eine Operation nötig sein wird. Und wie dringend sie ist. Auf jeden Fall war der letzte Anfall der stärkste.

Ich küsse Dich, mein Freundchen. Komm schnell zurück. Alles wird gut werden.

Ossja.

158. AN NADESCHDA MANDELSTAM

<Woronesch, 25./26. Mai 1935>

Nadik mein Liebster!

Soeben habe ich mit Dir gesprochen. 8 Uhr 30 abends. Hier hast Du 4 Reinschriften von Sachen, die ich ohne Dich gemacht habe. Wie traurig das ist. »Geschorene Kinder« gestern. Heute habe ich gebadet. Ich hatte Wanzen. Auch vorgestern habe ich ein Bad genommen. Na, also. Bei mir ist alles in Ordnung. Gestern habe ich bei Stojtschew angerufen. Ich weiß immer noch nicht, ob ich eine Arbeit annehmen soll. Es ist peinlich, das hinzuschmeißen. Und ich bin ja mit Schreiben beschäftigt. Und sie werden wenig zahlen. Ei, ist das Radio verwildert! Hilf mir. Gib mir Material: *zu Scherwinskij* (Goethes Jugend).

Jetzt gehe ich ins Kino.

Ich bin ein richtiges kleines Fohlen.

Nadik, mach Dich ein bißchen über die Achmatowa lustig am Telephon. So ist noch niemand gereist. Oder dann: ein Metropolit – er ist ja auch ein Jude, der das *Schicksal* fürchtet.

Ich küsse Dich, Liebste.

Dein Ossja.

<5 Gedichte>

Nadik! Ich sehne mich schon so sehr, so sehr. Ich wünsche mir so sehr, daß Du kommst – es ist nicht zu sagen.

Ossja.

159. AN NADESCHDA MANDELSTAM

<Woronesch, Ende Mai 1935>

Nadinka, mein Kind

Ich schicke Dir die korrigierten Gedichte für den Anfang des Zyklus (2, 3, 4). »Steinkohlehaft – freiwillig« muß bewahrt bleiben. Das fertige Manuskript (ohne das Hinzugefügte) habe ich mit »Schwarzerde« abgeschlossen und es Plotkin gegeben. Das war natürlich und notwendig. Ich sehne mich nach Dir, mein Freund, aber ich lebe ruhig. Noch für *ein paar* Tage reicht meine Geduld.

Ich küsse Dich, mein liebes gutes Freundchen Nadik.

Und unter dem Freundchen steht irgendwie »treu«, stimmt's?

O. M.

Ist das gut: »sich eisend«?

160. AN NADESCHDA MANDELSTAM

<Woronesch, Ende Mai 1935>

Nadjuschok! Verzeih die Aufregung. Die Telephonistin – ein tolles Miststück – sagte »gemäß Instruktion«, daß *Fehler nie vorkommen*. Ich Dummkopf habe ihr geglaubt. So eine Vogelscheuche! Sie hat von ihren Kolleginnen Schelte gekriegt. Heute nacht habe ich mich nicht ins Bett gelegt. Weiß der Teufel, was los war. Verzeih mir, Nadinka.

Dem »Pod-jom« habe ich das gegeben, was schon getippt war. Hier hat man die Tendenz, meine Arbeit wohlwollend herabzusetzen. Ich habe gesagt: nicht einen Buchstaben werde ich mehr ändern. Alles oder nichts. Geld nehme ich vorerst keins. Soll ich die Arbeit in der Bibliothek annehmen?

Füge der »Auswahl« die »Stanzen« plus »Eisen« hinzu. Kläre ab, ob es gedruckt wird. Für Moskau ist die Bedingung: **alles** oder nichts. Der Zyklus muß breit vorgeführt werden. Gut wäre in der »Litgaseta«. Alle Varianten sind endgültig. Nur am Anfang der »Stanzen« kann es noch Änderungen geben, aber lassen wir es erst einmal so.

Ich brauche jetzt unbedingt den direkten literarischen Kontakt zu Moskau. Gib die Gedichte übrigens auch Lewin. Sag ihm: es ist unmöglich, in meiner jetzigen Situation in Woronesch ehrliche Prosa zu schreiben. Das ist absurd!

Und noch was: ich schlage vor, daß der Verband oder der Verlag mich mit einer Dienstreise in den Ural beauftragt, *auf der alten Reiseroute*. Ich werde ein bemerkenswertes Buch darüber schreiben (gemäß dem alten Vertrag). Das ist eine wunderbare Idee.

Mein Kindchen, sei völlig beruhigt. Ich lebe gut. **Die Wahrheit über Deine Gesundheit.**

Ich küsse Dich, meine Liebste.

Ossja.

Denk über den Aufbau des Zyklus nach. Sag es mir am Telephon.

161. AN EMIL MANDELSTAM

<Woronesch, Mitte Juli 1935>

Lieber Papa,

ich sehne mich nach Dir. Ich möchte Dich sobald wie nur möglich sehen. Achte nicht darauf, daß ich nicht schreibe: ich denke jeden Tag an Dich. Ob Du's glaubst oder nicht ... Aber was soll schon Vernünftiges kommen von einem so liederlichen Sohn? Denk besser nicht soviel an Deinen Vater und schreib ihm lieber ...

Komm Mitte Januar zu uns. Nadja hat vor, dann nach Moskau zu fahren. Ich habe ein großes, gutes Zimmer. Überhaupt wird Dir mein Woronescher Leben gefallen.

Alles ist sehr ordentlich – Alltag wie Lebensunterhalt.

Ich mache literarische Beratung, arbeite mit der hiesigen Jugend. Ich nehme an verschiedenen Besprechungen teil, sehe viele Leute und bemühe mich, ihnen zu helfen.

Vor kurzem fuhr ich mit einer Gruppe von Delegierten und einem Redakteur der Gebietszeitung für 12 Stunden in eine Sowchose zur Eröffnung eines Dorftheaters.

Eine Fahrt zu einer großen Kolchose und die Besichtigung einer Woronescher Fabrik stehen noch bevor.

Keine Spur von Entbehrungen. Wir gehen zum Mittagessen in die ausgezeichnete Kantine der Zeitung »Kommuna«. Nadja macht eine Übersetzung für Moskau, und ich bereite mich auf eine Prosaarbeit mit neuem Material vor.

Zum ersten Mal seit vielen Jahren fühle ich mich nicht als Abtrünniger, *ich lebe sozial* und es geht mir richtig gut.

Nadja kränkelt zur Zeit nicht, aber sie ist sehr mager. Sie bräuchte tiefgreifende Erholung, doch sie arbeitet viel. Sie müßte sich unbedingt etwas entlasten – ich habe ja vorläufig einen Verdienst, im ganzen 300 R.

Über meine Zeit verfüge ich frei. Im Moment nutze ich sie noch *unrationell*. Ich habe mich noch nicht richtig organisiert. Ich möchte eine Menge Dinge sehen und theoretisch arbeiten, studieren ... Ganz genau wie Du ... Wir sind beide jung. Wir sollten beide eine Hochschule besuchen ...

Schreib mir. Ich küsse die Kinder, Tanja, Natascha, Marija Nikolajewna.

Dein Ossja.

Bald werde ich anfangen, Dir Geld zu schicken. Sobald ich meine Arbeitsmöglichkeiten erweitern kann.

Lieber Großpapa! Kommen Sie im Januar zu Ossja. Wir beide werden uns sehen, wenn Sie über Moskau fahren. Ich würde mich freuen, wenn Sie bei Ossja sind. Ich küsse Sie, lieber Großpapa. Wir erwarten Sie.

Nadja.

Bleiben Sie auf dem Weg hierher ein wenig in Moskau – kommen Sie mich besuchen und Ihre jüngeren Söhne. Was läuft bei Ihnen?

Wie geht's Tanja, Jurka?

Allen einen Gruß.

Küssen Sie Marja Nikolajewna von mir. Und die Kinder. Und Tanja und Natascha.

162. AN SERGEJ RUDAKOW

<Woronesch, Ende November 1935>

Lieber Sergej Borissowitsch,

Sie werden uns doch etwas von Ihrem Krankenhausleben erzählen? Sind dort noch andere Leutchen bei Ihnen? Ja? Ich aber gehe ins Theater zu den Proben. Wir inszenieren Gorkij. Zu Hause lesen wir Bücher und kochen Tee. Oj, wie langweilig. Teilen Sie uns mit, womit wir Sie trösten können.

Herzlichen Gruß
Ihr O. M.

163. AN SERGEJ RUDAKOW

<Woronesch, um den 1. Dezember 1935>

Lieber Sergej Borissowitsch.

Ohne Sie möchte ich nichts tun, das ganze Leben hat sich verändert.

Troscha ist zu uns gekommen.

Gruß von uns allen.

Sie sind der größte Prachtkerl auf der Welt.

O. Mandelstam.

164. AN SERGEJ RUDAKOW

<Woronesch, 17. Dezember 1935>

17. XII. 35.

Lieber Sergej Borissowitsch.

Was soll ich über mich selber sagen? Ich bin sehr müde. Die Stimmung ist stabil, gut.

Mit dem Theater habe ich mich angefreundet. Ich kann dort einiges machen (keine Kanzleiarbeit).

Ich habe mir einfallen lassen, für einen Monat in ein (Gebiets-)Sanatorium zu fahren. Geldmäßig hat das Theater alles eingerichtet, als wäre ich ein alter Mitarbeiter. Ich werde wohl am 20. fahren. Ins Nervensanatorium nach Tambow will ich nicht. Ich habe das allgemeine in Lipezk gewählt. Wenn sie mir nur ein Einzelzimmer geben. Mit dem Schriftstellerverband und über den Verband (angefangen bei Woronesch) habe ich ein großes Gespräch begonnen. Ich habe gesagt, was ich sagen mußte. Sie antworten mir. Das ist sehr wichtig, gut und erfreulich. Morgen kriege ich einen Paß für 3 Jahre. Ich habe ein Briefchen von Ejchenbaum bekommen, der bei uns in Moskau übernachtet hat.

Nadja nimmt alle Woronescher Gedichte mit nach Moskau.

Das Konzert war gut. Am Cello – Zomyk. Er spielte auf einem Stradivarius. Sagen Sie den Ärzten, sie sollen Ihnen Radio-Kopfhörer organisieren. Das ist gut für die Genesenden. Und ich werde mich beim Radiokomitee darum bemühen.

Falls bei Ihnen kein anderer Urlaub vorgesehen ist – wollen Sie nicht »zu mir« ins Sanatorium kommen? Sie dürfen das doch. Müssen zu Kräften kommen. Schreiben Sie an Lina Samojlowna. Dort werden wir 2 Wochen zusammen arbeiten.

Eine Idee? Herzlichen Gruß

Ihr O. M.

165. AN NADESCHDA MANDELSTAM

<Tambow, 26. Dezember 1935>

Liebste Nadinka! Verzeih mir das grobe, widerwärtige Gespräch am Telephon. Ich habe etwas von Dir verlangt. Bin hitzig geworden. Das ist der Grund dafür: mir ist nur eins wichtig - wann werde ich Dich sehen? Sag mir gleich: ich hoffe, dann und dann zu kommen. Wenn ich das nicht höre, bin ich gleich nicht mehr ich selbst.

Nadjuscha: bitte niemanden um irgendwas. *Niemanden*. Aber versuch zu erfahren, wie der Verband, d.h. das ZK der Partei, auf meine Gedichte, meinen Brief reagiert. Dafür genügt ein Gespräch mit Stscherbakow.

Mehr braucht es nicht. Ich will nicht, daß Du Dich zur Arbeitssucherin machst. Führt Dich der Kinder-Staatsverlag nicht an der Nase herum? Was ist aus Efros' Vorschlag geworden? Im äußersten Fall treffen wir uns in Woronesch gegen den 20. Januar. Für Woronesch können wir beruhigt sein. Aber schade! Hier zu zweit - ein Winterparadies, unbeschreibliche Schönheit. Hör, wie ich hierhergekommen bin: Du gingst zum Bahnhof, ich - ins Theater. Ich hielt eine vernünftige Rede »wie ein richtiger Regisseur«. Die Schauspieler haben allmählich Zutrauen zu mir. Die Regisseure stellten mir ernsthafte Fragen. 2-3 Tage hielt ich mich auf dem Posten. Dann war ich erschöpft. Es kam zum gewohnten alten »Starrkrampf« auf der Straße. Ein verdienter Komiker packte mich unter und brachte mich ins Theater. Wolf rief in meiner Anwesenheit Genkin an: »Bei uns arbeitet Soundso; seine Gesundheit macht *mir persönlich* ernsthafte Sorgen ... Wir müssen« usw. Das ist eben Wolf ... Ich lief weiter herum wie ein Schatten, aber ganz wohlbehalten. Beim Radiokomitee machte ich eine Beratung. Bekam 100 R. von Gorjatschow, und Wolf fügte noch 50 hinzu. Eine halbe Stunde vor dem Zug kam ein Auto mit dem Stellvertreter des Direktors und dem Leiter zu mir. Sie hatten beim

NKWD ein Auto geholt, und der Chauffeur war ein Soldat. Sie setzten mich in den Waggon. Trugen meinen Koffer. Rührende Fürsorge. Im Waggon war es dreckig, d.h. widerlich. Ohne Platzkarten. Der Schaffner nahm mich mit in sein Abteil. In Mitschurinsk das Telegramm an Dich und sofort umsteigen. In Tambow war ich um 2 Uhr nachts. Klirrender Frost. Ein märchenhaft stiller Ort, dem Anschein nach eine Gouvernementsstadt. Man fährt mich endlos auf einem Bauernschlitten (das sind hier die Kutschen) irgendwohin und bringt mich zu einem Palazzo, der an die Villa der Kschesinskaja erinnert, nur zehnmal so groß und bewacht von einem Alten mit Gewehr und Bauernpelz. Auf einer Marmortreppe führt man mich in einen Keller und setzt mich in eine warme (etwas kühle) Badewanne. Eine Krankenwärterin nimmt mir meine Wäsche zum Waschen ab, man gibt mir Tee und legt mich in ein riesiges Kabinett. Hier wohnen Brigadeleiter und Traktoristen mit kaputtem Herzen, 2–3 Piloten und Lehrer. Im ganzen – nicht schlecht. Jeden Tag ein Fichtenbad und 2 Arten von Elektrisierung täglich abwechselnd: »Franklin« und eine Elektrisierung der Wirbelsäule. Der Direktor erlaubt mir zu meckern (wegen der Unterbringung). Vorläufig sind wir zu zweit in einem leeren Krankenzimmer für 10 Leute. Das ist ein vorübergehendes Glück. Die komplette Anzahl wird furchtbar sein. 5 Leute sind schon ein Privileg (ohne Ventilation, aber mit Spiegelfenstern). (In meinem Zimmer kann man das Fenster öffnen.) Am nächsten Morgen habe ich ganz in der Nähe, eine halbe Minute zu Fuß, ein wunderbares Zimmer gemietet – mit einer Kuh, einem Sofa, Überzügen, Grammophontrichter und Kaktussen. Wir wohnen auf dem Steilufer des Zna-Flusses. Er ist oder scheint so breit wie die Wolga. Geht über in tintenblaue Wälder. Sanftheit und Harmonie des russischen Winters bereiten mir tiefen Genuß. Ein sehr echter Ort. Ins Zentrum – 10 Minuten mit dem kleinen Autobus.

Wachttürme, verwilderte Klöster, dicke Frauen mit Schnurrbärten.

Ich hatte einen Brief von Gorjatschow an den Direktor des Musiktechnikums Rejentowitsch. Heute fuhr ich nach dem Frühstück in die Stadt. Zwei alte Leute (Geige und Flügel) spielten für mich eine scheußliche Sonate eines hiesigen Komponisten, die in Woronesch aufgeführt werden soll. Sie weinten und beklagten sich. Rejentowitsch ist »verdienter Künstler«. Auch ein Smetanin erschien – ein lebhafter Gebietskomponist. Er kennt mich. Wir haben uns für heute abend verabredet. Ich fahre gleich zu ihm. Diesen Brief schreibe ich aus *meinem Zimmer,* in das ich noch nicht umgezogen bin.

Nadik, ich sehne mich wahnsinnig nach Dir. Mach irgendeine Dummheit und komm zu mir. Nadik, ich liebe Dich so, es ist nicht zu sagen. Ich habe kein Photo von Dir. Wo bist Du, Liebste? Komm schnell zu mir! Huhu, Kindchen?

Nadik, ich liebe Dich. Antworte mir.

Deine Njanja

Sag, kann ich Dich morgens um *8 Uhr 30* anrufen?
Adresse: Tambow, Nabereschnaja 9, Nervensanatorium.
Tel.: 1–55.

166. AN NADESCHDA MANDELSTAM

<Tambow, 27. Dezember 1935>

Liebste Nadinka!

Gestern war ich fast entschlossen, nach Woronesch zurückzukehren. Man füttert uns hier schlechter als in einer kleinen miesen Kantine. Langweilig. – Und trotzdem habe ich in 4 Tagen ein Kilo zugelegt und mich gut erholt. Ich muß Geduld haben. Hauptsache ist das Stoppen der unwahrscheinlichen Bewegung, in der ich mich befand. Der Übergang zur »Statik«. Die Konsultation hat stattgefunden. Der Direktor (kein Arzt) und zwei Doktoren. Thema: »Was tun, damit es Ihnen bessergeht« und »Was tun, damit es Ihnen nicht schlechter geht« – in Anbetracht der Tatsache, »daß wir sehr wenig tun können, aber trotzdem« usw. Sie werden Herz und Lunge röntgen. Sie wollen einen Konsultanten aus der Stadt anfordern. Aber um die »Bescheinigung« drücken sie sich.* Die alte Geschichte! Ich denke, ich sollte hier zum 5. Januar abreisen, wenn die offizielle Dauer meiner Einweisung anfängt, nach einer Absprache über die Rückerstattung des Geldes unter Abzug der hier verbrachten Tage. Wenn sich bei Dir bis zum 5. irgend etwas geklärt hat, wäre es wohl ganz gut, diesen unpassenden Ort zu verlassen. Ich habe Dein zweites Briefchen bekommen. Danke! Schreib mir jeden Tag. Wenn es Neuigkeiten gibt – telegraphiere. Denk daran – das Tambower Sanatorium ist nur eine halbe Maßnahme. Besser als Woronesch (ohne Dich) – und nichts weiter.

Meine Temperatur ist wie vordem leicht erhöht. Gestern abend habe ich gemessen: 37,2. Die Erregbarkeit meines Herzens ist groß. Der Puls ist manchmal beschleunigt. Dabei bin ich vollkommen munter, möchte spazierengehen. Aber Begegnungen mit Menschen regen mich auf. Gespräche ermüden mich. Lesen auch. Das Problem müßte ernsthaft gestellt werden – bis hin zu einem speziellen Antrag an den NKWD über die Notwendigkeit einer Behandlung unter vollwertigen Umständen. Woronesch *kann sich nicht* mehr mit mir befassen. Sie haben *alles* getan – *nach ihren Kräften* ...

Ich denke, Du solltest nach dem Treffen mit Stscherbakow Deinen Aufenthalt in Moskau nicht länger hinziehen. Die Lage ist allzu klar. »Ja« und »Nein« ohne Drumherum. Wenn es »nein« ist, werden wir in unsern häuslichen Verhältnissen aushalten müssen. Ich werde in ein (sehr freundschaftliches, schonendes, nicht übermüdendes) Theater zurückgehen und zu meinem *lieben* Radio (ein bißchen), und Du nimmst eine kleine Arbeit an. Hauptsache ist – wir sind zusammen. Deine Rückkehr ist für mich ein riesiges, unermeßliches Glück.

Und jetzt, mein Kindchen – auf Wiedersehen!

Ich habe mir die Erlaubnis erbeten, in der Ruhestunde in die Rote Ecke zu verschwinden. Habe Dir dieses Briefchen geschrieben und trage es jetzt zur Post.

Auf Wiedersehen, mein Freundchen. Ich küsse Schura und Schurik und Wera Jakowlewna!

Njanja.

PS Trotz allen Gejammers geht es mir hier besser als in Woronesch.

Unser Telephon: Tambow, 1-55.

* Wir müssen beobachten … in etwa zehn Tagen … sofort läßt sich das nicht machen …

167. AN NADESCHDA MANDELSTAM

<Tambow, 28. Dezember 1935>

Nr. 3

Liebste Nadinka!

Ich habe Deinen Brief Nr. 3 bekommen. Sag, ist Dir nicht kalt in Deinem Pelzchen? Habt Ihr auch Frost? Geh in Mamas Pelz hinaus: beide sind gleichermaßen häßlich, d.h. Mamas Pelz und Deiner (zeig das bloß nicht Mama).

Und wenn Dich Stscherbakow nicht empfängt? Kann das sein? Na?

Die Tage verlaufen gut. Ich gewöhne mich ein. Heute hatten wir blauen Frost. Ich habe mir Puschkin besorgt. Das ist bei mir eine Seltenheit. Zu ihm, das weißt Du, greife ich fast nie.

Gestern hat das Röntgen stattgefunden. Das Herz ist für mein Alter normal. Keinerlei Anomalien, sagen sie. In der Lunge gibt es eine Verdichtung der Drüsen. Sie fragten mich, ob ich nicht *vor kurzem* eine Grippe oder eine Lungenentzündung durchgemacht habe.

Sie sind sehr aufmerksam. Die Beobachtung ist sehr ernsthaft. Jeden Tag wird abgehört, abgeklopft. Ich bekomme spezielle Diät. Täglich Wannenbäder. Und Elektrisierung. Mir ist langweilig ohne Dich, Freundchen – ich finde keine Worte dafür. Hör auf, Dir meinetwegen Sorgen zu machen. Ich bin ein launischer Mensch. Das ist alles. Und Du, wie geht es Dir? Paß auf Dich auf, meine Freude. Und schreib mir jeden, jeden Tag. Und ruf auch mal an.

Nadik, auf Wiedersehen.

Dein Njanja.

Kann ich vielleicht Luppol 20 Zeilen »über Maupassant und die französische Metapher und einen Dummkopf von Redakteur« schreiben? Theoretisch? Ja?

Gruß an Wischnewskij.

168. AN NADESCHDA MANDELSTAM

<Tambow, 29. Dezember 1935>

Nr. 4

Meine Liebste

Heute kam kein Brief von Dir. 40 R. habe ich telegraphisch erhalten. Im ganzen habe ich 50 R. Übrigens: ich habe mit dem Direktor abgesprochen, daß er mir, wenn ich bis zum 5. Januar abreisen möchte, den Einweisungsschein (für einen Monat) »abkauft«, die hier verbrachten Tage abzieht und die Differenz auszahlt. Dieser imaginäre Handel hat mich sofort freier gemacht. Ach, es ist so stumpfsinnig hier! Man läßt mich nicht schlafen. Feinfühlige junge Leute gehen ab 3 Uhr nachts auf Zehenspitzen in russischen Stiefeln durch das Krankenzimmer.

Und gestern habe ich mir die Ohren leicht abgefroren und wurde mit blauem Licht, mit einer Quarzlampe geheilt. Das sind schon alle Neuigkeiten. Ich kann mich nicht entschließen, in das gemietete Zimmer umzuziehen: dort ist eine solche Kälte. Ich habe zehn Rubel Anzahlung gegeben und bekomme Milch zurück. Ich gehe hin, wenn es nicht mehr auszuhalten ist. Immerhin etwas Eigenes – für ein, zwei Stunden.

Nadik, meinst Du nicht, ich sollte mich mit einem Brief oder einem Telegramm an Stscherbakow oder an Gorkij wenden, d.h. mit der Bitte, mir auf meine ganz und gar nicht scherzhaft gemeinte Eingabe zu antworten? Das schließt Dein Hingehen nicht aus, mein Freund. Aber wie man sie auch wendet, die Sache ist zu bekannt, als daß man sie »ganz unter uns« besprechen könnte. Wenn dieser Vorschlag von mir nicht zu spät kommt, telegraphiere sofort, wie Du dazu stehst. Ich meine das *nur als Frage*.

Ich möchte Dir noch einmal sagen, was für ein Glück es für uns ist zusammenzusein. Werden wir uns wirklich nach dem fünften treffen? Es sieht ganz so aus.

Nadik mein unendlich liebster, hörst Du mich?

Njanja

169. AN NADESCHDA MANDELSTAM

<Tambow, 1. Januar 1936>

Nr. 5

1. Jan. 36.

Mein liebstes Kindchen

Ein gutes Neues Jahr, mein Engel! Auf unser unglückliches Glück, auf etwas Neues, das kommen wird, auf das Ewig-Alte, das jünger ist als wir! Es lebe meine Nadinka, meine Frau, mein ewiger Freund! Ein gutes Neues Jahr, mein Kind!

Und ich Dummer habe Dir zwei Tage nicht geschrieben: vorgestern vor lauter Freude über das Telephon, und gestern vor lauter Schwachsinn.

Gestern nacht dröhnte bei uns ein Militärorchester, und es gab verschiedene Spiele: Tschechow im Krankenhauskittel, Angelruten mit Ringen.

Ich spaziere hier mit einem jungen Bürschchen herum. Er ist Traktorist. Ein fähiger, offener Kerl, aber er meint, daß in Frankreich Sowjets sind und daß sie Frankreich in Paris umbenannt haben. Ich schimpfe ihn tüchtig aus, aber er ist so anhänglich und nennt mich einen Bolschewiken. <...>

Hier ist es so schlimm, daß sehr viele vorzeitig wegfahren. Es sind gar nicht etwa verwöhnte Arbeiter aus den Bezirken. Alles geht auf Kosten der Organisationen. Tee ohne Zucker. Lärm. Die Ärzte – eine Art Postbeamte. Der Chefarzt sagte gestern zu mir: Sie brauchen eine geschlossene Anstalt, wo man mittelschwere Formen leichter Psychopathien behandelt (dort gebe es Zimmer für eine oder zwei Personen). Ehrenwort, das hat er gesagt! – nachdem er mich zwei Minuten angehört hatte. In den ersten 10 Tagen habe ich 600 Gramm zugenommen (für einen Säugling nicht schlecht). In einem Monat verlieren hier viele an Gewicht. Hier ist es ähnlich wie in einer Pensionatsschule bei Dickens. Ein anderer Arzt sagt:

»Das Gewicht ist bei Neurotikern unwichtig.« Ja, noch was: der Chefarzt hat mich gefragt, in welchen Kliniken ich vor Tambow gewesen sei. Morgen muß ich mit dem Direktor den Verkauf des Einweisungsscheins regeln. Ich reise am 5. ab oder sogar schon früher. O du Seligkeit! Diese Tage sind wie ein schlechter Traum. Wie ein Strafbataillon ... Das Geld reicht mir in Woronesch bis zum 20. Am 15. bekomme ich das Gehalt im Theater. Am 15. werde ich auch wieder zur Arbeit gehen.

Physisch bin ich gesund (ich denke, *nicht nur* physisch). Ich muß nur wieder kräftiger werden. Ich kann *nur* krank werden, wenn die *Bedrücktheit* nicht beseitigt wird.

D<...> habe ich nicht <...>

Stojtschew sagte mir, daß der Brief am 20. Dezember abgeschickt worden sei. Podobedow behauptete – mit irgendeinem Zusatz über die Einstellung der Gebietssektion des Verbandes gegenüber meiner Tätigkeit (»wir werden schon nichts Schlechtes schreiben«).

Wo ist der Brief? Wer hat ihn bekommen? Kläre das aufs genaueste ab. Falls er verlorengegangen ist – übergib eine Kopie: 1) Martschenko, 2) der Dichter-Sektion, und 3) dem ZK der Partei. Überhaupt muß das *gut* gemacht werden. Zu den Gedichten: was heißt »prinzipiell«? Ich brauche etwas Konkretes über diese Gedichte. Warum hast Du sie ohne Auslese weggegeben? Ich bin *gegen* die Ohrenbläser. Martschenko hat recht. Erinnere Dich und sag es ihm. Ich fordere eine Antwort auf *wirksame* Gedichte. Sie bilden ein Ganzes. Qualität wird von manchen erträumt, von andern aber – geschaffen. Schreib und *telegraphiere* – nach Tambow. Über alles ganz kurz. Wir werden aus Woronesch darüber sprechen. Mein Freund, auf Wiedersehen.

Dein Njanja.

170. AN NADESCHDA MANDELSTAM

<Tambow, 2. Januar 1936>

Liebste Nadinka

Alle Deine Briefe habe ich erhalten. Ich schicke per Eilpost zwei Anträge, die Bescheinigung. Die Ärzte lehnen es ab, mich hierzubehalten. Sie sagen: man hat Sie irrtümlicherweise und rein formell zu uns spediert. Mit mir ist *nichts Schlimmes,* aber es geht mir *nicht besser*. Ich werde objektiv sein. *Es ist genau dasselbe,* doch die Umstände hier sind schlicht schädlich für mich (Meinung der Ärzte).

Wenn ich eine Fahrkarte bekomme, fahre ich morgen (am 3.). Das Geld erstatten sie zurück. Ich habe Fahrtgenossen bis Woronesch. Bin sehr zufrieden. Ich freue mich auf Woronesch wie auf etwas Vertrautes.

So oder so – Du wirst bald kommen. Das ist – alles.

Sei fröhlich. Ich eile mit der Post. Ich schreibe morgen.

Dein Njanja.

171. AN NADESCHDA MANDELSTAM

<Tambow, 3. Januar 1936>

Nr. 7

3. Jan.

Liebste Nadjuscha!

Danke für Deinen kleinen Anruf. D<...> ist einfacher als einfach zu beruhigen. Was mit mir los ist? Was weh tut? Nichts tut weh. Mein Darm ist so gesund wie nie. Der Halskatarrh ist vorüber. Wie meine Stimmung ist? Unausgeglichen. Das Sanatorium hat bei mir eine Depression hervorgerufen. Meine Erwartung hat sich zugespitzt. Ich kann die Verhältnisse nicht vertragen. Die Assoziationen fliegen krankhaft (wie immer, wenn ich ohne Dich bin). Mein physisches Befinden? Vom Gehen bekomme ich Herzklopfen (nicht gleich; manchmal ein Anfall von Pulsbeschleunigung, mit dem ich fertig werde, den ich bewußt bekämpfe und besiege). Gestern fuhr ich zum Bahnhof mit dem Brief – ich fühlte mich frischer, kaufte »Rotes Neuland« mit den Plunderversen des guten Senkewitsch und Sostschenkos »Talmud«. Meine Temperatur habe ich 2 Mal aufs Geratewohl gemessen: 37,2, wie abgegossen. Offenbar ist das die Norm. Mein Schlaf ist gut, wenn ich nicht gestört werde. Heute nacht bin ich ganz eigenmächtig in ein leeres Fünferzimmer umgezogen. Ich habe es in Beschlag genommen. Es ist viel besser. Tagsüber schlummere ich vor mich hin. Ich kann an einem *beliebigen* Tag abreisen *auch nach dem 5.* mit Rückgabe des Geldes (Zusicherung des Chefarztes, heute).

Ich denke trotzdem, daß ich am fünften fahre. In Woronesch bin ich Dir irgendwie näher. Und die Veränderung wird mir guttun. Weiter: mein Gewicht – 66 Kilo, unverrückbar. Meine Schwäche nenne ich »zimmerhafte Leichtigkeit im Körper« – und nichts weiter. Mein Aussehen – ziemlich lumpig. Das, mein Nadik, ist die *ganze, ganze* Wahrheit.

Nadik, wir müssen uns immer wieder daran erinnern, daß mein Brief an den Woronescher Verband unendlich verpflichtend ist, daß das keine Literatur ist. Nach diesem Brief kann es keinen Bruch mit der Partei der Bolschewiken für mich geben – ganz gleich, welche Antwort kommt, selbst wenn es ein Schweigen ist, selbst wenn sich die Situation verschlechtert. Keinerlei Gekränktsein. Keinerlei Murren. Die Partei ist kein Kindermädchen und kein Doktor. Für den Autor eines *solchen* Briefes ist jede ihrer Entscheidungen verpflichtend. Mir scheint, Du hast noch nicht genügend Schlüsse aus meinem Schritt gezogen und noch nicht gelernt, ihn in die Zukunft hinein zu verlängern. Jetzt bin ich, was immer auch komme, *bereits* frei. Um Woronesch tut es mir sehr leid, aber ich fürchte, daß mein weiterer Aufenthalt dort **nicht nur** für mich schädlich wäre. Am fünften morgens rufe ich Dich an. Nochmals zu Staryj Krym: es soll kein Weggang sein, keine Flucht, kein »Cincinnatentum«. Ich bin nicht Plinius der Jüngere und nicht Woloschin. Erkläre das jedem, der es braucht. Noch eine auf den ersten Blick nebensächliche Frage: die Bewegungsfreiheit *in jenem ganzen Bezirk*. Ohne sie wäre es entsetzlich. Kläre das unbedingt ab.

Nun gut, Nadik, ich küsse Dich unzählige Male und freue mich und bin stolz auf meine Frau. Mein Nadik, auf Wiedersehen.

Dein Njanja.

172. AN JEWGENIJ CHASIN

<Woronesch, Mitte April 1936>

Verzeihen Sie, Jewgenij Jakowlewitsch, daß ich Sie behellige: die Lage ist derart, daß ich Sie benachrichtigen muß.

Erstens ist Nadja schon seit 2 Wochen an der Leber erkrankt. Sie geht nicht hinaus. Die Schmerzen lassen nicht nach.

Zweitens ist unsere finanzielle Lage sehr schlecht, und aus diesem Grund ist die Lage überhaupt und ganz real sehr schlecht. Im Theater bekomme ich fast *nichts*. Sie behalten 100 R. ein, und auch die Unterstützungskasse will 50 pro Monat, der ganze Lohn aber beträgt nur 225 R. monatlich. Außerdem bin ich krank, die ganze Zeit in Unruhe, ich mache sehr viele überflüssige Schritte. Ich kann aber buchstäblich ohne Begleiter nicht gehen. Wir sind beide in einer solchen Anspannung, daß wir nicht mehr können.

Wir sind völlig allein. Der Schriftstellerverband sagt, er habe mir eine Arbeit im Theater gegeben, aber ich arbeite dort nicht. Immerzu Angst und Unruhe und eine schreckliche Ausweglosigkeit. Vor einigen Tagen wurde hier von der Tribüne des Schriftsteller-Gebietsplenums herab verkündet, ich sei eine »völlige Nichtigkeit« und schreibe »Boudoir-Gedichtchen« (Bou-doir-Ge-dicht-chen) und »man habe sich schon genug mit mir abgegeben«. Nadja ließ man bei der Zeitung Briefe schreiben, aber sie haben die Bezahlung ausgesetzt, bis sie 200 R. für mein Kranksein abgearbeitet habe. Nadja hatte zwei Artikel und eine Reportage geschrieben (sie besuchte eine Schule) – aber nichts paßte ihnen. Sie hat bereits 150 Briefe geschrieben, ihr schwindelt der Kopf. Es ist eine solche Hölle, daß man es nicht mehr aushalten kann, und es gibt niemand, dem man ein Wort sagen könnte. Helfen Sie uns, denn es wird sehr schlimm für uns werden. Geben Sie uns eine unabhängige Verdienstmöglichkeit, die wir zu Hause ausführen können. Bitten Sie darum. Wir können nicht mehr.

O. M.

Antworten Sie, was immer Sie wollen, geben Sie uns per Telegramm irgendeine Antwort.

Adresse: Friedrich-Engels-Straße 13b, Wohng. 5.

Nadja hat keine Schuhe.

Ich auch nicht.

173. AN BORIS PASTERNAK

<Woronesch, 28. April 1936>

Lieber Boris Leonidowitsch.

Danke, daß Sie sich an mich erinnert und mir ein Zeichen gegeben haben. Das ist für mich wertvoller als jede reale Hilfe, das heißt – *realer.* Ich bin tatsächlich sehr krank, und es gibt kaum etwas, was mir noch helfen könnte: etwa seit Dezember werde ich unaufhaltsam schwächer, und gegenwärtig fällt es mir schon schwer, das Zimmer zu verlassen.

Daß mein »zweites Leben« noch andauert, verdanke ich ganz und gar meinem einzigen und unschätzbaren Freund - meiner Frau.

Wie immer meine physische Krankheit sich entwickeln wird - ich möchte das Bewußtsein bewahren. Ich muß Ihnen sagen, daß es zeitweise trübe wird, und das erschreckt mich. Der Zwangsaufenthalt in Woronesch, das für mich aufgrund meiner Krankheit zum *toten Punkt* geworden ist, kann sich in diesem Sinne als fatal erweisen. Einer der für mich bedrückendsten Gedanken ist, daß ich Sie nie mehr sehen werde. Vielleicht kommt es Ihnen noch in den Sinn, zu mir hierher zu fahren? Mir scheint, es wäre das Größte und einzig Wichtige, was Sie für mich tun könnten.

Grüße an Sinaida Nikolajewna.

Ihr O. Mandelstam

28/IV/36. Woronesch.

174. AN JELIKONIDA POPOWA

<Woronesch, 3. Mai 1936>

Lilja, wenn Sie zu einer Überraschung fähig sind, fahren Sie hierher …

175. AN SERGEJ RUDAKOW

<Sadonsk, Ende August 1936>

Lieber Sergej Borissowitsch.

Danke für die kurze Nachricht. Ich bin jetzt nicht krank, aber in einer sehr schwierigen Verfassung. Ich weiß nicht, was ich mit mir anfangen soll. Um Nadeschda

Jakowlewna steht es weitaus schlimmer: sie ist sehr geschwächt, hat sich stark verändert. In der Stadt können wir nicht mehr wohnen: erstens gibt es nichts zu tun, und zweitens sind die Zimmer in der Stadt für uns unerschwinglich. Vielleicht ziehen wir nach Sosnowka um. Schreiben Sie sooft wie möglich über sich selber. Schicken Sie uns Bücher.

Ich möchte spanische Dichter lesen. Beschaffen Sie mir, wenn es geht: *1) ein Wörterbuch, 2) eine Chrestomathie, 3) die besten Autoren – Lyriker oder Epiker – und eine Grammatik*. Uns quälen kleinliche Sorgen: Schuhwerk für uns beide, ein Wintermantel für Nadja. Mit diesem Problem werden wir kaum fertig. Es schränkt unsere Bewegungsfreiheit ein.

Schreiben Sie jetzt postlagernd: wo und wie wir wohnen werden, wissen wir nicht. Schreiben Sie nur.

Ihr O. M.

176. AN EMIL MANDELSTAM

<Woronesch, 12. Dezember 1936>

12. Dez. 1936.

Lieber Papa!

Schon lange habe ich mich nicht mehr so gefreut wie über Deine Zeilen, über Deine Handschrift, Deine Worte. Irgendwem, aber nicht Dir gegenüber will ich klagen: Du und ich, wir sind alte Männer und verstehen beide, wie wenig der Mensch braucht und worin überhaupt das Wesentliche liegt. Mehr als alles auf der Welt möchte ich Dich sehen. Ich rufe Dich zu mir. Aber im Winter ist die Reise beschwerlich. Ich fürchte, Du könntest Dich erkälten. Im Frühling ist das etwas anderes. Danke Tanja für ihr Paket. Alle Sachen passen. Ich weiß, daß sie mit guten Gefühlen eingepackt wurden – als ein Gruß. Wie geht es

Deinen Augen? Paßt Du auf sie auf? Du und ich ohne Augen – das wäre schlimm. Ich liebe es immer, vor Dir zu prahlen (eine alte Gewohnheit). Auch jetzt kann ich mich nicht zurückhalten: erstens schreibe ich Gedichte. Sehr beharrlich. Kraftvoll und tüchtig. Ich kenne ihren Wert, brauche keinen danach zu fragen; zweitens habe ich gelernt, Spanisch zu lesen (die Bücher habe ich hier bei der Universität bekommen). Aber genug der Prahlerei.

Unsere Lage ist – schlicht dreckig. Meine Gesundheit ist derart, daß ich mit 45 Jahren die Reize eines Lebens mit 85 kennengelernt habe. Ich bin ein sehr rüstiger Greis. Nicht weit vom Haus kann ich am Stock und mit Hilfe meiner Frau noch gehen. So gern möchte ich plötzlich in Deinem Zimmer mit dem grünen Sofa und unserm kleinen Schrank erscheinen.

Aber eher wirst Du zu mir kommen als ich zu Dir. Ich küsse Dich, mein lieber Vater. Ich verspreche, oft zu schreiben. Ich warte auf einen Brief von Dir.

Der lieben Tanja, Natascha, meiner Nichte, dem stolzen und guten Mädchen, dem Schwerarbeiter Jurka und Marija Nikolajewna – einen herzlichen Gruß.

Dein Ossja.

Lieber Großpapa! Ich küsse Sie, mein Lieber. Sehne mich. Möchte Sie sehen. Danken Sie Tanja von mir. Das ist sehr lieb von ihr.

Nadja.

Straße des 27. Februar Nr. 50, Wohng. 1.

177. AN DIE REDAKTION DER ZEITSCHRIFT »SWESDA«

<Woronesch, 19. Dezember 1936>

An die »Swesda«-Redaktion.

Erlauben Sie mir, Ihnen zwei Korrekturen zu den vor wenigen Tagen von mir eingesandten Gedichten mitzuteilen, nämlich:

1) im Gedicht »Im Kiefernwäldchen« muß der *siebte* Vers lauten:
   … »Gleich losgelassen, Wurzeln schonend,« …
2) im Gedicht »Kaut der Kindermund« muß der *sechste* Vers lauten:
   … »Unterm Schnabel rot gestickt« …

Bitte seien Sie so freundlich, *diese Korrekturen ins Manuskript einzutragen*, das sich bei Ihnen befindet.

O. Mandelstam.

W, 19/XII/36.

178. AN NIKOLAJ TICHONOW

<Woronesch, 31. Dezember 1936>

31/XII – 36.

Ein gutes Neues Jahr!
Sehr geehrter Nikolaj Semjonowitsch!

Ich schicke Ihnen noch zwei neue Stücke. Das eine ist »Kostschejs Kater«. In diesem Text habe ich mit sehr bescheidenen Mitteln, mit Hilfe des Buchstabens »stsch« und noch etwas dazu, ein materielles Stück Gold geschaffen. Die russische Sprache ist zu Wundern fähig: wenn der Vers ihr nur gehorcht, bei ihr lernt und kühn mit ihr kämpft.

Wie irgendeine Sprache ehrt sie den Kampf des Dichters mit ihr, und mit welcher Kälte vergilt sie Gleichgültigkeit und unbedarfte Unterwerfung! Mein kleines Gedicht wird man mit anderen irgendwann drucken, und es wird dem Sowjetvolk gehören, dem ich unendlich viel schulde. Ihnen, dem Abgeordneten des 8. Kongresses (ich habe im Rundfunk Ihre schöne, mutige Grußadresse an den Kongreß gehört), teile ich mit: ich bin schwer krank, von allen verlassen und bettelarm. In den nächsten Tagen werde ich noch einmal an unseren NKWD gelangen und, wenn es nötig ist, an die Regierung. Hier in Woronesch lebe ich wie im Wald. Ob Menschen oder Bäume - es kommt auf dasselbe hinaus. Ich gehe buchstäblich physisch zugrunde. Was ich von Ihnen erwarte? Erreichen Sie die Lösung des allgemeinen Problems (die sich zu lange hinauszögern könnte) einer raschen konkreten Hilfe, keiner privaten - zum Teufel mit ihr -, sondern einer bescheidenen, organisierten, sowjetischen Unterstützung. Bedenken Sie, daß ich keine Arbeit annehmen kann, denn ich bin - das ist kein Scherz - zum Invaliden geworden. Ich kann auch nicht übersetzen, da ich sehr geschwächt bin, und selbst die Arbeit an meinen eigenen Gedichten, die ich nicht aufschieben kann, kostet mich viele Schwächeanfälle.

Ersparen Sie mir, ein Obdachloser zu werden (ich kann mich kaum auf den Beinen halten), ersparen Sie mir ein offensichtliches Bettlerleben. Telegraphieren Sie mir, wenn Sie diesen Brief erhalten haben, ergreifen Sie entschiedenste Maßnahmen, denn was mit mir in Woronesch geschieht, hat keinen Namen. Es kann nicht so weitergehen.

Ihr O. Mandelstam

Adresse: Woronesch, Straße des 27. Februar Nr. 50, Wohnung 1.

<2 Gedichte>

179. AN BORIS PASTERNAK

<Woronesch, 2. Januar 1937>

2. I. 37

Ein gutes Neues Jahr!

Lieber Boris Leonidowitsch.

Wenn man den ganzen gewaltigen Umfang Ihres Lebenswerks bedenkt, dessen unvergleichliches existentielles Ausmaß, findet man keine Worte für seine Dankbarkeit.

Ich möchte, daß Ihre Dichtung, von der wir alle verwöhnt und unverdient beschenkt werden, weiterdringt zur Welt, zum Volk, zu den Kindern …

Erlauben Sie mir, es einmal im Leben zu sagen: Danke für alles und auch dafür, daß dieses »alles« noch »nicht alles« ist.

Verzeihen Sie, daß ich Ihnen schreibe, als hätten Sie ein Jubiläum. Ich weiß selber, daß überhaupt kein Jubiläum ist: Sie hätscheln schlicht das Leben und mich in ihm, den Ihrer unwürdigen, Sie unendlich liebenden

O. Mandelstam.

180. AN JEWGENIJ MANDELSTAM

<Woronesch, 4. Januar 1937>

Grüß Dich, Bruder!

Im übrigen, wie es scheint, schon nicht mehr Bruder.

Das ist kein Bruder mehr.

Das ist etwas anderes.

Ossja.

Woronesch. 4/1/37.

181. AN JEWGENIJ MANDELSTAM

<Woronesch, 8. Januar 1937>

8. Jan. 37.

Jewgenij Emiljewitsch!

Du hast mein Leben längst abgeschätzt, und es ist für Dich bei weitem kein Gegenstand erster Notwendigkeit.

Aber Du hast Kinder. Irgendwann werden sie begreifen, *was* Du tust. Sie werden sich für ihren Vater schämen müssen.

Nimm folgendes zur Kenntnis: man hat mir *letzten* Endes vorgeschlagen, mit Mitteln von Verwandten (?) zu leben oder in irgendein Krankenhaus abzuhauen, aus dem man mich rauswerfen und in ein Invalidenheim stecken wird (zu Landstreichern und Paralytikern).

Um in Freiheit zu bleiben, *habe ich in letzter Zeit um Almosen gebettelt*. Begreifst Du, *was* Du tust?

Ossja.

Ich bitte Dich nicht um Geld, aber ich verbiete Dir, wo immer es auch sei, Dich als meinen Bruder zu bezeichnen.

182. AN JEWGENIJ MANDELSTAM

<Woronesch, Januar 1937>

Hör zu, Schenja: es geht nicht darum, ob Du dieses Geld schickst oder nicht. Eine solche Art der Hilfe, eine derart grenzenlose Gleichgültigkeit ist geradezu ungeheuerlich. Sag doch: pfeifst Du ganz einfach auf mich? Ist es so? Er ist ja weit weg, kein Bruder zu sehen ... Nichts »Anschauliches« also. Du zündest ein Kerzchen an zu 60 R. für drei Monate und bist wohl noch gerührt über Deine edle Gesinnung.

Für mich hast Du nichts übrig. Das heißt, ich bin überflüssig für Dich. Sagen wir es doch ganz schlicht: mein

Leben ist es für Dich *nicht wert,* daß Du **Dein** Budget, das Budget Deiner ganzen Familie systematisch um 10% oder sogar noch weniger einschränkst. An den Tatsachen ist nicht zu rütteln. Es gibt eben solche Brüder und andere. Aber ganz, ganz selten äußert sich die Liebe zu Deiner Familie (*nur* verstanden als Deine Ehefrau und Kinder und Du selber) in einem kleinmütigen und *verschämten* Zucken, im Zusammenkneifen der Augen. Ich sage Dir vorläufig nur eins: Du benimmst Dich wie ein garstiger Bengel, der hofft, sich um die Verantwortung drücken zu können. Ich werde Dich kaum dazu zwingen können, mich vor Hunger und Krankheit zu retten* (Du bist ja selber krank und arbeitest schwer: ich bedaure Dich), aber Du mußt wissen, daß Du die Grenze der **schlichten** Geringschätzigkeit überschritten hast.

Ich bin froh, daß Du nicht ein Hundertstel dessen erlitten hast oder erleidest, was mir auferlegt ist. (Aber wie hätte ich Dir geholfen! Nur los! Das weißt Du ja selber. Ich hätte von einer solchen Hilfe *geträumt.*) Aber Du bist ein nüchterner Mensch. Und wirst für Dich eine Rechtfertigung finden. Es ist schwer, einen Arzt zum Bruder zu haben.

Leb wohl, Doktor.

Ossja.

PS Rätst Du mir jetzt vielleicht zu einem vernünftigen *Bettlerleben?* Diesen Monat »leben« wir von 100 R. zu zweit.

* Nach Meinung der Ärzte kann ich es unter der Bedingung »völliger Ruhe« noch ein wenig »hinziehen«. Wir sind bei der schwärzesten Armut angelangt.

183. AN DIE REDAKTION DER ZEITSCHRIFT »SWESDA«

<Woronesch, 13. Januar 1937>

An die »Swesda«-Redaktion.

Ich berichte Ihnen von der Fortsetzung meiner Arbeit an dem neuen Gedichtbuch, das ich in Woronesch schreibe.

Ich lege ein »Kontrollverzeichnis« der Gedichte von Dezember und Januar bei. Die vorherige (in Woronesch entstandene) Arbeit, obgleich auch sie in das Buch eingehen wird, interessiert mich im Augenblick nicht. Die Anfänge liegen bei »Rotes Neuland«. Der Rest – bei mir.

Das Gedicht »Die Geburt des Lächelns« ist erst jetzt abgeschlossen. Den alten Text bitte ich als Variante zu betrachten.

O. Mandelstam

13. Jan. 37. W.

<19 Gedichte>

184. AN JURIJ TYNJANOW

<Woronesch, 21. Januar 1937>

Lieber Jurij Nikolajewitsch!

Ich möchte Sie sehen. Was tun? Ein legitimer Wunsch.

Bitte halten Sie mich nicht für einen Schatten. Noch werfe ich Schatten. Aber in letzter Zeit werde ich schlechthin allen verständlich. Das ist bedrohlich. Das Wichtige mit Lappalien mischend, schwimme ich nun bereits ein Vierteljahrhundert auf die russische Dichtung zu; bald jedoch werden meine Verse mit ihr zusammenfließen und in ihr aufgehen, nachdem sie einiges an ihrem Bau und ihrer Beschaffenheit verändert haben werden.

Mir nicht zu antworten ist leicht.

Die Verweigerung eines Briefes oder einer Nachricht ist nicht begründbar.

Verfahren Sie, wie Sie wollen.

Ihr O. M.

21/1 – 37.
Woronesch.

185. AN EINEN UNBEKANNTEN ADRESSATEN

<Woronesch, Anfang 1937>

<1>

<...>

Ich bin schwer und unheilbar krank und jeder Möglichkeit beraubt, mich behandeln zu lassen. Ich habe nichts zu essen. Ich lebe in Armut. Alle gesellschaftlichen Organisationen, auch der Schriftstellerverband, halten mich unter absolutem Boykott.

Dieses Gesamtbild hat sich in den letzten paar Monaten so gefügt, wobei meine ganze Woronescher Tätigkeit nicht den geringsten Anlaß dazu gibt. Alles, was mir offensteht, ist die Möglichkeit, nach mehrmonatigem bürokratischem Hin und Her eine monatliche Sozialfürsorge von etwa zwanzig Rubel zu bekommen, wie sie einem Landstreicher ohne jede abgeleistete Dienstzeit zusteht. Der Schriftstellerverband erklärt dazu (in Person des Literaturprofessors Stojtschew): »Soll Mandelstam sein Recht auf Arbeit irgendwo und irgendwie außerhalb des Schriftstellerverbandes verwirklichen.« Die Gebietsabteilung des NKWD aber rät mir, mich an den Schriftstellerverband zu wenden.

<...>

<2>

<...> erklärte er meiner Frau:

»Soll Mandelstam doch sein Recht auf Arbeit und sein Recht auf ärztliche Behandlung wo es ihm beliebt und wie es ihm beliebt verwirklichen. Stawskij hat uns verboten, uns in die Angelegenheiten von Nicht-Verbandsmitgliedern einzumischen und besonders in diejenigen von Anfängern ...« Als Verbannter kann ich natürlich nicht Mitglied des Sowjetischen Schriftstellerverbandes sein. /Der Vorstand des Schriftstellerverbandes (Moskau) antwortet auf keinerlei Briefe und Gesuche meinerseits./ Der NKWD hat im Verlaufe eines ganzen Jahres nicht auf ein einziges meiner Gesuche geantwortet.

Alles von mir hier Beschriebene erscheint mir als Unsinn oder als ein schlechter Traum, so sehr ist es unvereinbar mit den Gesetzen der Sowjetunion und mit dem gesunden Menschenverstand. Ich verstehe nicht, warum meine administrative Verbannung am Ende des dritten und letzten Jahres sich zu einer Verurteilung zu Hunger und Obdachlosigkeit auswächst. Ich verstehe nicht, warum meine neue Arbeit keine wiedergutmachende Dienstzeit schafft, sondern nur negativ auf mich zurückschlägt.

Das System der Nichteinmischung in meine Situation aber hat mich bereits halb zum Bettler und halb zum Landstreicher gemacht, und ich schäme mich, mit einer Begleitperson durch die Straßen gehen zu müssen (allein gehen kann ich nicht mehr), da Passanten mich erkennen. Ich bitte Sie, dieser Schmach ein Ende zu setzen.

<...>

<3>

<...> meiner abgeleisteten Dienstzeit, wurde mir von der Gebietssektion des Sowjetischen Schriftstellerverbandes

gemäß Übereinkunft mit dem Vorstand des Sowjetischen Schriftstellerverbandes jegliche materielle Unterstützung abgesprochen und mir vorgeschlagen, mich im allgemeinen Status ärztlich behandeln zu lassen, was sich als undurchführbar herausstellte, weil der allgemeine Status über Vermittlung dieses oder jenes Spezialmodus zustande kommt, und einen solchen konnte und kann mir niemand zuweisen.

Ich arbeitete weiter, auch in der ersten Hälfte des Jahres 36, als ich mehrmals vor Schwäche auf der Straße hinfiel und von Passanten aufgehoben werden mußte. Mitarbeiter verschiedener kultureller Institutionen der Stadt Woronesch waren Zeugen einer ganzen Reihe von mir erlittener Anfälle, ohnmachtähnlicher Zustände, Aussetzen der Herztätigkeit usw. Nicht eine Organisation hat mir auf irgendeine Weise geholfen. Die medizinische Hilfe beschränkte sich auf Kampferinjektionen in den akutesten Momenten. Das städtische Ambulatorium überwies mich als anerkannten Invaliden nach üblichem Verfahren zu einer eingehenden Untersuchung, jedoch über meine Arbeitsstelle – das Woronescher Stadttheater aber entließ mich am 1. August in Anbetracht der Tatsache, daß ich schon mehrere Monate praktisch nicht mehr hatte arbeiten können.

Ab Herbst 36 nahm meine Lage in Woronesch jäh die schlimmste Wendung. Hier eine genaue Charakterisierung dieser Lage: unabhängig davon, ob ich gesund oder krank bin, kann ich in Woronesch *keinerlei, absolut keinerlei Arbeit* mehr bekommen. Gleichermaßen keinerlei, absolut keinerlei Arbeit bekommt auch meine Frau, die mit mir zusammenlebt.

<...>

<4>

<...> Der Normalzustand ist für mich schwere Atemnot, eine qualvoll erschwerte Atmung und Unregelmäßigkeit

des Pulsschlags bei jeglicher Spannung oder Anstrengung, angefangen beim einfachen Gehen.

In einer wohlgeordneten sowjetischen Stadt – in Woronesch – falle ich vor Augen einer Vielzahl passiver Zeugen aus jedem sozialen Rahmen heraus und bin faktisch schon nicht mehr ein administrativ verbannter Bürger, der eben die Arbeitsfähigkeit eingebüßt hat, sondern ein menschliches Phantom, dessen Untergang von der allgemeinen Passivität sanktioniert wird.

Ich muß Sie warnen, daß im Falle einer passiven Haltung meinerseits diese Situation wiederum mit meiner mechanischen Einlieferung in ein Krankenhaus enden könnte, diesmal aber bereits in einem Zustand nahe der Agonie. Man sollte die Dinge beim Namen nennen.
<…>

186. AN KORNEJ TSCHUKOWSKIJ

<Woronesch, um den 9. Februar 1937>

Lieber Kornej Iwanowitsch!

Ich wende mich mit einer für mich überaus ernsten Bitte an Sie: *könnten Sie mir nicht ein wenig Geld schicken?*

Ich kann nichts anderes mehr tun, als mich mit der Bitte um Hilfe an Menschen zu wenden, die nicht wollen, daß ich physisch zugrunde gehe.

Sie wissen, daß ich sehr krank bin, daß meine Frau vergeblich Arbeit gesucht hat. *Ich kann mich nicht nur nicht behandeln lassen, ich kann auch nicht leben: ich habe nichts mehr. Ich bitte Sie darum, obwohl wir uns durchaus nicht nahestehen.* Was soll ich denn tun? Mein Bruder Jewgenij Emiljewitsch gibt mir keinen Groschen. Hier am Ort ist *absolut nichts* zu unternehmen. Es ist nur ein Aufenthaltsort und *nichts* sonst.

Verstehen Sie, was mit mir geschieht?

Nur eins noch: wenn Sie nicht helfen können – telegraphieren Sie eine Absage. Warten und hoffen ist zu qualvoll.

O. Mandelstam

Woronesch,
Straße des 27. Februar Nr. 50, Wohng. 1.

<2 Gedichte>

187. AN DIE REDAKTION DER ZEITSCHRIFT »SNAMJA«

<Woronesch, 11. März 1937>

An die »Snamja«-Redaktion.

Ich sende Ihnen das Gedicht »Der Unbekannte Soldat« in überarbeiteter und erweiterter Form.

Der beiliegende Text *ersetzt den früher von mir eingesandten.*

Ich bitte die Redaktion, diesen Änderungen bei der Erörterung meiner Gedichte Rechnung zu tragen.

O. Mandelstam

11. März 37.

<1 Gedicht>

188. AN NIKOLAJ TICHONOW

<Woronesch, Mitte März 1937>

Nikolaj Semjonowitsch!

Meine Lage vor Ihnen zu verbergen wäre ungut und unnatürlich. Alle Versuche von mir und meiner Frau, unser Leben ohne private Unterstützung zu regeln, haben zu nichts geführt. *Weder ich noch meine Frau* können irgendeine Arbeit bekommen. Außerdem bin ich nach wie vor krank und arbeitsunfähig. Als ich Ihnen schrieb, eine private Unterstützung sei äußerst unerwünscht, hoffte ich auf eine Verlegung des Problems auf eine andere Ebene. Ich habe diese Hoffnung bis jetzt nicht aufgegeben.

Ich habe nichts mehr zum Leben. Selbst schlichte Bekannte habe ich in Woronesch fast keine. Die absolute Not zwingt mich dazu, mich an Fernerstehende zu wenden, was völlig ungehörig und nutzlos ist. Alle lokalen Institutionen sind mir verschlossen, außer dem Krankenhaus – aber erst von dem Moment an, wo ich endgültig zusammenbrechen werde. Dieser Moment ist noch nicht eingetroffen: ich halte mich auf den Beinen, schreibe manchmal Gedichte und lebe von der zufälligen Hilfe der Leute, die jedesmal unerwartet und nur mittels krampfhafter Anstrengung zu erreichen ist. Wenn ich mich jetzt umschaue, sehe ich nicht, woher ich noch Hilfe erwarten könnte. Und dies zwei Monate vor Ablauf meiner dreijährigen Verbannung, wenn sich im buchstäblichen, nicht übertragenen Sinne die Frage nach meinem Leben entscheiden wird.

Diesmal bitte ich Sie persönlich, mir mit Geld zu helfen. Mit großer Freude werde ich Ihnen diese Schuld zurückzahlen, wenn irgendwann mein neues Gedichtbuch zum Druck angenommen wird.

Einstweilen ist mein physisches »Ich« ein unnützes und unbequemes Anhängsel meiner Arbeit. Aber ohne geht es nun einmal nicht.

Vor wenigen Tagen habe ich an Stawskij einige Gedichte abgeschickt mit der Bitte um Echo und Bewertung durch den Sowjetischen Schriftstellerverband.

In dieser Sendung waren völlig neue, Ihnen noch unbekannte Gedichte.

In gespannter Erwartung Ihrer Antwort drücke ich Ihnen die Hand.

O. Mandelstam

Woronesch, Straße des 27. Februar Nr. 50, Wohng. 1.

189. AN WERA CHASINA

<Woronesch, Anfang April 1937>

Liebe Wera Jakowlewna!

Ich wende mich mit einer großen Bitte an Sie: kommen Sie zu mir, wohnen Sie eine Weile bei mir. Geben Sie Nadenka die Möglichkeit, unbesorgt in dringlichen Angelegenheiten nach Moskau zu fahren. Sie wird diesmal für länger fahren müssen. Warum ich Sie darum bitte? Ich will es Ihnen erklären.

Sobald Nadja wegfährt, setzt bei mir eine qualvolle *nervlich-physische* Erkrankung ein. Sie führt zu folgendem: in den letzten Jahren hat sich bei mir ein asthmatischer Zustand eingestellt. **Das Atmen ist immer erschwert.** Ist Nadja aber bei mir, verläuft es friedlich. Kaum fährt sie weg – beginne ich buchstäblich zu ersticken. Subjektiv ist das unerträglich: ich spüre das Ende kommen. Jede Minute ist eine Ewigkeit. Allein kann ich keinen Schritt tun. Unmöglich, mich daran zu gewöhnen. Während ihrer letzten Reise (7 Tage) wurde es von Tag zu Tag schlimmer. Ich habe niemanden, der bei mir bleiben könnte. Mich beruhigen können nur Menschen, *die zu mir gehören*. Auch fremde Bekannte haben wir ja fast keine. Das letzte Mal habe ich es wie eine heftige Krankheit durchgestanden. Am Tag vor Nadjas Rückkehr war ich soweit, daß ich in ein beliebiges Krankenhaus gehen wollte. Ich klammerte mich an Menschen. Saß stundenlang an fremden Orten herum (bei einer Behörde, mitten in der Arbeitszeit) – nur um jemanden um mich zu haben.

Damals habe ich mir geschworen, daß ich das nicht noch einmal durchstehen werde. Danach bleibt eine tiefe Spur.

Diese Krankheit hat viele tiefe Gründe. Was tun? Alle Hoffnung liegt auf Ihrem Kommen. Im übrigen bin ich ein völlig normaler Mensch. Glauben Sie mir, daß ich

Ihnen nicht zur Last fallen werde, und Sie ahnen ja gar nicht, werden es mir nicht glauben können, welchen Dienst Sie mir und Nadja damit erweisen.

Bei mir bleiben müßten Sie mindestens zwei Wochen. Die Lebensbedingungen werden gut sein. Ein sehr gemütliches Zimmer. Eine freundliche Wirtin. Keine Treppen. Alles nah. Telephon gleich nebenan. Im Stadtzentrum. Der Frühling ist in Woronesch wunderbar. Wir würden sogar hinausfahren.

Wenn Sie nicht kommen – bedeutet das Krankheit und ein in seiner Heftigkeit physisch wie psychisch unerträglicher Zustand.

Ich bitte Sie, schweigen Sie nicht auf meinen Brief. Bitte antworten Sie unverzüglich mit einem Telegramm. Zeigen Sie den Brief Jewgenij Jakowlewitsch und Schura. Sie werden Ihnen bei der Abreise helfen.

Ich glaube fest an Ihren Wunsch, uns zu helfen.

Ihr Ossja.

190. AN JEWGENIJ CHASIN

<Woronesch, 10. April 1937>

10/IV/37.

Lieber Jewgenij Jakowlewitsch!

Noch einmal teile ich Ihnen mit, daß Nadja krank ist. Die tägliche Temperatur beträgt 37,6–9; sie ist sehr stark abgemagert. Außerdem jeden Tag während einiger Stunden heftige Schmerzen in der Lebergegend, die sie zwingen, sich hinzulegen.

So seltsam es erscheinen mag, Nadja war nicht beim Arzt. Sobald es ihr ein bißchen besser geht, vergißt sie es. Aber meistens haben wir auch nicht die 20 Rubel für den Professor, und ins Ambulatorium zu gehen lohnt sich nicht: wir wissen, wie aufmerksam sie dort sind.

Bis zum heutigen Tag hat mir Nadja ihre Temperatur verheimlicht oder unrichtig angegeben.

Wir haben noch Geld für 2–3 Tage. D. h. schlicht 25 Rubel. Welche Behandlung kann es da geben? 10 R. am Tag für beide – das ist ein Minimum, das jegliche Diät, richtige Ernährung, bezahlten Arztbesuch usw. *ausschließt*. Was sollen wir nur tun?

Morgen werde ich Nadja wohl zum Professor bringen. Was aber Moskau betrifft – ich habe Angst, sie wegzulassen. Ich fürchte, daß sie ernsthaft erkranken könnte, sich ins Bett legen müßte und wir plötzlich voneinander abgeschnitten wären. Vor allem werde ich abklären, *was* mit Nadja ist und was sie *objektiv* braucht, und teile es Ihnen sofort mit – ohne »Abstriche« bezüglich unserer Lage. Einstweilen teile ich Ihnen eines mit: die klinische Versorgung in den Woronescher Krankenhäusern ist *unannehmbar* (ausgenommen die chirurgische). Die Krankenhäuser (für innere Krankheiten) sind überfüllt. Wie mir Professor Gerke sagte, wird manchmal bis zu *12* akut Kranken am Tag (Lungenentzündung usw.) die Aufnahme *verweigert* und *nicht eine Aufnahme* gewährt. Man liegt auf den Korridoren herum. Die individuelle Pflege ist minimal. Das bedeutet entweder zu Hause, im Woronescher Zimmer bleiben oder irgendwohin wegbringen zu ernsthafter, wirklicher Behandlung. Ich bitte Sie darum, unverzüglich mit irgend jemand von Nadjas Freundinnen zu sprechen, ob sie nicht *um ihretwillen*, von mir ganz abgesehen, ernsthaft helfen wollen. Tun Sie das, ohne die Diagnose abzuwarten. Ihr Zustand ist so oder so sehr schlimm. Ihre Lebensweise schließt alle Möglichkeiten einer Besserung aus. Die Zukunftsaussichten sind – eher *negativ*. Es ist vielleicht nicht überflüssig, Ihnen mitzuteilen, daß ich vor wenigen Tagen einen Brief von »Snamja« erhalten habe, einen völlig kollegialen Brief, jedoch mit der Ablehnung der Gedichte. Das ist durchaus erfreulich. Denn es erschien uns wie ein Lichtblick in unserer grenzenlosen Verlassenheit. *Vielleicht wird das ein klein wenig Ihre Stimmung heben und Ihnen helfen, für Nadja irgend etwas zu unternehmen.* Es geht *nur* um sie.

In Woronesch sind wir völlig isoliert. Ab dem 13. gehen uns die Lebensmittel aus, d.h. Tee, Brot, Grütze, Eier. Es gibt niemanden, bei dem wir etwas borgen könnten. Wir dürfen nur an Nadja denken. Ich bin bereit, wie ich Ihnen schon am Telephon sagte, mich für eine beliebig lange Zeit von ihr zu trennen, wenn sie nur eine richtige Behandlung bekäme, aber nicht für eine geschäftliche Reise, *die ihre Kräfte übersteigen würde und mit unserem Abgeschnittensein enden könnte.* Denn Nadja gleicht jetzt ihrem Schatten. Und ich *übertreibe nicht.* Ich bitte Sie, mit irgendwem von den maßgeblichen Leuten zu sprechen. Und mir ein Telegramm zu schicken, wenn Sie diesen Brief erhalten haben. Ich weiß, Sie sind auch in Moskau hilflos. *Aber es ist immerhin Moskau.* Damit ist alles gesagt.

Nadja aber darf jetzt keinerlei Belastung ausgesetzt werden. Ihre Aktivität setzt sich selbst ein Ende.

Ich warte auf Ihre Antwort: auf ein vorläufiges orientierendes Telegramm.

Ihr O. Mandelstam

PS

Noch heute habe ich Schura gebeten, Nadjas Wegfahrt und Wera Jakowlewnas Abreise zu beschleunigen. Doch dann habe ich von der *ständig* erhöhten Temperatur erfahren – und in Verbindung mit Nadjas allgemeiner Schwäche begriffen, daß sie nicht fahren *darf.*

Diese *Inkonsequenz* darf in Ihren Augen nicht die Ernsthaftigkeit meiner Mitteilungen herabsetzen. Nadjas Gesundheit, eher: ihre Krankheit, ist durch und durch zerrüttet, weshalb es immer scheint, als wäre nichts zu machen (sie aber macht ja *alles?!*). Jetzt aber muß für sie das buchstäblich Unmögliche getan werden.

191. AN KORNEJ TSCHUKOWSKIJ

<Woronesch, vor dem 17. April 1937>

Lieber Kornej Iwanowitsch!

Das, was mit mir geschieht – kann nicht länger fortdauern. Weder ich noch meine Frau haben mehr die Kraft, dieses Entsetzen noch länger auszuhalten. Mehr noch: der feste Entschluß ist gereift, dies alles mit *irgendwelchen* Mitteln zu beenden. Das ist kein »befristeter Aufenthalt in Woronesch«, keine »administrative Verbannung« usw.

Das ist folgendes: ein Mensch, der eine sehr schwere Psychose durchgemacht hat (genauer: einen zermürbenden und finsteren Wahnsinn), beginnt sofort nach dieser Krankheit, nach einem Selbstmordversuch, physisch verkrüppelt, wieder mit der Arbeit. Ich habe mir gesagt – recht haben die, die mich verurteilt haben. Ich habe in allem einen historischen Sinn gefunden. Also gut. Ich habe Hals über Kopf gearbeitet. Man hat mich dafür geschlagen. Mich zurückgestoßen. Moralischer Folter ausgesetzt. Ich habe trotzdem gearbeitet. Alle Eigenliebe abgelegt. Für ein Wunder gehalten, daß man mich arbeiten ließ. Unser ganzes Leben für ein Wunder gehalten. 1 1/2 Jahre später war ich Invalide. Zu dem Zeitpunkt hat man mir ohne jedes neue Verschulden alles genommen: das Recht auf Leben, auf Arbeit, auf ärztliche Behandlung. Ich bin in die Lage eines Hundes versetzt, eines Köters ...

Ich bin ein Schatten. Mich gibt es nicht. Ich habe nur das Recht zu sterben. Mich und meine Frau treibt man in den Selbstmord. Wenden Sie sich nicht an den Schriftstellerverband, das ist zwecklos. Die waschen sich die Hände. Es gibt nur einen Menschen auf der Welt, an den man sich in dieser Sache wenden kann und muß. An ihn schreibt man nur, wenn man es für seine Pflicht hält, es zu tun. Ich kann nicht mein eigener Gewährsmann sein, nicht mein eigener Gutachter. Es geht nicht um einen

Brief von mir. Wenn Sie mich retten wollen vor dem unabwendbaren Untergang – zwei Menschen retten wollen –, so schreiben Sie. Überreden Sie andere zu schreiben. Es ist lächerlich zu glauben, das könnte auf jene »zurückschlagen«, die es tun. Einen anderen Ausweg gibt es nicht. Es ist der einzige *historische* Ausweg. Aber begreifen Sie: wir lehnen es ab, unsere Agonie in die Länge zu ziehen. Jedesmal, wenn ich meine Frau weglasse, erkranke ich »nervlich«. Und es ist schrecklich, sie anzuschauen – zu sehen, wie krank sie ist. Bedenken Sie: *warum* fährt sie? Woran hängt unser Leben? Ein neues Verbannungsurteil verbüße ich nicht mehr. Ich kann nicht.

O. Mandelstam.

Meine Krankheit. Ich kann keinen Augenblick »allein« bleiben. Gerade ist die Mutter meiner Frau zu mir gekommen – ein altes Frauchen. Wenn man mich allein läßt – stecken sie mich ins Irrenhaus.

192. AN NIKOLAJ TICHONOW

<Woronesch, vor dem 17. April 1937>

Lieber Nikolaj Semjonowitsch!

Ich wiederhole: keiner von Ihnen weiß, was mit mir geschieht.

Jetzt droht die Katastrophe.

Mischen Sie sich ein, solange es nicht zu spät ist.

Glauben Sie jedes Wort meiner Frau.

Eilen Sie. Sonst wird alles unrettbar enden.

O. Mandelstam.

193. AN NADESCHDA MANDELSTAM

<Woronesch, 19. April 1937>

19/IV

Nadjuschenka!

Heute morgen haben wir Deinen Bahnhofsbrief bekommen. Der Briefträger klopfte unwahrscheinlich laut ans Fenster. Dann hat die Katze Toma in die Flucht gejagt. Heute morgen sprach Mama über den angeborenen Charakter der Kinder. Gestern die Geschichte der Familie Korngold. Gestern sind wir beide, jeder im Vertrauen auf den andern, ohne Geld in den Laden gegangen: wir kamen hin und kehrten wieder um. Großmama hat den Lichtschalter kaputtgemacht. Ich habe ihn unverhofft reparieren können.

Gestern gingen Mama und ich ins Haus der Roten Armee. Ich habe mich dort im schicken Friseursalon für 2 R. 50 K. verjüngen lassen. Das Konzert war kostenlos, mit besonderen Eintrittskarten. Ich nahm zwei: für mich und Mama. Aber da kam Natascha – und ihr gab man keine Karte. Und Mama ging nach Hause (sie gab Natascha ihre Karte), aber sehr ungern: das Haus der Roten Armee hatte ihr so gefallen. Sebastian tanzte wie ein Syrer, Nubier und Phrygier plus Jude in einem. Sehr gut haben sie gespielt.

Gerade habe ich gleich morgens ein dringendes Telephongespräch mit Schenja für 12 Uhr nachts angemeldet, mit Vorankündigung. Auch das ist nicht sicher. Nadik, wohne bei uns zu Hause, das Wohnen bei andern ermüdet Dich nur. Ich werde versuchen, morgens zwischen 8 Uhr 30 und 9 Uhr anzurufen. Falls das nicht klappt – telegraphiere. Sag Großpapa, daß ich ihn sehen möchte. Er solle mir schreiben. Die Krankheit, ohne Dich zu sein, verläuft ziemlich ruhig (dank Mama), bleibt aber trotzdem Krankheit. Ich zähle die Tage und Minuten bis zu Deiner Rückkehr. Wenn die Umstände es nahelegen, geh zu »Snamja«. Oder doch nicht? Ich werde jeden Morgen schreiben. Und Du telegraphiere, wenn es nicht gelingt anzurufen. Geh zum Arzt. *Unbedingt*. Ich küsse Dich, meine Liebste.

Ossja. Njanja. Deiner.

Mein Liebster, ich liebe Dich und möchte so gern bei Dir sein. Huhu? Nadinka! Gib Dein Stirnchen her, meine kleine Sonne!

194. AN NADESCHDA MANDELSTAM

<Woronesch, 22. April 1937>

22/IV/37

Liebste Nadinka!

Das ist mein zweiter Brief. Ich bin natürlich ein Dummkopf – nicht wahr? –, aber ich verstehe nicht, was Du in Moskau erwartest. Na gut, dann versteh ich's eben nicht. Und wenn Du in Moskau sitzt, heißt das – es ist eben notwendig. Auch diesmal ist Deine Wegfahrt schwer für mich, aber ich ertrage sie ruhiger. Deine Mama hilft mir sehr – mit ihrem ganzen Wesen, bis hin zu enervierenden Momenten. All das ernüchtert und hält einen am Leben. Wir streiten uns nicht. Ich bin sehr schweigsam und kann nichts dagegen tun, obwohl ich weiß, daß ihr das unangenehm ist. Ich bin viel an der frischen Luft. Ich gehe allein, nicht weit vom Haus. Meine Gedichte sind bestimmt viel schlechter als die vorigen. Verheimliche mir das nicht. Es ist kein großes Unglück. Wir werden über sie hinwegspringen. Wenn wir am Leben bleiben – wird es auch wieder Gedichte geben. Meine Gesundheit ist gut, wenn die Atemnot nicht wäre. Das aber ist so ernst, daß ich es *nur* mit Dir ertragen kann und wenn Du da bist. Die zweite Reise beunruhigt mich sehr. Wenn Du da bist, ist auch die Atemnot viel leichter. Im übrigen bringt die frische Luft zweifellos Linderung. Lesen kann ich fast gar nicht. Jedes Buch ist mir unangenehm. Auch lesen kann ich nur, wenn Du da bist. Die Frage ist klar: können wir zusammensein? Alles übrige ist meiner Meinung nach unwichtig. Niemand besucht uns. Auch Natascha war nur zweimal da.

Wieder ist mir alles gleichgültig außer Deiner Rückkehr. Laß Deine Krankheit abklären. So sorgfältig wie möglich. Die Woche kommt mir endlos lang vor. Keine Briefe von Dir. Deine Stimme klingt so, als könnten aus einer Woche zwei werden usw.

Halte meinen Brief nicht für niedergeschlagen. Du bist einfach weggefahren, und ich bin still geworden. Alles, was wir zusammen besprochen haben, ist richtig. Wir sind durchaus keine schwachen Menschen. In einem sehr schwierigen Moment werden wir tun können, was nötig ist. Verlaß Dich nicht aufs Telephon. Moskau bekommt man fast nie. Jeder Anruf ist ein Zufall. Wenn etwas schiefgeht – telegraphier ein paar Worte. Sag Schura: daß er auf meinen Brief **nicht** geantwortet hat, ist nicht gutzumachen – es soll ihn nicht mehr beunruhigen. Sag ihm das unbedingt genau so.

Nun auf Wiedersehen, mein liebster Freund. Ich warte auf Dich und nur auf Dich.

Dein Ossja. Njanja.

195. AN NADESCHDA MANDELSTAM

<Woronesch, 26. April 1937>

26. Apr.

Nadik, grüß Dich!

Meine Neuigkeiten: heute morgen bin ich baden gegangen. Um den Hahn haben sie einen Zaun gelegt. Mama hat mir das Teekochen überlassen und versprochen, die Elektromaschine nicht mehr anzurühren, die in großer Gefahr ist: sie knackt und riecht nach verschiedenfarbigem Angeschmortem. Die Schuhsohle hat mir der Armenier wieder angenagelt. Sie hält. Glaub es nicht, wenn sie die glatten Gedichtchen loben. Der Lobredner ist bei denen ein Kleingeist. Bei uns grünen die Gärten. Sehr schön – über dem Hinterhof – der Nachbarsgarten. Ich gehe oft dort herum. Überhaupt bin ich ein starker Geher geworden. Kürzere Strecken gehe ich allein. Ich sehe aus wie nach einer Kur. Das Geld: noch 40 R. Keine Schulden. Pelageja Gerassimowna habe ich 30 R. im voraus gegeben. Die kleine Raja kam mit einem Mahnzettelchen. Ihr gab ich – 5 R. Von 4 Telephongesprächen sind 3 dringende. Morgens ist es immer dringend. Deshalb ist nur noch wenig Geld da. Und dann noch 5 R. für die Waschfrau. Und 4 R. für den Schuster. Und gestehen muß ich, ich habe bei Emmas Mama am Anfang 15 R. geborgt – und nicht zurückgegeben. Das ist schlecht.

Nadik, Du sollst außer den Geschäften in Moskau auch leben. Schau Dir Bilder an. Alles, was ich sehen will – schau Du es Dir an. Geh zum Spaß sogar ins Theater. Langweile Dich nicht. So oder so, damit Du erfrischt zurückkommst. Warum hast Du geschrieben: »hier« und es dann durchgestrichen? Wer, was ist hier, d.h. in Moskau?

Gestern habe ich Mama wieder ins Konzert ausgeführt. Sie saß in der Parkett-Loge und war stolz. Sie staunte, daß man so leicht eine Freikarte bekam. Die letzten Tage ist sie ganz ruhig und gemütlich.

Ich habe die Eau de Cologne-Flasche aufgebraucht (zusammen mit Mama). Das eingetrocknete Gerstenkorn ist geblieben. Die Augen sind gesund (wenn ohne Brille). Jetzt ist kein Staub. Sonst hingen über der Steppe immer kosmische Wolken. Mama hat heute meine Hose geflickt. Interessant und häßlich. Ich bitte Dich, laß Dich durch nichts verlocken. Danke für die Geschenke. Ich küsse meine kleine Liebste. Und warte auf sie.

Ossja.

Njanja.

Mama schreit: »Ihr geht mir auf die Nerven!« und läuft allein davon, um einen Brief einzuwerfen. Ich laufe ihr nach.

Ich küsse Schurik. Schenk ihm etwas – von mir. Frag ihn, wenn Du mit ihm allein bist. Er wird Dir sagen, was.

196. AN NADESCHDA MANDELSTAM

<Woronesch, 28. April 1937>

28. Apr.

Nadik, mein Kindchen!

Was wird dieser Brief Dir sagen? Bringt man ihn Dir morgens oder findest Du ihn abends? Also »Guten Morgen«, mein Engel, und »Gute Nacht«, und ich küsse Dich Schläfrige, Ermüdete oder Frischgewaschene, Tatenfrohe, die Du voller Inspiration gleich losrennst zu Deinen schlauen, klugen, guten Taten. Ich beneide jeden, der Dich sieht. Du bist mein Moskau und mein Rom und mein kleiner David. Ich kenne Dich auswendig, und immer bist Du neu, und immerzu höre ich Dich, meine Freude. Huhu? Nadinka!

Bei uns herrscht Ruhe und Frieden. Nur ich brodle leise vor mich hin. Ich bin froh. Ich warte auf Dich. Ich will nichts außer – Dich.

Ich werde Dir den schönen Kerl von Hahn zeigen, der 300 Mal loskräht von 4 bis 6 Uhr morgens. Und das Katerchen Puschok, das überall herumrennt. Und die kleinen grünen Weiden.

Die Schuhsohle löst sich schon wieder leicht ab an den Nägeln. Aber etwa 3 Tage werde ich damit noch gehen können. Schulden haben wir keine. Wir sind keine Verschwender. Nur das Telephon hat viel verschlungen. Wir halten durch bis zum 2. Mai. Gestern war ich mit Natascha im Park spazieren. Wir sind sehr weit gelaufen, weiter als bis zu jenem Pavillon. Deswegen ist die Schuhsohle abgegangen.

Ich habe auf der Straße »Onkel Lenja« gesehen, der auferstanden ist und keuchend herumläuft. Ich habe ihm medizinische Ratschläge gegeben, als Kollege in Sachen Krankheit.

Tatsächlich bin ich im Moment gesund wie selten zuvor und zum Leben bereit. Wir werden es anfangen, wohin uns das Schicksal auch verschlägt. Ich werde jetzt stärker sein als die Gedichte. Die haben uns genug tyrannisiert. Komm, wir meutern! Dann werden die Gedichte nach unserer Pfeife tanzen, und keiner soll sich unterstehen, sie zu loben. Ich küsse Deine klugen klaren Augen, Dein altes junges Stirnchen. Mama ist ab und zu geistreich. Ihr beginnt unser Leben zu gefallen. Wie schrecklich! Nadik, komm zu uns, und wir lassen Mama nicht wieder weg.

Ich küsse mein Kindchen und warte.

Njanja.

Du bist doch nicht beleidigt, daß ich »altes Stirnchen« gesagt habe?

197. AN NADESCHDA MANDELSTAM

<Woronesch, 30. April 1937>

Meine liebste Nadinka!

Ich schicke Dir den Auszug und die Erklärung zur Übergabe an Stawskij.

Ich bin gesund und ruhig. Du wirst kommen, sobald Du alles Notwendige erledigt hast. Ich denke, länger als bis zum 5. brauchst Du nicht zu bleiben. Äußerstenfalls kommst Du ohne Geld. Ist das nicht egal? Wenn es nur für Mamas Reise reicht.

Meine Erklärung an den Sowjetischen Schriftstellerverband halte ich für äußerst wichtig.

Wenn Stawskij aber findet, es lohne sich nicht, um einen so nichtigen Anlaß soviel Aufhebens zu machen, bin ich einverstanden. Ich bin kein Intrigant. Auf jeden Fall – zeige sie ihm.

Wichtig ist, daß es *danach* für uns *physisch* unmöglich ist, in Woronesch zu bleiben. Erkläre ihm das.

Ich küsse Dich, mein Liebster. Ich beeile mich, das abzuschicken.

Dein Ossja.

198. AN DAS SEKRETARIAT DES SOWJETISCHEN SCHRIFTSTELLERVERBANDES

<Woronesch, 30. April 1937>

Sehr geehrter Genosse Stawskij!

Ich bitte den Sowjetischen Schriftstellerverband, die mich in Verruf bringenden Äußerungen der Woronescher Gebietssektion des Verbandes untersuchen und überprüfen zu lassen.

Entgegen den Behauptungen der Gebietssektion des Verbandes wurde meine Woronescher Tätigkeit von der Gebietssektion *nie* entlarvt, sondern nur unbegründet herabgesetzt, und dies **zu einem zurückliegenden Zeitpunkt**. Beim ersten Kontakt mit dem Verband jedoch habe ich mit aller Schonungslosigkeit mein politisches *Verbrechen* – und nicht meinen »Fehler« – charakterisiert, das zu meiner administrativen Verbannung geführt hatte.

In der ganzen kurzen Periode meines Kontaktes zum Verband (von Oktober 34 bis August 35) und bis auf die letzten Tage habe ich beharrlich im Verband und über den Verband um eine sowjetische, parteikonforme Führung meiner Arbeit nachgesucht, sie jedoch nur sporadisch, unter ständigen Ausflüchten seitens der Leiter der Gebietssektion erhalten.

In den letzten 1 1/2 Jahren hat es der Verband *überhaupt* abgelehnt, meine Arbeit zur Kenntnis zu nehmen und mit mir ins Gespräch zu kommen.

Wenn ich als Künstler (Dichter) einen »Einfluß« auf meine Umgebung ausüben kann, so ist das nicht meine Schuld, es ist indessen das **einzige**, was mir von der Gebietssektion angelastet wird und den mörderischen politischen Anschuldigungen zugrunde liegt, die aus meiner **Woronescher** Tätigkeit als Dichter und Literaturarbeiter abgeleitet werden.

Im Besitze meiner Erklärung an das Minsker Plenum, das eine ganze Reihe ernsthafter politischer Äußerungen enthält, hat der Verband, der diese Erklärung in Empfang nahm und nach Moskau weiterleitete, sie bis heute nicht für doppelzüngig erklärt, was zumindest ein Zeichen von Inkonsequenz ist.

Eine prinzipielle Entfernung meiner Person vom Verkehr mit dem Verband hat nie stattgefunden. Im Sommer 35 wurde mir gegenüber erklärt: »Wir halten Sie nicht für unsern Feind, haben Ihnen nichts vorzuwerfen, aber wir kennen die Haltung des Schriftstellerzentrums Ihnen gegenüber nicht, weshalb wir uns einer weiteren Zusammenarbeit enthalten wollen.« *Danach* empfahl mich der Verband (Protokoll des Vorstands) für eine Arbeit im städtischen Theater.

Ich halte es für notwendig beizufügen, daß meine Arbeit in anderen Bereichen (Theater, Radiokomitee) keinerlei gesellschaftlichen Tadel nach sich zog und mehrfach nach entsprechender politischer Überprüfung ernsthafte Verwendung fand. Sie hat nur durch meine Krankheit ein Ende gefunden.

Indem er drei Namen nennt (Stefen, Ajtsch, Mandelstam), überläßt es der Autor des Artikels im Namen des Verbandes dem Leser und den interessierten Organisationen, selber herauszufinden, wer von den dreien Trotzkist sei. Die *drei* Personen werden nicht differenziert, sondern als »Trotzkisten und andere klassenfeindliche Elemente« bezeichnet.

Ich halte ein solches Verfahren der Entlarvung für unzulässig.

Im Endergebnis werde ich nicht für meine vergangene Schuld in Verruf gebracht, sondern für jenes Positive, was ich danach zu tun versucht habe, um sie zu büßen und mich für eine neue Arbeit zu qualifizieren.

Faktisch wird mir die Tatsache zur Last gelegt, daß ich mich der Kontrolle durch eine sowjetische Schriftstellerorganisation habe unterstellen wollen.

O. Mandelstam

Auszug aus dem Artikel von O. Kretowa in der Zeitung »Kommuna« vom 23. April 37 (Bericht über das Plenum der Gebietssektion des Sowjetischen Schriftstellerverbandes und ein Artikel über die Aufgaben der Literatur):

»... In den letzten Jahren versuchten Trotzkisten und andere klassenfeindliche Leute (Stefen, Ajtsch, O. Mandelstam) die Organisation (Woronescher Gebietssektion des Sowjetischen Schriftstellerverbandes) zu unterwandern und ihren Einfluß auszuüben, doch sie wurden entlarvt ...«*

»Völlig anders war die Haltung des Verbandes gegenüber Leuten, die in der Vergangenheit Fehler begangen haben, diese Fehler jedoch durch ehrliche Arbeit wiedergutmachen (die Woronescher Schriftsteller Sawadowskij und Peskow) ...«

O. Mandelstam.

Woronesch. 30. Apr. 37.

* Den zweiten Absatz führe ich summarisch an, den ersten – wörtlich.

199. AN NADESCHDA MANDELSTAM

<Woronesch, 30. April 1937>

Liebstes Töchterchen Nadik,

gerade sind Deine 100 R. angekommen. Wir hatten aber noch etwas, alles für den 1. Mai ist schon eingekauft. Eine Neuigkeit: ein Huhn hat Mama in die Wange gepickt und gekratzt. Ein klein wenig nur. Heute habe ich mich selber in die Schlange vor dem Lebensmittelladen gestellt und habe Mama auf eine Bank an der Straße gesetzt.

Heute morgen habe ich Dir den Auszug aus dem Artikel von O. Kretowa in der »Kommuna« vom 23. April geschickt und meine Erklärung an Stawskij für den Schriftstellerverband bezüglich der Woronescher.

Für alle Fälle schicke ich an die Adresse von Jewgenij Jakowlewitsch einen zweiten Auszug und eine gekürzte Erklärung an den Sowjetischen Schriftstellerverband.

Ich weiß nicht, was ich mit den Schuhen machen soll. Ich werde Dich fragen. Die Zukunft beunruhigt mich nicht.

Komm spätestens am 6. Auch ohne Geld. *Es ist völlig egal.* Unendlich warte ich auf Dich.

Dein Ossja.

200. AN WLADIMIR STAWSKIJ

<Woronesch, 30. April 1937>

30. Apr. 37.

An Genossen Stawskij.

Ich bitte Sie, die Leitung des Sowjetischen Schriftstellerverbandes aufmerksam zu machen auf den verantwortungslosen Umgang mit meinem Namen durch die Woronescher Gebietssektion des Verbandes.

Der Verband schreibt sich zu Unrecht meine Entlarvung zu. Eine solche Entlarvung hat es *nie* gegeben.

Der Verband hat vor 1 1/2 Jahren eine Zusammenarbeit mit mir abgelehnt und dies mit dem »Fehlen von Direktiven« begründet.

Gleichzeitig stellte er mir eine *gesellschaftliche Empfehlung* aus (Beschluß des Vorstandes: protokolliert), damit ich eine Arbeit bekäme. Die Angriffe (der zweite in der Presse) sind zurückdatiert.

Die Woronescher Gebietssektion des Verbandes legt mir faktisch zur Last, daß ich im Verband und über den Verband eine sowjetische und parteikonforme Meinung und Führung gesucht habe.

Daß aber drei Namen in dieselbe Klammer gesetzt werden – damit der Leser sich *willkürlich* zurechtfinden möge –, ist absolut unzulässig.

O. Mandelstam
30. Apr. 37.

Auszug aus dem Artikel von O. Kretowa in der Zeitung »Kommuna« (Woronesch) vom 23. April 37 (Bericht über das Plenum der Gebietssektion und ein Artikel über die Aufgaben der Literatur):

»... In den letzten Jahren versuchten Trotzkisten und andere klassenfeindliche Leute (Stefen, Ajtsch, O. Mandelstam) die Organisation (Woronescher Gebietssektion des Sowjetischen Schriftstellerverbandes) zu unterwandern und ihren Einfluß auszuüben, doch sie wurden entlarvt ...

* Völlig anders war die Haltung des Verbandes gegenüber Leuten, die in der Vergangenheit Fehler begangen haben, sich aber bemühen, diese durch ehrliche Arbeit wiedergutzumachen (die Woronescher Schriftsteller Peskow und Sawadowskij).«

O. E. Mandelstam.

201. AN NADESCHDA MANDELSTAM

<Woronesch, 2. Mai 1937>

2. Mai

Liebste Nadinka!

Verzeih, daß ich auf der Rückseite Deiner Abschriften schreibe. Bewahre die Blätter auf und bringe sie hierher zurück. Um der allgemeineren Bedeutung willen mußte ich Natascha einen älteren Bruder und eine Schwester andichten und den Charakter ihres zukünftigen Ehemanns postulieren. Aber daß ich ihr zurede zu heiraten – das ist ganz und gar real.

Wie Du siehst, beschäftige ich mich mit Unsinn und bin weit entfernt von finstern Gedanken. Im übrigen ist kein Tag wie der andere. Heute morgen sind Mama und ich in der Siti-Straße (*Syty-Streat* – richtig?) Schuhe suchen gegangen. Ich habe fürchterliche blaue gekauft – 25 R. Dazu wollte ich grüne Socken kaufen (zur braunen Hose), aber Mama hat es nicht erlaubt. Dabei hat der alte Verkäufer mit mir über Musik gesprochen (ein Bekannter aus den Konzerten).

Haben sich wirklich Liebhaber für den »Soldaten« gefunden? Ich möchte diesen guten Seelen persönlich danken. Bei uns ist der Stecker von der Maschine kaputtgegangen, und Adrian Fjodorowitsch hat ein kompliziertes Hängerchen angebracht, das auch kaputtgeht. Das Licht bleibt überhaupt öfter weg, und ich schreibe bei Lampen- und Kerzenlicht.

Liebste, verzeih mir, daß ich plaudere, während Du vor solchen Anstrengungen usw. stehst. Mir scheint, daß wir aufhören müssen zu *warten*. Diese Fähigkeit ist für uns erschöpft. Alles, was Du willst, nur keine Erwartung. Mit Dir habe ich vor nichts Angst. (Das Licht ist wieder angegangen.) Wir sind für immer zusammen, und das wächst bis zu einem solchen Grade, wächst so bedrohlich und so klar, daß wir *nichts* zu fürchten brauchen. Ich küsse Dich, mein ewiger und heller Freund. Ich werde Dich bald wieder hören, Dich sehen und umarmen.

Dein Mann. Njanja.

<1 Gedicht>

202. AN NADESCHDA MANDELSTAM

<Woronesch, 4. Mai 1937>

4. Mai.

Nadik Liebster!

Komm schnell zurück. Das Atmen fällt mir schwer ohne Dich. Der Frühling ist mir keine Freude. Komm schnell zurück. Heute kamen zwei Briefe von Dir vom 29. und 30. Du hast drei Gäste auf einmal. Fast wie zu Hause. War es, als sei ich auch da? Ja? Und als ob ich Emma ausschimpfe? Schimpf Du nicht mit mir: ich verstehe alles – bin nur sehr dumm. Mein Kindchen, bleib keine Minute länger als nötig, schlimmstenfalls fährst Du noch mal (?). Nein, Du fährst *nicht* mehr. Im ungewissen herumsitzen sollst Du nicht. Wenn die Verhandlungen einen formlosen Charakter annehmen. Mir scheint: das, was sie tun können und wollen – tun sie *sofort*.

Gestern nacht bin ich Mama ausgerissen wie eine Spanierin ihrer alten Duenja. Um 12 Uhr klopften Natascha und ihr Boris ans Fenster. Mama schlief. Ich schlich mich heimlich hinaus, und wir gingen ins »Bristol«. Boris bestellte für uns drei ein Schweinskotelett, drei Orangen und eine Flasche Bordeaux. Ich habe Mama eine Orange mitgebracht und sie ihr unters Kopfkissen gelegt. Sie ist aufgewacht und hat gesagt: ich bin kein kleines Mädchen mehr. Sie hatte *nicht bemerkt,* daß ich weggegangen war. Eben kam ein Brief von Rudakow. Ich habe ihn mit kolossaler Mühe entziffert. Er schreibt (anscheinend?), die

Gedichte seien unterschiedlich, und das lasse sich nur im Gespräch erklären. Etwas Großes, Neues gehe von den Versen über die russische Poesie aus. Ja?

Gerade war ich im Buchladen – im großen. Dort gibt es die herrliche »Schmiedekunst der Sassaniden« aus der Eremitage – 50 R. Die gute Verkäuferin hat sie mir zurückgelegt. Wie Du siehst, bin ich ein verrückter Dummkopf. Aber diese Schälchen der Perser kaufen wir trotzdem. Solche Ungeheuer sind wir eben. Kindchen, komm schnell zurück – Njanja erstickt ohne Dich. Er kann nicht mehr herumlaufen und warten. Huhu? Nadik? Huhu? Beeil Dich.

Njanja.

Nadik, untersteh Dich, Dir Geld vom Mund abzusparen. Wir brauchen nur Groschen. Gerade bin ich auf die andere Straßenseite gegangen und habe Mamas Figürchen gesehen – sie ist rührend. Sie ist – ganz Deine. Sie ist ein winziger Dante als altes Frauchen.

203. AN NADESCHDA MANDELSTAM

<Woronesch, 4. Mai 1937>

4. Mai./zweiter Brief.

Nadik kleine Sonne!

Gerade bin ich nach Hause gekommen und habe eine Kleinigkeit geschrieben. Ich lege sie bei. Ohne Dich zu schreiben ist bitter und öde. Mama lassen die »Frösche« gleichgültig, »Natascha« lobt sie, den »Faulbeerbaum« übergeht sie mit Schweigen.

Vor 10 Tagen etwa habe ich mich mit unserer Wirtin des Hahns wegen gestritten (ich rief etwas über den Hahn in die Gegend hinaus: sie bezog das Pathos auf sich selber ... Sehr delikat, aber trotzdem hat sie ein paar saure Worte fallenlassen). All das ist vergessen. Ihre Feinfühligkeit ist erstaunlich. Geld hat sie keins genommen. Eine grenzenlose Geduld.

Zum Angriff des Huhns auf Mama. Es ist kein ernsthafter Kratzer. Die Schramme verheilt. Weiß der Teufel, was ich für einen Unsinn schreibe! Nicht mal Gogol könnte sich so etwas ausdenken.

Meine kleine Sonne, ich flehe Dich an, wenn alles schiefgeht, komm fröhlich zurück. Erinnere Dich, daß es für uns beschämend wäre zu verzweifeln. Wer weiß, was kommen wird? Irgend etwas … Wir werden es überleben … So ist das, mein Kind.

Noch einmal bitte ich Dich, falls Du noch länger bleiben mußt: versage Dir nichts. Verwöhn uns nicht. Ich küsse Dich, mein Liebster.

Deine Njanja.

204. AN NADESCHDA MANDELSTAM

<Woronesch, 7. Mai 1937>

7. Mai

Nadik, mein liebstes Kindchen!

Gestern kam Dein Brief vom 4., heute der vom 2. Kindchen, Du hast dort nichts mehr zu tun. Für Dich ist Moskau leer! An welche Türen willst Du noch klopfen? Wie verbringst Du die Zeit?

Und ich bin ganz versauert. Auch die Gedichte habe ich gelassen. Und weiß nicht, wohin mit mir. Das Telephon haben sie uns heute abend weggenommen gegen ein Radio, sonst hätte ich Deine Stimme hören können. Ich will keine Nachrichten. Ich will Nadjas Stimme. Die letzten Tage gehe ich fast ohne Mühen allein hinaus und versetze die Woronescher mit meiner einsamen Gestalt in Staunen. Gestern habe ich mich sogar zu Natascha aufgerafft. Nur in der Straßenbahn Nr. 3 hatte ich ein klein wenig Angst. Zum Hochzeitsgedicht sagt Natascha, es klinge »irgendwie vertraut – wie Lermontow«, d.h. Literatur aus zweiter Hand. Den kleinen »Park« mag sie. Und »Eisen« sei wirklich Eisen. Sie arbeitet jetzt 10 Stunden am Tag und kommt fast nie mehr vorbei. Mama und ich sind absolut allein. Katze und Sohn. Mama hat verlernt, mit mir zu streiten. Der Kratzer von der Hühnerkralle ist fast weg. Mama hat mein blaues Hemd und Deine Weißwäsche gewaschen. Beim Gedanken an die Perser lecke ich mir vorerst die Lippen. Ich glaube an nichts Gutes mehr. Es ist besser so. Aber Dein kleiner Stern – uh! – wie wunderschön er ist. Immer mehr. Nadik, bring meine Prosa mit. Wenn wir am Leben bleiben – bring mir Englisch bei. Die 75 R. sind heute gekommen. Das letzte Mal hat der Telegraphist bei uns Tee getrunken. Nadik, durch den Brief ist mir leichter geworden: ich fange an zu plaudern und zu lächeln.

Ich warte auf Dich, meine Frau, mein Töchterchen, mein Freund. Komm schnell, schnell.

Deine Njanja.

Gleich gehe ich den Brief *selber* einwerfen bei der »Kommuna«.

205. AN JEWGENIJ CHASIN

<Woronesch, 15. Mai 1937>

Kehren nach Hause zurück Nadja Ossja Mama schicken Sie Geld

206. AN WLADIMIR STAWSKIJ

<Moskau, Anfang Juni 1937>

Sehr geehrter Genosse Stawskij!

Ich muß Ihnen mitteilen, daß Sie auf die Anfrage nach meiner Gesundheit vom Apparat des Literaturfonds *unzutreffende* Auskünfte erhalten haben.

Die Charakterisierung »mittelschwer chronisch Kranker« entspricht meinem Zustand nicht. Im Grunde heißt das *»kein Hoffnungsloser«* – und nichts weiter.

Diese Auskünfte widersprechen schroff den schriftlichen Zeugnissen von *fünf* Ärzten des Literaturfonds und des Stadtbezirks-Ambulatoriums.

Ich lege die Originaldokumente bei und stelle die Frage: ich will leben und arbeiten – lohnt es sich nicht, ein Minimum an Realem für meine Wiederherstellung zu tun?

Wenn nicht jetzt – wann dann?

O. Mandelstam.

PS

In medizinischer Hinsicht ist beim Literaturfonds faktisch folgendes geschehen: man hat mich untersucht (im Verlauf von drei Wochen), wobei die Ärzte mich für *schwerkrank* befanden und – beschlossen, von jeder Behandlung abzusehen.

Eine Reihe von Untersuchungen, die Professor Romenkowa (Internistin) angeordnet hatte, wurde nicht einmal durchgeführt. Eine endgültige Diagnose wurde nicht gestellt. Behandlungsmaßnahmen wurden nicht angegeben. Die medizinische Hilfe wurde verweigert.

207. AN EINEN UNBEKANNTEN ADRESSATEN

<Moskau, Anfang Juni 1937>

Laut Gutachten des *Stadtbezirks-Ambulatoriums* ist eine unverzügliche Einweisung in ein Nervensanatorium notwendig.

Nicht eine der Untersuchungen, die Prof. Romenkowa vom Literaturfonds angeordnet hatte, wurde durchgeführt.

Mein Herz ist geschwächt. Ich leide an Atemnot. Die Temperatur hält an. Die psychische Erregung wächst. Ich habe Angst, allein zu gehen, und kann es auch physisch nicht mehr. Ich lege die Papiere der von Ihnen herbeigeschickten Ärzte bei.

208. AN EMIL MANDELSTAM

<Moskau, 10. Juni 1937>

Lieber Papa!

Ich war in Moskau die ganze Zeit krank. Mein Herz war geschwächt. Jetzt geht es besser. Sie haben vor, mich zu behandeln. Der Sowjetische Schriftstellerverband hat mir Hilfe angeboten. Im Verband ist eine Lesung meiner neuen Gedichte angesetzt. Die Stimmung ist gut. Ich möchte sehr gerne arbeiten. Dafür habe ich noch genügend Kräfte. Bald fahren wir aus der Stadt hinaus. Ich möchte Dich schrecklich gerne sehen. Bei der ersten Gelegenheit lade ich Dich zu uns ein. Heiß küsse ich Dich und die Kinder. Gruß an Tanja und Schenja.

Ossja.

209. AN JELIKONIDA POPOWA

<Sawjolowo, 26. Juni 1937>

Fahrt war leicht kurz hörte Nußknacker schaute auf Wolga Moskwa schönen Gruß an Jachontow

Mandelstam

210. AN BORIS KUSIN

<Kalinin, 26. Februar 1938>

Lieber Boris Sergejewitsch!

Ich möchte Ihnen einen richtigen Brief schreiben – und kann nicht. Alles ist immer in Bewegung. Ich bin müde. Immerzu warte ich auf irgend etwas. Seien Sie mir nicht böse. Schreiben Sie selber und verzeihen Sie mir mein Stummsein. Ich bin sehr müde. Das wird vorbeigehen. Ich sehne mich nach Ihnen.

O. M.

26. II. 1938

211. AN WLADIMIR STAWSKIJ

<Kalinin, Anfang März 1938>

Sehr geehrter Genosse Stawskij!

Gerade hat mir Genosse Luppol erklärt, daß es für mich im Staatlichen Literaturverlag *im Verlauf des Jahres* keinerlei Arbeit gebe und eine solche auch nicht vorauszusehen sei.

Der *mir von einem Redakteur gemachte* Vorschlag ist somit aufgehoben, obwohl Luppol bestätigt hat: »Wir wollen dieses Buch schon lange herausbringen.«

Der Verlust der Arbeit ist für mich ein sehr schwerer

Schlag, da er meiner Behandlung jeden Sinn raubt. Wieder ist der Zusammenbruch abzusehen. Ich warte auf Ihre Mithilfe – eine Antwort.

O. Mandelstam

212. AN BORIS KUSIN

<Samaticha, 10. März 1938>

Lieber Boris Sergejewitsch!

Gestern habe ich ein Tamburin aus der Requisitenkammer des Erholungsheims geholt, habe es geschüttelt und geschlagen und bin durch unser Zimmer getanzt: so hat sich die neue Situation auf mich ausgewirkt. »Ich habe das Recht, das Tamburin zu schlagen.« Im alten russischen Badehäuschen steht eine Wanne aus Kiefernholz.

Der Ort ist derart abgelegen, daß man Breiten- und Längengrad angeben möchte.

Die Reisevorbereitungen waren kolossal. Sehr rührend der Abschied von den Zimmervermietern in Kalinin.

Ich habe einen Haufen Bücher dabei. Unter anderm den ganzen Chlebnikow. Noch weiß ich nicht, was ich mit mir anfangen soll. Als wäre ich noch ganz jung. Hier muß die Verwandlung von Energie in eine andere Qualität geschehen. »Gesellschaftliche Wiederherstellung der Gesundheit« – das bedeutet doch, sie erwarten etwas Gutes von mir, glauben an mich. Ich bin beschämt und erfreut. Stawskij habe ich gesagt, daß ich in der Poesie für die Musik des Grundlegenden kämpfen werde. In mir ist ein noch nie dagewesenes Zutrauen zu allen wahren Teilhabern unseres Lebens, und eine Welle von Zutrauen schlägt mir als Antwort entgegen. Vor uns liegen noch sehr viele Vertracktheiten und Unsinnigkeiten – doch nichts, gar nichts macht mir angst! Fast wäre ich zum Übersetzer geworden. Sie haben mir das Tagebuch der

Brüder Goncourt gegeben. Dann haben sie es sich anders überlegt. Vorläufig habe ich nichts bekommen.

Merkwürdig: gerade als Sie von Dvořák schrieben, habe ich mir in Kalinin eine Platte gekauft. Die Slawischen Tänze Nr. 1 und Nr. 8 sind wirklich reizvoll. Beethovenhafte Bearbeitung volkstümlicher Themen, der Reichtum an Tonarten, kluge Fröhlichkeit und Großzügigkeit.

Schostakowitsch ist ein Leonid Andrejew. Hier dröhnt seine 5. Sinfonie. Geisttötende Einschüchterung. Die Polka aus dem »Leben des Menschen«. Für mich unannehmbar.

Nicht Gedanke. Nicht Mathematik. Nicht Güte. Mag es Kunst sein: für mich unannehmbar! Leben Sie also wohl (?) und auf Wiedersehen.

Wir werden uns noch sprechen.

O. M.

10. III. 1938

213. AN EMIL MANDELSTAM

<Samaticha, 16. April 1938>

Lieber Papa!

Nadja und ich sind schon den zweiten Monat in einem Erholungsheim. Für zwei Monate. Anfang Mai werden wir von hier wegfahren. Der Schriftstellerverband (Literaturfonds) hat mich hierhergeschickt. Vor der Abreise bemühte ich mich, Arbeit zu bekommen, doch bisher hat sich nichts ergeben. Wohin wir von hier aus fahren werden, ist ungewiß. Aber man darf wohl annehmen, daß es nach einer solchen Aufmerksamkeit, nach einer solchen Sorge um uns auch wieder Arbeit geben wird. Das hier ist ein sehr einfacher, bescheidener und abgelegener Ort. 4 1/2 Stunden auf der Kasaner Linie. Dann 24 Kilometer mit dem Pferdeschlitten. Als wir ankamen, lag noch

Schnee. Uns haben sie in einem getrennten Häuschen untergebracht, wo außer uns niemand wohnt. Im Haupthaus aber herrscht ein solcher Lärm, ein solches Gebrüll, Gesinge, Gestampfe und Getanze, daß wir es dort nicht ausgehalten hätten: fast hätten wir alles hingeworfen und wären nach Moskau zurückgekehrt. Wie dem auch sei – wir haben eine tiefe Erholung bekommen, Ruhe für 2 Monate. Davon bleiben noch 3 Wochen. Meine Gesundheit ist besser. Nur die Atemnot ist geblieben, und die Augen sind schwächer geworden. Und sehr schwer zu ertragen ist das Fehlen eines passenden Umgangs. Ich lese wenig: werde schnell müde vom Buch und der schlechten Brille.

Nadjas Gesundheit ist nicht besonders. Sie hat eine Leber- oder Magenkrankheit. Und eine Art Herzasthma. Das letztere ist neu. Sie hat öfter Atemnot und immerzu Schmerzen im Bauch. Sie liegt viel. Sie wird sich in Moskau untersuchen lassen müssen.

Wir haben jetzt nirgendwo eine Behausung, und alles weitere wird vom Schriftstellerverband abhängen. Schon seit einem ganzen Jahr kann der Verband nicht prinzipiell entscheiden, was mit meinen neuen Gedichten zu tun ist und von welchen Mitteln wir leben sollen. Wenn ich Arbeit bekomme, ziehen wir aufs Land und werden als Familie leben. *Sofort wirst Du zu uns ziehen,* und wir werden auch Nadjas Schwester Anja aufnehmen. Sie ist sehr krank. Die Wohnung in Moskau verlieren wir. Aber die Hauptsache: Arbeit und zusammenleben.

Ich küsse Dich fest. Ich möchte Dich so gerne sehen.

Dein Ossja.

Ich warte auf eine unverzügliche Antwort über Deine Gesundheit, Dein Befinden.

Schreib uns *jetzt gleich.*

Ich mache mir heftige Sorgen um Dich. Wenn Du nicht gleich antwortest – werde ich telegraphieren.

Am besten schickst Du ein Telegramm: wie Deine Gesundheit ist.

Meine Adresse: Station Kriwandino, Lenin-Eisenbahnlinie, Pensionat Samaticha. Antworte uns, schreib über Dich, noch am gleichen Tag.

Ich küsse Sie ... schreiben Sie uns ...

Nadja

214. AN ALEXANDER MANDELSTAM UND NADESCHDA MANDELSTAM

<Wladiwostok, 2./3. November 1938>

Lieber Schura!

Ich befinde mich in Wladiwostok, Nord-Östliche Besserungs- und Arbeitslager, Baracke 11. Ich habe 5 Jahre bekommen für konterrevolutionäre Tätigkeit, laut Beschluß eines Sondergerichts. Aus Moskau, aus dem Butyrki-Gefängnis fuhr der Transport am 9. September ab, angekommen sind wir am 12. Oktober. Meine Gesundheit ist sehr schwach. Bin äußerst erschöpft. Abgemagert, fast nicht wiederzuerkennen. Aber Kleider zu schicken, Essen und Geld – weiß nicht, ob es Sinn hat. Versucht es trotzdem. Ich friere sehr ohne Kleider.

Liebste Nadinka, ich weiß nicht, ob Du noch lebst, mein Täubchen. Du, Schura, schreib mir sofort über Nadja. Hier ist ein Transitlager. Nach Kolyma hat man mich nicht genommen. Möglich, daß ich hier überwintern muß.

Ihr meine Lieben, ich küsse Euch.

Ossja.

Schurotschka, ich schreibe noch etwas. Die letzten Tage bin ich zur Arbeit gegangen, das hat die Stimmung gebessert.

Aus unserem Lager, einem Transitlager, schicken sie die Leute in Dauerlager. Ich bin offenbar »ausgesiebt« worden und muß mich aufs Überwintern gefaßt machen.

Ich bitte Euch: schickt mir ein Radiogramm und Geld telegraphisch.

DOKUMENTE
(AUS DEN JAHREN 1938 BIS 1941)

1. WLADIMIR STAWSKIJ, GENERALSEKRETÄR DES SOWJETISCHEN SCHRIFTSTELLER-VERBANDES, AN NIKOLAJ JESCHOW, VOLKSKOMMISSAR FÜR INNERE ANGELEGENHEITEN (NKWD). ANLAGE: GUTACHTEN VON PJOTR PAWLENKO

<Moskau, 16. März 1938>

Streng geheim
Schriftstellerverband der UdSSR, Vorstand
16. März 1938
An den Volkskommissar für Innere Angelegenheiten
Genossen JESCHOW N. I.

Sehr geehrter Nikolaj Iwanowitsch!

In einem Teil des Schriftstellermilieus wird überaus nervös das Problem Ossip Mandelstam diskutiert.

Bekanntlich wurde O. Mandelstam wegen unflätiger verleumderischer Verse und antisowjetischer Agitation vor drei, vier Jahren nach Woronesch verbannt. Seine Verbannungszeit ist abgelaufen. Jetzt lebt er mit seiner Frau in der Nähe von Moskau (außerhalb der »Zone«).

Tatsächlich aber hält er sich öfter in Moskau bei seinen Freunden auf, hauptsächlich Literaten. Sie unterstützen ihn, sammeln Geld für ihn, machen aus ihm einen »Märtyrer« – einen genialen Dichter, der von niemandem anerkannt werde. Zu seiner Verteidigung sind offen Walentin Katajew, I. Prut und andere Literaten aufgetreten, und zwar auf heftige Weise.

Zum Zwecke der Entschärfung der Lage wurde O. Mandelstam eine materielle Unterstützung durch den Literaturfonds gewährt. Doch damit ist nicht das ganze Problem Mandelstam gelöst.

Das Problem besteht nicht nur und nicht sosehr in ihm, dem Autor unflätiger, verleumderischer Verse über die Führung der Partei und des ganzen Sowjetvolkes. Das Problem ist das Verhältnis einer Gruppe namhafter sowjetischer Schriftsteller zu Mandelstam. Deshalb wende ich mich an Sie, Nikolaj Iwanowitsch, mit der Bitte um Hilfe.

In letzter Zeit hat O. Mandelstam eine Reihe von Gedichten geschrieben. Doch einen besonderen Wert stellen sie nicht dar – laut allgemeiner Meinung von Genossen, die ich gebeten habe, sich mit ihnen auseinanderzusetzen (insbesondere Genossen Pawlenko, dessen Gutachten ich diesem Schreiben beilege).

Noch einmal bitte ich Sie um Hilfe bei der Lösung des Problems Ossip Mandelstam.

Mit kommunistischem Gruß
W. Stawskij.

Anlage: Über die Gedichte O. Mandelstams.

Ich habe beim Lesen älterer Gedichte Mandelstams schon immer gedacht, daß er kein Dichter sei, sondern ein Versifikator, ein kalter, kopflastiger Verfasser gereimter Werke. Von diesem Eindruck komme ich auch jetzt nicht los, wenn ich seine letzten Gedichte lese. Sie sind in ihrer Mehrzahl kalt und tot, es gibt in ihnen nicht einmal jenes Wichtigste, was meiner Ansicht nach Poesie ausmacht – kein Temperament, keinen Glauben an die eigene Zeile.

Die Sprache der Gedichte ist kompliziert, dunkel und riecht nach Pasternak. (Siehe vierte Strophe der »Stanzen« S. 5, und selbst die siebte und die achte.)

Man kann auch die folgenden Zeilen schwerlich zu den Vorbildern an Klarheit zählen:

»Wo ist der Schmerzenslaut, durchbohrt vom Nagel,
Wo ist Prometheus, der den Felsen stützte, trug?
Und wo der Geier, seine Krallen, die da jagen,
Sein gelbes Auge und sein finstrer Flug?« (S. 23)

Es fällt mir schwer, eine Rezension über diese Gedichte zu schreiben. Da ich sie nicht liebe und nicht verstehe, kann ich ihre mögliche Bedeutung oder Brauchbarkeit nicht einschätzen. Das System der Bilder, die Sprache, die Metaphern, der Überfluß an Flöten, Aorten und dergl. – all das, scheint mir, habe ich längst irgendwo gelesen.

Relativ gut (und besser als die übrigen) sind die Landschaftsgedichte (S. 21, 25, 15), gut die Gedichte: 1. »Sollten mich unsere Feinde packen ...« (S. 33), 2. »Nicht als Mehl von einem weißen Falter ...« (S. 7) und 3. »Der Anfang dieser Welt – schrecklich und groß ...« (S. 4).

Es gibt gute Zeilen in den »Versen über Stalin«, einem Gedicht, das von einem großen Gefühl durchdrungen ist, wodurch es sich von den anderen unterscheidet.

Als Ganzes jedoch ist dieses Gedicht schlechter als seine einzelnen Strophen. Es gibt in ihm viel schwerverständliches Gestammel, was bei dem Thema Stalin unangebracht ist.

Ich habe Mandelstams frühere Gedichte nicht zur Hand, um zu prüfen, wie weit er sich heute von ihnen entfernt hat, aber wenn ich mich auf mein Gedächtnis verlasse, finde ich beim Lesen keinen großen Unterschied zwischen diesen und jenen, was vielleicht mit mir selber zu tun hat, mit meiner Abneigung gegen die Gedichte Mandelstams.

Sind das sowjetische Verse? Ja, natürlich. Aber nur in den »Versen über Stalin« fühlt man das ohne Umschweife, in den andern Gedichten läßt sich das Sowjetische nur ahnen. Wenn man mich fragen würde, ob man diese Gedichte drucken soll, würde ich antworten – nein, man braucht sie nicht zu drucken.

P. Pawlenko

2. OBERLEUTNANT DER STAATSSICHERHEIT VIKTOR JURJEWITSCH AN ALEXANDER SCHURBENKO, LEITER DER 4. SEKTION DER HAUPTVERWALTUNG STAATSSICHERHEIT: ERMITTLUNG

<Moskau, 27. April 1938>

ERMITTLUNG

MANDELSTAM, Ossip Emiljewitsch, geboren 1891 in Warschau, Sohn eines Kaufmanns 1. Gilde, Jude, Bürger d. UdSSR.

War im Jahre 1907 Mitglied der Partei der Sozial-Revolutionäre und machte Propaganda-Arbeit; später Anhänger der Anarchisten. Lebte einige Jahre in Paris, kehrte anschließend nach Petersburg zurück.

Der großen proletarischen Revolution gegenüber verhielt er sich, laut eigenen Geständnissen MANDELSTAMS, äußerst negativ, nannte die sowjetische Regierung eine »Regierung von Usurpatoren« und verleumdete in seinen literarischen Werken jener Zeit die Sowjetmacht. Zog in der Periode des Bürgerkrieges von Leningrad nach Kiew, danach auf die Krim, auf Territorium der Weißen.

Im Jahre 1927 hegte MANDELSTAM, wie er selber gesteht, starke Sympathien für den Trotzkismus. Äußerst feindselig verhielt sich MANDELSTAM gegenüber der Politik der KPdSU (B) bezüglich der Liquidierung des Kulakentums als Klasse, was sich in einer Reihe seiner Werke aus den Jahren 1930–1933 widerspiegelt.

Im Jahre 1933 schrieb MANDELSTAM ein scharfes konterrevolutionäres Schmähgedicht gegen den Genossen STALIN und verbreitete es unter seinen Bekannten vermittels mündlichen Vortrags.

Im Jahre 1934 wurde O. MANDELSTAM wegen antisowjetischer Tätigkeit zu 3 Jahren Verbannung in der Stadt Tscherdyn verurteilt. Während der Überführung an den

Verbannungsort beging er einen Selbstmordversuch. Aufgrund der Erkrankung MANDELSTAMS wurde der erste Verbannungsort ersetzt durch Woronesch, wo er sich bis zum Jahre 1937 aufhielt.

Nach Ablauf der Verbannungszeit tauchte MANDELSTAM in Moskau auf und versuchte, zu seinen Gunsten auf die öffentliche Meinung einzuwirken vermittels vorsätzlicher Zurschaustellung seiner »Notlage« und seiner Krankheit.

Antisowjetische Elemente unter den Schriftstellern benutzen MANDELSTAM zu Zwecken feindlicher Agitation, machen aus ihm einen »Märtyrer« und organisieren für ihn Geldsammlungen unter den Schriftstellern. MANDELSTAM selber geht persönlich in die Wohnungen der Schriftsteller und bittet um Hilfe.

Laut vorliegenden Erkenntnissen hat MANDELSTAM seine antisowjetischen Ansichten bis heute behalten.

Aufgrund seiner psychischen Labilität ist MANDELSTAM zu aggressiven Handlungen fähig.

Ich halte es für notwendig, MANDELSTAM zu verhaften und zu isolieren.

Vorübergehender Aufenthaltsort MANDELSTAMS: Erholungsheim »Samaticha« (Station Kriwandino, Rjasan-Ural-Eisenbahnlinie).

LEITER 9. ABTEILUNG 4. GUGB-SEKTION –
OBERLEUTNANT DER STAATSSICHERHEIT:
V. Jurjewitsch
27. April 1938.

Gen. Frinowskij. Bitte um Verhaftungsgenehmigung.
27. 4. Schurbenko;
Verhaftung abgesprochen mit Gen. Roginskij. 29. 4.;
Verhaften. M. Frinowskij. 29. April 1938.

3. ANKLAGESCHRIFT IM ERMITTLUNGSVERFAHREN NR. 19390 BETREFFEND ANKLAGE MANDELSTAMS O. E. WEGEN VERBRECHEN NACH ART. 58-10

<Moskau, 20. Juli 1938>

An die 4. Sektion 1. NKWD-Verwaltung gelangten Erkenntnisse darüber, daß Mandelstam O. E. im Jahre 1927 trotzkistische Ansichten vertrat und im Jahre 1933 in feindlicher Einstellung gegen Partei und Sowjetmacht ein konterrevolutionäres Schmähgedicht gegen das ZK der KPdSU (B) schrieb, wofür er von einem NKWD-Sondergericht im Jahre 1934 zu 3 Jahren Verbannung verurteilt wurde.

Nach Verbüßung der Strafe setzte Mandelstam seine antisowjetische Tätigkeit fort.

Aufgrund dieser Erkenntnisse wurde Mandelstam verhaftet und zur Verantwortung gezogen.

Das Ermittlungsverfahren ergab, daß Mandelstam O. E. ungeachtet der Tatsache, daß ihm nach Verbüßung der Strafe verboten war, sich in Moskau aufzuhalten, öfter nach Moskau fuhr, bei seinen Bekannten Unterkunft fand und versuchte, zu seinen Gunsten auf die öffentliche Meinung einzuwirken vermittels vorsätzlicher Zurschaustellung seiner »Notlage« und seiner kränklichen Verfassung. Antisowjetische Elemente aus dem Schriftstellermilieu benutzten Mandelstam zu Zwecken feindlicher Agitation, indem sie aus ihm einen »Märtyrer« machten und für ihn Geldsammlungen unter den Schriftstellern organisierten.

Zum Zeitpunkt seiner Verhaftung unterhielt Mandelstam engen Kontakt mit dem Volksfeind Stenitsch und mit Kibaltschitsch bis zum Zeitpunkt der Ausweisung des letzteren aus der UdSSR u. a. m.

Die medizinische Untersuchung ergab, daß Mandelstam eine Persönlichkeit psychopathischen Einschlags mit Neigung zu Zwangsvorstellungen und Phantasiegebilden ist.

Auf Grundlage des oben Dargestellten wird Mandelstam Ossip Emiljewitsch, geboren 1891 in Warschau, Sohn eines Kaufmanns 1. Gilde, Jude, Bürger der UdSSR, parteilos, Dichter, im Jahre 1907 Anhänger der Partei der Sozial-Revolutionäre, ehemaliger Propagandist, im Jahre 1934 von einem Sondergericht verurteilt zu 3 Jahren Verbannung –

Beschuldigt, antisowjetische Agitation betrieben, d.h. Verbrechenstatbestände erfüllt zu haben, die in Art. 58–10 des Strafgesetzbuches der RSFSR geregelt sind.

Die Anklage gegen Mandelstam O. E. wird vor einem Sondergericht des NKWD der UdSSR geführt.

Der Sonderbeauftragte im operativen Dienst 5. Abteilung 4. Sektion 1. Verwaltung

Unterleutnant der Staatssicherheit
SCHILKIN

»Einverstanden«. Leiter 5. Abteilung 4. Sektion 1. NKWD-Verwaltung

RAJCHMAN

»Bestätigt«. Stellv. Leiter 4. Sektion 1. Verwaltung

Major der Staatssicherheit
GLEBOW

Mitteilung:

1. Der Angeklagte Mandelstam O. E. wurde am 30. 4. 38 verhaftet und wird im Internen Gefängnis festgehalten.
2. Verfahrensdienliche Beweisstücke liegen nicht vor.

Der Sonderbeauftragte im operativen Dienst 5. Abteilung 4. Sektion 1. Verwaltung

Unterleutnant der Staatssicherheit
SCHILKIN

4. NADESCHDA MANDELSTAM AN OSSIP MANDELSTAM (DER LETZTE BRIEF)

<Moskau, 22. Oktober 1938>

Ossja, liebster, ferner Freund! Mein Lieber, ich habe keine Worte für diesen Brief, den Du vielleicht nie lesen wirst. Ich schreibe ihn in den Raum hinaus. Vielleicht kommst Du zurück, und ich werde nicht mehr dasein. Dann wäre dies das letzte Andenken.

Ossjuscha, was war mein kindliches Leben mit Dir für ein großes Glück. Unsere Streitgespräche, unsere Zänkereien, unsere Spiele und unsere Liebe. Jetzt schaue ich nicht einmal mehr zum Himmel hinauf. Wem sollte ich es zeigen, wenn ich eine Wolke sehe?

Erinnerst Du Dich, wie wir unsere kargen Festmähler in unsere armseligen Unterkünfte und Nomadenzelte schleppten? Weißt Du noch, wie gut das Brot war, wenn es wie durch ein Wunder vor uns lag und wir es zu zweit aßen? Und dann der letzte Winter in Woronesch. Unsere glückliche Armut und die Gedichte. Ich weiß noch, wie wir aus dem Badehaus kamen und Eier oder Würstchen gekauft hatten. Ein Heuwagen fuhr vorbei. Es war noch kalt, und ich fror in meiner Joppe (ein ganz anderer Frost steht uns also noch bevor: ich weiß, wie Dir jetzt kalt ist). Und ich habe diesen Tag im Gedächtnis behalten: mir war bis zum Schmerz klar, daß dieser Winter, diese Tage, diese Not das beste und letzte Glück war, das uns zufiel.

Jeder Gedanke gilt Dir. Jede Träne und jedes Lächeln auch. Ich preise jeden Tag und jede Stunde unseres bitteren Lebens, mein Freund, mein Gefährte, mein blinder Blindenführer …

Wir stießen einander an wie blinde junge Hunde und fühlten uns wohl dabei. Und Dein armer, fieberheißer Kopf und all der Wahnsinn, mit dem wir unsere Tage verbrannten. Was war das für ein Glück – und wie haben wir doch immer gewußt, daß gerade das unser Glück war.

Dieses Leben ist lang. Wie lang und mühsam, wenn einer ohne den andern sterben muß. Ist uns beiden – den Unzertrennlichen – wirklich dieses Los beschieden? Haben wir zwei junge Hunde, wir Kinder – hast Du, der Engel, das verdient? Und alles geht weiter. Ich weiß nichts. Und doch weiß ich alles, und jeden Deiner Tage und jede Stunde sehe ich wie in einem Fiebertraum klar und deutlich vor mir.

Jede Nacht bist Du im Traum zu mir gekommen, und ich fragte Dich immer, was passiert sei, aber Du hast nicht geantwortet.

Und dann dieser letzte Traum: ich kaufe an einem schmutzigen Büfett eines schmutzigen Hotels irgend etwas zu essen. Um mich herum irgendwelche wildfremden Leute, und nachdem ich es gekauft habe, begreife ich, daß ich gar nicht weiß, wohin ich all das Gute bringen soll, denn ich weiß ja nicht, wo Du bist.

Als ich aufwachte, sagte ich zu Schura: Ossja ist gestorben. Ich weiß nicht, ob Du noch lebst, aber von dem Tag an verlor ich Deine Spur. Ich weiß nicht, wo Du bist. Ob Du mich hören kannst? Weißt Du, wie sehr ich Dich liebe? Ich habe es nicht geschafft, Dir zu sagen, wie sehr ich Dich liebe. Ich kann es auch jetzt nicht sagen. Ich sage nur immerzu: Du, Du … Du bist immer bei mir, und ich, die wilde und böse, die nie richtig weinen konnte – ich weine, ich weine.

Das bin ich – Nadja. Wo bist Du?

Leb wohl. Nadja.

5. NADESCHDA MANDELSTAM AN LAWRENTIJ BERIJA, VOLKSKOMMISSAR FÜR INNERE ANGELEGENHEITEN (NKWD)

<Moskau, 19. Januar 1939>

Sehr geehrter Genosse Berija!

Im Mai 1938 wurde der Dichter Ossip Emiljewitsch Mandelstam verhaftet; aus einem Brief von ihm ist mir bekannt, daß er von einem Sondergericht zu fünf Jahren Arbeitslager wegen konterrevolutionärer Tätigkeit verurteilt wurde (in der Vergangenheit hatte Mandelstam eine Vorstrafe nach Artikel 58 für konterrevolutionäre Verse).

Die zweite Verhaftung im Jahre 1938 kam für uns völlig unerwartet. Zu jenem Zeitpunkt schloß Mandelstam gerade einen Gedichtband ab, dessen Veröffentlichung mehrfach im Schriftstellerverband erörtert wurde. Wir hätten eher die völlige Wiederherstellung seiner Rechte und die Rückkehr zu einer offenen literarischen Tätigkeit erwartet als eine erneute Verhaftung.

Mir ist unverständlich, wie ein Ermittlungsverfahren betreffend konterrevolutionärer Tätigkeit Mandelstams geführt werden konnte, ohne daß ich - die ich infolge seiner Krankheit für eine ganze Reihe von Jahren nicht einen Schritt von seiner Seite gewichen war - als Komplizin oder zumindest als Zeugin in dieses Ermittlungsverfahren miteinbezogen wurde.

Ich muß hinzufügen, daß Mandelstam zur Zeit seiner ersten Verhaftung im Jahre 1934 an einer akuten Psychose litt - und daß das Ermittlungsverfahren und die Verbannung in der Zeit seiner Erkrankung erfolgten. Zum Zeitpunkt seiner zweiten Verhaftung war Mandelstam schwer krank, physisch und psychisch labil.

Ich bitte Sie: 1. Auf eine Revision des Verfahrens gegen O. E. Mandelstam hinzuwirken und abzuklären, ob die Gründe für Verhaftung und Verschickung ausreichend waren.

2. Die psychische Gesundheit O.E. Mandelstams untersuchen zu lassen und abzuklären, ob eine Verschikkung unter diesem Gesichtspunkt rechtmäßig war.

3. Zu prüfen, ob nicht irgend jemand ein persönliches Interesse an dieser Verschickung gehabt haben könnte. Und schließlich auch noch die weniger juristische als moralische Frage zu klären, ob der NKWD genügend Gründe hatte, einen Dichter und Meister in einer Phase aktiver und einträchtiger dichterischer Tätigkeit zu vernichten.

Nadeschda Mandelstam.

6. SERGEANT DER STAATSSICHERHEIT NIKITOTSCHKIN AN DEN LEITER DES SEKRETARIATES DER NKWD-SONDERGERICHTE UND DEN STELLVERTRETENDEN VOLKSKOMMISSAR FÜR INNERE ANGELEGENHEITEN MERKULOW

Jahr 1940, 31. 1. 1941

BESCHLUSS

Ich, Sonderbeauftragter im operativen Dienst 2. Sektion Wirtschaftliche Hauptverwaltung des NKWD der UdSSR, Sergeant der Staatssicherheit NIKITOTSCHKIN, habe das archivierte Verfahren Nr. 298468 gegen den Verurteilten MANDELSTAM O. E. aufgrund der Beschwerde seiner Ehefrau, Bürgerin Mandelstam N., geprüft und –

GEFUNDEN: Mandelstam Ossip Emiljewitsch, geboren 1891 in Warschau, Jude, Sohn eines Kaufmanns 1. Gilde, Bürger der UdSSR, parteilos, im Jahre 1907 Anhänger der Partei der Sozial-Revolutionäre, wurde 1934 für 3 Jahre wegen konterrevolutionärer Agitation verbannt. Vor seiner Verhaftung lebte der Schriftsteller-Dichter in der Stadt Kalinin. Verhaftet am 30. April 1938. Verurteilt durch ein Sondergericht des NKWD der UdSSR am 2. August 1938 zu 5 Jahren Arbeitslager. Seine Strafe verbüßt er in Kolyma.

Verhaftet und verurteilt wegen konterrevolutionärer Tätigkeit. Erklärte sich selber für nicht schuldig.

Das vorangehende Ermittlungsverfahren ergab, daß Mandelstam O. E. ungeachtet der Tatsache, daß ihm nach Verbüßung seiner Strafe verboten war, sich in Moskau aufzuhalten, öfter nach Moskau fuhr, bei seinen Bekannten Unterkunft fand und zu seinen Gunsten auf die öffentliche Meinung einzuwirken versuchte vermittels Zurschaustellung seiner »Notlage« und seiner kränklichen Verfassung.

Antisowjetische Elemente aus dem Schriftstellermilieu benutzten Mandelstam zu Zwecken feindlicher Agitation, indem sie aus ihm einen »Märtyrer« machten und für ihn Geldsammlungen unter den Schriftstellern organisierten.

Mandelstam unterhielt vor dem Zeitpunkt seiner Verhaftung Kontakt mit den Volksfeinden Stenitsch und Kibaltschitsch bis zum Zeitpunkt der Ausweisung des letzteren aus der UdSSR u. a. m. (Z. 9, 11–15, 19–20).

In vorliegender Beschwerde schreibt die Ehefrau des Verurteilten, es sei ihr unbekannt, wofür ihr Ehemann verhaftet wurde, da er für die konterrevolutionären Verse eine Verbannung verbüßt habe und ein anderes Vergehen nicht vorgelegen habe. Sie bittet um Revision des Verfahrens.

In Anbetracht der Tatsache, daß durch die Ermittlungsmaterialien die antisowjetische Tätigkeit Mandelstams bewiesen wurde, kam ich deshalb zum –

BESCHLUSS, die Beschwerde der Bürgerin Mandelstam Nadeschda als unbegründet abzuweisen und ihr nicht stattzugeben, was der Beschwerdeführerin durch die 1. Spezialabteilung des NKWD der UdSSR mitzuteilen ist.

Sonderbeauftragter im operativen Dienst 2. Sektion Wirtschaftliche Hauptverwaltung des NKWD der UdSSR,
Sergeant der Staatssicherheit
NIKITOTSCHKIN

»Einverstanden«. Stellv. Leiter Sekretariat Sondergerichte des NKWD der UdSSR,
Oberleutnant der Staatssicherheit
BOROWKOW

Leiter Sekretariat Sondergerichte des NKWD der UdSSR,
Kommissar der Staatssicherheit 3. Ranges
<unleserlich>

»Bestätigt«. Stellv. Volkskommissar für Innere Angelegenheiten der UdSSR,
MERKULOW

NOTIZEN

Für die Lektüre von Mandelstams Briefen waren bis unlängst als einzige Quelle die Bände der russischsprachigen amerikanischen Ausgabe verfügbar: Osip Mandel'štam, Collected Works in three Volumes, Ed. by G. P. Struve and B. A. Filipoff, Vol. III (»Essays. Letters«), New York 1969, aber auch der Anhang in Vol. II (»Prose«), New York 1971, S. 477–494, sowie in dem von N. A. Struve herausgegebenen Ergänzungsband Vol. IV, Paris 1981, S. 115–145.

Die Hoffnung, die Glasnost-Ära unter Gorbatschow würde neue Brieffunde zeitigen, ging erstmals 1991 in Erfüllung, im Jahr von Mandelstams 100. Geburtstag, als Teile der Familienarchive der Mandelstam-Brüder Alexander und Jewgenij auftauchten, abgedruckt in dem Sammelband »Slovo i sud'ba. Osip Mandel'štam. Issledovanija i materialy« /Wort und Schicksal. Ossip Mandelstam. Studien und Materialien/, Moskau: Verlag »Nauka« 1991, S. 50–101.

Die neueste Etappe bedeutet die vierbändige, chronologisch aufgebaute, von Pavel Nerler und Aleksandr Nikitaev herausgegebene Ausgabe: Osip Mandel'štam, Sobranie sočinenij v četyrech tomach /Gesammelte Werke in vier Bänden/, Moskau: »Art-Business-Center« 1993–1997, deren vierter, 1997 erschienener Band den Briefband darstellt. Er umfaßt 248 Dokumente, wovon 44 neue, bis dahin unbekannte Schreiben sind. Das Herausgeberteam wurde für jenen Band verstärkt durch Sergej Vasilenko und Jurij Frejdin.

Kaum war der letzte Band der Moskauer Ausgabe erschienen, tauchten aus einem Familienarchiv drei weitere Briefe Mandelstams auf und wurden von Pavel Nerler in der Moskauer Zeitung »Kommersant-Daily«, Nr. 94, 21. Juni 1997, S. 9, veröffentlicht.

Nach Vergleich mit der Textgestalt der Briefe in der amerikanischen Ausgabe empfiehlt sich klar die neue Moskauer Ausgabe von Nerler/Nikitaev. Viele Transkriptionsfehler, die die textologische Qualität der verdienstvollen, nunmehr historischen amerikanischen Ausgabe beeinträchtigten, sind hier durch bessere Lesarten behoben. Ebenso haben zahllose *Datierungen* in der Moskauer Ausgabe präzisiert werden können. Nicht zuletzt scheint in den Briefen Ossip Mandelstams an seine Frau Nadeschda in der amerikanischen Ausgabe eine gewisse Scheu am Werk gewesen zu sein. Diverse Zärtlichkeiten, Kosenamen, intimer Schabernack zwischen den Ehegatten sind dort weggelassen worden. Die Moskauer Ausgabe stellt diese Briefe in ihrer ursprünglichen, unverfälschten Gestalt wieder her und empfiehlt sich auch deshalb als Quelle für den vorliegenden Band.

In den folgenden NOTIZEN steht nach der auf die Reihenfolge in unserem Band verweisenden Briefnummer und dem Adressaten die entsprechende Briefnummer in der Moskauer Ausgabe von Nerler/Nikitaev, mit dem Kürzel »M:« für »Moskau« – zur Identifikation des russischen Originaltextes. NB! Nicht alle der 248 in der Moskauer Ausgabe enthaltenen Briefe wurden in die vorliegende, für den deutschsprachigen Leser konzipierte Ausgabe mit 214 Briefen aufgenommen: Belangloses, um Treffen und Termine, Honorare und dergleichen sich drehende Verlagskorrespondenz wurde ausgeschieden – biographisch, poetologisch oder politisch-zeitgeschichtlich relevante Korrespondenz jedoch konsequent aufgenommen (*jedes* Schreiben an Nadeschda Mandelstam, ob ausführliche Alltagsepistel, Postkarte oder hastiges Telegramm, schien uns relevant). Auch wurden zwei von den drei oben erwähnten, nach Erscheinen der Moskauer Ausgabe in einer Zeitung abgedruckten Briefen in das Textkorpus aufgenommen (Nr. 2 und Nr. 5). Zahlreiche Briefe Mandelstams sind verlorengegangen; die Moskauer Herausgeber sprechen von Dutzenden nicht erhaltener Briefe an Benedikt Liwschiz, Michail Senkewitsch, Walentin Katajew und andere Adressaten. Die Hoffnung auf neue Funde besteht fort.

Das Textkorpus in unserem Band umfaßt Briefe von 1907 bis 1938, beginnt mit einer Postkarte des nach Paris reisenden Studenten Mandelstam und endet mit dem letzten, auf einen Zettel gekritzelten Schreiben des Lagerhäftlings. In der Moskauer Ausgabe ist auch noch ein Brief des zwölfjährigen Schülers Mandelstam vom 5. (18.) Mai 1903 abgedruckt, eine Postkarte von einer Schulreise, die das Nowgoroder Denkmal des Tausendjährigen Rußland zeigt und in Staraja Russa abgestempelt wurde. Um die Zeitspanne des Textkorpus einer Schülerpostkarte wegen nicht unnötig zu erweitern, soll sie hier nur im Anhang mitgeteilt werden:

<Nowgorod, 5. (18.) Mai 1903>

Liebe Mama und Papa!

Verzeiht, daß mein vorangegangener Brief so kurz war; ich schrieb ihn am Briefkasten. Jetzt, wo wir von Nowgorod über den Ilmen-See nach Staraja Russa übersetzen, schreibe ich Euch ausführlicher. Nachts im Bahnwaggon hat fast keiner geschlafen. Um drei Uhr, als es schon ganz hell war, verließen wir den Waggon, gingen zur Landungsstelle und fuhren um 3 Uhr 30 auf dem Wolchow ab nach

Nowgorod. Auf dem Dampfer tranken wir Tee. In Nowgorod kam der Dampfer um 9 Uhr morgens an. Bis 12 Uhr gingen wir durch die Stadt und besichtigten ihre Sehenswürdigkeiten, danach aßen wir wunderbar im besten Gasthaus zu Mittag. Jetzt fahren wir nach Staraja Russa, wo wir auch übernachten werden.

Euer Euch liebender Sohn Ossja
Ich küsse Großmama und Schenja.

Bezeichnend im Zusammenhang mit dem unmittelbar-spontanen, hastig hingeschriebenen Charakter vieler Schreiben ist die Nachlässigkeit der Lokalisierung und Datierung der Briefe durch Mandelstam. Ort und Datum – meist durch den Poststempel ermittelt – erscheinen deshalb im Textkorpus unter der Briefnummer und dem Adressaten in <spitzen Klammern>, die den Herausgebertext markieren. Sollte Mandelstam – selten genug – Ort oder Datum setzen, ob am Anfang oder am Schluß eines Briefes, können sich gewisse Angaben im Text selber wiederholen. Die vorrevolutionären Daten entsprechen dem Julianischen Kalender, in Klammern dahinter findet sich das Datum gemäß dem in Rußland ab 1918 geltenden Gregorianischen Kalender; im 20. Jahrhundert beträgt die Verschiebung 13 Tage.

Um die spontane, temperamentgeprägte »Gestik« eines Briefes auch in der Übersetzung zu bewahren, werden die von Mandelstam einfach unterstrichenen Wörter oder Sätze durch *Kursivdruck* hervorgehoben, von ihm mehrfach unterstrichene Teile durch **Halbfett**-Druck.

Auf einen Verweis auf die Erstveröffentlichung – ob in der New Yorker Ausgabe, in einer Pariser Zeitschrift oder in der Moskauer Ausgabe – wurde in den nachstehenden Notizen verzichtet, da er, im Gegensatz zu den Erstveröffentlichungen der dichterischen Texte, nur für den Spezialisten relevant wäre. Kurze Angaben zu Namen und Lebensdaten finden sich im alphabetischen Personenregister; ausführlichere Erläuterungen zu Personen – bei der ersten Erwähnung – in den folgenden Notizen. Über das Personenregister ist die Briefnummer der Ersterwähnung leicht aufzufinden.

I ZEIT DER ERWARTUNGEN: PARIS, HEIDELBERG, PETERSBURG 1907–1916

1. AN FLORA UND EMIL MANDELSTAM

M: Nr. 2. Postkarte des Studenten M., unterwegs zu seinem Studienaufenthalt in Paris von Ende Oktober 1907 bis Mai 1908; mit Abbildung der Hauptstraße in Wilna (M.s Mutter stammte aus der jüdischen Bevölkerung dieser Stadt).

Flora Ossipowna Mandelstam, geb. Werblowskaja (1866?–1916): M.s Mutter.

Emil Weniaminowitsch Mandelstam (1852?–1938): M.s Vater, Lederhändler.

Julij Matwejitsch: Rosental (um 1840 – nach 1916), Freund der Familie Mandelstam, dem in M.s autobiographischer Prosa von 1925 ein ganzes Kapitel (»Julij Matwejitsch«) gewidmet ist, im Band DAS RAUSCHEN DER ZEIT, S. 65–68. Ein Satz legt nahe, daß dieser »Familienbismarck« den Jugendlichen M. nach Paris begleitete.

2. AN JEWGENIJ MANDELSTAM

M: fehlt. In: Kommersant-Daily Nr. 94, Moskau 21. Juni 1997, S. 9. Farbige Postkarte mit Abbildung des Pariser Boulevard Montmartre.

Jewgenij Mandelstam: M.s jüngster Bruder (1898–1979).

3. AN FLORA MANDELSTAM

M: Nr. 4.

Wladimir Wassiljewitsch: Gippius, M.s Literaturlehrer am Petersburger Tenischew-Gymnasium, vgl. Notiz zum folgenden Brief.

Sich um einen Studienplatz zu bemühen (...) *Und wenn sie mich nicht nehmen, gehe ich an eine der deutschen Universitäten:* Für die Petersburger Universität galt eine diskriminierende, vom Zaren am 16. September 1908 bestätigte Dreiprozent-Quote für jüdische Studierende, deutsche Universitäten waren zur gleichen Zeit liberaler; M. wird Heidelberg wählen.

»Heimweh« empfinde ich nicht nach Rußland, sondern nach Finnland: M.s Finnland-Aufenthalten in seiner Kindheit ist das Kapitel »Finnland« seiner autobiographischen Prosa gewidmet, im Band DAS RAUSCHEN DER ZEIT, S. 34–37.

Hier noch ein Gedicht über Finnland: ein Jugendgedicht M.s (»O krasavica Sajma«, 1908), das er nicht in seine Gedichtbände aufnahm: »O Schönheit Saima, du hast mein Boot schaukeln gemacht, / meinen Nachen gewiegt, den beweglichen, schalkhaften, spitzen« usw. Der Saima-

Kanal verbindet den Saima-See mit der Ostsee bei Viborg. Das Gedicht beschwört u.a. das finnische Nationalepos »Kalevala«.

4. AN WLADIMIR GIPPIUS

M: Nr. 5.

Wladimir Gippius (1876–1941): M.s prägender Literaturlehrer am Tenischew-Gymnasium, dem das letzte Kapitel (»In einem allzu herrschaftlichen Pelz«) der autobiographischen Prosa von 1925 gewidmet ist, DAS RAUSCHEN DER ZEIT, S. 93–102, v.a. S. 96f. und 99: »Er hatte ein animalisches Verhältnis zur Literatur, die ihm als eine einzige Quelle tierischer Wärme galt. (...) Ich kam zu ihm, um das Tier der Literatur zu wecken. Um es brüllen zu hören, um zu sehen, wie es sich hin und her wälzt ...«

Meine ersten religiösen Erlebnisse (...) *Zeit meiner kindlichen Begeisterung für das marxistische Dogma:* vgl. das Kapitel »Das Erfurter Programm« in DAS RAUSCHEN DER ZEIT, S. 69–72.

Anbetung »Pans«: Knut Hamsuns naturmystischer Roman »Pan« von 1894. *Mäonismus:* philosophische Theorie (abgeleitet vom griech. Wort für »Nicht-Sein«, Terminus Platons) des russ. Dichters Nikolaj *Minskij* (eig. Wilenkin), 1855–1937.

Rosanow: Wassilij (1856–1919), russ. Schriftsteller und Denker mit unkonventionellen Ansichten über Religion, Gesellschaft, Sexus. Vgl. M.s Würdigung Rosanows in seinem Essay »Über die Natur des Wortes« (1922), ÜBER DEN GESPRÄCHSPARTNER, S. 118–120, 122.

Brjussow: Walerij (1873–1924), symbolistischer Dichter, Übersetzer, Kritiker; diverse kritische Äußerungen in M.s Essays, ÜBER DEN GESPRÄCHSPARTNER, S. 71, 129, 187, 189.

Verlaine: Paul (1844–1896), zur Bedeutung dieses Dichters für das Frühwerk M.s vgl. Ralph Dutli, OSSIP MANDELSTAM – »Als riefe man mich bei meinem Namen«, Dialog mit Frankreich, Ammann Verlag 1985, S. 63–106. Vgl. auch Brief Nr. 16 an Wjatscheslaw Iwanow.

Rodenbach: Georges (1855–1898), belgischer Dichter, Symbolist.

Sologub: Fjodor (eig. Teternikow, 1863–1927), symbolistischer Dichter und Prosaist. M.s Wertschätzung Sologubs kommt in seinen Essays zum Ausdruck, siehe ÜBER DEN GESPRÄCHSPARTNER, S. 11, 15, 190f., 241–244. Vgl. Brief Nr. 20 an Sologub sowie Nr. 104 an Jewgenij Samjatin.

5. AN EMIL MANDELSTAM

M: fehlt. In: Kommersant-Daily Nr. 94, Moskau 21. Juni 1997, S. 9. Postkarte mit Abbildung des Kurortes Saint-Maurice (Schweiz), adressiert an M.s Vater im »Hotel Adler« in Homburg vor der Höhe (Deutschland). M. verbrachte nach seinem Pariser Studienjahr den Sommer mit seiner Familie in der Schweiz. Der Vater sollte in Bern zur Familie stoßen.
Berins: nicht identifizierte Person, ev. russischer Konsul in Bern?

6. AN ALEXANDER MANDELSTAM

M: Nr. 6. Postkarte mit Abbildung der Stadt Sion/Sitten (Schweiz).
Alexander Mandelstam: M.s um ein Jahr jüngerer Bruder (1892–1942).
»Sie« wissen nichts davon: M.s Mutter und sein jüngster Bruder Jewgenij, die sich in Bern aufhielten.

7. AN WJATSCHESLAW IWANOW

M: Nr. 7.
Wjatscheslaw Iwanow (1866–1949): symbolistischer Dichter, Altphilologe, Theoretiker eines philosophisch-religiösen Symbolismus; diverse Erwähnungen in M.s Essays, im Band ÜBER DEN GESPRÄCHSPARTNER, S. 21, 71, 100, 128, 187, 189f., 246. Als Oberhaupt der Petersburger Symbolisten veranstaltete Iwanow Leseabende in seinem »Turm« an der Tawritscheskaja 25. Dort trug M. am 16. Mai 1909 zum erstenmal eigene Gedichte vor, die von Iwanow gelobt wurden.
Bis zur Abreise ins Ausland: M. wird sich von Ende Juli bis September 1909 mit seiner Familie erneut in der Schweiz aufhalten. Vgl. Brief Nr. 9 aus Montreux.
Zarskoje: Zarskoje Selo (Zarendorf), 27 km südlich von Petersburg gelegene Zarenresidenz, die Peter der Große für Katharina I. bauen ließ (heutiger Name: Puschkin); die Familie Mandelstam bewohnte in diesem Ort im Juni/Juli 1909 eine Datscha. Abgestempelt wurde der Brief in Pawlowsk bei Petersburg, wo M. einen Teil seiner Kindheit verbrachte, vgl. das Kapitel »Musik in Pawlowsk«, DAS RAUSCHEN DER ZEIT, S. 9–13.

8. AN ALEXANDER MANDELSTAM

M: Nr. 8. Postkarte mit Abbildung des Weinhauses »Rheingold«, Potsdamer Platz, Berlin. M. wartete vermutlich auf den Zug, der ihn in die Schweiz bringen sollte.

9. AN WJATSCHESLAW IWANOW

M: Nr. 9. Auf Briefpapier des Sanatoriums »L'Abri« in Montreux-Territet (Schweiz).

Zu Ihrem Buch: Iwanows »Den Sternen nach. Aufsätze und Aphorismen« (Po zvezdam. Stat'i i aforizmy), Sankt Petersburg 1909.

Die Gewölbe von Notre-Dame: Der Pariser Kathedrale ist ein programmatisches Gedicht von 1912 in M.s erstem Gedichtband »Der Stein« (Kamen', 1913) gewidmet, Der Stein, S. 85.

Die Wahrheit des Katholizismus: M. wird unter dem Einfluß des russ. Philosophen Pjotr Tschaadajew (1794–1856) in mehreren Gedichten 1913 bis 1915 eine »katholische Phase« durchlaufen, vgl. dazu Der Stein, S. 252f.

Reiz, den es mit dem »Zarathustra« gemein hat: Iwanow war einer der bedeutendsten russ. Nietzsche-Rezipienten der Epoche, auch sein Interesse für den Dionysoskult verband ihn mit Nietzsche. Die Auseinandersetzung mit Nietzsches »Also sprach Zarathustra« prägte Iwanows Band »Den Sternen nach«.

Der mit dem Reigen nicht Einverstandene: Anspielung auf Iwanows Aufsatz »Die Krise des Individualismus« im erwähnten Sammelband.

»Apollon«: 1909 gegründete, bis 1917 erschienene Petersburger Kunst- und Literaturzeitschrift; in Nr. 9, Juli/August 1910, waren erstmals fünf Gedichte M.s abgedruckt.

»Insel«: (Ostrov), Petersburger Literaturzeitschrift, von der 1909 nur zwei Nummern erschienen.

»Leitsterne«: (Kormčie zvezdy, 1903), Iwanows erster Gedichtband.

<3 Gedichte>: Jugendgedichte von 1909, die M. nicht in seine Gedichtbände aufnahm, von denen das erste jedoch bei seinem Debüt in »Apollon« Nr. 9, 1910, abgedruckt wurde – »Der feine Moder wird dünner« (Istončaetsja tonkij tlen), »Wem lächelst du zu« (Ty ulybaeš'sja komu), »In den Weiten des dämmrigen Saales« (V prostorach sumerečnoj zaly).

10. AN MAXIMILIAN WOLOSCHIN

M: Nr. 11.

Maximilian Woloschin (1877–1932): symbolistischer Dichter, dessen Haus in Koktebel auf der Krim ein wichtiger Treffpunkt für Dichter und Maler war. Vgl. auch M.s Konflikt mit Woloschin in Brief Nr. 26.

Heidelberg: Von Oktober 1909 bis März 1910 studierte M. in Heidelberg Altfranzösische Sprache und Literatur bei Friedrich Neumann sowie Kunstgeschichte bei Henry Thode. Seine Adresse: Pension »Continental«, Anlage 30 (heute: Friedrich-Ebert-Anlage 30).

Mereschkowskij: Dmitrij (1865–1941), symbolistischer Dichter und religiöser Romancier, emigrierte nach der Oktoberrevolution nach Paris.
<5 Gedichte>: Jugendgedichte von 1909, die M. nicht in seine Gedichtbände aufnahm – »In der Windstille meiner Gärten« (V bezvetrii moich sadov), »In kalten Übergängen der Lyren« (V cholodnych perelivach lir), »Deine fröhliche Zärtlichkeit« (Tvoja veselaja nežnost'), »Sprecht mir nicht von Ewigkeit« (Ne govorite mne o večnosti), »Auf einen feuchten Stein emporgehoben« (Na vlažnyj kamen' vozvedennyj); die deutsche Übertragung des vierten Gedichtes (»Sprecht mir nicht von Ewigkeit«) findet sich im Anhang zu Der Stein, S. 179.

11. AN MAXIMILIAN WOLOSCHIN

M: Nr. 12.
»In der Windstille meiner Gärten«: eines der fünf oben erwähnten Jugendgedichte von 1909.

12. AN WJATSCHESLAW IWANOW

M: Nr. 13.
Falls Sie mir schreiben möchten: Es gibt keinerlei Hinweise darauf, daß Iwanow auch nur einen der zehn Briefe M.s beantwortet hätte.

13. AN WJATSCHESLAW IWANOW

M: Nr. 14.
<6 Gedichte>: Jugendgedichte von 1909, die M. nicht in seine Gedichtbände aufnahm – »In kalten Übergängen der Lyren« (V cholodnych perelivach lir), »Vom Mond erhellt die Nachtquartiere« (Ozareny lunoj nočev'ja), »Deine fröhliche Zärtlichkeit« (Tvoja veselaja nežnost'), »Sprecht mir nicht von Ewigkeit« (Ne govorite mne o večnosti), »Auf einen feuchten Stein emporgehoben« (Na vlažnyj kamen' vozvedennyj), »Eine lautlose Spindel« (Besšumnoe vereteno); bis auf das zweite und das sechste, die vermutlich erst Anfang November 1909 entstanden, lagen diese Gedichte auch Brief Nr. 10 an Woloschin bei.

14. AN WJATSCHESLAW IWANOW

M: Nr. 15.
Im Zug Frankfurt–Karlsruhe–Basel: Vermutlich ist die Briefnotiz nach einem Ausflug nach Frankfurt entstanden, als M.s Mutter und sein jüngster Bruder Jewgenij ihn Ende November 1909 in Heidelberg besuchten. Frankfurt erscheint in M.s Gedicht »An die deutsche Sprache« vom 8.–12. August 1932, Mitternacht in Moskau, S. 139.

<4 Gedichte>: Jugendgedichte von 1909, die M. nicht in seine Gedichtbände aufnahm – »Wenn der Wintermorgen dunkel ist« (Esli utro zimnee temno), »Der Ort wird leer. Der Abend dauert« (Pusteet mesto. Večer dlitsja), »In demütigweisen Höhen« (V smirennomudrych vysotach), »Prophetischer Atem in meinen Versen« (Dychan'e veščee v stichach moich).

15. AN WJATSCHESLAW IWANOW

M: Nr. 16.
<2 Gedichte>: Jugendgedichte von 1909, die M. nicht in seine Gedichtbände aufnahm – »Es gibt keinen anderen Weg« (Netu inogo puti), »Was ist die Musik meiner zarten« (Čto muzyka nežnych).

16. AN WJATSCHESLAW IWANOW

M: Nr. 17.
»Romances sans paroles«: »Lieder ohne Worte«, Gedichtband Paul Verlaines von 1874, der von der Revolution des Impressionismus in der Malerei und der Begegnung mit Arthur Rimbaud geprägt ist. Zu diesem programmatischen Brief vgl. Ralph Dutli, Ossip Mandelstam – »Als riefe man mich bei meinem Namen«, Dialog mit Frankreich, Ammann Verlag 1985, S. 69–75.
»Dans l'interminable ennui«: Gedicht aus Verlaines erwähntem Band, das achte Stück der »Ariettes oubliées«, des ersten Teils der »Romances sans paroles«.
<1 Gedicht>: »Auf dunklem Himmel, wie ein Muster« (Na temnom nebe, kak uzor), das in zwei Varianten dem Brief beilag; eine deutsche Übertragung dieses Gedichts findet sich im Anhang zu Der Stein, S. 181.

17. AN WJATSCHESLAW IWANOW

M: Nr. 19. Scherzhafter, nicht abgeschickter, im Tagebuch Sergej Kablukows überlieferter Brief.
Kablukow: Sergej (1881–1919), Mathematik- und Astronomielehrer, 1909–1913 Sekretär der Religionsphilosophischen Gesellschaft in Petersburg (Vorsitzender der Christlichen Sektion), deren Vorträge M. besuchte. M. lernte ihn im Juli 1910 in Hangö (finnisch Hanko) kennen und blieb bis 1917 mit ihm befreundet; Kablukow führte ein Tagebuch, in dem viele Einträge M. und seinen Gedichten gewidmet waren. Er war ein guter Bekannter Wjatscheslaw Iwanows, worin wohl die Ursache für diesen Briefscherz zu suchen ist.

Unaufhaltsam falle: scherzhafte Verballhornung eines Jugendgedichtes von 1910, »Als einzige Freude« (Edinstvennoj otradoj), wo es heißt: »Unermüdlich falle, / geheimnisvoller Springbrunnen«.
I. Mandelstam: I. für Iossif, in welcher Form M.s Vorname öfter in Kablukows Tagebuch erscheint (Ossip ist die stärker russifizierte Form des biblischen Namens Joseph).
Die Moskauer Ausgabe erwähnt unter Nr. 20 noch ein Schreiben M.s an Iwanow aus Berlin-Zehlendorf vom 5. (18.) August 1910, dessen Text jedoch verlorengegangen ist; nur die zehn beigelegten Jugendgedichte, die M. nicht in seine Gedichtbände aufnahm, sind erhalten geblieben. M. fuhr am 24. Juli von Hangö aus nach Berlin, wo seine Mutter operiert wurde, und war Mitte Oktober zurück in Petersburg.

18. AN WJATSCHESLAW IWANOW

M: Nr. 21.
»Akademie«: Die Veranstaltungen der »Gesellschaft der Verfechter des künstlerischen Wortes« (ORChS) fanden ab Herbst 1909 in der Redaktion der Zeitschrift »Apollon« (Notiz zu Nr. 9) statt und wurden »Vers-Akademie« (Akademija sticha) genannt.

19. AN WJATSCHESLAW IWANOW

M: Nr. 22.
Tjutschew: Fjodor (1803–1873), Dichter philosophischer Nacht- und Naturlyrik, Einfluß Schellings, der deutschen Romantik. Tjutschews Einfluß auf M.s Frühwerk bezeugen diverse Gedichte des Bandes DER STEIN sowie auch M.s autobiographische Prosa in DAS RAUSCHEN DER ZEIT, S. 71: »Tjutschew, d.h. eine Quelle kosmischer Freude, Künder eines starken und harmonisch-strengen Weltgefühls, ein denkendes Schilfrohr und eine über den Abgrund geworfene Decke.« In M.s Manifest »Der Morgen des Akmeismus« (1913/1919) spielt Tjutschew eine wichtige Rolle, ÜBER DEN GESPRÄCHSPARTNER, S. 19.
Koni: Anatolij (1844–1927), Jurist.
Pletnjowa: Alexandra (1826–1901), Frau des Schriftstellers Pjotr Pletnjow (1792–1865). Tjutschews Briefe an sie gelangten über Koni an die russ. Akademie der Wissenschaften und gelten seit den 20er Jahren als verschollen.

20. AN FJODOR SOLOGUB
M: Nr. 27.
Fjodor Sologub: Notiz zu Nr. 4. Paradoxerweise hatte M. ein besonderes Verhältnis gerade zu diesem Dichter, den er bei allen polemischen Ausfällen gegen die Symbolisten in seinen Essays schonend behandelt, vgl. ÜBER DEN GESPRÄCHSPARTNER, S. 11, 15, 190f., 241–244. Vgl. auch Brief Nr. 104 an Jewgenij Samjatin und M.s Bemühungen um eine Gedenklesung für den 1927 verstorbenen Sologub.
Petrograd: Name Sankt Petersburgs während des Ersten Weltkriegs, Slawisierung des »deutsch klingenden« ursprünglichen Städtenamens.
Futuristen: die radikalen Konkurrenten der Akmeisten bei der Überwindung des russ. Symbolismus, die Moskauer Kubo-Futuristen – David Burljuk, Welimir Chlebnikow, Alexej Krutschonych, Wladimir Majakowskij. Ihr Manifest von 1912 lautete: »Eine Ohrfeige dem öffentlichen Geschmack«.
Akmeisten: die Dichter des »Akmeismus«, von griech. »akmē« (Spitze, Blüte, Reife), am 1. März 1912 in Petersburg proklamierte literarische Gruppierung, deren wichtigste Vertreter Nikolaj Gumiljow, Anna Achmatowa und Ossip Mandelstam waren (außerdem Sergej Gorodezkij, Michail Senkewitsch, Wladimir Narbut). Gumiljows und Gorodezkijs Manifeste des Akmeismus erschienen in der Zeitschrift »Apollon« 1913, Nr. 1, M.s Manifest »Der Morgen des Akmeismus« erst 1919. Vgl. auch Notiz zu Nr. 34.
»Dichterzeche«: (Cech poėtov), der Gründung des Akmeismus voraufgehende Gesprächsrunde jüngerer Dichter zur Überwindung des Symbolismus, ab Oktober 1911.
Zu Gunsten eines der Lazarette: Während des Ersten Weltkriegs nahm M. an mehreren Wohltätigkeitslesungen zu Gunsten der Kriegsverwundeten teil, diese Lesung (»Abend der Petrograder Dichter«) fand am 18. April 1915 statt.
Tenischew-Schule: fortschrittliches Gymnasium, das M. von 1899 bis 1907 besuchte (ein anderer prominenter Absolvent war Vladimir Nabokov); vgl. das Kapitel »Die Tenischew-Schule«, DAS RAUSCHEN DER ZEIT, S. 52–58.
Tschebotarewskaja: Anastassija (1876–1921), Schriftstellerin, Ehefrau von Fjodor Sologub.

21. AN SERGEJ MAKOWSKIJ

M: Nr. 28.

Sergej Makowskij: (1877–1962), Schriftsteller, Kritiker, Herausgeber der Petersburger Zeitschrift »Apollon«.

»Apollon«: Notiz zu Nr. 9.

Tschaadajew: Pjotr (1794–1856), russ. Philosoph, prominenter »Westler«, vom römischen Katholizismus und dessen Papsttum faszinierter Denker, dessen »Erster philosophischer Brief« 1836 in Rußland einen Skandal entfachte. Tschaadajew war prägend für M.s Beziehung zu Westeuropa wie auch für seine »katholische Phase« (vgl. Notiz zu Nr. 9, »Die Wahrheit des Katholizismus«). M.s Tschaadajew-Essay, ÜBER DEN GESPRÄCHSPARTNER, S. 53–61, ist von zentraler Bedeutung für sein Frühwerk und erschien erstmals in »Apollon« 1915, Nr. 6–7, August/September.

22. AN FLORA MANDELSTAM

M: Nr. 29.

Koktebel: Ort auf der Halbinsel Krim, wo sich M. vom 30. Juni bis Ende August 1915 aufhielt; in jenem Sommer begegnete er zum erstenmal Marina Zwetajewa, vgl. DIE GESCHICHTE EINER WIDMUNG, Ammann Verlag 1994, S. 68. Mehrere M.-Gedichte sind im Sommer 1915 in Koktebel entstanden, etwa das berühmte »Schlaflosigkeit. Homer. Gespannte Segel«, »Das Hügelland hinauf« und »Die Pferdeherden«, DER STEIN, S. 169, 171, 173.

August und September sind hier wunderbar: Im erwähnten Gedicht »Die Pferdeherden« wird auch der goldene August gepriesen: »Der gute Herbst war mir die Wölfin, und der Kaiser- / Monat August hat mir sein Lächeln hergeschickt.«

23. AN SOFJA WERBLOWSKAJA

M: Nr. 30.

Sofja Werblowskaja: (?–1917?), M.s Großmutter mütterlicherseits, die in Wilna lebte.

Julij Matwejewitsch: Notiz zu Nr. 1.

24. AN FLORA MANDELSTAM

M: Nr. 31. Letzter Brief M.s an seine Mutter, die am 26. Juli 1916 an einem Gehirnschlag starb. Drei Tage nach diesem Brief bekamen die Söhne ein Telegramm über die schwere Erkrankung ihrer Mutter, reisten sofort nach Petrograd, kamen aber nur noch rechtzeitig zum Be-

gräbnis. M. schrieb sein von der »schwarzen Sonne« des Schuldgefühls geprägtes Gedicht »Diese Nacht – nicht gutzumachen«, TRISTIA, S. 29, das ihm auch zum Blick auf seine jüdischen Ursprünge geriet.
Koktebel: Notiz zu Nr. 22; M. hielt sich erneut in Woloschins Datscha auf. Am 7. Juni 1916 kam er aus Alexandrow nach Koktebel und schrieb sein Abschiedsgedicht an Marina Zwetajewa, »Kein Auferstehungswunder glaubend«, DIE GESCHICHTE EINER WIDMUNG, S. 33–35, und TRISTIA, S. 25–27.
Feodossija: Hafenstadt an der Südostküste der Halbinsel Krim, das im 6. Jh. v. Chr. gegründete griechische Theodosia; M. schrieb vier Prosaskizzen über seinen Aufenthalt dort während des russ. Bürgerkrieges 1919/1920, DAS RAUSCHEN DER ZEIT, S. 103–124; ein atmosphärisches Porträt der Stadt zeigt das Gedicht »Feodossija« (1920), TRISTIA, S. 79–81.
Im Herbst lege ich unbedingt meine Prüfungen ab: M.s Studien an der Petersburger Universität scheiterten endgültig, Abgangszeugnis vom 18. Mai 1917.
Windelband: Wilhelm (1848–1915), deutscher Philosoph, Neukantianer, lehrte in Heidelberg, als M. 1909/1910 dort studierte.
Wwedenskij: Alexander (1856–1925), russ. Philosoph, übersetzte Windelbands »Geschichte der antiken Philosophie« (1888) ins Russische (1893).
Gratuliere zum Polytechniker: M.s jüngster Bruder Jewgenij begann nach Absolvierung der Tenischew-Schule im Herbst 1916 ein Studium am Petrograder Polytechnischen Institut.

II NACH DER REVOLUTION: LÄRM UND NACHTIGALLENFIEBER 1919–1924

25. AN NADESCHDA CHASINA

M: Nr. 34.
Nadeschda Chasina: (1899–1980), M.s künftige Ehefrau, ab März 1922. M. lernte sie am 1. Mai 1919 in Nadeschdas Heimatstadt Kiew kennen, in der Künstlerkneipe »Chlam«; Nadeschda studierte Malerei bei Alexandra Exter. Am 2. Mai schrieb M. das Gedicht »Im steinigen Pierien«, im Band TRISTIA, S. 69–71, in das er Zitate aus Sapphos Hochzeitsliedern verwob. Späten Ruhm, nicht nur in Moskauer Dissidentenkreisen, erlangte Nadeschda Mandelstam durch ihre Memoiren »Das Jahrhundert der Wölfe« (New York 1970, deutsch 1971) und »Generation ohne Tränen« (Paris 1972, deutsch 1975).

Mein liebes Kind: Die zahlreichen Anreden Nadeschdas als Kind, Kindchen, Töchterchen haben über die Kosenamen hinaus einen kulturellen Hintergrund. Nadeschda Mandelstam schreibt im zweiten Band ihrer Memoiren (»Vtoraja Kniga«, Paris 1972, S. 262f.; die Stelle fehlt in der stark gekürzten deutschen Übersetzung »Generation ohne Tränen«, Frankfurt am Main 1975, Kapitel »Unser Bund«): »Wahrscheinlich hatte unser Bund in ihm das klare Bewußtsein seiner Zugehörigkeit zum Judentum geweckt, das Gefühl einer Verbindung zu seinem Ursprung: Ich war die einzige Jüdin in seinem Leben. Denn die Juden empfand er als eine einzige Familie, daher das Thema der Blutschande, des Inzests (...). Die Tochter, die einen Juden liebte, hatte sich von sich selbst loszusagen und in ihm aufzugehen. (...) Eines Nachts, als er über mich nachdachte, sah er plötzlich, daß ich zu ihm gehen müsse wie die Töchter zu Lot.« Nadeschda Mandelstam kommentiert hier ein Gedicht M.s von 1920, »Du kehr zurück in jenen Blutschoß / Aus dem du, Lea, einmal kamst«, TRISTIA, S. 77, mit seiner biblisch-mythischen Thematik des Inzests.
Kolatschewskij: nicht identifizierte Person.
»Kinetschka«: jiddisch-ukrainischer Kosename Nadeschdas in ihrer Kiewer Familie.
Mit Dir werde ich vor nichts Angst haben: Die Formulierung kehrt fast wörtlich wieder in einem der letzten Briefe an Nadeschda, Nr. 201 vom 2. Mai 1937.
Dein gewölbtes Kinderstirnchen: Die gewölbte Stirn erscheint in dem erwähnten, von Sapphos Hochzeitsliedern geprägten Gedicht »Im steinigen Pierien« vom 2. Mai 1919: »Und feine Kühle kam und strahlte / Von der gewölbten hellen Mädchenstirn«.
Ich muß *(weibliche Form):* Im Russischen ist das Geschlecht des Sprechenden zu erkennen – hier »ja dolschna« (weiblich) statt »ja dolschen« (männlich).
Motschulskij: Konstantin (1892–1948), Kritiker, Literaturwissenschaftler, M.s ehemaliger Griechisch-Nachhilfelehrer in Petersburg.
Panja (...) *Katjuscha Ginsburg:* nicht identifizierte Personen.
Mordkin: Michail (1881–1944), Ballettänzer des Bolschoj-Theaters, ab 1924 in den USA.
Froman: Margarita (1890–1970), Ballerina des Bolschoj-Theaters, emigrierte 1921.
»Fontäne«: (Fontan), Künstlerlokal in Feodossija.

26. AN MAXIMILIAN WOLOSCHIN

M: Nr. 35.

Maximilian Woloschin: Notiz zu Nr. 10. Diese Beschimpfung Woloschins wegen einer geliehenen und verlorenen (M.s Darstellung) oder gestohlenen (Woloschins Darstellung) Ausgabe von Dantes »Divina Commedia« vermochte M.s Verhältnis zu Woloschin nicht dauerhaft zu trüben. In den autobiographischen »Feodossija«-Skizzen von 1923, im Text »Der Hafenkommandant«, schildert M. mit Sympathie Woloschins Erscheinung in Koktebel, DAS RAUSCHEN DER ZEIT, S. 108f.; und in M.s Notizbuch zum Essay »Gespräch über Dante« von 1933 findet sich eine letzte Hommage an den kurz zuvor verstorbenen Woloschin, GESPRÄCH ÜBER DANTE, S. 193. Ausgerechnet Dante, das einstige Corpus delicti, führte M. zur letzten Versöhnung mit Woloschin.

25. Juli: M. setzt hier das Datum nach dem vorrevolutionären Julianischen, nicht nach dem Gregorianischen Kalender.

Ehrenburg: Ilja (1891–1967), Schriftsteller (»Die ungewöhnlichen Abenteuer des Julio Jurenito«, 1922), dessen Roman »Tauwetter« (1954/56) einer Epoche den Namen gab; in seinen Memoiren »Menschen, Jahre, Leben« (1960–1965) setzte er sich auch für die unter Stalin verfemten Schriftsteller ein. Seine Vermittlung kam wiederholt M. zugute: Kurz nach dem Zwischenfall mit Woloschin wurde M. im August 1920 in Feodossija von der »weißen« Spionageabwehr der Truppen General Wrangels als angeblich »bolschewistischer Spion« verhaftet; Ehrenburg beschwor Woloschin erfolgreich, sich in einem Brief an den Chef der Spionageabwehr für M. zu verwenden. M. kam schließlich frei und konnte über das Schwarze Meer nach Batumi ausreisen (vgl. die autobiographischen Prosaskizzen »Die Rückkehr« und »Die Menschewiken in Georgien« von 1923, DAS RAUSCHEN DER ZEIT, S. 145–159). Laut Nadeschda Mandelstam aber rettete nicht Woloschin den verhafteten M., sondern Oberst Zygalskij, dem M. in den »Feodossija«-Skizzen ein Porträt widmete (»Im Ornat des Gesetzes«), DAS RAUSCHEN DER ZEIT, S. 116–119.

Mein eigenes Buch abgestaubt: Woloschin warf M. auch vor, ein Exemplar seines Gedichtbandes »Der Stein«, das er Woloschins Mutter geschenkt hatte, mit Hilfe seines Bruders Alexander entwendet und an Ehrenburgs Frau weiterverschenkt zu haben.

27. AN NADESCHDA CHASINA

M: Nr. 36.

Nadeschda Chasina: Notiz zu Nr. 25. Nachdem M. sie am 1. Mai 1919 in Kiew kennengelernt hatte, verlor er sie in den Bürgerkriegswirren aus den Augen. Von Ehrenburg erfuhr er ihre neue Adresse, reiste Ende März 1921 nach Kiew und kehrte mit Nadeschda nach Moskau zurück; sie heirateten im März 1922.

28. AN WERA CHASINA

M: Nr. 37.

Wera Chasina: (?–1943), Nadeschdas Mutter.

Narkompros: Volkskommissariat für Bildungswesen, in welchem M. unter Lunatscharskij im Juni 1918 eine kurzfristige Anstellung bekam.

Schenja: Nadeschdas Bruder Jewgenij Chasin (1893–1974).

Litauische Gesandtschaft: Nadeschda Mandelstam berichtet in ihren Memoiren »Das Jahrhundert der Wölfe«, Kapitel »Die öffentliche Meinung«, daß der litauische Dichter Jurgis Baltrušaitis, der M.s Schicksal ahnte, ihn 1921 beschworen habe, die litauische Staatsbürgerschaft anzunehmen, um sich die Möglichkeit einer Ausreise aus Sowjetrußland offenzuhalten (M.s Vater lebte eine Zeitlang in Litauen, M.s Mutter stammte aus Wilna). M. besorgte die Papiere, verzichtete jedoch auf die fremde Staatsangehörigkeit und die Ausreise, »weil man seinem Schicksal nicht entgehen kann«.

Jakow Arkadjewitsch: Chasin (?–1930), Nadeschdas Vater.

Anna Jakowlewna: Chasina (?–1939?), Nadeschdas Schwester.

29. AN JEWGENIJ MANDELSTAM

M: Nr. 41.

Bei uns im Haus: Im April 1922 erhielt M. ein Zimmer im linken Flügel des Schriftstellerhauses am Twerskoj-Boulevard 25 in Moskau (heute ist dort eine Gedenktafel angebracht).

»Anthologie«: M.s Projekt »Ausgewählte Fragmente aus der altfranzösischen Epenliteratur (Chansons de geste)«, das vom Moskauer Staatsverlag abgelehnt wurde; vgl. dazu Ralph Dutli, OSSIP MANDELSTAM – »Als riefe man mich bei meinem Namen«, Dialog mit Frankreich, Ammann Verlag 1985, S. 260ff. Die Chronologie im 4. Band der Moskauer Ausgabe von Nerler/Nikitaev verzeichnet für den Dezember 1922 auch eine »Anthologie der russischen Poesie von den Symbolisten bis heute«; auch dieses Projekt kam nicht zustande.

Nadeschda Jakowlewna: geb. Chasina, die M. im März 1922 in Kiew geheiratet hatte.
»Weltliteratur«: von Maxim Gorkij gegründetes Editionsprojekt 1918-1924.
Übersetzung eines Theaterstücks: Jules Romains' Stück »Cromedeyre-le-Vieil«, das 1925 in M.s Übersetzung und mit seinem Vorwort im Staatsverlag erschien, vgl. den Essay »Jules Romains«, GESPRÄCH ÜBER DANTE, S. 7-12.
Tatitschka: Natascha (1920-1942), Tochter Jewgenij Mandelstams aus erster Ehe.
Marija Nikolajewna: Darmolatowa (?-1942), Jewgenij Mandelstams Schwiegermutter aus erster Ehe.
Anna Dmitrijewna: Radlowa, geb. Darmolatowa (1891-1949), Dichterin, Schwägerin Jewgenij Mandelstams aus erster Ehe.

30. AN DIE LEITUNG DES ALLRUSSISCHEN SCHRIFTSTELLERVERBANDES
M: Nr. 42.
Zum Leben im Schriftstellerhaus am Twerskoj-Boulevard 25 vgl. auch Nr. 37.
Parnach: Walentin (1891-1951), Dichter, Tanz-Theoretiker. M. gestaltete u.a. nach dessen Vorbild die Figur des »Parnok« (eines Alter ego) in seinem Prosatext »Die ägyptische Briefmarke« von 1928, DAS RAUSCHEN DER ZEIT, S. 185-242.
Schepelenko Dmitrij (1897-1972), *Karpow* Pimen (1887-1963), *Subakin* Boris (1894-1938?): zeitgenössische Moskauer Literaten.

31. AN EMIL MANDELSTAM
M: Nr. 43.

32. AN EMIL MANDELSTAM
M: Nr. 44.
Bucharin: Nikolaj (1888-1938), führender Kopf der Oktoberrevolution, Theoretiker des Bolschewismus, Mitglied des ZK, dann des Politbüros der Partei (1924-1929), Vorsitzender der Komintern (1926-1929), 1917-1928 Chefredakteur von »Prawda« und »Iswestija«, verlor 1929 an Stellung und Einfluß, im März 1938 nach dem dritten Schauprozeß »gegen rechts-trotzkistische Abweichler« (»Prozeß der 21«) erschossen und erst 1988 in der Glasnost-Ära rehabilitiert. Bucharins Einflußnahme ist die 1928 erfolgte Veröffentlichung von M.s letzten Büchern sowie 1930 M.s Reise nach Armenien zu verdanken.

Sinowjew: Grigorij (eig. Radomyslskij, 1883–1936), sowjet. Partei- und Staatsfunktionär, Leiter der Petrograder Parteiorganisationen, ZK-Mitglied, 1919–1926 Vorsitzender des Exekutivkomitees der Komintern, bildete mit Kamenew und Trotzkij die »vereinigte Opposition«, 1936 nach dem ersten Schauprozeß (»Prozeß der 16«) gegen die angeblichen »Kirow-Mörder« hingerichtet.
Wegen Schenja: M.s jüngster Bruder Jewgenij wurde im Frühjahr 1923 im Zuge der Kampagne der Bolschewiki gegen Sozial-Revolutionäre und Sozial-Demokraten (Menschewiki) zum drittenmal verhaftet; vgl. seine Lebenserinnerungen in der Moskauer Zeitschrift »Nowyj Mir« 1995, Nr. 10, S. 119–178. Jewgenij kam dank M.s Fürsprachebemühungen und Bucharins Intervention beim Chef der Geheimpolizei Dserschinskij frei. M. hatte bereits nach Jewgenijs vorheriger Verhaftung im August 1922 Bucharin erstmals aufgesucht, um sich für seinen Bruder einzusetzen – die Publikationsgeschichte von M.s Gedicht »Schöner Brotteig«, Tristia, S. 131, ist eng mit diesem Besuch verknüpft, vgl. auch Ralph Dutli, Europas zarte Hände, Essays über Ossip Mandelstam, Ammann Verlag 1995, S. 147–149.
Von der Parteizelle des Instituts eine Erklärung: Jewgenij studierte, nach dem abgebrochenen Ingenieurstudium am Polytechnikum (Notiz zu Nr. 24), am Petrograder Medizinischen Institut.

33. AN DEN »PETROPOLIS«-VERLAG

M: Nr. 45.
»Petropolis«: in Petersburg und Berlin domizilierter Verlag; einer der zahlreichen Verlage der russischen Emigranten in Berlin nach der Oktoberrevolution.
Bloch: Jakow (1892–1968), Inhaber des »Petropolis«-Verlages.
»Tristia«: M.s Gedichtband erschien 1922 ohne seinen ordnenden Zugriff bei »Petropolis« in Berlin. Vgl. Tristia, Ammann Verlag 1993. Das Buch sollte »Der Neue Stein« (Novyj kamen') heißen, nach M.s erstem Gedichtbuch »Der Stein« (Kamen', 1913, erweitert 1916, 1923), der Titel »Tristia« (nach einem von Ovids Exildichtungen inspirierten Gedicht) wurde von dem Dichter Michail Kusmin eingesetzt.

34. AN LEW GORNUNG

M: Nr. 46.
Lew Gornung: (1902–1993), Dichter, Literaturwissenschaftler; seine Erinnerungen an M. erschienen im Sammelband »Žizn' i tvorčestvo Ė

Mandel'štama« /Leben und Werk O.E. Mandelstams/, Woronesch 1990, S. 26–35.

Akmeismus: Notiz zu Nr. 20 (»Akmeisten«). Die Postulate des Akmeismus von 1913 waren: Rückkehr zum Irdischen, Organischen, Konkreten (gegen den symbolistischen Kult des Jenseitigen, Okkulten), zum plastisch-dreidimensionalen Gegenstand, zur kunstvollen Genauigkeit des Handwerks, zum Prinzip der Identität, zu »apollinischer« Klarheit sowie zur Bejahung dieser Welt als der einzigen, die dem Menschen und Dichter zugänglich sei. Vgl. die in Notiz zu Nr. 20 erwähnten Manifeste. In seinem Essay »Über die Natur des Wortes« (1922) spricht M. von »Auftriebskraft«, »moralischer Kraft« und »Mannhaftigkeit« des Akmeismus, Über den Gesprächspartner, S. 129f. M.s letzte Definition des Akmeismus lautete, als er im Februar 1935 in der Woronescher Verbannung von einer Schriftstellerversammlung provokativ danach gefragt wurde: »Sehnsucht nach Weltkultur« (Toska po mirovoj kul'ture).

35. AN DIE WIRTSCHAFTSKOMMISSION DES ALLRUSSISCHEN SCHRIFTSTELLERVERBANDES

M: Nr. 47.

Kubu: auch »Zekubu«, Abkürzung für die 1921 gegründete »Zentralkommission für die Verbesserung der Lebensbedingungen der Wissenschaftler«.

Gaspra: Ort auf der Halbinsel Krim.

36. AN DEN VORSTAND DES ALLRUSSISCHEN SCHRIFTSTELLERVERBANDES

M: Nr. 48.

37. AN DEN VORSTAND DES ALLRUSSISCHEN SCHRIFTSTELLERVERBANDES

M: Nr. 49.

Swirskij: Alexej (1865–1942), Schriftsteller, Literaturfunktionär.

Herzen-Haus: das offizielle Haus des Allrussischen Schriftstellerverbandes am Moskauer Twerskoj-Boulevard 25; so genannt zu Ehren Alexander Herzens (1812–1870), des Kritikers der zaristischen Autokratie und politischen Schriftstellers (Roman »Wer ist schuld?«, 1846; Memoiren »Erlebtes und Gedachtes«, 1854ff.).

Ich spreche nicht vom »Jubiläum«: Am 23. Oktober 1922 feierte Swirskij dreißig Jahre literarischer Tätigkeit.

Schepelenko: Notiz zu Nr. 30.
Potapenko: Ignatij (1856–1929), Schriftsteller.
Klytschkow: Sergej (eig. Leschenkow, 1889–1937; starb in Haft), »Bauerndichter« wie Jessenin und Kljujew.
Schirjajewez: Alexander (eig. Abramow, 1887–1924), gehörte ebenfalls zur Gruppe der »Bauerndichter«; vgl. auch Brief Nr. 42.
Blagoj: Dmitrij (1893–1984), Literaturwissenschaftler, Typus des »angepaßten«, der Parteilinie ergebenen Philologen in M.s zorniger, anti-stalinistischer »Vierten Prosa« von 1929/1930, DAS RAUSCHEN DER ZEIT, S. 260f.: »... von der Sorte derer, die auf Zehenspitzen über die blutige sowjetische Erde gehen, ein gewisser Mitka Blagoj, von den Bolschewiken zum Wohle der Wissenschaft zugelassenes Miststück aus dem Lyzeum« usw.

38. AN EMIL MANDELSTAM

M: Nr. 50.
Tscherwonzen: Einzahl Tscherwonez, Zehnrubelschein der Sowjetwährung der 20er Jahre.
Dr. Belokonskij: nicht identifizierte Person.

39. AN DEN ALLRUSSISCHEN SCHRIFTSTELLERVERBAND

M: Nr. 51.
Erörterung meiner Angelegenheit: vgl. Schluß von Brief Nr. 37.
Jewgenij Jakowlewitsch Chasin: (1893–1974), Bruder von M.s Ehefrau Nadeschda.

40. AN EMIL MANDELSTAM

M: Nr. 52.
Arschin: altes russ. Längenmaß = 0,71 m.
Die letzte Arbeit für mich: die autobiographische Prosa »Das Rauschen der Zeit«, die 1925 im Leningrader Verlag »Wremja« erscheinen sollte.
Parnok: Notiz zu Nr. 30 (»Parnach«).
Trust: M.s Vater war Lederhändler, vor der Revolution Mitglied der Petersburger Ersten Gilde, danach praktisch arbeitslos.

41. AN EMIL UND JEWGENIJ MANDELSTAM
M: Nr. 53.
German: M.s Onkel väterlicherseits, lebte in Warschau.
Golz: nicht identifizierte Person.
»Kubu«: Notiz zu Nr. 35.
Daß ich Schenja nichts schicken kann: M.s jüngster Bruder wurde im Herbst 1923 aus seiner dritten Haft entlassen, Notiz zu Nr. 32 (»Wegen Schenja«).

42. AN ALEXANDER SCHIRJAJEWEZ
M: Nr. 55. Zum Konflikt mit dem Vorstand des Allrussischen Schriftstellerverbandes vgl. Nr. 36, 37, 39.
Alexander Schirjajewez: Notiz zu S. 37.
21. Januar 1924: Das Datum ist insofern auffällig, als es sich um Lenins Todestag handelt.

43. AN DIE PRESSEABTEILUNG DES ZK DER RKP (B)
<Kollektives Schreiben>
M: Nr. 247.
ZK der RKP (B): Zentralkomitee der Russischen Kommunistischen Partei (Bolschewiki).
Konferenz zu Fragen der Literaturpolitik: Die von Jakowlew präsidierte Konferenz fand am 9. Mai 1924 statt, deren Resolution diente als Grundlage für den Parteierlaß vom 18. Juni 1925: »Über die Parteipolitik auf dem Gebiet der schöngeistigen Literatur«, der das Nebeneinander von »proletarischen« und anderen literarischen Gruppierungen regeln sollte und von Nikolaj Bucharins (Notiz zu Nr. 32) Vorstellungen geprägt war. Die »Mitläufer« und Bauernschriftsteller sollten dadurch allmählich auf die Ziele einer »proletarischen« Sowjetliteratur ausgerichtet werden. Der Parteierlaß wirkte bis 1927, dann gewann die VAPP (Allunionsassoziation Proletarischer Schriftsteller; ab 1928 als RAPP) die Oberhand und wurden vom ZK bevorzugt. Mit dem Parteierlaß vom 23. April 1932 wurden die RAPP und alle noch verbliebenen literarischen Gruppierungen aufgelöst und die Bildung eines – einheitlichen, gleichgeschalteten – Schriftstellerverbandes angeordnet.
»Na Postu«: (Auf Posten), Zeitschrift der Moskauer Assoziation Proletarischer Schriftsteller von Juni 1923 bis Mai 1925, die aggressiv und dogmatisch gegen »Mitläufer« polemisierte (»Mitläufer«: von Lunatscharskij geprägter und von Trotzkij verbreiteter Terminus für nichtkommunistische Schriftsteller, die die Revolution akzeptierten).

44. AN SOFJA FJODORTSCHENKO

M: Nr. 56.

Sofja Fjodortschenko: (1880–1959), Schriftstellerin, Mitunterzeichnerin des vorangehenden kollektiven Schreibens; Bekannte von Maximilian Woloschin, hielt sich in dessen Haus in Koktebel auf, wo sie vermutlich die Gerüchte über M. vernommen hatte; zu M.s Konflikt mit Woloschin aus Anlaß einer »gestohlenen« oder »geliehenen« Dante-Ausgabe vgl. Notiz zu Nr. 26.

45. AN ALEXANDER WORONSKIJ

M: Nr. 57.

Alexander Woronskij: (1884–1937, hingerichtet), Schriftsteller, Kritiker, Parteifunktionär, der die wichtige Rolle und das Talentpotential der »Mitläufer« (Notiz zu Nr. 43, »Na Postu«) erkannte und förderte und gegen die »proletarische« Diktatur in Kunst und Literatur auftrat; zwischen 1925 und 1927 in der Opposition um Trotzkij, 1927 Parteiausschluß und Verhaftung.

Meiner »Aufzeichnungen«: M.s autobiographische Prosa »Das Rauschen der Zeit«, die 1925 im Leningrader Verlag »Wremja« erschien; hier geht es um einen Vorabdruck in einer Zeitschrift, der aber nicht zustande kam – M. wurde 1923 aus allen Mitarbeiterlisten der sowjetischen Zeitschriften gestrichen.

»Rotes Neuland«: (Krasnaja nov'), von Woronskij gegründete Zeitschrift 1921–1927.

»Der Kreis«: (Krug), von Woronskij geleiteter Verlag 1922–1927, in dem 1923 M.s Gedichtband »Das Zweite Buch« (Vtoraja Kniga), die bereinigte Version des Gedichtbandes »Tristia« (Notiz zu Nr. 33) erschien; gemeint ist hier der Vorabdruck im Verlagsalmanach von »Krug«.

III NADESCHDA AM SCHWARZEN MEER: 1925–1926

46. AN NADESCHDA MANDELSTAM

M: Nr. 59.

Nadeschda Mandelstam: Notiz zu Nr. 25 (»Nadeschda Chasina«); M. hatte sie im März 1922 in Kiew geheiratet.

Du fährst jetzt gerade aus Moskau ab: Nadeschda mußte aufgrund einer im September 1925 festgestellten Tuberkulose längere Zeit des Klimas wegen in Jalta am Schwarzen Meer verbringen.

Wygodskij: David (1893–1943, Tod im Lager), Redakteur für ausländische Literatur im Leningrader Staatsverlag.

»Priboj«: (Brandung), Leningrader Verlag 1922–1928, für den M. diverse Übersetzungen besorgte und in dem 1928 sein Prosaband »Die ägyptische Briefmarke« erschien.
Edgar Poe: M. hat nie Poe übersetzt, es blieb bei der Idee; vgl. jedoch das von Poes Erzählung »Die Grube und das Pendel« inspirierte Gedicht »Trifft ein Schlag sich mit andern Schlägen« (1910) sowie das von einer geheimnisvollen Poe-Lesung des Dichters und Poe-Übersetzers Wladimir Pjast angeregte Gedicht »Das angespannte Schweigen« (1912), DER STEIN, S. 29 und S. 87.
Liwschiz: Benedikt (1887–1938, erschossen), futuristischer Dichter, Übersetzer französischer Dichtung, veröffentlichte 1933 Erinnerungen an den Futurismus (»Der anderthalbäugige Strelitze«). M.s Freund und Trauzeuge; zahlreiche Briefe an ihn sind verlorengegangen.
Zur Zeitung: die Leningrader »Rote Zeitung« (Krasnaja gazeta), für die M. gelegentlich arbeitete.
Gorlin: Alexander (1878–1938), Leiter der Abteilung für ausländische Literatur im Leningrader Staatsverlag.
»Billy«: scherzhafte Bezeichnung für den amerikanischen Schriftsteller Jim Tully (1891–1947), dessen »Autobiographie eines Landstreichers« 1926 im Staatsverlag erschien; M. sollte die Gedichte darin übertragen.
Sascha: Reinemachefrau.
Donja: ukrainisch »Töchterchen«; Nadeschda war in Kiew aufgewachsen.
Anja: Nadeschdas Schwester Anna Chasina (?–1939?).

47. AN NADESCHDA MANDELSTAM

M: Nr. 60.
Balmont: Konstantin (1867–1943), symbolistischer Lyriker, Übersetzer E. A. Poes und Baudelaires; diverse kritische Äußerungen über ihn in M.s Essays, ÜBER DEN GESPRÄCHSPARTNER, S. 10f., 15, 100, 121, 144, 186–188.
»Die 1002te Nacht«: Roman des schwedischen Schriftstellers Frank Heller (eig. Gunnar Serner, 1886–1947), der in M.s Übersetzung 1926 erschien.
Das Büchlein bringe ich Dir ganz bestimmt: vermutlich eines der 1925 erschienenen Kinderbücher M.s, »Der Primuskocher« oder »Die beiden Trams«.
Marietta: Schaginjan (1888–1982), Sowjetschriftstellerin, vgl. Brief Nr. 146 und Notiz dazu.
Die T°: in den folgenden Briefen häufige Abkürzung für »Temperatur«, Nadeschdas Fieberkurve.
Fogel: Nadeschdas Arzt in Leningrad.

48. AN NADESCHDA MANDELSTAM

M: Nr. 61.

Rabelais: Die Übersetzung kam nicht zustande.

»Der Teppich«: (Kovrik) – verschollener autobiographischer Prosatext M.s.

Njanja: russ. für »Kindermädchen«, M.s Spitzname in vielen Briefen an Nadeschda Mandelstam.

49. AN NADESCHDA MANDELSTAM

M: Nr. 62.

Neugeborenes Freundchen: der 30. Oktober war Nadeschdas Geburtstag (18. Oktober 1899 nach dem Julianischen Kalender). Vgl. das tragische Geburtstagsgedicht vom 30. Oktober 1930, MITTERNACHT IN MOSKAU, S. 7, wo Nadeschda ebenfalls als »Freundchen« angesprochen wird.

50. AN NADESCHDA MANDELSTAM

M: Nr. 63.

Großpapa: familiärer Kosename für M.s Vater Emil Mandelstam.

51. AN NADESCHDA MANDELSTAM

M: Nr. 64.

Angert: David (1895–1977), leitender Funktionär im Leningrader Staatsverlag.

»Sejatel«: (Sämann), privater Leningrader Verlag 1922–1930, in dem zwei Bücher von Henri Barbusse in M.s Übersetzung erschienen.

David und Emma (...) unerschütterliche Spanier: Die Wygodskijs (Notiz zu Nr. 46) waren Kenner der spanischen Literatur.

Schlafe ich im Eßzimmer: M. kam im Oktober 1925, als Nadeschda nach Jalta fuhr, in Leningrad bei seinem Bruder Jewgenij unter, auf der Wassiljewskij-Insel, 8. Linie, Nr. 31, Wohnung 5.

Bei Punins: Nikolaj Punin (1888–1954), Kunsthistoriker, Anna Achmatowas dritter Ehemann 1923–1938; in der berühmten Wohnung am Fontanka-Ufer 34 lebte auch Punins erste Frau Anna Arens.

Das alte Frauchen: Anna Achmatowa (1889–1966), akmeistische Dichterin (»Abend«, 1912; »Requiem«, 1935–1957; »Poem ohne Held«, 1940–1962), langjährige Freundin M.s; Erinnerungen an M. in ihren »Blättern aus dem Tagebuch«.

Georgij Iwanow: (1894–1958), akmeistischer Lyriker, emigrierte 1923 nach Paris; der erste Teil seiner zweifelhaften Memoiren »Chinesische Schatten« erschien am 29. September 1924 in der Zeitung »Sweno« in Paris.

Ein verleumderisches Mandelstam-Porträt Iwanows veranlaßte Marina Zwetajewa 1931 zu ihrem Essay »Die Geschichte einer Widmung« (deutsch: Ammann Verlag 1994).
»Das Rauschen der Zeit« (...) Sturm der Begeisterung: Gemeint sind die Rezensionen von Motschulskij und Wejdle in Zeitungen der russ. Emigration in Paris.
Dein Njan: männliche Verkürzung von russ. »Njanja« (»Kindermädchen«).

52. AN JEWGENIJ MANDELSTAM

M: Nr. 66.
Ich bin bis Moskau gefahren: M. fuhr Mitte November 1925 zu Nadeschda nach Jalta und blieb bis Ende Januar 1926.
Und wieder: M. hatte im Frühjahr 1925 einen ersten Herzanfall erlitten und wurde seither von Beschwerden und Atemnot heimgesucht.
»In Tagen der Festlichkeiten und der Not«: aus Michail Lermontows Gedicht »Der Dichter« (1838).
»Swesda«: (Der Stern), Leningrader Literaturzeitschrift.

53. AN EMIL MANDELSTAM

M: Nr. 67.
Butterwoche: Masleniza, altes slawisches Fest zum Winterende, in christlicher Zeit »Fastnachtswoche«.

54. AN EMIL MANDELSTAM

M: Nr. 69.
Na ja, auf deutsch: M.s Vater sollte Rabbiner werden, brach jedoch aus dem kurländischen Schtetl Schagory aus und floh nach Berlin, wo er mit der deutschen Kultur vertraut wurde und Goethe, Schiller usw. las; vgl. dazu das Kapitel »Jüdisches Chaos«, DAS RAUSCHEN DER ZEIT, S. 40f. M. verstand Deutsch seit seinem Studienaufenthalt in Heidelberg 1909/1910.

55. AN EMIL MANDELSTAM

M: Nr. 70.
Zarskoje Selo: (Zarendorf), 27 km südlich von Petersburg gelegene Zarenresidenz, die Peter der Große für Katharina I. bauen ließ (nach der Revolution: Detskoje Selo, Name ab 1937: Puschkin).

56. AN NADESCHDA MANDELSTAM
M: Nr. 71.

57. AN NADESCHDA MANDELSTAM
M: Nr. 72.

58. AN NADESCHDA MANDELSTAM
M: Nr. 73.
Pasternaks: Boris Pasternak (1890–1960), Lyriker (»Meine Schwester das Leben«, 1922) und Romanautor (»Doktor Schiwago«, 1957), Nobelpreis für Literatur 1958. Vgl. die Woronescher Briefe an Pasternak, Nr. 173 und Nr. 179.
Ihren kleinen Jungen: Jewgenij, Pasternaks Sohn aus erster Ehe mit Jewgenja Lurje.
GPU: politische Geheimpolizei.
Belizkij: Jefim, leitender Funktionär des Leningrader Staatsverlags.
Ionow: Ilja (eig. Bernschtejn, 1897–1942?), Leiter des Leningrader Staatsverlags (LenGIZ), 1928/1929 des Verlages »Land und Fabrik« (ZIF); vgl. Brief Nr. 112.

59. AN NADESCHDA MANDELSTAM
M: Nr. 74.
Brojdo: Grigorij (1885–1956), Leiter des Staatsverlags (GIZ-RSFSR).
Unser Plaid – das bist auch Du: eine der wenigen Habseligkeiten, die das Nomadenleben der Mandelstams begleiteten, vgl. das Gedicht »Mitternacht in Moskau« (Mai–4. Juni 1931), MITTERNACHT IN MOSKAU, S. 79: »Und das Spinnengewebe des Schottenplaids, das uns noch bleibt – / Nimm es als Flagge und decke mich zu, wenn ich sterbe.«
Schklowskij: Viktor (1893–1984), Schriftsteller, Theoretiker des russ. »Formalismus«. M. zeichnet sein Porträt im Prosastück »Der Pelz« (1922), DAS RAUSCHEN DER ZEIT, S. 129f. Vgl. Schklowskijs Porträt von M. im vorliegenden Band – Abteilung »Dichter über Mandelstam«.
Die »Tram«: M.s 1925 erschienenes Kinderbuch »Die beiden Trams« (Dva tramvaja).
Sporn die Alte ein bißchen an: Tarchowa, Pensionswirtin in Jalta (Adresse: Gornyj 3).

60. AN NADESCHDA MANDELSTAM
M: Nr. 75.

61. AN NADESCHDA MANDELSTAM
M: Nr. 76.
»Modpik«: »Moskauer Gesellschaft der Dramatiker und Komponisten«, für deren Leningrader Abteilung M.s Bruder Jewgenij 1924–1931 arbeitete.
Schklowskij: Notiz zu Nr. 59. Schklowskij schrieb zu der Zeit Filmszenarios; er riet auch M. zu einer solchen Arbeit, was den letzteren zu dem parodistischen Text »Ich schreibe ein Szenario« (1927) anregte, GESPRÄCH ÜBER DANTE, S. 37–39.

62. AN NADESCHDA MANDELSTAM
M: Nr. 78.
Rybakows: Iossif Rybakow (1890–1938), Jurist, Kunstsammler.
Papas Hebräerpelz: Der Pelz ist ein bedeutungsreiches Symbol in M.s autobiographischer Prosa, in »Der Pelz« (1922), »Das Rauschen der Zeit« (1925) und »Vierte Prosa« (1929/1930), siehe auch das Nachwort in DAS RAUSCHEN DER ZEIT, S. 332–334.
Daudistel: Albert (1890–1955), deutscher Schriftsteller, »Das Opfer« erschien in M.s Übersetzung 1926 im »Priboj«-Verlag.

63. AN NADESCHDA MANDELSTAM
M: Nr. 79.

64. AN NADESCHDA MANDELSTAM
M: Nr. 80.
An der 5. Linie: Die Petersburger Wassiljewskij-Insel ist in »Straßenlinien« aufgeteilt; M.s Bruder Jewgenij wohnte an der 8. Linie.
Wolfson: M. B. (1880–1932), leitender Funktionär des Staatsverlages.
Die »Tram«: Notiz zu Nr. 59.
Ich bin an Njanja mit Großbuchstaben gewöhnt: M.s Spitzname »Njanja« (Kindermädchen) in den Briefen an Nadeschda.
Großmündchen: Nadeschdas breiter Mund ist öfter Gegenstand von M.s zärtlichen Neckereien, vgl. auch das Gedicht »Die Angst ist bei uns, mit im Bund, / Gefährtin du – mit breitem Mund!« (30. Oktober 1930), MITTERNACHT IN MOSKAU, S. 7.

65. AN NADESCHDA MANDELSTAM

M: Nr. 81.

Das »alte Frauchen«: Anna Achmatowa, Notiz zu Nr. 51.

Bei Schenja (...) der »Alltagskram« seiner Beziehung zu Natascha: Jewgenij Mandelstams erste Frau, Nadeschda Darmolatowa, war 1922 gestorben; Natalja (Natascha) Grigorjewa (1899-1975), eine Mitstudentin Jewgenijs, zog in die Wohnung der Darmolatows auf der Wassiljewskij-Insel ein; Jewgenij wird jedoch 1928 in zweiter Ehe ihre jüngere Schwester Tatjana Grigorjewa (1904-1981) heiraten.

66. AN NADESCHDA MANDELSTAM

M: Nr. 82.

Schilejko: Wladimir (1891-1930), Orientalist, zweiter Ehemann von Anna Achmatowa 1918-1921.

Und ich sagte ihm, daß ich nur Dich liebe (...) und die Juden: vgl. Notiz zu Nr. 25 (»Mein liebes Kind«). M.s Beziehung zum eigenen Judentum war komplex – in seinem Buch »Das Rauschen der Zeit« (1925) zeichnet er in den Kapiteln »Der Bücherschrank« und »Jüdisches Chaos« die von ihm als fremd und bedrohlich empfundene jüdische Welt seines Vaters und seiner Großeltern, bekennt sich jedoch in seiner anti-stalinistischen »Vierten Prosa« (1929/1930), wohl als Antwort auf die auch antisemitische Untertöne aufweisende Kampagne gegen ihn, ausdrücklich zu seinen jüdischen Ursprüngen (dazu Notiz zu Nr. 127, »Ich verbiete mir von nun an, Schriftsteller zu sein«, und zu Nr. 129, »Christus sei mit Dir«); beide Texte in DAS RAUSCHEN DER ZEIT. Schlüsseltexte für M.s komplexes Judentum sind das Porträt des jüdischen Schauspielers Michoëls (1926), GESPRÄCH ÜBER DANTE, S. 30-34, und das Stadtporträt »Kiew« (1926), DAS RAUSCHEN DER ZEIT, S. 172-180; aber auch die Gedichte »Diese Nacht – nicht gutzumachen« (August 1916), »Inmitten all der Priester ein junger Levit« (November 1917), »Du kehr zurück in jenen Blutschoß / Aus dem du, Lea, einmal kamst« (1920), Band TRISTIA, S. 29, 47, 77; mit dem Thema der Rückkehr des verlorenen Sohnes auch das Gedicht »Kanzone« (26. Mai 1931), MITTERNACHT IN MOSKAU, S. 75, und ARMENIEN, ARMENIEN!, S. 127 (sowie Notiz dazu); vgl. außerdem Ralph Dutli, EIN FEST MIT MANDELSTAM, Ammann Verlag 1991, S. 78, 109-113.

Marschak: Samuil (1887-1964), Dichter, Kinderbuchautor, Leiter der Kinderbuchabteilung des Leningrader Staatsverlages.

Chalturin: Stepan (1856-1882), Revolutionär, Mitglied des 1879 gegründeten revolutionären Geheimbundes »Narodnaja Wolja« (Volkswille).

Fedin: Konstantin (1892-1977), Schriftsteller, Literaturfunktionär.

Einen Gedichtband: M.s Band »Gedichte« (Stichotvorenija) erschien im Staatsverlag (GIZ) erst 1928 dank einer Einflußnahme Nikolaj Bucharins (Notiz zu Nr. 32) – es sollte der letzte Gedichtband zu seinen Lebzeiten werden.

67. AN NADESCHDA MANDELSTAM
M: Nr. 83.

68. AN NADESCHDA MANDELSTAM
M: Nr. 84.
Des verfluchten Deutschen: Notiz zu Nr. 62 (»Daudistel«).
Grusdjow: Ilja (1892–1960), Mitarbeiter des Leningrader Staatsverlags.
»Einer der besten zeitgenössischen Dichter«: Offenbar geht es um den Antrag für M.s Gedichtband, Notiz zu Nr. 66.
Ehrenburgs »Raffer«: Notiz zu Nr. 26 (»Ehrenburg«); der Roman »Der Raffer« (Rvač) erschien 1925.
Mitja: vermutlich Nachbar in der Pension in Jalta, wo Nadeschda wohnte.
Strahl auf die Bolschewiken loslassen: Laut Nadeschda Mandelstam befand sich ihrer Pension gegenüber ein Erholungsheim für Parteifunktionäre.

69. AN NADESCHDA MANDELSTAM
M: Nr. 85.

70. AN NADESCHDA MANDELSTAM
M: Nr. 86.
Mein Gedichtband ist abgemurkst: Notiz zu Nr. 66.
Der Kinderbuchvertrag ist annulliert: die Biographie des Narodowolzen Chalturin, Notiz zu Nr. 66.
Die Jelissejews: Großkaufleute mit Feinkostgeschäften in Petersburg und Moskau.

71. AN NADESCHDA MANDELSTAM
M: Nr. 87.
Die »Affäre Dschorygow«: Prozeß des Ingenieurs Dschorogow, der des Mordes an seiner Wohngenossin angeklagt war; Leningrader »Rote Zeitung« (Krasnaja gazeta), Abendausgabe 19. Februar 1926.
Jekaterina Konstantinowna: Frau von Benedikt Liwschiz (Ben).
Am 1. Mai werden wir wieder in Kiew zusammensein: M. hatte seine Frau am 1. Mai 1919 in Kiew kennengelernt, Notiz zu Nr. 25 (»Nadeschda Chasina«).

Die »Luftballons«: (Šary), M.s drittes Kinderbuch (1926) nach »Die beiden Trams« und »Der Primuskocher« (beide 1925).
Irinka Punin: 1921 geborene Tochter Nikolaj Punins aus erster Ehe.
Anna Andrejewna und Punin: Achmatowa und ihr dritter Ehemann, Notiz zu Nr. 51 (»Die Punins«).

72. AN NADESCHDA MANDELSTAM

M: Nr. 88.
Grünberg: Leon, Abteilungsleiter im »Priboj«-Verlag.
Kugel: Alexander (1864–1928), Theaterkritiker.
Stschegoljow: Pawel (1877–1931), Historiker; beide waren Mitglieder des Theaterautorenverbandes »Dramsojus«, der dem »Modpik« (Notiz zu Nr. 61) Konkurrenz machte.
Am Twerskoj-Boulevard: Nr. 25, im »Herzen-Haus« des Allrussischen Schriftstellerverbandes, wo M. 1922 gewohnt hatte (vgl. Brief Nr. 37).
Chlebnikow: Welimir (1885–1922), futuristischer Dichter, den M. sehr schätzte (vgl. auch Brief Nr. 212); diverse Äußerungen in seinen Essays, ÜBER DEN GESPRÄCHSPARTNER, S. 114, 117, 146, 180, 182f., 195f.
»Die Toten Seelen«: Nikolaj Gogols Roman von 1842.
Komarowskij: Wassilij (1881–1914), Lyriker, der von den Akmeisten Achmatowa, Gumiljow und M. sehr geschätzt wurde.
Besobrasowa: nicht identifizierte Person.

73. AN NADESCHDA MANDELSTAM

M: Nr. 89.
Radlows: Sergej Radlow (1892–1958), Theaterregisseur, und Anna Radlowa, geb. Darmolatowa, Dichterin, Schwägerin Jewgenij Mandelstams aus erster Ehe.
Die »Küche«: (Kuchnja), M.s viertes Kinderbuch (1926).
Von »German«: M.s Onkel väterlicherseits.
Fremdling unter den vielverzweigten Moosbeeren Jaltas: Der Ausdruck »vielverzweigte Moosbeere« bedeutet im Russischen scherzhaft etwas ganz und gar Unwahrscheinliches.

74. AN NADESCHDA MANDELSTAM

M: Nr. 90.
Kiew (...) *Ich will unbedingt zum 1. Mai dorthin:* Notiz zu Nr. 71.
»Purim«: jüdisches Fest im Februar/März, zur Erinnerung an die im alttestamentlichen Buch Esther geschilderte Rettung der Juden in Persien.

75. AN NADESCHDA MANDELSTAM
M: Nr. 91.
Waginow: Konstantin (1899–1934), Dichter, Romanautor; sein Band »Gedichte« (Stichi) erschien 1926 in Leningrad.

76. AN NADESCHDA MANDELSTAM
M: Nr. 92.

77. AN NADESCHDA MANDELSTAM
M: Nr. 93.
Subow-Institut: 1912 vom Grafen Walentin Subow (1885–1969) gegründet, 1920 in Staatliches Institut für Kunstgeschichte umbenannt.
Tichonow: Nikolaj (1896–1979), Dichter, Literaturfunktionär (auch Notiz zu Nr. 135). Vgl. M.s Notrufe an ihn in der Woronescher Zeit, Briefe Nr. 178, 188, 192.
Marja Michajlowna: nicht identifizierte Person.

78. AN NADESCHDA MANDELSTAM
M: Nr. 94.
Denk an den kleinen Berg in Kiew: Notiz zu Nr. 71.
Donja: »Töchterchen« (ukrainisch); Nadeschda war in Kiew aufgewachsen.

79. AN NADESCHDA MANDELSTAM
M: 95.
Wegen Lolanow: gemeint ist Nadeschdas Umzug in Jalta, von der Pension der Tarchowa zur Pension Lolanow.

80. AN NADESCHDA MANDELSTAM
M: Nr. 96.
»Das Rauschen der Zeit«: (Šum vremeni), M.s autobiographische Prosa war 1925 im Leningrader Verlag »Wremja« erschienen.

81. AN NADESCHDA MANDELSTAM
M: Nr. 97.

82. AN NADESCHDA MANDELSTAM
M: Nr. 98.
Kino-Presse: Filmbuchverlag, Moskau/Leningrad 1925–1927.
Narbut: Wladimir (1888–1944; Tod im Lager), akmeistischer Dichter, 1922–1928 Leiter des Verlages »Land und Fabrik« (ZIF).
Lena: Jelena Fradkina (1902–1981), Malerin, Ehefrau von Nadeschdas Bruder Jewgenij Chasin.
Sonja: Sofja Wischnewezkaja (1899–1962), Malerin, Frau des Dramatikers Wsewolod Wischnewskij (1900–1951).

83. AN EMIL MANDELSTAM
M: Nr. 99.
Suchumi: abchasische Stadt an der südöstlichen Schwarzmeerküste. 1931/1932 wird M. diesem Ort ein Kapitel seines Prosawerkes »Die Reise nach Armenien« widmen, ARMENIEN, ARMENIEN!, S. 30–33, 70–75.
Die deutsche Handschrift kann ich entziffern: Notiz zu Nr. 54.
Was die »Erinnerungen« an Dich betrifft: vermutlich Anspielung auf M.s autobiographische Prosa »Das Rauschen der Zeit« (1925), wo er in den Kapiteln »Der Bücherschrank« und »Jüdisches Chaos« die ihm fremd gebliebene jüdische Welt seines Vaters beschworen hatte, DAS RAUSCHEN DER ZEIT, S. 25–28, 38–44.

84. AN NADESCHDA MANDELSTAM
M: Nr. 100.
Detskoje Selo: »Kinderdorf«, Name für Zarskoje Selo (Notiz zu Nr. 55) nach der Oktoberrevolution, weil dort Heime für Bürgerkriegswaisen untergebracht waren (Name ab 1937: Puschkin).
Kika: Kirill (1925–1942), Sohn von Benedikt Liwschiz (Notiz zu Nr. 46), der zu der Zeit ebenfalls in Detskoje wohnte; Nadeschda war Kikas Patin.
Lawrentjew: Direktor des Pensionates in Detskoje Selo.
Im Halbbogen: des Katharinenpalastes, von Tschekawinskij, Kwasow und Rastrelli gestalteter Rokokobau im ehemaligen Zarskoje Selo.
Sresnewskij: Wjatscheslaw (1880–1942), Psychiater.
Kugel: Iona (1873–?), Leiter der Abendausgabe der Leningrader »Roten Zeitung« (Krasnaja gazeta), für die M. 1924–1926 gelegentlich arbeitete.
»Tartarin«: »Tartarin de Tarascon« (1872) von Alphonse Daudet, M.s Übersetzung erschien 1927 im Leningrader »Priboj«-Verlag.

85. AN NADESCHDA MANDELSTAM

M: Nr. 101.

Strachowskaja: nicht identifizierte Person.

Auf dem verlassenen Ufer: Nadeschda war in Koktebel am Schwarzen Meer, Datscha Litwinenko.

86. AN NADESCHDA MANDELSTAM

M: Nr. 102.

87. AN NADESCHDA MANDELSTAM

M: Nr. 103.

Ans Meer verbannt wie irgendeinen Ovid: Die Figur des von Kaiser Augustus ans Schwarze Meer verbannten Dichters Ovid ist für M.s literarisches Werk sehr bedeutsam, vgl. mehrere Gedichte von 1914/1915, DER STEIN, S. 129, 173, 199, und das von Ovids Exildichtungen inspirierte »Tristia«-Gedicht von 1918, TRISTIA, S. 65. Wichtig ist Ovid auch für M.s Essays »Das Wort und die Kultur« (1921) und »Über die Natur des Wortes« (1922), ÜBER DEN GESPRÄCHSPARTNER, S. 84f., 122f. Vgl. auch das Kapitel »Ovid auf der Krim« in: Ralph Dutli, EUROPAS ZARTE HÄNDE, Essays über Ossip Mandelstam, Ammann Verlag 1995, S. 7–25.

Spaziergänge zu Junge: Eduard Junge (1833–1898), Augenarzt, der den Krim-Ort Koktebel am Schwarzen Meer als Kurort förderte; gemeint ist hier der als Denkmal erhaltene Familiensitz Junges am Ortsrand Koktebels.

Chinesendörfchen: Anlage im Park der Zarenresidenz von Zarskoje Selo, nach der Revolution Detskoje Selo (Notiz zu Nr. 84).

Jakobson: vermutlich Verwalter des Pensionats in Detskoje Selo.

Lunatscharskij: Anatolij (1875–1933), Volkskommissar für Bildungswesen 1917–1929.

Leonow: Steuerinspektor, nicht zu verwechseln mit dem Schriftsteller Leonid Leonow (1899–1994).

Wojtolowskij: Lew (1876–1941), Literaturwissenschaftler.

Smolnyj: in Petersburg, von Katharina II. gegründetes Institut adliger Fräulein, im Oktober 1917 Hauptquartier Lenins bis zur Verlegung der Regierung nach Moskau; diverse offizielle Stellen blieben dort untergebracht.

Slonimskij: Michail (1897–1972), Schriftsteller, Leiter des Leningrader »Priboj«-Verlages.

Davidchen: Wygodskij, Notiz zu Nr. 46.

Abram Kopeljanskij: Onkel M.s, der auch im 8. Kapitel des Prosatextes »Die ägyptische Briefmarke« (1928) vorkommt, während der albtraum-

haften Fahrt nach »Himbeerstadt«, DAS RAUSCHEN DER ZEIT, S. 237: »Die abgenutzten Hochzeitskutschen krochen weiter und wackelten wie Kontrabässe. In ihnen saßen der Holzhändler Abrascha Kopeljanskij mit seiner Herzbräune und der Tante Johanna, sowie Rabbiner und Photographen.«
Du hast ja Namenstag: Nadeschdas Namenstag war am 30. September.
Zu Nadiks Geburtstag: Notiz zu Nr. 49.

88. AN NADESCHDA MANDELSTAM
M: Nr. 104.
Warwara Kirillowna: nicht identifizierte Person.
Max: Maximilian Woloschin, Notizen zu Nr. 10 und Nr. 26.

89. AN NADESCHDA MANDELSTAM
M: Nr. 105.
Meinem armen hellen Bettlermädchen: eine Bezeichnung für Nadeschda, die später in der Woronescher Zeit auch in die Gedichte eindringen wird, DIE WORONESCHER HEFTE, S. 105: »Ich bin nicht tot und nicht allein – für eine Weile, / Solang ich meine Bettlerfreundin seh, / Werd ich die große Ebene genießend teilen, / Und Nebeltreiben, Hunger, Schnee.«
Geft: Israil (1897–1938), Leiter des Leningrader Staatsverlages (LenGIZ).
Konar: Fjodor (eig. Polastschuk, ?–1933), sowjet. Staats- und Parteifunktionär.

90. AN NADESCHDA MANDELSTAM
M: Nr. 106.

91. AN NADESCHDA MANDELSTAM
M: Nr. 107.
GPU: politische Geheimpolizei bis 1934, danach dem Volkskommissariat für Innere Angelegenheiten NKWD unterstellt.
Deinem Festtag: Nadeschdas Geburtstag am 30. Oktober, Notiz zu Nr. 49.
Die 3. Linie: Notiz zu Nr. 64 (»An der 5. Linie«).
»Modpik«: Notiz zu Nr. 61.
Geschichte wie mit Granowskij: vermutlich Alexej Granowskij (Asarch, 1890–1937), Direktor des Staatlichen Jüdischen Theaters in Moskau, das M. in seiner Skizze »Michoëls« (1926) porträtierte, GESPRÄCH ÜBER DANTE, S. 30–34; auf welchen Vorfall mit Granowskij M. hier anspielt, ist unbekannt.

92. AN NADESCHDA MANDELSTAM
M: Nr. 108.
Lyzeum: berühmte ehem. Lehranstalt in Zarskoje Selo (Notiz zu Nr. 55), wo Alexander Puschkin 1811–1817 zur Schule ging und seine ersten Verse schrieb.

93. AN NADESCHDA MANDELSTAM
M: Nr. 109.

94. AN NADESCHDA MANDELSTAM
M: Nr. 110.

95. AN NADESCHDA MANDELSTAM
M: Nr. 111.
Unsere fröhliche Moskauer Decke: Notiz zu Nr. 59 (»Unser Plaid«).
»Glawnauka«: Hauptverwaltung der wissenschaftlichen Institutionen.
1000 Häute verdorben: Notiz zu Nr. 40 (»Trust«).

96. AN NADESCHDA MANDELSTAM
M: Nr. 112.

97. AN NADESCHDA MANDELSTAM
M: Nr. 113.
»Tartarin«: Notiz zu Nr. 84.
Vildrac: Charles (1882–1971), französischer Schriftsteller; M. schrieb ein Verlagsgutachten für dessen Werk »Découvertes« (1923) und erwähnt ihn in seinem Essay über die Unanimisten, »Jules Romains« (1925), GESPRÄCH ÜBER DANTE, S. 7.

98. AN NADESCHDA MANDELSTAM
M: Nr. 114.

99. AN NADESCHDA MANDELSTAM
M: Nr. 115.

IV DIE EULENSPIEGEL-AFFÄRE: DER BRUCH 1927–1930

100. AN ALEXANDER MANDELSTAM

M: Nr. 118.

Armawir: Stadt am Kuban-Fluß im nördlichen Kaukasus.

Wie Petschorin: Hauptfigur in Michail Lermontows Roman »Ein Held unserer Zeit« (1840).

Die »Hochstapler«: (Rastratčiki), 1926 erschienener Roman von Walentin Katajew (1897–1986); vgl. dessen Erinnerungen an M. in der Abteilung »Dichter über Mandelstam«.

Beskin: Ossip (1892–1969), leitender Funktionär des Staatsverlags, dann des Verlages »Land und Fabrik« (ZIF).

Lena: Fradkina, Notiz zu Nr. 82.

101. AN ARTEMIJ CHALATOW

M: Nr. 119.

Artemij Chalatow: (1896–1938), Vorstandsvorsitzender des Staatsverlags 1927–1932.

Meines Buches im Staatsverlag: »Gedichte« (Stichotvorenija), das im Mai 1928 erscheinen wird, Notiz zu Nr. 66 (»Einen Gedichtband«).

Gorochow: L. B., Chefredakteur des Leningrader Staatsverlags (LenGIZ).

Janson: Ja. D., Vorstandsmitglied des Staatsverlags.

102. AN JEWGENIJ MANDELSTAM

M: Nr. 120.

Mamas Gogol: Die Bedeutung des Bücherschrankes für seine Kindheit schildert M. im Kapitel »Der Bücherschrank« seiner autobiographischen Prosa von 1925, Das Rauschen der Zeit, S. 25ff.: »Der Bücherschrank der frühen Kindheit ist ein Begleiter des Menschen für sein ganzes Leben.«

Puschkin: Dieser Dichter in der Bibliothek seiner Mutter hatte eine besondere Bedeutung für M., vgl. ebendort S. 28f., sowie das Kapitel »Wunderbarer Stoff« in: Ralph Dutli, Europas zarte Hände, Essays über Ossip Mandelstam, Ammann Verlag 1995, S. 29–32.

103. AN MICHAIL SENKEWITSCH

M: Nr. 121.

Michail Senkewitsch: (1891–1973), akmeistischer Dichter (»Wilder Porphyr«, 1912), ab 1923 Redakteur im Verlag »Land und Fabrik« (Zemlja i Fabrika, ZIF), Ende 20er/Anfang 30er Jahre Redakteur des Lyrik-Ressorts der Zeitschrift »Nowyj Mir« (vgl. Brief Nr. 138). Vgl. auch Brief Nr. 110.

Alexandra Nikolajewna: Senkewitschs Ehefrau.

Eulenspiegel: der Roman »La Légende d'Ulenspiegel« (1867) des belgischen Schriftstellers Charles de Coster (1827–1879). M. übernahm vom Verlag »Land und Fabrik« laut Vertrag vom 3. Mai 1927 den Auftrag, zwei bestehende russ. Übersetzungen, von Arkadij Gornfeld (1915) und Wassilij Karjakin (1916), zu bearbeiten; seine Neufassung erschien im September 1928, wobei M. unverschuldet als einziger Übersetzer auf dem Titelblatt genannt wurde. Die Plagiatsvorwürfe gegen M. in der Presse benutzten offizielle Stellen in der Folge für eine Verleumdungskampagne gegen M.; zur »Eulenspiegel-Affäre« vgl. diverse Zeugnisse in dieser Briefgruppe – Nr. 109, Nr. 117–122, Nr. 124–127.

Konstruktivisten-Lena: Fradkina, Notiz zu Nr. 82. Konstruktivismus: aus Kubo-Futurismus, Suprematismus und Tatlins Schaffen sich ableitende und die 20er Jahre dominierende Kunstideologie mit Forderungen wie Rationalität, Technizität, Funktionalität; bekannteste Vertreter waren Wladimir Tatlin und Alexander Rodtschenko.

104. AN JEWGENIJ SAMJATIN

M: Nr. 122.

Jewgenij Samjatin: (1884–1937), Schriftsteller (sein anti-utopischer Roman »Wir«, 1920, wurde in Rußland erst 1988 gedruckt), emigrierte 1931 nach Paris.

Ljudmila Nikolajewna: Samjatins Ehefrau.

»Flammenkreis«: Gedichtband Fjodor Sologubs von 1908, Notizen zu Nr. 4 und Nr. 20; im Brief geht es um eine am 5. März 1928 in der Leningrader Abteilung des Allrussischen Schriftstellerverbandes an der Fontanka 50 abgehaltene Gedenklesung für den am 5. Dezember 1927 verstorbenen Sologub.

Pjast: eig. Pestowskij Wladimir (1886–1940), Dichter und Übersetzer, vgl. Notiz zu Nr. 46 (»Edgar Poe«).

Fjodor Kusmitsch: Vor- und Vatersname Sologubs (s.o.).

105. AN P. KOROBOWA

M: Nr. 123.

Korobowa: Mitarbeiterin der Abteilung Künstlerische Literatur (LitChud) des Staatsverlags.

»Die ägyptische Briefmarke«: M.s Prosabuch erschien im September 1928 im Leningrader »Priboj«-Verlag und umfaßte außer der Erzählung »Die

ägyptische Briefmarke« auch die 1925 im Leningrader Verlag »Wremja« erschienene autobiographische Prosa »Das Rauschen der Zeit« sowie die vier »Feodossija«-Prosaskizzen; alle diese Texte in DAS RAUSCHEN DER ZEIT.

Lidija Mojssejewna: Warkowizkaja (1892–1975), Redakteurin des Leningrader Staatsverlages, die M.s Bücher »Gedichte« und »Die ägyptische Briefmarke« (beide 1928) betreute.

»Von der Ziegenmilch eines Feodossija-Mondes überspült«: Schluß der vierten »Feodossija«-Skizze, betitelt »Mazessa da Vinci«, DAS RAUSCHEN DER ZEIT, S. 120–124.

Keinerlei »Rückkehr«: »Die Rückkehr«, Prosatext von 1923, DAS RAUSCHEN DER ZEIT, S. 145–151.

Warkowizkaja: s.o. Lidija Mojssejewna.

»Begegnung auf der Redaktion« und »Absalom«: als verschollen geltende Prosatexte M.s.

Mitrochin: Dmitrij (1883–1973), Maler und Graphiker.

Des Bandes »Gedichte«: Notiz zu Nr. 66 (»Einen Gedichtband«).

Lichnizkij: Buchhalter des Staatsverlags.

Ismail Michajlowitsch: vermutlich Vor- und Vatersname Lichnizkijs.

»Swesda«: (Der Stern), Leningrader Literaturzeitschrift.

Eine zweite Erzählung in »Swesda«: in Nr. 5, 1928, war »Die ägyptische Briefmarke« vorabgedruckt worden; die zweite Erzählung ist verschollen oder wurde nicht geschrieben, erhalten ist M.s kurze Inhaltsbeschreibung zu »Der Fagottist«, GESPRÄCH ÜBER DANTE, S. 58.

106. AN A. WENEDIKTOW

M: Nr. 124.

Wenediktow: A. G. (gest. 1931/32?), Vorstandsmitglied des Verlages »Land und Fabrik« (ZIF).

Schojchet: Abram, Funktionär des Verlages »Land und Fabrik«.

Walter Scott (...) *Mayne Reid:* M. war 1928/29, aus broterwerblichen Gründen, zusammen mit Benedikt Liwschiz (Notiz zu Nr. 46) als Übersetzer und Bearbeiter maßgeblich beteiligt an den sowjetischen Ausgaben des schottischen Schriftstellers Walter Scott (1771–1832) und des englischen Abenteuer- und Jugendschriftstellers Thomas Mayne Reid (1818–1883).

107. AN BENEDIKT LIWSCHIZ

M: Nr. 125.

108. AN ANNA ACHMATOWA

M: Nr. 126.

Luknizkij: Pawel (1900–1973), Schriftsteller.

Nikolaj Stepanowitsch: Gumiljow (1886–1921), Dichter und Begründer des Akmeismus (1912), Anna Achmatowas erster Ehemann 1910–1918, wurde am 25. August 1921 als angeblicher »Konterrevolutionär« in Petrograd erschossen; M.s Brief trägt das Datum des 7. Jahrestages von Gumiljows Erschießung.

Das Gespräch mit Kolja ist nie abgerissen und wird auch nie abreißen: Kolja: Koseform für Nikolaj (Gumiljow). Als M. am 2. März 1933 bei einer Lesung in Leningrad provokativ gefragt wurde, ob er noch immer der Akmeist Mandelstam sei, antwortete er: »Ich bin derselbe Mandelstam, der Freund seiner Freunde, Mitstreiter seiner Mitstreiter und Zeitgenosse der Achmatowa war, ist und bleiben wird.« Und im Februar 1935 in der Woronescher Verbannung auf ähnlich provokative Fragen zu seiner Vergangenheit: »Ich sage mich weder von den Lebenden /i. e. Achmatowa/ los noch von den Toten /i. e. Gumiljow/.«

109. AN DIE REDAKTION DER »MOSKAUER ABENDZEITUNG«

M: Nr. 127.

»Aber der Mantel ist doch gestohlen«: Das polemische Zitat Gornfelds spielt auf einen Klassiker der russ. Literatur an, auf Nikolaj Gogols Erzählung »Der Mantel« (1842).

Gornfeld: Arkadij (1867–1941), Kritiker, Übersetzer, dessen Übersetzung von Charles de Costers »Eulenspiegel« M. zu bearbeiten hatte, vgl. Notiz zu Nr. 103.

Nr. 328 der »Roten Abendzeitung«: Gornfelds Anschuldigung M.s wegen geistigen Diebstahls erschien am 28. November 1928 in der Leningrader »Roten Zeitung« (Krasnaja gazeta), Abendausgabe, unter dem Titel »Übersetzer-Schindluder« (Perevodčeskaja strjapnja).

»Pelze« ins Spiel zu bringen: Gornfeld benutzte das für die russ. Literatur relevante Mantel-Motiv (s.o.), M. aber wandelt es ab zu dem für sein eigenes Werk bedeutsamen Motiv des Pelzes (Notiz zu Nr. 62, »Papas Hebräerpelz«). In der polemischen »Vierten Prosa« von 1929/1930, als deren Impuls M.s Empörung über die Eulenspiegel-Affäre und die darauf folgende Verleumdungs- und Hetzkampagne gilt, wird M., nach-

dem er sich als »Kürschner kostbarer Pelze« bezeichnet hat, seinem Leitmotiv des Pelzes ein Ende setzen: »Ich reiße selber den Pelz der Literatur von meinen Schultern und zertrete ihn mit meinen Füßen«, DAS RAUSCHEN DER ZEIT, S. 267; ebendort, S. 261f. – M.s Zorn auf Gornfeld: »Die Liste der Mörder russischer Dichter oder Anwärter auf diesen Mörderstand hat sich um den trüben Namen Gornfelds vermehrt.«
Umgestaltung Karjakins: die »Eulenspiegel«-Übersetzung von Wassilij Karjakin (1916) war eine zweite Grundlage für M.s Bearbeitung, Notiz zu Nr. 103.
Ich habe viel und lange gegen eine schablonenhafte Übersetzersprache gekämpft: In »Jacques wurde geboren und starb« (1926), GESPRÄCH ÜBER DANTE, S. 24–29, engagierte sich M. für ein höheres Niveau der sowjetischen Übersetzungspraxis; 1929 wird er zwei polemische Aufsätze folgen lassen, dazu Notiz zu Nr. 113 (»Eine Zeitungskampagne«).

110. AN MICHAIL SENKEWITSCH

M: Nr. 128.
Allerdings ist eine gute Übersetzung aus dem Französischen besser als eine schlechte (...) aus dem Englischen: Daß Liwschiz und M. den Engländer Mayne Reid aus dem Französischen übersetzten (das beide besser beherrschten), war Grund für die Kündigung des Vertrags seitens des Verlages »Land und Fabrik«, dazu Nr. 112 an Ilja Ionow.
Wladimir Iwanowitsch: Narbut, Notiz zu Nr. 82; M.s und Senkewitschs Dichterkollege aus der Zeit des Akmeismus (Notiz zu Nr. 20) wurde im Sommer 1928 aus der Partei ausgeschlossen, als Leiter des Verlages »Land und Fabrik« (ZIF) entlassen und war arbeitslos; M. versuchte, ihm einen Teil seines eigenen Broterwerbs zuzuhalten.
W. Gedroiz: Wera (1876–1932), Chirurgin, Dichterin, Teilnehmerin an der »Dichterzeche« 1911/1912 (Notiz zu Nr. 20).
Lichow: vermutlich Buchhalter des Verlages »Land und Fabrik«.
Die Alten: Nadeschdas Eltern, Wera und Jakow Chasin.
Alexandra Nikolajewna: Senkewitschs Ehefrau.

111. AN NADESCHDA MANDELSTAM

M: Nr. 129. Notiz an Nadeschda, als sie im Januar 1929 wegen Blinddarmentzündung mit Tuberkuloseverdacht in der Kiewer Klinik lag, vgl. Brief Nr. 113.
Schenja: Nadeschdas Bruder Jewgenij Chasin.

112. AN ILJA IONOW

M: Nr. 130. Der Brief ist in einer unvollständigen Kopie erhalten, fehlende Teile sind mit spitzen Klammern markiert. Er stellt eine Vorstufe dar für M.s polemische Aufsätze »Pfusch vom Fließband« und »Von literarischen Übersetzungen« (beide 1929), GESPRÄCH ÜBER DANTE, S. 71–89.

Ionow: Ilja (eig. Bernschtejn, 1897–1942?), Leiter des Leningrader Staatsverlags (LenGIZ), 1928/1929 des Verlages »Land und Fabrik« (ZIF).

Schunjawskij: Schumjazkij Boris (1886–1938), Partei- und Staatsfunktionär, Leiter des »Priboj«-Verlages.

Sojkin: Pjotr (1862–1938), Verleger.

Sytin: Iwan (1851–1934), Verleger; beide Figuren produzierten zahllose übersetzte Bücher von zweifelhafter Qualität.

113. AN EMIL MANDELSTAM

M: Nr. 131.

Wyrubowa: Anna (geb. Tanejewa, 1884–1964), Hofdame der letzten Zarin Alexandra Fjodorowna.

Babel: Isaak (1894–1941, erschossen), Schriftsteller (»Die Reiterarmee«, »Geschichten aus Odessa«, 1926/1931), Dramatiker, Drehbuchautor, hielt sich von Oktober 1928 bis März 1929 in Kiew auf.

WUFKU: »Allukrainische Foto-Kino-Verwaltung«, in deren Zeitschrift »Kino« 1929, Nr. 6, M.s Rezension »Die millionenschwere Puppe« erschien, GESPRÄCH ÜBER DANTE, S. 59–64.

Wir bleiben natürlich in Kiew: M.s Versuch, sich in Kiew eine neue Existenz zu schaffen, scheiterte.

Eine Zeitungskampagne: M.s polemische Aufsätze zum sowjetischen Übersetzungswesen – »Pfusch vom Fließband« in »Iswestija«, 7. April 1929, und »Von literarischen Übersetzungen« in der Zeitschrift »Na literaturnom postu« 1929, Nr. 13 (Juli); in GESPRÄCH ÜBER DANTE, S. 71–89.

114. AN DIE FÖDERATION DER SOWJETISCHEN SCHRIFTSTELLERVEREINIGUNGEN (FOSP)

M: Nr. 132.

Föderation der Sowjetischen Schriftstellervereinigungen (FOSP): Föderation, die dem durch Parteierlaß vom 23. April 1932 gebildeten (und gleichgeschalteten) Sowjetischen Schriftstellerverband voraufging; M. attackiert sie in seiner polemischen »Vierten Prosa« (1929/1930), indem er u.a. »FOSPa« mit russ. »ospa« (Pocken, Pockenkrankheit) reimen läßt, DAS RAUSCHEN DER ZEIT, S. 264: »Es packen dich die schwarzen Pocken / Des Klubs, wo Schreiberlinge hocken.«

115. AN DIE FÖDERATION DER SOWJETISCHEN SCHRIFTSTELLERVEREINIGUNGEN (FOSP)

M: Nr. 133.

Mit der eigentlichen Übersetzung verfahren sie wie beim Umschütten des Korns: Diesen Abschnitt fügte M. fast wörtlich in seinen polemischen Aufsatz »Pfusch vom Fließband« (1929) ein, GESPRÄCH ÜBER DANTE, S. 73.

Das Übersetzen ist eine der schwierigsten und verantwortungsschwersten Arten literarischer Arbeit: Auch diesen Abschnitt übernimmt M. für den erwähnten Aufsatz, ebendort S. 73f. Vermutlich gehörte auch das folgende, im Ergänzungsband der amerikanischen Ausgabe (Vol. IV, Paris 1981, S. 101) abgedruckte Fragment zum vorliegenden Schreiben:

»Die sogenannte Übersetzungssprache ist ein mächtiger barbarischer Dialekt, ein wildes Volapük, das seine eigenen Gesetze und seine Tradition hat. Sie entwickelt sich parallel zur lebendigen Literatursprache und übt ihrerseits größten Einfluß auf sie aus. In meiner Redakteurspraxis bin ich auf Übersetzer gestoßen, die nicht die geringste Ahnung von der Existenz von Verben abgeleiteter Adjektive hatten. Ohne ein einziges Adverbialpartizip schrieben sie ganze Bände voll. Jene widerwärtige Gestalt, in welcher ausländische Autoren jetzt bei uns erscheinen, ist ein wirkliches Wunder im Vergleich zu jenem Rohmaterial, das die Verlage den Redakteuren zumuten.«

116. AN DAS REDAKTIONSKOLLEGIUM DES STAATSVERLAGES (GIZ)

M: Nr. 134.

Ussijewitsch: Jelena (1893-1968), Mitarbeiterin des Staatsverlages.

Einer geplanten Prosaarbeit: vermutlich »Der Fagottist«, kurze Inhaltsbeschreibung: GESPRÄCH ÜBER DANTE, S. 58; die Erzählung wurde entweder nicht geschrieben oder ist verschollen.

»Das Rauschen der Zeit«, »Die ägyptische Briefmarke«: vgl. Brief Nr. 105 und Notiz dazu.

117. AN DIE REDAKTION DER »LITERATURNAJA GASETA«

M: Nr. 135.

Saslawskij: David (1880-1965), Literaturkritiker, der in der »Literaturnaja Gaseta« (d.h. dem offiziellen Organ der Föderation der Sowjetischen Schriftstellervereinigungen FOSP), Nr. 3 vom 7. Mai 1929, ein gegen M. gerichtetes rufmörderisches Feuilleton mit dem Titel »Ein simples Plagiat und dreister Pfusch« (O skromnom plagiate i razvjaznoj chalture) publizierte. Er griff darin Gornfelds Plagiatsvorwurf gegen M. vom

28. November 1928 wieder auf (Notiz zu Nr. 109) und wendete M.s Polemik gegen die Mißbräuche im sowjetischen Übersetzungswesen, die unter dem Titel »Pfusch vom Fließband« (Potoki chaltury) am 7. April 1929 in »Iswestija« erschienen war (Notiz zu Nr. 113, »Eine Zeitungskampagne«), gegen M. selber. Im unmittelbaren Anschluß an M.s vorliegender kurzer Erwiderung druckte die »Literaturnaja Gaseta« am 13. Mai 1929 (Nr. 4) einen von fünfzehn namhaften Schriftstellern (darunter Boris Pasternak, Boris Pilnjak, Walentin Katajew, Jurij Olescha, Michail Sostschenko, Leonid Leonow) unterzeichneten »Brief an die Redaktion« ab, der sich gegen Saslawskijs Verleumdungen richtete und sich mit M. solidarisierte; die Redaktion der »Literaturnaja Gaseta« verwies jedoch auf eine von ihr selber angeregte Konfliktkommission der FOSP, deren Entscheidung sie abwarten und veröffentlichen wolle.

118. AN DAS EXEKUTIVBÜRO DER FÖDERATION DER SOWJETISCHEN SCHRIFTSTELLER-VEREINIGUNGEN (FOSP)

M: Nr. 138.
Briefen an die Redaktion (...) Nr. 4 der »Literaturnaja Gaseta«: M.s Erwiderung vom 10. Mai 1929 (Brief Nr. 117) sowie der sich mit ihm solidarisierende Brief von fünfzehn Schriftstellern, Notiz zu Nr. 117.
Fall »Eulenspiegel«: Notiz zu Nr. 103.

119. AN NADESCHDA MANDELSTAM

M: Nr. 140.
Selinskij: Kornelij (1896–1970), Literaturkritiker, Mitunterzeichner des Briefes von fünfzehn Schriftstellern in der »Literaturnaja Gaseta« Nr. 4 vom 13. Mai 1929.
Resolution Exekutivbüro: der FOSP, Resolution vom 21. Mai 1929 über M.s Antrag (Brief Nr. 118), auf Vorschlag Fadejews (s.u.), sinngemäß: 1. der Vorfall Mandelstam/Saslawskij (Notiz zu Nr. 117) ist mit der Publikation des ganzen Materials in der »Literaturnaja Gaseta« als abgeschlossen zu betrachten; 2. bei der FOSP ist eine Kommission zur Regelung des Übersetzungswesens zu bilden.
Kanatschikow: Semjon (1879–1940), Parteifunktionär, 1929/1930 Sekretär der FOSP und Redakteur der »Literaturnaja Gaseta«; Widersacher M.s in der »Eulenspiegel«-Affäre, Vorsitzender der »Konfliktkommission«, die am 22. Mai 1929 zusammentrat, sich mit der Resolution des Exekutivbüros vom 21. Mai nicht einverstanden erklärte und für Juni 1929 eine »Untersuchung« anberaumte.

Fadejew: Alexander (1901–1956), 1926–1932 Vertreter der RAPP (Russ. Assoziation Proletarischer Schriftsteller), ab 1934 Vorstandsmitglied des Schriftstellerverbandes, später Vorstandsvorsitzender und Generalsekretär.
Einmischung Komsomolskaja: die Zeitung »Komsomolskaja Prawda«, die am 2. Juni 1929 in der »Eulenspiegel«-Affäre einen Artikel zur Unterstützung M.s veröffentlichte.
Strastnoj 6: Moskauer Adresse von Nadeschda Mandelstams Bruder Jewgenij Chasin; Nadeschda war nach Leningrad gefahren, um die dortigen Schriftsteller für M. zu mobilisieren.

120. AN DAS MOSKAUER GOUVERNEMENTSGERICHT

M: Nr. 141.
Moskauer Gouvernementsgericht: Die Klage des »Eulenspiegel«-Übersetzers Wassilij Karjakin (Notiz zu Nr. 103, »Eulenspiegel«) gegen den Verlag »Land und Fabrik« (ZIF) sowie gegen Mandelstam wurde vor diesem Gericht am 11. Mai 1929 erstmals verhandelt und am 11. Juni 1929 abgewiesen.
Kolesnikow: Leonid, Redakteur beim Verlag »Land und Fabrik«, dann bei der »Moskauer Abendzeitung«.

121. AN ANNA ACHMATOWA

M: Nr. 142.
O. E.: Ossip Emiljewitsch, Vor- und Vatersname Mandelstams.
»Zekubu«: Abkürzung für die 1921 gegründete »Zentralkommission für die Verbesserung der Lebensbedingungen der Wissenschaftler«, in deren Wohnheim am Kropotkin-Kai Nr. 5 Mandelstam von April bis Juli 1929 Unterkunft fand.
Brief der 15: Notiz zu Nr. 117 (»Saslawskij«).
Olescha: Jurij (1899–1960), Schriftsteller (»Neid«, 1928), Mitunterzeichner des »Briefes der 15«.
Jakowlew: W. I., leitender Funktionär des Verlages »Land und Fabrik«.
Im Falle Mayne Reid: Notiz zu Nr. 106 sowie Briefe Nr. 110, 112, 114.
Kosakow: Michail (1897–1954), Schriftsteller, Mitunterzeichner, wie auch der zuvor genannte Konstantin Fedin, des »Briefes der 15«.
Sonin: Alexander (1901–1952), Literaturkritiker.
Sostschenko: Michail (1894–1958), Schriftsteller, Satiriker, Mitunterzeichner des »Briefes der 15«.
Der Vorsitzende der Konfliktkommission: Kanatschikow, Notiz zu Nr. 119.
Nejschtadt: Wladimir (1898–1959), Dichter, Übersetzer.

Gornfelds Brief: Notiz zu Nr. 109.
Wsewolod Iwanow: (1895–1963), Schriftsteller, Mitunterzeichner des »Briefes der 15«.

122. AN DIE LENINGRADER SCHRIFTSTELLER

M: Nr. 143.
Den Artikel in »Iswestija«: M.s polemischer Aufsatz »Pfusch vom Fließband« in »Iswestija«, 7. April 1929, der Mißstände im sowjetischen Übersetzungswesen anprangerte, GESPRÄCH ÜBER DANTE, S. 71–79.
Eines notorischen Verleumders, Falschspielers und Erpressers: Saslawskij, Notiz zu Nr. 117.

123. AN WISSARION SAJANOW

M: Nr. 145.
Wissarion Sajanow: (eig. Machnin, 1903–1959), Dichter, Literaturkritiker.
»Moskauer Komsomolze«: M. redigierte bei dieser Zeitung von Ende August bis Dezember 1929 eine wöchentliche »Literarische Seite«; als die Zeitung eingestellt wurde, wechselte er im Januar 1930 für kurze Zeit zur »Moskauer Abendzeitung«.

124. AN DIE ZENTRALE KONTROLLKOMMISSION DER KPdSU (B)

M: Nr. 146. Adressat und Datierung sind laut den Herausgebern der Moskauer Ausgabe mutmaßlich. Zwischen Schrägstrichen: durchgestrichene Stellen.
Die Föderation: »Föderation der Sowjetischen Schriftstellervereinigungen« (FOSP), Notiz zu Nr. 114.
Konfliktkommission: Notiz zu Nr. 119 (»Kanatschikow«).
Vom Plagiat zum Pfusch: Notiz zu Nr. 117 (»Saslawskij«).
Vom Pfusch zur »Sklavenhalterei«: In der Sitzung der »Konfliktkommission« (s.o.) vom 10. Juni 1929 wurde M. beschuldigt, er habe seine Übersetzerarbeit für einen Hungerlohn von »Negern« ausführen lassen. In der »Prawda« vom 5. Juli 1929 wird M.s Verleumder Saslawskij (Notiz zu Nr. 117) unter dem Titel »Gauner und Neger« (Žučki i negry) diesen Vorwurf öffentlich machen.
Die von mir vorbereiteten politischen Initiativen: Notiz zu Nr. 113 (»Eine Zeitungskampagne«).
Awerbach: Leopold (1903–1939), Literaturkritiker, Vertreter der VAPP (»Allrussische Assoziation Proletarischer Schriftsteller«), Redakteur der

Zeitschrift »Auf literarischem Posten« (Na literaturnom postu), die im Juli 1929 (Nr. 13) M.s zweiten polemischen Aufsatz zu den Mißständen im sowjetischen Übersetzungswesen veröffentlichte, »Von literarischen Übersetzungen«, GESPRÄCH ÜBER DANTE, S. 80–89; zum ersten Aufsatz in »Iswestija« – Notiz zu Nr. 122.

125. AN DIE ZENTRALE KONTROLLKOMMISSION DER KPdSU (B)

M: Nr. 147. Adressat und Datierung sind laut den Herausgebern der Moskauer Ausgabe mutmaßlich.
Brief von 22 Leningrader Schriftstellern: »Brief an die Redaktion« vom 28. Mai 1929 zur Unterstützung M.s gegen seinen Verleumder Saslawskij, unterzeichnet u.a. von Wenjamin Kawerin, Michail Slonimskij, Nikolaj Tichonow, Boris Ejchenbaum, Anna Achmatowa, Jurij Tynjanow, Konstantin Waginow, Benedikt Liwschiz (abgedruckt in dem Band »Slovo i sud'ba«. Moskau, »Nauka« 1991, S. 138).
Romm: Alexander (1898–1943), Philologe, Übersetzer.
»Komsomolskaja Prawda«: Notiz zu Nr. 119 (»Einmischung Komsomolskaja«).
Aksjonow: Iwan (1884–1935), Dichter, Übersetzer, Literaturkritiker.
Exekutivbüro: der »Föderation der Sowjetischen Schriftstellervereinigungen« (FOSP), Notiz zu Nr. 114.

126. AN DIE SOWJETISCHEN SCHRIFTSTELLER

M: Nr. 148.
Schmutzige Machenschaften des Verlages »Land und Fabrik«: Notiz zu Nr. 103 (»Eulenspiegel«) und Brief Nr. 121.
Gouvernementsgericht: Notiz zu Nr. 120.
Klägliche Rolle von 15 Schriftstellern: Notiz zu Nr. 117 und Brief Nr. 121.
Ein Hundejubiläum war meine Belohnung: M.s damals zwanzig Jahre umfassende Tätigkeit als Dichter, 1908 bis 1928; in seinem Band »Gedichte« (Stichotvorenija, 1928) stammt das erste Gedicht von 1908.
Meine Luft und mein Brot vergiftet: Selbstzitat M.s aus einem Gedicht von 1913, DER STEIN, S. 117: »Die Luft – vertrunken, und das Brot vergiftet. / Und diese Wunden heilen: hart. / Die Schwermut Josephs in Ägypten – / Genauso bittre Gegenwart.«
Herzen-Haus: offizielles Haus der »Föderation der Sowjetischen Schriftstellervereinigungen« (FOSP) am Moskauer Twerskoj-Boulevard 25; so genannt zu Ehren des politischen Schriftstellers Alexander Herzen (1812–1870), Notiz zu Nr. 37.

127. OFFENER BRIEF AN DIE SOWJETISCHEN SCHRIFTSTELLER

M: Nr. 149.

M.s Schlußabrechnung in der »Eulenspiegel-Affäre« und Antwort auf die Hetzkampagne gegen ihn; diverse Motive dieses und des vorangehenden Briefes verwendete er für seine polemische, anti-stalinistische »Vierte Prosa« (1929/1930), DAS RAUSCHEN DER ZEIT, S. 247–272.

Ein Falschspieler-Feuilletonist: Saslawskij, Notiz zu Nr. 117.

Gornfeld: Notiz zu Nr. 109.

Konfliktkommission vom 21. Juni: Notiz zu Nr. 119 (»Kanatschikow«).

Lwow-Rogatschewskij: Wassilij (1873–1930), Literaturkritiker »vulgärsoziologischer« Ausrichtung, gehörte der »Konfliktkommission« der FOSP an, die die Angelegenheit Mandelstam/Saslawskij untersuchte.

Karjakin: Notizen zu Nr. 103 und Nr. 120.

Über das Herz Eulenspiegels, und meines, Ihr Schriftsteller, mein Herz: in der »Vierten Prosa«, DAS RAUSCHEN DER ZEIT, S. 270: »Ich bin ein alternder Mensch, ein abgenagtes Stück Herz« usw.

In der »Prawda« Saslawskijs Feuilleton »Gauner und Neger«: am 5. Juli 1929, Notiz zu Nr. 124 (»Vom Pfusch zur ›Sklavenhalterei‹«).

Im August (...) *eine Revision:* angekündigt in der »Literaturnaja Gaseta« vom 26. August 1929.

Ein ganzes Buch (...) *ein Kapitel gesetzt, das Leichengeruch verbreitet:* vgl. in der »Vierten Prosa«, DAS RAUSCHEN DER ZEIT, S. 268: »Verehrte Zigeuner vom Twerskoj-Boulevard, wir haben zusammen einen Roman geschrieben, den ihr euch nicht einmal hättet träumen lassen.«

Ich verbiete mir von nun an, Schriftsteller zu sein: ebendort, S. 265: »Ich bestehe auf der Ansicht, daß das Schreibertum in der Art, wie es sich in Europa und insbesondere in Rußland herausgebildet hat, unvereinbar ist mit dem ehrenvollen Titel eines Juden, auf den ich stolz bin. Mein Blut, schwergeworden vom Erbe der Schafzüchter, Patriarchen und Könige, rebelliert gegen die verschlagene Zigeunerbrut des Schreiberstammes.«

Art. 177 des Strafgesetzbuches: Verstöße gegen das Urheberrecht.

Mit Ihnen allen zu brechen: vgl. das Thema des Bruches in Brief Nr. 131 (»Der Bruch ist – Reichtum« usw.) und in der »Vierten Prosa« (s.o.), S. 267: »Ich reiße selber den Pelz der Literatur von meinen Schultern und zertrete ihn mit meinen Füßen« usw.

20 Jahre Arbeit: Notiz zu Nr. 126 (»Ein Hundejubiläum«).

128. AN EINEN UNBEKANNTEN ADRESSATEN

M: Nr. 150.

Meine Unversorgtheit und fast schon Obdachlosigkeit: vgl. M.s Antwort auf eine Zeitungsumfrage zum Thema »Der Sowjetschriftsteller und die Oktoberrevolution« (1928), DAS RAUSCHEN DER ZEIT, S. 245: »Die Oktoberrevolution *mußte* meine Arbeit beeinflussen, da sie mir die ›Biographie‹ wegnahm, das Gefühl einer persönlichen Bedeutsamkeit. Ich bin ihr dankbar dafür, daß sie ein für allemal Schluß gemacht hat mit dem geistigen Versorgtsein und einem Leben auf Kulturrente ...« usw.

V IM BUDDHAHAFTEN MOSKAU: NOMADENLEBEN 1930–1934

129. AN NADESCHDA MANDELSTAM

M: Nr. 151.

Laß mich Deinen Kummer tragen: Mitte Februar 1930 war Nadeschdas Vater Jakow Chasin in Kiew gestorben, worauf sie zu ihrer Mutter nach Kiew reiste.

Christus sei mit Dir (...) *Es gibt keinen Tod:* vgl. M.s am stärksten christlich inspirierten, um das Thema des Todes kreisenden Essay »Puschkin und Skrjabin« (1915), ÜBER DEN GESPRÄCHSPARTNER, S. 62–69. Gerade in der 1929/1930 entstandenen, polemischen, durch die »Eulenspiegel«-Affäre veranlaßten »Vierten Prosa« erneuert M. jedoch auch das Bewußtsein seiner jüdischen Herkunft, vgl. Notiz zu Nr. 127 (»Ich verbiete mir von nun an, Schriftsteller zu sein«).

130. AN NADESCHDA MANDELSTAM

M: Nr. 152.

Mein Schenja (...) *noch keinen Prozeß:* M.s Bruder war 1924–1931 für die Leningrader Abteilung des »Modpik« tätig (»Moskauer Gesellschaft der Dramatiker und Komponisten«) und 1930 in eine Untersuchung verwickelt.

Grigorjewa: Natalja (1899–1975), »Natascha«, Freundin Jewgenij Mandelstams seit dem Studium am Petrograder Medizinischen Institut; Schwester von Tanja (s.u.).

Tanja: Tatjana Grigorjewa (1904–1981), Entomologin, Jewgenij Mandelstams Ehefrau in zweiter Ehe, Notiz zu Nr. 65.

Die LAPP-Leute: »Leningrader Assoziation Proletarischer Schriftsteller«.

»Moskauer Abendzeitung«: Notiz zu Nr. 123.
Jurassow: nicht-identifizierte Person.
Dort gibt es große Möglichkeiten: Das Angebot, sich in Usbekistan niederzulassen, schlug M. aus; die Jugendzeitung »Komsomolze des Orients« erschien 1926–1934 in Taschkent.
Die alten Leutchen nicht allein lassen: Nadeschdas Mutter Wera Chasina und M.s Vater Emil Mandelstam.
»Dreyfus«-Affäre: M.s ironisch-private Bezeichnung für die »Eulenspiegel«-Affäre und die Hetzkampagne gegen ihn, vgl. Briefe Nr. 103, 109, 117–122, 124–127 (vor allem 127), nach dem Prozeß gegen den französisch-jüdischen Offizier Alfred Dreyfus, der 1894 nach einem manipulierten Verfahren auf die Teufelsinsel bei Cayenne verbannt wurde; zur Dreyfus-Affäre als Thema in M.s Kindheit vgl. DAS RAUSCHEN DER ZEIT, S. 9–12.
FOSP: »Föderation der Sowjetischen Schriftstellervereinigungen«, Notiz zu Nr. 114.
Beresner: nicht identifizierte Person; Untersuchungsrichter.
Daß das Zeitungsfeuilleton bestellt *war:* Saslawskijs Verleumdungen M.s in »Literaturnaja Gaseta« vom 7. Mai 1929, Notiz zu Nr. 117.
Schifrin: Nisson (1892–1961), Theaterdekorateur.
»Oset«: »Gesellschaft für Landzuteilung an werktätige Juden«; ein damals diskutiertes Projekt, Juden auf der Krim anzusiedeln.
Nisson: s.o. Schifrin.
Morgulis: Alexander (1898–1938; Tod im Lager), Schriftsteller, Übersetzer, mit M. eng befreundet; M. widmete ihm eine ganze Reihe von Scherzgedichten, sogenannte »Morguletten«.
Assejew: Nikolaj (1889–1963), Dichter.
Adujew: Nikolaj (1895–1950), Schriftsteller.
Lidin: Wladimir (1894–1979), Schriftsteller.
Schaschkowa: Mitarbeiterin bei der »Moskauer Abendzeitung«.
Iwanizkij: nicht identifizierte Person.
Dligatsch: Lew (1904–1949), Dichter.
»Pionier«: Kinderzeitschrift.

131. AN NADESCHDA MANDELSTAM
M: Nr. 153.
Sie haben mich gequält mit der Affäre: Notiz zu Nr. 130 (»Dreyfus-Affäre«).
Ruser: vermutlich Nina Ruser-Nirowa, stellvertretende Vorsitzende der »Hauptverwaltung Politische Aufklärung« (Glavpolitprosvet).
Vorladung zu irgendeinem Dozenten: offenbar eine geheimdienstliche Befra-

gung M.s; diverse Dokumente fanden sich in der Ermittlungsakte wieder, nach M.s zweiter Verhaftung am 2. Mai 1938 (vgl. »Dokumente« Nr. 2).

Feodossija: Notiz zu Nr. 24 (»Feodossija«); zu M.s Verhaftung durch die »weiße« Spionageabwehr der Truppen General Wrangels 1920 während des russischen Bürgerkrieges vgl. Notiz zu Nr. 26 (»Ehrenburg«).

Weiße Propaganda-Agentur: »Oswag« (Osvedomitel'noe agentstvo), Informations- und Propagandadienst der Truppen Wrangels im Bürgerkrieg 1918–1920.

Meine Verse über Kerenskij: Alexander Kerenskij (1881–1970), Ministerpräsident der Provisorischen Regierung ab 21. Juli 1917, von den Bolschewiken gestürzt; gemeint ist M.s Anti-Lenin-Gedicht »Als er das Joch von Bosheit und Gewalt / Uns brachte, Günstling des Oktober« (November 1917), TRISTIA, S. 179.

Marija Alexejewna: Fürstin aus der Romanow-Familie.

Ich bin kein Arbeiter. Ich verwildere mit jedem Tag mehr: vgl. in der »Vierten Prosa« (1929/1930), DAS RAUSCHEN DER ZEIT, S. 271: »So sehr ich mich auch anstrengen mag, und selbst wenn ich Pferde auf meinem Rücken tragen würde und Mühlsteine drehen machte, werde ich dennoch nie ein Werktätiger sein können. Meine Arbeit wird, wie immer sie sich äußern möge, als Ungezogenheit aufgenommen, als Gesetzlosigkeit, als etwas Zufälliges. Aber dies ist ja mein Wille, ich bin damit einverstanden. Ich unterschreibe mit beiden Händen.«

Ich müßte weg, aber es ist längst zu spät: Notiz zu Nr. 28 (»Litauische Gesandtschaft«).

Schade um das unterbrochene Buch: die »Vierte Prosa«, an der M. im Januar/Februar 1930 arbeitete.

Apel: Iossif Appel (1906?–1937?), Schriftsteller, arbeitete 1929 mit M. bei der Zeitung »Moskauer Komsomolze«.

Sutyrin: Wladimir (1902–1985), Schriftsteller, im Sekretariat der FOSP.

Ich bin allein. Ich bin arm: der zweite Satz deutsch im Text; Zitat aus der »Vierten Prosa«, DAS RAUSCHEN DER ZEIT, S. 272: »Da geht ein deutscher Leiermann mit einem Leierkasten wie bei Schubert, ein Unglücksvogel, ein Vagant ... *Ich bin arm.* Ich bin arm.«

Der Bruch ist – Reichtum: Notiz zu Nr. 127 (»Mit Ihnen allen zu brechen«).

Taschkent muß überhaupt nicht sein: Notiz zu Nr. 130 (»Dort gibt es große Möglichkeiten«).

132. AN NADESCHDA MANDELSTAM
M: Nr. 154.

133. AN NADESCHDA MANDELSTAM
M: Nr. 155.
Schwächung des Herzmuskels: M. hatte im Frühjahr 1925 einen ersten Herzanfall erlitten und wurde seither von Beschwerden und Atemnot heimgesucht (vgl. Brief Nr. 52). Seine Herzprobleme sind 1930/1931 auch in den Gedichten der »Moskauer Hefte« spürbar, vgl. MITTERNACHT IN MOSKAU, S. 33: »Oder es packt dich ins Herz, / Wenn du die Lippen auftust, / Zittern des Nadelkonzerts« usw. S. 41: »In unserm Herzen – warum, wer erlaubt es? – / Stechender Schmerz, uns auf immer vermacht« usw. S. 53: »Mitternacht – dann wird das Herz neu zum Räuber / (...) Warum nur zitterst du so, wie ein Findelkind kraus? / Mitternacht – feiert das Herz neu ausschweifend, / Nimmt auf die Zähne die silberne Maus.«

134. AN EMIL MANDELSTAM
M: Nr. 157.
Mit Schenja stehe ich schlecht: M.s Verhältnis zu seinem jüngsten Bruder wird sich in den 30er Jahren verschlechtern und in der Woronescher Zeit 1936/1937 einen Tiefpunkt erreichen, vgl. Briefe Nr. 180–182.

135. AN JEWGENIJ MANDELSTAM
M: Nr. 158.
Da wir morgen wegfahren: Im Januar 1931, nach der Rückkehr aus Armenien, versuchten M. und seine kranke Frau in Leningrad eine Unterkunft zu finden, doch die Wohnkommission des Schriftsteller-Stadtkomitees unter Nikolaj Tichonow widersetzte sich der Niederlassung M.s in Leningrad. Für einige Tage kamen sie bei Jewgenij Mandelstam auf der Wassiljewskij-Insel, 8. Linie, Nr. 31, Wohnung 5, unter. Mitte Januar 1931 reisten sie auf der Suche nach Unterkunft nach Moskau weiter. Das Nomadenleben der 30er Jahre begann, vgl. MITTERNACHT IN MOSKAU, S. 49, das Gedicht »In der Küche setzen wir uns hin« (Januar 1931) mit den Versen: »Sonst such Stricke in der Nacht, / Unsern Korb dann zugemacht // Fort zum Bahnhof das Gespann, / Wo uns keiner finden kann ...«

136. AN JEWGENIJ MANDELSTAM

M: Nr. 161.

An Schuras Adresse in Moskau: Nach den gescheiterten Bemühungen, in Leningrad eine Unterkunft zu finden, wohnte M. vorübergehend bei seinem Bruder Alexander (Schura) in Moskau, am Starosadskij Pereulok 10, Wohnung 3.

Für die Gesammelten Werke: M. schloß 1931 einen Vertrag mit dem »Staatsverlag für Künstlerische Literatur« (GICHL) über eine zweibändige Ausgabe seiner Werke ab, weigerte sich jedoch, in der Zusammenstellung irgendwelche (zensurbedingten) Konzessionen zu machen; die Ausgabe kam nicht zustande.

Weil ich gerade jetzt tüchtig arbeite: Diverse bedeutende Gedichte der »Moskauer Hefte« entstanden im Frühjahr 1931, u.a. der »Wolfszyklus«, MITTERNACHT IN MOSKAU, S. 57 (»Für den pochenden Mut einer künftigen Zeit«), S. 59 (»Draußen herrscht Nacht«), S. 63 (»Wimpernhaar, stechend«), S. 65 (»Nein ich find kein Versteck«), S. 67 (»Hin zur sechsfingrigen Lüge«), S. 73 (»Nun bewahr es, auf immer, mein Wort«).

137. AN EMIL MANDELSTAM

M: Nr. 162.

Wer nicht im Einklang mit seiner Zeit lebt: Das Problem der Zeitgenossenschaft beschäftigte M. gerade zu dem Zeitpunkt; hatte er 1924 das Gedicht »Nein ich war nirgendwo und niemands Zeitgenosse« geschrieben (TRISTIA, S. 169), so hieß es jetzt, in den im Mai 1931 entstandenen freien Versen von »Mitternacht in Moskau«, im Band MITTERNACHT IN MOSKAU, S. 79: »Zeit, daß ihr wißt: auch ich bin Zeitgenosse – / Ich bin ein Mensch aus Moskaus Konfektion, / (...) Versucht mal, reißt mich los von dieser Zeit – / Ich geb die Hand, ihr werdet euch den Hals nur brechen!«

Die 99%ige Chance, eine Wohnung zu bekommen: Alle in diesem Brief geschilderten Bemühungen scheiterten.

Lelja: Eleonora Gurwitsch (1900–1989), Malerin, Ehefrau von Alexander Mandelstam in zweiter Ehe.

Lena: Jelena Fradkina (1902–1981), Malerin, Ehefrau von Nadeschdas Bruder Jewgenij Chasin.

Ein großer Lyrikzyklus (...) nach Armenien: Der Zyklus »Armenien« erschien in der Zeitschrift »Nowyj Mir« 1931, Nr. 3; MITTERNACHT IN MOSKAU, S. 9–31, und ARMENIEN, ARMENIEN!, S. 92–115.

Die Zeitungen ächzen und können sich nicht entschließen: Dieser Satz fehlt in der Moskauer Briefausgabe 1997 (vgl. Anfang dieser Notizen); ergänzt nach der Publikation im Sammelband »Slovo i sud'ba«, Moskau 1991, S. 79.

Ich habe mich wieder an die Prosa gemacht: »Die Reise nach Armenien«, 1931/1932 entstanden, gedruckt in der Leningrader Zeitschrift »Swesda« 1933, Nr. 5, als letzte Publikation zu Lebzeiten; ARMENIEN, ARMENIEN!, S. 7–57.
Das mit den 40%: vgl. Brief Nr. 136.
Jurik: Jurij Mandelstam (1930–1990), Jewgenij Mandelstams Sohn aus zweiter Ehe mit Tatjana (Tanja) Grigorjewa.
Startschakow: Alexander (1892–1938), Leiter der Leningrader Abteilung des »Staatsverlages für Künstlerische Literatur«.

138. AN WJATSCHESLAW POLONSKIJ

M: Nr. 164.
Wjatscheslaw Polonskij: (Gusin, 1886–1932), Literaturkritiker, 1926–1931 Chefredakteur der Zeitschrift »Nowyj Mir«, in der 1931, Nr. 3, M.s Gedichtzyklus »Armenien« abgedruckt war.
Dem Leser, dem ich ohnehin genug entfremdet bin: M.s Isolierung spricht aus der Schlußstrophe des Gedichtes »Mir fehlt noch etliches zum Patriarchen« (Mai–19. September 1931), MITTERNACHT IN MOSKAU, S. 105: »Wie sehr möcht ich das Spiel noch weiter spielen, / Mich im Gespräch verlieren, nur die Wahrheit reden, / Und alle Schwermut nun zum Teufel schicken, / Um irgendwessen Hand zu greifen: Sei mir Freund, / Wir gehen noch zusammen ein Stück Weg ...«

139. AN JEWGENIJ MANDELSTAM

M: Nr. 165.
3 Reportagen: nicht erhaltene Texte.
Vielleicht auch meine Prosa: »Die Reise nach Armenien«, Notiz zu Nr. 137 (»Ich habe mich wieder an die Prosa gemacht«).
In der ganzen Wohnung: Juni bis September 1931 lebten die M.s in einer geborgten Wohnung an der Bolschaja Poljanka im Moskauer Samoskworetschje-Viertel, dazu »Die Reise nach Armenien«, ARMENIEN, ARMENIEN!, S. 18–20 (»Neben mir wohnten finstere Spießerfamilien«) und S. 67f. (»Der Vermieter meiner provisorischen Wohnung«).

140. AN NADESCHDA MANDELSTAM

M: Nr. 167.
Damit ich schneller zu Dir kommen kann: Im Herbst 1931 lag Nadeschda im Moskauer Botkin-Krankenhaus.
Z. K. P.: die Zeitschrift »Für kommunistische Bildung« (Za kommunističeskoe prosveščenie), bei der Nadeschda gerade arbeitete; dort wird

am 21. April 1932, zu Darwins 50. Todestag, M.s Essay über Darwin erscheinen, GESPRÄCH ÜBER DANTE, S. 93–100.
Rabinowitsch (...) *Deligenskij:* vermutlich Ärzte des Botkin-Krankenhauses.
Kolesnikowa: nicht identifizierte Person.
Ljaschkewitsch: Dmitrij (1904–1989), Schriftsteller, Vorsitzender des Moskauer Schriftsteller-Stadtkomitees.

141. AN NADESCHDA MANDELSTAM

M: Nr. 168.
Lelja: Notiz zu Nr. 137; am 21. November 1931 kam deren Sohn Alexander (»Schurik«) zur Welt, M.s Neffe.
Schengeli: Georgij (1894–1956), Dichter, Übersetzer.

142. AN IWAN GRONSKIJ

M: Nr. 169.
Iwan Gronskij: (1894–1985), Parteifunktionär, 1931–1934 Redakteur der »Iswestija«, 1931–1937 der Zeitschrift »Nowyj Mir«, von Mai 1932 bis Mitte 1933 Vorsitzender des Organisationskomitees des sowjetischen Schriftstellerverbandes.
Im Januar 31: Notiz zu Nr. 135.
Rossowskij: Michail (1899–?), Dramatiker.
Pawlenko: Pjotr (1899–1951), Schriftsteller, verfaßte 1938 ein denunziatorisches Gutachten über M., das der Generalsekretär des Schriftstellerverbandes, Wladimir Stawskij, am 16. März 1938 mit seinem eigenen Denunziationsschreiben an den NKWD-Chef Jeschow sandte – was zu M.s zweiter Verhaftung am 2. Mai 1938 führte; vgl. im vorliegenden Band »Dokumente«, Nr. 1.
Utkin: Iossif (1903–1944), Dichter.

143. AN DAS SCHRIFTSTELLER-STADTKOMITEE

M: Nr. 170.
Sargidschan: Amir, Pseudonym des Schriftstellers Sergej Borodin (1902–1974). Die Sargidschan-Affäre: M. bewohnte seit Januar 1932 im »Herzen-Haus« (Notiz zu Nr. 126) am Moskauer Twerskoj-Boulevard 25 ein Zimmer; Borodin/Sargidschan, als Nachbar vermutlich mit der Bespitzelung M.s beauftragt, drang nach einer Auseinandersetzung in M.s Zimmer ein und schlug dessen Frau, worauf M. beim Moskauer Schriftsteller-Stadtkomitee Klage einreichte. Ein von diesem gebildetes Schiedsgericht verurteilte am 13. September 1932 *beide* Parteien. Am 6. Mai 1934, kurz vor sei-

ner ersten Verhaftung, wird M. in Leningrad öffentlich den Sowjetschriftsteller Alexej Tolstoj ohrfeigen, der das Schiedsgericht präsidiert hatte: »Ich bestrafe den Mann, der den Befehl gegeben hat, meine Frau zu schlagen.«

144. AN EINEN UNBEKANNTEN ADRESSATEN

M: Nr. 171. Vgl. Notiz zu Nr. 143.

145. AN EMIL MANDELSTAM

M: Nr. 172.

Uskoje: Erholungsheim der »Zekubu« (Notiz zu Nr. 121) in der Nähe von Moskau, wo sich M. im November 1932 aufhielt.

Selwinskij: Ilja (1899–1968), Dichter.

Daß es zwischen uns beiden sehr viel Gemeinsames gibt: Notiz zu Nr. 83 (»Was die ›Erinnerungen‹ an Dich betrifft«).

Ich beschäftige mich jetzt (...) *viel mit Naturwissenschaften:* vgl. Essay und Notizbuch über Charles Darwin, GESPRÄCH ÜBER DANTE, S. 93–110; das Kapitel »Rund um die Naturforscher«, ARMENIEN, ARMENIEN!, S. 38–43, 79–81; das Gedicht »Lamarck« (Mai 1932), MITTERNACHT IN MOSKAU, S. 113–115. Ein wichtiger Anreger der naturwissenschaftlichen Themen M.s war der Biologe Sergej Kusin, vgl. den folgenden Brief Nr. 146 und Notiz dazu.

Peredelkino: M. hielt sich vom 15. Dezember 1932 bis 9. Januar 1933 dort auf.

Der Bau des neuen Wohnhauses: am Nastschokinskij Pereulok (Uliza Furmanowa) Nr. 5 in Moskau, wo M. und seine Frau erst im November/ Dezember 1933 einziehen konnten (Wohnung Nr. 26); M. befürchtete, man würde für diese »Gnade« Konzessionen von ihm erwarten, und beschimpfte die neue Bleibe in dem Gedicht »Die Wohnung: papierene Stille«, MITTERNACHT IN MOSKAU, S. 159–161: »Wie dünn die verfluchten, die Wände, / Kein Ausweg mehr, nirgendwohin – / Und spielen muß ich ohne Hände / Für wen ich ein Kasper nur bin ... // (...) Nur irgendein biederer Wischer, / Ein Hechler von Kolchosen-Flachs, / Ein Tinten- und Blutspurvermischer / Wär würdig des mißratnen Dachs.« Nur wenige Monate blieben M. bis zur ersten Verhaftung am 13./14. Mai 1934.

GICHL-Honorare: Notiz zu Nr. 136 (»Für die Gesammelten Werke«).

Es hat Hilfe von oben gebraucht: ev. Anspielung auf eine Einflußnahme Nikolaj Bucharins (Notiz zu Nr. 32).

Die künstliche Isolierung dauert fort: Notiz zu Nr. 138 (»Dem Leser, dem ich ohnehin genug entfremdet bin«).

Zwei öffentliche Auftritte: am 10. November 1932 in den Redaktionsräumen der »Literaturnaja Gaseta«; den zweiten Anlaß kündigte die »Moskauer Abendzeitung« am 21. Dezember 1932 an.
Die Organisation: der nach dem Parteierlaß vom 23. April 1932 sich formierende Sowjetische Schriftstellerverband.
Nur ein paar Sachen (...) in der »Litgaseta« ohne jeden Kommentar abgedruckt: am 23. November 1932, die Gedichte »Leningrad«, »Mitternacht in Moskau« und »An die deutsche Sprache«, MITTERNACHT IN MOSKAU, S. 45, 77–81, 139–141.
Meine Bücher dem GICHL-Verlag verkauft: Verträge vom 8. September 1932 über einen Band »Gedichte« (Stichi) und vom 31. Januar 1933 über »Ausgewählte Werke« (Izbrannoe); beide Bücher kamen nicht zustande. Vgl. Notiz zu Nr. 136.
Irgend so ein Impresario: W. Lawut; M. hatte noch zwei öffentliche Auftritte in Leningrad am 22. Februar und am 2. März 1933, in Moskau am 14. März und am 3. April 1933 – es waren die letzten.

146. AN MARIETTA SCHAGINJAN

M: Nr. 173.
Marietta Schaginjan: (1888–1982), Schriftstellerin offizieller Ausrichtung, ab 1934 im Präsidium des Schriftstellerverbandes; 1931 war ihr Fünfjahrplan-Propagandaroman »Das Wasserkraftwerk« erschienen. Vgl. ihr Kurzporträt in M.s Text »Der Pelz« (1922), DAS RAUSCHEN DER ZEIT, S. 130f.
Der Text, den ich Ihnen sende: »Die Reise nach Armenien«, entstanden 1931/1932, ARMENIEN, ARMENIEN!, S. 7–57.
Wird in »Swesda« und im Leningrader Verlag erscheinen: Nach der Publikation von »Die Reise nach Armenien« in der Leningrader Zeitschrift »Swesda« 1933, Nr. 5, kam es zu heftigen Angriffen gegen M. in der »Literaturnaja Gaseta« vom 17. Juni 1933 und in der »Prawda« vom 30. August 1933, die die Publikation in Buchform politisch verunmöglichten. M. wurde aufgefordert, ein öffentliches Reuebekenntnis abzulegen und sich von der angegriffenen Prosa zu distanzieren, was er strikt ablehnte.
Den Artikel in der Z. K. P.: Notiz zu Nr. 140 (»Z. K. P.«).
Jakow Samsonowitsch: Chatschatrjanz (1884–1960), Philologe, Übersetzer, Ehemann von Marietta Schaginjan.
Wer bin ich? (...) ein angeblich Abtrünniger: ein wichtiges Thema in M.s Lyrik zu Beginn der 30er Jahre, vgl. das Gedicht »Nun bewahr es, auf immer, mein Wort« (3. Mai 1931), MITTERNACHT IN MOSKAU, S. 73: »Abtrünnig, ich, nur ein Bruder, vom Volksstamm verkannt« usw.

Lamarck: Jean Baptiste (1744–1829), französischer Naturforscher, Abstammungstheoretiker; vgl. M.s Gedicht »Lamarck« (7.–9. Mai 1932), MITTERNACHT IN MOSKAU, S. 113–115.
Boris Sergejewitsch Kusin: (1903–1973), Moskauer Biologe, Bach- und Goethe-Liebhaber, den M. 1930 in Armenien kennengelernt hatte, vgl. seine Erinnerungen an M., ARMENIEN, ARMENIEN!, S. 144–155; wichtiger Anreger für M.s Beschäftigung mit Biologie und Evolutionstheorie zu Beginn der 30er Jahre (Notiz zu Nr. 145, »Ich beschäftige mich jetzt viel mit Naturwissenschaften«); an ihn sind Teile von »Die Reise nach Armenien« (1931/1932) gerichtet, ihm widmete M. das Gedicht »An die deutsche Sprache« (8.–12. August 1932), MITTERNACHT IN MOSKAU, S. 139–141. Kusin war im März 1933 verhaftet worden; M.s Brief ist eine Fürsprachebemühung für den verhafteten Freund, adressiert an eine »offizielle« Schriftstellerin mit Zugang zur Macht. Vgl. auch die Briefe Nr. 210 und Nr. 212.
Man hat mir meinen Gesprächspartner genommen: zum wichtigen Konzept des »Gesprächspartners« bei M. vgl. seinen frühen Essay »Über den Gesprächspartner« (1913) im gleichnamigen Band, Essays I, S. 7–16.
Engelssche Unbändigkeit (...) *Erkenntnislust des jungen Marxismus:* zum Einfluß des Marxismus auf M.s Jugend vgl. das Kapitel »Das Erfurter Programm«, DAS RAUSCHEN DER ZEIT, S. 69–72.
Leonows »Skutarewskij«: Leonid Leonow (1899–1994), Schriftsteller; sein Roman »Skutarewskij« erschien 1932.

147. AN EINEN UNBEKANNTEN ADRESSATEN

M: Nr. 175.
Mein Buch: »Die Reise nach Armenien«, Notiz zu Nr. 146 (2 & 3).
Das Auge ein Instrument des Denkens (...) *das Licht eine Kraft:* vgl. das Kapitel »Die Franzosen«, ARMENIEN, ARMENIEN!, S. 36f.: »Und erinnert euch, daß das Auge ein edles, doch eigensinniges Tier ist« (...) »Das Auge – das Organ, das über die Akustik verfügt« usw. Und im Notizbuch zur »Reise nach Armenien«, ebendort S. 64: »Doch mein Auge, versessen auf alles Seltsame, Flüchtige und schnell Verfließende, hat auf der Reise nur das lichtbringende Zittern der Zufälligkeiten, das Pflanzenornament der Wirklichkeit eingefangen ...«
Man muß immer reisen: vgl. im Essay »Gespräch über Dante« (1933), GESPRÄCH ÜBER DANTE, S. 144: »Das Prinzip der Reise liegt im System der Blutgefäße begründet. Das Blut ist planetarisch, solar, salzig ...« Zu M.s Poetik der Reise vgl. auch das Nachwort zu ARMENIEN, ARMENIEN!, S. 218–220.

148. AN EINEN UNBEKANNTEN ADRESSATEN

M: Nr. 176.

In dem kleinen Buch: unbekannt.

Nur von den Dingen zu sprechen: vgl. das vorangehende Brieffragment, »Mein Buch spricht (...) nicht von ›Dingen‹.«

149. AN JEWGENIJ MANDELSTAM UND TATJANA GRIGORJEWA

M: Nr. 174.

Das Organisationskomitee: des Sowjetischen Schriftstellerverbandes.

Swirin: Nikolaj (1900–1937), Literaturfunktionär, Sekretär des Leningrader Organisationskomitees des Schriftstellerverbandes.

Zu mir in die Wohnung: Notiz zu Nr. 145 (»Der Bau des neuen Wohnhauses«).

150. AN EMIL MANDELSTAM

M: Nr. 177.

Eine entzückende, zierliche, sonnige kleine Zweizimmerwohnung: Notiz zu Nr. 145 (»Der Bau des neuen Wohnhauses«) für eine andere Sicht der neuen Bleibe.

Am Twerskoj-Boulevard: Notizen zu Nr. 126 (»Herzen-Haus«) und Nr. 143 für die Bespitzelungen durch »lästige Besucher«, die »dauernd zu mir schleichen«.

Staryj Krym: Auf dieser Reise durch die Ukraine auf die Krim traf M. nach dem Hungerwinter 1932/1933 auf halbverhungerte Bauern, die im Zuge der Zwangskollektivierung der Dörfer (im Rahmen von Stalins erstem Fünfjahrplan) mit der Hungerwaffe zum Kolchos-Beitritt gezwungen werden sollten. Auf die Stadt Staryj Krym bezog sich ein politisches Gedicht M.s, das sich nach seiner Verhaftung am 13./14. Mai 1934 im Untersuchungsdossier wiederfand, MITTERNACHT IN MOSKAU, S. 143: »Ein kaltes Frühjahr. Krimstadt – nur ein Hungergeist / Wie einst im Bürgerkrieg (...) Nicht die Natur kennt mehr ihr eigenes Gesicht, / Wie schrecklich schattengleich: Kuban, die Ukraine ... / Die Hunger-Bauern stehn mit Filzschuhn, dunkler Miene, / Bewachen ihre Tür« usw.

Feodossija: Notiz zu Nr. 24.

Ein großes Arbeitsjahr steht mir bevor: Im Mai 1933 entstanden auf der Krim M.s italienischen Dichtern gewidmete Gedichte »Ariosto« I & II, »Versuch sie nicht, die fremden Sprachen« und »Petrarcas Freundin«, MITTERNACHT IN MOSKAU, S. 145–155; auf der Krim schrieb M. 1933 seinen Essay »Gespräch über Dante« (Notiz zu Nr. 152).

Nina Nikolajewna Grin: Witwe des Schriftstellers Alexander Grin (1880–1932).

151. AN EMIL MANDELSTAM

M: Nr. 178.

Die Wohnung wird (...) *im Juli fertig sein:* Notiz zu Nr. 145 (»Der Bau des neuen Wohnhauses«).

Laganskij: Jeremej (1887–1942), Journalist.

152. AN DEN VERLAG DER SCHRIFTSTELLER IN LENINGRAD

M: Nr. 179.

Das Manuskript von »Gespräch über Dante«: M. schrieb seinen wichtigsten Essay im Frühling/Sommer 1933 in Staryj Krym und Koktebel am Schwarzen Meer, vgl. Text und Entwürfe dazu in GESPRÄCH ÜBER DANTE, S. 113–193; zur politischen Bedeutung des Essays auch mein Nachwort ebendort, S. 293–296. Die Ablehnung des Manuskripts durch den Verlag und M.s kommentarlose Rückforderung desselben Anfang September 1933 steht im Zusammenhang mit den Angriffen auf seine Prosa »Die Reise nach Armenien« in der »Literaturnaja Gaseta« vom 17. Juni 1933 und v. a. in der »Prawda« vom 30. August 1933 (Notiz zu Nr. 146); das »Gespräch über Dante« konnte in der Sowjetunion erst 1967 im Moskauer Verlag »Iskusstvo« erscheinen. M. trug seinen Essay jedoch diversen namhaften Zeitgenossen vor: noch im Sommer 1933 in Koktebel den Dichtern Andrej Belyj und Anatolij Mariengof, im Herbst und Winter 1933 in Leningrad den Dichtern Anna Achmatowa und Benedikt Liwschiz und den Literaturwissenschaftlern Viktor Schirmunskij und Jurij Tynjanow, in Moskau dem Dichter Boris Pasternak und dem Maler Wladimir Tatlin.

153. AN EMIL MANDELSTAM

M: Nr. 180.

Zweizimmerwohnung: Notiz zu Nr. 145 (»Der Bau des neuen Wohnhauses«).

Habe wieder zu schreiben begonnen: Im November 1933 arbeitete M. an den poetologischen »Achtzeilern«, MITTERNACHT IN MOSKAU, S. 167–187, es entstanden aber auch seine schärfsten politischen Gedichte, »Die Wohnung: papierene Stille«, »Und unsrer hochheiligen Jugend« sowie das folgenreiche Epigramm auf Stalin (»Und wir leben, doch die Füße, sie spüren keinen Grund«), ebendort S. 159–165.

Wie in Detskoje Selo: Notiz zu Nr. 84. Die M.s lebten dort mit Unterbrechungen 1925–1927.

154. AN WLADIMIR BONTSCH-BRUJEWITSCH

M: Nr. 181.

Wladimir Bontsch-Brujewitsch: (1873–1955), Staats- und Parteifunktionär, Historiker, Organisator und erster Direktor des am 3. Juli 1933 gegründeten Zentralmuseums für Künstlerische Literatur, Kritik und Publizistik, später: Staatliches Literaturmuseum.

Für meine Manuskripte einen beliebigen Preis anzusetzen: Die Expertenkommission des Literaturmuseums wollte laut Protokoll vom 16. März 1934 M.s Archiv für 500 Rubel ankaufen (ein Spottpreis); vom selben Datum wie der vorliegende Brief ist eine Vollmacht erhalten: »Da ich es ablehne, dem Literaturmuseum meine Manuskripte zu übergeben, bevollmächtige ich meine Ehefrau, Nadeschda Jakowlewna Mandelstam, die von mir dem Literaturmuseum vorgelegten Materialien gemäß Inventarliste wieder in Empfang zu nehmen. 21. März 1934.«

155. AN JEWGENIJ CHASIN

M: Nr. 182.

Jewgenij Chasin: (1893–1974), Bruder von Nadeschda Mandelstam.

Fahren mit Dampfer Kasan: die Vorgeschichte des Telegramms – in der Nacht vom 13./14. Mai 1934 (laut anderen Dokumenten des NKWD: 16./17. Mai) wurde M.s Wohnung am Nastschokinskij Pereulok 5 durchsucht, wurden Manuskripte konfisziert und M. verhaftet. M.s Epigramm auf Stalin von November 1933 (MITTERNACHT IN MOSKAU, S. 165) nannte der Untersuchungsrichter »ein beispielloses konterrevolutionäres Dokument«. Das Urteil: drei Jahre Verbannung im nördlichen Tscherdyn (Perm-Gebiet, Ural). 29. Mai bis 3. Juni: Fahrt unter Bewachung in die Verbannung, über Swerdlowsk und Solikamsk bis Tscherdyn. 3./4. Juni: M.s Selbstmordversuch, er stürzt sich aus dem Fenster des Krankenhauses. Nadeschda Mandelstam telegraphiert ans ZK und mobilisiert die Dichterkollegen Anna Achmatowa und Boris Pasternak. Brief Bucharins an Stalin (»Die Dichter haben immer recht Die Geschichte steht auf ihrer Seite«). 12. Juni: Das Urteil wird abgewandelt – Direktive: »Isolieren, aber erhalten.« M. kann, bei Ausschluß von zwölf verbotenen Städten, seinen Verbannungsort bestimmen. Er wählt Woronesch, wo die Mandelstams um den 25. Juni 1934 eintreffen (vgl. »Chronologie zu Leben und Werk«).

VI VOM »WORONESCHER WUNDER« ZUR HÖLLE: 1935–1938

156. AN NADESCHDA MANDELSTAM

M: Nr. 184.

Hier ist die Vollmacht: Das Verbannungsurteil betraf nicht Nadeschda Mandelstam, die mehrfach nach Moskau reiste, um M.s neue Gedichte der »Woronescher Hefte«, die im April 1935 zu entstehen begannen, den Zeitungen und Zeitschriften anzubieten. Ohne Erfolg – niemand wagte es, die Gedichte des Verbannten abzudrucken; M.s letzte Publikation zu Lebzeiten blieb »Die Reise nach Armenien« in der Zeitschrift »Swesda« 1933, Nr. 5 (Notiz zu Nr. 146).

Maupassant: M. arbeitete an der Übersetzung von Maupassants Novelle »Yvette« aus dem gleichnamigen Sammelband, der beim »Staatsverlag für Künstlerische Literatur« (GICHL) erscheinen sollte; erst 1946 erschienen fünf Novellen in der Übersetzung Nadeschda Mandelstams im Rahmen einer Maupassant-Gesamtausgabe. M.s Übersetzungen wurden nie gedruckt.

157. AN NADESCHDA MANDELSTAM

M: Nr. 185.

Stojtschew: Stefan, Vorsitzender der Woronescher Sektion des Sowjetischen Schriftstellerverbandes.

Martschenko: D. A. (?–1937), Sekretär der Parteiorganisation des Sowjetischen Schriftstellerverbandes.

Der letzte Anfall: Notiz zu Nr. 133.

158. AN NADESCHDA MANDELSTAM

M: Nr. 186.

»Geschorene Kinder«: Gedicht vom 24. Mai 1935, DIE WORONESCHER HEFTE, S. 23.

Scherwinskij: Sergej (1892–1991), Goethe-Übersetzer.

Goethes Jugend: M. schrieb für das Woronescher Radio im Mai/Juni 1935 eine so betitelte Rundfunkskizze, vgl. GESPRÄCH ÜBER DANTE, S. 197–222; eine weitere Rundfunkarbeit über Glucks Oper »Orpheus und Eurydike« ist verlorengegangen.

Jetzt gehe ich ins Kino: M. sah in Woronesch den ersten sowjetischen Tonfilm, »Tschapajew« (1934) von Sergej und Georgij Wassiljew, der Spuren in zwei Gedichten hinterließ: »Unser Tag, er kam fünfköpfig her« (April–Juni 1935) und »Von der weißrauhen Leinwand her sprechendes«

(Mai–Juni 1935), Die Woronescher Hefte, S. 35, 37; besonders gern schaute er sich Filme von Charlie Chaplin an – Echos auf »City Lights« gibt es im Gedicht »Um die Erde, deine, Frankreich« (3. März 1937), auf »City Lights« und »Modern Times« in der Hommage »Charlie Chaplin« (Mai 1937), ebendort S. 161, 239–241.
Achmatowa: Notiz zu Nr. 51 (»Das alte Frauchen«); ihre Reise nach Woronesch kam erst im Februar 1936 zustande. Vgl. ihr berühmtes Gedicht »Woronesch« (4. März 1936): »Und die ganze Stadt steht vereist. / (...) Im Zimmer des verbannten Dichters / wachen abwechselnd Angst und Muse.«
<5 Gedichte>: »Geschorene Kinder«, »Unser Tag, er kam fünfköpfig her« (frühe Fassung), »Mir scheint, wir müssen von ihr sprechen nun«, »Eisen«, »Die Welt halt kurz – im schwarzen Sack«, Die Woronescher Hefte, S. 23, 35, 223, 227, 229; auf dem Blatt des letztgenannten befand sich der Nachsatz des Briefes.

159. AN NADESCHDA MANDELSTAM

M: Nr. 187.
»Steinkohlehaft – freiwillig«: die Reimwörter der Verse 6/7 in einer Variante des Gedichtes »Der Anfang dieser Welt – schrecklich und groß«, Die Woronescher Hefte, S. 219 (spätere Variante).
»Schwarzerde«: Gedicht vom April 1935, ebendort S. 9.
Plotkin: Lew (1906–1978), Redakteur der Woronescher Zeitschrift »Podjom« (Aufschwung).
Ist das gut: »sich eisend«?: aus dem Gedicht »Eisen«, Die Woronescher Hefte, S. 227: »Farblos steht es, im Wasser klar sich eisend«.

160. AN NADESCHDA MANDELSTAM

M: Nr. 188.
»Pod-jom«: (Aufschwung), Woronescher Zeitschrift; M.s Gedichte wurden dort nicht gedruckt.
»Stanzen« plus »Eisen«: Die Woronescher Hefte, S. 29–33, 227.
Für Moskau ist die Bedingung: alles oder nichts: Notiz zu Nr. 156 (»Hier ist die Vollmacht«).
Lewin: Fjodor (1901–1972), Leiter des Verlages »Sovetskij Pisatel'« (Sowjetischer Schriftsteller), mit dem M. am 5. Januar 1935 einen Vertrag über ein Buch »Das alte und das neue Woronesch« abgeschlossen hatte, das jedoch nicht geschrieben wurde.
Dienstreise in den Ural (...) auf der alten Reiseroute: wie bei M.s Fahrt in die Verbannung vom 29. Mai bis 3. Juni 1934 (Notiz zu Nr. 155) – Moskau,

Swerdlowsk, Solikamsk, Perm, Tscherdyn; die Dienstreise kam nicht zustande.
Gemäß dem alten Vertrag: s.o. »Lewin«.

161. AN EMIL MANDELSTAM

M: Nr. 191.
Ich habe ein großes, gutes Zimmer: Von April 1935 bis März 1936 bewohnten die Mandelstams ein Zimmer an der Ecke Revolutionsprospekt/ Straße des 25. Oktober Nr. 45; das Haus ist nicht erhalten.
Ich mache literarische Beratung: bei der Redaktion der Woronescher Zeitschrift »Pod-jom« (Aufschwung).
In eine Sowchose: Wenig später, 22.-31. Juli 1935, wird M. noch eine »Sowchosen«-Reise in den Worobjowskij-Bezirk machen; alle »Dienstreisen« M.s verliefen ohne die geforderten journalistisch-propagandistischen Resultate - M. war für solche typisch sowjetischen Auftragsarbeiten ungeeignet; im Gedicht »Ein Gebiet von dunklem Naß« (23.-27. Dezember 1936) jedoch werden - mit Untertönen von Bedrohung und Gewalt - Erinnerungsfragmente von diesen Fahrten durch das Woronescher Gebiet auftauchen, DIE WORONESCHER HEFTE, S. 83: »Zog durch Felder von Sowchosen / Meinen Mund voll Luft gesaugt, / Sonnenblumensonnen - drohend / Drehn sich mir direkt ins Aug.«
Keine Spur von Entbehrungen: Die hoffnungsfrohe Tonalität des Briefes entspricht nur der frühen Zeit in Woronesch; als nach dem ersten Moskauer Schauprozeß im August 1936, dem Beginn des Stalinschen »Säuberungs«-Terrors, Moskau mehr »Wachsamkeit« gegenüber »Klassenfeinden und Spionen« befahl, verlor M. alle Arbeits- und Erwerbsmöglichkeiten. Vgl. aber auch schon Brief Nr. 172 von Anfang April 1936.
Zeitung »Kommuna«: In dieser Woronescher Gebietszeitung wird M. am 23. April 1937 unter die »Trotzkisten und andere klassenfeindliche Elemente« eingereiht werden.
Eine Prosaarbeit mit neuem Material: Nach der Sowchosen-Dienstreise, s.o.
Fühle ich mich nicht als Abtrünniger: Notiz zu Nr. 146 (»Wer bin ich? / ... / ein angeblich Abtrünniger«).

162. AN SERGEJ RUDAKOW

M: Nr. 192.
Sergej Rudakow: (1909-1944), Leningrader Literaturwissenschaftler, der von März 1935 bis Juli 1936 als Verbannter in Woronesch lebte; beschäftigte sich mit M.s Woronescher Gedichten, schrieb Kommentare dazu und versprach, eine Ausgabe vorzubereiten. Seine Briefe an seine

Frau, Polina Finkelschtejn, enthalten viele Informationen über M.s Leben in Woronesch und werden zitiert in dem Buch: Ėmma Gerštejn, Novoe o Mandel'štame /Neues über Mandelstam/, Paris 1986. Nadeschda Mandelstam jedoch geht in ihren Memoiren »Das Jahrhundert der Wölfe«, Kapitel »Archiv und Stimme«, mit Rudakow hart ins Gericht: Er habe M.s Archiv mit vielen Autographen nach Leningrad verschleppt, wo seine Witwe es (nach seinem Tod im Zweiten Weltkrieg) vernichtet oder verhökert habe.
Ich aber gehe ins Theater zu den Proben: Ab 10. Oktober 1935 bis 1. August 1936 arbeitete M. mit Unterbrechungen als literarischer Berater am Woronescher Großen Sowjetischen Theater (heute: Kolzow-Theater), vgl. Notiz zu Nr. 161 (»Keine Spur von Entbehrungen«).
Wir inszenieren Gorkij: das Stück »Die Feinde« (Vragi).

163. AN SERGEJ RUDAKOW
M: Nr. 193.
Ohne Sie möchte ich nichts tun: M. war glücklich, in der Woronescher Isolation einen Gesprächspartner für seine Arbeit an den Woronescher Gedichten gefunden zu haben, vgl. auch Notiz zu Nr. 146 (»Man hat mir meinen Gesprächspartner genommen«).
Troscha: Arbeiter/Komsomolze, Zimmernachbar während Rudakows Krankenhausaufenthalt vom 25. November 1935 bis 11. Januar 1936.

164. AN SERGEJ RUDAKOW
M: Nr. 195.
Ins Nervensanatorium nach Tambow will ich nicht: Genau in dieses Sanatorium wurde M. aufgrund seiner Erschöpfung eingewiesen und verbrachte dort die Zeit vom 19. Dezember 1935 bis 5. Januar 1936, vgl. die folgenden Briefe, Nr. 165–171.
Ejchenbaum: Boris (1886–1959), Leningrader Literaturwissenschaftler, Vertreter des russ. Formalismus; gemeint ist die Unterkunft in M.s Moskauer Wohnung am Nastschokinskij Pereulok 5.
Das Konzert war gut: M. besuchte wann immer möglich Konzerte in Woronesch; Zeugnisse sind die Gedichte »Die Violonistin« (April–Juni 1935), »Sie dehnten Sehnen« (Mai 1935), »Theta und Iota der griechischen Flöte« (7. April 1937), Die Woronescher Hefte, S. 47, 225, 201.
Zomyk: Gerz (1914–1981), Cellist.
Lina Samojlowna: Polina Finkelschtejn (?–1977), Rudakows Ehefrau.

165. AN NADESCHDA MANDELSTAM

M: Nr. 196.

Stscherbakow: Alexander (1901–1945), Staats- und Parteifunktionär, 1934–1936 Sekretär des Sowjetischen Schriftstellerverbandes.

Efros: Abram (1888–1954), Übersetzer, Kunstkritiker, Leiter der Abteilung für westeuropäische Literatur beim Verlag »Academia«.

Ich – ins Theater: Notiz zu Nr. 162 (»Ich aber gehe ins Theater ...«).

Wolf: Sergej (?–1951), Direktor des Woronescher Großen Sowjetischen Theaters.

Genkin: Maxim (1886–1938), Leiter der Abteilung Kultur und Propaganda des Zentralen Schwarzerde-Gebietskomitees der KPdSU (B).

Gorjatschow: Nikolaj (1905–1941), Vorsitzender des Woronescher Gebietsradiokomitees.

NKWD: Volkskommissariat für Innere Angelegenheiten, dem ab 1934 die politische Geheimpolizei unterstellt war.

In Tambow war ich um 2 Uhr nachts: vgl. die Erinnerungsfragmente in dem Gedicht »Ein Gebiet von dunklem Naß« (23.–27. Dezember 1936), DIE WORONESCHER HEFTE, S. 83: »Fuhr bei Nacht in einen Handschuh: / Schneeverströmendes Tambow, / Sah den Zna-Fluß, sah den ganzen / Weißen, weißen Deckenstoff.«

Die Villa der Kschesinskaja: für die Ballerina erbaute Villa in Petersburg.

Auf dem Steilufer des Zna-Flusses: s.o. das Gedicht »Ein Gebiet von dunklem Naß« sowie das Gedicht »Wie ein verspätetes Geschenk« (29.–30. Dezember 1936), ebendort S. 89: »Doch am stärksten ist zerbrechlich / Aufgewölbtes blaues Weiß: / Schlaflos wiegen dich die Flüßchen / Und ihr rundes Schläfen-Eis ...«

Geht über in tintenblaue Wälder: vgl. das Gedicht »Wegzeichen für den fernen Troß« (26. Dezember 1936), ebendort S. 87: »Nein, nicht Fichten, lila Lichter! / Und was für ein Birkenrosa – / Sag ich nicht sofort-sogleich: / Nur der luftigen Tinte Prosa / Steht unleserlich und leicht ...«

Sanftheit und Harmonie des russischen Winters: s.o. das Gedicht »Wie ein verspätetes Geschenk«; die drei erwähnten, von Tambow inspirierten Gedichte entstanden ein Jahr nach dem Aufenthalt im Nervensanatorium.

Rejentowitsch: Mark (1886–1953), Direktor der Tambower Musikschule.

Smetanin: Grigorij (1894–1952), Komponist, Mitbegründer des Tambower »Proletkult«, Schöpfer patriotischer Musikwerke.

166. AN NADESCHDA MANDELSTAM
M: Nr. 197.

167. AN NADESCHDA MANDELSTAM
M: Nr. 198.
Ich habe mir Puschkin besorgt. Das ist bei mir eine Seltenheit: über M.s besondere und verschwiegene Beziehung zu Alexander Puschkin vgl. das Kapitel »Wunderbarer Stoff« in: Ralph Dutli, Europas zarte Hände, Essays über Ossip Mandelstam, Ammann Verlag 1995, S. 27–59. Vgl. auch Notiz zu Nr. 102.
Luppol: Iwan (1896–1943), Direktor des Staatsverlages für Literatur (Goslitizdat).
»Über Maupassant (...) *und einen Dummkopf von Redakteur«:* Notiz zu Nr. 156; M.s Übersetzung von Maupassants »Yvette« war vom Staatsverlag abgelehnt worden.
Wischnewskij: Wsewolod (1900–1951), Dramatiker; Nadeschda war mit dessen Frau, der Malerin Sofja Wischnewezkaja (1899–1962), befreundet.

168. AN NADESCHDA MANDELSTAM
M: Nr. 199.
Meine ganz und gar nicht scherzhaft gemeinte Eingabe: Das Schriftstück, offenbar ein Antrag an den Schriftstellerverband, auf den auch in den Briefen Nr. 164–166, 169, 171 angespielt wird, ist noch nicht aufgefunden worden.

169. AN NADESCHDA MANDELSTAM
M: Nr. 200.
Diese Tage sind wie ein schlechter Traum: wiederum das Gedicht der Erinnerungsfragmente, »Ein Gebiet von dunklem Naß« (23.–27. Dezember 1936), Die Woronescher Hefte, S. 83: »Wo bin ich? Nur schlechte Träume? / Winterlose Steppe, kahl«.
Podobedow: Maxim (1897–?), Redakteur der Woronescher Zeitschrift »Pod-jom« (Aufschwung).
Ich bin gegen die Ohrenbläser: Mit dem Doppelsinn des russischen Wortes »naušnik« (»Kopfhörer« und »Spitzel, Denunziant«) spielt das Gedicht »Kopfhörer ihr, meine Kopfhörerchen« (April 1935), Die Woronescher Hefte, S. 17.

170. AN NADESCHDA MANDELSTAM
M: Nr. 201.

171. AN NADESCHDA MANDELSTAM
M: Nr. 202.
»Rotes Neuland«: (Krasnaja nov'), 1921–1942 erschienene Moskauer Zeitschrift.
Sostschenkos »Talmud«: in »Rotes Neuland« 1935, Nr. 12, Schluß des »Blauen Buches« des Satirikers Michail Sostschenko (1894–1958), den M. sehr schätzte, vgl. in der »Vierten Prosa« (1929/1930), DAS RAUSCHEN DER ZEIT, S. 271: »Wir besitzen eine Bibel der Arbeit, wissen sie jedoch nicht zu schätzen. Es sind die Erzählungen Sostschenkos. Den einzigen Menschen, der uns den Werktätigen gezeigt hat, haben wir in den Schmutz gestoßen. Ich jedoch fordere Denkmäler für Sostschenko in allen Städten und Provinzflecken der Sowjetunion ...«
Mein Brief an den Woronescher Verband: Notiz zu Nr. 168.
Keinen Bruch mit der Partei der Bolschewiken: M.s verzweifelte Versuche, »zu sein wie alle« und sich seiner Epoche zugehörig zu fühlen, finden sich in diversen Gedichten dieser Zeit, etwa in den »Stanzen« (Mai–Juni 1935), 3 & 7, DIE WORONESCHER HEFTE, S. 29, 33: »Ich muß nun leben, atmen, bolschewisten, / Noch vor dem Tod gesunden, nochmals nisten, / Ein wenig bleiben noch, bei Menschen, ihrem Spiel.« (...) »Ich muß nun leben, atmen, bolschewisten, / Und Sprache tun, unfolgsam, Freund mir und allein«. Und in dem Gedicht »Du mußt mich weiter unterweisen« (April–Mai 1935), ebendort S. 221: »Ich bin ein Bolschewik, parteilos bloß, / Wie alle Freunde, wie der Nichtfreund auch.«
Staryj Krym: Notiz zu Nr. 150; gemeint sind Pläne M.s, sich nach Ablauf der Verbannungszeit auf der Krim niederzulassen, nicht mehr nach Moskau zurückzukehren, wovon vermutlich auch in dem verschollenen Schreiben an den Schriftstellerverband die Rede war.
»Cincinnatentum«: nach dem römischen Staatsmann Cincinnatus (5. Jh. v. Chr.), der nach getaner Pflicht die öffentlichen Ämter niederlegte und sich ins Privatleben zurückzog.
Plinius der Jüngere: (61–114 n. Chr.), Verfasser von Briefen, die das kaiserzeitliche Rom dokumentieren.
Woloschin: Notizen zu Nr. 10 und Nr. 26; gemeint ist auch hier ein Rückzug ins Private, Woloschins Künstlerrefugium in Koktebel auf der Krim.

172. AN JEWGENIJ CHASIN
M: Nr. 203.
Friedrich-Engels-Straße 13b, Wohnung 5: die vorletzte Woronescher Adresse (heutige Numerierung: Eingang 5, Wohnung 39), an der die M.s vom 13. März bis Oktober 1936 ein Zimmer bewohnten; seit 1991 ist an dem Haus eine Gedenktafel angebracht.

173. AN BORIS PASTERNAK
M: Nr. 204.
Boris Pasternak: Notizen zu Nr. 58 und Nr. 179.
Mir ein Zeichen gegeben haben: Pasternak hatte zusammen mit Anna Achmatowa einen Geldbetrag für M. nach Woronesch geschickt und einen kurzen Brief geschrieben.
Sinaida Nikolajewna: (1893–1966), Pasternaks Ehefrau in zweiter Ehe.

174. AN JELIKONIDA POPOWA
M: Nr. 205.
Jelikonida Popowa: »Lilja« (1903–1964), Schauspielerin, Regisseurin, Frau des Schauspielers Wladimir Jachontow (1899–1945; Selbstmord), über den M. 1927 eine Porträtskizze geschrieben hatte, GESPRÄCH ÜBER DANTE, S. 40–43. M. war mit beiden seit 1927 befreundet; nach der Woronescher Verbannung schrieb M., verliebt in diese schöne Frau und laut Nadeschda Mandelstam »Stalinistin des anrührenden Typs«, für sie die Gedichte »Mischung von Rabe und Tauben« (Anfang Juni 1937), »Stanzen« (4.–5. Juli 1937) und »Auf die Böschung, Wolga, fließ« (4. Juli 1937), DIE WORONESCHER HEFTE, S. 243–245, 249–251, 253.

175. AN SERGEJ RUDAKOW
M: Nr. 206.
Sergej Rudakow: Notiz zu Nr. 162; nach Ablauf seiner Verbannungszeit im Juli 1936 lebte Rudakow wieder in Leningrad.
Sadonsk: Neunzig Kilometer nördlich von Woronesch am Steilufer des Don gelegener Ort, wo die M.s dank der Geldsendung von Boris Pasternak und Anna Achmatowa (Notiz zu Nr. 173) vom 20. Juni bis Anfang September 1936 ein Zimmer mieten konnten (Karl-Marx-Straße 8); dort hörten sie im August 1936 über den Rundfunk vom ersten Moskauer Schauprozeß, der den Beginn von Stalins »Säuberungs«-Terror bedeutete.
Ich möchte spanische Dichter lesen: Anregung dazu war das Buch von Walentin Parnach (Notiz zu Nr. 30), »Spanische und portugiesische Dich-

ter als Opfer der Inquisition«, Verlag »Academia«, Moskau 1934; der Spanische Bürgerkrieg hatte im Juli 1936 begonnen, ein spanisches Echo findet sich in M.s Gedicht »Im luftigen Milchbrot steht der Stieglitz« (Dezember 1936), DIE WORONESCHER HEFTE, S. 67: »Es gibt ein Wälder-Salamanca / Für Vögel unfolgsam und klug!«

176. AN EMIL MANDELSTAM

M: Nr. 207.

Erstens schreibe ich Gedichte: Dezember 1936 war eine besonders fruchtbare Periode in der Woronescher Verbannung – der Beginn des zweiten »Woronescher Heftes«, vgl. DIE WORONESCHER HEFTE, S. 59–91 usw.

In Deinem Zimmer mit dem grünen Sofa und unserem kleinen Schrank: Mobiliar aus M.s Kindheit, vgl. das Kapitel »Der Bücherschrank«, DAS RAUSCHEN DER ZEIT, S. 25f.

Straße des 27. Februar Nr. 50, Wohnung 1: M.s letzte Woronescher Adresse von November 1936 bis Mitte Mai 1937 (nicht erhalten; asphaltierter Vorplatz an der Pjatnizkij-Straße 52).

177. AN DIE REDAKTION DER ZEITSCHRIFT »SWESDA«

M: Nr. 208.

»Swesda«: (Der Stern), Leningrader Literaturzeitschrift; vgl. auch Notiz zu Nr. 156 (»Hier ist die Vollmacht«).

Im Gedicht »Im Kiefernwäldchen«: DIE WORONESCHER HEFTE, S. 79.

Im Gedicht »Kaut der Kindermund«: eine der Varianten aus dem »Stieglitz«-Zyklus (ebendort S. 65–67), die in den Notizen des Bandes mitgeteilt werden, ebendort S. 283 (zu S. 63) und S. 285 (zu S. 65).

178. AN NIKOLAJ TICHONOW

M: Nr. 209.

Nikolaj Tichonow: (1896–1979), Dichter und Literaturfunktionär, Vorsitzender der Leningrader Sektion des Sowjetischen Schriftstellerverbandes und Leiter des Lyrik-Ressorts der Zeitschrift »Swesda«; Tichonow hatte sich 1931 M.s Niederlassung in Leningrad widersetzt (Notiz zu Nr. 135). Vgl. weitere Notrufe an ihn in den Briefen Nr. 188, 192.

»Kostschejs Kater«: Gemeint ist das Gedicht »Daher kommt es, all mein Elend« (29.–30. Dezember 1936), das im scheinbar harmlosen russischen Märchendekor voller politischer Anspielungen (auf Stalin, Molotow, Jeschow) steckt, DIE WORONESCHER HEFTE, S. 91 (und Notiz dazu, ebendort S. 293).

Mit Hilfe des Buchstabens »stsch«: In der autobiographischen Prosa von

1925, im Kapitel »In einem allzu herrschaftlichen Pelz«, kommt diesem Zischlaut eine besondere Bedeutung zu, DAS RAUSCHEN DER ZEIT, S. 97f., 100: »Er hatte einen unbewußten Hang zu den Zischlauten, Pfeiflauten (...) den patriarchalischen und kämpferischen Konsonanten des Schmerzes und des Angriffs, des Gekränktwerdens und der Selbstverteidigung (...). (...) Aus der Kehle brechen zischende, brodelnde Laute hervor: kämpferische ›stsch‹ und ›t‹.«
Ein materielles Stück Gold geschaffen: Das alchimistische vermischt sich mit dem politischen Motiv – in dem erwähnten Gedicht heißt es: »Zückt die Zangen, zupft die Klumpen, / Zwickt sein Gold, sein Nägelgold«. Zu seiner Frau Nadeschda soll M. gesagt haben: »Das ist doch ein Goldklumpen (...), und ich, ein Bettler, schicke ihm ein Stück Gold ...«
Mein kleines Gedicht wird man mit anderen irgendwann drucken: vgl. die Voraussagen im Brief Nr. 184 an Jurij Tynjanow.
Dem Sowjetvolk gehören, dem ich unendlich viel schulde: 1928 schrieb M. in der Zeitungsumfrage zum Thema »Der Sowjetschriftsteller und die Oktoberrevolution«, DAS RAUSCHEN DER ZEIT, S. 245: »Ich fühle mich als Schuldner der Revolution, bringe ihr jedoch Gaben dar, die sie vorläufig noch nicht benötigt.«
Dem Abgeordneten des 8. Kongresses: der 8. Außerordentliche Sowjetkongreß vom 25. November bis 5. Dezember 1936, der die Annahme der »Stalinschen« Verfassung beschloß.
NKWD: Volkskommissariat für Innere Angelegenheiten, dem ab 1934 die politische Geheimpolizei unterstellt war.
Ein Obdachloser zu werden: Brief Nr. 128 und Notiz dazu.
<2 Gedichte>: »Wie ein verspätetes Geschenk« und »Daher kommt es, all mein Elend« (beide 29.–30. Dezember 1936), DIE WORONESCHER HEFTE, S. 89, 91.

179. AN BORIS PASTERNAK

M: Nr. 210.
Boris Pasternak: Notiz zu Nr. 58; vgl. auch Brief Nr. 173.
Wenn man den ganzen gewaltigen Umfang Ihres Lebenswerks bedenkt: Eine eingehende Würdigung von Pasternaks Dichtung findet sich in M.s Essay »Notizen über Poesie« (1923), ÜBER DEN GESPRÄCHSPARTNER, S. 179–184: »Pasternaks Gedichte zu lesen, reinigt die Kehle, stärkt den Atem, erneuert die Lunge. Solche Verse müßten von der Tuberkulose heilen. Es gibt jetzt bei uns keine gesündere Poesie. Das ist Tatarenkumyß nach amerikanischer Kondensmilch« usw. (S. 184).
Findet man keine Worte für seine Dankbarkeit: Die Forderung der Dankbar-

keit gegenüber den Dichtern findet sich in M.s Essay »Ein Ausfall« (1924), ebendort S. 244: »… nämlich Dankbarkeit – schlichteste Dankbarkeit für das, was zum gegebenen Zeitpunkt an Poesie zum Vorschein kommt.«

180. AN JEWGENIJ MANDELSTAM

M: Nr. 211.

Schon nicht mehr Bruder: M.s Zerwürfnis mit seinem jüngsten Bruder Jewgenij, nachdem letzterer sich außerstande erklärt hatte, dem verbannten älteren Bruder materiell zu helfen (auf ein schwieriges Verhältnis deutete auch der Brief Nr. 134 nach dem 7. Januar 1931); Nadeschda Mandelstam vermutete in den drei Briefen Nr. 180–182 von M. hergestellte Kopien, es könnte sich aber auch um nicht abgesandte Originale handeln.

181. AN JEWGENIJ MANDELSTAM

M: Nr. 212.

182. AN JEWGENIJ MANDELSTAM

M: Nr. 213.

183. AN DIE REDAKTION DER ZEITSCHRIFT »SWESDA«

M: Nr. 214.

»Swesda«: vgl. Brief Nr. 177; Leiter des Lyrik-Ressorts war Nikolaj Tichonow, Notiz zu Nr. 178.

Gedichte von Dezember und Januar: Notiz zu Nr. 176 (»Erstens schreibe ich Gedichte«).

»Rotes Neuland«: Notiz zu Nr. 171.

Das Gedicht »Die Geburt des Lächelns«: Die Woronescher Hefte, S. 61 (diese Fassung ist mutmaßlich die »abgeschlossene«).

<19 Gedichte>: Die Woronescher Hefte, S. 59 (»Hinter den Häusern, hinterm Wald«), S. 61 (»Die Geburt des Lächelns«), S. 65 (»Stieglitz, eins mit mir, den Kopf nach hinten«), S. 69 (»Heute ist ein Tag mit gelbem Schnabel«), S. 73 (»In mir nicht, und auch nicht in dir«), S. 75 (»Im Innern seines Bergs liegt dieser Götze träg«), S. 71 (»Im Herz der Ära: Ich – der Weg ist trübe«), S. 79 (»Im Kiefernwäldchen«), S. 81 (»Mit einem Plättchen des ›Gillette‹«); »Die Nacht. Der Weg« = Variante zu S. 83 (»Ein Gebiet von dunklem Naß«); S. 87 (»Wegzeichen für den fernen Troß«); »Wo bin ich? Nur schlechte Träume?« = dritte Strophe auf S. 83 (»Ein Gebiet von dunklem Naß«); »Ging als Kettchen

durch das dunkle Naß« = Variante zu S. 83 (»Ein Gebiet von dunklem Naß«); S. 89 (»Wie ein verspätetes Geschenk«), S. 91 (»Daher kommt es, all mein Elend«), S. 95 (»Lächle, aufgebrachtes Lamm, dort von der Leinwand Raffaels«), S. 93 (»Deine Iris in der Himmelsrinde«), S. 97 (»Trägt in die Zweige trauernd«), S. 101 (»Hefe, kostbar, dieser Welt«).

184. AN JURIJ TYNJANOW

M: Nr. 215.

Jurij Tynjanow: (1894–1943), Schriftsteller, Literaturwissenschaftler, Vertreter des russ. Formalismus. Vgl. Notizen zu Nr. 125 (»Brief von 22 Leningrader Schriftstellern«) und Nr. 152.

Noch werfe ich Schatten: Die Schatten-Metapher beschäftigt M. zu diesem Zeitpunkt stark, vgl. das Gedicht »Ich bin nicht tot und nicht allein« (15./16. Januar 1937), Die Woronescher Hefte, S. 105: »Unglücklich der, den wie sein eigner Schatten / Ein Bellen schreckt und den der Windstoß mäht – / Und arm der halblebendig Niemalssatte, / Der dort beim Schatten um Almosen fleht.« Am 17. April 1937 wird er an Kornej Tschukowskij schreiben (Brief Nr. 191): »Ich bin ein Schatten. Mich gibt es nicht. Ich habe nur das Recht zu sterben.«

Bald jedoch werden meine Verse mit ihr zusammenfließen: eine von M.s Voraussagen der künftigen Wirkung seiner Dichtung; 1928 schrieb er in der Zeitungsumfrage zum Thema »Der Sowjetschriftsteller und die Oktoberrevolution«, Das Rauschen der Zeit, S. 245: »Ich fühle mich als Schuldner der Revolution, bringe ihr jedoch Gaben dar, die sie vorläufig noch nicht benötigt.« Vgl. auch die Voraussagen im Brief Nr. 178 an Nikolaj Tichonow.

185. AN EINEN UNBEKANNTEN ADRESSATEN

M: Nr. 216. Fragmentarisch erhaltenes Schreiben in Nadeschda Mandelstams Handschrift. Zwischen Schrägstrichen: durchgestrichene Stellen.

NKWD: Volkskommissariat für Innere Angelegenheiten, dem ab 1934 die politische Geheimpolizei unterstellt war.

Stawskij: Wladimir (1900–1943), Schriftsteller, 1936–1941 Generalsekretär des Sowjetischen Schriftstellerverbandes, vgl. auch die Briefe Nr. 198, 200, 206, 211 sowie Stawskijs Denunziationsschreiben über M. an den NKWD-Chef Jeschow vom 16. März 1938, im vorliegenden Band unter »Dokumente«, Nr. 1.

Ab Herbst 36 nahm meine Lage in Woronesch jäh die schlimmste Wendung: In der Folge des ersten Moskauer Schauprozesses im August 1936 (»Prozeß der 16«) hatte Moskau mehr »Wachsamkeit« gegenüber »Klassenfein-

den und Spionen« gefordert, worauf M. jede Arbeits- und Erwerbsmöglichkeit in Woronesch verlor.
Der Normalzustand ist für mich schwere Atemnot: Notiz zu Nr. 133; die Atemnot ist auch Thema in M.s späten Gedichten, vgl. »Achtzeiler« I & II (November 1933), MITTERNACHT IN MOSKAU, S. 167, 169: »Ich seh das Gewebe erscheinen, / Wie schön, kommt nach zwei oder drei / Erstikkensmomenten der Luftstrom, / Er richtet mich auf, biegt mich frei«. Das Thema des Erstickens erscheint gleichzeitig mit diesem Brief im Gedicht »Wie ist er langsam-zäh, erstickend, dieser Raum« (16. Januar 1937), DIE WORONESCHER HEFTE, S. 109. Und noch in der hintergründig-zwiespältigen »Stalin-Ode« (ebenfalls Januar 1917), ebendort S. 231: »... fände ich für ihn, / Den Zwilling, ungenannt, den Ausdruck, dem dich nähernd / Du plötzlich ihn erkennst, den Vater siehst schlechthin / Und fast erstickst vor lauter Welt und ihrer Nähe.« Das »ungenannte« Thema Stalin wird hier mit dem Thema des Erstickens enggeführt.

186. AN KORNEJ TSCHUKOWSKIJ

M: Nr. 217.
Kornej Tschukowskij: (1882–1969), Schriftsteller, Kinderbuchautor. Vgl. auch Brief Nr. 191 und die Rubrik »Dichter über Mandelstam« des vorliegenden Bandes.
Mein Bruder Jewgenij Emiljewitsch gibt mir keinen Groschen: vgl. Briefe Nr. 180–182.
<2 Gedichte>: Dem Brief lagen mutmaßlich die beiden Gedichte »Mit Sehsinn leiser Wespen reich versehen« (8. Februar 1937) und »Nein, nicht sensenscharf, schärfer: die Augen« (9. Februar 1937) bei, DIE WORONESCHER HEFTE, S. 137, 139.

187. AN DIE REDAKTION DER ZEITSCHRIFT »SNAMJA«

M: Nr. 218.
Das Gedicht »Der Unbekannte Soldat«: die »Verse vom Unbekannten Soldaten« (Februar–März 1937), DIE WORONESCHER HEFTE, S. 167–181. Auch dieses Antikriegsgedicht – ein komplexes achtteiliges »Oratorium« über Kosmos, Krieg und Tod – konnte zu M.s Lebzeiten nicht mehr veröffentlicht werden (dazu Notiz zu Nr. 156, »Hier ist die Vollmacht«), jedoch bekam M. dieses einzige Mal von der Moskauer Zeitschrift »Snamja« (Banner) eine Antwort, laut Nadeschda Mandelstam: »Die Redaktion von ›Snamja‹ teilte ihm mit, daß es gerechte und ungerechte Kriege gebe und daß der Pazifismus an sich noch keine Zustimmung verdiene. Doch das Leben war so, daß sogar diese bürokratisch-scha-

blonenhafte Antwort uns wie eine gute Nachricht erschien: immerhin hatte jemand reagiert und sprach mit uns.«

188. AN NIKOLAJ TICHONOW
M: Nr. 219.
Nikolaj Tichonow: Notiz zu Nr. 178; vgl. auch Brief Nr. 192.

189. AN WERA CHASINA
M: Nr. 221.
Wera Chasina: Nadeschdas Mutter (?–1943).
Das Atmen ist immer erschwert: Notiz zu Nr. 185 (»Der Normalzustand ist für mich schwere Atemnot«).

190. AN JEWGENIJ CHASIN
M: Nr. 222.
Jewgenij Chasin: Nadeschdas Bruder (1893–1974).
Einen Brief von »Snamja«: Notiz zu Nr. 187.

191. AN KORNEJ TSCHUKOWSKIJ
M: Nr. 223.
Kornej Tschukowskij: Notiz zu Nr. 186.
Nach einem Selbstmordversuch: In der Nacht vom 3./4. Juni 1934 stürzte sich M. aus dem Fenster des Krankenhauses in Tscherdyn (vgl. »Chronologie zu Leben und Werk«).
Für ein Wunder gehalten, daß man mich arbeiten ließ: Nach der Abwandlung des Verbannungsurteils (Notiz zu Nr. 155) wurde M. ob der »Gnade«, für sein Epigramm auf Stalin von November 1933 (MITTERNACHT IN MOSKAU, S. 165) nicht sofort erschossen worden zu sein, auch von Schuldgefühlen und Zweifeln heimgesucht. Nadeschda Mandelstam schreibt in ihren Memoiren »Das Jahrhundert der Wölfe«, am Schluß des Kapitels »Geld«: »... denn Woronesch war ein Wunder, und ein Wunder hatte uns dorthin geführt.«
Ohne jedes neue Verschulden alles genommen: zur Verschärfung von M.s Situation in Woronesch nach dem ersten Moskauer Schauprozeß im August 1936 vgl. Notiz zu Nr. 185 (»Ab Herbst 36 nahm meine Lage in Woronesch jäh die schlimmste Wendung«).
Ich bin ein Schatten: Notiz zu Nr. 184.
Es gibt nur einen Menschen auf der Welt, an den man sich in dieser Sache wenden kann und muß: Zweifellos ist Stalin gemeint; M. selber hatte, »mit dem Kopf in der Schlinge«, in der Hoffnung, sein Leben und das Leben sei-

ner Frau zu retten, im Januar 1937 seine zwiespältige »Stalin-Ode« verfaßt, DIE WORONESCHER HEFTE, S. 231–237 (sowie Notizen dazu).

192. AN NIKOLAJ TICHONOW

M: Nr. 224.

Nikolaj Tichonow: Notiz zu Nr. 178; vgl. auch Brief Nr. 188.

Glauben Sie jedes Wort meiner Frau: Nadeschda Mandelstam reiste am 17. April 1937 nach Moskau und überbrachte diesen Brief.

193. AN NADESCHDA MANDELSTAM

M: Nr. 225.

Natascha: Natalja Schtempel (1910–1988), nahe Freundin der Mandelstams in Woronesch, ab September 1936; nach Ablauf der Verbannungszeit Mitte Mai 1937 hinterließen sie ihr eine Abschrift der Woronescher Gedichte, »Nataschas Buch« (eine wichtige textologische Quelle). Als Natascha Schtempel 1942 vor den anrückenden deutschen Truppen aus Woronesch evakuiert wurde, nahm sie neben wenigen Habseligkeiten diesen Notizblock mit und übergab ihn nach dem Krieg Nadeschda Mandelstam. Ihre Erinnerungen an M. in Woronesch wurden abgedruckt in der Zeitschrift »Nowyj Mir« 1987, Nr. 10, und in Buchform postum Moskau 1992.

Wohne bei uns zu Hause: die Moskauer Wohnung am Nastschokinskij Pereulok (Uliza Furmanowa) Nr. 5, Wohnung 26, vgl. Notiz zu Nr. 145 (»Der Bau des neuen Wohnhauses«).

Geh zu »Snamja«: Notiz zu Nr. 187.

194. AN NADESCHDA MANDELSTAM

M: Nr. 226.

Ich verstehe nicht, was Du in Moskau erwartest: Notiz zu Nr. 156 (»Hier ist die Vollmacht«).

Wenn die Atemnot nicht wäre: Notiz zu Nr. 185 (»Der Normalzustand ist für mich schwere Atemnot«).

195. AN NADESCHDA MANDELSTAM

M: Nr. 227.

Pelageja Gerassimowna: Zimmervermieterin an der letzten Woronescher Adresse von November 1936 bis Mitte Mai 1937: Straße des 27. Februar Nr. 50, Wohnung 1.

Schau Dir Bilder an: M. sehnte sich in Woronesch nach den Impressionisten des »Staatlichen Museums für neue westliche Kunst« an der

Moskauer Kropotkin-Straße 21 (ehem. Palais Morosow, später: Akademie der Künste); vgl. deren Würdigung im Kapitel »Die Franzosen« der »Reise nach Armenien« (1931/1932), ARMENIEN, ARMENIEN!, S. 34–37, 76–78. Nadeschda Mandelstam schreibt in ihren Memoiren »Das Jahrhundert der Wölfe«, Kapitel »Ein einziger zusätzlicher Tag«: »In Woronesch hatte O. M. oft zu mir gesagt: Wenn ich jemals zurückkehren sollte, gehe ich als erstes zu den ›Franzosen‹. (...) Man muß sich sattsehen, ehe wieder etwas passiert.«

196. AN NADESCHDA MANDELSTAM

M: Nr. 228.

Du bist mein Moskau und mein Rom und mein kleiner David: Nadeschda war M.s lebendige Verbindung zu Moskau (Notiz zu Nr. 156, »Hier ist die Vollmacht«). Die Bedeutung Roms für M. spiegelt sich früh in den Gedichten »Komm sprich mit mir von Rom – der Wunderstadt«, »Ja die Natur ist nochmals Rom«, »Die Namen blühender Städte« und »Der Pilgerstab« (alle 1914), DER STEIN, S. 123, 139, 141, 151; am 16. März 1937 kommt er auf die alte Faszination zurück und geißelt voller Wut und Trauer das faschistische Rom Mussolinis in dem Gedicht »Rom«, DIE WORONESCHER HEFTE, S. 163–165. Mit dem »kleinen David« ist nicht nur die biblische Gegenfigur zu Goliath gemeint, sondern auch die Skulptur Michelangelos – im erwähnten Gedicht »Rom« heißt es: »Michelangelo, all deine Waisen / Stehn gehüllt in Stein und Scham – / Die Nacht, feucht von Tränen, und leichten / Schrittes David, geht jung ihr voran« usw.

Gestern war ich mit Nataschа im Park: Notiz zu Nr. 193 (»Natascha«); zwei Tage nach diesem Spaziergang schrieb M. sein Gedicht »An die Lippen hin führ ich das Grün« (30. April 1937), DIE WORONESCHER HEFTE, S. 211: »Nun schau her, ich erblinde, gewinne / In der Demut der Wurzeln die Kraft: / Wird das Auge nicht zuviel hier finden / In dem Park hier, an tobender Pracht?«

197. AN NADESCHDA MANDELSTAM

M: Nr. 229.

Ich schicke Dir den Auszug: aus dem Artikel »Für eine Literatur im Einklang mit der Epoche!« der Literaturfunktionärin Olga Kretowa, abgedruckt in der Woronescher Zeitung »Kommuna« vom 23. April 1937, wo M. unter die »Trotzkisten und andere klassenfeindliche Elemente« eingereiht wurde. Vgl. die Briefe Nr. 198 und Nr. 200.

198. AN DAS SEKRETARIAT DES SOWJETISCHEN SCHRIFTSTELLERVERBANDES

M: Nr. 230.

Nie entlarvt, sondern nur unbegründet herabgesetzt: Im Februar 1935 wurde M. zu einem Vortrag vor der Versammlung der Woronescher Schriftsteller aufgeboten. Mutmaßlich bei dieser Gelegenheit äußerte er auf provokative Fragen über seine literarische Vergangenheit: »Ich sage mich weder von den Lebenden los noch von den Toten«, womit wohl seine Mit-Akmeisten Anna Achmatowa und der 1921 erschossene Nikolaj Gumiljow gemeint waren (Notiz zu Nr. 108, »Das Gespräch mit Kolja ist nie abgerissen«), und antwortete auf die Frage, was denn Akmeismus sei: »Sehnsucht nach Weltkultur« (Toska po mirovoj kul'ture). Auf einer Schriftsteller-Parteiversammlung im April 1936 charakterisierte der Vorsitzende der Woronescher Sektion des Sowjetischen Schriftstellerverbandes, Stefan Stojtschew, M.s damalige Äußerungen mit den Worten: »Bei seinem Auftritt zeigte Mandelstam, daß er nichts gelernt hat, daß er derjenige geblieben ist, der er einmal war.« Dasselbe schrieb Stojtschew an den Generalsekretär Wladimir Stawskij am 28. September 1936 auf eine Anfrage des Sowjetischen Schriftstellerverbandes über das Fortkommen der »Entlarvung des Klassenfeindes an der literarischen Front.«

Mein politisches Verbrechen: M.s Epigramm auf Stalin von November 1933, MITTERNACHT IN MOSKAU, S. 165, das seine Verhaftung und Verbannung zur Folge hatte.

Den mörderischen politischen Anschuldigungen zugrunde liegt: Die Anschuldigung, »Trotzkist« zu sein, war in der Epoche der Moskauer Schauprozesse 1936 bis 1938 in der Tat mehr als Rufmord; vor allem der dritte Schauprozeß von März 1938, dem auch Nikolaj Bucharin (Notiz zu Nr. 32) zum Opfer fiel, richtete sich gegen »rechts-trotzkistische Abweichler«, die nach dem »Prozeß der 21« allesamt erschossen wurden.

Meiner Erklärung an das Minsker Plenum: Dieses Schreiben M.s wurde noch nicht aufgefunden.

Meine Arbeit in anderen Bereichen (Theater, Radiokomitee): Notizen zu Nr. 158 (»Goethes Jugend«) und Nr. 162.

Stefen: Alexander (1885–nach 1942), nach Woronesch verbannter Diplomat, Schriftsteller.

Ajtsch: nach Woronesch verbannter Zirkuskünstler.

Kretowa: Olga (1903–?), Literaturfunktionärin, stellvertretende Vorsitzende der Woronescher Sektion des Sowjetischen Schriftstellerverbandes.

Sawadowskij: Leonid (1888–1937), Schriftsteller, Redakteur der Woronescher Zeitschrift »Pod-jom« (Aufschwung).
Peskow: Boris (1909–1944), Schriftsteller, Mitarbeiter derselben Zeitschrift.

199. AN NADESCHDA MANDELSTAM

M: Nr. 231.

200. AN WLADIMIR STAWSKIJ

M: Nr. 232. Vgl. Notiz zu Nr. 198.

201. AN NADESCHDA MANDELSTAM

M: Nr. 233.
Um der allgemeineren Bedeutung willen mußte ich Natascha einen älteren Bruder (...) andichten: Gemeint ist M.s Hochzeitsgedicht für Natascha Schtempel (Notiz zu Nr. 193), »Leimiger Eid – Geruch von Knospen« (datiert wie der Brief: 2. Mai 1937), Die Woronescher Hefte, S. 207–209.
*Siti-Straße (*Syty-Streat – *richtig?):* M. fehlten Englischkenntnisse (im Gegensatz zu seinen guten Französisch- und Deutschkenntnissen), im Brief Nr. 204 wird er Nadeschda bitten, ihm Englisch beizubringen.
Haben sich wirklich Liebhaber für den »Soldaten« gefunden: Gemeint sind die »Verse vom Unbekannten Soldaten«, Notiz zu Nr. 187.
Mit Dir habe ich vor nichts Angst: vgl. im frühesten Brief an Nadeschda, Nr. 25 vom 5. Dezember 1919: »Mit Dir werde ich vor nichts Angst haben«. Vgl. aber auch das Gedicht »Die Angst ist bei uns, mit im Bund, / Gefährtin du – mit breitem Mund!« (30. Oktober 1930), Mitternacht in Moskau, S. 7.
<1 Gedicht>: das erwähnte Hochzeitsgedicht für Natascha Schtempel.

202. AN NADESCHDA MANDELSTAM

M: Nr. 234.
Das Atmen fällt mir schwer ohne Dich: Notiz zu Nr. 185 (»Der Normalzustand ist für mich schwere Atemnot«).
Emma: Gerschtejn (1903–?), Literaturwissenschaftlerin, Freundin der Mandelstams, die auch Erinnerungen verfaßte: Ėmma Gerštejn, Novoe o Mandel'štame /Neues über Mandelstam/, Paris 1986.
Natascha und ihr Boris: Natascha Schtempel (Notiz zu Nr. 193) und ihr Verlobter Boris Moltschanow.
Verse über die russische Poesie: Gedichtzyklus vom 3.–7. Juli 1932, Mitternacht in Moskau, S. 131–137.

203. AN NADESCHDA MANDELSTAM

M: 235.

Die »Frösche«: das Gedicht »An die Lippen hin führ ich das Grün« (30. April 1937), DIE WORONESCHER HEFTE, S. 211.

»Natascha«: das Gedicht »Leimiger Eid – Geruch von Knospen« (2. Mai 1937), ebendort S. 207–209.

Den »Faulbeerbaum«: das Gedicht »Birnenbaum und Faulbeerbaum, die hier auf mich zielen« (4. Mai 1937), ebendort S. 213.

204. AN NADESCHDA MANDELSTAM

M: Nr. 236.

Zum Hochzeitsgedicht: das Gedicht »Leimiger Eid – Geruch von Knospen« (2. Mai 1937), DIE WORONESCHER HEFTE, S. 207–209.

Den kleinen »Park«: das Gedicht »An die Lippen hin führ ich das Grün« (30. April 1937), ebendort S. 211.

Und »Eisen« sei wirklich Eisen: das Gedicht »Eisen« (22. Mai 1935), ebendort S. 227.

Beim Gedanken an die Perser lecke ich mir vorerst die Lippen: Gemeint ist das Buch »Die Schmiedekunst der Sassaniden«, vgl. Brief Nr. 202.

Aber Dein kleiner Stern – uh! – wie wunderschön er ist: das Gedicht »O ich möcht fliegen« (23. März 1937), DIE WORONESCHER HEFTE, S. 193, 2. Strophe: »Doch du strahl hell im Kreis – / Ein andres Glück gibts nicht – / Und lern beim Stern der weiß / Was es bedeutet: Licht.«

Nadik, bring meine Prosa mit: Gemeint ist M.s Buch »Das Rauschen der Zeit« (1925), das er vor der Abreise aus Woronesch, am 16. Mai 1937, Natascha Schtempel schenken wird.

205. AN JEWGENIJ CHASIN

M: Nr. 237.

Kehren nach Hause zurück: Das Telegramm an Nadeschda Mandelstams Bruder Jewgenij bedeutet das Ende der Woronescher Verbannungszeit am 15. Mai 1937. Die Mandelstams kehrten nach Moskau zurück, wo ihnen jedoch das Wohnrecht abgesprochen wurde – Ende Juni 1937 verlangte die Miliz das Verlassen der Stadt innert 24 Stunden.

206. AN WLADIMIR STAWSKIJ

M: Nr. 238.

Stawskij: Notiz zu Nr. 185.

207. AN EINEN UNBEKANNTEN ADRESSATEN

M: Nr. 239.

Mein Herz ist geschwächt. Ich leide an Atemnot: Notizen zu Nr. 133 und Nr. 185 (»Der Normalzustand ist für mich schwere Atemnot«).

208. AN EMIL MANDELSTAM

M: Nr. 240.

Im Verband ist eine Lesung meiner neuen Gedichte angesetzt: Die Lesung kam nicht zustande, wurde auf Druck von höherer Stelle annulliert.

209. AN JELIKONIDA POPOWA

M: Nr. 241.

Jelikonida Popowa: Notiz zu Nr. 174.

Sawjolowo: Nachdem den Mandelstams das Wohnrecht in Moskau abgesprochen worden war (Notiz zu Nr. 205), bezogen sie für Juli/August 1937 ein Zimmer im Dorf Sawjolowo an der Wolga, gegenüber Kimry, unternahmen jedoch mehrere unerlaubte Fahrten nach Moskau.

Nußknacker: Pjotr Tschajkowskijs Orchestersuite/Ballett.

Wolga Moskwa: Bei den unerlaubten Fahrten von Sawjolowo nach Moskau und zurück sah M. aus dem Zugfenster den von Strafgefangenen gebauten Moskwa-Wolga-Kanal, der am 15. Juli 1937 eröffnet wurde; ein Echo darauf findet sich in der letzten Strophe des Gedichtes »Auf die Böschung, Wolga, fließ« (4. Juli 1937), DIE WORONESCHER HEFTE, S. 253.

Jachontow: Notiz zu Nr. 174.

210. AN BORIS KUSIN

M: Nr. 242.

Boris Kusin: Notiz zu Nr. 146.

Kalinin: heutiger Name der Stadt – Twer; die Mandelstams wohnten dort ab Mitte November 1937 und bis zur Abreise nach Samaticha am 8. März 1938, wo dann am 2. Mai 1938 M.s Verhaftung erfolgte.

211. AN WLADIMIR STAWSKIJ

M: Nr. 243.

Luppol: Iwan (1896–1943), Direktor des Staatsverlages für Literatur (Goslitizdat).

»Wir wollen dieses Buch schon lange herausbringen«: das »Tagebuch« der Brüder Goncourt, das M. aus dem Französischen übersetzen sollte, doch wurde der Auftrag annulliert.

Ich warte auf Ihre Mithilfe: Statt dieser Hilfeleistung schrieb Stawskij, der

Generalsekretär des Schriftstellerverbandes, am 16. März 1938 einen Denunziationsbrief über M. an Jeschow, in welchem er den NKWD-Chef bat, »das Problem Mandelstam zu lösen«; vgl. im vorliegenden Band »Dokumente«, Nr. 1.

212. AN BORIS KUSIN

M: Nr. 244.

Samaticha: abgelegenes Erholungsheim 30 km von der Station Tscherusti an der Murom-Kasan-Eisenbahnlinie; M. verbrachte dort die Zeit vom 8. März 1938 bis zu seiner Verhaftung am 2. Mai 1938.

Den ganzen Chlebnikow: ein spätes Zeugnis für die anhaltende Wertschätzung des futuristischen Dichters (1885–1922), dem M. in seinen Essays originelle Charakterisierungen widmete, vgl. Notiz zu Nr. 72.

Das bedeutet doch, sie erwarten etwas Gutes von mir, glauben an mich: In Wahrheit war Samaticha eine Falle, die Möglichkeit, M. zu isolieren und von seinen Moskauer Kontakten abzuschneiden, um ihn dann am 2. Mai 1938 zu verhaften und ins sibirische Lager zu verschicken, vgl. Notiz zu Nr. 211 (»Ich warte auf Ihre Mithilfe«).

Sie haben mir das Tagebuch der Brüder Goncourt gegeben: vgl. Brief Nr. 211.

Schostakowitsch (...) *Hier dröhnt seine 5. Sinfonie:* Dmitrij Schostakowitschs 5. Sinfonie stammt aus dem Terrorjahr 1937.

Leonid Andrejew (...) *Die Polka aus dem »Leben des Menschen«:* Das populäre allegorische Stück »Das Leben des Menschen« (1907) des Novellisten und Dramatikers Leonid Andrejew (1871–1919) überhäuft M. im Kapitel »Familie Sinani« seiner autobiographischen Prosa mit Häme, DAS RAUSCHEN DER ZEIT, S. 86: »Wahrhaftig eine Nacht der Ahnungslosigkeit! Literaten in Russenhemden und schwarzen Blusen handelten wie Mehlhändler mit Gott und Teufel, und es gab kein Haus, in dem nicht die stumpfsinnige Polka aus dem ›Leben des Menschen‹, zum Symbol eines abstoßenden Gassensymbolismus geworden, mit einem Finger auf die Tasten gehämmert wurde« usw. Weitere negative Äußerungen in den Essays »Jack London« (1913) und »Ein Revolutionär im Theater« (1923), ÜBER DEN GESPRÄCHSPARTNER, S. 37, 199f.

213. AN EMIL MANDELSTAM

M: Nr. 245.

Wohin wir von hier aus fahren werden, ist ungewiß: M. wurde am 2. Mai 1938 frühmorgens in Samaticha verhaftet, ins Moskauer Butyrki-Gefängnis übergeführt und von einem Sondergericht zu fünf Jahren Arbeitslager wegen konterrevolutionärer Tätigkeit verurteilt, vgl. Brief Nr. 214.

Nur die Atemnot ist geblieben: Notiz zu Nr. 185 (»Der Normalzustand ist für mich schwere Atemnot«).

214. AN ALEXANDER MANDELSTAM UND NADESCHDA MANDELSTAM

M: Nr. 246.

Wladiwostok: genauer: Transitlager 3/10, »Wtoraja Retschka« bei Wladiwostok, Baracke 11 für »Konterrevolutionäre«.

2./3. November 1938: Die Moskauer Ausgabe der Briefe gibt das Stempeldatum an (»Wladiwostok. 30. XI. 1938«); laut der Zeitung »Iswestija« vom 28. Mai 1992 bekamen die Gefangenen um den 2./3. November im Hinblick auf den Revolutionsfeiertag (7. November) die außerordentliche Erlaubnis, einen Brief nach Hause zu schicken, der dann vor Absendung noch 3–4 Wochen bei der Lagerzensur lag.

Nord-Östliche Besserungs- und Arbeitslager: im Original die Abkürzung »SVITL« (»Severo-vostočnye ispravitel'no-trudovye lagerja«).

Konterrevolutionäre Tätigkeit: im Original die Abkürzung »K. r. d.« (»kontrrevoljucionnaja dejatel'nost'«).

Sondergericht: im Original die Abkürzung »OSO« (»Osoboe soveščanie«); das Sondergericht des NKWD verurteilte M. am 2. August 1938 zu fünf Jahren Arbeitslager, nach Artikel 58–10 (»Antisowjetische Agitation und Propaganda«). Für die weiteren Daten vgl. »Chronologie zu Leben und Werk«.

Liebste Nadinka, ich weiß nicht, ob Du noch lebst: Da der NKWD nicht nur in den Terrorjahren 1936 bis 1938 bei der Verfolgung von »Volksfeinden, Spionen, Saboteuren« Sippenhaftung praktizierte, war M.s Annahme, Nadeschda sei ebenfalls verhaftet und verurteilt worden, keinesfalls unbegründet. Vgl. Nadeschda Mandelstams Brief an Lawrentij Berija vom 19. Januar 1939, im vorliegenden Band unter »Dokumente«, Nr. 5.

DOKUMENTE (AUS DEN JAHREN 1938 BIS 1941)

1. WLADIMIR STAWSKIJ, GENERALSEKRETÄR DES SOWJETISCHEN SCHRIFTSTELLERVERBANDES, AN NIKOLAJ JESCHOW, VOLKSKOMMISSAR FÜR INNERE ANGELEGENHEITEN (NKWD). ANLAGE: GUTACHTEN VON PJOTR PAWLENKO.

Stawskijs Denunziationsbrief wurde zuerst veröffentlicht von Witalij Schentalinskij in der Moskauer Zeitschrift »Ogonjok« 1991, Nr. 1, S. 17–21; dann in seinem Buch »Raby svobody. V literaturnych archivach KGB« /Sklaven der Freiheit. In den Literatur-Archiven des KGB/, Moskau 1995. Deutsche Ausgabe: Witali Schentalinski, »Das Auferstandene Wort«. Aus den Archiven sowjetischer Geheimdienste, Bergisch Gladbach 1996, Kapitel 10 (»Die Straße der Freiheit«). Auf russisch außerdem in: Pavel Nerler, »S gur'boj i gurtom ...«, Chronika poslednego goda žizni O. Ė. Mandel'štama /»In Scharen und Haufen ...«, Chronik des letzten Lebensjahres von O. E. Mandelstam/. Zapiski Mandel'štamovskogo obščestva: Tom 5, Moskau 1994, S. 13 und S. 84f., (Pawlenkos Gutachten – ebendort S. 14f. und S. 88). Übersetzt nach letzterer Publikation.

16. März 1938: auffälliges Datum, der Tag nach Abschluß des dritten Moskauer Schauprozesses (»Prozeß der 21«) gegen »rechts-trotzkistische Abweichler«, in dessen Folge alle Angeklagten, unter ihnen Nikolaj Bucharin (Notiz zu Nr. 32), erschossen wurden.

Jeschow: Nikolaj (1895–1940), vom 26. September 1936 bis 7. Dezember 1938 Volkskommissar für Innere Angelegenheiten mit dem Titel eines Generalkommissars der Staatssicherheit; führte den großen »Säuberungs«-Terror durch und wurde für seine »Exzesse« seinerseits 1940 hingerichtet.

Wegen unflätiger verleumderischer Verse und antisowjetischer Agitation: M.s Epigramm auf Stalin, »Und wir leben, doch die Füße, sie spüren keinen Grund« (November 1933), MITTERNACHT IN MOSKAU, S. 165.

Walentin Katajew: (1897–1986), Schriftsteller (»Die Hochstapler«, 1926; »Kraut des Vergessens«, 1967); vgl. im vorliegenden Band »Dichter über Mandelstam«.

I. Prut: Iossif (1900–?), Schriftsteller, Dramatiker.

Pawlenko: Pjotr (1899–1951), Schriftsteller, Literaturfunktionär. Nadeschda Mandelstam kommentiert in ihren Memoiren »Das Jahrhundert der Wölfe«, Kapitel »Christoforowitsch«, Berichte, laut welchen

Pawlenko auf Einladung des Untersuchungsrichters (nach M.s erster Verhaftung 1934) in einem Schrank versteckt M.s Verhör beigewohnt und anschließend über M.s Verwirrung und Lächerlichkeit (die Hose sei ihm heruntergerutscht usw.) prahlerische Geschichten verbreitet habe.

Riecht nach Pasternak: vgl. M.s freundschaftliche Briefe an Pasternak, Nr. 173 und Nr. 179.

»Stanzen«: DIE WORONESCHER HEFTE, S. 29–33.

»Wo ist der Schmerzenslaut, durchbohrt vom Nagel«: ebendort S. 129.

Überfluß an Flöten, Aorten: Gemeint sind wohl die Gedichte »Theta und Iota der griechischen Flöte« (oder auch »Der Krug«) und »Von dem Blut schwellen an die Aorten« (»Verse vom Unbekannten Soldaten«, 8), ebendort S. 201 (oder S. 195) und S. 181.

»Sollten mich unsere Feinde packen«: ebendort S. 157.

»Nicht als Mehl von einem weißen Falter«: ebendort S. 53.

»Der Anfang dieser Welt – schrecklich und groß«: ebendort S. 219.

»Verse über Stalin«: die »Stalin-Ode«, ebendort S. 231–237.

2. OBERLEUTNANT DER STAATSSICHERHEIT VIKTOR JURJEWITSCH AN ALEXANDER SCHURBENKO, LEITER DER 4. SEKTION DER HAUPTVERWALTUNG STAATSSICHERHEIT: ERMITTLUNG

Übersetzt nach: Pavel Nerler, »S gur'boj i gurtom« (vgl. Notiz zu Dokument Nr. 1), S. 86f.

Verleumdete in seinen literarischen Werken jener Zeit die Sowjetmacht: vgl. das Anti-Lenin-Gedicht »Als er das Joch von Bosheit und Gewalt / Uns brachte, Günstling des Oktober« (November 1917) und »An Kassandra« (Dezember 1917), TRISTIA, S. 179 bzw. S. 51; beide Gedichte erschienen zuerst in der Zeitung »Volja naroda« (Volkswille), einem Organ der Sozial-Revolutionäre, am 15. November bzw. 31. Dezember 1917.

Äußerst feindselig verhielt sich M. gegenüber der Politik der KPdSU (B) bezüglich der Liquidierung des Kulakentums als Klasse, was sich in einer Reihe seiner Werke aus den Jahren 1930–1933 widerspiegelt: vgl. die Gedichte »Ein kaltes Frühjahr. Krimstadt – nur ein Hungergeist« (Mai 1933) sowie »Und unsrer hochheiligen Jugend« (November 1933), MITTERNACHT IN MOSKAU, S. 143, 163.

Ein scharfes konterrevolutionäres Schmähgedicht gegen den Genossen STALIN: das Gedicht »Und wir leben, doch die Füße, sie spüren keinen Grund« (November 1933), ebendort S. 165.

GUGB: Abkürzung für »Hauptverwaltung Staatssicherheit«.
Jurjewitsch: Viktor (1906–1940), Funktionär der Geheimdienste ab 1928; 1939 verhaftet, 1940 erschossen.
Schurbenko: Alexander (1903–1940), Funktionär der Geheimdienste ab 1920; 1938 verhaftet, 1940 erschossen.
Roginskij: vermutlich Staatsanwalt.
Frinowskij: Michail (1895–1940), Erster Stellvertreter des Volkskommissars für Innere Angelegenheiten (NKWD) unter Jeschow, Leiter der Hauptverwaltung Staatssicherheit; 1939 verhaftet, 1940 erschossen.

3. ANKLAGESCHRIFT IM ERMITTLUNGSVERFAHREN NR. 19390 BETREFFEND ANKLAGE MANDELSTAMS O. E. WEGEN VERBRECHEN NACH ART. 58–10

Übersetzt nach: Pavel Nerler, »S gur'boj i gurtom« (vgl. Notiz zu Dokument Nr. 1), S. 21f. Das Dokument stammt vermutlich von Mai/Juni 1938, wurde aber erst am 20. Juli 1938 bestätigt.
Stenitsch: Walentin (eig. Smetanitsch, 1898–1939), Dichter, Kritiker; 1938 verhaftet, 1939 erschossen.
Kibaltschitsch: Viktor (1880–1947), Pseudonym: Victor Serge, Revolutionär, Schriftsteller, 1928 als Trotzkist verhaftet, 1933 nach Orenburg verbannt; auf dem Pariser Schriftstellerkongreß 1935 appellierten Georges Duhamel und André Gide in seiner Sache an Stalin; im April 1936 nach Belgien ausgewiesen, emigrierte 1939 nach Mexiko.
Rajchman: Leonid (1908–1990), Funktionär der Geheimdienste ab 1932; Oberleutnant der Staatssicherheit, ab 1945 Generalleutnant des NKWD.
Glebow: Glebow-Jufa Sinowij (1903–1940), Funktionär der Geheimdienste, 1938 verhaftet, 1940 erschossen.
Am 30. 4. 38 verhaftet: Datum des Haftbefehls; M. wurde am 2. Mai 1938 in Samaticha verhaftet.
Wird im Internen Gefängnis festgehalten: Bezeichnung der Haftzellen im Hauptgebäude der Geheimpolizei in Moskau = Lubjanka.

4. NADESCHDA MANDELSTAM AN OSSIP MANDELSTAM (DER LETZTE BRIEF)

Übersetzt nach dem Band: Nadežda Mandel'štam, Vtoraja Kniga /Das Zweite Buch/, 4. Auflage, Paris 1987 (erstmals 1972).
Wie wir unsere kargen Festmähler in unsere armseligen Unterkünfte und Nomadenzelte schleppten: vgl. M.s Gedicht »In der Küche setzen wir uns hin« (Ja-

nuar 1931), Mitternacht in Moskau, S. 49: »Scharfes Messer, ein Laib Brot ... / Mach daß der Primuskocher loht!«
Unsere glückliche Armut und die Gedichte: vgl. M.s Gedicht »Ich bin nicht tot und nicht allein« (15.–16. Januar 1937), Die Woronescher Hefte, S. 105: »In Luxus-Armut, reichen Bettlerrechten« usw.
Ein ganz anderer Frost steht uns also noch bevor: vgl. M.s Albtraum-Gedicht »Deine Schultern so schmal, rotgepeitscht an der Wand, / Rotgepeitscht an der Wand, und vom Frostwind verbrannt« (1934), ebendort S. 7.
Mein blinder Blindenführer: vgl. M.s Gedicht »Hefe, kostbar, dieser Welt« (12.–18. Januar 1937), ebendort S. 101: »In dir selber Fremde spürend: / Blinder und sein Blindenführer«.
Schura: M.s Bruder Alexander Mandelstam (1892–1942).

5. NADESCHDA MANDELSTAM AN LAWRENTIJ BERIJA, VOLKSKOMMISSAR FÜR INNERE ANGELEGENHEITEN

Übersetzt nach: Pavel Nerler, »S gur'boj i gurtom« (vgl. Notiz zu Dokument Nr. 1), S. 61 f. (im Buch von Witalij Schentalinskij ist der Brief nicht vollständig wiedergegeben).
Lawrentij Berija: (1899–1953), Funktionär der Geheimdienste ab 1921, ab 1934 Mitglied des Zentralkomitees, 7. Dezember 1938 bis 1945 Volkskommissar für Innere Angelegenheiten (Nachfolger Jeschows), 1946 bis 1953 Politbüromitglied, nach Stalins Tod verhaftet und im Dezember 1953 erschossen.
19. Januar 1939: M. war zu diesem Zeitpunkt bereits tot, was Nadeschda Mandelstam nicht wissen konnte, da sie erst am 5. Februar 1939 ein Paket mit dem Vermerk »Adressat verstorben« zurückerhielt.
Aus einem Brief von ihm ist mir bekannt: der einzige Brief aus dem Lager, vom 2./3. November 1938 (abgestempelt: Wladiwostok, 30. November 1938), vgl. Nr. 214.
Vorstrafe nach Artikel 58 für konterrevolutionäre Verse: Artikel 58-10 – »Antisowjetische Agitation und Propaganda«; gemeint ist M.s Epigramm auf Stalin, vgl. Notiz zu Dokument Nr. 2.
Mir ist unverständlich, wie ein Ermittlungsverfahren betreffend konterrevolutionärer Tätigkeit Mandelstams geführt werden konnte, ohne daß ich (...) *als Komplizin* (...) *miteinbezogen wurde:* Nadeschda Mandelstam entlarvt hier nicht nur die Ungesetzlichkeit des Verfahrens, sondern bezeichnet sich äußerst tollkühn als mögliche Komplizin, was im Zusammenhang mit der vom NKWD praktizierten Sippenhaftung lebensgefährlich war, vgl. Notiz zu Nr. 214 (»Liebste Nadinka, ich weiß nicht, ob Du noch lebst«).

Ob nicht irgend jemand ein persönliches Interesse an dieser Verschickung gehabt haben könnte: vgl. Dokument Nr. 1, das Denunziationsschreiben Wladimir Stawskijs sowie Pjotr Pawlenkos Gutachten.
Einen Dichter und Meister in einer Phase aktiver und einträchtiger dichterischer Tätigkeit zu vernichten: Der Terminus »Meister« (master) tauchte in Stalins Telephonanruf an Boris Pasternak vom 13. Juni 1934 auf (nach M.s Selbstmordversuch in Tscherdyn), als Stalin Pasternak in bezug auf M.s dichterischen Rang aushorchte und fragte: »Er ist doch ein Meister, nicht wahr?« Nadeschda Mandelstam versuchte, Berija gegenüber Stalins Einschätzung in Erinnerung zu rufen, und hoffte auf Weiterleitung ihres Schreibens an die Kremlspitze. Zur Geschichte von Stalins Telephonanruf vgl. das Kapitel »Die Ursache des Wunders« in Nadeschda Mandelstams Memoiren »Das Jahrhundert der Wölfe«.

6. SERGEANT DER STAATSSICHERHEIT NIKITOTSCHKIN AN DEN LEITER DES SEKRETARIATES DER NKWD-SONDERGERICHTE UND DEN STELLVERTRETENDEN VOLKSKOMMISSAR FÜR INNERE ANGELEGENHEITEN MERKULOW

Jahr 1940, 31. 1. 1941: Seit Nadeschda Mandelstams Schreiben an Lawrentij Berija waren mithin zwei ganze Jahre vergangen.
Verhaftet am 30. April 1938: Notiz zu Dokument Nr. 3.
Seine Strafe verbüßt er in Kolyma: Entweder war noch nicht bis zu allen NKWD-Organen durchgedrungen, daß M. bereits am 27. Dezember 1938 gestorben war, oder die hohe Sterblichkeit in den Lagern wurde bewußt verheimlicht.
Kontakt mit den Volksfeinden Stenitsch und Kibaltschitsch: Notiz zu Dokument Nr. 3.
Die Beschwerde (...) als unbegründet abzuweisen: Erst im Zuge des »Tauwetters« nach Stalins Tod und dem 20. Parteitag wurde M. am 31. Juli 1956 »teilweise« rehabilitiert, zunächst nur bezüglich des Verfahrens von 1938 (»widerrechtliche Aufenthalte in Moskau«), nicht desjenigen von 1934 (das Anti-Stalin-Gedicht); eine vollständige Rehabilitierung erfolgte erst am 28. Oktober 1987 im Zuge von Gorbatschows Glasnost-Politik.

PERSONENREGISTER

Nicht identifizierte Personen wurden nicht aufgenommen; Erläuterungen in den Notizen unter der Briefnummer der Ersterwähnung.

CHRONOLOGIE ZU LEBEN UND WERK

1891 Ossip Mandelstam wird am *15. Januar* (nach dem Julianischen Kalender: 3. Januar) als erster Sohn einer jüdischen Familie in Warschau geboren. Sein Vater, Emil Weniaminowitsch Mandelstam (1852?–1938), stammte aus dem kurländischen Judentum und war Lederhändler, seine Mutter, Flora Ossipowna Werblowskaja (1866–1916), stammte aus einer jüdischen Familie aus Wilna und war Klavierlehrerin.

1892 Die Familie zieht von Warschau nach Pawlowsk (30 km von Petersburg).

23. September: Geburt des Bruders Alexander.

1894 *Oktober:* Erstmals in Petersburg, wo er mit seinen Eltern den Begräbnisfeierlichkeiten für Alexander III. beiwohnt. »Die dunklen Volksmassen auf den Straßen waren meine erste klare und bewußte Wahrnehmung. Ich war genau drei Jahre alt.« (»Das Rauschen der Zeit«)

1897 Umzug der Familie nach Petersburg.

1898 *30. April:* Geburt des Bruders Jewgenij.

1899 *1. September:* Eintritt ins fortschrittliche Petersburger Tenischew-Gymnasium, das noch andere berühmte Absolventen haben sollte, u.a. Vladimir Nabokov. Prägender Einfluß seines Literaturlehrers Wladimir Gippius. »Tschaikowskij-Fieber«.

1903/1904 Musikalische Erlebnisse, die in »Das Rauschen der Zeit« geschildert werden: die Petersburger Konzerte Hofmanns und Kubeliks.

1906 *Herbst:* In Segewold, am kurländischen Aa-Fluß. Begeisterung für den Marxismus, für Kautskys »Erfurter Programm« sowie, unter dem Einfluß seines Schulfreundes Boris Sinani (vgl. »Das Rauschen der Zeit«), für die sozialrevolutionäre Partei.

1907 *Januar:* Erste Gedichte in einer Schülerzeitung.

2. März: Hält eine Propaganda-Rede vor Arbeitern seines Wohnviertels und tritt der Kampforganisation der sozialrevolutionären Partei bei.

15. Mai: Abschluß des Tenischew-Gymnasiums.

14. September: Trägt an einem Poesie- und Musikabend am Tenischew-Gymnasium eigene Gedichte vor.

Ende September: Beunruhigt über seine revolutionäre Einstellung, schicken ihn die Eltern zum Studium nach Paris.

Oktober: Reise nach Paris, mit einem zweiwöchigen Zwischenhalt in Wilna. Adresse: Rue de la Sorbonne 12. Besucht die Vorlesungen des Philosophen Henri Bergson und des Mediävisten Joseph Bédier am Collège de France. Begeisterung für die französische Poesie, vom altfranzösischen »Rolandslied« und François Villon bis Verlaine. Schreibt Gedichte und Prosa.

1908 *Mai:* Rückreise nach Petersburg.

Juli/August: Aufenthalt mit seiner Familie in der Schweiz. Kurzer, heimlicher Ausflug für einen Tag nach Genua (24. Juli).

September: Rückkehr nach Petersburg. Der Plan, ein Universitätsstudium zu beginnen, scheitert vorerst an der vom Ministerrat beschlossenen und vom Zaren am 16. September bestätigten Dreiprozent-Quote für jüdische Studenten. Besucht die Versammlungen der Petersburger religionsphilosophischen Gesellschaft.

1909 *16. Mai:* Liest erstmals eigene Gedichte an einem literarischen Abend im »Turm« des Symbolisten Wjatscheslaw Iwanow.

Ende Juli/September: Aufenthalt mit seiner Familie in der Schweiz, in Beatenberg und Montreux.

Anfang Oktober: In Heidelberg, um während zweier Semester französische Sprache und Literatur des Mittelalters bei Friedrich Neumann sowie Kunstgeschichte bei Henry Thode zu studieren. Adresse: Pension »Continental«, Anlage 30 (heute: Friedrich-Ebert-Anlage 30).

1910 *Anfang März:* Kurze Reise nach Italien und in die südliche Schweiz (Lugano).

März–Juli: Nach seiner Rückkehr nach Petersburg – Aufenthalt in Finnland, in Talbacka bei Helsinki und in Hangö.

Juli: Bekanntschaft mit Sergej Kablukow, dem Sekretär der Petersburger Religionsphilosophischen Gesellschaft.

24. Juli: Fahrt nach Berlin-Zehlendorf, wo seine Mutter operiert wird (Mandelstams letzter Auslandsaufenthalt).

August: In der Petersburger Kunstzeitschrift »Apollon«, Nr. 9, erscheinen Mandelstams erste veröffentlichte Gedichte, fünf an der Zahl.

Mitte Oktober: Zurück in Petersburg.

1911 *März:* In Finnland, in Huvinkää, Konkkala, Mustamäki, wo er bis zum Herbst bleibt; Fahrten nach Petersburg.

14. März: Lernt an einem literarischen Abend bei Wjatscheslaw Iwanow die Dichterin Anna Achmatowa kennen.

2. April: Fahrt zu Anna Achmatowa und ihrem Mann, dem Dichter Nikolaj Gumiljow, nach Zarskoje Selo.

14. Mai: Läßt sich, um in Petersburg studieren zu können, in Viborg christlich taufen, nach methodistisch-episkopalem Ritus.

10. September: Schreibt sich an der Petersburger Universität ein, historisch-philologische Fakultät, Abteilung für romanische Sprachen.

20. Oktober: Erste Versammlung der »Dichterzeche«, die sich allmählich vom russischen Symbolismus absetzt.

1912 Lebt bis zum Herbst vorwiegend in Finnland, fährt jedoch zu Konzerten und literarischen Zusammenkünften nach Petersburg. Von Ende Juni bis Ende Dezember wird er aufgrund einer Denunziation bezüglich revolutionärer Tätigkeit von der Geheimpolizei observiert.

13. Januar: Liest Gedichte in der Petersburger Künstlerkneipe »Streunender Hund«.

18. Februar: Nach Vorträgen von Wjatscheslaw Iwanow und Andrej Belyj über den Symbolismus kommt es auf einer Versammlung der »Poetischen Akademie« zum Bruch zwischen den Vortragenden und deren Opponenten Gorodezkij und Gumiljow.

1. März: Auf einer Versammlung der »Dichterzeche« verkündet Gumiljow das Programm des *Akmeismus* (von griechisch »akmē«: Spitze, Blüte, Reife) zur Überwindung der Jenseitsbezogenheit des Symbolismus, seiner religiösen Spekulationen (Theosophie, Okkultismus), seines Denkens in Symbolen und Analogien. Das Programm der Akmeisten, denen auch Mandelstam angehört: Rückkehr zum Irdischen, Organischen, zum konkreten, plastisch-dreidimensionalen Gegenstand, zum Prinzip der Identität, zu »apollinischer« Klarheit, zur kunstvollen Genauigkeit des Handwerks – sowie zur Bejahung dieser Welt.

Herbst: Rückkehr aus Finnland nach Petersburg. Besucht die Universität und mit besonderem Eifer die Künstlerkneipe »Streunender Hund«.

19. Dezember: Beteiligt sich im »Streunenden Hund« an der Debatte um Sergej Gorodezkijs Vortrag »Symbolismus und Akmeismus«.

1913 *Januar:* In der Nr. 1 der Petersburger Kunstzeitschrift »Apollon« erscheinen zwei Manifeste des Akmeismus, von Gumiljow und Gorodezkij; Mandelstams Manifest »Der Morgen des Akmeismus« wird erst 1919 gedruckt, entstand jedoch zweifellos im Umkreis der anderen Manifeste. Seine Gedichte und erste literarische Essays (»Über den Gesprächspartner« und »François Villon«) erscheinen in den folgenden Nummern von »Apollon«.

Ende März: Im Petersburger Verlag »Akmē« erscheint Mandelstams erster Gedichtband »Der Stein« mit 23 Gedichten.

27. November: Ernsthafter Konflikt mit Welimir Chlebnikow an einem Dichterabend im »Streunenden Hund«, bei dem sich Chlebnikow im Zusammenhang mit der Kiewer Ritualmord-Affäre um Mendel Bejlis (die von einer antisemitischen Kampagne begleitet war) gegen den jüdischen Angeklagten ausspricht; Mandelstam fordert Chlebnikow zum Duell.

1914 *Ende Mai:* In Finnland, Kotaniämi bei Viborg.

17. Juli: Rückkehr nach Petersburg. Deutschland erklärt Rußland den Krieg.

September: Mandelstam schreibt Gedichte gegen den Krieg: »Reims und Köln«, »Europa« u.a.

22. Dezember: Fährt nach Warschau (seine Geburtsstadt), um sich als Krankenpfleger für Kriegsverwundete zu melden. Laut Anna Achmatowa war Mandelstam erschüttert vom Anblick des Warschauer Ghettos.

1915 *5. Januar:* Zurück in Petersburg.

Juli/August: In Koktebel (Halbinsel Krim), wo er Marina Zwetajewa kennenlernt.

29. September: Scheitert an der Petersburger Universität bei einer Prüfung in lateinischer Literatur (Catull, Tibull).

1916 Im Petersburger Verlag »Giperborej« erscheint die zweite, erweiterte Ausgabe des Gedichtbandes »Der Stein« mit 67 Gedichten.

Anfang Januar: Trifft die nach Petrograd gereiste Marina Zwetajewa an einem literarischen Abend im Kreis von Freunden.

11. Januar: Schreibt sein Antikriegsgedicht »Tierschau«.

Ende Januar: Folgt Marina Zwetajewa nach Moskau. Die »wunderbaren Tage« von Januar bis Juni 1916, in denen die Zwetajewa dem Dichterkollegen Mandelstam »Moskau schenkte«. Austausch von Liebesgedichten.

Ende Mai/Anfang Juni: Zu Gast bei Marina Zwetajewa in Alexandrow, Gouvernement Wladimir. Bruch der Beziehung (dazu Marina Zwetajewas autobiographischer Prosatext »Die Geschichte einer Widmung« von 1931).

7. Juni: Ankunft in Koktebel (Krim), schreibt sein Abschiedsgedicht an die Zwetajewa: »Kein Auferstehungswunder glaubend«.

26. Juli: Tod von Mandelstams Mutter. Schreibt das Gedicht »Diese Nacht – nicht gutzumachen« (TRISTIA).

1917 *Neujahr:* Liest im Petersburger Künstlercafé »Rastplatz der Komödianten« sein Antikriegsgedicht »Tierschau«.

18. Mai: Abbruch des Universitätsstudiums. Abgangszeugnis Nr. 1879: »zur Staatlichen Prüfung nicht zugelassen, Studium nicht abgeschlossen«.

Mai: Fahrt nach Aluschta (Krim).

22. Juni: In Koktebel (Krim), dann wieder Aluschta und Feodossija (bis September).

11. Oktober: Zurück in Petersburg.

5. November: Negatives Gedicht auf den Oktoberumsturz der Bolschewiken: »Als er das Joch von Bosheit und Gewalt / Uns brachte, Günstling des Oktober«, das am 15. November in der Zeitung »Volkswille« erscheint, einem Organ der Sozial-Revolutionäre.

Dezember: Schreibt das Anna Achmatowa gewidmete, negative Revolutionsgedicht »An Kassandra«, das am 31. Dezember in »Volkswille« erscheint.

1918 *Mai:* Schreibt sein von apokalyptischen Bildern geprägtes Revolutionsgedicht »Die Dämmerung der Freiheit«.

1. Juni: Findet für ein paar Monate eine Anstellung in Lunatscharskijs Volkskommissariat für Bildungswesen, Abteilung Reform der Hochschule, Unterabteilung künstlerische Erziehung der Studierenden. Wird mit dem Volkskommissariat nach Moskau versetzt, wohnt in dem von der Regierung beanspruchten Hotel »Metropol«.

Juni: Die Bljumkin-Affäre. Der Tschekist Bljumkin prahlt öffentlich damit, über Leben und Tod zu verfügen. Mandelstam entwindet ihm ein Bündel Erschießungsbefehle und zerreißt sie. Bljumkin zückt den Revolver und droht, ihn niederzuschießen. Am 6. Juli ermordet Bljumkin den deutschen Botschafter Mirbach.

20. Oktober: In Petrograd, besucht Alexander Blok.

November/Dezember: Vorträge über Rhythmik im Volkskommissariat für Bildungswesen, Essay »Staat und Rhythmus«.

1919 *Januar/Februar:* Mitarbeit am sozial-revolutionären Organ »Banner der Arbeit«. In Woronesch erscheint sein Manifest »Der Morgen des Akmeismus«. Hunger in Moskau, Terror, Erschießungen.

Mitte Februar: In Charkow.

Ende März/Anfang April: In Kiew, Bürgerkriegswirren.

1. Mai: Lernt im Kiewer Künstlercafé »Chlam« die junge Malerin Nadeschda Chasina kennen, seine zukünftige Frau.

Ende August/Anfang September: In Charkow.

Mitte September: Auf der Krim, wo er fast ein Jahr verbringen wird, zunächst in Feodossija. Herumirren, Suche nach Arbeit und Unterkunft, Gelegenheitsarbeiten in den Weinbergen.

1920 *März–Juni:* In Koktebel (Krim).

Ende Juli: Streit mit Maximilian Woloschin (Brief Nr. 26), Umzug nach Feodossija, das in den Bürgerkriegswirren von den »Weißen« besetzt wird (dazu die »Feodossija«-Skizzen in Das Rauschen der Zeit).

August: Wird von der Spionageabwehr der »weißen« Truppen General Wrangels als »bolschewistischer Spion« verhaftet, dank Fürsprachebemühungen Woloschins wieder freigelassen und ausgewiesen.

Um den 7. September: Fahrt von Feodossija über das Schwarze Meer ins georgische Batumi, wo ein menschewikisches Regime herrscht (dazu die autobiographischen Texte »Die Rückkehr« und »Die Menschewiken in Georgien«, Das Rauschen der Zeit).

Um den 12. September: Ankunft in Batumi, wo er von der Militärbehörde als angeblich bolschewistischer und »weißer« Doppelspion erneut verhaftet wird, aufgrund von Fürsprachebemühungen georgischer Dichter aber wieder freikommt.

26. September: In Tiflis, wo er mit Ilja Ehrenburg an einem literarischen Abend im Tifliser Konservatorium mitwirkt.

Anfang Oktober: Rückkehr nach Moskau. Erneuter Zwischenfall mit Bljumkin (vgl. Juni 1918), der ihn mit dem Revolver bedroht.
Mitte Oktober: Weiterreise nach Petrograd, wo er ein Zimmer im »Haus der Künste« am Mojka-Ufer 59 bezieht und an diversen literarischen Veranstaltungen teilnimmt (dazu die Prosaskizze »Der Pelz«, Das Rauschen der Zeit).
Ende Oktober: Lernt Olga Arbenina kennen, eine Schauspielerin des Alexandra-Theaters, der die Liebesgedichte von November/Dezember in Tristia gewidmet sind.

1921 *März:* In Kiew, Wiedersehen mit Nadeschda Chasina und Rückkehr mit ihr nach Moskau.
Anfang April: Fahrt von Petrograd nach Kiew über Moskau, Konflikt mit dem Imaginistendichter Wladislaw Scherschenewitsch. Duelldrohung.
Mai: Im Petersburger Almanach »Drakon« erscheint sein programmatischer Essay »Das Wort und die Kultur«.
Juni: Fahrt mit Nadeschda Chasina nach Rostow am Don und weiter in den Kaukasus, auf der Suche nach Arbeit und Brot, über Kislowodsk, Baku (Begegnung mit Wjatscheslaw Iwanow), Tiflis.
Juli/August: In Tiflis, wohnt im »Haus der Künste«, Kontakte zu georgischen Dichtern.
7. *August:* Tod Alexander Bloks. M. hält in Batumi einen Vortrag über ihn.
25. *August:* M.s Freund und Dichterkollege Nikolaj Gumiljow wird als »Konterrevolutionär« in Petrograd erschossen. M. erfährt davon in Tiflis.
Ende August: Umzug mit Nadeschda Chasina nach Batumi, wo sie bis Dezember bleiben. Begegnung mit Michail Bulgakow.
November: Übersetzt mit Hilfe der georgischen Dichter Tabidse und Jaschwili georgische Dichtung, u.a. Wascha Pschawela.
Dezember: Rückreise per Dampfer aus Batumi über Suchumi und Noworossijsk.

1922 *Anfang Januar:* Rückkehr nach Petrograd.
3. *Februar:* In Charkow, Rede über den verstorbenen Alexander Blok und eigener Gedichtabend. Schreibt einen seiner wichtigsten Essays: »Über die Natur des Wortes«.

März: In Kiew, Heirat mit Nadeschda Chasina. Trauzeuge ist der Dichter Benedikt Liwschiz.
Ende März: Rückkehr mit seiner Frau nach Moskau.
April: Erhält ein Zimmer im »Herzen-Haus«, dem Schriftstellerhaus am Moskauer Twerskoj-Boulevard 25. Besuche von Welimir Chlebnikow.
Juni: In Charkow erscheint der Essay »Über die Natur des Wortes«.
7. *Juni:* In der Berliner Emigrantenzeitung »Nakanune« erscheint der programmatische Europa-Essay »Menschenweizen«.
August: Im Berliner Verlag »Petropolis« erscheint, ohne Mandelstams ordnenden Zugriff, der Gedichtband »Tristia«.
September: Nimmt erstmals Kontakt auf zu Nikolaj Bucharin, um sich für seinen zum zweitenmal verhafteten Bruder Jewgenij einzusetzen.
23. *September:* In der offiziellen Regierungszeitung »Iswestija«, deren Chefredakteur Bucharin ist, erscheint das Gedicht »Schöner Brotteig«.
8./9. *Oktober:* Schreibt sein Gedicht »Meine Zeit, mein Tier«.

1923 21. *Januar:* In der Berliner Emigrantenzeitung »Nakanune« erscheint der programmatische, anti-totalitäre Essay »Humanismus und Gegenwart«.
März: Schreibt die »Griffel-Ode«.
Ende Mai: Im Moskauer Verlag »Krug« erscheint der Gedichtband »Das Zweite Buch«.
Juli: Im Staatsverlag erscheint die dritte, erweiterte Ausgabe des Gedichtbandes »Der Stein«.
10. *August:* In Gaspra (Krim), Erholungsheim der »Zekubu«, Beginn der Arbeit an der autobiographischen Prosa »Das Rauschen der Zeit«.
23. *August:* Verzichtet auf sein Zimmer im offiziellen »Herzen-Haus« am Twerskoj-Boulevard 25 und erklärt seinen Austritt aus dem Allrussischen Schriftstellerverband.
Ende September: Rückkehr aus Gaspra über Kiew nach Moskau. Wohnt bei Nadeschdas Bruder Jewgenij Chasin.
Ende Oktober: Umzug in ein Zimmer an der Bolschaja Jakimanka 45, Wohnung 8.

11./18. November: In der Moskauer Zeitschrift »Ogonjok« erscheint der polemische Aufsatz »Eine Armee von Dichtern«.
23. Dezember: In »Ogonjok« erscheint Mandelstams Interview mit Ho Chi Minh.
Ende Dezember: In Kiew, mit Nadeschda.

1924 *Anfang Januar:* Schreibt in Kiew eines seiner wichtigsten Gedichte auf die Epoche, »Der 1. Januar 1924«, das er nach Lenins Tod am 21. Januar vollenden wird: »Wen bringst du um noch? Wen wirst du noch preisen? / Und welche Lüge fällt dir wohl noch ein?«
Mitte Januar: Rückkehr nach Moskau.
26. Januar: In der Zeitung »Na Wachte« erscheint Mandelstams Moskauer Stimmungsbild von Lenins Aufbahrung, »Der umbrandete Sarg«.
Juni/Juli: In Aprelewka, Erholungsheim der »Zekubu«, Abschluß der Arbeit an »Das Rauschen der Zeit«.
Ende Juli: Umzug von Moskau nach Leningrad, Uliza Gerzena (Bolschaja Morskaja) 49, Wohnung 4.
September/Oktober: Treffen mit Boris Pasternak und Briefwechsel mit ihm.

1925 *Januar:* Erscheinen der beiden Kinderbücher »Der Primuskocher« und »Die beiden Trams«.
Mitte Januar–Mitte März: Liebesaffäre mit der Schauspielerin Olga Waksel, der mehrere Liebesgedichte gewidmet sind.
Frühling: Erster Herzanfall, Atemnot.
25. März: Umzug nach Detskoje (früher: Zarskoje) Selo.
Mitte April: Im Verlag »Wremja« erscheint die autobiographische Prosa »Das Rauschen der Zeit«.
September: Die Ärzte diagnostizieren bei Nadeschda Tuberkulose und verordnen Aufenthalt im Süden.
1. Oktober: Nadeschda fährt nach Jalta. Mandelstam wohnt bei seinem Bruder Jewgenij in Leningrad, Wassiljewskij-Insel, 8. Linie, Nr. 31, Wohnung 5. Als Brotarbeit – um Nadeschdas Aufenthalt materiell sicherzustellen – zahlreiche literarische Übersetzungen aus dem Französischen und Deutschen.
Mitte November: In Jalta bei Nadeschda.

1926 *29. Januar:* Rückkehr aus Jalta nach Leningrad.
31. Januar: Zwischenhalt in Moskau, Treffen mit Boris Pasternak.

Ende März: Mit Nadeschda in Kiew, besucht die Vorstellungen des Staatlichen Jüdischen Theaters (Goset), schreibt einen Essay über den jüdischen Schauspieler Solomon Michoëls.
April: Die Kinderbücher »Luftballons« und »Die Küche« erscheinen.
Anfang April: Nadeschda kehrt nach Jalta zurück, Mandelstam nach Leningrad.
Ende April: In Jalta, bei Nadeschda.
Ende Mai: Rückkehr mit Nadeschda nach Leningrad, Zwischenhalt in Kiew.
Juni: Umzug nach Detskoje Selo.
Mitte September: Nadeschda fährt erneut aus gesundheitlichen Gründen auf die Krim.
Dezember: Rückkehr Nadeschdas aus Koktebel nach Detskoje Selo.

1927 *Februar/März:* Reise nach Mineralnye Wody in den Kaukasus.
21. April: Vertrag mit dem Leningrader Verlag »Priboj« über den Roman »Die Abenteuer des Walentin Garkow« (später: »Die ägyptische Briefmarke«).
Anfang Mai: In Moskau.
3. Mai: Übernimmt vom Verlag »Land und Fabrik« den Auftrag, die von Gornfeld und Karjakin besorgten russischen Übersetzungen von Charles de Costers Eulenspiegel-Roman zu bearbeiten – zur »Eulenspiegel«-Affäre vgl. 1928/1929.
Sommer: In Detskoje Selo, Arbeit am Prosatext »Die ägyptische Briefmarke«. Bekanntschaft mit dem Schauspieler und Regisseur Jachontow.
September: Nadeschda fährt erneut aus gesundheitlichen Gründen auf die Krim.
Ende Oktober: Reise mit Nadeschda nach Suchumi und Armawir.
Ende November: In Jalta, mit Nadeschda.
Dezember: Rückkehr nach Detskoje Selo.

1928 *Januar/Februar:* Arbeit an »Die ägyptische Briefmarke«.
14. April: Erfährt, daß sechs ältere Bankangestellte zur Erschießung verurteilt wurden, und wendet sich an Bucharin, um sich für die Verurteilten einzusetzen.

18. Mai: Schickt Nikolaj Bucharin (vgl. September 1922) seinen soeben im Staatsverlag erschienenen Sammelband »Gedichte« mit der Widmung: »Jede Zeile dieses Buches widerspricht dem, was Ihr zu tun gedenkt.« Bucharin läßt ihm ein Telegramm mit der Mitteilung zukommen, das Todesurteil sei aufgehoben worden.
Ende Mai: In Jalta, mit Nadeschda.
Ende Juni: Im Leningrader Verlag »Academia« erscheint ein Band seiner Essays, »Über Poesie«.
25. August: Zum 7. Jahrestag von Nikolaj Gumiljows Erschießung (vgl. 1921) schreibt er einen Brief an Anna Achmatowa: Sein Gespräch mit dem Erschossenen sei »nie abgerissen und wird auch nie abreißen«.
Anfang September: Im Leningrader »Priboj«-Verlag erscheint das Prosabuch »Die ägyptische Briefmarke«.
Mitte September: Im Verlag »Land und Fabrik« erscheint seine Bearbeitung der »Eulenspiegel«-Übersetzungen (vgl. 3. Mai 1927); irrtümlicherweise wird nur Mandelstam als Übersetzer auf dem Titelblatt genannt, nicht Gornfeld und Karjakin. Schreibt an Gornfeld und bietet ihm als Genugtuung das gesamte Bearbeiterhonorar an.
Zweite Hälfte Oktober/November: In Uskoje, Sanatorium der »Zekubu«.
18. November: Die Moskauer Zeitschrift »Leser und Schriftsteller« veröffentlicht seine Antwort auf die Umfrage »Der Sowjetschriftsteller und die Oktoberrevolution«: »Die Oktoberrevolution *mußte* meine Arbeit beeinflussen, da sie mir die ›Biographie‹ wegnahm, das Gefühl einer persönlichen Bedeutsamkeit. (...) Ich fühle mich als Schuldner der Revolution, bringe ihr jedoch Gaben dar, die sie vorläufig noch nicht benötigt« (im Band DAS RAUSCHEN DER ZEIT).
28. November: In der Leningrader »Roten Abendzeitung« bezichtigt Gornfeld (vgl. Mitte September) Mandelstam des geistigen Diebstahls.
Dezember: Umzug nach Moskau, wohnt zunächst bei seinem Bruder Alexander am Starosadskij Pereulok 10, Wohnung 3.
12. Dezember: Antwortet in der »Moskauer Abendzeitung« auf Gornfelds Plagiatsvorwurf (Brief Nr. 109).
Ende Dezember: In Kiew, mit Nadeschda.

1929 *Januar–März:* In Kiew. Erkrankung Nadeschdas.
März/Anfang April: Nimmt auf Empfehlung Isaak Babels Kontakt auf zum Filmstudio der Allukrainischen Kinofilmbehörde und schreibt Artikel über Filme.
Mitte April: Rückkehr nach Moskau, bezieht ein Zimmer im Wohnheim der »Zekubu«, Kropotkin-Uferstraße 5.
7. April: In der Zeitung »Iswestija« erscheint sein polemischer Artikel »Pfusch vom Fließband«.
7. Mai: In der »Literaturnaja Gaseta« wird – von offiziellen Stellen gelenkt – der »Eulenspiegel«-Skandal neu angefacht durch einen diffamierenden Artikel von David Saslawskij, »Ein simples Plagiat und dreister Pfusch«.
13. Mai: In der »Literaturnaja Gaseta« erscheint Mandelstams Entgegnung auf diesen Angriff (Brief Nr. 117). Die »Eulenspiegel«-Affäre gelangt vor ein Moskauer Gericht.
21. Mai: Das Exekutivbüro der Föderation der Sowjetischen Schriftstellervereinigungen FOSP befindet über den »Fall Mandelstam«.
Sommer: In Jalta, mit Nadeschda.
Ende August: Rückkehr nach Moskau, bezieht ein Zimmer am Spiridonjewskij Pereulok (Malaja Bronnaja 21/13). Findet für ein paar Monate eine Arbeit bei der Zeitung »Moskauer Komsomolze«, wo er eine allwöchentliche Literaturseite betreut.
Dezember: Bruch mit der offiziellen Literatur, schreibt einen »Offenen Brief an die sowjetischen Schriftsteller« (Brief Nr. 127). Beginn der Arbeit an der polemischen, anti-stalinistischen »Vierten Prosa« (im Band DAS RAUSCHEN DER ZEIT).

1930 *Januar:* Arbeit an der »Vierten Prosa«. Verhöre durch den Untersuchungsrichter zur »Eulenspiegel«-Affäre.
Mitte Februar: Tod von Nadeschdas Vater Jakow Chasin, Nadeschda in Kiew.
13. März: Nach erneuten Schikanen im Zuge der »Eulenspiegel«-Affäre Brief an Nadeschda (Nr. 131): »Ich bin allein. *Ich bin arm* /deutsch im Text/. Nichts ist wiedergutzumachen. Der Bruch ist – Reichtum. Ich muß ihn bewahren. Darf ihn nicht vergeuden.«
Ende März: Erhält dank Einflußnahme Nikolaj Bucharins die Erlaubnis zu einer Kaukasusreise. Aufenthalt in Su-

chumi, Abchasien. Fahrten nach Nowyj Afon, Gudautu, Tkwartscheli.

14. April: Erfährt vom Selbstmord Wladimir Majakowskijs in Moskau; Echo darauf in seinen Notizbüchern zur »Reise nach Armenien« (Armenien, Armenien!).

Mai–Juni: Aufenthalt in Tiflis (Georgien), dann in Eriwan (Armenien), Rundreise durch Armenien: Etschmiadsin, Swartnoz, Sewan. Lernt im Teehaus der Eriwaner Moschee den Moskauer Zoologen und späteren Freund Boris Kusin kennen.

1.–15. Juli: Aufenthalt am Sewan-See.

Juli–September: Fortsetzung der Reise durch Armenien, Fahrt nach Nagornyj Karabach, Schuscha, Stepanakert.

16. Oktober: Zurück in Tiflis, beginnt Mandelstam – nach fünfjährigem Schweigen, erstmals seit 1925 – wieder Lyrik zu schreiben. Entstehung des »Armenien«-Zyklus (bis 5. November).

November: Rückkehr nach Moskau.

Dezember: In Leningrad, mit Nadeschda. Schreibt das Gedicht »Leningrad«: »Meine Stadt find ich wieder, mir zum Weinen vertraut / Wie ein kindliches Fieber, wie ein Äderchen, Haut« (Mitternacht in Moskau).

Ende Dezember (bis 7. Januar): In Staryj Petergof, Erholungsheim der »Zekubu«, Sadowaja 14.

1931 *Januar:* Die Wohnkommission des Leningrader Schriftsteller-Stadtkomitees unter Nikolaj Tichonow widersetzt sich Mandelstams Niederlassung in Leningrad.

Mitte Januar: Rückkehr nach Moskau. Wohnt bei seinem Bruder Alexander am Starosadskij Pereulok 10, Wohnung 3.

März: In der Zeitschrift »Nowyj Mir« Nr. 3 erscheint der Gedichtzyklus »Armenien«.

17.–28. März: Arbeit am Gedicht auf das »Wolfshund-Jahrhundert«: »Für den pochenden Mut einer künftigen Zeit« (Mitternacht in Moskau).

April: Beginn der Arbeit am Prosatext »Die Reise nach Armenien«.

19. September: Abschluß der Gedichte des »Ersten Moskauer Heftes« (»Neue Gedichte«).

November: Krankheit Nadeschdas, Aufenthalt im Botkin-

Krankenhaus. Intensive Arbeit am Prosatext »Die Reise nach Armenien«.

Ende Dezember: Im Erholungsheim Bolschewo bei Moskau. Beginnt für seine Dante-Studien Italienisch zu lernen.

1932 *Januar:* Umzug in ein Zimmer des »Herzen-Hauses« (vgl. April 1922) am Twerskoj-Boulevard 25.

21. April: In der Zeitung »Für kommunistische Bildung« erscheint, zum 50. Todestag des Naturforschers, sein Darwin-Essay, der sein von Boris Kusin (vgl. Mai–Juni 1930) angeregtes Interesse für Biologie und Evolutionstheorie spiegelt.

23. April: Ein folgenreicher Parteierlaß besiegelt die Gleichschaltung der sowjetischen Literatur und führt zur Gründung des Sowjetischen Schriftstellerverbandes.

Sommer: Im Erholungsheim Bolschewo bei Moskau.

8.–12. August: Schreibt sein Gedicht »An die deutsche Sprache« (MITTERNACHT IN MOSKAU).

13. September: Die Affäre Sargidschan. Der junge Sowjetschriftsteller Sergej Borodin (Pseudonym: Amir Sargidschan), im »Herzen-Haus« mit der Bespitzelung der Mandelstams beauftragt, dringt nach einer Auseinandersetzung in Mandelstams Zimmer ein und schlägt dessen Frau. Ein vom Schriftstellerverband gebildetes Schiedsgericht verurteilt beide Parteien (vgl. auch 6. Mai 1934). Mandelstam tritt aus dem Moskauer Schriftsteller-Stadtkomitee aus (Brief Nr. 143).

November: In Uskoje, Erholungsheim der »Zekubu«.

10. November: Liest auf einer geschlossenen Veranstaltung in der Redaktion der »Literaturnaja Gaseta« seine neuen Gedichte vor und schlägt, wie Zeitgenossen berichten, das Publikum wie ein Schamane in Bann.

23. November: In der »Literaturnaja Gaseta« erscheint eine kleine Auswahl seiner neuen Gedichte, wohl durch einen Zensur-Irrtum auch das politische »Leningrad«-Gedicht (vgl. Dezember 1930).

15. Dezember (bis 9. Januar): Im Schriftsteller-Erholungsheim Peredelkino bei Moskau.

1933 *2. März:* Nochmals vom Publikum stark begrüßte Lesung in Leningrad, im Haus der Presse. Auf provokative Fragen zu seiner Wertung der »vorrevolutionären« Lyriker und zu seiner eigenen Identität antwortet er: »Ich bin derselbe

Mandelstam, der Freund seiner Freunde, Mitstreiter seiner Mitstreiter und Zeitgenosse der Achmatowa war, ist und bleiben wird.«

14. März: Lesung im Moskauer Polytechnischen Museum. Die Einführung spricht Boris Ejchenbaum.

3. April: Lesung im Moskauer Klub der Künstler. Am selben Tag wird sein Freund Boris Kusin verhaftet (vgl. Brief Nr. 146 an Marietta Schaginjan).

Um den 10. April: Reise nach Staryj Krym.

Mai: In der Leningrader Zeitschrift »Swesda« (Nr. 5) erscheint sein Prosawerk »Die Reise nach Armenien« – es wird die letzte literarische Veröffentlichung zu Lebzeiten sein. In Staryj Krym Beschäftigung mit italienischen Dichtern (Petrarca, Ariosto, Tasso) und Beginn der Arbeit an dem Essay »Gespräch über Dante«.

28. Mai: Fahrt nach Koktebel, Aufenthalt im Schriftsteller-Erholungsheim (dem Haus des 1932 verstorbenen Maximilian Woloschin). Begegnung mit Andrej Belyj, Austausch über den Essay »Gespräch über Dante«.

Mitte Juni: Rückkehr von der Krim nach Moskau.

17. Juni: In der »Literaturnaja Gaseta« erscheint eine vernichtende ideologische Kritik über »Die Reise nach Armenien«.

Juli/August: Arbeit an der Buchausgabe von »Die Reise nach Armenien«, die im Leningrader »Verlag der Schriftsteller« angekündigt wird, aus politischen Gründen aber nicht mehr erscheinen kann.

30. August: In der »Prawda« erscheint eine vernichtende Kritik über »Die Reise nach Armenien«.

September: Liest in Leningrad sein »Gespräch über Dante« Freunden und Bekannten vor, u.a. Anna Achmatowa, Viktor Schirmunskij, Jurij Tynjanow, Benedikt Liwschiz. Das Manuskript wird vom Leningrader »Verlag der Schriftsteller« abgelehnt.

November: Umzug in eine Genossenschaftswohnung am Nastschokinskij Pereulok (Uliza Furmanowa) 5, Wohnung 26. Schreibt sein folgenreiches Epigramm auf Stalin, in dem der Diktator als »Verderber der Seelen und Bauernabschlächter« entlarvt wird.

Dezember: Freie Nachdichtung von vier Petrarca-Sonetten.

1934 *Januar:* Kurze, unerwiderte Verliebtheit in Marija Petrowych, der das laut Anna Achmatowa »schönste Liebesgedicht des 20. Jahrhunderts« gewidmet ist: »Meisterin der schuldbewußten Blicke« (MITTERNACHT IN MOSKAU).
8. Januar: Tod Andrej Belyjs; nach dessen Beerdigung am 10. Januar schreibt Mandelstam ein großes, siebenteiliges Requiem und sagt zu seiner Frau: »Es ist auch mein eigenes Requiem.«
21. März: Konflikt mit dem Staatlichen Literaturmuseum, das Mandelstams Archiv zu einem Spottpreis kaufen will.
Ende März: Trifft Boris Pasternak auf dem Moskauer Twerskoj-Boulevard und rezitiert ihm sein Gedicht gegen Stalin. »›Ich habe nichts gehört und Sie haben nichts rezitiert‹, sagte Boris Leonidowitsch /Pasternak/. ›Sie wissen, es gehen jetzt seltsame, schreckliche Dinge vor, Menschen verschwinden; ich fürchte, die Wände haben Ohren, vielleicht können auch die Pflastersteine hören und reden. Halten wir fest: Ich habe nichts gehört.‹ Auf die Frage, was Mandelstam zu diesem Gedicht veranlaßt habe, erklärte er, er hasse nichts so sehr wie den Faschismus, in welcher Form er auch auftrete.« (Aus den Erinnerungen Olga Iwinskajas, der Lebensgefährtin Pasternaks)
Mitte April: Nimmt in Leningrad an einer Diskussion über Michail Losinskijs Übersetzung von Firdausis »Schah-Nameh« (Buch der Könige) teil.
Um den 6. Mai: Schluß der Affäre Sargidschan (vgl. 13. September 1932). In Leningrad ohrfeigt Mandelstam öffentlich den offiziellen Sowjetschriftsteller Alexej Tolstoj, der das ihn mitverurteilende Schiedsgericht präsidiert hatte: »Ich bestrafe den Mann, der den Befehl gegeben hat, meine Frau zu schlagen.« Zu Anna Achmatowa: »Ich bin zum Sterben bereit.«
13./14. Mai (laut NKWD-Dokumenten: 16./17. Mai): Nächtliche Hausdurchsuchung in der Moskauer Wohnung am Nastschokinskij Pereulok 5, Konfiskation von Manuskripten, Verhaftung.
Bis zum 28. Mai: Verhöre im Lubjanka-Gefängnis, Selbstmordversuch durch Auftrennen der Adern. Das Urteil: drei Jahre Verbannung im nördlichen Tscherdyn (Perm-Gebiet,

Ural). Direktive: »Isolieren, aber erhalten.« Nadeschda Mandelstam bekommt das Recht, den Verurteilten in die Verbannung zu begleiten.

29.–30. Mai: Fahrt unter Bewachung durch drei Soldaten mit der Eisenbahn bis Swerdlowsk. Traumatische Psychose, Halluzinationen, Angst, erschossen zu werden.

1.–3. Juni: Fahrt mit der Schmalspurbahn bis Solikamsk, dann mit dem Dampfer auf dem Kama-Fluß bis Tscherdyn. Unterkunft im Landkrankenhaus.

3./4. Juni: Erneuter Selbstmordversuch – springt aus dem Fenster des Krankenhauses, bricht sich jedoch nur die rechte Schulter.

Bis zum 12. Juni: Nadeschda telegraphiert ans ZK und mobilisiert die Dichterkollegen Anna Achmatowa und Boris Pasternak. Brief Bucharins an Stalin (»Die Dichter haben immer recht. Die Geschichte steht auf ihrer Seite«).

10./12. Juni: Das Urteil wird abgewandelt – Mandelstam kann, bei Ausschluß von zwölf verbotenen Städten (Formel »Minus zwölf«) – seinen Verbannungsort bestimmen. Er wählt Woronesch.

13. Juni: Stalins Telephonanruf bei Boris Pasternak, um ihn über Mandelstams Bedeutung auszuhorchen (»Er ist doch ein Meister, nicht wahr?«). Als Pasternak den Wunsch äußert, mit Stalin über »Leben und Tod« zu sprechen, hängt Stalin auf.

16. Juni: Fünftägige Reise von Tscherdyn nach Moskau.

Um den 25. Juni: Ankunft in Woronesch. Nadeschda erkrankt an Flecktyphus.

Mitte Oktober: Bezieht ein Zimmer an der Wtoraja Linejnaja 4 (heute: Uliza Schwejnikow 4b).

1935 *Februar:* Antwortet auf einer Versammlung der Woronescher Schriftsteller auf provokative Fragen über seine literarische Vergangenheit: »Ich sage mich weder von den Lebenden los noch von den Toten.« Und auf die Frage, was Akmeismus sei: »Sehnsucht nach Weltkultur.«

5. April: Konzert der Violonistin Galina Barinowa in Woronesch; schreibt sein Gedicht »Die Violonistin«. Beginn des ersten der »Woronescher Hefte«.

21. April: Umzug in ein Zimmer an der Straße des 25. Oktober Nr. 45, Eckhaus zum Revolutionsprospekt.

Mai–Juli: Arbeit an der Rundfunk-Skizze »Goethes Jugend« für das Woronescher Radio.
Juli: Abschluß der Gedichte des »Ersten Woronescher Heftes«.
22.–31. Juli: »Dienstreise« durch den Worobjowskij-Bezirk des Woronescher Gebietes, scheitert an einer Skizze über Sowchosen.
8.–20. August: Erneute »Dienstreise« in den Bezirk.
10. Oktober: Bekommt eine Arbeit als literarischer Berater des Woronescher Theaters (heute: Kolzow-Theater).
18. Dezember: Krankheit, kurzer Aufenthalt im Nervensanatorium in Tambow.

1936 *5. Januar:* Rückkehr nach Woronesch.
5.–11. Februar: Besuch Anna Achmatowas in Woronesch.
Ende Februar: Boris Pasternak und Anna Achmatowa gelangen an den Staatsanwalt Kantanjan mit der Bitte, Mandelstams Lage in der Verbannung zu mildern.
13. März: Umzug in ein Zimmer an der Friedrich-Engels-Straße 13, Eingang 5, 1. Stock, Wohnung 39.
29. März: Schreibt eine Einleitung zu Glucks Oper »Orpheus und Eurydike« für das Woronescher Radio.
13. April: Herzanfall.
16. Juni: Fahrt nach Sadonsk (90 Kilometer nördlich von Woronesch, am Steilufer des Don), wo die Mandelstams dank einer Geldsammlung durch Anna Achmatowa und Boris Pasternak für den Sommer ein Zimmer mieten können (Karl-Marx-Straße 8).
August: Im Rundfunk hören die Mandelstams vom ersten Moskauer Schauprozeß (»Prozeß der 16« gegen Sinowjew, Kamenew u.a.) – Beginn von Stalins »Säuberungs«-Terror.
Anfang September: Rückkehr nach Woronesch. Bekanntschaft mit Natascha Schtempel, die zur Rettung der »Woronescher Hefte« beitragen wird. Verliert alle Arbeitsmöglichkeiten – Moskau befiehlt mehr »Wachsamkeit« gegenüber »Klassenfeinden und Saboteuren«. Materielle Not.
Oktober/November: Umzug in die letzte Woronescher Behausung, ein Zimmer an der Straße des 27. Februar Nr. 50.
6. Dezember: Beginn der Arbeit am »Zweiten Woronescher Heft«.

1937 *Januar:* Letzter Rettungsversuch »mit der Schlinge um den Hals« – schreibt die »Stalin-Ode« (im Band Die Woronescher Hefte).
12. Februar: Abschluß der Gedichte des »Zweiten Woronescher Heftes«.
Februar/März: Nadeschda fährt nach Moskau. In Peredelkino zeigt sie Boris Pasternak das »Zweite Woronescher Heft«.
März: Arbeit an den »Versen vom Unbekannten Soldaten« und – bis Mai – am »Dritten Woronescher Heft«.
17. April: Brief an Kornej Tschukowskij (Nr. 191): »Ich bin ein Schatten. Mich gibt es nicht. Ich habe nur das Recht zu sterben. Mich und meine Frau treibt man in den Selbstmord.«
23. April: In der Woronescher Zeitung »Kommuna« erscheint ein diffamierender Artikel, in dem Mandelstam unter die »Trotzkisten und andere klassenfeindliche Elemente« eingereiht wird.
16. Mai: Ende der dreijährigen Verbannung. Rückkehr nach Moskau. Treffen mit Anna Achmatowa.
Zweite Hälfte Mai: Schreibt sein Gedicht »Charlie Chaplin«.
25. Mai: Herzanfall.
Anfang Juni: Wiederholte Kontakte zum Schauspieler Wladimir Jachontow und dessen Frau Jelikonida Popowa, einer gläubigen Stalinistin, der mehrere »epochengeprägte« Liebesgedichte gewidmet sind.
26. Juni: Den Mandelstams wird das Wohnrecht für Moskau abgesprochen, sie haben die Stadt innert 24 Stunden zu verlassen. Umzug ins Dorf Sawjolowo an der Wolga, gegenüber Kimry. Kurze, unerlaubte Fahrten nach Moskau, wo die Mandelstams beim Photographen Nappelbaum und bei Viktor Schklowskij unterkommen. Mandelstam leidet immer schwerer an seiner Herzkrankheit. Atemnot.
Mitte Juli: Besuch Natascha Schtempels (vgl. September 1936) in Sawjolowo.
Herbst: Fahrt nach Leningrad. Treffen mit Anna Achmatowa.
17. November: Umzug von Sawjolowo nach Kalinin, 3. Nikitinskaja Uliza 43.

1938 *2. März:* Bewilligung eines zweimonatigen Aufenthaltes in dem Erholungsheim Samaticha (eine Falle).

2.–13. März: Der dritte Moskauer Schauprozeß, »Prozeß der 21« (gegen Bucharin, Rykow u.a.), der mit der Erschießung der Angeklagten endet.
5. März: Letzte Fahrt nach Leningrad, letztes Treffen mit Anna Achmatowa.
7. März: Rückkehr nach Kalinin.
Um den 8. März: Fahrt nach Samaticha, 30 Kilometer von der Station Tscherusti an der Murom-Kasan-Eisenbahnlinie.
16. März: Denunziationsbrief Wladimir Stawskijs, des Generalsekretärs des Schriftstellerverbandes, an den NKWD-Chef Jeschow mit der Bitte, »das Problem Mandelstam zu lösen« (vgl. »Dokumente« Nr. 1).
2. Mai: Wird frühmorgens in Samaticha verhaftet und ins Moskauer Butyrki-Gefängnis verbracht.
17. Mai: Einziges protokolliertes Verhör.
2. August: Verurteilung durch ein Sondergericht des NKWD zu fünf Jahren Arbeitslager wegen konterrevolutionärer Tätigkeit, nach Artikel 58–10 (»Antisowjetische Agitation und Propaganda«).
7. (9.?) September: Der Gefangenenkonvoi verläßt das Moskauer Butyrki-Gefängnis Richtung Sibirien.
12. Oktober: Ankunft im Durchgangslager 3/10 »Wtoraja Retschka« bei Wladiwostok, Baracke 11 für »Konterrevolutionäre«.
2./3. November: Mutmaßliches Datum des einzigen Briefes aus dem Lager, an seinen Bruder Alexander (Nr. 214): »Meine Gesundheit ist sehr schwach. Bin äußerst erschöpft. Abgemagert, fast nicht wiederzuerkennen. Aber Kleider zu schicken, Essen und Geld – weiß nicht, ob es Sinn hat. Versucht es trotzdem. Ich friere sehr ohne Kleider.«
Anfang Dezember: Flecktyphus-Epidemie.
27. Dezember: Mandelstam stirbt im Lager bei einer Desinfektionsmaßnahme – die typhuskranken, von Läusen befallenen Gefangenen mußten in einem »Waschraum« vierzig Minuten bei Frostkälte nackt ausharren, während ihre Kleidung in einer »Hitzekammer«, aus der beißender Schwefelgeruch drang, desinfiziert wurde. Während dieser Prozedur brach Mandelstam tot zusammen (laut der Zeitung »Iswestija« vom 29. Mai 1992).

NACHWORT

HAST DU IN MELITOPOL EINE ZUCKERMELONE GEKAUFT?

Der Alltag, Jalta und die späte Gerechtigkeit: Ossip Mandelstams Briefe als Lebensdokumente

An den Lippen bleiben Eide
Haften, und es werden
Unters Pferdehuf sich eilen
Beide Augen – um zu sterben.
»Leimiger Eid – Geruch von Knospen«, 1937

Schuldlos ist der Tod – kein Biegen
Gibt es, davon heilt dich nichts,
Daß im Nachtigallenfieber
Heiß das Herz, noch heißer ist.
»Wenn die Uhr tickt: Grillenlieder«, 1918

I

Die Briefe Ossip Mandelstams (1891 bis 1938) sind von chaotischen Lebensumständen und widrigen politischen Verhältnissen geprägte Lebensdokumente eines großen Dichters. Charakteristisch ist die Nachlässigkeit der Lokalisierung und Datierung vieler Schreiben durch Mandelstam selber. Für eine spätere oder gar postume Publikation waren sie nicht gedacht. Den Kunstcharakter, die exquisite epistolarische Poesie, die fast jeden Brief seiner Dichterkollegin Marina Zwetajewa auszeichnet, weisen sie manchmal geradezu wütend von sich: Hier herrschen der Alltagskram, unkontrollierte, schroffe Bekenntnisse, Liebesschwüre und Abrechnungen, in der Hektik geboren.

Zahlreiche Briefe Mandelstams sind verlorengegangen oder vernichtet worden zu einer Zeit, als es gefährlich war, Dokumente des verfemten Dichters in der Schublade zu haben. Doch die erhaltenen Briefe beantworten Hunderte von Fragen, die der Mandelstam-Leser an dieses Leben und eines der bedeutendsten literarischen Werke des 20. Jahrhunderts stellen möchte. Was sich hier erahnen läßt, sind die Hintergründe von Mandelstams dichterischem Schaffen, die zuweilen quälenden, zermürbenden Umstände, denen die energische Leuchtkraft seiner poetischen Texte abgerungen werden mußte. Ein Phänomen für sich sind die Briefe an seine Frau Nadeschda Chasina-Mandelstam, diese als Liebesbriefe anrührenden, als Lebensdokumente unverzichtbaren Alltagsepisteln eines liebenden Dichters.

Das Textkorpus im vorliegenden Band umfaßt Briefe von 1907 bis 1938, beginnt mit einer Karte des nach Paris reisenden Studenten Mandelstam und endet mit dem letzten, auf einen Zettel gekritzelten Schreiben des Lagerhäftlings aus dem Transitlager bei Wladiwostok.

2

Ein junger Dichter auf der Suche nach seinem Weg, der in Westeuropa begann: Ossip Mandelstams Eltern schickten ihn im Herbst 1907 (er war erst sechzehnjährig) zum Studium nach Paris, denn in ihren Augen war er in seiner Heimatstadt Petersburg weit schlimmeren, nämlich revolutionären Gefährdungen ausgesetzt. Die Eltern waren höchst beunruhigt über seine Begeisterung für den Marxismus und die sozial-revolutionäre Partei – die mehr als eine Jugendsünde war, wie die Kapitel *Das Erfurter Programm* und *Familie Sinani* seiner autobiographischen Prosa *Das Rauschen der Zeit* von 1925 nahelegen*. Der sechzehn-

* Das Rauschen der Zeit, S. 69–87

jährige Mandelstam als Propagandist der Sozial-Revolutionäre, die nach der Oktoberrevolution von den Bolschewiken unerbittlich ausgeschaltet werden sollten: Noch in den geheimdienstlichen Ermittlungen gegen Mandelstam, die zu den beiden Verhaftungen von 1934 und 1938 führten, wird ihm diese jugendliche sozial-revolutionäre Vergangenheit angekreidet werden (vgl. die Dokumente Nr. 2 und Nr. 6 im vorliegenden Band).

In Paris aber fühlt sich Mandelstam 1907/1908 bereits als Dichter: *Eine Zeit der Erwartungen und des Gedichtfiebers* herrsche, schreibt er am 7. April 1908 an seine Mutter (Brief Nr. 3) und schildert auch den verbummelten Alltag des Pariser Studenten. Nun wird klar, daß der Satz in seinem Essay über den spätmittelalterlichen Dichter François Villon von 1910/1913 von Mandelstams eigener Erfahrung geprägt war: *Schon im 15. Jahrhundert war Paris jenes Meer, in dem man schwimmen konnte, ohne je Überdruß zu empfinden, und das restliche Weltall vergaß.**

Mandelstams Eltern hatten wohl das richtige Heilmittel gewählt. Die revolutionäre Versuchung scheint überwunden, und Mandelstam schildert eine Woche später, am 14. April 1908 (Nr. 4), seinem verehrten ehemaligen Literaturlehrer am Tenischew-Gymnasium, Wladimir Gippius, seine *Begeisterung für die Musik des Lebens,* die er bei den französischen Dichtern gefunden habe.** Und er fügt hinzu: *Ich lebe hier sehr einsam und beschäftige mich mit fast nichts anderem als mit Poesie und Musik.* Im selben Brief setzt er seinem Lehrer sein Ringen um eine persönliche religiöse Empfindung auseinander. Ein unerwartetes geistiges Porträt des Jugendlichen Mandelstam, ein Vertrauensbeweis gegenüber dem Lehrer, von dem er später, in der autobiographischen Prosa, schreiben wird: *Er hatte ein ani-*

* ÜBER DEN GESPRÄCHSPARTNER, Essays I, S. 26f.

** Zum Thema Mandelstam und Frankreich vgl.: Ralph Dutli, OSSIP MANDELSTAM – »Als riefe man mich bei meinem Namen«. Dialog mit Frankreich. Ein Essay über Dichtung und Kultur. Ammann Verlag, Zürich 1985 *malisches Verhältnis zur Literatur, die ihm als eine einzige Quelle tierischer Wärme galt.* (...) *Ich kam zu ihm, um das Tier der Literatur zu wecken. Um es brüllen zu hören, um zu sehen, wie es sich hin und her wälzt.**

3

Als er im Sommer 1908 mit seinen Eltern in der Schweiz weilt, kommt es zu jener überstürzten Flucht nach Italien, deren Kürze und Kopflosigkeit er später bereuen wird. *Ich fahre nach Italien!,* verkündet er triumphierend seinem Bruder Alexander (Brief Nr. 6) und schließt seine Botschaft mit einem weltmännischen *Addio!* Frankreich, die Schweiz, Italien, Deutschland: Wie sehr wird der spätere, europäisch gestimmte Dichter in der Zeit der dekretierten sowjetischen Abschottung von diesen frühen Westeuropa-Aufenthalten zehren! Und selbst wenn er nicht bis Venedig, Florenz und Rom kam, atmen viele seiner Gedichte westeuropäische Luft. Gibt es eine dichtere Vision der Serenissima als Mandelstams Gedicht *Venedigs Leben* vom Herbst 1920**, als Westeuropa längst hinter ihm lag?

In Petersburg hatte Mandelstam 1908 kaum Aussichten auf einen Studienplatz: Die vom Ministerrat beschlossene und vom Zaren bestätigte Dreiprozentquote für jüdische Studenten war ein abschreckendes Hindernis (das Mandelstam 1911 formell mit der Taufe zu überwinden suchen wird). 1909/1910 studiert er also in Heidelberg französische Literatur des Mittelalters und Kunstgeschichte. Eine wichtige Etappe auf seinem Weg zur Selbstfindung als Dichter. Aus Heidelberg schickt er dem Oberhaupt der Petersburger Symbolisten, Wjatscheslaw

* Das Rauschen der Zeit, S. 96f., 99
** Tristia, Gedichte 1916–1925, S. 85

Iwanow, bewundernde, doch auch bereits recht selbstbewußte Briefe, die immer von Gedichtsendungen begleitet waren. Es gibt keinerlei Hinweise darauf, daß Iwanow auch nur einen dieser Briefe des lyrischen Grünschnabels Mandelstam beantwortet hätte.

Die ersten Aufenthalte in Koktebel auf der Krim im Sommer 1915 und 1916 schaffen die Keime für jene zeit seines Lebens währende Sehnsucht nach dem Süden, nach der Krimlandschaft, dem Schwarzen Meer, nach dem Mittelmeerraum als der Wiege der europäischen Kultur.* Die ersten Krim-Gedichte entstanden damals**, und auf der Halbinsel wird Mandelstam einige seiner schönsten Gedichte schreiben. Der letzte Brief dieser Textgruppe (Nr. 24), aus Koktebel, ist der letzte Brief an seine Mutter, die nur wenige Tage später, am 26. Juli 1916, sterben wird. Die Söhne reisten sofort nach Petrograd und kamen nur noch rechtzeitig zum Begräbnis. Mandelstam schrieb darauf sein von der *schwarzen Sonne* des Schuldgefühls geprägtes Gedicht *Diese Nacht – nicht gutzumachen****, das ihm auch zum Blick auf seine jüdischen Ursprünge geriet. Die *schwarze Sonne* aber wird bald über dem revolutionären Petrograd brennen.

4

Was als Thema in diesen Briefen immer wieder aufscheint, ist der Kampf Mandelstams um seine Würde als Mensch, Dichter und Zeitgenosse, ein Kampf, der nach der Oktoberrevolution immer erbitterter und verzweifelter geführt wurde. Ob Mandelstam sich 1924 (Nr. 44) dagegen verwahrt, als »kleiner Gauner« tituliert zu werden,

* Zum Thema Mandelstam und Europa vgl.: Ralph Dutli, EUROPAS ZARTE HÄNDE. Essays über Ossip Mandelstam. Ammann Verlag, Zürich 1995

** DER STEIN, Gedichte 1908–1915, S. 169–173, 199

*** TRISTIA, Gedichte 1916–1925, S. 29

oder zehn Jahre später dem Direktor des Staatlichen Literaturmuseums, das sein literarisches Archiv für einen demütigenden Spottpreis kaufen wollte, eine Abfuhr erteilt (Nr. 154) – immer geht es um den fragilen Stoff einer Menschenwürde, die auch in Mandelstams Gedichten verteidigt wird.

Der Kampf mit offiziellen Stellen hatte längst begonnen. Im April 1922 bezieht Mandelstam ein Zimmer im Haus des Allrussischen Schriftstellerverbandes am Moskauer Twerskoj-Boulevard 25. Das »Herzen-Haus«, ab 1920 so genannt zu Ehren Alexander Herzens (1812–1870), des politischen Schriftstellers und Kritikers der zaristischen Autokratie, geistert durch die russische Literatur. Es ist das *unflätige Haus am Twerskoj-Boulevard,* wo das *Klirren der Silberlinge* zu hören ist, wo die *Judas*-Gestalten der angepaßten Schriftsteller ihre Würde verhökern, wie Mandelstam in seiner zornigen, anti-stalinistischen *Vierten Prosa* von 1929/1930 schreiben wird.* Es erscheint auch als *Gribojedow-Haus* in Michail Bulgakows berühmtem Roman *Der Meister und Margarita,* in dem er seinen Moskauer Teufelsspuk entfaltet.

Es war ein Haus, in dem zwar talentlose, aber der Macht nahestehende »Schriftsteller« sich als kleine Potentaten breitmachen durften und die wirklichen Künstler bedrängt wurden. Mandelstams Empörung über Schlampigkeit, Willkür und Gewalt im »Herzen-Haus« kommt im Brief vom 23. August 1923 (Nr. 37) zum Ausdruck – welch ein Einblick in die Schaffensbedingungen eines Dichters in frühen Sowjetzeiten! Der Brief begründet seinen Austritt aus dem Allrussischen Schriftstellerverband, eine Ankündigung des unwiderruflichen Bruches von 1930.

Keiner wird behaupten wollen, Mandelstam sei ein einfacher Zeitgenosse gewesen. Unbequem und in moralischen wie in künstlerischen Dingen kompromißlos war

* Das Rauschen der Zeit, S. 268

er zweifellos - wie sonst hätte er später, in einigen der finstersten Momente der Stalin-Epoche, seine Zeugenschaft aufrechterhalten können? Mandelstam war ein komplexer Zeitgenosse: 1924 hatte er in einem Gedicht festgehalten, er sei *nirgendwo und niemands Zeitgenosse**, und korrigierte sieben Jahre später im Gedicht *Mitternacht in Moskau* vom Mai 1931 selber sein Verdikt:

Zeit, daß ihr wißt: auch ich bin Zeitgenosse –
Ich bin ein Mensch aus Moskaus Konfektion
(...)
Versucht mal, reißt mich los von dieser Zeit –
*Ich geb die Hand, ihr werdet euch den Hals nur brechen!***

5

Ein Brief vom Frühjahr 1923 (Nr. 32) schildert eine Begegnung mit Nikolaj Bucharin (1888–1938), dem wohl einzigen höhergestellten Parteifunktionär, der in Mandelstam den großen Dichter zu erkennen vermochte, der er tatsächlich war. Ihm wird Mandelstam 1928 die Veröffentlichung seiner letzten Bücher und 1930 die Armenien-Reise verdanken. Mandelstam hatte diesen führenden Kopf der Oktoberrevolution und Theoretiker des Bolschewismus (der im März 1938 nach dem dritten Moskauer Schauprozeß erschossen werden sollte) aufgesucht, um sich für seinen abermals inhaftierten Bruder Jewgenij Mandelstam einzusetzen, der von den Bolschewiki im Zuge der Kampagne gegen Sozial-Revolutionäre und Sozial-Demokraten (Menschewiki) eingekerkert worden war. Der Brief ist eines der raren Zeugnisse einer Berührung mit der Macht - von da an wird Mandelstam

* Tristia, Gedichte 1916–1925, S. 169
** Mitternacht in Moskau, Gedichte 1930–1934, S. 79

meist nur noch in der Rolle des Paria auftreten, des unbotmäßigen, aber stolzen Außenseiters.

Das Politische und das Poetologische greifen zuweilen ineinander: Im Schreiben an Lew Gornung von Juli/August 1923 (Nr. 34) gibt Mandelstam eine der radikalsten Definitionen des Akmeismus, jener 1912 gegründeten Dichtergruppierung, zu der er sich bis zum Schluß bekennen wird. Der Akmeismus sei nur *das Gewissen der Poesie,* ein *Gericht über die Poesie*. Die Aussage liegt zwischen jener in seinem Essay *Über die Natur des Wortes* von 1922, wo er von *Auftriebskraft* und *moralischer Kraft* des Akmeismus spricht*, und seiner allerletzten Definition, als er im Februar 1935 in der Woronescher Verbannung von einer Schriftstellerversammlung provokativ gefragt wurde, was denn Akmeismus sei, und antwortete: *Sehnsucht nach Weltkultur.*

Wer die durch den Parteierlaß vom 23. April 1932 gleichgeschaltete und abgeschottete Sowjetliteratur der dreißiger Jahre kennt, ermißt die Tragweite dieses Satzes und ahnt das Ausmaß von Mandelstams Einsamkeit in jener Epoche. Joseph Brodsky sieht in seinem Essay über Mandelstam, *Kind der Zivilisation* (1977), Mandelstams »Sündenfall« nicht sosehr in seinem vernichtenden Epigramm auf Stalin von November 1933, sondern in seiner *geistigen Autonomie* und in seiner *ungeheuren lyrischen Intensität,* die ihn zu einer *Waise seiner Epoche* gemacht haben, *heimatlos im Allunionsmaßstab.***

6

Als sei es ein schönes Paradox, gibt es inmitten dieses Briefwerks neben Zeugnissen der Verfolgung und des Widerstandes auch das Zeugnis einer großen Liebe. Die

* Über den Gesprächspartner, Essays I, S. 129
** Im Luftgrab, S. 120, 124f.

Briefe an Nadeschda Mandelstam (1899 bis 1980) stellen ein besonderes Konvolut dar, das dank der Moskauer Ausgabe von 1997* hier erstmals vollständig, ungekürzt und mit präzisierten Daten dem deutschen Leser vorgestellt werden kann. Die russischsprachige amerikanische Ausgabe von 1969 hatte eine gewisse Scheu gezeigt, alle Zärtlichkeiten und Kosenamen, den intimen Schabernack zwischen den Ehegatten wiederzugeben; die Moskauer Ausgabe stellt diese Briefe in ihrer ursprünglichen, unverfälschten Gestalt wieder her – ein unzweifelhafter Fortschritt in der Dokumentierung von Mandelstams Alltagsschreiben.

Anna Achmatowa hält in ihren *Blättern aus dem Tagebuch* fest: *Ossip liebte Nadja unglaublich, unvorstellbar.* (...) *So etwas ist mir in meinem ganzen Leben nicht wieder begegnet. Mandelstams Briefe an seine Frau bestätigen meinen Eindruck vollkommen.* Ließ sich aus Nadeschda Mandelstams Memoiren »Das Jahrhundert der Wölfe« (1971) eine besondere Beziehung zwischen den Partnern ahnen, so ist diese ungewöhnliche Liebe in den Briefen Mandelstams in ihren zärtlichen Alltagsgesten nachlesbar.

Kennengelernt hatten sie sich in Kiew, der Geburtsstadt Nadeschda Chasinas, in der Künstlerkneipe »Chlam«, mitten im Bürgerkrieg, am 1. Mai 1919, als die Stadt ein Ort der Machtwechsel war zwischen »Weißen« und »Roten«. Nadeschda studierte Malerei bei Alexandra Exter, Mandelstam versuchte vor dem Hunger in Moskau in den Süden zu entkommen. Die Epoche schien nicht für längere Bindungen geeignet, Pogrome, Erschießungen, Terror waren an der Tagesordnung. Mandelstam kehrte nach Moskau zurück und schien die Kiewer Begegnung aus den Augen zu verlieren. Da eröffnet der Brief vom 5. Dezember 1919 (Nr. 25) aus Feodossija ein Liebesgespräch, das knapp zwei Jahrzehnte währen und

* Vgl. dazu den Anfang der Notizen

beharrliche Konstanten zeigen wird: So heißt es schon in diesem ersten Brief von 1919: *Mit Dir werde ich vor nichts Angst haben,* und einer der letzten Briefe aus Woronesch vom 2. Mai 1937 (Nr. 201) scheint ein Echo darauf bereitzuhalten: *Mit Dir habe ich vor nichts Angst.*

Der hochgemut bekräftigten Angstfreiheit widerspricht jenes tragische Geburtstagsgedicht für Nadeschda vom 30. Oktober 1930: *Die Angst ist bei uns, mit im Bund, / Gefährtin du – mit breitem Mund!** Die Angst ist eine treue Begleiterin der Dichtung Mandelstams, im November 1920 heißt es (im Gedicht *Nimm dir zur Freude*): *Nicht zu bezwingen ist im Lebenswald die Angst,* in der *Griffel-Ode* von 1923 ganz explizit: *Hier schreibt die Angst***, und in der Albtraum-Prosa *Die ägyptische Briefmarke* von 1928: *Die Angst nimmt mich bei der Hand und führt mich. Ein weißer zwirnener Handschuh. Ein Handschuh ohne Finger. Ich liebe, ich verehre die Angst. Beinah hätte ich gesagt: Wenn sie bei mir ist, habe ich keine Angst!****

7

Wenn Mandelstam mit Nadeschda spricht, scheint die Angst für eine Weile gebannt. Im März 1922 heirateten die beiden, in Kiew, wo sie sich kennengelernt hatten, in Nadeschdas Stadt. Nach den ersten Briefen von 1919 und 1921 gibt es ein geschlossenes Briefkonvolut von rund fünfzig Briefen aus den Jahren 1925/1926, als sich Nadeschda wegen Tuberkulose in Jalta am Schwarzen Meer aufhalten mußte. Ihre fragile Gesundheit wird für Mandelstam eine beständige, quälende Sorge bleiben.

Die besondere Zärtlichkeit in diesen Liebesbriefen zeigt sich bereits in den zahlreichen Diminutiven und Abwandlungen des Namens Nadeschda (der auch das

* Mitternacht in Moskau, Gedichte 1930–1934, S. 7
** Tristia, Gedichte 1916–1925, S. 91, S. 155
*** Das Rauschen der Zeit, S. 240

russische Wort für »Hoffnung« ist): Nadja, Nadka, Nadinka, Nadenka, Nadjuschka, Naditschka, Nanuscha, Nanotschka, Njakuschka. Besonders häufig sind auch die grammatisch eindeutigen Vermännlichungen des weiblichen Namens: Nadik, Nadjuschok, Nadjonysch. Diese ruppig-zärtlichen Nuancen kennt nur das Russische.

Überhaupt ist der Wechsel des Geschlechts ein Grundmotiv in diesem Liebesgespräch. So wird sich Ossip Mandelstam sehr oft den weiblichen Spitznamen *Njanja* (Kindermädchen) geben und diesen als Unterschrift unter viele Briefe setzen, zuweilen aber auch von diesem typisch weiblichen Wort ins verballhornte Männliche zurückhüpfen: *Dein Njan*. Die zärtlichen Kosenamen für Nadeschda sind Legion: Tierchen, Vögelchen, Spätzchen, Schwälbchen, Täubchen, Schäfchen, aber auch *kleine Sonne* (oder »Sönnchen«), *liebes kleines Krummchen*, *Krummbeinchen*, *mein Stotterchen*. Die Charakteristika ihres Gesichts kommen immer wieder ins Spiel, ihr breiter Mund, ihre gewölbte Kinderstirn, aber auch andere Körperteile: *Härchen*, *Pfötchen*, *Äugelchen*, *Schulterchen*, *Beinchen*. Der Diminutiv prägt diese Alltagsversion des Hoheliedes: *Ich küsse Deine Granatäpfelchen* (Nr. 77). Die Scheu der deutschen Sprache vor Diminutiven mußte – und wollte – der Übersetzer an vielen Stellen überwinden, ja sogar brüskieren: Das Russische mit seinem Hang zu Verkleinerungen soll hier ganz bewußt das in dieser Hinsicht sprödere Deutsch »befremden«.

Alle Familienrollen – die beiden hatten keine Kinder – spielen sie aneinander durch. Sie ist sein Kind, sein Kindchen, sein Töchterchen, sein Schwesterchen, einmal aber auch sein *Söhnchen* (Nr. 86). Er ist ihr *Freund, Bruder, Mann,* aber eben auch ihre *Njanja,* ihr Kindermädchen. Nadeschda Mandelstam gibt im zweiten Band ihrer Memoiren diesem Kosenamen *Töchterchen* auch einen kulturellen Hintergrund: *Wahrscheinlich hatte unser Bund in ihm das klare Bewußtsein seiner Zugehörigkeit zum Judentum geweckt, das Gefühl einer Verbindung zu seinem Ursprung: Ich war die einzige Jüdin in seinem Leben. Denn die Juden empfand er als eine einzige Familie* (...). *Die Tochter, die einen Juden liebte, hatte sich von sich selbst loszusagen und in ihm aufzugehen.* (...) *Eines Nachts, als er über mich nachdachte, sah er plötzlich, daß ich zu ihm gehen müsse wie die Töchter zu Lot* (vgl. auch die Notiz zu Brief Nr. 25). Diese Deutung wird bestätigt durch den Brief Nr. 66, wo Mandelstam zu Schilejko sagt, er liebe seine Frau und die Juden.

Nadeschda war für ihn schlicht: *Mein Leben: versteh doch, daß Du mein Leben bist!* (Nr. 51). In Nr. 64 postuliert er eine Identität der Liebenden *(Daß ich durch und durch Du und um Dich herum bin),* in Nr. 78 – eine gemeinsame Atemluft. Immer wieder beschwört er den Schutz, den diese Liebe beiden gewähren soll: *Die Liebe behütet uns, Nadja. Wir brauchen vor nichts Angst zu haben* (Nr. 61). Und das Lebensfazit: *Um so zu lieben, lohnt sich das Leben, Nadik-Nadik!* (Nr. 75).

Mandelstam suchte sie zu trösten. Er selber litt unter der für ihre Gesundheit notwendigen Trennung, die uns jetzt diese wunderbaren Liebesbriefe beschert – denn ohne Trennung gibt es keinen Brief. Als er sich in Leningrad mit Übersetzungen und anderen Brotarbeiten abkämpfte, um ihren Aufenthalt auf der Krim materiell sicherzustellen, waren diese Liebesbriefe seine Atempausen.

In ihnen finden sich auch die Details jener kärglichen Habseligkeiten, die die Mandelstams durch die Jahre begleiteten, etwa in Nr. 59: *Ich habe mir Dein rohseidenes Halstüchlein umgebunden und trage es wie einen Hemdkragen. Unser Plaid – das bist auch Du* ... Die Bedeutung dieses abgenutzten Plaids erschließt sich erst, wenn man eine Stelle des Gedichtes *Mitternacht in Moskau* vom Mai 1931 mitbedenkt:

Wir werden sterben, wie das Fußvolk stirbt,
Doch nicht ein Lobeswort für Raub und Unfreiheit und Lüge!
Und das Spinnengewebe des Schottenplaids, das uns noch bleibt –
*Nimm es als Flagge und decke mich zu, wenn ich sterbe.**

Dem 1938 im fernöstlichen Massengrab verscharrten Mandelstam wird weder dieses alte Plaid noch diese letzte Liebesgeste bleiben. Aber vielleicht waren es Nadeschda Mandelstams Memoiren *Das Jahrhundert der Wölfe* (1971) und *Generation ohne Tränen* (1975), die das Schottenplaid ersetzten und Mandelstams Andenken sicherten.

Der Ton der Liebesbriefe aber ist meist fröhlich. Daß finanzielle Nöte und Krisen ohnehin den Generalbaß zahlreicher Briefe bilden, ist das eine (Nr. 54: *Wir durchleben im Moment den völligen finanziellen und vielleicht auch existentiellen Ruin*). Es zeigt sich in ihnen aber auch immer wieder eine unbändige Lebensfreude, Zeichen dafür, daß Mandelstam ein lebensfroher, dem Leben und seinen kleinen Genüssen zugewandter Dichter war** und Nadeschda immer auch zu dieser Lebensphilosophie aufforderte: *Hast Du in Melitopol eine Zuckermelone gekauft? Mein Kindchen, freu Dich am Leben, wir sind glücklich, freu Dich wie ich auf unser Wiedersehen* (Nr. 47). Die Frage nach Melitopol und Zuckermelone ist eine Maske für die Grundfrage: Lebst du? Hast du gelebt?

8

Noch vor dem großen Bruch mit der offiziellen Literatur und ihren Funktionären setzen die Treueschwüre gegenüber seinen Freunden ein. Am 25. August 1928 schreibt Mandelstam an Anna Achmatowa (Nr. 108). Das Datum

* MITTERNACHT IN MOSKAU, Gedichte 1930–1934, S. 79
** Siehe dazu: Ralph Dutli, EIN FEST MIT MANDELSTAM. Über Kaviar, Brot und Poesie. Ein Essay zum 100. Geburtstag. Ammann Verlag 1991

ist auffällig: Es ist der siebente Todestag Nikolaj Gumiljows, des Freundes, Dichterkollegen und ersten Ehemannes der Achmatowa, der 1921 als angeblicher »Konterrevolutionär« in Petrograd erschossen worden war. Und Mandelstam bekennt: *Das Gespräch mit Kolja ist nie abgerissen und wird auch nie abreißen.* Das Bekenntnis wird er beharrlich und auch öffentlich wiederholen. Als Mandelstam am 2. März 1933 bei einer Lesung in Leningrad provokativ gefragt wurde, ob er noch immer der Akmeist Mandelstam sei, antwortete er: *Ich bin derselbe Mandelstam, der Freund seiner Freunde, Mitstreiter seiner Mitstreiter und Zeitgenosse der Achmatowa war, ist und bleiben wird.* Und im Februar 1935 in der Woronescher Verbannung auf ähnlich provokative Fragen einer Schriftstellerversammlung zu seiner literarischen Vergangenheit: *Ich sage mich weder von den Lebenden los noch von den Toten.*

Der Treue gegenüber den lebenden (Achmatowa) und toten Freunden (Gumiljow) steht sein radikaler Bruch mit der Sowjetliteratur gegenüber. Die Jahre 1928 bis 1930 werden verdüstert durch die »Eulenspiegel-Affäre«. Die Vorgeschichte: 1927 übernahm Mandelstam vom Verlag »Land und Fabrik« den Auftrag, zwei bereits bestehende russische Übersetzungen von Charles de Costers *Eulenspiegel*-Roman zu bearbeiten; als das Buch im September 1928 erschien, stand nur Mandelstam als Übersetzer auf dem Titelblatt. Obwohl ihn keine Schuld traf, schrieb Mandelstam an den nichtsahnenden Übersetzer Gornfeld und bot ihm als Genugtuung sein gesamtes Bearbeiterhonorar an – was Gornfeld nicht hinderte, Mandelstam in der Leningrader »Roten Abendzeitung« vom 28. November 1928 des geistigen Diebstahls zu beschuldigen.

Mandelstam antwortet auf den Plagiatsvorwurf in der »Moskauer Abendzeitung« vom 12. Dezember 1928 (Brief Nr. 109). In den folgenden Monaten wird er seine Reformen fordernde Polemik gegen die Pfuschpraktiken der sowjetischen Verlage bei der Übersetzung und Vermittlung ausländischer Literatur formulieren und unter dem Titel *Pfusch vom Fließband** in der Zeitung »Iswestija« vom 7. April 1929 öffentlich machen. Mandelstam war zum unbequemen Ankläger und Störenfried geworden. Ein Handlanger für den Auftrag, ihn zum Schweigen zu bringen, war schnell gefunden: Ein gewisser Saslawskij veröffentlichte in der »Literaturnaja Gaseta« vom 7. Mai 1929 ein gegen Mandelstam gerichtetes rufmörderisches Feuilleton mit dem Titel »Ein simples Plagiat und dreister Pfusch«, in dem er Gornfelds Plagiatsvorwurf vom 28. November 1928 aufgriff und Mandelstams Polemik gegen die Mißbräuche im sowjetischen Verlags- und Übersetzungswesen gegen Mandelstam selber wendete. Für offizielle Stellen war die Gelegenheit gekommen, den unbotmäßigen Dichter Mandelstam mundtot zu machen. Die Hetzkampagne war eröffnet.

9

Eine ganze Gruppe von 1928 bis 1930 entstandenen Briefen zeigen Mandelstam in einem zermürbenden und aussichtslosen Kampf, um die Anschuldigungen, ein Plagiator und Pfuscher zu sein, von sich zu weisen und seine Verleumder gerichtlich zu belangen. Den Prozeß aber hätte Kafka sich ausdenken können: Der Richter war interessierte Partei und Ankläger in einem. Vorsitzender der »Konfliktkommission«, die die Affäre Mandelstam/Saslawskij untersuchen sollte, war Kanatschikow, in Personalunion Redakteur der »Literaturnaja Gaseta« (und Auftraggeber Saslawskijs) und Sekretär der FOSP, der »Föderation Sowjetischer Schriftstellervereinigungen«, der offiziellen Schriftstellerorganisation, die dem durch Par-

* Gespräch über Dante, Essays II, S. 71–79

teierlaß vom 23. April 1932 gebildeten und gleichgeschalteten Sowjetischen Schriftstellerverband voraufging.

Mandelstam holt schließlich nach seinen vergeblichen Versuchen, Gerechtigkeit zu erreichen und die Hetzkampagne zu stoppen (Nr. 122: *Sie haben mich gehetzt wie ein Tier*), zur großen Abrechnung aus und schreibt im Dezember 1929/Januar 1930 seinen *Offenen Brief an die sowjetischen Schriftsteller* (Nr. 127). Es ist ein bitterer Befreiungsschlag und ein flammendes Manifest für die Würde eines Schriftstellers. Mandelstam sagt sich los von einer *Schriftstellergemeinschaft, die die Verkehrung ihrer Organe in einen Folterkeller zuläßt, wo man straflos die Arbeit und die Ehre eines Schriftstellers schändet*. Der Bruch wird nach schlimmen Monaten endlich explizit: *Ich verlasse die Föderation Sowjetischer Schriftsteller, ich verbiete mir von nun an, Schriftsteller zu sein*.

Den sowjetischen Schriftstellern hält er vor, sie hätten in die Geschichte der Sowjetliteratur *ein Kapitel gesetzt, das Leichengeruch verbreitet.* Doch auch Mandelstam schreibt ein neues Kapitel: seine polemische, anti-stalinistische *Vierte Prosa* (1929/1930), die diverse Motive jenes *Offenen Briefes* aufgreift. Gornfeld hatte in seinem Plagiatsvorwurf das an Gogol gemahnende Motiv des gestohlenen Mantels verwendet, Mandelstam wandelte es sofort ab zu dem für sein eigenes Werk bedeutsamen Motiv des Pelzes.* Jetzt aber, in der *Vierten Prosa,* nachdem er sich noch als *Kürschner kostbarer Pelze* bezeichnet hat, setzt Mandelstam seinem Leitmotiv des Pelzes ein Ende: *Ich reiße selber den Pelz der Literatur von meinen Schultern und zertrete ihn mit meinen Füßen*.**

Daß in solchen radikalen Exerzitien den Gedichten der Weg geebnet wird, ist nicht ihr geringstes Verdienst. Der *Wolf*-Zyklus von 1931 ist kaum denkbar ohne die »Tabula

* Dazu das Nachwort in: Das Rauschen der Zeit, S. 332–334

** Das Rauschen der Zeit, S. 267

rasa« jenes *Offenen Briefes* und der *Vierten Prosa,* vor allem das Gedicht *Für den pochenden Mut einer künftigen Zeit* (17.–28. März 1931) mit den Versen:

> *Und das Wolfshund-Jahrhundert, es springt auf mich los,*
> *Doch ich bin nicht von wölfischem Blut ...*
> (...)
> *Hin zum Fluß Jenissej führ mich weg, in die Nacht,*
> *Wo die Kiefer zum Stern reicht so stumm –*
> *Denn ich bin nicht von wölfischem Blut, und das macht:*
> *Wer mir gleichkommt, nur der bringt mich um.**

10

Die zermürbenden Verhöre und das groteske Wirken von »Konfliktkommissionen« gingen 1930 noch weiter. Am 24. Februar 1930 spricht Mandelstam von seiner persönlichen *Dreyfus*-Affäre (Nr. 130), am 13. März schreibt er an Nadeschda (Nr. 131): *Sie haben mich irregemacht, halten mich wie im Gefängnis, Licht gibt es nicht. Immerzu möchte ich diese Lüge abschütteln – und kann nicht, möchte den Schmutz abwaschen – und es geht nicht. Soll ich Dir sagen, was für ein Wahnsinn, was für ein abstruser trüber Traum alles, alles, alles ist.*

Und doch enthält derselbe Brief ein weiteres Zeugnis der Befreiung, ein Bekenntnis zum Wert des Bruches: *Ich bin allein.* Ich bin arm /deutsch im Text/. *Nichts ist wiedergutzumachen. Der Bruch ist – Reichtum. Ich muß ihn bewahren. Darf ihn nicht vergeuden.*

Bei aller Beschwörung des zu bewahrenden Reichtums – die neue Freiheit nach dem Bruch forderte einen hohen Preis. Im Januar 1931, nach der Rückkehr aus Armenien, versuchte Mandelstam mit seiner kranken Frau

* Mitternacht in Moskau, Gedichte 1930–1934, S. 57

in Leningrad eine Unterkunft zu finden, doch die Schriftsteller-Wohnkommission unter Nikolaj Tichonow widersetzte sich seiner Niederlassung in dieser Stadt. Nach dem Umzug ins *buddhahafte Moskau* (wie er es 1931 in einem Gedicht nennt*) führte Mandelstam zu Beginn der dreißiger Jahre fortan das Leben eines Obdachlosen und Nomaden, der bei wenigen Freunden und Verwandten für kurze Zeit Unterschlupf finden mußte. Ein schlichtes und beredtes Zeugnis des Nomadenlebens in dieser Zeit ist das Gedicht vom Januar 1931:

In der Küche setzen wir uns hin –
Süß riecht hier das weiße Kerosin.

Scharfes Messer, ein Laib Brot …
Mach daß der Primuskocher loht!

Sonst such Stricke in der Nacht,
Unsern Korb dann zugemacht –

Fort zum Bahnhof das Gespann,
*Wo uns keiner finden kann …***

Zwar schrieb er 1930 an einen unbekannten Adressaten von einer gewissen Gewöhnung an die ungesicherte Situation: *An meine Unversorgtheit und fast schon Obdachlosigkeit hat man sich in der Literatur längst gewöhnt, und ich selber wundere mich nicht mehr darüber* (Nr. 128). Die Aussage wirkt wie ein Echo auf Mandelstams Antwort auf eine Zeitungsumfrage zum Thema »Der Sowjetschriftsteller und die Oktoberrevolution« von 1928: *Die Oktoberrevolution* mußte *meine Arbeit beeinflussen, da sie mir die »Biographie« wegnahm, das Gefühl einer persönlichen Bedeutsamkeit. Ich bin ihr*

* MITTERNACHT IN MOSKAU, Gedichte 1930–1934, S. 85
** MITTERNACHT IN MOSKAU, Gedichte 1930–1934, S. 49

*dankbar dafür, daß sie ein für allemal Schluß gemacht hat mit dem geistigen Versorgtsein und einem Leben auf Kulturrente ...**

Dem Abbruch jeder Versorgtheit geht Mandelstam mit furchtbarer Radikalität entgegen. Seine Lebensbedingungen verschlechterten sich zusehends, seine Fremdheit in dieser Epoche nahm nur noch zu: *Aber eins weiß ich: ich bin kein Arbeiter. Ich verwildere mit jedem Tag mehr. Ich habe Angst vor meiner Zeitung. Das sind keine Menschen, sondern schreckliche Fische* (Nr. 131).

Und noch immer im gleichen Schreiben vom 13. März 1930 an die zum Begräbnis ihres Vaters nach Kiew gereiste Nadeschda klammert er sich an die Liebe zu ihr: *Wie Du in unserm Zimmer umhergehst, Liebster, alles Vertraute und Ewige ist bei Dir. Man muß sich an diesem Lieben, am Unsterblichen festhalten, festhalten bis zum letzten Atemzug. Es niemandem abtreten, um nichts auf der Welt.*

11

Zur Unbehaustheit kamen gesundheitliche Probleme. Mandelstam hatte im Frühjahr 1925 einen ersten Herzanfall erlitten (vgl. Nr. 52) und wurde seither immer häufiger von Beschwerden und Atemnot heimgesucht. Seine Herzprobleme sind 1930/1931 selbst in den Gedichten der *Moskauer Hefte* spürbar (vgl. Notiz zu Nr. 133).

Im Bewußtsein des Älterwerdens kommt es in diesen Jahren zu einer Annäherung an seinen Vater, dessen jüdische Welt er in der autobiographischen Prosa *Das Rauschen der Zeit* von 1925 als ihm fremd und bedrohlich geschildert hatte. Nun versucht er beharrlich, ihn zu verstehen, und akzeptiert sogar dessen Vorhaltungen bezüglich seines Außenseitertums. Im Brief von Mitte Mai 1931 (Nr. 137): *Du bist jünger als wir: schreibst Verse über den Fünf-*

* Das Rauschen der Zeit, S. 245

jahrplan, und ich kann das nicht. Es ist für mich eine große Freude, daß wenigstens für meinen Vater Wörter wie Kollektivismus, Revolution u.a. nicht bloß leerer Schall sind. Und im selben Brief: *Ein Gestern gibt es nicht mehr, es gibt nur das Uralte und die Zukunft.* Wo aber bleibt die Gegenwart? Daß gerade sie im Stalinismus unterschlagen wird zugunsten des Versprechens einer »lichten Zukunft«, ist Mandelstams verhaltener Vorwurf.

Mandelstams Isolierung verstärkte sich immer mehr. Nach der Publikation seiner Prosa *Die Reise nach Armenien*, 1933 in der Leningrader Zeitschrift »Swesda« (Nr. 5), kam es zu heftigen Angriffen gegen Mandelstam in der »Literaturnaja Gaseta« vom 17. Juni 1933 und in der »Prawda« vom 30. August 1933, die eine Publikation in Buchform politisch verunmöglichten. Mandelstam wurde aufgefordert, ein öffentliches Reuebekenntnis abzulegen und sich von der angegriffenen Prosa zu distanzieren, was er strikt ablehnte. So wurde *Die Reise nach Armenien** zu Mandelstams letzter Publikation zu Lebzeiten.

Aber die Obdachlosigkeit schien ein Ende zu finden, als Mandelstam im November 1933 in der Schriftstellerkooperative am Nastschokinskij Pereulok Nr. 5 nach langem bürokratischen Hin und Her eine Wohnung zugewiesen bekam. Deren Bezug stand unter keinem guten Stern. Mandelstam befürchtete, man würde für diese »Gnade« Konzessionen von ihm erwarten, und beschimpfte die neue Bleibe aufs heftigste in dem Gedicht *Die Wohnung: papierene Stille:*

Wie dünn die verfluchten, die Wände,
Kein Ausweg mehr, nirgendwohin –
Und spielen muß ich ohne Hände
Für wen ich ein Kasper nur bin …
(…)

* ARMENIEN, ARMENIEN! Prosa, Notizbuch, Gedichte 1930–1933, S. 7–57

Nur irgendein biederer Wischer,
Ein Hechler von Kolchosen-Flachs,
Ein Tinten- und Blutspurvermischer
*Wär würdig des mißratnen Dachs.**

Zeitgleich mit diesem Gedicht schreibt er im November 1933 sein fatales Epigramm auf Stalin, das er mit dem Leben bezahlen wird:

Und wir leben, doch die Füße, sie spüren keinen Grund,
Auf zehn Schritt nicht mehr hörbar, was er spricht, unser Mund,

Doch wenn's reicht für ein Wörtchen, ein kleines –
Jenen Bergmenschen im Kreml, ihn meint es.

Nur zu hören vom Bergmenschen im Kreml, dem Knechter,
*Vom Verderber der Seelen und Bauernabschlächter ...***

Nur wenige Monate blieben ihm bis zu seiner ersten Verhaftung. Als er Anfang Mai 1934 in der Sargidschan-Affäre (dazu Notiz zu Brief Nr. 143) auch noch den offiziellen Sowjetschriftsteller Alexej Tolstoj öffentlich ohrfeigte, waren seine freien Tage gezählt.

In der Nacht vom 13./14. Mai 1934 (nach neuaufgetauchten NKWD-Dokumenten: 16./17. Mai) wurde die Wohnung am Nastschokinskij Pereulok von NKWD-Agenten durchsucht. Manuskripte wurden konfisziert, und Mandelstam wurde verhaftet. Sein Epigramm auf Stalin nannte der Untersuchungsrichter »ein beispielloses konterrevolutionäres Dokument«. Im Mai/Juni überstürzen sich die Ereignisse (dazu die »Chronologie zu Leben und Werk«): die Verurteilung zu drei Jahren Verbannung, die unter Bewachung erfolgende Fahrt ins nördliche

* Mitternacht in Moskau, Gedichte 1930–1934, S. 159–161
** Mitternacht in Moskau, Gedichte 1930–1934, S. 165

Tscherdyn (Ural), der Selbstmordversuch (ein Sprung aus dem Fenster des Krankenhauses), Nadeschdas Telegramm ans ZK, Stalins berüchtigter Telephonanruf bei Pasternak, Bucharins Brief an Stalin (»Die Dichter haben immer recht. Die Geschichte steht auf ihrer Seite«) und schließlich die Abänderung des Verbannungsortes gemäß der Direktive: »Isolieren, aber erhalten.« Um den 25. Juni 1934 treffen die Mandelstams am neuen Verbannungsort Woronesch ein.

12

Es begann, was Mandelstam im Brief an Boris Pasternak vom 28. April 1936 (Nr. 173) sein *zweites Leben* nannte, was Nadeschda Mandelstam in ihren Memoiren das *Woronescher Wunder* nannte. Mandelstam selber wurde ob der »Gnade«, für sein vernichtendes Epigramm auf Stalin nicht sofort erschossen worden zu sein, auch von Schuldgefühlen und Zweifeln heimgesucht. Seine wirkliche Antwort auf das »Wunder« aber waren seine letzten Gedichte, die *Woronescher Hefte*.

Die rund sechzig Briefe aus der Woronescher Verbannung sind ein unschätzbares Dokument – nicht nur, weil sie die Lebensbedingungen des Verbannten erhellen, sondern auch, weil sie die Entstehung eines der bedeutendsten Gedichtbücher der russischen Lyrik des 20. Jahrhunderts begleiteten. Das Verbannungsurteil betraf nicht Nadeschda Mandelstam, die mehrfach nach Moskau reiste, um die ab April 1935 entstehenden Gedichte der *Woronescher Hefte* den Zeitungen und Zeitschriften anzubieten. Ohne jeden Erfolg – niemand wagte es noch, die Gedichte des Verbannten abzudrukken. Die *Woronescher Hefte* blieben Botschaften für die Nachwelt. In einem Gedicht vom 8. Februar 1937 heißt es:

*Das Lied, das selbstlos ist, ist selbst sein Lob, und strahlt –
Den Feinden: Teer, den Freunden: Trost, Erkennungsmal.**

Daß sich Mandelstam in der Verbannung mehr Kompromißbereitschaft angewöhnt hätte, läßt sich nicht behaupten. Ende Mai 1935 an Nadeschda (Nr. 160): *Ich habe gesagt: nicht einen Buchstaben werde ich mehr ändern. Alles oder nichts.* (...) *Für Moskau ist die Bedingung: alles oder nichts.*

Der Anfang der Woronescher Zeit war von relativer Milde, Mandelstams Brief an seinen Vater von Mitte Juli 1935 (Nr. 161) klingt wie selten hoffnungsfroh: *Zum ersten Mal seit vielen Jahren fühle ich mich nicht als Abtrünniger.* Das Thema des *Abtrünnigen*, des *verkannten Bruders* in der *Familie des Volkes*** hatte die Moskauer Gedichte 1930 bis 1934 geprägt. Nun aber fand Mandelstam kleinere Arbeitsmöglichkeiten beim Woronescher Rundfunk (wo er eine Sendung über *Goethes Jugend**** und über Glucks Oper *Orpheus und Eurydike* schrieb) und als literarischer Berater beim Theater der Stadt.

Doch die Zeit der Milde war nicht von Dauer. *Ab Herbst 36 nahm meine Lage in Woronesch jäh die schlimmste Wendung,* schreibt Mandelstam in der Rückschau Anfang 1937 (Nr. 185). Das hatte ganz konkrete Gründe: Im August 1936 fand der erste Moskauer Schauprozeß gegen die angeblichen »Kirow-Mörder« statt, gegen Sinowjew, Kamenew usw. (»Prozeß der 16«). Es war das Eröffnungssignal für Stalins »Säuberungs«-Terror von 1936 bis 1938 mit seinen Millionen Inhaftierungen, Deportationen und Hinrichtungen. In der Folge des ersten Prozesses forderte Moskau mehr »Wachsamkeit« gegenüber »Klassenfeinden, Spionen und Saboteuren«, worauf Mandelstam jede

* Die Woronescher Hefte, Gedichte 1935–1937, S. 135
** Mitternacht in Moskau, Gedichte 1930–1934, S. 73
*** Gespräch über Dante, Essays II, S. 197–222

Arbeits- und Erwerbsmöglichkeit in Woronesch verlor. Zur materiellen Not kamen die Herzkrankheit, die Atemnot – und die namenlose Angst.

13

In der Woronescher Zeitung »Kommuna« vom 23. April 1937 wurde Mandelstam in einem Hetzartikel unter die »Trotzkisten und andere klassenfeindliche Elemente« eingereiht – eine lebensgefährliche Anschuldigung. Schon vor diesem Zeitpunkt aber waren Mandelstams Briefe Notrufe geworden. Anfang April 1936 an Nadeschdas Bruder Jewgenij Chasin (Nr. 172): *Wir sind völlig allein.* (...) *Immerzu Angst und Unruhe und eine schreckliche Ausweglosigkeit.* Dazu kam, daß Mandelstam die Abwesenheit Nadeschdas während ihrer fruchtlosen Bittgänge in Moskau immer schwerer ertrug, jene mit Atemnot verbundene *Krankheit, ohne Dich zu sein* (Nr. 193), deren Symptome er Anfang April 1937 im Brief an Wera Chasina, Nadeschdas Mutter, beschreibt (Nr. 189): das Gefühl, *buchstäblich zu ersticken.*

Im Januar 1937 schreibt er ein letztes Mal an seinen Bruder Jewgenij (Nr. 182): *Wir sind bei der schwärzesten Armut angelangt.* Im März/April 1937 überbieten sich die Notrufe, Mandelstam ist gezwungen, um Almosen zu betteln. An Nadeschdas Bruder: *Wir haben noch Geld für 2–3 Tage* (Nr. 190). Er schreibt an den offiziellen Schriftsteller Nikolaj Tichonow, an die Dichterkollegen Boris Pasternak und Kornej Tschukowskij. Der Tiefpunkt ist im Brief an den letzteren um den 17. April 1937 (Nr. 191) erreicht: *Ich bin in die Lage eines Hundes, eines Köters versetzt ... Ich bin ein Schatten. Mich gibt es nicht. Ich habe nur das Recht zu sterben. Mich und meine Frau treibt man in den Selbstmord.*

Doch Nadeschda gibt nicht auf, sie fährt Ende April 1937 noch einmal nach Moskau, und Mandelstam schreibt ihr am 28. April einen seiner schönsten Liebesbriefe (Nr. 196): *Du bist mein Moskau und mein Rom und mein kleiner David.*

Mitte Mai 1937 ging die Verbannungszeit in Woronesch zu Ende, aber nicht die Not. Kurz nachdem die Mandelstams nach Moskau zurückgekehrt waren, wurde ihnen dort das Wohnrecht abgesprochen, und die Miliz verlangte Ende Juni 1937 das Verlassen der Stadt innert 24 Stunden. Die Mandelstams ziehen auf ihrer Irrfahrt rund um Moskau in das Dorf Sawjolowo, dann nach Kalinin.

Im März 1938 - noch während des dritten Moskauer Schauprozesses gegen die »rechts-trotzkistischen Abweichler«, gegen Bucharin, Rykow usw. (»Prozeß der 21«), der mit der Erschießung aller Angeklagten enden wird - bekommt Mandelstam vom Schriftstellerverband einen zweimonatigen Aufenthalt im abgelegenen Erholungsheim »Samaticha« zugesprochen. Er, der *an nichts Gutes* mehr glauben wollte (Nr. 204), glaubt noch einmal an Wunder und schickt seinem Freund Boris Kusin am 10. März 1938 einen hochgestimmten, hoffnungsfrohen Brief (Nr. 212). Doch Samaticha war eine Falle. Ein bequemes Mittel, um Mandelstam zu isolieren, von seinen Moskauer Kontakten abzuschneiden - und ihn dort am 2. Mai 1938 zu verhaften.

Die Überführung ins Moskauer Butyrki-Gefängnis, die Verurteilung durch ein NKWD-Sondergericht zu fünf Jahren Arbeitslager wegen »konterrevolutionärer Tätigkeit« (nach Artikel 58-10 - »Antisowjetische Agitation und Propaganda«), der Transport in das fernöstliche Transitlager bei Wladiwostok: Noch einmal überstürzen sich die Ereignisse. Ein einziger Brief aus dem Lager ist erhalten (Nr. 214), entstanden ist er wohl um den 2./3. November 1938. Adressiert war er an seinen Bruder Alexander, da Mandelstam bei der vom NKWD in der Verfolgung von »Volksfeinden« praktizierten Sippenhaftung annehmen mußte, auch Nadeschda sei verurteilt und verschickt worden. Die Atemnot hatte längst Mandelstams Briefstil geprägt, die Worte sind abgehackt, aber klar: *Meine Gesundheit ist sehr schwach. Bin äußerst erschöpft. Abgemagert, fast nicht wiederzuerkennen. Aber Kleider zu schicken, Essen und Geld – weiß nicht, ob es Sinn hat. Versucht es trotzdem. Ich friere sehr ohne Kleider.*

In einer fünfteiligen Artikelserie der Zeitung »Iswestija« im Mai 1992 sind auch – im Artikel vom 29. Mai – endlich die Umstände von Mandelstams Tod aufgeklärt worden. Mandelstam starb im Lager bei einer Desinfektionsmaßnahme. Während einer im Dezember 1938 grassierenden Flecktyphus-Epidemie mußten die typhuskranken, von Läusen befallenen Gefangenen in einem »Waschraum« vierzig Minuten bei Frostkälte nackt ausharren, bis ihre Kleidung in einer »Hitzekammer«, aus der beißender Schwefelgeruch drang, desinfiziert wurde. Während dieser Prozedur am 27. Dezember 1938 brach Mandelstam tot zusammen. Er wurde auf einen Leichenhaufen geworfen und – des steinhart gefrorenen Bodens wegen – erst im Frühjahr im Massengrab des Transitlagers verscharrt.

14

Mandelstams Briefe dokumentieren seine letzten Lebensjahre, wenn auch unvollständig. Deshalb schien es dem Herausgeber angebracht, mit einigen Dokumenten die Hintergründe von Mandelstams Verfolgung, Verhaftung und Verschickung zu erhellen. Seit Witalij Schentalinskij 1991 in der Moskauer Zeitschrift »Ogonjok« (Nr. 1) seine in den KGB-Archiven gemachten Funde veröffentlichte, sind so manche Rätsel aufgeklärt worden. Vor allem ein Denunziationsbrief vom 16. März 1938 an Nikolaj Jeschow, den NKWD-Chef und Exekutor des »Säuberungs«-Terrors, führte zu Mandelstams erneuter Verhaftung. Geschrieben hatte ihn kein anderer als Wladimir Stawskij, der Generalsekretär des Sowjetischen Schriftstellerverbandes von 1936 bis 1941. Das Datum ist auffällig: Es ist der Tag nach dem Ende des dritten Schauprozesses. Der Generalsekretär unter den »Schriftstellern« mochte nicht viel Zeit verlieren und bewies einmal mehr, daß solche höhergestellten Chargen des gleichgeschalteten Verbandes mehr Schriftsteller in den Tod schickten, als sie Bücher schrieben. Er versäumte nicht, Jeschow zweimal in Erinnerung zu rufen, daß Mandelstam ein »unflätiges verleumderisches Schmähgedicht« gegen die Führung der Partei und des Sowjetvolkes geschrieben habe (das Epigramm auf Stalin!), und bittet den NKWD-Chef nachdrücklich, »das Problem Mandelstam zu lösen«. Und Stawskij legte auch noch ein abschätziges literarisches Urteil eines weiteren Handlangers bei, das Gutachten des Pjotr Pawlenko, das die »Brauchbarkeit« von Mandelstams neuen Gedichten - und damit des Dichters - verneinte.

Die geheimdienstlichen Ermittlungen (Dokument Nr. 2) und die Anklageschrift (Dokument Nr. 3) zeigen, was Mandelstam vorgeworfen wurde: seine negative Reaktion auf die Oktoberrevolution 1917, festgehalten in mehreren Gedichten (dazu Notiz zu diesen Dokumenten), angebliche trotzkistische Sympathien 1927, negative Gedichte auf die Liquidierung der Kulaken 1930–1933 und schließlich das »scharfe konterrevolutionäre Schmähgedicht auf den Genossen STALIN«.

Muß Nadeschda Mandelstams bewegender letzter Brief an ihren Mann vom 22. Oktober 1938 ausgerechnet neben diesen bürokratisch-hölzernen Dokumenten von Schreibtischtätern stehen? Ja, er muß. Denn das ist der Kontext. Nadeschda wußte nicht, wohin ihr Mann verschickt worden war (der einzige Brief aus dem Lager kam erst Mitte Dezember 1938 bei ihr an), sie schrieb diesen Brief *in den Raum hinaus.* Aber er ist voller Erinnerungen an ihr gemeinsames Leben, an die Zeit in Woronesch, an dieses *beste und letzte Glück, das uns zufiel,* und voller Anspielungen auf die Gedichte. Dieser Brief ist wie ein Echo auf Mandelstams kurzen Brief an sie von Mitte Februar 1930 (Nr. 129), als ihr Vater gestorben war: *Es gibt keinen Tod, meine Freude. Einen geliebten Menschen kann Dir keiner wegnehmen. Deiner. Deiner.*

Nach diesem letzten Liebesbrief an ihn – der Kampf gegen den Vernichtungsapparat. Nadeschda Mandelstams Brief vom 19. Januar 1939 an Lawrentij Berija, den NKWD-Chef und Nachfolger Jeschows, zeugt von beispiellosem Mut. Sie verlangte eine Revision des Verfahrens und entlarvte dessen Ungesetzlichkeit, da sie selber – als mögliche Komplizin der angeblichen »konterrevolutionären Tätigkeit« Mandelstams oder zumindest als Zeugin – nicht in das Ermittlungsverfahren miteinbezogen worden war. Ein tollkühner, tragischer und nutzloser Mut: Denn Mandelstam war zum Zeitpunkt dieses Briefes bereits tot (was Nadeschda Mandelstam nicht wissen konnte, erst am 5. Februar 1939 erhielt sie ein Paket mit der Aufschrift »Adressat verstorben« zurück).

Daß ihre Beschwerde erst zwei Jahre später von der Bürokratie abschlägig beantwortet wurde, entspricht der mehr als zögerlichen, verschleppten Rehabilitierung Mandelstams nach der Stalin-Epoche. Im Zuge des »Tauwetters« nach Stalins Tod und dem 20. Parteitag wurde Mandelstam 1956 nur »teilweise« rehabilitiert, zunächst nur bezüglich des Verfahrens von 1938 (»widerrechtliche Aufenthalte in Moskau«), nicht desjenigen von 1934 (das Anti-Stalin-Gedicht). Eine vollständige Rehabilitierung erfolgte erst 1987 im Zuge von Gorbatschows Glasnost-Politik.

15

Für den Herausgeber des vorliegenden Bandes war es unannehmbar, daß Denunziationsschreiben, geheimdienstliche Ermittlungen, Anklageschrift und Verweigerung der

Revision den Abschluß dieses Buches bilden. Sollten ausgerechnet die Verleumder, Denunzianten, Geheimdienst-Funktionäre, NKWD-Chefs und subalterne Bürokraten das letzte Wort über Mandelstam sprechen? Dieses letzte Wort gehört – natürlich – den Dichtern und der Zukunft. Mandelstam selber hatte beharrlich von der künftigen Wirkung seiner Dichtung gesprochen, zuletzt noch in dem Schreiben an Jurij Tynjanow vom 21. Januar 1937 (Nr. 184) aus der Woronescher Verbannung: *Das Wichtige mit Lappalien mischend, schwimme ich nun bereits ein Vierteljahrhundert auf die russische Dichtung zu; bald jedoch werden meine Verse mit ihr zusammenfließen und in ihr aufgehen, nachdem sie einiges an ihrem Bau und ihrer Beschaffenheit verändert haben werden.*

Als Zeugen dieser Veränderungskraft und Zukunft treten in der letzten Abteilung dieses Bandes die Dichter auf, zwanzig Zeitgenossen und Stimmen der Nachwelt, nicht von A bis Z, sondern von Z bis Z: von Marina Zwetajewas Zeugnis von 1923 bis zum polnischen Lyriker Adam Zagajewski im Jahr der Wende 1989. Unterschiedlichste Temperamente unter den Dichtern und Schriftstellern des 20. Jahrhunderts – und es sind nicht die geringsten unter ihnen – haben ihre Bewunderung für den »Sonderling« Mandelstam formuliert: Anna Achmatowa, Vladimir Nabokov, Paul Celan, René Char, Philippe Jaccottet, Pier Paolo Pasolini u.a. Auffällig ist, wie entschieden die drei großen Lyriker unter den Nobelpreisträgern der letzten Jahre, nämlich Joseph Brodsky, Derek Walcott und Seamus Heaney, sich zu Mandelstam und seiner Dichtung bekannt haben. Die NKWD-Schranzen haben im Falle Mandelstams tatsächlich nicht das letzte Wort behalten. Wer zuweilen an den Irrläufern des literarischen Ruhms verzweifeln könnte, darf sich an den postumen Korrekturen freuen. Die späte Gerechtigkeit hat ihre eigene Schönheit.

Ralph Dutli

DICHTER ÜBER OSSIP MANDELSTAM

»... warum ich Mandelstam liebe mit seinem verworrenen, schwachen, chaotischen Denken, dem Unsinn bisweilen, und der unwandelbaren *MAGIE* jeder Zeile. Es geht nicht um ›Klassizismus‹, sondern um *ZAUBER*.«
MARINA ZWETAJEWA, Brief an Alexander Bachrach 5./6. September 1923

»Ossip Mandelstam weidete wie ein Schaf im ganzen Haus und wanderte wie Homer von einem Zimmer ins andere. Er ist ein außerordentlich kluger Gesprächspartner. Der verstorbene Chlebnikow nannte ihn ›die Marmorfliege‹. Die Achmatowa sagt, er sei ein großer Dichter. Mandelstam hatte eine fast hysterische Vorliebe für Süßigkeiten. Trotz schwierigster Lebensverhältnisse – er besaß keine Stiefel, sein Zimmer war nicht geheizt – blieb er ein verwöhntes Kind. Seine fast feminine Nachlässigkeit und sein vogelhafter Leichtsinn hatten eine gewisse Logik. Er war ein echter Künstler, und der Künstler tut alles, um in der einzigen Aufgabe seines Lebens frei zu sein, er lügt sogar. Darin gleicht er dem Affen, der, wie die Inder sagen, nur deshalb nicht spricht, damit er nicht zur Arbeit gezwungen wird.«
VIKTOR SCHKLOWSKIJ, »Sentimentale Reise«, 1923

»Er ist zum Überfließen voll von Rhythmen, wie er überfließt von Gedanken und herrlichen Worten. Wenn er vorträgt, wiegt er sich leicht hin und her, bewegt die Arme; genußvoll atmet er im Takt der Wörter – mit der Physiologie des Koryphäen, hinter dem der tanzende Chor auftritt. Sein Gang ist zum Lachen, mit allzu geradem Rücken und gleichsam auf den Zehenspitzen. Man-

delstam gilt als Verrückter, und tatsächlich scheint er wie ein Verrückter unter Leuten, die es gewohnt sind, ihre Impulse zu verbergen oder zu verfälschen. Anna Achmatowa sagt: ›Ossip ist ein Schrank voller Überraschungen.‹ Er schwenkt die Arme, seine Augen drücken völlige Entrücktheit aus – vom Stuhl, vom Gesprächspartner, vom angebissenen belegten Brot auf dem Tellerchen. Er spricht mit den Worten seiner Gedichte: stammelnd, grandios, schamlos. Mandelstam ist ein Schauspiel, das Optimismus verbreitet.«
LIDIJA GINSBURG, »Aus alten Tagebüchern«, 1933

»Ein Sonderling? Natürlich ein Sonderling. Die tragische Figur eines ganz seltenen Dichters, der auch in den Jahren der Woronescher Verbannung Gedichte von unsagbarer Schönheit und Kraft schrieb.«
ANNA ACHMATOWA, »Blätter aus dem Tagebuch«, 1957

»Er erinnerte sich, wie einst in der Kindheit auf dem Boulevard ein Chinese aus der Wäscherei ihn anhielt, die sich im Keller jenes Hauses befand, in dem er aufwuchs. Der Chinese nahm zufällig seine Hand, dann auch die andere, drehte die Handflächen nach oben und schrie erregt etwas in seiner Sprache. Es stellte sich heraus, daß er den Jungen zum Glückskind erklärte, das über das richtige Zeichen verfüge. An dieses Glücksmal hatte sich der Dichter viele Male erinnert. Jetzt dachte er an den Chinesen ohne Zorn und ohne Ironie – es war ihm alles gleichgültig. Gegen Abend starb er. Doch gestrichen wurde er zwei Tage später – seinen findigen Nachbarn gelang es, bei der Brotausgabe zwei Tage lang das Brot für einen Toten zu bekommen; der Tote hob jeweils die Hand wie eine Marionette. Auf diese Weise starb er vor seinem Todesdatum – ein nicht unbedeutendes Detail für seine künftigen Biographen.«
WARLAM SCHALAMOW, »Cherry-Brandy«, 1958

»Er schrieb auch voller Zärtlichkeit über die Dichter der Puschkinschen Plejade, und über Blok, und über seine Zeitgenossen, über den Kama-Fluß, die Steppe, das trokkene, heiße Armenien, das heimatliche Leningrad. Ich erinnere mich an viele seiner Zeilen, wiederhole sie immer wieder wie Beschwörungsformeln, blicke zurück und freue mich, neben ihm gelebt zu haben. Wen nur hat er stören können, dieser Dichter mit dem kränklichen Körper und jener Versmusik, die unsere Nächte erfüllt? Er hatte Angst, ein Glas unabgekochtes Wasser zu trinken, aber in ihm wohnte wirklicher Mut, der sein ganzes Leben hindurch anhielt – bis hin zu den Petrarca-Sonetten, die er im Lager den um das Feuer sitzenden Gefangenen rezitierte ...«
ILJA EHRENBURG, »Menschen, Jahre, Leben«, 1961

»Einmal wurde ich Zeuge einer Begegnung Majakowskijs mit Mandelstam. Sie sahen einander gleichzeitig und grüßten schweigend. Eine gewisse Zeit schauten sie einander an: Majakowskij giftig von oben nach unten, Mandelstam hochmütig von unten nach oben – und ich verstand, daß Majakowskij nach einer spitzigen Bemerkung suchte und Mandelstam ihm eine Abfuhr erteilen wollte, die sich gewaschen hätte. Sie schüttelten sich kurz die Hand und gingen schweigend auseinander. Majakowskij schaute ziemlich lange dem stolz sich entfernenden Mandelstam nach, doch plötzlich, mir einen irgendwie besonders funkelnden Blick zuwerfend, streckte er den Arm aus wie auf der Estrade und rezitierte mit einer Stimme voller Begeisterung, ja sogar Stolz, so daß es der ganze Laden hören konnte, die Mandelstam-Verse: ›Rußland, Lethe, Lorelei.‹ Und dann drehte er sich mir zu, als ob er sagen wollte: ›Na? Wie sind die Verse? Genial!‹«
WALENTIN KATAJEW, »Das Kraut des Vergessens«, 1963

»Eines der optimistischsten Gedichte der russischen Poesie. Ein durch Leiden erlangter Optimismus, der durch Verzweiflung, Tränen und Tod gegangen war. Doch gesegnet seien alle momentanen Lockungen und Bezauberungen des Lebens! Die ›stille Freude, zu atmen und zu leben‹ hat ihn lange nicht verlassen. Sie war auch in seinen funkensprühenden, fröhlichen Augen zu sehen und in seiner zielstrebigen, fast jungenhaften Art zu gehen. Meist traf ich ihn in jener Zeit bei Anna Achmatowa. Schon daran, wie kräftig er am Türglöckchen zog, erkannte sie ihn: Das ist Ossip. Sofort begann im kleinen Zimmerchen ein ganzes Lach-Gelage. Es sah aus, als sei er nur deshalb hergekommen, um sich für einen Monat im voraus sattzulachen. Ich habe mit niemandem so gut gelacht wie mit ihm! erinnerte sich Anna Achmatowa.«
KORNEJ TSCHUKOWSKIJ, »Ein Meister«, 1966

»Mandelstam war nicht nur einer der besten lyrischen Dichter Rußlands, er war auch ein feinsinniger Theoretiker der Poesie. Die bedeutendsten, längst zu Klassikern gewordenen Dichter wie Achmatowa und Pasternak hielten ihn für einen Neuerer, der die russische Poesie so weit vorangetrieben habe, daß sie erst nach vielen Jahren richtig eingeschätzt werden könne. Seinen Zeitgenossen gegenüber hat er sich nichts zuschulden kommen lassen. Er ging auf seine Zeit zu und brauchte gar nichts außer der Möglichkeit, frei zu schaffen. Seine Poesie nimmt in unserer Literatur einen hohen, durch ihren tragischen Untergang bestürzenden Rang ein.«
WENJAMIN KAWERIN, »Der unbekannte Freund: Wie ich kein Dichter wurde«, 1966

»Mit zu den traurigsten Fällen zählt wohl Ossip Mandelstam – ein herrlicher Dichter, der größte von allen, die in Rußland unter der Sowjetherrschaft zu überleben versuchten –, der von diesem brutalen und schwachsinnigen Re-

gime verfolgt und am Ende in einem entlegenen Konzentrationslager in den Tod getrieben wurde. Bis zuletzt – bis sein klares Talent in der Nacht des Wahnsinns versank – ließ er, heldenmütig, nicht ab, Gedichte zu schreiben: bewunderungswürdige Zeugnisse eines sein Tiefstes und Höchstes entbindenden menschlichen Geistes.«
VLADIMIR NABOKOV, Gespräch mit Robert Hughes, 1965

»Mandelstamm: selten noch habe ich, wie mit seiner Dichtung, das Gefühl gehabt, einen Weg zu gehen – einen Weg zu gehen an der Seite des Unwiderlegbaren und Wahren, und dies *dank ihm*.«
PAUL CELAN, Brief an Gleb Struve, 29. Februar 1960

»Leichtfüßig, klug, geistreich, elegant, ja sogar exquisit, fröhlich, sinnlich, immer verliebt, redlich, hellsichtig und glücklich, selbst noch im Dunkel seiner Nervenkrankheit und des politischen Schreckens, jugendlich, ja fast jungenhaft, bizarr und kultiviert, treu und erfinderisch, lächelnd und geduldsam, hat uns Mandelstam eine der glücklichsten Dichtungen des Jahrhunderts geschenkt …«
PIER PAOLO PASOLINI, »Ossip Mandelstam«, 1972

»Eine Stimme, die bleibt, auch wenn ihr Besitzer nicht mehr ist. Er war ein moderner Orpheus: Er wurde zur Hölle geschickt und kehrte nicht zurück, während seine Witwe, ein Sechstel der Erdoberfläche durchmessend, von einem Schlupfwinkel zum nächsten floh, den Kochtopf fest an sich gedrückt, in dem zusammengerollt seine Gedichte lagen, die sie sich nachts immer wieder hersagte für den Fall, daß sie von Furien mit einem Durchsuchungsbefehl gefunden würden. Dies sind unsere Metamorphosen, unsere Mythen.«
JOSEPH BRODSKY, »Kind der Zivilisation«, 1977

»Verängstigt und verhungert schüttelte Ossip Mandelstam das göttliche Fieber, jede Metapher durchzitterte ihn wie Krämpfe, doch nun, da das Fieber ein Feuer ist, wärmt seine Glut unsere Hände.«
DEREK WALCOTT, »Der Forst Europas«, 1979

»Da ist diese wilde und unbezähmbare Kraft, deretwegen er umgebracht wurde – vergeblich umgebracht wurde, denn sein Wort tritt heute neu zutage wie das Wasser von Wildbächen, das einem peitschengleich ins Gesicht schlägt.«
PHILIPPE JACCOTTET, »Notizen über Mandelstam«, 1981

»Der Gedanke ist zu groß. Jener kleine Mann, geboren 1891 mitten zwischen den Jahrhunderten, den Menschen, der Geschichte, den Städten, den Buchstaben, verschwindet taumelnd unter ihm im Schneesturm, jenseits der Grenze dieser Welt. Von Dir, Armer, wird man jede Zungenbewegung, jeden Kehllaut bis zum letzten Scherflein verlangen.«
BIRGITTA TROTZIG, »Mandelstam«, 1982

»Sie müssen meine Stimme ganz einfach ersticken. Schnitten mich aus dem Gedächtnis der Leser, wie man aus der Enzyklopädie eine Seite trennt. Der, dem niemand zuhört, wird von seinen eignen Worten erstickt. Jetzt verraten mir fünf tiefe Atemzüge, daß du meine Manuskripte gerettet hast. Niemand schreibt nach seinem Tod, sagst du. Aber das stimmt doch nicht, Nadja! Hörte ich auf, hörte dein Herz auf zu schlagen, und Rußland bliebe ein düstrer Begriff.«
KJELL ESPMARK, »Die geheime Mahlzeit«: »Ich heiße weiterhin Ossip Mandelstam«, 1984

»Und dann kommt Mandelstam. Das ist außergewöhnlich lebendig und überzeugend, ein Glücksgriff in diesem Werk eines so verwirrend reichen Genius, der großartigste Lobgesang auf die Herrschaft, die dichterische Imagination ausübt. Wie immer schreibt Mandelstam jubelnd und überzeugend. Mandelstam bringt Dante aus dem Pantheon zurück zum Gaumen.«
SEAMUS HEANEY, »Die Herrschaft der Sprache«, 1986

»Mandelstam hatte das Auge, das die Extreme sichtet und annähert, sie namhaft werden läßt. Mit ihm durchbrechen wir den Schauder der Erdrinde, ihre mannigfachen Rituale, Vorrecht der Inspirierten, die das menschliche Zentralfeuer mit der Feuchte ihrer vielfältigen Sinne vereinen.«
RENÉ CHAR, »Lob einer Verdächtigen«, 1987

»Wenn Rußland gegründet worden wäre durch Anna Achmatowa, wenn Mandelstam Gesetzgeber gewesen wäre und Stalin nur eine Randfigur eines verschollenen georgischen Epos, wenn Rußland sein zottiges Bärenfell ausgezogen hätte, wenn es leben könnte im Wort, nicht in der Faust, wenn Rußland, wenn Rußland.«
ADAM ZAGAJEWSKI, »Gedichte«, 1989

INHALT

I ZEIT DER ERWARTUNGEN: PARIS, HEIDELBERG, PETERSBURG 1907–1916

III NADESCHDA AM SCHWARZEN MEER: 1925–1926

Ossip Mandelstam
Die Werkausgabe im Ammann Verlag
Aus dem Russischen übertragen und herausgegeben
von Ralph Dutli

Das Rauschen der Zeit
Gesammelte »autobiographische« Prosa der 20er Jahre

Mitternacht in Moskau
Die Moskauer Hefte. Gedichte 1930–1934
(Russisch und deutsch)

Der Stein
Frühe Gedichte 1908–1915
(Russisch und deutsch)

Über den Gesprächspartner
Gesammelte Essays I: 1913–1924

Gespräch über Dante
Gesammelte Essays II: 1925–1935

Tristia
Gedichte 1916–1925
(Russisch und deutsch)

Armenien, Armenien!
Prosa, Notizbuch, Gedichte 1930–1933

Die Woronescher Hefte
Letzte Gedichte 1935–1937
(Russisch und deutsch)

In Vorbereitung:
Die beiden Trams
Kinder- und Scherzgedichte
(Russisch und deutsch)

Über Ossip Mandelstam:

Im Luftgrab
Ein Lesebuch, herausgegeben von Ralph Dutli,
mit Beiträgen von Paul Celan (Erstdruck),
Pier Paolo Pasolini,
Philippe Jaccottet und Joseph Brodsky

Ralph Dutli
Ossip Mandelstam – »Als riefe man mich bei meinem Namen«. Dialog mit Frankreich.
Ein Essay über Dichtung und Kultur

Ralph Dutli
Ein Fest mit Mandelstam
Über Kaviar, Brot und Poesie
Ein Essay zum 100. Geburtstag

Ralph Dutli
Europas zarte Hände
Essays über Ossip Mandelstam

Marina Zwetajewa / Ossip Mandelstam
Die Geschichte einer Widmung
Gedichte und Prosa (mit Photoalbum)

Außerdem:

Marina Zwetajewa
Liebesgedichte
Mit Aquarellen von Leiko Ikemura
Aus dem Russischen übertragen, herausgegeben
und mit einem Nachwort-Essay
von Ralph Dutli